民国诗学论著丛刊

叶嘉莹 主编
陈斐 执行主编

詞式（上）

林大椿 编
李飞跃 整理

文化藝術出版社
Culture and Art Publishing House

图书在版编目（CIP）数据

词式 / 林大椿编；李飞跃整理 . —北京：
文化艺术出版社，2017.10
（民国诗学论著丛刊 / 叶嘉莹主编，陈斐执行主编）
ISBN 978-7-5039-4920-3

Ⅰ.①词… Ⅱ.①林…②李… Ⅲ.①词牌—诗词研究—中国 Ⅳ.①I207.23

中国版本图书馆 CIP 数据核字（2017）第242710号

词式
（民国诗学论著丛刊）

主　　编	叶嘉莹
执行主编	陈斐
编　　者	林大椿
整 理 者	李飞跃
丛书统筹	陶玮
责任编辑	梁一红　赵月
版式设计	顾紫
出版发行	文化藝術出版社
地　　址	北京市东城区东四八条52号　（100700）
网　　址	www.caaph.com
电子邮箱	s@caaph.com
电　　话	（010）84057666（总编室）84057667（办公室） （010）84057696—84057699（发行部）
传　　真	（010）84057660（总编室）84057670（办公室） （010）84057690（发行部）
经　　销	新华书店
印　　刷	国英印务有限公司
版　　次	2019年6月第1版
印　　次	2019年6月第1次印刷
印　　张	26.125
字　　数	613千字
开　　本	880毫米×1230毫米　1/32
书　　号	ISBN 978-7-5039-4920-3
定　　价	88.00元（上下册）

本丛刊个别作者未能取得联系，请相关人士尽快与我社联系办理版权事宜。

联系电话：（010）84057672　　（010）84057604

整理说明

一、本丛刊抱着"发潜德之幽光，启来哲以通途"的宗旨，主要选刊民国时期（1912—1949）成书的、学术价值或普及价值较高的、与诗词曲等广义的古典诗歌相关的论著。少数与诗歌密切相关的文学理论、文学批评、文学史著作，或成书于晚清的有价值的此类著作，以及同时期相关的汉学著作，亦适当收录。诗话、词话及新诗研究论著等，因为已有相关大型文献资料集出版或列入出版计划，故暂且不予收录。

二、本丛刊秉持开放包容的态度，期望较为全面地呈现民国诗学研究的多元气象；按照撰著内容和体例，大致分为"史论编""法度编""选注编"等编，分辑滚动推出，每编每辑十种左右；优先选刊1949年以后没有整理出版过的著作，以节约出版资源。

三、每部拟刊论著，我们都约请相关专家进行整理，并在前面撰写一篇"导读"，介绍该著的作者生平、成书经过、学术背景、主要观点、诗学价值、社会影响等，以引导读者更好地理解原著。

四、整理时，以原著内容最全、文字最精的版本为底本，参校其他版本（如手稿本、期刊连载版等）和相关书籍，修订原版讹误，参照古籍整理规范出校勘记。校勘一般只校是非，不校异同。凡底本"误脱衍倒"者，皆据他本或他书订正，并出校记。引文与所引著作之通行本文字不同者，只要文意顺畅，亦读得通，一般不改动原文、不出校记。显著的版刻错误，如笔画讹误、不见字书者，或"日曰""末未""己已巳""戊戌戍"混同之类，如果根据上下文足以断定是非，一律径改，不出校记。注文中的魏妥玛注音，统一改为现代汉语拼音，但不出校记。为避烦琐，校记中征引他书，仅注明书名及页码，卷末另附"本次整理征引文献"，详列作者、书名、出版社、出版年等信息。

五、原版为繁体竖排，现统一改为简体横排，并参照最新版国标《标点符号用法》及古籍整理规范加以新式标点。繁体字、异体字一般改为规范的简体字；容易引起误解的人名、地名用字，通假字或民国时期特有的虚词（如"底"）等，则保留原貌。因版式改动，原版行文中提到的"右文""如左""左表"等，统改为"上文""如下""下表"等。

六、一些论著提到的外国人名、地名、书名等，译法与今日或有不同，为保存原貌，不作改动。个别论著的极少数提法，或有一定时代局限性，为保存原貌，亦不作删改，望读者鉴之。

七、我们的整理目标是争取形成可以传世的、雅俗共赏的"新定本"，但古人云："校书如扫落叶，旋扫旋生。"尽管我们黾勉从事，或疏漏在所难免，恳请方家赐正。

总序

1912年清帝逊位至1949年中华人民共和国成立，一般称为民国时期。这一时期，虽然政局不稳、战乱频仍、民生凋敝，但思想、学术、文化却自由活跃、异彩纷呈。主编过"中国现代学术经典"丛书的刘梦溪先生认为："中国现代学术在后'五四'时期所创造的实绩，使我们相信，那是清中叶乾嘉之后中国学术的又一个繁盛期和高峰期。而当时的一批大师巨子……得之于时代的赐予，在学术观念上有机会吸收西方的新方法，这是乾嘉诸老所不具备的，所以可说是空前。而在传统学问的累积方面，也就是家学渊源和国学根底，后来者怕是无法与他们相比肩了。"[1]

的确，民国学人撰写的学术论著，虽然限于物质条件和学科发展水平，有些知识需要更新，有些观点有待商榷，有些论述还要深化……但仍然接续、充盈着中国固有学术的人文脉和精魂，更具有为国家民族谋求出路、积极参与当前文化建设的现实关怀，更具有贯通古今、融会中西、打通文史哲、将创

---

[1] 刘梦溪：《中国现代学术要略》，生活·读书·新知三联书店2008年版，第123—124页。

作和研究相结合的开阔视野和博通气象,更具有"文章千古事,得失寸心知"(杜甫《偶题》)的传世期许和实事求是、惜墨如金的朴茂之风。这在人文学术研究显现出"技术化""边缘化""碎片化""泡沫化"等不良倾向的今天,颇有借鉴意义。而且,那时的不少论著奠定了后续研究的基本框架,不管就论析之精辟还是与史实之契合而言,都具有较高的学术价值。《中国诗学》主编蒋寅先生即深有感触地说:"最近为撰写关于本世纪中国诗学研究史的论文,我读了一批民国年间的学术著作。我很惊异,在半个世纪前,我们的前辈已将某些领域(比如汉魏六朝诗歌)的研究做到那么深的境地。虽然著作不太多,却很充实。相比之下,80年代以来的研究,实际的成果积累与文献的数量远不成比例。满目充斥的商业性写作和哗众取宠的、投机取巧的著作,就不必谈了,即使是真诚的研究——姑且称之研究吧,也存在着极其庸滥的情形。从浅的层次说,是无规则操作,无视他人的研究,自说自话,造成大量的低层次重复。从深层次说,是完全缺乏知识积累的基本学术理念……许多论著不是要研究问题,增加知识,而是没有问题,卖弄常识。"[1]

陈寅恪先生曾将佛学刺激、影响下新儒学之产生、传衍看作秦以后思想史上的一"大事因缘"[2]。近代以来的大事因缘,

---

[1] 蒋寅:《热闹过后的审视》,载《文学评论》1996年第5期。
[2] 参见陈寅恪《冯友兰中国哲学史下册审查报告》,《金明馆丛稿二编》,生活·读书·新知三联书店2015年版,第282页。

无疑是在西学的刺激、影响下发展本土学术。中国传统学术需要外来学说、理论的刺激与拓展，既是谁也阻挡不了的必然趋势，也是时代惠赐的绝佳良机。中华民族一向不善于推理思辨，更看重文学的实用价值、追求纵情直观的欣赏。中国语文亦单体独文、组词成句时颇富颠倒错综之美。而且，古代书写、版刻相对比较困难，文人往往集评论者、研究者、作者、读者等多重身份于一体，彼此间具有"共同的阅读背景、表达习惯、思维方式、感受联想"[1]等等。凡此种种，决定了"中国文学批评的特色乃是印象的而不是思辨的，是直觉的而不是理论的，是诗歌的而不是散文的，是重点式的而不是整体式的"[2]。反映在著述形态中，便是多从经验、印象出发，以诗话、序跋、评点、笔记、札记等相对零碎的形式呈现，带有笼统性和随意性，缺乏实证性和系统性。近代以来，不少有识之士如梁启超、王国维等先生，在西学的熏沐、刺激下憬然而醒，积极汲取西方理论和方法，为中国传统学术研究开辟出一片崭新的天地。胡适、傅斯年等民国学人沿着他们的足迹，在"救亡图存"的时代旋律鼓动下，掀起蓬蓬勃勃的"新文化运动"，更加全面地引入西方理论、观念、方法、话语等，按照各自的理解和方式应用在"整理国故"实践中，在西学的参照下重建起现代学术。此后中国学术的发展，大体是在他们奠定的基础上拓展、深化。

---

[1] 叶嘉莹：《王国维及其文学批评》，北京大学出版社2014年版，第118页。
[2] 同上书，第111页。

民国学人的开辟、奠基之功,可谓大矣!

中华民族素来以"承百代之流而会乎当今之变"(郭象注《庄子·天运》语)的观点看待历史和当下的关系。[1]我们生逢今日之世,接续传统、回应西学,实为需要承担的一体两面之重任,缺一不可:对自己的文化传统没有继承,就没有东西和别人交流,永远趴在地上拾人遗穗,甚或没有鉴别力,将"洋垃圾"当"珍宝"供奉;而故步自封、无视西学,又会错失时代赋予我们的创新良机,治学难以"预流"。[2]相对而言,经历了百余年欧风美雨的冲刷和众所周知的劫难之后,如何接续传统越来越成了问题。特别是改革开放以来,学术界和出版界携手,大量译介西方人文社会科学理论著作和海外汉学研究论著,如影响颇大的"汉译世界学术名著"和"海外中国研究"丛书等,皆有数百种之多。这些论著的译介,于本土人文学术研究开拓视域、更新方法等功不可没,但同时,学界也仿佛患了"失语症",出现一味模仿海外汉学风格的不良倾向。"只要西方思想

---

[1] 参见刘家和《史学在中国传统学术中的地位》,《史学、经学与思想:在世界史背景下对于中国古代历史文化的思考》,北京师范大学出版社2005年版,第88页。

[2] 这里借用陈寅恪先生的说法。陈先生治学,有强烈的"预流"意识,在《陈垣敦煌劫余录序》一文中他说:"一时代之学术,必有其新材料与新问题。取用此材料,以研求问题,则为此时代学术之新潮流。治学之士,得预于此潮流者,谓之预流(借用佛教初果之名)。其未得预者,谓之未入流。此古今学术史之通义,非彼闭门造车之徒,所能同喻者也。"(陈寅恪:《金明馆丛稿二编》,第266页。)

稍有风吹草动（主要还是从美国转贩的）"，便有人"兴风作浪一番，而且立即用之于中国书的解读上面"[1]。这种模仿或套用，不仅体现在研究方法和论题选择上，有时甚或反映在价值取向和情感认同中。有学者将这称为"汉学心态"，提到文化上的"自我殖民化"的高度予以批判。[2] 在此背景下，自言"一生受的教育都是西方文化影响下的'新学'教育"的费孝通先生，晚年阅读陈寅恪、梁漱溟、钱穆等前辈的著作，敏锐思考和回应信息交流愈来愈便捷的全球化时代民族文化转型的挑战，提出了"文化自觉"这个获得广泛共鸣的议题，呼吁当下最紧迫的是培养"能够把有深厚中国文化根底的老一代学者的学术遗产继承下来的队伍"[3]。学术是文化的核心，"学术自觉"是"文化自觉"的应有之义和关键所在。近年哲学界"中国哲学合法性"、文学界"传统文论的现代转化"、美术界"构建中国美术观"等讨论颇热的话题，皆可看作本土"学术自觉"的表征，共同汇聚成"构建中国特色哲学社会科学"这一时代命题。[4] 站在这样的角度考虑问题，民国学人的论著无疑可以给我们带来丰

---

[1] 余英时：《怎样读中国书》，《余英时文集》第8卷，广西师范大学出版社2014年版，第395页。

[2] 参见包伟民《走出"汉学心态"：中国古代历史研究方法论刍议》（载《中国社会科学评价》2015年第3期）、顾明栋《汉学与汉学主义：中国研究之批判》（载《南京大学学报》2010年第1期）等文。

[3] 费孝通：《关于"文化自觉"的一些自白》，载《学术研究》2003年第7期。

[4] 参见习近平《在哲学社会科学工作座谈会上的讲话》，载《人民日报》2016年5月19日。

富的启示。

民国时期是中国社会从传统到现代的转型期，中西思想文化、旧学新知碰撞、交融发生的"化合"反应，远比我们想象的要复杂得多：既有固守传统观念、家数者，也有采用新观念、新方法者，还有似新却旧、似旧还新、新旧间杂者……只不过长期以来，在"西学东渐"的大背景下，我们对这段学术史的梳理、回顾往往彰显、肯定的是那些和西学类似的论著及面相。然而，在构建中国特色哲学社会科学、提升理论创新能力成为时代命题的崭新历史条件下，恰恰是那些被遮蔽的论著及面相，更具有参考价值。因为治学如积薪，以对西学的理解、借用而言，我们已后来居上，倒是这些论著在古今中西的通观视域中，坚守民族文化本位立场，汲取西方学术优长，进而促进优秀传统文化创造性转化和创新性发展的尝试和努力，长期以来被以"保守""落后"的判词给予了冷眼、否定，今天值得换一种眼光、花点工夫好好提炼、总结，因为这正是我们构建中华自身学术体系的可能萌蘖。诗学研究因为与创作体验、母语特性、民族心理、文化基因等关系更为密切，这方面的借鉴意义显得尤其迫切、突出。

我们欣喜地看到，最近几年，喜欢欣赏、创作诗词的朋友在逐渐增多，中小学加大了诗词教学比重，《中共中央关于繁荣发展社会主义文艺的意见（2015年10月3日）》亦强调"做好古籍整理、经典出版、义理阐释、社会普及工作"，加强对中华诗词出版物的扶持。[1]全社会越来越意识到诗词之于陶冶情操、净化风气、传承中华优秀文化基因的重要性。不过,我们也要清醒地认识诗词传承面临的严峻形势。毋庸讳言,当下诗词氛围已十分稀薄,能够切理餍心、鞭辟入里地解说诗词或将诗词写得地道的人非常罕见。大多数从事诗学研究的学者已不再创作,现行评价、考核体系要求于他们的,不过是从外部审视、抽绎出种种文学史知识,这很难说能触及中华诗词的真血脉、真精魂。在此情势下,与其组织人马"炮制"一些隔靴搔痒、搬来搬去的"新著",不如将传统文化氛围还很浓郁、诗词仍以"活态"传承着的民国时期诞生的有价值的论著重新整理出版:一方面,使饱含着先辈心血的精金美玉不至于湮没在历史的尘埃中;另一方面,也使当下喜欢诗词的朋友得识门径,由此解悟。这里特别需要说明的是,任何艺术都有一定的规则、法度,中华诗词的欣赏、创作亦然。初学者尤其需要通过深入浅出、简明扼要的入门书籍指引,掌握规则、法度。然而,又没有万能之法,"在丰富生动的创作实践中,任何'法'都会有失灵的时候;面对浩如烟海的作品,任何'法'都会有反例存在"[2]。由"法"达到对"法"的超越,进而"以无法为法"(纪昀《唐人试律说·序》),"行乎其所不得不行,止乎其所不得不止。

---

[1] 参见《中共中央关于繁荣发展社会主义文艺的意见(2015年10月3日)》,载《人民日报》2015年10月20日。
[2] 陈斐:《南宋唐诗选本与诗学考论》,大象出版社2013年版,第208页。

无用法之迹，而法自行乎其中"（李锳《诗法易简录》），才是中华诗词欣赏、创作的向上之路，希望大家于此措意焉。

近年来，随着逐渐升温的"国学热""民国热"，诸家出版社纷纷重版民国国学研究著作，陆续推出了不少丛书，如东方出版社的"民国学术经典文库"、江苏文艺出版社的"北斗丛书"、吉林人民出版社的"大师国学馆"、岳麓书社的"民国学术文化名著"、知识产权出版社的"民国文丛"、中国社会科学出版社的"民国学术经典丛书"等。这些丛书虽然也涉及了诗学论著，但往往是王国维《人间词话》、龙榆生《中国韵文史》、吴梅《词学通论》等少数几部。其实，还有很多具有较高学术价值或普及价值的民国诗学论著，1949年以后从来没有点校重版过。最近几年出版的"民国时期文学研究丛书""民国诗歌史著集成""民国诗词作法丛书""民国诗词学文献珍本整理与研究"等丛刊，虽然较为集中地收录了民国诗学研究某一体式或某一领域的论著，但或影印或繁体重排，都没有校勘记，且大多不零售，定价普遍较高，虽有功学界，然不便普及。有鉴于此，我们拟选编整理一套兼顾学术性和普及性的诗学专题文献库——"民国诗学论著丛刊"，以推动中华诗词的研究、创作和普及。

我们这次整理"民国诗学论著丛刊"，抱着"发潜德之幽光，启来哲以通途"的宗旨，在扎实、详细的书目调查的基础上，主要选刊民国时期成书的与诗、词、曲等广义的古典诗歌相关的论著。在理论、观念、方法、话语乃至撰著形态、体例等方面，则秉持开放包容的态度，古今中西兼收并蓄，以较为全面地呈现民国诗学研究的多元气象和立体景观。在实际操作中，大致按照撰著内容和体例，分为"史论编""法度编""选注编"等编，分辑滚动推出。"史论编"主要选刊诗学史论著作，如梁昆《宋诗派别论》、宛敏灏《二晏及其词》等；"法度编"主要选刊谈论、介绍诗词创作法度、门径的书籍，如顾佛影《填词百法》、顾实《诗法捷要》等；"选注编"重刊有价值的诗歌选本或注本，重要者加以校注、赏析。当然，这只是大致的分类。民国学人往往能够将创作和研究相结合，他们撰写的不少史论著作亦有介绍作法的内容，不少讲解法度的书籍亦会涉及史论，我们不过根据内容偏重及著作题名权宜区分罢了。诗话、词话及新诗研究论著等，因为已有"民国诗话丛编""中国新文学大系""民国文学珍稀文献集成"等大型文献资料集出版或列入出版计划，故暂且不予收录。

  每部拟刊的论著，我们都约请在该领域有专门研究的功底扎实、学风谨严的中青年学者进行整理，并在前面撰写"导读"，以引导读者更好地理解原著。整理时，我们征询专家意见，制定了详密的工作细则，既改繁体竖排为简体横排，又参照古籍整理规范出严格的校勘记，争取形成可以传世的、雅俗共赏的"新定本"。版式、用纸、装帧等方面，则发扬讲究细节、精益求精的"工匠精神"，以提高阅读率为标的，处处流露着为读者考虑的温情。这些看似小事，实则关乎民族文化的传承和国民素养的提升。资深出版人、中华书局原副总编辑程毅中先生就曾指出，在商业利益的驱动下，现在很多出版社和书店都喜欢出版、销售大部头、豪华版的书，这些书定价高，消耗的纸浆和能源也多，但手里拿不动，不便于阅读和随身携带，对阅读率有负面影响。[1]我们充分考虑到了读者朋友在节奏紧张、时间零碎的现代社会里的阅读需求，所收论著都是内容丰实、装帧便携的"贵金属"，人们在地铁上、候车时、临睡前、旅途之中、工作之余、休闲之刻……都可以顺手翻上几页，随时接受中华诗词的浸润，从而切切实实地提高国民的图书阅读率，为接续诗词命脉、传承中华优秀文化基因、营建"书香社会"略尽绵薄。

总之，精到稀见的选目、中肯解颐的导读、专业严谨的整理、美观大方的装帧，是我们的"民国诗学论著丛刊"为坊间类似丛书不可替代的鲜明特色及核心竞争力所在。感谢文化艺术出版社杨斌、郝庆军、陶玮等领导与编辑们的大力支持，让我们酝酿多年的设想从内容到形式都能得到近乎理想的实现。从会议结束后的偶遇交谈到正式签订出版合同，不到一周时间，这种一拍即合的灵犀相通亦堪称一段佳话。感谢众多专家、学者的耐心指导和辛勤耕耘！正是共同的发扬、传承中华诗词的

---

[1] 参见李小龙《丹铅绚烂焕文章——程毅中编审访谈录》，载《文艺研究》2017年第1期。

责任感和使命感让我们走到了一起,"正其谊不谋其利,明其道不计其功"(《汉书·董仲舒传》)。希望越来越多的读者喜欢这套丛刊,由此领略中华诗词之美;希望越来越多的学者为我们出谋划策或加入我们的整理团队,一起呵护好这项功德无量的出版工程,让千载不磨之诗心在我们和后辈的生命中得到生生不已的感发!

2016年10月28日草稿
2016年11月1日修订

导读

一、林大椿生平考辨

林大椿是近现代学术史上具有重要地位和广泛影响的词学文献家,关于其人其学却罕见专门研究。词籍中有关其生卒年、字号、籍贯、行迹及著述等记载,普遍存在讹误甚至张冠李戴的现象。近现代文艺界有多名"林大椿",他们的生平、籍贯、职业不同,因时代接近而常相混淆。以当前最权威且征引较多的《中国词学大辞典》"林大椿"条为例:"林大椿(1881—1956),字子衡,号献堂,福建闽侯(今福州)人。"[1] 其中,生卒年、字、号等皆误,是多位同名"林大椿"的履历杂糅而成。其他词学论著或辞典工具书中,亦时见籍贯、著述舛讹之处。

字"子衡"的林大椿,系近现代著名瓷画家,师承清末海派名家钱慧安(1833—1911)。擅长人物画,所绘人物衣褶劲健,偶画山水,烟云变幻,笔法精熟。德化瓷业多请其画瓷器,传世

---

[1] 马兴荣、吴熊和、曹济平主编:《中国词学大辞典》,浙江教育出版社1996年版,第260页。

精品有瓷板彩绘《秋林图》。[1]其作品多有传世，具体生平不详。

号"献堂"的林大椿（1881—1956），实为字献堂（一说"献堂"为其谱名），号灌园、雨声庵主、遁楼主人，台湾阿罩雾人（今台中市雾峰区），祖籍福建龙溪。诗人，台湾抗日运动和新文化运动的领导人之一。雾峰林家是台湾望族，乙未（1895）割台，林大椿一度避难泉州、晋江，后返台投身社会运动，是日据时期台湾民众的领袖和民族运动的先驱。1907年，林大椿与梁启超相遇于日本。后梁氏受邀旅台，曾在其府上诗酒流连，遍题庭院胜景。林大椿工诗文，诗歌多悲歌慷慨，有《海上唱和集》，散文《环球游记》及《林献堂先生遗诗》等。[2]《中国词学大辞典》中的林大椿生卒年为"1881—1956"，实系台湾林大椿之生卒年。

浙江古籍出版社2005年版《中国近现代人物名号大辞典》云："林大椿（清末至民国间）浙江温州人（？）。字坚之，号垂涕，室名菜香室、求是斋（以上三号待考）。词学家。"[3]此

---

[1] 参见赵禄祥主编《中国美术家大辞典》下卷，北京出版社2007年版，第1187页。
[2] 参见林大椿《致友笛先生书信》编者注，郑定国主编《林友笛诗文集》，（台北）文史哲出版社2008年版，第447页；林献堂先生纪念集编纂委员会编《林献堂先生纪念集》卷一，沈云龙主编《近代中国史料丛刊续编》第10辑，（台北）文海出版社1974年版，第3—173页；戚嘉林《台湾史》，华艺出版社2014年版，第284页。
[3] 陈玉堂编著：《中国近现代人物名号大辞典》，浙江古籍出版社2005年版，第746页。

条所载名号与室号系由晚清林大椿而误冠。[1]浙江乐清人林大椿（1812—1863），字萱士，别字宏训，号恒轩，咸丰九年（1859）岁贡，喜藏书，著有《求是斋诗钞》《垂涕集》《壬戌纪事诗》《蒙川年谱》《海澨方言》《红寇记》《恒轩文录》《恒轩诗集》《研经堂随笔》等。黄瑞亭《林几传》亦载林大椿为"浙江温州人"。乐清属温州，属同一原因致误。《词式·导言》及多种林氏编校著作，常见署名是"坚之"，或自署"闽侯林大椿编""闽侯林大椿识于北京""闽侯林大椿记于北京"等。可知，林大椿并非温州人氏，而是福建闽侯人。

林大椿早年东渡日本，在日本帝国大学法政科学习，归国从事法律工作。他与著名文史专家、书画名家林志钧是同乡、同学、挚友和亲家。林大椿的两个女儿林惠、林敏分别于1934年和1938年嫁给了林志钧的长子林几、三子林津。林志钧次子为著名学者林庚。林大椿尚有一子，名林子京。九一八事变后，林大椿于1932年举家从北京迁居上海，同年林几也奉命到上海创办法医研究所。次年秋，林几领父命去拜访林大椿，结识其长女林惠。林大椿的妻子江亚青出身名门，从事幼教工作，因而林惠也曾在北京香山慈善幼稚园任教。[2]据廖文《陈安良传》

---

[1] 参见郑金才《乐清诗人林大椿》，《温州读书报》编辑室编《瓯歌——〈温州读书报〉文选》，上海远东出版社2011年版，第218页。

[2] 参见黄瑞亭《法医青天——林几法医生涯录》，世界图书出版公司1995年版，第80—109页。

载:"1934年10月23日,林畿(几)和林惠女士在上海八仙桥青年会所举行婚礼。"[1]时年林几37岁,林惠29岁。

十年前,有篇关于林大椿次女林敏的采访报道云:"林敏出生于1909年4月24日,福建闽侯人,毕业于北京贝满中学,在北京大学听过一年课。曾经在商务印书馆工作过。由于有肺病,中断学业。父亲叫林大椿,当年在外交部工作,是研究宋词的专家,出过多本书籍。丈夫林津,是第一机械工业部的一级工程师,全国先进工作者,在'文革'中被害。公公是书画名家林志钧。""父亲活了60多岁,母亲90岁,祖父祖母们的寿命都不算长寿。林敏的弟弟还活着,已经86岁了。"[2]据林敏自述,林大椿祖籍确系福建闽侯;"活了60多岁",与《林几传》所载"1945年冬,林大椿不幸病故,享年62岁"吻合。林大椿与上海商务印书馆颇有渊源,他的多种著作均在商务印书馆出版,次女亦曾在商务印书馆工作。

林大椿、林志钧是旅京同好,皆嗜文艺,精研文史。林大椿擅长书法,曾加入湖社,在社刊发表有关唐画变迁的文章;林志钧是书画名家,清华园王国维先生纪念碑铭文即由其书丹。林志钧曾任北洋政府司法行政部部长,林大椿亦在北洋政府外交部履职。据民国《政府公报》及《外交部令》记载,民国十年

---

[1] 廖文:《陈安良传》,华南理工大学出版社2014年版,第93页。
[2] 关春芳、王金跃:《"挑战"百岁糖尿病人》,载《北京晚报》2009年3月6日。又见罗春燕《百岁老人抗"糖"记》,载《糖尿病新世界》2009年第4期。

（1921）林大椿任外交部主事，民国十五年（1926）"林大椿代理佥事，兼代理交际司第四科科长支五等第五级俸"。[1]中华人民共和国成立后，林津是第一机械工业部的一级工程师、全国先进工作者，"文革"中受迫害致死，或与林大椿这段历史有关。其间，林大椿著作亦极少再版。改革开放后，林氏编校的《唐五代词》《百家词》及各种词人别集始重印流布，引起了学界广泛关注。

此外，尚有两位同名林大椿者，虽与词学家林大椿无涉，却易与其他几位生平混淆。清人林大椿字雪盦（雪庵）者，福建人，卒于会理。书画摹赵孟𫖯，颇有超迈豪放之趣。[2]现代作家林大椿（1919—2007），广东蕉岭人，1945年在重庆任《正气日报》军中通讯版总编辑，抗战胜利后返粤创办《天地半月刊》，同时主笔政于各报刊。赴台后任教于政治作战学校新闻系，并先后在台湾师范大学、"中国文化大学"等校兼任文史课程。[3]这六位"林大椿"的生活时代相近，林献堂、林子衡、林雪盦与林坚之皆闽籍。他们都是当时文艺界颇具影响的人物，不仅与词学家林大椿有牵误，相互之间的生平记载也时见窜

---

[1] 参见《外交部令第二百三十九号》，载《政府公报》1921年10月（一），第193页；《外交部令第二百零七号》，载《政府公报》1926年9—10月，第505页。此外，《政府公报》中亦有多处林大椿升职晋级的记载。
[2] 参见赵禄祥主编《中国美术家大辞典》下卷，第1187页。
[3] 同上。

乱，多有生卒年、字号、履历、籍贯乃至著述等方面的错讹。[1]史上同名同姓同业者代不乏人，然几乎同一世代的文艺界，竟有六位"林大椿"，实属罕见，难免后人张冠李戴，谬讹流传。如果对他们的生平、籍贯及著述缺乏明辨，势必影响到对他们的创作、交游及学术思想的认识与评价。

二、林大椿的词学成就

林大椿的词学成就集中体现在词学文献整理方面。他编纂的《唐五代词》是现代第一部对全唐五代词作全面整理的大型总集，"作者八十有一人，词一千一百四十八阕"[2]。它综合了《花间集》《尊前集》《金奁集》，兼及他本与《全唐诗》，编排体例大抵按时代先后为序。原书附有校记，注明所录词的材料出处和作者的姓名籍贯，以及简单的生平。词牌名下注明出处及名称由来，有的还有考订，以辨明词之作者与来源。虽然有词作重复、伪作羼入，以及没有选录敦煌发现的曲子词等问题[3]，但不影响其作为第一部全唐五代词总集的地位与影响。至曾昭岷等《全唐五代词》问世前，林著与唐圭璋《全宋词》一样，一直是人们研究唐宋词的重要参考文献。

---

[1] 一些著作常将瓷画家林大椿与乐清林大椿相互混淆。
[2] 林大椿选辑：《唐五代词》第1册，商务印书馆1931年版，第1页。
[3] 参见马兴荣、吴熊和、曹济平主编《中国词学大辞典》，第260页。

《唐宋名贤百家词》收词集自《花间集》始,至南宋郭应祥《笑笑词》止,是与毛晋辑刻《宋六十名家词》齐名的明代大型词集丛编,也是研究宋词版本源流与词学批评的重要文献。吴讷辑抄的《唐宋名贤百家词》未曾刊刻,一直以抄本形式"一脉单传",常人难以窥其全豹。1939年,上海商务印书馆出版林大椿校勘的《百家词》,才结束了只有抄本而无刻本的时代。林大椿易其名《唐宋元明百家词》,去"名贤"二字,并附《总目》《序例》《词人小传》等。林氏校正抄本,查误补缺,划一体例,标点断句,整理成帙,虽不免讹误(如将李煜《望江南》分为"多恨""多少泪"二首,将《望江梅》分作"闲梦远,南国正芳春""闲梦远,南国正清秋"二首),但他首次对《百家词》的编者、编辑及抄录时代、体例等都作了较为全面的考述,使错漏百出的原抄本变成了一个可以"披卷诵读"的版本,也是一度对后世影响最大的通行本。[1]

　　林大椿还有《花草精编》12卷[2],应系对《花草粹编》的校编,惜已佚。1928年至1933年,林大椿先后辑校并在上海商务印书馆出版了《宋词五种》(1928)、《东坡乐府》(1928)、《和清真词》(1928)、《西麓继周集》(1929)、《稼轩长短句》

---

[1] 参见田玉琪《林大椿校勘明代吴讷〈百家词〉得失平议》,载《河北大学学报》2015年第1期。
[2] 参见黄瑞亭《林几传》,《中国法医学杂志》编辑部编《第四次全国法医学术交流会论文集》上卷,中国法医学会1991年版,第2—3页。

(1929)、《珠玉词》(1930)、《清真集》(1931)、《小山词》(1933)、《欧阳文忠公近体乐府》(1933)、《晁氏琴趣外篇》(1933)等10余种词籍。林大椿的工作为后来的词籍整理者提供了重要借鉴,诸多词集因之日益精善。当然,由于早期词学文献的整理规范尚未确立,林氏各种抄校本也存在妄据他本校改原书,或随意改动文字乃至拆分词篇、去取不严等问题。

此外,林大椿还著有《顾千里先生年谱》(《北平晨报·学园》第58期至60期及63期)、《唐画之变迁》(《湖社月刊》第76册)、《中国佛教之沿革》(《北平晨报·学园》1931年第121期至125期,又见《正觉》1931年第10期)、《词之矩律》(《出版周刊》1935年第112期)等。林大椿精通日语,曾翻译过内藤虎次郎的《宋乐与朝鲜乐之关系》(《小说月报》1931年第22卷第9期)。

词谱是辑录诸词调,说明词之格律及其变体之书。作为一部现代词谱类著作,《词式》于1933年由上海商务印书馆初版,次年再版,分10卷,计收840调,924体。每调取一首至数首常见、规范的词作为谱例,上有关于该调的源流、宫调、种类、别名等题解。书末附《词韵目录》《词调通检表》及《四十八宫调表》等。作为一部由传统词谱向现代词谱转型的著作,《词式》不仅在词谱编纂史上,也在词学研究史上占有重要位置,但历来人们对它的应用价值和学术意义缺乏足够认识。

三、《词式》对《词谱》的继承

《词式》可以说是《钦定词谱》的简编。书中关于词调的介绍、例词、释语及对一些论著的征引基本来自《钦定词谱》，尤其谱中第一体，只不过有些语词或语序稍作改变。林大椿在《导言》中说："（词之）间架结构，亦等寻常；按律谐声，原属易事。如近代所传之万氏《词律》及《钦定词谱》二书，稍涉繁重，兼有微讹。爰是乃不度绵力，从事本书之草创，思举最简明之程式，以表现较精确之标准，务期既便初学，并保矩律。"[1] 可知《词式》主要取材于《词律》及《钦定词谱》（以下简称《词谱》），特别是《词谱》，因其所宜而将程式简化。作为汇聚一代宿学才识的官修词谱，《词谱》不仅规模远迈前编，考证校勘也更加精审。它的编纂后于万树《词律》，对其体例多有借鉴；又后于集调完备的《御选历代诗余》（以下简称《历代诗余》），便于考证词体之时代先后、源流正变。《词式》于《词谱》义例多有扬弃，凸显了以下特征与功能。

一是溯源流。词谱订调的常见办法是"取唐宋旧词，以调名相同者互校，以求其句法字数；取句法字数相同者互校，以

---

[1] 林大椿编：《词式·导言》，商务印书馆1934年版，第3—4页。

求其平仄"[1]。这种做法的优点是确定好字数平仄句法后,便于排列,眉目清晰;不足是有的后出反立为标准,源流不清。因此,《词系》的编纂者秦巘批评说:"自唐李白、温韦诸人,创立词格,沿及五季,代启新声。至宋,晏、欧、张、柳、周、姜等辈出,制腔造谱,被诸管弦。所著皆刻羽引商,均齐节奏,几经研炼而成,足为模楷。与其取法于后人,莫若追踪于作者。"[2]王士禛说"词选须从旧名",应以最早出现的词作树为正体、尊为原调,即《词谱·凡例》所云"必以创始之人所作本词为正体",因为"图谱专主备体,非选词也"[3]。林大椿选词从其说,一般以宋词或创调词之体为准式,以为词之音律虽亡,却可从声响格律间仿佛得之。他还于群书中采注词名原委及一调数体之故,注明引用之词的来源出处。这种做法确实更能体现词调的原始面目,竟其原委,也渐为近现代词谱词选所普遍采用。

二是明正变。赖以邠《填词图谱》曾指出:"填词宋虽后于唐,而词以宋为盛。每调之同,宋不可得,方取唐;唐不可得,方及元明。"[4]用意虽是法其上取乎通例,结果却造成了"有名

---

[1] 永瑢等:《四库全书总目》卷一九九《钦定词谱提要》,中华书局1965年版,第1827页。

[2] 邓魁英:《关于秦巘的〈词系〉未刊稿》,邓魁英、聂石樵《古代诗文论丛》,北京师范大学出版社1993年版,第507页。

[3] 王奕清等编著:《钦定词谱·凡例》,中国书店2010年版,第1页。

[4] 赖以邠:《填词图谱·凡例》,查继超辑、吴熊和点校《词学全书》,书目文献出版社1986年版,第141页。

词系本调之始,因后人改作少字,遂列于前,而本调反作又一体"[1]。为避免此种情况,《词谱》每调选用唐、宋、元词一首,必以创始之人所作词为正体。如《忆秦娥》创自李白,冯延巳、毛滂、张先各有字数略异的《忆秦娥》,则作李词之变格。正体在前,变体在后,以时代为序,胪列比勘以见因革。《词谱》在词调考释上用力甚多,编纂者广搜博采以考词调的渊源流变。一调多体,以某体为正体而以其他各体为"又一体",既要合乎正体格律要求,又要时间较早,水平较高,影响广泛,才有资格作为词调谱式。在《诗余图谱》所选223首例词中,被《词谱》用为"正体"者57首,"又一体"者55首,占所选例词半数以上。把调名考证融入词谱,可有效指导填词者"选调填词"。《词式》以字数为序编排,每调正格注重列出创体,正是取鉴《词谱》。填词者一册在手,无须再查阅哪个词调适合填写怎样风格、内容的词,直接翻阅就可以解决填词过程中遇到的问题,简明疏朗,便捷实用。

三是备众体。唐五代令词多与声诗、乐府混同,万树《词律》因"今已盛传,不便裁去"[2],故皆录弗弃。《词谱·凡例》亦云:"唐人长短句,悉照《尊前》《花间》《花庵》诸选收入,其五、六、七言绝句,亦各采一二首以备其体。"[3]凡有词集收录

---

[1] 沈辰垣等编:《历代诗余·凡例》,上海书店1985年版,第6页。
[2] 万树编著:《词律·发凡》,上海古籍出版社1984年版,第18页。
[3] 王奕清等编著:《钦定词谱·凡例》,第1页。

者均采录，类似绝句的词亦录以备体。万树批评朱彝尊《词综》收元人小令，认为"选句不妨广撷，订谱则未便旁罗"[1]，而《词谱》主张酌选曲体："至元人小令，略仿《词林万选》之例，取其尤雅者，非以曲混词也。"因此卷一收有《天净沙》，例词为乔吉、马致远之作。取散曲小令之文雅者，或辞采体格较规整者，散入各卷，与词调同列。附收唐宋大曲，以示词体源流："至唐人大曲如《凉州》《水调歌》，宋人大曲如《九张机》《薄媚》，字数不齐，各以类附辑为末卷。"[2] 卷四十附编《清平调》《水调歌》《凉州歌》《伊州歌》《陆州歌》《调笑令》《九张机》《梅花曲》《薄媚》等唐宋大曲。这一体例虽有失严谨，却体现了词谱最主要的备众体于一编的功能。林大椿纂谱虽简，收调却广，全书共收近千（调）体，较《词谱》的826调还要多14调。《词式》在《词谱》去取基础上，另据别书增补，"很可能是参考了光绪二年杜文澜等编次的《校刊词律》，依徐本立和杜文澜所补辑的词调增入，因为删去了僻调拗体，所以又少收了三十五调"[3]。

四是崇雅正。《词谱》多数例词来自《历代诗余》，而《历代诗余》又代表了雅词正宗："是选录其风华典丽而不失于正者为准式，其沉郁排宕，寄托深远，不涉绮靡，卓然名家者，

---

[1] 万树编著：《词律·发凡》，第18页。
[2] 王奕清等编著：《钦定词谱·凡例》，第1页。
[3] 江合友：《明清词谱史》，上海古籍出版社2008年版，第222页。

尤多收录。"[1]《词谱·凡例》亦云:"图谱专主备体,非选词也。然间有俚俗不成句法并无别首可录者,虽系宋词,仍不采入。"[2]有格调俚俗、句法不通而无别词可替的词调,即使出自宋人之手,仍摒弃弗录。以句法、辞采为标准,删减某些僻调,不为备体而贪多滥取。《词谱》所选词作最多者分别是柳永、周邦彦、吴文英、赵长卿、张炎、晁补之、张先、苏轼、姜夔与贺铸,既较多选录了柳永、赵长卿、晁补之等创调较多的词人词作,复大力标举周邦彦、姜夔、吴文英、张炎等雅词派词人作品。《词式》标举句法和辞采,不惜调换和删减某些僻调,以使词体更为规整,虽有悖词谱"专主备体"原则,但也是维护实用功能的不得已选择。若为备体而失去雅正规范,也就丧失了作为词谱的价值与功能。

五是严格律。随着晚宋词乐失坠及俗词俚曲的兴起,词体逐渐案头化、格律化。特别是明清词谱出现后,通过同调比勘、文本归纳而逐步建构了相对稳定规范的格律,"其句法字数有异同者,则据而注为又一体;其平仄有异同者,则据而注为可平可仄"[3]。界定调体、规范文本是词谱的核心功能,尤其强调词体在字数、句式、声韵等方面的统一:"夫词寄于调,字之多寡有定数,句之长短有定式,韵之平仄有定声,杪忽无

---

[1] 沈辰垣等编:《历代诗余·凡例》,第6页。
[2] 王奕清等编著:《钦定词谱·凡例》,第1页。
[3] 永瑢等:《四库全书总目》卷一九九《钦定词谱提要》,第1827页。

差,始能谐合。否则音节乖舛,体制混淆,此图谱之所以不可略也……详次调体,剖析异同,中分句读,旁列平仄,一字一韵,务正传讹。"[1]"词中句读不可不辨",除"整句为句,半句为读",在行间亦标明四、五、六、七、八、九字句读,总结出"直截者为句,蝉联不断者为读"等断句方法。强调拗句"犹关音律","俱一定不可易",虽然按谱填词最终未能实现"泖泖乎可赴节族而谐管弦"的目标,但由于词作格式的统一,才确立了调有定格、格有定律的本质特征。因此,田同之高度赞扬《词谱》订定体格的价值:"详于源流,分别正变,且字句多寡,声调异同,以至平仄,无不一一注明,较对之间,一望了然。所谓填词必当遵古,从其多者,从其正者,尤当从其所共用者,舍《词谱》则无所措手矣。"[2]

林大椿编纂《词式》的目的是指导爱好者填词,亦主张严守而不拘泥格律。他将"词之矩律"置于篇首云:"词之体格,既不类诗,亦不似曲,另是一种之文体。如有作者,宜保其矩律性,仅能恪守范围,从容发挥;慎勿强作解事,独创新格,仍复沿用旧有之词牌;俾词之本性,得以整个的系统的之保存,以待后世有识者之研究,是亦吾人维护文化之应有责任也。"[3]林氏认为词的创作应保持自身的独立性和艺术特色,在其作为

---

[1] 康熙:《御制词谱序》,王奕清等编著《钦定词谱》,第2页。
[2] 田同之:《西圃词说》,唐圭璋《词话丛编》,中华书局1986年版,第1474页。
[3] 林大椿编:《词式·导言》,第3页。

文学体制所蕴含的弹性范围内变化创新，而不应随意"创格"，体现出对词律的历史统一性和文本规范性的充分维护与尊重。

四、《词式》对《词谱》的改进

《词谱》规模庞大，别体众多，烦冗不便实用。在继承和发扬《词谱》优点的同时，《词式》参照《词综》《历代诗余》《词律》及有关别集作了较细致的文本校勘，于体例设置、调式考辨、例词声律、符号标注等方面皆有扬弃，呈现出新的形态特征与体例功能。

一方面是增删词调，考镜源流。基于词史的客观实际，诗词之分从宽，词曲之辨从严，但亦非拘泥。林大椿《唐五代词》订例云："唐人诗多可歌，其时诗词并未分界。如《竹枝》《柳枝》《浪淘沙》，本属七言绝句，《花间》《尊前》并收入词，即《调笑》《三台》诸曲，各家亦皆列于诗集，惟《全唐诗》不录《竹枝》《柳枝》诸调于词，今从《花间》《尊前》之例，概采入。"[1]《词式》也将类似词调收入。《词谱》将唐大曲如《凉州》《水调歌》，宋大曲如《九张机》《薄媚》附载卷末，唐人五、六、七言绝句各采一两首"以备其体"，甚至元人小令亦取其格调娴雅者入谱，虽谓"非以曲混词"，终不免泛滥。因此，陈匪

---

[1] 林大椿选辑：《唐五代词》第1册，第2页。

石《声执》批评说:"惟以备体之故,多觉泛滥。所收之调,涉入元曲范围,又不如万氏之严。"[1]疑为乐府、声诗、大曲或杂曲者多去之,如王喆《七骑子》(《七宝玲珑》)承《词谱》不录,亦连《词谱》原收五、七言集句体《甘露歌》《九张机》等也都弃取。《词式》将部分声诗、大曲、元曲小令作了删汰,即便如此,所收词调总数仍较《词谱》增加了十数调。

早期词每以宫调分类,再按音乐性能分列词调。词乐失坠后,由于调数众多、字句参差,词调分类只按篇幅长短或字数多寡排列。清初几种大型词选如《瑶华集》《历代诗余》等分调型选本均以字数分而不以小令、中调、长调划分。《词式》从源流、宫调、名解、种类、别名等五个方面解释词调,使读者对其来源及流变一目了然。诸体依"字数长短为序",不再兼及词调正变。如《长相思》与《长相思慢》重新按字数排列,《玉蝴蝶》同一调名而将令慢体分列。《词谱》中《三台》《穆护砂》《解红慢》等都在后卷,而《词式》按字数将简体提前。对声韵的标注,《词式》将韵、句分别,凡韵处必用句号,"句"用逗号,"读"用顿号,体例更为明晰,便于遵循。谱例不再标注平仄四声,关键字词外不再每字每声锱铢必较,借此提供了一个相对宽松的标准,提出了相对通达的格律观念。

另一方面是裁汰别体,约定格律。唐宋词人倚声制词,同

---

[1] 陈匪石:《声执》卷上,陈匪石编著、钟振振点校《宋词举》(外三种),江苏古籍出版社2002年版,第169页。

一词调有的存在几种音谱,同一词人以一乐曲倚声作的几首词,字句可能出现差异,滋生别体。每调各词的字数、句式、分段、字声平仄和用韵的差异也会造成别体繁多。《词谱》收826调,分2306体,平均每调有三体之多,较《词律》多收66个词调,而分体竟超出一倍有余。词调之通行体为正体,余皆别体。在词调排列方面,《词谱》仍依《词律》之法,无论添字减字、摊破偷声,还是促拍、近拍和慢词,皆以字数多寡序次,一调数体则以"又一体"别之。丁绍仪指《词谱》"校定为谱者,仅居其半,余皆列以备体而已"[1],任二北说它"失之铺张,多一字为一体,少一字为又一体,殊觉无谓"[2],多主张"词调应正误删复"。为给填词者提供简明实用的谱例,《词式》只选取第一体或两三种具有代表性体式,竭力避免同调异体、一调多体等繁复罗列现象。《词式·凡例》特别指出此谱"专供学生应用,故义取简明及实用,力避高深及繁芜"[3]。每调采择习见正体一首为式,但一些习见异体也酌情列出。《词式》选调举词注重雅洁易学,简明实用。调名多从旧称,不以新声而替旧名。"如《全唐诗》收后唐庄宗之《忆仙姿》,改名《如梦令》。考《如梦令》乃东坡取资于庄宗此词,易制新名,今安得以东坡之新制者,

---

[1] 丁绍仪:《听秋声馆词话》卷一八,唐圭璋编《词话丛编》,第2802页。
[2] 任二北:《增订词律之商榷》,载《东方杂志》第26卷第1号,1929年1月。
[3] 林大椿编:《词式》,第5页。

移施于其前之著作，诸如斯类，均一一更订。"[1]

对《词谱》中的一些讹误，《词式》也作了校改。如姜夔《玉梅令》"高花未吐""梅花能劝"，《词谱》作"花未吐""梅下花能劝"，云："坊本此词，前段第六句，作'高花未吐'，多一'高'字；后段第二句，作'梅花能劝'，少一'下'字，今从《词纬》本改正，盖以'花未吐，暗香已远'，正与后段'拚一日，绕花千转'句法相对，'梅下花能劝'，正与前段'散入溪南苑'句法对也。"[2]然姜夔《长亭怨慢》词序尝自谓"予颇喜自制曲，初率意为长短句，然后协以律，故前后阕多不同"[3]。《词谱》为求对仗而擅改，不合词之历史原貌者，《词式》径予纠正。后人合两词为一调者，《词式》亦溯其源流，复其本原。

词律是词的节奏、声情与意义的综合体现，是词体的本质特征与形式规范。《词式》减少"又一体"，事实上严格限定了词之体格。词体是律词，每一词调的所有作品理应在字数、句数、分段、字声平仄和用韵等方面完全相同，不应出现例外情况，实际却有大量例外。《词式》没有按照《词谱》次序选定体，而是兼顾格律、名作，从"又一体"中选取更具代表性的词作。《上行杯》在《词谱》中作单段，《词式》据《花间集》改为双调。《词式》还抽换了例词，校正了词句，汲取了晚清词选的研究成

---

[1] 林大椿选辑：《唐五代词》第1册，第2页。
[2] 王奕清等编著：《钦定词谱》卷一五，第259—260页。
[3] 夏承焘笺校：《姜白石词编年笺校》卷三，上海古籍出版社1981年版，第36页。

果，尤其参照《词律》《词系》《词林正韵》等对词调、词例重作校正。《笛家弄》调名作"笛家"，上下阕结句《词谱》分作"触目尽成感旧""一晌泪沾襟袖"，《词式》校作"触目伤怀，尽成感旧""一晌消凝，泪沾襟袖"，变121字为125字。《词式》最大程度上规范、统一了词体，避免各自为政，维护了词体的独立地位，也避免了词与诗、曲、乐府等体式的混淆。

此外，唐五代词调有不少入宋时已不流行，宋人所创又往往仅有极少数人使用，不少自度曲仅见制谱者本人所填一两篇而已。"在一千零二十谱中，词作存世仅一首的就有三百八十二谱！唐五代、宋、金、元传承相填者不过三百四十一谱。追根溯源，较为流行的词谱大概只在三百调左右。"[1]《词律》《词谱》烦琐，简谱成为人们的填词依据，如当今通行的词谱，有舒梦兰《白香词谱》100调，王力《诗词格律·词谱举要》50调，《汉语诗律学·词谱举例》206调，龙榆生《唐宋词格律》150余调。唐圭璋曾将《词式》与舒梦兰《白香词谱》并列为作词者的日常用书："近人林大椿作《词式》，龙沐勋作《唐宋词格律》，也是这一类为学习作词者提供方便的书。"[2] 这一类著作的出现，从根本上维护了词体的本质特征。如果遵循《词谱》的繁杂体式，没有《白香词谱》及《唐宋词格律》的简化，自行其是，则不免

---

[1] 董学增编著：《增定词谱·前言》，河海大学出版社2011年版，第2页。
[2] 唐圭璋、金启华：《历代词学研究述略》，《词学》编辑委员会编辑《词学》第1辑，华东师范大学出版社1981年版，第6页。

词体淆乱,"名为崇律,实则亡词"。论词之体式格律,不能忽略词体的历史形态,明清一调多体者固失之妄,宋人一字一音或唐人按曲拍为句亦失之迂。将词律收束至一调数体甚或一调一体,才能有一个确定的规范,形成一个共同标准。只有一调一体,才能像近体诗那样,引起更多人的模仿与创作。

五、《词式》的问题与校补

此次整理以1934年上海商务印书馆再版《词式》为底本,将繁体竖排改为简体横排,同时改进了体例格式,对例词及引文、评述中的讹误在文中径作改正。有些词调的释语过简,多有讹脱之处,又参照《词谱》《词律》及今人研究成果作了笺订,以"校补"形式附缀其后,希便读者参考。

一是校正讹误。在林大椿所选谱例基础上,参照《词谱》《词律》及今人关于词调、词体、词史的研究,就相关内容作了校订与笺补。对例词不准确、引文疏漏或标注不规范等情况,采用通行版本核校,径予改正,不出校记。如杨炎正《玉人歌》,《词谱》及《词式》均误题"杨炎昶"。《双韵子》列张先"鸣鞘电过晓闹静"一词,《词谱》及《词式》原作"前段五句,两仄韵;后段五句,四仄韵",兹据《词律拾遗》卷一改为前段四句三仄韵,后段五句四仄韵。《双鸂鶒》等词调的语句次序,《词式》据其他版本作了改动,致使前后阕平仄不一,故仍据《词谱》改回。对有争议的问题，列举不同说法，不强作解人。《词谱》本正确而林氏移录过程中发生了调名、宫调、字数、韵字、句读、句数等讹误，则据《词谱》《词律》及通行词本径予改正。考虑到《词式》的工具书性质，简明起见，此类问题一般不出校记。至于书名、人名、技法等用语，仍依《词谱》《词式》原貌，不轻易改动。

二是对词体源流作了补笺。对林著选举正体的依据稍作疏解，同时与诸"别体"稍作比较，将源流、宫调、名解、种类、别名等分栏呈现，俾使眉目清晰。彼时资料欠丰，林氏所注不免纰漏，此次因对未尽之处作了补充，在正文中的校补加六角括号标注。毛先舒《填词名解》、夏敬观《词调溯源》、任半塘《教坊记笺订》、吴藕汀《词调名辞典》、冯光钰《中国曲牌考》、潘天宁《词调名称集释》等，都是此次整理过程中参考较多的论著。需要指出的是，《词谱》中存在大量独体词谱，在826个词牌中有373个，约占45%。除个别情况外，它们都被编者钉上了诸如"本调只此一词，无别首可校"等标签。实际上，不少是编者囿于所见。[1]因此，笔者又参考《词谱》《词律》《词律校勘记》等，将与该词调体、史论相关的资料节录递补，与校勘内容并入"校补"一栏。

三是重新标注平仄图示。《词式》只对可平可仄的字词作

---

[1] 参见蔡国强《〈钦定词谱〉"无别首可校"考》，载《中国韵文学刊》2015年第2期。

了标注,而对易于判定平仄者付之阙如,这种做法不便初学者参考借鉴。《词谱》是以虚实朱圈分别标注平仄,平用虚圈,仄用实圈;字本平而可仄者上虚下实,字本仄而可平者上实下虚;可平可仄,不必拘于谱内的亦参校旧词为之作图;谱内注明平仄一定,而另有差异,也一一引证,注明词后。《词谱》极力强调词字四声中去声字"最为紧要",平可代入,而上、去不可互替,也就是填词须严分上、去。至于韵叶的标注与《词律》相类,将换韵、叠韵、句中短韵一一注明。宋人词集中有的标明了词牌所属宫调,"悉照原注备载"。至于改换的词例及字句,则参考通行谱录标注,以便填词者对词调格律一目了然,按谱式填词。《词律·发凡》亦云:"本谱则以小字明注于旁,在右者为韵为叶,为换为叠,为句为豆;在左者为可平,为可仄,为作平,为某声。有字音易误读者,故为注之,如'旋'字、'凝'字之类句不破碎,声可照填,开卷朗然,不致庞杂。其又一体句法与本体同者概不复注,可平仄,有句法长短者则单注明此句,而他句不注。"[1] 后曹焕猷编纂《词学详诠》时即采用"直书词后"的做法,认为这样做"一览了然,无混淆之弊"。任二北认为:"《词律》一书,因词乐亡而难复,遂撇去音谱不谈,因平仄毋庸遍注,遂废去图谱不用。除词中标明句读、叶韵、平仄外,其余于词后详加说明。就形式体例之大概而论,如此已属最妥善者,处后世词乐

---

[1] 万树编著:《词律·发凡》,第16页。

既亡之日而制词谱,诚然只能如此,亦只当如此矣。"[1]

《词式》借鉴了《词律》平仄标注之法,以求简明扼要。民国大多数的词谱体词选的标注方式都较为简明,如杨易霖《词范》只采用了三种符号标识,逗用"、",句用".",韵用"。"。吴遁生《宋词选注》中则仅标出平仄,用"。"标平声,用"."标仄声,可平可仄旁加说明。林大椿《词式》也以简明为原则,句为"。",逗为"、",韵为"。。",可平为"△",可仄为"▲",均注于字旁。为便于读者使用,明白直观起见,我们参照《钦定词谱》重新标注了平仄和声韵,具体是"○"标平声,"●"标仄声,"⊙"标应平可仄,"◎"标应仄可平。

四是编制了词调名索引。原书正文按字数排列,后附笔画顺序的《词调通检表》。转为简体重新排序之后,又编制了词调名索引。这样可以通过字数、笔画两种途径来查找词调,以便检阅。

六、《词式》的学术史价值

"艺术之事,必有规律;违其规律,即丧其体质。"[2] 相对发凡起例、导夫先路的《诗余图谱》《填词图谱》,体式完备、影响深远的《词律》《词谱》,简明实用、流播广泛的《白香词谱》《唐宋词格律》,《词式》只是词谱中众多文字谱的一种,无论

---

[1] 任二北:《增订词律之商榷》,载《东方杂志》第26卷第1号,1929年1月。
[2] 周汝昌:《周序》,孙正刚《词学新探》,天津人民出版社1980年版,第1页。

流传面还是知名度都相对弱些。但从学术史角度来看，它的学术价值已超越了实用价值，反映了词体发展和词学观念的历史转型。

《词律》《词谱》因有大量变体、别格，使人们面对众多同调异体现象无所适从。《词式》拆分变调、删减"又一体"，基本上每调一体，至多不过三五体，最大程度上确立了词体的格律规范，实现了调式与文本的对应统一。《白香词谱》《唐宋词格律》《诗词格律》虽有大体规范，但所收词调少则一百多调，多则三四百调，数量有限。《词式》截断众流、标举一调一体，为几乎所有词调明确了声律，最大程度上实现了词调、词体和词律的规范统一。词调不仅是乐曲、声腔的标志，也是体式和格律的标志，是词的音乐体式与文学体式的共同代表，是词之为词的本质特征。新规范的建立标志着"词有定调""调有定格""格有定律"的历史演进的完成，事实上重新定义了词体概念和创作机制。[1]

词体数量众多，谱式作用主要通过例词来体现。《词式》与《白香词谱》《词范》《唐宋词格律》《诗词格律》等，都是融词选与词谱为一体的谱例。因唐词矩律未定，元、明词常见出律，故《词式》所选多为宋词名作。《白香词谱》《唐宋词格律》《诗词格律》收调较少，更关注词体的文本特征而相对忽略历史特

---

[1] 参见李飞跃《论词调的形成与词体的自觉》，载《文艺研究》2014年第12期。

征尤其词调源流。《词式》概括性继承了《历代诗余》《词谱》的基本优势，提供了一个体现历史传统与当代规范的完整谱式系统。虽然从词调的产生到别名的厘定、从宫调的选择到种类的划分已无法考实，但《词式》通过"源流""宫调""种类""别名"等要素，提醒填词者注意词调的历史形态与文本形态之间的关系，尤其在分片断句、四声押韵等方面尽量遵从传统规范。从以《词律》《词谱》为代表的一调多体，到以《词式》《诗词格律》《唐宋词格律》为代表的一调一（数）体，虽然只是体式的减少与调体的对应，却是从传统词谱向现代词体的质性转变。

  传统词谱学是以文字见音律，将词律作为词体音乐性的呈现，而现代词体学则将词律视作词之独立特征和本质特征。早期词之为词在于其乐而不在于其律，故常有同调异体或一调多体现象。词谱兴起之后，与其说是词的音乐性的仿现，不如说是词的文本性的发现。通过文本比对找寻同调之词的共同特征，将其上升到词体本质特征的层面。同调异名、同调异体、一调多体等现象的普遍存在，事实上又削弱了词律的权威性。《白香词谱》《唐宋词格律》与《词式》等，或通过减少词调，或通过减少词体，为词律的通约性打下了基础。新谱虽还标注宫调、种类、别名、可平可仄等，但已经与早期词谱有实质不同。叶至善曾将龙榆生《唐宋词格律》与王力《诗词格律》比较云："龙榆生的办法与王力不同。王是统计，龙是两个准则，一是溯源，一是依佳作。因此王的谱可平可仄的字比龙的多得多，龙的有些谱简直没有一个可平可仄的字。"[1]字数、平仄而非宫调、曲调成了词体创作的依据和规范，从这个意义上而言，词体性质已经发生了质变，从音乐上的歌词转变成了文学上的律词。此后，词开始像近体诗一样具有一致而确定不移之格律。

现代词体学不仅关注四声平仄等文本格律，还关注其源流正变、宫调歌法、文本声律等，开始在一个新的系统内探究词体。从这一角度而言，林大椿的《词式》、龙榆生的《唐宋词格律》都具有新词体的自觉，它们不仅不同于《填词图谱》《词谱》等传统词学图谱，也不同于《白香词谱》《诗词格律》等现代格律之作，而是从历史活动角度看待词体的演变、演唱及声律，超越了简单的文本排比，更为系统全面，也更加科学合理。《词式》为几乎所有词调统一了填词规范，但它不是林氏的独裁，而是充分借鉴和汲取了已有词谱编纂及词学研究的成果。它以词学史上律谱成就最高的《词谱》中的正体为基础，同时参考借鉴了《词律》《词林正韵》《历代诗余》等，商榷音律、调换例词、纠正谬误、取精用宏，无论数量还是质量都使词谱编纂在整体上达到了一个新的历史高度，可谓新律谱建设的集成之作。此后，词谱编纂主要是查漏补缺、简择重排，调体数量与体例规范已然底定。

近体诗律的形成与确立，很大程度上依赖于诗律类规范性

---

[1] 叶至善著，叶小沫、叶永和编：《叶至善集·书信卷》，开明出版社2014年版，第247页。

著作大量涌现。唐代的诗格类著作虽然颇有散佚,但通考存佚之作有60多种,且多为初盛唐时期撰作。仅唐太宗贞观后期到武后长安末年60余年间,就出现了诸如《笔札华梁》《文笔式》《诗格》《评诗格》《诗式》《诗髓脑》《新定诗格》等多部以诗歌体式为探究对象的著作。它们通过对近体诗的声韵、病犯、对偶、粘缀及篇体探讨,致力于在永明体基础上建构和完善律诗体式,确立了作诗的新规范。一旦律体确立,诗格类著作也就很快销声匿迹。[1] 同样,曲律的建立也与《中原音韵》《南九宫十三调曲谱》《钦定曲谱》《九宫大成》《碎金词谱》等密不可分。以林大椿《词式》为代表的系列词谱格律之作,是愈来愈繁密的传统词谱之学的终结,后出著作多取其简则。同时,将谱例与词作、词论、词乐、词调等融为一体,是现代词体学建立的一个重要标志。数百年的词体文本谱式的归纳与建构,可谓至此完成。

现代词体学主要是在词谱基础上建立而非历史活动中生成的,因此带有明显的局限性和比附性。诸如将归纳建构的格律与文字声律乃至音律联系甚至等同起来,以为每一字声之变化必有声调及音律依据,忽视了词体的灵活性、差异性及独特性。从文本出发的归纳与建构,造成了词体歌唱因素的消隐,阻断了古今歌曲的融通。乐曲、唱法与歌词是歌曲构成的基本要素,

---

[1] 参见李飞跃《中国古典诗歌平仄律的形成与嬗变》,载《中国社会科学》2015年第3期。

但歌唱方式及方法在词谱中因易对格律造成干扰而被忽略,这虽然强化了格律特征,却削弱了歌曲性能。在使用这部律谱手册的同时,我们也应该认识到词律的历史性与相对性,毕竟词律是不断归纳与建构的结果,要让格律成为创作的凭借而非镣铐。因此,林著十分注意降低学词者对格律的畏难情绪,强调"词之境界,自有美感,爱好之者,颇不乏人。特多视按谱为畏途,一场兴趣,为之锐减,以为此道只有宗匠可胜运斤,常人将望而却步。实则间架结构,亦等寻常;按律谐声,原属易事"[1]。

词律与诗律、曲律一样是经由历史活动生成的文本样式,先有名家名作的模仿,然后通过和作、仿作增强这种体式的认同,进而成为通用规范。《词式》完成了词律的简化与定型,为倚声填词建立了新的格律规范,其依据是《词谱》以及唐宋文献中的创体与正体,具有历史可靠性。一调一体、名家名作以及对词调之源流、名解、宫调、种类、别名等介绍,便于人们择调填词的同时充分兼顾历史传统和音乐性能。它涵盖了几乎所有的词调,代表了最为通行的词体,谱例一般是名家名作,且在分片、用韵、字数、句法、平仄、四声等层面都体现了历史性与实用性的统一。这种体例的形成及其词学观念的嬗变,体现了传统词谱学向现代词体学的转型。可以说,《词式》是兼

---

[1] 林大椿编:《词式·导言》,第3页。

具传统规范性、现代实用性与古今通约性于一体的权威填词用书。它在充分尊重词的音乐特性与历史传统的基础上，为后来填词者建立了新的格律规范，维护了词体的独特性与独立性。

在《词式》整理过程中，幸获清华大学文科处自主科研计划支持，谨此致谢！承蒙陈斐兄邀约与指顾，使书稿体例得以尽量完善，篇幅亦因之翻倍。卢多果帮助标注了平仄符号，郭华芩、冯雅、刘紫云等学友帮助核校，惠我良多；文化艺术出版社责任编辑老师、校对老师认真核校，匡我不逮。对各位师友的关心和促成，深致谢忱！由于整理者学殖尚浅，文中不免会有讹误，敬希识者不吝批评指正！

戊戌春，李飞跃记于清华园新斋

目录

导言 | 1
凡例 | 1

卷一 | 1

竹枝 | 1
归字谣 | 2
渔父引 | 3
闲中好 | 4
纥那曲 | 5
拜新月 | 5
梧桐影 | 6
啰唝曲 | 7
醉妆词 | 8
庆宣和 | 9
荷叶杯 | 10
回波乐 | 11
舞马词 | 12
三台 | 13
柘枝引 | 14
塞姑 | 15

晴偏好 | 16
凭阑人 | 17
南歌子 | 17
花非花 | 19
摘得新 | 20
渔歌子 | 21
忆江南 | 22
潇湘神 | 24
章台柳 | 25
解红 | 26
赤枣子 | 26
捣练子 | 27
春晓曲 | 28
桂殿月 | 29
寿阳曲 | 30
南乡子 | 30
阳关曲 | 31
欸乃曲 | 33
采莲子 | 34
浪淘沙 | 35

杨柳枝 | 36	归自谣 | 57
八拍蛮 | 37	饮马歌 | 58
字字双 | 38	西溪子 | 58
十样花 | 39	定西番 | 58
天净沙 | 39	江城子 | 59
甘州曲 | 40	望江怨 | 60
乾荷叶 | 41	长相思 | 61
喜春来 | 41	思帝乡 | 62
醉吟商小品 | 42	相见欢 | 63
踏歌词 | 43	风光好 | 64
秋风清 | 43	误桃源 | 64
抛球乐 | 44	河满子 | 65
法驾导引 | 45	望梅花 | 67
蕃女怨 | 46	醉太平 | 67
一叶落 | 47	上行杯 | 68
忆王孙 | 47	长命女 | 69
金字经 | 48	感恩多 | 70
古调笑 | 49	酒泉子 | 71
遐方怨 | 50	怨回纥 | 72
后庭花破子 | 51	生查子 | 73
柳枝 | 52	蝴蝶儿 | 74
忆仙姿 | 52	添声杨柳枝 | 75
诉衷情 | 54	醉公子 | 76
天仙子 | 55	昭君怨 | 77
风流子 | 56	春光好 | 78

玉蝴蝶｜79
女冠子｜80
纱窗恨｜81
醉花间｜81
点绛唇｜82
平湖乐｜83
恋情深｜83
赞浦子｜84
浣溪沙｜85
醉垂鞭｜86
雪花飞｜86
沙塞子｜87
殿前欢｜87
水仙子｜88
中兴乐｜89
归国遥｜90
霜天晓角｜90
清商怨｜91
伤春怨｜93

卷二｜94
菩萨蛮｜94
采桑子｜96
后庭花｜96
诉衷情令｜97
减字木兰花｜98

卜算子｜99
好时光｜100
谒金门｜100
柳含烟｜102
杏园芳｜102
好事近｜103
华清引｜103
天门谣｜104
散余霞｜104
好女儿｜105
彩鸾归令｜106
锦园春｜106
太平年｜106
朝天子｜107
万里春｜108
清平乐｜108
忆秦娥｜110
更漏子｜111
巫山一段云｜112
望仙门｜113
占春芳｜113
忆少年｜114
相思引｜115
落梅风｜115
江亭怨｜116

喜迁莺 | 117

乌夜啼 | 118

相思儿令 | 119

阮郎归 | 119

贺圣朝 | 120

甘草子 | 121

珠帘卷 | 121

画堂春 | 122

喜长新 | 123

金盏子令 | 123

献天寿 | 124

忆闷令 | 124

西地锦 | 125

三字令 | 126

山花子 | 126

秋蕊香 | 127

胡捣练 | 128

撼庭秋 | 129

桃源忆故人 | 129

庆金枝 | 130

烛影摇红 | 130

洞天春 | 132

庆春时 | 133

眼儿媚 | 133

人月圆 | 134

喜团圆 | 135

海棠春 | 136

武陵春 | 137

双鸂鶒 | 137

鬲溪梅令 | 138

伊州三台 | 138

双头莲令 | 139

梅弄影 | 140

茅山逢故人 | 140

朝中措 | 141

一落索 | 142

阳台梦 | 143

河渎神 | 143

归去来 | 144

惜春郎 | 146

极相思 | 146

双韵子 | 147

凤孤飞 | 148

柳梢青 | 148

醉乡春 | 149

太常引 | 150

相思引 | 151

月宫春 | 152

应天长 | 153

满宫花 | 153

少年游 | 154
偷声木兰花 | 155
滴滴金 | 156
忆汉月 | 157
西江月 | 157
惜春令 | 158
留春令 | 159
盐角儿 | 160
归田乐 | 161
惜分飞 | 161
孤馆深沉 | 162
促拍丑奴儿 | 162
怨三三 | 163
使牛子 | 163
折丹桂 | 164
竹香子 | 165
城头月 | 165
四犯令 | 166
醉高歌 | 167
黄鹤洞仙 | 167
破字令 | 168
花前饮 | 168
导引 | 169

卷三 | 171

思越人 | 171

探春令 | 172
越江吟 | 172
燕归梁 | 173
雨中花 | 174
凤来朝 | 175
秋夜雨 | 176
伊州令 | 176
木笪 | 177
思远人 | 178
梦仙郎 | 179
青门引 | 179
菊花新 | 180
醉红妆 | 181
醉花阴 | 182
望江东 | 183
入塞 | 183
玉团儿 | 184
倾杯令 | 184
锯解令 | 185
双雁儿 | 185
寻芳草 | 186
梁州令 | 187
恨来迟 | 188
珍珠令 | 189
寿延长破字令 | 189

献天寿令 | 190
折花令 | 191
迎春乐 | 191
红窗听 | 192
上林春令 | 193
红罗袄 | 194
折桂令 | 194
荔子丹 | 195
浪淘沙令 | 195
金错刀 | 197
端正好 | 198
杏花天 | 198
天下乐 | 199
恋绣衾 | 200
撷芳词 | 200
鬓边华 | 202
玉楼人 | 203
江月晃重山 | 203
南乡一剪梅 | 204
鹦鹉曲 | 204
忆王孙 | 205
品令 | 206
一七令 | 207
河传 | 207
木兰花 | 209

金莲绕凤楼 | 211
睿恩新 | 211
夜行船 | 212
金凤钩 | 213
鹧鸪天 | 213
鼓笛令 | 214
徵招调中腔 | 215
虞美人 | 215
瑞鹧鸪 | 217
玉楼春 | 218
凤衔杯 | 219
鹊桥仙 | 220
玉阑干 | 221
思归乐 | 221
翻香令 | 222
茶瓶儿 | 223
柳摇金 | 223
卓牌子 | 224
清江曲 | 225
楼上曲 | 225
厅前柳 | 226
二色宫桃 | 227
市桥柳 | 227
步蟾宫 | 228
一斛珠 | 229

夜游宫 | 230

芳草渡 | 230

遍地花 | 231

荷叶铺水面 | 232

家山好 | 232

步虚子令 | 233

红窗迥 | 233

临江仙 | 234

东坡引 | 237

卷四 | 238

小重山 | 238

踏莎行 | 239

宜男草 | 240

花上月令 | 240

倚西楼 | 241

扫地舞 | 242

恨春迟 | 242

接贤宾 | 243

冉冉云 | 244

蝶恋花 | 244

寿山曲 | 246

秋蕊香 | 246

惜琼花 | 247

朝玉阶 | 247

散天花 | 248

荷华媚 | 248

少年心 | 249

七娘子 | 250

一剪梅 | 250

寻梅 | 251

锦帐春 | 252

唐多令 | 253

摊破采桑子 | 254

后庭宴 | 255

鞓红 | 255

望远行 | 256

贺明朝 | 257

拨棹子 | 258

玉堂春 | 258

系裙腰 | 259

赞成功 | 260

定风波 | 260

破阵子 | 261

金蕉叶 | 263

渔家傲 | 263

苏幕遮 | 264

摊破南乡子 | 266

明月逐人来 | 267

好女儿 | 267

甘州遍 | 268

别怨 | 268
转调踏莎行 | 269
瑞鹧鸪 | 270
麦秀两歧 | 271
献衷心 | 272
黄钟乐 | 273
醉春风 | 274
握金钗 | 275
侍香金童 | 275
缕山月 | 276
喝火令 | 277
芭蕉雨 | 277
淡黄柳 | 278
辊绣球 | 279
锦缠道 | 279
厌金杯 | 280
庆春泽 | 281
行香子 | 282
酷相思 | 283
解佩令 | 283
垂丝钓 | 284
谢池春 | 285
胜胜令 | 286
玉梅令 | 286
青玉案 | 287

感皇恩 | 288
钿带长中腔 | 289
梦行云 | 290
三奠子 | 291
凤凰阁 | 292
看花回 | 292
嫭人娇 | 293
两同心 | 294
拾翠羽 | 295
连理枝 | 295
望梅花 | 296
月上海棠 | 297
惜黄花 | 297
且坐令 | 298
归田乐 | 299
佳人醉 | 299
西施 | 300
小镇西犯 | 300
檐前铁 | 301
三登乐 | 302
卓牌子近 | 303
千秋岁 | 303
惜奴娇 | 305
忆帝京 | 306
于飞乐 | 306

撼庭竹｜307

粉蝶儿｜308

绕池游｜309

卷五｜310

师师令｜310

隔浦莲近拍｜311

郭郎儿近｜312

临江仙引｜313

百媚娘｜313

风入松｜314

传言玉女｜315

枕屏儿｜316

隔帘听｜316

碧牡丹｜317

剔银灯｜318

越溪春｜319

长生乐｜319

诉衷情近｜320

下水船｜321

解蹀躞｜321

扑蝴蝶｜322

千年调｜323

蕊珠闲｜324

瑞云浓｜324

番枪子｜325

荔枝香｜326

婆罗门引｜327

韵令｜328

春声碎｜329

凤楼春｜330

祝英台近｜331

四园竹｜332

侧犯｜332

离亭宴｜333

御街行｜334

阳关引｜335

一丛花｜336

甘州令｜337

山亭柳｜338

梦还京｜339

忆黄梅｜339

红林檎近｜340

快活年近拍｜341

金人捧露盘｜342

小镇西｜343

过涧歇近｜343

瑶阶草｜344

安公子｜345

应景乐｜346

柳初新｜346

词式

斗百花｜347

皂罗特髻｜348

最高楼｜348

倒垂柳｜350

彩凤飞｜351

有有令｜352

拂霓裳｜352

柳腰轻｜353

爪茉莉｜354

蓦山溪｜355

千秋岁引｜355

早梅芳｜356

新荷叶｜357

南州春色｜358

迷仙引｜358

促拍满路花｜359

黄鹤引｜361

洞仙歌｜361

望云涯引｜363

泛兰舟｜364

踏歌｜364

卷六｜367

秋夜月｜367

祭天神｜368

鹤冲天｜369

少年游慢｜370

兀令｜370

踏青游｜371

梦玉人引｜372

蕙兰芳引｜372

倾杯近｜373

清波引｜374

簇水｜375

鹊桥仙｜375

受恩深｜376

婆罗门令｜377

华胥引｜378

五福降中天｜379

离别难｜379

江城梅花引｜380

寰海清｜382

劝金船｜383

醉思仙｜384

玉人歌｜385

惜红衣｜385

鱼游春水｜386

卜算子慢｜387

雪狮儿｜388

石湖仙｜389

芳草渡｜389

谢池春慢 | 390

采桑子慢 | 391

探芳信 | 392

遥天奉翠华引 | 393

夏云峰 | 394

采莲令 | 394

醉翁操 | 395

红芍药 | 396

八六子 | 397

月上海棠 | 398

玉京秋 | 399

法曲献仙音 | 400

金盏倒垂莲 | 401

塞翁吟 | 403

意难忘 | 404

东风齐著力 | 404

远朝归 | 405

露华 | 406

薄媚摘遍 | 406

恋香衾 | 407

满江红 | 408

惜秋华 | 410

梅子黄时雨 | 411

如鱼水 | 412

凄凉犯 | 413

浣溪沙慢 | 414

四犯剪梅花 | 415

探芳新 | 417

临江仙慢 | 418

雪明鸦鹊夜 | 419

玉漏迟 | 420

尾犯 | 421

雪梅香 | 423

六幺令 | 423

保寿乐 | 425

古香慢 | 426

芙蓉月 | 426

一枝春 | 427

二色莲 | 428

玉连环 | 428

金浮图 | 429

塞孤 | 430

水调歌头 | 431

扫地游 | 432

满庭芳 | 433

白雪 | 435

徵招 | 435

双瑞莲 | 436

小圣乐 | 437

梦扬州 | 438

玉女迎春慢｜439

玉梅香慢｜439

六花飞｜440

赏松菊｜441

黄莺儿｜441

天香｜442

熙州慢｜443

汉宫春｜444

剑器近｜446

秋兰香｜447

凤鸾双舞｜448

行香子慢｜449

甘露滴乔松｜449

庆千秋｜450

塞垣春｜450

望云间｜452

步月｜453

早梅香｜454

卷七｜455

卓牌子慢｜455

秋蕊香｜456

阳台路｜456

倦寻芳｜457

八声甘州｜458

迷神引｜459

醉蓬莱｜460

凤凰台上忆吹箫｜461

采明珠｜462

庆清朝｜463

黄鹂绕碧树｜463

帝台春｜464

瑶台第一层｜465

暗香｜466

梦芙蓉｜467

西子妆慢｜468

玉京谣｜468

被花恼｜469

绿盖舞风轻｜470

月边娇｜471

四槛花｜471

长亭怨慢｜472

玉簟凉｜473

松梢月｜474

应天长｜475

留客住｜476

昼夜乐｜476

雨中花慢｜477

万年欢｜479

宴春台慢｜481

逍遥乐｜483

八节长欢 | 484

忆东坡 | 484

粉蝶儿慢 | 485

并蒂芙蓉 | 486

黄河清慢 | 486

春草碧 | 487

芰荷香 | 488

绣停针 | 489

扬州慢 | 489

舞杨花 | 490

双双燕 | 491

孤鸾 | 492

云仙引 | 493

陌上花 | 493

福寿千春 | 494

夏日燕黉堂 | 495

水晶帘 | 495

玲珑玉 | 496

三部乐 | 496

声声慢 | 497

紫玉箫 | 499

月下笛 | 500

玲珑四犯 | 500

丁香结 | 501

琐窗寒 | 502

大有 | 503

燕山亭 | 504

聒龙谣 | 505

金菊对芙蓉 | 506

十月桃 | 506

蜀溪春 | 507

秋宵吟 | 507

三姝媚 | 508

凤池吟 | 509

新雁过妆楼 | 510

月华清 | 511

国香 | 511

飞龙宴 | 512

定风波慢 | 513

大椿 | 514

玉蝴蝶 | 515

无闷 | 516

夜合花 | 517

彩云归 | 517

引驾行 | 518

御带花 | 519

凤箫吟 | 520

念奴娇 | 522

解语花 | 524

绕佛阁 | 525

词式

渡江云 | 526
腊梅香 | 527
八音谐 | 528
绛都春 | 528
琵琶仙 | 529
换巢鸾凤 | 530
东风第一枝 | 531
高阳台 | 532
春夏两相期 | 533
垂杨 | 534
长寿仙 | 534
雪夜渔舟 | 535
惜寒梅 | 536
惜花春起早慢 | 537
双头莲 | 537

卷八 | 539
看花回 | 539
木兰花慢 | 540
满朝欢 | 541
桂枝香 | 542
锦堂春慢 | 543
喜朝天 | 543
剪牡丹 | 544
马家春慢 | 545
玉烛新 | 546

清风满桂楼 | 546
映山红慢 | 547
真珠帘 | 548
曲江秋 | 549
翠楼吟 | 549
霓裳中序第一 | 550
月当厅 | 552
寿楼春 | 553
秋色横空 | 554
舜韶新 | 554
凤归云 | 555
梅香慢 | 556
西平乐 | 557
山亭宴慢 | 558
望春回 | 559
水龙吟 | 560
斗百草 | 562
石州慢 | 563
上林春慢 | 564
宴清都 | 565
庆春宫 | 565
忆旧游 | 567
花犯 | 568
瑞鹤仙 | 568
齐天乐 | 570

昼锦堂 | 571

氏州第一 | 573

花发状元红慢 | 573

恋芳春慢 | 574

瑶华 | 575

湘春夜月 | 576

倒犯 | 576

喜迁莺 | 577

曲游春 | 578

竹马儿 | 579

长相思慢 | 579

雨霖铃 | 580

还京乐 | 581

忆瑶姬 | 583

安平乐慢 | 584

望南云慢 | 585

情久长 | 585

西江月慢 | 586

杏花天 | 586

探春慢 | 587

眉妩 | 588

湘江静 | 589

金盏子 | 589

龙山会 | 590

春云怨 | 591

升平乐 | 592

双声子 | 593

澡兰香 | 593

归朝欢 | 594

永遇乐 | 595

二郎神 | 596

倾杯乐 | 598

更漏子 | 603

百宜娇 | 603

卷九 | 605

宴琼林 | 605

潇湘逢故人慢 | 606

惜余欢 | 606

拜星月 | 607

绮寮怨 | 608

花心动 | 609

向湖边 | 610

阳春 | 610

送入我门来 | 611

绕池游慢 | 612

索酒 | 612

瑞云浓慢 | 613

霜花腴 | 614

绮罗香 | 614

春从天上来 | 615

西湖月 | 616
爱月夜眠迟慢 | 616
迎新春 | 617
月中仙 | 618
合欢带 | 619
曲玉管 | 619
早梅芳 | 620
尉迟杯 | 621
花发沁园春 | 622
赏南枝 | 624
南浦 | 624
西河 | 626
梦横塘 | 627
西吴曲 | 628
秋霁 | 628
清风八咏楼 | 629
暗香疏影 | 630
真珠髻 | 631
望明河 | 631
征部乐 | 632
解连环 | 633
内家娇 | 634
夜飞鹊 | 635
泛清波摘遍 | 636
安公子 | 636

望远行 | 637
醉公子 | 638
江南春 | 639
望海潮 | 640
望湘人 | 641
青门饮 | 641
落梅 | 642
飞雪满群山 | 643
角招 | 643
楚宫春 | 645
一寸金 | 645
击梧桐 | 646
折红梅 | 647
泛青苕 | 648
薄幸 | 649
倚阑人 | 650
惜黄花慢 | 650
一萼红 | 652
夺锦标 | 652
菩萨蛮慢 | 653
无愁可解 | 654
杜韦娘 | 655
过秦楼 | 656
江城子慢 | 657
胃马索 | 657

八宝妆 | 658

疏影 | 659

大圣乐 | 659

风流子 | 661

高山流水 | 662

慢卷䌷 | 663

选冠子 | 664

霜叶飞 | 665

五彩结同心 | 666

透碧霄 | 667

女冠子 | 667

卷十 | 669

玉山枕 | 669

期夜月 | 670

长寿乐 | 671

轮台子 | 672

沁园春 | 673

丹凤吟 | 675

紫萸香慢 | 676

瑶台月 | 676

梅花引 | 677

宣清 | 678

八归 | 679

摸鱼儿 | 680

贺新郎 | 682

子夜歌 | 683

接贤宾 | 684

吊严陵 | 685

金明池 | 686

送征衣 | 687

秋思 | 688

洞仙歌 | 689

笛家弄 | 690

春风袅娜 | 691

春雪间早梅 | 692

翠羽吟 | 693

白苎 | 694

六州 | 695

十二时慢 | 696

兰陵王 | 697

大酺 | 698

瑞龙吟 | 700

浪淘沙慢 | 701

破阵乐 | 702

歌头 | 703

玉女摇仙佩 | 704

多丽 | 705

六丑 | 706

玉抱肚 | 707

六州歌头 | 708

词式

夜半乐 | 710
宝鼎现 | 711
个侬 | 712
解红慢 | 713
穆护砂 | 714
三台 | 715
抛球乐 | 716
哨遍 | 718
戚氏 | 719

胜州令 | 720
莺啼序 | 721

附录一 词韵目录 | 724
附录二 词调通检表 | 729
附录三 四十八宫调表 | 759
附录四 林大椿校刊书目 | 762

本次整理参考文献 | 763

导言

词为文学中具有矩律性之一体，创于唐，酝酿于五代，大成于宋；逮及金元，北曲兴而渐衰，至明而晦；清代复兴，浙常二派，递为消长。清人所作，既在歌法失传、字谱零落之后，纵令刻意追摹，亦仅成为长短句之词而已，无复宋元载歌载舞之能事者矣。

词虽导源于诗，然却自有其独特之本性与立场，非尽受诗与乐府之支配。后人辄好称词为诗余，实嫌牵强；或名乐府，义亦未协。至谓可以上接三百篇，尤属瞽言，惟曰长短句，斯最相称耳。

唐词创作，原从破诗句以为之。李白、白居易之作品，均去诗为近；至温庭筠出，体格始立。当时只有小令，又限于赋题本意，其义狭而不畅。北宋名家踵起，如柳永、周邦彦辈，生逢盛世，以其余力，各依旧谱，另翻新声，演为慢词；情辞并茂，寓意寄声，尽极能事；其音律之严，炼字之工，蔚若彩霞衬日，倍形佳丽；后之作者，莫能追及。南宋以还，作者尤盛，是时士气沉酣于湖山歌舞之中，疲萎不扬，其作品率柔媚而弛缓，致启后人责难之辞。嗣有辛弃疾者，以黄钟大吕，振聩发聋，壮气毅力，得未曾有，作风为之一变。其影响于民心士气者，当非浅鲜。复适遭诗禁，文士遂群趋以治词，诸体纷陈，寄托益深，晦涩费解，作风又为之一变。其时唱曲填词，骎成习尚，乃至官家、武将、方外、女流，率优为之。至今流传之作品，尚推是时为最富。惟于音律一道，失于协调，而歌法字谱，亦自是而浸亡矣。

夫歌者仅知律之严，作者惟求句之工，歌者不能作，作者不能歌，若求合拍，必须歌作兼擅，乃能工稳。然如今日所百思难得其解之歌法，在当时本极平常，教坊歌鬟，率知句拍，特文人鄙为末技，弗屑措意。而歌者又率不知文字，专凭口授之传袭，则一转瞬间，距尔失传，正复易易。鄙人久居故都，习见皮黄教师，对于抑扬顿挫之妙，变徵移宫之秘，某伶某腔，某句某眼，均恃口授，绝无记录。使一旦老伶尽丧，则皮黄亦将渐失流传，宋词歌法之浸亡，想亦犹是耳。

词之本性，原具矩律。后之作者，纵在歌法失传字谱零落之今日，岂可遽使违背本性顿失原则。谱法虽亡，旧词尚在，尽可择其格律严整者，仿用多数决之标准，以定依违。所以距宋元数百年之后，尚得凭之以制谱，虽与原有之谱合否未可知，而大体要亦勿违。

有明一代，实为中衰之期。惟刘基辈，尚具元末典型，不乖风雅。其余作者，竞度新声，率畔宫律，扣槃之讥，大家不免，是为词最混乱时代。清初诸老，复专力以治之。竹垞、皋文，互树坛坫，移易风气，影响至巨；取径高深，骎登大雅；南北闻风，竞展雄才。二百八十年间，有集四千余家，虽妍媸糅杂，亦极盛矣。有万树者痛《啸余》《图谱》之纰缪，创作《词律》二十卷，一轨于宋，以正其失。书成于清康熙二十二年，收调六百六十首，共一千一百八十体。逾三十年，清圣祖命王奕清等撰《钦定词谱》四十卷，视万书为详，书成于康熙五十四年，收调八百二十六首，共二千三百零六体。特万氏之书，过于重绳旧谱之失，几于满纸尽然，转违作律之严，后人以是病之。盖其时词家深被《啸余》之毒，万氏不得不鸣鼓而攻，并非过举。《钦定词谱》既踵万书之后，且征引考证，又多人间未见之书，然所成就，尚不逮万氏，于此可见万氏《词律》，实启橐钥，其功甚伟。自兹以降，继续作谱者，颇不乏人，亦有引古今名调，用南北曲之音拍，施诸弦索以制谱者，是等诸游戏而已。

总而言之，词之体格，既不类诗，亦不似曲，另是一种之文体。如有作者，宜保其矩律性，仅能恪守范围，从容发挥；慎勿强作解事，独创新格，仍复沿用旧有之词牌；俾词之本性，得以整个的系统的之保存，以待后世有识者之研究，是亦吾人维护文化之应有责任也。

词之歌谱，虽经失传，尚有张炎《词源》及姜夔《白石歌曲》之旁谱，略陈其概，可资研究。所惜传写错讹，易致参差。近代关于阐明二书之著述，颇有数种，究其所得，仍难合于歌喉。近有日本内藤氏撰有《宋乐与朝鲜乐之关系》一文，叙述宋时因郡主下嫁高丽国王，曾遗宋乐一小部，故高丽至今尚沿用宋乐词牌。但内藤之文，仅启其端，未臻具体，予尝译载《小说月报》。倘从高丽乐书，取径探讨，上窥宋乐之歌法，或亦可得一线之曙光也。

词之境界，自有美感，爱好之者，颇不乏人。特多视按谱为畏途，一场兴趣，为之锐减，以为此道只有宗匠可胜运斤，常人将望而却步。实则间架结构，亦等寻常；按律谐声，原属易事。如近代所传之万氏《词律》及《钦定词谱》二书，稍涉繁重，兼有微讹。爰是乃不度绵力，从事本书之草创，思举最简明之程式，以表现较精确之标准，务期既便初学，并保矩律。特孤陋寡识，疏漏仍多，是尚有待于它日之更订耳。

二二，九一八。林大椿坚之

凡例

本书编辑之标准，有两点：

甲　专供学生应用，故义取简明及实用，力避高深及繁芜。所以每调仅采习见之正体一首以为式；其偷声减字，每因一二字数之参差，成为又一体者，均不录。惟确为同调之别体又属习见者，始类列之。

乙　所有注释，仅限于本调、本词之说明。惟于源流，略陈本事，藉明沿革。余若纠正旧谱，或校补原词，概不记述，以免繁复。

每卷每调，均依字数长短为序。遇同调而句拍不同，确非一体者，均另列之。

每调先选用创始作品。惟原作适为非习见之体者，始易其他名作充之。

凡关于调之研究：如（一）源流、（二）宫调、（三）名解、（四）种类、（五）别名，各依所据，并注明引用原书；倘有删节原文之处，均于中间用连点以识之。又凡关于词之句、豆、韵及可平可仄，概用符号，取其简便醒目。句为"，"，豆为"、"，韵为"。"[1]。余若词之作法，及古人成规诸点，亦简注于每词之后。

本书所采之词调，从元代为断。

---

[1] 原文为：句为"。"，豆为"、"，韵为"。。"，可平为"△"，可仄为"▲"，注于字旁。为使图例简明，整理者据《钦定词谱》作了改易。

本书所用"单段""两段"各名称，系出鄙人所拟；因旧谱以及各家著录，均沿用单调、双调 双调之名，与宫调之夹钟商俗名双调者同称 之名，嫌其易涉疑混，或有改双调为双叠者，惟每词之后段，未必果系照叠前段，故双叠之义，亦为未协；兹因慢词原有三段四段之称，故易拟今名，俾可划一。

虽所传只有一词，并无别首可校，然因其句法平顺，又可供检查句读之用，故间亦采存。

本书采调凡八百四十首，共九百二十四体。而习见诸词调，均已具备。其他僻调拗体，以非习见，概未采及。

本书所注，仅分平仄。至于去上之辨，阴阳之分，则名家著作以及各种谱律，辨析精严，文献俱存，尽可参考，故本书概为省略。

本书凡遇纠正《词律》《词谱》之处，均未加注；缘本书既非专据某书删节而来，原可无需备注。虽体裁偶有合于前人，实缘取径既同，则途辙易于一致也。至如《词谱》所收之《忆余杭》，本系潘阆追忆余杭之作，实为《酒泉子》，原无别名《忆余杭》之事实，乃《词谱》两收之，本书则只收《酒泉子》一调而已。又如《词律》《词谱》，均收晁补之所作《引驾行》五十二字一体，实仅系半阕，逸其后段，如斯残编，奚堪作谱，亦好奇之过也；既经覆校证明，即屏不录。聊举一端，以概其余。至于字句之校正，平仄之改定，更未遑指数也。

附录：

甲　词韵　词韵专书，颇有数种，以戈载之《词林正韵》为最精 戈载，清代人，《词林正韵》作于道光元年。近人吴梅氏对于戈书之入声部，略有改订，其说可从，兹依以分部。仅录韵目，以省篇幅。

乙　词调通检表　词之别名，最为纷繁，标新立异，翻检无从；此表罗列本书所有调名，依首字笔画之繁简为序，注明见于某卷，以便翻检。

本书之外，拟嗣辑《词范》一编，相辅而行，藉供参考，用便作者按体讽诵，以资隅反。

本书草创，限于闻见，疏漏滋多，本不敢遽以出版，乃叠承朋旧怂恿督促，并欲藉此求正于大雅，故遂付印。尚祈指教，藉匡不逮，曷胜幸甚！

卷一

【竹枝】

源流：唐教坊曲名。《竹枝》，本出于巴渝。唐贞元中，刘禹锡在沅湘，以俚歌鄙陋，乃依骚人《九歌》，作《竹枝》新辞九章，教里中儿歌之，由是盛于贞元、元和之间。禹锡曰："竹枝，巴歈也。巴儿联歌，吹短笛、击鼓以赴节，歌者扬袂睢舞，其音协黄钟羽。末如吴声，含思宛转，有淇濮之艳焉。"见宋郭茂倩《乐府诗集》。唐时古意尚未全丧，《竹枝》《浪淘沙》《抛球乐》《杨柳枝》乃诗中绝句，而定为歌曲。见宋王灼《碧鸡漫志》。

宫调：刘禹锡自序，"其自音协黄钟羽"即俗名般涉调。

种类：有平韵、仄韵两体。

竹枝 单段十四字，两句，两平韵。　皇甫松

木棉花尽 竹枝 荔枝垂 女儿。千花万花 竹枝 待郎归 女儿。
⊙○○● 　　●○△ 　○○⊙● 　　●○△

　　刘禹锡与白居易倡和《竹枝》甚多，惟俱无和声。今采皇甫松词，以有和声也。所注和声之"竹枝""女儿"，以"枝""儿"叶韵，乃歌时群相随和之声。竹枝之音，起于巴蜀，

唐人所作，皆言蜀中风景。后人因效其体，于各地为之，非古也。见万树《词律》。《尊前集》载皇甫松《竹枝》六首，平韵者五，仄韵者一。每句第二字，俱用平声，余字平仄不拘。

校补：《尊前集》载皇甫松《竹枝词》六首，皆两句体。按古乐府，《江南弄》等曲皆有和声。如《江南曲》和云"阳春路，时使佳人度"，《龙笛曲》和云"江南弄，真龙下翔凤"，《采莲曲》和云"采莲居，渌水好沾衣"，亦各叶韵。此其遗意耳。《钦定词谱》以皇甫松"芙蓉并蒂（竹枝）一心连（女儿）"为正体，兹据以参校标注平仄。

又一体 单段二十八字，四句，三平韵。 孙光宪

乱绳千结 竹枝 绊人深 女儿。越罗万丈 竹枝 表长寻 女儿。杨柳在身 竹枝 垂意绪 女儿，藕花落尽 竹枝 见莲心 女儿。

即唐人七言绝句，而有和声，句中平仄，亦可不拘。

校补：《钦定词谱》二十八字体以孙光宪"门前春水（竹枝）白蘋花（女儿）"一词为正体。兹据以参校标注平仄。

【归字谣】

别名：蔡伸词，名《苍梧谣》；周玉晨词，名《十六字令》。

归字谣 单段十六字，四句，三平韵。　张孝祥

归。猎猎薰风飐绣旗。阑教住，重举送行杯。
△　◎●○○●△　　○○●　◎●●○△

第一句，以一字句起韵。

校补：张孝祥词三首，皆以"归"字起韵。蔡伸词以"天"字起韵，袁去华词亦以"归"字起韵，皆一字句。元《天机余锦》载周玉晨词："眠，月影穿窗白玉钱。无人弄，移过枕函边。"本以一字句起，《词综》及《草堂别集》，误"眠"字为"明"，遂以"明月影"三字为起句者，误。

【渔父引】

源流：唐教坊曲名。

渔父引 单段十八字，三句，三平韵。　顾况

新妇矶边月明。女儿浦口潮平。沙头鹭宿鱼惊。
○●○○●△　●○●●○△　○○●●○△

校补：《新唐书·张志和传》："（志和）居江湖，自称烟波钓徒……每垂钓不设饵，志不在鱼也……尝撰渔歌，宪宗图真求其歌，不能致。"《金奁集》载唐人和张词，入黄钟宫。《词律》《词谱》有《渔歌子》而无《渔父》，实《渔父》与双调《渔歌子》截然两调。五代李珣《渔父》三首与《渔歌子》两首，一人之作而分体异名。宋人将两者混为一调，如南宋张炎《山中

白云词》有《渔歌子》十首,其律实合《渔父》,后人乃沿宋人之误。《词律拾遗》卷一列宋戴复古"渔父饮"一首,亦名《渔父》,又名《渔父慢》,与张志和《渔父》异。任半塘《教坊记笺订》以为"引"可能为琴曲名。五代李梦符有此调之作两首("渔弟渔兄喜到来""村寺钟声度远滩"),均七言四句声诗,并咏调名本意。《三洞群仙录》卷一三引《郡阁雅谈》:"李梦符,梁开平初钟傅镇洪州,日与布衣饮酒。狂吟放逸,四时常插花。以钓竿挂一鱼,向市肆踏《渔父引》,卖其辞。好事者争买,得钱,便入酒家。其辞有千余首,传于江表。"知为踏歌一类。此词与张志和《渔歌子》,极为宋人传诵。黄庭坚、徐俯曾取二词合为《浣溪沙》歌之。见《乐府雅词》注。

【闲中好】

源流:此调见唐段成式《酉阳杂俎》。
名解:即以首句三字为调名。
种类:有平韵、仄韵两体。

闲中好 单段十八字,四句,两平韵。 段成式

闲中好,尘务不萦心。坐对当窗木,看移三面阴。
○○● ○●●○△ ●●○○● ○○●○△

校补:清沈雄《古今词话·词辨》卷上云:"唐人《闲中好》三首,《词品》不载。前人斥为三首三体,难入词调,殊不知梓人之误。即《古今词谱》《词隐》亦只登其二,以为二体。"并校三词传辞异文,谓"仍然三首一调"。

【纥那曲】

源流：《纥那曲》，不知所出。考唐天宝中，崔成甫翻《得体歌》有"得体纥那也，纥囊得体那"之句，岂其所本欤？见明胡震亨《唐音癸签》。唐人于舟中唱《得体歌》，有号头，即和声。纥那者，或曲之和声也。见《钦定词谱》。《旧唐书·韦坚传》："先是，人间戏唱歌词云：'得（丁纥反）体（都董反）纥那也，纥囊得体那。潭里船车闹，扬州铜器多。三郎当殿坐，看唱得体歌。'"纥那之名始此。见万树《词律》。

纥那曲 单段二十字，四句，三平韵。　　刘禹锡

杨柳郁青青。竹枝无限情。同郎一回顾，听唱纥那声。
◎●○△ ●○○●△ ○○◎◎● ○●●○△

此即唐人平韵五言绝句，实为词调也。

校补：刘禹锡《竹枝词》："楚水巴山江雨多，巴人能唱本乡歌。今朝北客思归去，回入纥那披绿萝。"杨慎《词品》卷一云："刘禹锡诗言翻南调为北曲也"，"纥那皆叶平声，此又随方音而转也"。盖指《纥那曲》为北歌，北客思归，巴人作北歌相送。"纥那"二字亦见于《得体歌》之和声，蜀音皆平声。

【拜新月】

源流：唐教坊曲名。

拜新月 单段二十字，四句，两仄韵。 李端

开帘见新月，便即下阶拜。细语人不闻，北风吹裙带。
○○●●　●●●○▲　●●○○　●○○▲

此即唐人仄韵五言绝句，语气微拗，实亦词调也。

校补：此曲因民间拜新月之风俗而产生，多为妇孺乞美、乞巧、乞遂人事。其拜七月为多，五月亦有，并有拜牛郎、织女双星者。与拜月之俗相邻，亦具歌辞。唐典另有杂言，宋词有《拜星月慢》。《岁时广记》中提到七月七日，世谓织女、牵牛聚会之日。是夕，陈瓜果于庭中以乞巧。另据《续齐谐记》载："桂阳成武丁有仙道……弟问曰：'织女何事渡河？去当何还？'答曰：'织女暂诣牵牛，吾复三年当还。'明日失武丁。至今云织女嫁牵牛。"宋金盈之《醉翁谈录》载："俗传齐国无盐女，天下之至丑，因幼年拜月，后以德选入宫。帝未宠幸，上因赏月见之，姿色异常，帝爱幸之，因立为后。乃知女子拜月，有自来矣。"

【梧桐影】

源流：大梁景德寺峨嵋院，壁间有吕岩题字。寺僧相传有蜀僧号峨嵋道者，戒律甚严，不下席者二十年。一日，有布衣青裘，昂然一伟人来，与语良久，期以明年是日，复相见于此，愿少见待。明年是日，日方午，道者沐浴端坐而逝。至暮，伟人果来，问道者，曰："亡矣！"伟人叹息良久，忽不见。明日书数语于堂侧壁间绝高处。宣

和间，余游京师，犹及见之。见宋周紫芝《竹坡诗话》。
名解：后人取词中末句，以为调名。
别名：因词中有"明月斜"句，又名《明月斜》。

    梧桐影 单段二十字，四句，两仄韵。 吕岩

明月斜，秋风冷。今夜故人来不来，教人立尽梧桐影。
○● ○○▲ ○●○○●○ ○○●●○○▲

此本诗句，后人以其长短句，故用入词。

校补：《词律》卷一云："此本诗耳。今人以其长短句，故用入词，而取其末字为名。"《竹坡诗话》作"落日斜，西风冷。幽人今夜来不来，教人立尽梧桐影"。与此稍异。《钦定词谱》照《庚溪诗话》校定。

【啰唝曲】

源流：金陵有啰唝楼，乃陈后主所建。《啰唝曲》，刘采春所唱，皆当代才子所作五六七言绝句。见唐范摅《云溪友议》。
别名：一名《望夫歌》，唐元稹诗"更有恼人肠断处，选词能唱望夫歌"。

    啰唝曲 单段二十字，四句，两平韵。 刘采春

不喜秦淮水，生憎江上船。载儿夫婿去，经岁又经年。
●●○○● ○○○●△ ●○○●● ○●●○△

校补:"啰唝"也作"罗唝""罗贡"。南朝梁顾野王《玉篇》解为"歌曲"。明方以智《通雅》卷二九:"'罗唝',犹'来罗'也。"解为和声。唐范摅《云溪友议》卷下"艳阳词"云:"有俳优周季南、季崇及妻刘采春,自淮甸而来。善弄陆参军,歌声彻云。篇韵虽不及(薛)涛,容华莫之比也。元公(稹)似忘薛涛,而赠采春诗曰:'……更有恼人肠断处,选词能唱《望夫歌》。'《望夫歌》者,即《啰唝》之曲也。(原注:'金陵有啰唝楼,即陈后主所建。')采春所唱一百二十首,皆当代才子所作。其词五、六、七言,皆可和矣……采春一唱是曲,闺妇行人莫不涟泣。"任半塘《唐声诗》下编谓"所谓《啰唝曲》,应是许多曲调联为一套总名,含义不同于一般之只曲"。《云溪友议》所载《啰唝曲》,其起句不用韵者凡五首。其第四首云:"那年离别日,只道往桐庐。桐庐人不见,今得广州书。"第五首云:"昨日胜今日,今年老去年。黄河清有日,白发黑无缘。"

又一体 单段二十八字,四句,三平韵。 刘采春

闲向江头采白蘋。常随女伴赛江神。众中不敢分明语,暗掷金钱卜远人。

此本七言绝句,亦名《啰唝曲》。按,以上二首,疑是刘采春所唱当时才子之绝句,非刘采春自作也。

【醉妆词】

源流:蜀王衍尝裹小巾,其尖如锥。宫人皆衣道服,簪莲花冠,

施胭脂夹脸,号"醉妆",因作《醉妆词》。见唐孙光宪《北梦琐言》。

醉妆词 _{单段二十二字,六句,六仄韵。} 王衍

者边走。那边走。只是寻花柳。那边走。者边走。莫厌金杯酒。

此调只有此词,平仄宜悉从之。者边,即俗语"这边"也。这,禅书多作"者"字。见万树《词律》。

【庆宣和】

源流:此调见元张可久《小山乐府》。
宫调:双调。
别名:亦名《叶儿乐府》。

庆宣和 _{单段二十二字,五句,三平韵、两仄韵。} 张可久

云影天光乍有无。老树扶疏。万柄高荷小西湖。听雨。听雨。

此为元人小令,即元曲所自始。与词为近,故采入以备一体。

校补:《新唐书·礼乐志》载,双调乃夹钟之商声。

【荷叶杯】

源流：唐教坊曲名。
宫调：单段，温庭筠词注南吕宫；两段，韦庄词注双调。
种类：此词有单段、两段两种，单段者有温庭筠、顾敻两体，两段者只有韦庄一体。

荷叶杯 单段二十三字，六句，四仄韵、两平韵。　　温庭筠

一点露珠凝冷。波影。满池塘。绿茎红艳两相乱。肠断。
● ● ● ● ○ ▲　● △　● ○ △　● ○ ● ● ● ○ ▲　○ ▲
水风凉。
● ○ △

此调凡三换韵，以平韵为主，而两仄韵即间于平韵之间。

校补：任半塘《教坊记笺订》云：" '荷叶杯'三字本唐酒器名。白居易诗：'石榴枝上花千朵，荷叶杯中酒十分。'赵璘《因话录》：'牟少师与宾僚饮宴，暑日临水，以荷为杯，满酌，密系，持近人口，以箸刺之。不尽则重饮。'段成式《酉阳杂俎》云：'郑公悫取大荷叶盛酒，以簪刺叶，令与柄通，传吸之，名曰"碧筒杯"。'宋苏轼《中山松醪》诗自注：'唐人以荷叶为酒杯，谓之"碧筒酒"。'疑调名本此，并是酒令著词之调。

又一体 单段二十六字，六句，两仄韵、三平韵、一叠韵。　　顾敻

春尽小庭花落。寂寞。凭槛敛双眉。忍教成病忆佳期。知
◎ ● ◎ ○ ○ ▲　● ▲　◎ ● ● ○ △　◎ ○ ◎ ● ● ○ △　○
摩知。知摩知。
● △　○ ● △

此词第六句,即叠第五句平韵。末叠三字,设为问答之辞,当于"知摩"二字略豆。

又一体 两段五十字,前后段各五句,两仄韵、三平韵。 韦庄

记得那年花下。深夜。初识谢娘时。水堂西面画帘垂。携手暗相期。

惆怅晓莺残月。相别。从此隔音尘。如今俱是异乡人。相见更无因。

此即顾敻词体,而加一叠。惟结句只五字又不叠韵耳,但两段各自换韵。

【回波乐】

源流:《本事诗》曰:中宗之世,尝因内宴群臣,皆歌《回波乐》,撰辞起舞。时沈佺期以罪流岭表,恩还旧官,而未复朱绂。佺期乃歌《回波乐》辞以见意,中宗即以绯鱼赐之,自是多求迁擢。《唐书》曰:景龙中,中宗宴侍臣。酒酣,令各为《回波乐》。众皆为诌佞之辞,及自要荣位。次至谏议大夫李景伯,乃歌此词,后亦为舞曲。见郭茂倩《乐府诗集》。《教坊记》谓之软舞。按,软舞即文舞也。

宫调:商调。

名解:《回波乐》,唐中宗时造,盖出于曲水引流泛觞也。见《乐府诗集》。

种类:此调有平韵、仄韵两种。

回波乐 _{单段二十四字，四句，三平韵。} 李景伯

回波尔时酒卮。微臣职在箴规。侍宴既过三爵，喧哗窃恐
○●○○●△　○○●●○△　○○●●○●　○○●●
非仪。
○△

此即唐人六言绝句，当时入于歌曲，平仄不拘。盖唐代风气初开，犹存古乐府之遗意，故平仄往往不拘。

校补：唐刘𫗦《隋唐嘉话》云："景龙中，中宗游兴庆池，侍宴者递起歌舞，并唱《下兵词》，方便以求官爵。给事中李景伯亦起唱曰'回波尔时酒卮，兵儿志在箴规'……于是乃罢坐。"《下兵词》或为《回波乐》之别名。

【舞马词】

源流：明皇尝命教舞马四百蹄，各为左右分部目，衣以文绣，
　　络以金珠。每千秋节舞于勤政楼下，赐宴设酺，其曲数
　　十叠。马闻声奋首鼓尾，纵横应节。又施三层板床，乘
　　马而上，抃转如飞。或命壮士举榻，马舞其上，岁以为
　　常。见《新唐书·礼乐志》。
名解：即舞马时所歌之曲。

舞马词 _{单段二十四字，四句，两平韵。} 张说

天鹿遥征卫叔，日龙上借羲和。将共两骖争舞，来随八骏
○●○○●●　●○●●○△　○●●○○●　○○●●
齐歌。
○△

此即唐人六言绝句，其平仄不拘。万树谓《塞姑》《回波乐》《舞马词》《三台》四调，唐时本为诗类，而用以入歌，则另有腔板，如七言之《清平调》《小秦王》等亦同。虽字数相合，而其腔则异耳。《清平乐》后半，亦即此四句也。见万树《词律》。

校补：郑处诲《明皇杂录·补遗》："玄宗尝命教舞马四百蹄，各为左右，分为部目。""因命衣以文绣，络以金银，饰其鬃鬣，间杂珠玉。其曲谓之《倾杯乐》者数十回。奋首鼓尾，纵横应节。又施三层板床，乘马而上，旋转如飞。或命壮士举一榻，马舞于榻上。乐工数人立左右前后，皆衣淡黄衫，文玉带，必求少年而姿貌美秀者。每千秋节，命舞于勤政楼下。"张说有《舞马词》六首，皆六言四句声诗，整首对偶，第二、三句多平起平收或仄起仄收，成折腰句法。歌时有和声"圣代升平乐""四海和平乐"。任半塘《唐声诗》下编谓此曲即六言之《倾杯曲》。张说又有七言八句体《舞马千秋万岁乐府词》三首。

【三台】

源流：唐教坊曲名。北齐高洋毁铜雀台，筑三个台。宫人拍手呼上台送酒，因名其曲为《三台》。见唐刘禹锡《嘉话录》。

宫调：《乐苑》云：唐天宝中羽调曲有《三台》。

名解：三台，今之啐酒，三十拍促曲。啐，送酒声也。见唐李济翁《资暇录》。乐部中，有促拍催酒，谓之"三台"。见宋张表臣《珊瑚钩诗话》。

别名：沈括词，名《开元乐》；因结句有"翠华满陌东风"句，又名《翠华引》。

三台 _{单段二十四字，四句，两平韵。} 王建

池北池南草绿，殿前殿后花红。天子千秋万岁，未央明月
〇●〇〇●●　●〇〇●●△　〇〇〇〇●●　●〇〇●
清风。
〇△

此亦六言绝句，平仄不拘。所赋不论何事，各随其所咏之事而名之。如咏宫闱者曰"宫中三台"，咏江南者曰"江南三台"，又有"突厥三台"。

校补：从唐至宋，《三台》每用作侑酒曲，声拍促速。今传唐人《三台》辞亦多为酒令。体格则有五言四句、六言四句、六言八句数种。此亦六言绝句，平仄不拘。王建集有《宫中三台》《江南三台》之分，大约如《竹枝词》，有蜀中、江南、渔父之目，各随其所咏之事而名之。

【柘枝引】

源流：唐教坊曲名。健舞曲有柘枝。见唐段安节《乐府杂录》。按，健舞，武舞也。此舞因曲为名，用二女童，帽施金铃，抃转有声。其来也，于二莲花中藏，花坼而后见，对舞相占，实舞中雅妙者也。见郭茂倩《乐府诗集》。一说，柘枝本柘枝舞也。其后讹为柘枝，似是戎夷之舞。按，今舞人衣冠类蛮服，疑出南蛮诸国。见同上。

宫调:《乐苑》云"羽调"。

柘枝引 单段二十四字，四句，三平韵。　　无名氏 见《乐府诗集》

将军奉命即须行。塞外领强兵。闻道烽烟动，腰间宝剑匣中鸣。

《宋史·乐志》云:"小儿舞队有柘枝。"又宋沈括《笔谈》亦云:"柘枝旧曲，遍数极多。"今已不传，存此一调，以志其概。

校补:《柘枝》为《教坊记》所列六个健舞之一。《教坊记》曲名内列《柘枝引》，大曲名内列《柘枝》。任半塘《教坊记笺订》认为:"曰'引'，盖大曲之散序也。"《唐声诗》则假定《柘枝引》即《柘枝辞》，乃大曲之一片。沈括《梦溪笔谈》载:"《柘枝》旧曲，遍数极多，如《羯鼓录》所谓《浑脱解》之类，今无复此遍。寇莱公好柘枝舞，会客必舞柘枝，每舞必尽日，时谓之'柘枝颠'。"

【塞姑】

源流:此调见宋郭茂倩《乐府诗集》所收无名氏作，盖唐时边塞闺人之词也。

塞姑 _{单段二十四字，四句，三仄韵。} 无名氏 见《乐府诗集》

昨日卢梅塞口。整见诸人镇守。都护三年不归，折尽江边杨柳。

此亦六言绝句，平仄不拘。

校补：万树《词律》卷一谓《塞孤》即《塞姑》之遗名，"孤"乃"姑"之讹，并解为戍边者闺人所唱。《全唐诗·附词》载唐无名氏"昨日卢梅塞口"一首，咏调名本意，为六言四句之声诗。长短句体见宋柳永《乐章集》，入般涉调（黄钟羽）。

【晴偏好】

源流：宋嘉熙庚子岁大旱，杭之西湖为平陆，茂草生焉。李霜崖作谑词云云，管司捕治，遂逃避之。见元杨瑀《山居新话》。

名解：取词中结句，以为调名。

晴偏好 _{单段二十四字，四句，四仄韵。} 李霜崖

平湖千顷生芳草。芙蓉不照红颠倒。东坡道。波光潋滟晴偏好。

此调只此一词，无别首可校。

校补:《花草粹编》卷一载宋李霜崖(一作"涯")词,注云:"西湖虽有山泉,而大旱亦尝龟坼。嘉熙庚子水涸,茂草生焉,祈雨无应。李戏作此,逻者廉捕之不得。"因结句为"波光潋滟晴偏好",故取末三字为调名。"嘉熙"为宋理宗年号,《全宋词》此词注云:"原无调名,此据《花草粹编》卷一,疑出杜撰。"

【凭阑人】

宫调:《太平乐府》注越调。

凭阑人 单段二十四字,四句,四平韵。　　邵亨贞

谁写江南一段秋。妆点钱塘苏小楼。楼中多少愁。楚山无尽头。

此亦元人小令。

校补:按《新唐书·礼乐志》,越调,即黄钟之商声也。元人小令,俱叶北音,所谓中原音韵也,与古韵三声叶者微不同,盖三声叶只平上去三声,若中原音韵,则入声作平,无所不叶也。

【南歌子】

源流:唐教坊曲名。
宫调:温庭筠《金奁集》,单段二十三字者,注仙吕宫。张先词,

两段者注林钟商。

种类：有单段及两段两种，单段者始自唐温庭筠。两段者有平韵、仄韵两体，平韵者始自毛熙震，仄韵者始自《乐府雅词》。

别名：单段，温庭筠词，有"恨春宵"句，名《春宵曲》；张泌词，有"高卷水晶帘额"句，名《水晶帘》；又有"惊破碧窗残梦"句，名《碧窗梦》；郑子聃有"我爱沂阳好"词十首，更名《十爱词》。两段，周邦彦词，名《南柯子》；程垓词，名《望秦川》；田不伐词，有"帘风不动蝶交飞"句，名《风蝶令》。

南歌子 单段二十六字，五句，三平韵。　　张泌

锦荐红鸂鶒，罗衣绣凤凰。绮疏飘雪北风狂。帘幕尽垂无
● ● ○ ● ● △　○ ○ ● ● △　● ● ○ ○ ● ● ○　○ ● ● ○
事，郁金香。
●　● ○ △

校补：东汉张衡《南都赋》有"坐南歌兮起郑舞"之句，然万树《词律》在本调下加注"歌又作柯"。毛先舒《填词名解》也说《南歌子》"题采淳于棼事"，一名《南柯子》。淳于棼的故事见于唐代李公佐的小说《南柯记》。唐之清商乐，有吴音、西声、南歌等地域之分。其始为五言四句声诗，传辞如五绝。任半塘《唐声诗》："《南歌子》是唐人饮筵行令间所用之著辞，配合短歌小舞。""敦煌卷子有舞谱二种。"《敦煌曲初探》云"《南歌子》在晚唐为单片二十三字之调，有温庭筠词七首在，可信为'真的，原始的调子'也，敦煌曲恣肆于衬字，遂较多六字"，"浸假而成别体矣"。《钦定词谱》以温庭筠"手里金鹦鹉"词为

正体。

又一体 两段五十二字，前后段各四句，三平韵。　　毛熙震

惹恨还添恨，牵肠即断肠。凝情不语一枝芳。独映画帘闲
○●○○●　○○●●△　○○●●●○△　●●●○○
立、绣衣香。
●　●○△

暗想为云女，应怜傅粉郎。晚来轻步出闺房。髻慢钗横无
●●●○●　○○●●△　●○○●●○△　●●○○○
力、纵猖狂。
●　●○△

此比张泌词，加后一叠，宋人皆用此体。此词前后两结，或上六字豆下三字句，或上四字豆下五字句，务须蝉联一气，可豆不可断句。宋词或用上六下三，或用上四下五，填者均甚多。凡词中若此等句法最多，务须注意，举此一例，可以类推。又宋石孝友《春浅梅红小》一首，用仄韵，而其字句与毛熙震平韵词同。按，宋伯时《乐府指迷》，尝论平声字可用入声代替。如此调本用平声韵，今石词改用入声韵，即此意也。

校补：龙榆生《唐宋词格律》："宋人多用同一格式重填一片，谓之'双调'。"此词两结，作上六下三句读，宋词本此填者甚多。苏轼词"正是一年春好近清明""此乐无声无味最难明"，秦观词"天外不知音耗百般猜""只恐又抛人去几时来"，正与此同。

【花非花】

源流：调见唐白居易《长庆集》，当是白居易创作。

名解：以首句为调名。

花非花 单段二十六字，六句，三仄韵。　　白居易

花非花，雾非雾。夜半来，天明去。来如春梦不多时，去
●○○　●●▲　●○○　○○▲　○○●●●○○　●
似朝云无觅处。
●○○○●▲

此本《长庆集》中长短句之诗，而后人采入词中，名之为词，其平仄可以不拘。

校补：杨慎《词品》卷一云"白乐天之词，《望江南》三首在乐府，《长相思》二首见《花庵词选》。予独爱其《花非花》一首"，"盖其自度之曲，因情生文者也"。并谓"张子野衍之为《御街行》，亦有出蓝之色"。茅暎《词的》卷一亦云："此乐天自谱体也。语甚趣。"徐棨《词律笺榷》云："(《花非花》)宋元似无倚此调者，或有之而余未得见。余所见者明人计南阳一首。"

【摘得新】

源流：唐教坊曲名。
名解：以首句"摘得新"三字以为调名。

摘得新 单段二十六字，六句，四平韵。　　皇甫松

摘得新。枝枝叶叶春。管弦兼美酒，最关人。平生都得几
●●△　○○●●△　●○○●●　●○△　○○○●●

十度,展香茵。
◎●　●○△

万树谓"几""十"两字,"几"字上声,"十"字入声,盖可借作平,不碍歌喉,乃深于音律者所用也。初学若谓此二字可仄,而填用去声字,则大谬矣。见万树《词律》。

校补:王建《宫词》:"众里遥抛新摘子,在前收得便承恩。"王涯《宫词》:"御果收时属内官,傍檐低压玉阑干。明朝摘向金华殿,尽日枝边次第看。"此调或起于唐宫中抛掷新摘果实之戏。

【渔歌子】

源流:唐教坊曲名。志和居江湖,自称"烟波钓徒",每垂钓不设饵,志不在鱼也。宪宗图真求其人不能致。尝撰《渔歌》,即此词也。见《唐书·张志和传》。
宫调:《金奁集》注黄钟宫。
种类:有单段、两段二种,单段体实始于张词,两段体昉自《花间集》顾夐诸人所作。
别名:和凝词,名《渔父》;徐积词,名《渔父乐》。按,郭茂倩《乐府诗集》所收张志和词五首,名《渔父歌》。

渔歌子 _{单段二十七字,五句,四平韵。}　张志和

西塞山前白鹭飞。桃花流水鳜鱼肥。青箬笠,绿蓑衣。斜
◎○○○●●△　○○○●●○△　○●●　●○△
风细雨不须归。
◎○◎●●○△

张志和所撰《渔父歌》五首，体调如一。

校补：崔令钦《教坊记》与敦煌写卷中"渔"作"鱼"，《花间集》以后均作《渔歌子》。《云谣集杂曲子》有此调传辞二首。任半塘《敦煌曲初探》云："本调实为后来类此诸调之总源，敦煌四辞之写作时期，可能在张志和之前。"

又一体 两段五十字，前后段各六句，四仄韵。　　顾夐

晓风清，幽沼绿。倚阑凝望珍禽浴。画帘垂，翠屏曲。满袖荷香馥郁。
好撅怀，堪寓目。身闲心静平生足。酒杯深，光影促。名利无心较逐。

校补：李珣词四首，其一首，前段第三句"春风淡荡看不足"，间作拗句。

【忆江南】

源流：唐段安节《乐府杂录》"望江南"条云：始自朱崖李太尉镇浙西日，为亡妓谢秋娘所撰，本名《谢秋娘》，后改此名，亦曰《梦江南》。按，李太尉指李德裕。

宫调：此曲自唐至今，皆南吕宫，字数皆同，止是今曲两段，盖近世曲子无单遍者。见宋王灼《碧鸡漫志》。《金奁集》温庭筠词单段注南吕宫；周邦彦《片玉集》两段注大石调；《太平乐府》亦注大石调。

种类：唐词皆属单段，至宋始为两段。

别名：白居易词，更名《忆江南》，又名《江南好》；刘禹锡词，有"春去也，多谢洛阳城"句，名《春去也》；温庭筠词，有"独倚望江楼"句，名《望江楼》；皇甫松词，有"闲梦江南梅熟日"句，名《梦江南》，又名《梦江口》；李煜词，名《望江梅》。以上皆属唐词单段，至宋时始成为两段。王安中词，有"安阳好，曲水似山阴"句，名《安阳好》；张镃词，有"飞梦去，闲到玉京游"句，名《梦仙游》；蔡真人词，有"铿铣板，闲引步虚声"句，名《步虚声》；宋自逊词，名《壶山好》；丘长春词，名《望蓬莱》；《太平乐府》名《归塞北》。

忆江南 单段二十七字，五句，三平韵。　　白居易

江南好，风景旧曾谙。日出江花红胜火，春来江水绿如蓝。能不忆江南。

校补：杨慎《词品》卷一云："《望江南》，即唐法曲《献仙音》也。但法曲凡三叠，《望江南》止两叠尔。白乐天改法曲为《忆江南》。""南宋绍兴中，杭都酒肆中，有道人携乌衣椎髻女子，买斗酒独饮，女子歌以侑之。歌辞非人世语。或记之，以问一道士。道士曰：'此赤城韩夫人作《法驾导引》也。乌衣女子盖龙云。'其辞曰……此辞即法曲之腔。文士好奇，故神其事以传尔。岂有天仙而反取开元人间之腔乎？"《教坊记》有《望江南》曲名，王国维据以辨《望江南》不始于李德裕。任半塘《敦煌曲初探·后记》以盛唐时已有《望江南》调作

"三五七七五"者，举天宝十三载（754）崔怀宝赠薛琼琼一首为例，仅首句衬二字，余平仄、叶韵、句法同。胡仔《苕溪渔隐丛话·前集》卷五八引宋洪迈《夷坚志》云："陈东，靖康间尝饮于京师酒楼，有娼打坐而歌者，东不顾，乃去倚栏独立。歌《望江南》词，音调清越，东不觉倾听。"其词有"闲引步虚声"句。温庭筠词："千万恨，恨极在天涯。山月不知心里事，水风空落眼前花，摇曳碧云斜。"正与此同，平仄参之。

又一体 两段五十四字，前后段各五句，三平韵。 欧阳修

江南蝶，斜日一双双。身似何郎全傅粉，心如韩寿爱偷香。天赋与轻狂。

微雨过，薄翅腻烟光。才伴游蜂来小院，又随飞絮过东墙。长是为花忙。

此即单段词，加一叠，其平仄亦与单段同。

校补：《啸余谱》录李煜作，本单调词两首，故前后段各韵。且双调始自宋人，从无用两韵者，即《海山记》伪托隋词八阕，亦前后一韵，不可不辨。

【潇湘神】

源流：此调始自唐刘禹锡《咏湘妃》词，所谓赋题本意。
别名：亦名《潇湘曲》。

潇湘神 单段二十七字,五句,三平韵、一叠韵。　　刘禹锡

斑竹枝。斑竹枝。泪痕点点寄相思。楚客欲听瑶瑟怨,潇湘深夜月明时。

此词首三字例用叠句。

校补:本为唐代民间潇水、湘水间祭祀湘妃神之曲。相传帝舜之二妃娥皇、女英,在舜死后投湘水自尽,遂为潇湘之神。毛先舒《填词名解》:"唐刘禹锡作小词咏舜二妃,即名其调曰《潇湘神》。'神'一作'曲'。"如刘词别首之"湘水流,湘水流"是也。其第三句"九疑云物至今秋",云字平声。

【章台柳】

源流:韩君平翃,以驾部郎知制诰。有姬柳氏,为沙吒利所得。韩作《章台柳》词寄之,柳氏作《杨柳枝》词答之。见《唐诗纪事》。

名解:以首句为调名。

章台柳 单段二十七字,五句,三仄韵、一叠韵。　　韩翃

章台柳。章台柳。昔日青青今在否。纵使长条似旧垂,也应攀折他人手。

起二句,亦可不用叠句。

校补：清沈辰垣等编《历代诗余》卷一云："《章台柳》，即《潇湘神》仄韵。本唐韩翃寄柳姬词，后人即名此词为《章台柳》，以姬家章台街也。姬答词起句为'杨柳枝'三字，故有名为《杨柳枝》第一体，又名为《折杨柳》者。其实与此调同为二十七字，与《柳枝》二十八字者不同也。"

【解红】

源流：《宋史·乐志》小儿舞队有《解红》，其曲失传。陈旸《乐书》载和凝作，乃唐词也。见《钦定词谱》。

解红 单段二十七字，五句，三平韵。 和凝

百戏罢，五音清。解红一曲新教成。两个瑶池小仙子，此时夺却柘枝名。

此与《赤枣子》《捣练子》《桂殿秋》诸调字句悉同，所辨在每句平仄之间，皆昔人音律所寓，填者宜悉从之。

校补：《解红》，和凝歌童名。词有"解红一曲新教成"句，知为自制之曲。有《解红儿慢》，系元人所制，与此不同。

【赤枣子】

源流：唐教坊曲名。

赤枣子 单段二十七字，五句，三平韵。　　欧阳炯

夜悄悄，烛荧荧。金炉香烬酒初醒。春睡起来回雪面，含羞不语倚云屏。

此调见《尊前集》，只有欧阳炯所作二首，余无别词可校。

校补：或谓唐张祜《读曲歌》有"郎去摘黄瓜，郎来收赤枣"句，当时乐工因制《赤枣子》曲。实则早在张祜之前，崔令钦《教坊记》已有此曲名。

【捣练子】

宫调：《太和正音谱》注双调。
名解：《捣练子》即咏捣练也。见清徐釚《词苑丛谈》。
种类：有单段、两段两体。
别名：一名《捣练子令》，冯延巳有"深院静"及"数声和月到帘栊"句，更名《深院月》。

捣练子 单段二十七字，五句，三平韵。　　冯延巳

深院静，小庭空。断续寒砧断续风。无奈夜长人不寐，数声和月到帘栊。

校补：古诗文中常借"捣练"一词代指拆洗缝制冬衣，多指思妇为征夫拆洗缝制冬装。该词即写思妇在深秋时听到远处传

来的捣衣之声所产生的思亲之情。

又一体 两段三十八字，前后段各五句，三平韵。　李石

心自小，玉钗头。月娥飞下白蘋洲。水中仙，月下游。江汉佩，洞庭舟。香名薄幸寄青楼。问何如，打拍浮。

【春晓曲】

别名：朱敦儒词，有"西楼月落鸡声急"句，名《西楼月》。

春晓曲 单段二十七字，四句，三仄韵。　朱敦儒

西楼月落鸡声急。夜浸疏香浙沥。玉人酒渴嚼春冰，晓色入帘横宝瑟。

校补：此词见《花草粹编》，第二句本六字，乃旧谱于"香"字下增一"寒"字，作七言四句，名《阿那曲》。自明杨慎以唐诗绝句伪托为词，今正之。杨慎谓《阿那》《纥那》皆当时曲名，"'阿''那'皆叶上声，'纥''那'皆叶平声，此又随方音而转也"。杜文澜校订《词律》云："按此调《词谱》未收，疑即《纥那曲》之转音。"然"纥那"为和声，"阿那"为舞容，二者无可通转，参见任半塘《唐声诗》下编第十三。

【桂殿月】

源流：本唐李德裕送神迎神曲，以"桂殿夜凉吹玉笙"句取为调名。

桂殿月 _{单段二十七字，五句，三平韵。}　　李德裕

仙女下，董双成。桂殿夜凉吹玉笙。曲终却从仙官去，万户千门唯月明。

校补：《钦定词谱》所载词牌名，作《桂殿秋》。王琦注《李太白全集》卷三〇收《桂殿秋》，并引吴虎臣言，谓此系李白词，有得于石刻而无其腔，刘无言倚其声歌之，音极清雅。李德裕所作，最早见于《彦周诗话》，名为《步虚词》，"仙家女侍董双成"一首，注云"一本无'家'字"，"河汉女主能炼颜"一首，注云"一本作'河汉玉女能炼颜'"。《能改斋漫录》谓此为李白作，但未标调名，且首句改作"仙女侍，董双成""河汉女，玉炼颜"，并为一首双片词。《邵氏闻见后录》云："李太尉文饶《迎神》《送神》二曲……或并为一曲，谓李太白作，非也。"《苕溪渔隐丛话》亦以此二首并为一首，而名为《桂花曲》。及至明代陈耀文编选《花草粹编》，据《彦周诗话》以此二首为李德裕词，调名《步虚词》，但录词却从《能改斋漫录》，误作为一首双片词。清初朱彝尊编选《词综》，则据《能改斋漫录》以此为李白作，并为其补名《桂殿秋》，分为二首单片词。《宋词大辞典·词谱》以为，《步虚词》《桂花曲》皆为乐府诗题，李德裕所作初非词体；向子諲词或许即本词中语为调名，而与李作无涉。

【寿阳曲】

宫调：《太平乐府》注双调。
别名：一名《落梅风》。

寿阳曲 单段二十七字，五句，一平韵、三仄韵。　　张可久

　　东风景，西子湖。湿冥冥、柳烟花雾。黄莺乱啼蝴蝶舞。
　　○○●　●●△　●●●　●○○●　○○●●○○▲
几秋千打将春去。
◎○○●●○▲

　　此亦元人小令，平仄韵互叶。张可久另一首，全用仄韵，唯第四句八字，较此词添一衬字耳。

【南乡子】

源流：唐教坊曲名。
宫调：单段，《金奁集》注黄钟宫。两段，周邦彦词注商调，张
　　　先词注中吕宫，《太和正音谱》注越调。
名解：晋国高士全隐于南乡，因以为名也。见《片玉集》注。
种类：有单段、两段二种。单段始自欧阳炯，两段始自冯延巳。

南乡子 单段二十八字，五句，两平韵、三仄韵。　　欧阳炯

　　路入南中。桄榔叶暗蓼花红。两岸人家微雨后。收红豆。
　　●●○△　○○●●●○△　●●○○○●▲　○○▲
树底纤纤抬素手。
●●○○○●▲

欧阳炯词六首，与此悉同。

校补：任半塘《教坊记笺订》云："《南乡子》，舞曲，敦煌卷子内有舞谱。"况周颐《餐樱庑词话》引宋周密云："李珣、欧阳炯辈俱蜀人，各制《南乡子》数首，以志风土，亦《竹枝》体也。"《花间集》载此调欧阳炯、李珣词，所咏皆南方风物。欧阳修词本此减字，王之道、黄机、赵长卿，俱本此添字。

又一体 两段五十六字，前后段各五句，四平韵。　　冯延巳

细雨湿流光。芳草年年与恨长。烟锁凤楼无限事，茫茫。鸾镜鸳衾两断肠。
魂梦任悠扬。睡起杨花满绣床。薄幸不来门半掩，斜阳。负你残春泪几行。

宋人填两段者，俱用此体。

校补：前段"烟锁凤楼无限事"，《钦定词谱》作"回首凤楼无限事"。此即冯延巳"细雨湿秋风"词体，再加一叠，只第四、五句仍用平韵。

【阳关曲】

源流：唐初歌舞，多是五、七言诗，后渐变为长短句。今只存《瑞鹧鸪》《小秦王》二阕。《瑞鹧鸪》是七言八句诗，犹依字易歌；《小秦王》是七言绝句，必须杂以虚声，乃可

歌耳。见宋胡仔《渔隐丛话》。《渭城》一曰《阳关》，王维之所作也。本送人使安西诗，后遂被于歌。见宋郭茂倩《乐府诗集》。宋秦观云：《渭城曲》绝句，近世又歌入《小秦王》，更名《阳关曲》。

宫调：秦观云属双调，又属大石调。唐《教坊记》有《小秦王曲》，即《秦王小破阵乐》也，属坐部伎。

名解：此为唐人送行之歌。

别名：一名《小秦王》。

附录：苏轼〔《仇池笔记》卷上〕论三叠歌云："旧传阳关三叠，然今世歌者，每句再叠而已。若通一首言之，又是四叠，皆非是。或每句三唱以应三叠之说，则丛然无节奏。余在密州，文勋长官以事至密，自云得古本阳关，其声宛转凄断，不类向之所闻。每句皆再唱，而第一句不叠，乃知古本三叠盖如此。及在黄州，偶读乐天《对酒诗》云：'相逢且莫推辞醉，听唱阳关第四声。'注云：'第四声，劝君更尽一杯酒。'以此验之，若一句再叠，则此句为第五声。今为第四声，则第一句不叠审矣。"查元《阳春白雪集》，有大石调《阳关三叠》词云："渭城朝雨，一霎浥轻尘。更洒遍客舍青青，弄柔凝，千缕柳色新。更洒遍客舍青青，千缕柳色新。休烦恼，劝君更尽一杯酒，人生会少，自古富贵功名有定分。莫遣容仪瘦损。休烦恼，劝君更尽一杯酒，只恐怕西出阳关，旧游如梦，眼前无故人。只恐怕西出阳关，眼前无故人。"与苏轼所论吻合，附载于此，以见古人歌词之法。

阳关曲 单段二十八字，四句，三平韵。　王维

渭城朝雨浥轻尘。客舍青青柳色新。劝君更尽一杯酒，西出阳关无故人。

此亦七言绝句，第三句各家均作仄平仄仄仄平仄。若平仄一误，即非此调矣。

校补：如秦观所云，当时以《小秦王》之乐曲唱《渭城曲》之辞，《渭城曲》则更名为《阳关曲》。

【欸乃曲】

源流：唐元结诗自序云：大历初，为道州刺史，以军事诣都。使还州，逢春水，舟行不进，作《欸乃曲》，令舟子唱之，以取适于道路云。

名解："欸"音袄，"乃"音霭，棹船声也。见宋郭茂倩《乐府诗集》。元次山《欸乃曲》五章，全是绝句，如《竹枝》之类。其谓"欸乃"者，殆舟人于歌声之外，别出一声，以互相其歌。见宋程大昌《演繁露》。欸乃之声，或如唐人唱歌和声，所谓号头者。盖逆流而上，棹船劝力之声也。"欸乃"二字，乃人声。或注作船声者，非。见《钦定词谱》。

欸乃曲 _{单段二十八字，四句，三平韵。}　　元结

千里枫林烟雨深。无朝无暮有猿吟。停桡静听曲中意，好似云山韶濩音。

此本唐人七言绝句，平仄不拘，如《竹枝》《柳枝》之类。今江南棹船有棹歌，每歌一句，则群和一声，犹见遗意。

校补：《柳枝》《竹枝》，尚有存者，其语度与绝句无异，但于句末，随加"竹枝"或"柳枝"等语，遂即其语以名其歌。《欸乃》，亦其例。黄公绍《韵会》云："欸"，叹声也，读若哀，乌来切。又应声也，读若霭，上声，倚亥切。又去声，於代切。无袄音。"乃"，难辞，又继事之辞。无霭音。今二字连读之，为棹船相应声。《广韵》十五海："欸"，于改切，相然应也。"乃"，奴亥切，语辞也。黄山谷题跋、洪驹父诗话，皆音作"袄蔼"者，误。其"欸乃"二字，乃人声。或注作船声者，非。

【采莲子】

源流：唐教坊曲名。

采莲子 _{单段二十八字，四句，三平韵。}　　皇甫松

菡萏香莲十顷陂_{举棹}。小姑贪戏采莲迟_{年少}。晚来弄水船头湿_{举棹}，更脱红裙裹鸭儿_{年少}。

此亦唐人七言绝句,其"举棹""年少",乃歌时相和之声,与《竹枝》体同。惟《竹枝》之和声,以"竹枝"二字和于句中,"女儿"二字和于句尾,此则一句一和声耳。或曰《竹枝》之"枝儿"两字,此调之"棹"少两字,亦自相叶。见万树《词律》。

校补:《填词名解》载,吴越俗女子多荡舟采莲。作为歌曲文士咏其事,或代为妇人之词。六朝唐人乐府有《采莲》《绿水》《长平》《江南》等名。起句《钦定词谱》作"菡萏香连十里陂"。

【浪淘沙】

源流:唐教坊曲名。此调创自刘禹锡、白居易。
名解:刘白诸作,皆切本调名。

浪淘沙 单段二十八字,四句,三平韵。 皇甫松

蛮歌豆蔻北人愁。蒲雨杉风野艇秋。浪起鸬鹚眠不得,寒
○○●●●○△　○●○○●●△　●●○○○●●
沙细细入江流。
○●●●○△

此亦唐人七言绝句,平仄不拘。与宋词《浪淘沙令》及《浪淘沙慢》不同。盖宋词借旧曲名,另倚新腔也。

校补:唐时为七言绝句,平仄不拘。刘禹锡、白居易所作,皆咏浪淘沙,因"濯锦江边两岸花,春风吹浪正涛沙"句得名。唐人用"涛"作"淘"。南唐李煜创新声为长短句。任半塘《唐声诗》云:"始皆民间徒歌而已,后始入乐,与《竹枝》同。五

代乃有杂言体。敦煌曲内曾有调名，但无辞。""蒲雨杉风野艇秋"，底本作"浦雨杉风野艇秋"，据《钦定词谱》改。《乐府诗集》等作"松雨蒲风野艇秋"。《浪淘沙》词，创自刘禹锡、白居易，刘词九首与此同，唯白词六首皆拗体。

【杨柳枝】

源流：唐教坊曲名。《鉴戒录》云：《柳枝歌》，亡隋之曲也。张祜云："莫折宫前杨柳枝，当时曾向笛中吹。"则知隋有此曲，传至开元。《乐府杂录》云：白传作《杨柳枝》。予考乐天晚年与刘梦得唱和此曲词，白云："古歌旧曲君休听，听取新翻杨柳枝。"又云："乐童翻怨调，才子与妍词。"注云："洛下新声也。"刘云："请君莫奏前朝曲，听唱新翻杨柳枝。"盖后来始变新声，而所谓乐天作《杨柳枝》者，称其别创词也。见宋王灼《碧鸡漫志》。《杨柳枝》，白居易洛中所制。《本事诗》曰：白尚书有妓，樊素善歌，小蛮善舞，年既高迈，而小蛮方丰艳，乃作杨柳枝辞以托意。及宣宗朝，国乐唱是辞。帝问谁辞，居易感上知名，且好尚风雅，又作辞一章。薛能曰：《杨柳枝》者，古题所谓《折杨柳》也。乾符中，能为许州刺史。饮酣，令部妓少女作《杨柳枝》健舞，复赋其词为《杨柳枝》新声云。见宋郭茂倩《乐府诗集》。按白诗注：《杨柳枝》，洛下新声。薛能诗序云：〔令部伎作《杨柳枝》健舞，〕复度新声。其诗云"试踏吹声作唱声"是也。盖乐府横吹曲，有《折杨柳》名。此则借旧曲名，另创新声。后遂入教坊耳。见《钦定词谱》。

宫调：《金奁集》注高平调。
名解：此题皆咏柳枝本意。

杨柳枝 _{单段二十八字，四句，三平韵}　　温庭筠

金缕毵毵碧瓦沟。六宫眉黛惹香愁。晚来更带龙池雨，半拂阑干半入楼。

此亦唐人七言绝句，《花间集》《金奁集》皆载之。

校补：刘禹锡、白居易唱和以后，为此词者甚多，皆赋柳枝本意。无论新曲旧曲，皆无和声。敦煌词中，无名氏"春去春来春复春"一词，每句下加入四字或五字和声，第三句和声亦叶第一、二句平韵。五代张泌、顾敻词亦带和声，但和声一律为三字，且第三句和声即叶本句仄韵，不复与第一、二句平韵相叶。

【八拍蛮】

源流：唐教坊曲名。
名解：孙光宪所咏，俱越中事，或即八拍之蛮歌也。见《钦定词谱》。

八拍蛮 _{单段二十八字，四句，三平韵。}　　孙光宪

孔雀尾拖金线长。怕人飞起入丁香。越女沙头争拾翠，相呼归去背斜阳。

此为唐人拗体七言绝句，不似《竹枝》《柳枝》，平仄可以不拘。《阳关曲》《欸乃曲》《采莲子》《浪淘沙》《杨柳枝》《八拍蛮》六调，皆唐人七言绝句。当时音律必有所属，今歌法不传。

校补：任半塘《唐声诗》下编谓此调"始于八拍之'蛮'歌"。其名称由来，与《八拍子》《十拍子》相类。

【字字双】

源流：此调见《才鬼记》。
名解：因每句有叠字，故名《字字双》。

字字双 单段二十八字，四句，四平韵。　　王丽真

床头锦衾斑复斑。架上朱衣殷复殷。空庭明月闲复闲。夜长路远山复山。

七言四句，俱用韵，此调无他词可校。

校补：王丽真，唐代人，生卒、字里、平生无考。《填词名解》引《才鬼录》云："唐有中涓（宦官）宿官妓馆，见童子捧酒导三人至，皆古衣冠，相谓曰：'崔常侍来何迟？'俄一客至，凄然有恨别之状，因共联词云……缘句有叠字，故名。"沈雄《古今词话》因其为联句，而谓"似非王丽真一人词"，又曰："而又见一集中，为《宛转曲》，宜从之。"

【十样花】

源流：见宋李弥逊《筠溪词》。
名解：分咏十样花，故以为调名。

十样花 单段二十八字，六句，四仄韵。　　李弥逊

陌上风光浓处。第一寒梅先吐。待得春来也，香消减，态
●○○○○● ●●○○○▲ ●●○○● ○○● ●
凝伫。百花休漫妒。
○▲ ●○○●▲

李词十首，均以"陌上风光浓处"为起句。

校补：宋李弥逊以词十首分咏梅、杏、桃、樱、海棠、红药等十种花，见《筠溪词》。此调《词律》不载。

【天净沙】

宫调：《太平乐府》注越调。
别名：无名氏词，有"塞上清秋早寒"句，名《塞上秋》。

天净沙 单段二十八字，五句，四平韵、一仄韵。　　乔吉

一从鞍马西东。几番衾枕朦胧。薄幸虽来梦中。争如无梦。
○○○●○△ ●○○●○△ ●●○○●△ ○○○▲
那时真个相逢。
●○○●○△

此为元人小令，第四句叶一仄韵。

【甘州曲】

源流：唐教坊曲名。

宫调：《乐苑》云甘州羽调曲。

名解：天宝间乐曲，皆以边地为名，甘州其一也。见《唐书·礼乐志》。

别名：顾敻词，名《甘州子》。

甘州曲 单段二十九字，六句，五平韵。　　王衍

画罗裙。能结束，称腰身。柳眉桃脸不胜春。薄媚足精神。可惜许、沦落在风尘。

衍幸青城，至成都山上清宫。随驾宫人皆衣画云霞道服，衍自制此曲，与宫人唱和。

校补：宋佚名《分门古今类事》云："伪蜀少主，季年游豫无度。时徐贵妃姊妹皆有文辞，善应制，各赋诗留题丈人观。及晨登上清宫，遣内人悉衣羽服、黄罗裙收画云鹤、金逍遥冠，前后妓从，动箫韶，奏《甘州曲》，盖王少主意在秦庭也。登山将半，少主甚悦，命止乐，自制词应云。"《甘州曲》又名《甘州子》，《钦定词谱》云："曲、子二字，互为省文，并无分别也。"此调起句三字。顾敻词添作七字，其实即此体也。结句，《词律》本落去"许"字，《钦定词谱》从《花草粹编》增定。

【乾荷叶】

源流：元刘秉忠自度曲。
宫调：属南吕宫。
名解：取起句三字，以为调名。

乾荷叶 单段二十九字，七句，四平韵、两仄韵。　　刘秉忠

乾荷叶，色苍苍。老柄风摇荡。减清香。越添黄。都因昨
○○● ●○△ ●●○○▲ ●○△ ●○△ ○○●
夜一番霜。寂寞秋江上。
●●○△ ●●○○▲

此亦元人小令，平仄韵互叶。

【喜春来】

宫调：《太平乐府》注中吕宫，《太和正音谱》注正宫。
别名：一名《阳春曲》。

喜春来 单段二十九字，五句，一叶韵、四平韵。　　张雨

江梅的的依茅舍。石濑溅溅漱玉沙。瓦瓯篷底送年华。问
○○●●○○● ◎●○○●●△ ◎○○●●○△ ◎
暮鸦。何处阿戎家。
●△ ◎●○○△

此亦元人小令，平仄韵互叶。

【醉吟商小品】

源流：石湖老人谓予云："琵琶有四曲，今不传矣。曰：濩索梁州，转关绿腰，醉吟商胡渭州，历弦薄媚也。"予每念之。辛亥之夏，予谒杨廷秀丈于金陵邸中，遇琵琶工，解作醉吟商胡渭州。因求得品弦法，译成此谱，实双声也。见宋姜夔《白石道人歌曲》自序。

醉吟商小品 单段三十字，六句，五仄韵。　　姜夔

又正是春归，细柳暗黄千缕。暮鸦啼处。梦逐金鞍去。一
●●●○△　●●●○○●▲　●○○▲　●●○○▲
点芳心休诉。琵琶解语。
●○○○▲　○○●▲

此调只有此词，无他首可校。

校补：孙光宪《北梦琐言》载黔南节度使王保义女善弹琵琶，梦美人授曲，内有《醉吟商》一调。又吴坰《五总志》："余先友田为不伐得音律三昧，能度《醉吟商》《应圣羽》二曲，其声清越，不可名状。不伐死矣，恨此曲不传。"田不伐即田为，曾任大晟府制撰官，则北宋末年此曲尚有人知。"小品"为宋词之一体，宋杨无咎《解连环》云："怎似得、斜拥檀槽，看小品吟商，玉纤推却。"可见此调南宋时犹行世。《钦定词谱》题作《醉吟商》。"又正是春归"，《钦定词谱》作"正是春归"。《胡渭州》，唐教坊曲名，《醉吟商》，其宫调也。姜夔自度，乃夹钟商曲，盖借旧曲名另倚新腔。

【踏歌词】

源流：先天初，上御安福门观灯，令朝士能文者，为《踏歌》。见唐《辇下岁时记》。《踏歌》，舞队曲。见陈旸《乐书》。

踏歌词 单段三十字，六句，四平韵。　　崔液

彩女迎金屋，仙姬出画堂。鸳鸯裁锦袖，翡翠贴花黄。歌响舞分行。艳色动流光。

此调五字六句，崔液词两首皆同。

校补：唐队舞曲，且步且歌，谓之"踏歌"。《西京杂记》卷三云：汉宫女以"十月十五日，共入灵女庙，以豚黍乐神，吹笛击筑，歌《上灵》之曲。既而相与连臂，踏地为节，歌《赤凤凰来》"。古清商曲有《踏铜蹄》，唐乐有《缭踏歌》《踏金莲》《踏谣娘》，皆为踏歌。初唐谢偃有《踏歌词》三首，为五言律诗，盛唐张说有《踏歌词》二首，为五言绝句，《词律》《钦定词谱》均未收。《钦定词谱》卷二列崔液此词，实为声诗体。《词律》卷一于此词，第五句作七字，第六句作三字者，非。

【秋风清】

种类：有平韵、仄韵两体。
别名：一名《秋风引》；寇准词，名《江南春》；刘长卿仄韵词，名《新安路》。

秋风清 单段三十字，六句，四平韵。　李白

秋风清。秋月明。落叶聚还散，寒鸦栖复惊。相思相见知
○○△　○●△　　●●●○●　○○○●△　　○○○●○
何日，此时此夜难为情。
○●　●●●●○○△

此本三五七言诗，平仄不拘，后人采入词中。刘长卿仄韵
词，其字句与李白词同。

【抛球乐】

源流：唐教坊曲名。《抛球乐》，酒筵中抛球为令，其所唱之词
　　　也。见《唐音癸签》。女弟子舞队，三曰"抛球乐"。见《宋
　　　史·乐志》。
别名：冯延巳词，有"莫思归"句，名《莫思归》。

抛球乐 单段三十字，六句，四平韵。　刘禹锡

五色绣团圆。登君玳瑁筵。最宜红烛下，偏称落花前。上
◎●●○△　○○●●△　●○○●●　◎●●○△　●
客如先起，应须赠一船。
●○○●　○○●●△

此本唐人五言七律，后入教坊，被之管弦，遂相沿为词。
中二句必用对偶，诸作皆然。

校补：《高丽史·乐志》录无名氏词《小抛球乐令》，体格
近七绝，与唐五代《抛球乐》令词相类。此调三十字者，始于
刘禹锡词，皇甫松本此填词，多一和声。三十三字者，始于冯

延巳词,因词有"且莫思归去"句,或名《莫思归》。皆五七言小律诗体。任半塘《敦煌曲初探》云,此调自中唐起"配五言六句带叠句之辞,专门用于筵间行令,所谓'抛打曲'之一也"。至宋柳永,则借旧曲名,别倚新声,始有两段一百八十七字体。《乐章集》注林钟商调。与唐词小令体制,迥然各别。

【法驾导引】

源流:世传顷年都下市肆中,有道人携乌衣椎髻女子,买斗酒独饮。女子歌词以侑〔之〕,凡九阕,皆非人世语。或记之以问一道士,道士惊曰:"此赤城韩夫人所制水府蔡真人《法驾导引》也。"乌衣女子疑龙云。得其三而忘其六,拟作三阕。见宋陈与义《无住词序》。

种类:有单段、两段两种。

法驾导引 单段三十字,六句,三平韵。 陈与义

朝元路,朝元路,同驾玉华君。千乘载花红一色,人间遥指是祥云。回望海光新。

此词与《望江南》相近,但起句下多一叠句耳。

又一体 两段六十字,前后段各六句,三平韵。 刘克庄

樵柯烂,丹灶热,一跳出红尘。斗紫一双龙奋蛰,帝青九万里为程。赤脚踏层云。

鞭鸾上，骑麟下，仿佛睹昆仑。洒马鬃泉苏赤地，翻蟾滴水涨沧溟。笑杀懵仙人。

照前词加一叠。

校补：据施蛰存《读词四纪》，《法驾导引》乃神君法驾前所用导引鼓吹曲，非词调名。自陈与义误以为词调名后。范成大、刘克庄等均沿袭之，遂使宋词中有此调。

【蕃女怨】

源流：见温庭筠《金奁集》。
宫调：《金奁集》注南吕宫。
名解：咏蕃女之怨。

蕃女怨 单段三十一字，七句，四仄韵、两平韵。 温庭筠

万枝香雪开已遍。细雨双燕。钿蝉筝，金雀扇。画梁相见。雁门消息不归来。又飞回。

此词四仄韵，结换二平韵。起句"已"字，第二句"雨"字，例用仄声。

校补：词有"雁门消息不归来"和"碛南沙上惊雁起"句，俱咏调名本意。

【一叶落】

源流:《五代史》云后唐庄宗能自度曲,此其一也。
名解:取词中首句,以为调名。

一叶落 单段三十一字,七句,五仄韵、一叠韵。　　后唐庄宗

一叶落。褰珠箔。此时景物正萧索。画楼月影寒,西风吹罗幕。吹罗幕。往事思量着。

第六句即叠第五句,亦是和声。

校补:《旧五代史》卷三四《唐庄宗纪》注云:"庄宗为公子时,雅好音律,又能自撰曲子词。"毛先舒《填词名解》卷一谓调名本于《淮南子》"一叶落而知天下秋"句。

【忆王孙】

源流:此调创自秦观。
宫调:《太平乐府》注黄钟宫,《太和正音谱》注仙吕宫。
名解:即用起句以为调名。
别名:《梅苑》词,名《独脚令》;谢克家词,名《忆君王》;吕渭老词,名《豆叶黄》;陆游词,有"画得蛾眉胜旧时"句,名《画蛾眉》;张辑词,有"几曲阑干万里心"句,名《阑干万里心》。

忆王孙 单段三十一字，五句，五平韵。 秦观

萋萋芳草忆王孙。柳外楼高空断魂。杜宇声声不忍闻。欲黄昏。雨打梨花深闭门。

宋元人填此词者，悉与此同。元白朴词第三句与末句用仄韵，其字句与秦词同。《钦定词谱》云："可见词曲一源，所辨只在用韵不同也。"明杨慎《词林万选》云："元曲《一半儿》，即此词。"盖其末句"一半儿行书，一半儿草"，两"儿"字皆衬字也。益可知词与曲之分矣。

校补：汉刘安（一说淮南小山作）《招隐士》："王孙兮归来，山中兮不可以久留。"唐孙棨《北里志》载天水光远题杨莱儿室诗曰"萋萋芳草忆王孙"。秦观词全用其句，并以为调名。此词单调三十一字者，创自秦观，宋、元人照此填。双调五十四字者，见《复雅歌词》，或名《怨王孙》，与单调绝不同。坊刻又有仄韵单调《忆王孙》，查系《渔家傲》一段。明杨慎《词林万选》云"《豆叶黄》二首，元人名《一半儿》"，未及《忆王孙》。

【金字经】

源流：《元史·乐志》说法舞队，有《金字经》曲。
宫调：《太平乐府》注南吕宫。
别名：一名《阅金经》。

金字经 单段三十一字，七句，五平韵、一仄韵。　　张可久

水冷溪鱼贵，酒香霜蟹肥。环绿亭深掩翠微。梅。落花浮玉杯。山翁醉。笑随明月归。

此亦元人小令，平仄韵互叶。元史采入舞曲，又有宫调，故特存之。

【古调笑】

源流：白居易诗《打嫌调笑易》，自注："调笑，抛打曲名也。"
宫调：《乐苑》"商调"。
别名：一名《宫中调笑》；戴叔伦词，名《转应曲》；冯延巳词，名《三台令》。此调与宋词《调笑令》不同。

古调笑 单段三十二字，八句，四仄韵、两平韵、两叠韵。　　王建

蝴蝶。蝴蝶。飞上金枝玉叶。君前对舞春风。百叶桃花树红。红树。红树。燕语莺啼日暮。

此调三换韵。起用叠句，第六、七两句，即倒叠第五句末二字转以应之。戴叔伦所谓转应者，意盖取此。

校补：毛先舒《填词名解》："专名《调笑令》者三十八字，宋人之作也。"宋人《调笑令》多联章以成"转踏"，用以演唱故事。

【遐方怨】

源流：唐教坊曲名。
宫调：《金奁集》注越调。
种类：有单段、两段两种，宋人无填此调者。

遐方怨 单段三十二字，七句，四平韵。　　温庭筠

凭绣槛，解罗帏。未得君书，断肠潇湘春雁飞。不知征马几时归。海棠花谢也，雨霏霏。

此调第四句，例作拗句。

校补：初为边地舞曲，敦煌写卷中有此曲舞谱，讹"怨"为"远"。单调者始于温庭筠，双调者始于顾敻、孙光宪。

又一体 两段六十字，前后段各六句，四平韵。　　孙光宪

红绶带，锦香囊。为表花前意，殷勤赠玉郎。此时更自役心肠。转添秋夜梦魂长。
思艳质，想娇妆。愿早传金盏，同欢卧醉乡。任人情妒恶猜防。到头须使似鸳鸯。

此与温词大同小异，唯第三、四句减一字，作五字两句。第六、七句减一字，作七字一句耳。

校补：后段结拍，《钦定词谱》作"任人猜妒尽提防，到头须使是鸳鸯"。

【后庭花破子】

源流：此调创自金元，为金元小令。与唐词《后庭花》、宋词《玉树后庭花》不同。
宫调：《太平乐府》注仙吕调。
名解：所谓"破子"者，以其繁声入破也。

后庭花破子 单段三十二字，七句，五平韵。　　王恽

绿树连远洲。青山压树头。落日高城望，烟霏翠满楼。木兰舟。彼汾一曲，春风佳可游。

校补：沈雄《古今词话·词辨》卷上引陈旸《乐书》："本清商曲赋《后庭花》，孙光宪、毛熙震都赋之，双调四十四字。又有《后庭花破子》，李后主、冯延巳相率为之。"《词律补遗》谓此调创自金元，列元王恽此作，《钦定词谱》亦谓"金元小令"。王国维辑本《南唐二主词·补遗》收此调一首，定为李煜所作，单调，三十二字，七句五平韵，原本为五言六句，第五句"繁声入破"作三字、四字二句。此词起句"绿树连远洲"，王恽《秋涧集》与此同，《词综》《历代诗余》《钦定词谱》则皆作"绿树远连洲"。

【柳枝】

源流：此调见朱敦儒《樵歌》。

柳枝 两段三十二字，前段四句，二平韵；后段四句，四平韵。　朱敦儒

江南岸 柳枝，江北岸 柳枝，折送行人无尽时。恨分离 柳枝。
○○● 　　○○● 　　●●○○●●○ 　●○△
酒一杯 柳枝，泪双垂 柳枝。君到长安百事违。几时归 柳枝。
●●△ 　　●○△ 　　○●○○●●○ 　●○△

此词《钦定词谱》附在《添声杨柳枝》后，不妥，因另列之。按，《竹枝词》，以"竹枝"二字为和声。此以"柳枝"二字为和声，亦其例也。见《钦定词谱》。

校补："枝"字即本词韵，亦添声之意，故为类列。

【忆仙姿】

源流：此调为后唐庄宗制。
宫调：《片玉集》注中吕调。
种类：有单段、两段两种。单段有平韵、仄韵两体。
别名：单段，宋苏轼词序云："此曲本唐庄宗制，名《忆仙姿》。嫌其名不雅，故改为《如梦令》。庄宗此词卒章云'如梦，如梦，和泪出门相送'，因取以为名。"周邦彦改名《宴桃源》；沈会宗词，有"不见，不见"叠句，名《不见》；张辑词，有"比着梅花谁瘦"句，名《比梅》；《梅苑》词，名《古记》；《鸣鹤余音》词，名《无梦令》。两段，魏泰

词，名《如意令》。

忆仙姿 单段三十三字，七句，五仄韵、一叠韵。　　后唐庄宗

曾宴桃源深洞。一曲清歌舞凤。长记欲别时，和泪出门相送。如梦。如梦。残月落花烟重。

此调以此词为正体，第五、第六两句，例用叠句。吴文英有平韵词，无别首可校。

校补：《钦定词谱》调名为《如梦令》。若《梅苑》《鸣鹤余音》无名氏词，皆变体。"一曲清歌舞凤。长记欲别时"，《钦定词谱》作"一曲舞鸾歌凤。长记别伊时"。

又一体 两段六十六字，前后段各七句，五仄韵、一叠韵。　　魏泰

炎暑尚余八日。火老金柔时节。闻道间生贤，储秀降神崧极。无敌。无敌。当代人伦准的。
射策当为第一。高跃龙门三级。荣看绿袍新，帝渥必如宠锡。良弼。良弼。真个国家柱石。

此词合两段为一阕。

校补：《钦定词谱》调名为《如梦令》。

【诉衷情】

源流：唐教坊曲名。

宫调：单段，《金奁集》注越调；两段，周邦彦词注商调。

种类：有单段、两段两种。单段者，或间入一仄韵，或间入两仄韵；两段者，全押平韵。

别名：两段，毛文锡词，有"桃花流水漾纵横"句，名《桃花水》。

诉衷情 单段三十三字，十一句，五仄韵、六平韵。 温庭筠

莺语。花舞。春昼午。雨霏微。金带枕。宫锦。凤凰帷。柳弱蝶交飞。依依。辽阳音信稀。梦中归。

此词以平韵为主，间两仄韵于平韵之内。

校补：调名或取自《离骚》："众不可以户说兮，孰云察余之衷情？世并举而好朋兮，夫何茕独而不予听？"单段者，韦庄、顾夐、温庭筠三词略同。双段者，全押平韵，毛文锡、魏承班三词略同。《花间集》此体第九句，类用叠字，如"轻轻""迢迢""沉沉"皆然。

又一体 两段四十一字，前段五句，四平韵；后段四句，四平韵。 毛文锡

桃花流水漾纵横。春昼彩霞明。刘郎去，阮郎行。惆怅恨难平。

愁坐对云屏。算归程。何时携手洞边迎。诉衷情。
⊙●○△　　●○△　　⊙○⊙●○△　　●○△

此两段者全押平韵，句法与单段间入仄韵者不同。

【天仙子】

源流：唐教坊曲名《万斯年》曲，是朱崖李太尉进，即《天仙子》
　　　是也。见唐段安节《乐府杂录》。
宫调：单段，《金奁集》注歇指调；两段，张先词注中吕调。
种类：有单段、两段两种。《钦定词谱》云："单调始于唐人，两
　　　段始于宋人。"其实不然。敦煌石室之唐人写本《云谣集
　　　杂曲子》，有《天仙子》一首，两段六十八字，与张先词
　　　句律均同，则知两段不自宋人始也。
别名：原名《万斯年》，改名《天仙子》。

天仙子 单段三十四字，六句，五仄韵。　　皇甫松

晴野鹭鸶飞一只。水葓花发秋江碧。刘郎此日别天仙，登
⊙●⊙○○●▲　⊙○⊙●○○▲　⊙○⊙●●○○
绮席。泪珠滴。十二晚峰高历历。
⊙▲　⊙○▲　●○⊙●○○▲

此调以此词为正体，两段词即本之。

校补：《钦定词谱》谓调名得自皇甫松词中"懊恼天仙应有
以"句，实则唐玄宗开元、天宝年间，教坊已有此曲名。今所
传唐五代《天仙子》词，多咏调名本旨，因声度辞，缘题而赋，
与《女冠子》《河渎神》相类。若和凝词之少押一韵，韦庄词之

平仄换韵，或全押平韵，皆变体。

又一体 两段六十八字，前后段各六句，五仄韵。　无名氏　见《云谣集》

燕语啼时三月半。烟蘸柳条金线乱。五陵原上有仙娥，携歌扇。香烂漫。留住九华云一片。

犀玉满头花满面。负妾一双偷泪眼。泪珠若得似珍珠，拈不散。知何限。串向红丝应百万。

此即比单段加一叠。

校补：任半塘《教坊记笺订》云：崔令钦《教坊记》所录之《天仙子》，"与《乐府杂录》内谓李德裕所进《万斯年》即《天仙子》者应无关。因《万斯年》乃宰相所进之'颂圣'大曲，不应有小曲之别名。皇甫松作及敦煌写卷所见之《天仙子》，无不咏调名本意，辞内各有'天仙''仙子''仙娥'等字，尤不合宰相进乐之礼。《新唐书·礼乐志》亦载其事，但并无'即《天仙子》'说"。陈寅恪《元白诗笺证稿》云，唐代"仙子"一名"多用作妖艳妇人或风流放诞之女道士之代称，亦竟有以之目倡妓者"。

【风流子】

源流：唐教坊曲名。

风流子 单段三十四字，八句，六仄韵。　　孙光宪

楼倚长衢欲暮。瞥见神仙伴侣。微傅粉，拢梳头，隐映画帘开处。无语。无绪。慢曳罗裙归去。

校补：单调者，唐词一体；双调者，宋词三体。有前后段两起句不用韵者，有前段起句用韵、后段起句不用韵者，有前后段起句俱用韵者，诸体中有句读异同。《花间集》收孙光宪词三首，每首第六、七句，俱用两韵。其一首"听织，声促"，"屋"与"织"古韵本通，《啸余谱》注作四字句者误。

【归自谣】

宫调：《乐府雅词》注道调宫。
别名：一名《风光子》；赵彦端词，名《思佳客》。

归自谣 两段三十四字，前后段各三句，三仄韵。　　欧阳修

春艳艳。江上晚山三四点。柳丝如剪花如染。香闺寂寂门半掩。愁眉敛。泪珠滴破胭脂脸。

校补：后段起句，《钦定词谱》作"香闺寂寞门半掩"。《词律》编入《归国谣》者，误。

【饮马歌】

源流：此腔自虏中传至边，饮牛马即横笛吹之，不鼓不拍，声甚凄断。闻兀术每遇对阵之际，吹此则鏖战无还期也。见宋曹勋《松隐乐府·饮马歌序》。

饮马歌 单段三十四字，八句，六仄韵。　　曹勋

边城春未到。雪满交河道。暮沙明残照。塞烽云间小。断鸿悲，陇月低，泪湿征衣悄。岁华老。

此调只此一词，无别首可校。第五句、第六句，"悲""低"两字，疑是间押二平韵，然未得他首可校。

【西溪子】

源流：唐教坊曲名。

西溪子 单段三十五字，八句，五仄韵、两平韵。　　毛文锡

昨日西溪游赏。芳树奇花千样。锁春光，金尊满。听弦管。娇妓舞衫香暖。不觉到斜晖。马驮归。

【定西番】

源流：唐教坊曲名。

宫调:《金奁集》注高平调。

定西番 两段三十五字，前段四句，一仄韵、两平韵；后段四句，两仄韵、两平韵。　　温庭筠

汉使昔年离别。攀弱柳，折寒梅。上高台。
○●●○○▲　○●●　●○△　●○△
千里玉关春雪。雁来人不来。羌笛一声愁绝。月徘徊。
○●●○○▲　●○○●○△　○●●○○▲　●○△

此词前后段起句及后段第三句，俱间押仄韵，温词别首与此悉同。

校补：清张宗橚《词林纪事》云：＂陆放翁云：牛峤《定西番》为塞下曲，《望江怨》为闺中曲，是盛唐遗音。＂调名见任半塘《敦煌歌辞总编》所辑唐无名氏词。词题云：＂曲子一首，寄在《定西番》。＂词中有＂为布我皇纶绂，定西番＂句，取＂定西番＂三字为词调名。

【江城子】

宫调：单段，《金奁集》注双调，张先词注高平调。
种类：有单段、两段两种。单段始于唐人，两段始于宋人。
别名：晁补之词，改名《江神子》；韩淲词，有＂腊后春前村意远＂句，名《村意远》；谭宣子词，名《江城子令》。

江城子 单段三十五字，七句，五平韵。　　韦庄

鬅鬙狼籍黛眉长。出兰房。别檀郎。角声呜咽、星斗渐微
○○○●●○△　●○△　●○△　●○○●　○●●○

茫。露冷月残人未起,留不住,泪千行。

此是唐调,宋词俱照此加后一叠。

又一体 两段七十字,前后段各七句,五平韵。　苏轼

凤凰山下雨初晴。水风清。晚霞明。一朵芙蕖、开过尚盈盈。何处飞来双白鹭,如有意,慕娉婷。
忽闻江上弄哀筝。苦含情。遣谁听。烟敛云收、依约是湘灵。欲待曲终寻问取,人不见,数峰青。

此词即照唐调加后一叠。黄庭坚有押入声韵《江城子》词,其字句与苏词同,惟韵脚改为仄声耳。万树云:入声作平,北音皆然。至于入既作平,亦仍可作仄,但于口中调之,其音自见,其理自明。见万树《词律》。

【望江怨】

源流:调见《花间集》。

望江怨 单段三十五字,七句,六仄韵。　牛峤

东风急。惜别花时手频执。罗帏愁独入。马嘶残雨春芜湿。倚门立。寄语薄情郎,粉香和泪泣。

此调只此一词,无别首可校。

校补：此词七句中有六句用入声韵，节奏繁促，声情呜咽。《词律》云："或于'入'字分段，然此小令，必不分也。"徐荣《词律笺榷》非之，曰："《望江怨》唯牛峤一首，《花间》本不分段，或于'罗帏愁独入'分段，《词综》从之。荣按，牛词前半是别时语，后半是别后语，若作一段，则语意衹连，分之为是也。《词律》注云：'此小令，必不分。'不知小令分段者正多，而《词律》所谱之分段小令亦不少，乃忽谓小令必不分段，是诚奇绝。又唐五代词，或有因传写不同而体段遂异者，韦端己之《诉衷情》，即分二段。"《啸余谱》所注平仄及《词统》所采明词，皆误。

【长相思】

源流：唐教坊曲名。
宫调：张先词注双调。
名解：古诗曰"客从远方来，遗我一书札。上言长相思，下言久离别"，故曰《长相思》也。见宋郭茂倩《乐府诗集》。
别名：林逋词，有"吴山青"句，名《吴山青》；张辑词，有"江南山渐青"句，名《山渐青》；王行词，名《青山相送迎》；《乐府雅词》名《长相思令》；张先词，名《相思令》。

长相思 两段三十六字，前后段各四句，三平韵、一叠韵。 白居易

汴水流。泗水流。流到瓜洲古渡头。吴山点点愁。
○●△　●●△　○●○○●●△　○○●●△
思悠悠。恨悠悠。恨到归时方始休。月明人倚楼。
●○△　●○△　●●○○●●△　●○○●△

此调以此词为正体。此词前后段起二句，俱用叠韵，各家多照此填之。

校补：《乐府诗集》收入杂曲歌辞，梁张率始以此三字作发端，陈后主、江总等人袭其调。李贺《夜坐吟》云："铅华笑妾䰂青娥，为君起唱长相思。"唐人诗多用此题，敦煌曲有《长相思》三首，首句皆曰"作客在江西"，分咏富、贫、死，显为联章体。任半塘《教坊记笺订》云："本六朝乐府……李贺《夜坐吟》云：'铅华笑妾䰂青蛾，为君起唱长相思。'……所唱不知是何体。唐人篇咏中虽多用此题，其辞并无乐歌之明征……敦煌曲此调之辞，与白居易所作之体全异。"此词前后段起二句，俱用叠韵，如冯延巳词之"红满枝，绿满枝""忆归期，数归期"，张辑词之"山无情，水无情""拟行行，重行行"，皆照此填。

【思帝乡】

源流：唐教坊曲名。此调创自温庭筠。
宫调：《金奁集》注越调。

思帝乡 单段三十六字，七句，五平韵。　温庭筠

花花。满枝红似霞。罗袖画帘肠断，卓香车。回面共人闲语，战篦金凤斜。惟有阮郎春尽、不还家。

此词为温庭筠创作，自以此为正体。

校补：任半塘《教坊记笺订》："令狐楚有《坐中闻思帝乡有感》诗，刘禹锡和之，足见此曲颇能感人。"温庭筠当是用旧曲填词，若韦作则本此减字者。《词律》列韦词在前，此词在后，失其源流矣。

【相见欢】

源流：唐教坊曲名。
别名：李煜词，有"无言独上西楼，月如钩"句，名《秋夜月》，又名《上西楼》，又名《西楼子》；康与之词，名《忆真妃》；张辑词，有"唯有渔竿，明月上瓜州"句，名《月上瓜州》，或名《乌夜啼》。

相见欢　两段三十六字，前段三句，三平韵；后段四句，两仄韵、两平韵。　李煜

无言独上西楼。月如钩。寂寞梧桐深院、锁清秋。
⊙○⊙●●○△　●○△　⊙●⊙○⊙●●○△
剪不断。理还乱。是离愁。别是一般滋味、在心头。
⊙●▲　⊙○▲　●○△　⊙●⊙○⊙●●○△

此词换头，间入两仄韵，前后两结句九字。语气可于第六字或第四字略豆，惟句法俱要蝉联不断。

校补：《词律》以李煜所作"无言独上西楼"为正体，并云："按此调本唐腔，薛昭蕴一首正名《相见欢》，宋人则名为《乌夜啼》，而《锦堂春》亦名《乌夜啼》，因致传讹不少。"《钦定词谱》亦以薛昭蕴"罗袂绣袄香红"为正体，不收此词。龙榆生《唐宋词格律》："两结九言，宜于第二字略豆，旧谱分作六言、

三言两句,不尽适合。"

【风光好】

源流:调见《本事曲》,陶穀作。陶穀学士奉使,恃上国势,下视江左,辞色毅然不可犯。韩熙载命妓秦弱兰,诈为驿卒女,每日弊衣持帚扫地,陶悦之与狎,因赠一词,名《风光好》。明日后主设宴,陶辞色如前,乃命弱兰歌此词劝酒。陶大沮,即日北归。见《南唐近事》。

风光好　两段三十六字,前段四句,四平韵;后段四句,两仄韵、两平韵。　　陶穀

好因缘。恶因缘。只得邮亭一夜眠。会神仙。
●○△　●○△　●●○○●●△　●○△
琵琶拨尽相思调。知音少。安得鸾胶续断弦。是何年?
○○●●○○▲　○○▲　○●○○●●△　●○△

此调换头,间入两仄韵。

校补:《钦定词谱》以欧良"柳阴阴"为正体云:"此词换头间入两仄韵,其体始于陶穀,因陶词涉俚,故采此词作谱。"

【误桃源】

源流:掌禹锡学士,考试太学生,出"砥柱勒铭赋"题,此铭今俱在,乃唐太宗铭禹功,而掌公误记为太宗自铭其功。宋浼中第一,其赋悉太宗自铭,有无名子作此嘲之。见宋张耒《明道杂志》。

误桃源 两段三十六字，前段四句，三平韵；后段四句，两平韵。　　**无名氏** 见《明道杂志》

砥柱勒铭赋，本赞禹功勋。试官亲处分。赞唐文。
秀才冥子里，銮驾幸并汾。恰似郑州去，出曹门。

原注："冥"字上声，"冥子里"俗谓昏也。此调只此一首，无别首可校。

校补：《古小说钩沉》辑南朝宋刘义庆《幽明录》云：汉明帝永平时，剡县刘晨、阮肇共入天台山，迷不得返。经十三日，采山上桃食之。下山以杯取水，见芜青叶流下甚鲜，复有胡麻饭一杯流下，二人相谓曰："去人不远矣。"乃渡水，又过一山，见二女，容颜妙绝，呼晨、肇姓名，问郎何来晚也。因相款待，行酒作乐，被留半年。求归，至家，子孙已七世矣。调名或本此。

【河满子】

源流：唐教坊曲名。白乐天诗云："世传满子是人名，临就刑时曲始成。一曲四词歌八叠，从头便是断肠声。"自注云："开元中，沧州歌者姓名，临刑进此曲以赎死，上竟不免。"元微之《何满子》歌云："何满能声歌宛转，天宝年中世称罕。婴刑系在囹圄间，下调哀音歌愤懑。梨园弟子奏玄宗，一唱承恩羁网缓。便将何满为曲名，御府亲题乐府纂。"元白交友，闻见率同，独纪此事少异。见宋王灼《碧鸡漫志》。《杜阳杂编》曰："文宗时宫人沈阿翘，为帝舞《何满子》。调辞风态，率皆宛畅。"然则亦舞曲也。见宋郭茂倩《乐府诗集》。

名解：即以进曲者之姓名名调。

种类：有单段、两段两种。

别名：一名《何满子》。按，"河"应作"何"。

河满子 单段三十七字，六句，三平韵。 和凝

正是破瓜年纪，含情惯得人饶。桃李精神鹦鹉舌，可堪虚度良宵。却爱蓝罗裙子，羡他长束纤腰。

此词六句，其五句俱六字。

校补：此词第三句七字，孙光宪"冠剑不随"词，与此同。毛熙震两段词本此。

又一体 两段七十四字，前后段各六句，三平韵。 毛熙震

寂寞芳菲暗度，岁华如箭堪惊。缅想旧欢多少事，转添春思难平。曲槛丝垂金柳，小窗弦断银筝。
深院空闻燕语，满园闲落花轻。一片相思休不得，忍教长日愁生。谁见夕阳孤梦，觉来无限伤情。

即前词加一叠，宋词两段者，俱照此填。宋毛滂有仄韵一首，其字句与毛熙震平韵词相同，为宋词中仅见之作。

校补：王灼《碧鸡漫志》云，白居易诗"一曲四词歌八叠，从头便是断肠声"，此指薛逢五言四句《何满子》也。歌八叠，疑有和声。《花间集》词属双调，有两段各六句。内五句六字，一句七字者，亦有只一段而六句各六字者。按，此则和词与尹词、毛词各自一体，并无脱误。其云双调者，是宫调名。《新唐书·礼乐志》所谓夹钟商也。《词律》不知白诗所指，又误认双调为两段，乃云和凝词仅得其半，并云尹鹗词少一字，俱失于辨正。

【望梅花】

源流：唐教坊曲名。
别名：《梅苑》作《望梅花令》。

望梅花 单段三十八字，六句，六仄韵。　　和凝

春草全无消息。腊雪犹余踪迹。越岭寒枝香自坼。冷艳奇
○●○○●▲　●●○○○●▲　●●○○○●▲　●●○
芳堪惜。何事寿阳无处觅。吹入谁家横笛。
○▲　○●●○○●▲　○●○○○▲

孙光宪另有平韵一首，句读稍异。若照平韵词体，宜于第三句分段，惟《花间集》系单段不分也。

【醉太平】

宫调：《太平乐府》注南吕宫，《太和正音谱》注正宫，又入仙吕宫、中吕宫。

别名:一名《凌波曲》;孙惟信词,名《醉思凡》;周密词,名《四字令》。

醉太平 两段三十八字,前后段各四句,四平韵。　　刘过

情高意真。眉长鬓青。小楼明月调筝。写春风数声。
⊙○●△　⊙○●△　⊙○⊙●○△　●○⊙●○△
思君忆君。魂牵梦萦。翠绡香暖云屏。更那堪酒醒。
⊙○●△　⊙○●△　◎○⊙●○△　●○⊙●○△

宋沈伯时《乐府指迷》,论词中有去声字者,不可以别声替。盖调贵抑扬,去声字,取其激越也。如此调前后段起二句第三字,各家俱用去声。即刘过此调,前段"意"字、"鬓"字俱去声,后段"忆"字入声,"梦"字去声。按,《中原雅音》,"忆"字作"意"字读,亦去声也。见《钦定词谱》。

校补:曹操《对酒歌》有"对酒歌,太平时"之句。杜牧有"万国笙歌醉太平"的诗句。龙榆生《唐宋词格律》:"第一、二句第三字,第四句第一及第四字,最好用去声,方能将调激起。结句是上一、下四。"

【上行杯】

源流:唐教坊曲名。
宫调:《金奁集》注歇指调。

上行杯 两段三十九字,前段三句,三仄韵;后段六句,五仄韵。　孙光宪

离棹逡巡欲动。临极浦、故人相送。去住心情知不共。
金船满捧。绮罗愁,丝管咽。迥别。帆影灭。江浪如雪。

此词《钦定词谱》作单段,兹校《花间集》改正。孙光宪另一首,用两平韵、五仄韵,以平韵为主,间用仄韵于平韵之内。凡两换仄韵,惟唐词中无他首可校。

又一体 两段四十一字,前段三句,三仄韵;后段五句,四仄韵。　韦庄

芳草灞陵春岸。柳烟深、满楼弦管。一曲离声肠寸断。
今日送君千万。红缕玉盘金缕盏。须劝。珍重意,莫辞满。

此词全用仄韵。

校补:张梦机《词律探原》亦谓韦庄词应作双调,以第三句为上段结句。此词不换韵,又全用仄韵,与孙词异。

【长命女】

源流:唐教坊曲名。大历中,尝有乐工自造一曲,即古曲《长命西河女》也。增损节奏,颇有新声。见《乐府杂录》。

宫调:杜佑《理道要诀》云"《长命女》在林钟羽"。《碧鸡漫志》云:"《长命女令》前七拍后九拍,属仙吕调。"《乐苑》云:"《长命西河女》,羽调曲。"

别名：和凝词，名《薄命女》。

长命女 两段三十九字，前段三句，三仄韵；后段四句，三仄韵。 冯延巳

春日宴。绿酒一杯歌一遍。再拜陈三愿。
一愿郎君千岁，二愿妾身长健。三愿如同梁上燕。岁岁长相见。

校补：《长命女》又名《西河长命女》《长命西河女》《长命女西河》《长命西河》。因是西河地方音曲，故由"西河"二字生出许多别名。虞世南《琵琶赋》："少年有'长命'之词，倡女有'可怜'之调。"

【感恩多】

源流：唐教坊曲名。

感恩多 两段四十字，前段四句，两仄韵、两平韵；后段五句，两平韵、一叠韵。 牛峤

自从南浦别。愁见丁香结。近来情转深。忆鸳衾。
几度将书托烟雁，泪盈襟。泪盈襟。礼月求天，愿君知我心。

此词后段第二句、第三句，必用叠句。

校补：原为流行于中唐的酒席歌令。李群玉《留别马使君》：

"唯有管弦知客意，分明吹出感恩多。"白居易《闻歌伎唱严郎中诗》："但是人家有遗爱，就中苏小感恩多。"此曲或原用诗体，后始有长短句。

【酒泉子】

源流：唐教坊曲名。
宫调：《金奁集》注高平调。
别名：潘阆词，名《忆余杭》。

酒泉子 两段四十字，前段五句，两平韵、两仄韵；后段五句，三仄韵、一平韵。　　温庭筠

花映柳条。闲向绿萍池上。凭阑干，窥细浪。雨潇潇。
近来音信两疏索。洞房空寂寞。掩银屏，垂翠箔。度春宵。

此词以平韵为主，前后段间入两仄韵。

校注：汉应劭《地理风俗记》："酒泉郡，其水若酒，故曰酒泉。"《填词名解》："汉武帝置酒泉郡，城下有泉，味甘如酒。郭弘好饮，尝曰：'得封酒泉郡，实出望外。'词名取此，曰《酒泉子》。"敦煌卷子《茶酒赋》："国家音乐，本为酒泉。"或另有《酒泉》大曲。敦煌曲有《酒泉子》三首，调名下注"平"字。《钦定词谱》自此至张泌"春雨打窗"词，八首皆以平韵为主，前后段间入两仄韵。但前段起句，有用韵者，有不用韵者。后起句，有换仄韵者，有仍押前段仄韵者，有押平韵者。后段第二句，或五字，或六字，或七字不同。

又一体 两段四十五字,前段四句,两平韵;后段四句,三平韵。　　毛文锡

绿树春深,燕语莺啼声断续,蕙风飘荡入芳丛。惹残红。柳丝无力袅烟空。金盏不辞须满酌,海棠花下思朦胧。醉春风。

此词全押平声韵,前后段第二句各七字,宋人多照此体填之。

校补:前段第三句,《钦定词谱》作"惠风飘荡入芳丛"。此即张泌"紫陌青门"词体,唯前后段第二句各七字异。宋晏殊、晁补之、辛弃疾、曹勋词,俱照此填。

【怨回纥】

源流:此调见《尊前集》。
宫调:《乐苑》曰:"《怨回纥》,商调曲。"见《乐府诗集》。
名解:《乐府诗集》收无名氏作。末云:"久戍人将老,须臾变作白头翁。"盖戍妇之怨词。

怨回纥 两段四十字,前后段各四句,两平韵。　　皇甫松

祖席驻征棹,开帆候信潮。隔筵桃叶泣,吹管杏花飘。船去鸥飞阁,人归尘上桥。别离惆怅泪,江路湿红蕉。

此调本五言律诗,《尊前集》载入,亦犹《清平调》以七绝

入词也。

【生查子】

源流：唐教坊曲名。
宫调：《尊前集》注双调，元高拭词注南吕宫。
别名：朱希真词，有"遥望楚云深"句，名《楚云深》。韩淲词，
　　　有"山意入春晴，都是梅和柳"句，名《梅和柳》；又有
　　　"晴色入青山"句，名《晴色入青山》。

生查子 两段四十字，前后段各四句，两仄韵。　　韩偓

侍女动妆奁，故故惊人睡。那知本未眠，背面偷垂泪。
⊙●○○△　⊙●○○▲　⊙●●○○　⊙●○○▲
懒卸凤头钗，羞入鸳鸯被。时复见残灯，和烟坠金穗。
⊙●●○○　⊙●○○▲　⊙●●○○　⊙○●○▲

此调以此词为正体，五言八句。每句第二字，例用仄声。宋人词多照此体填之。

校补：万树《词律》："'生查子'，本'楂梨'之'楂'，省笔作'查'。今有读作'查考'之'查'，且取浮查（槎）事以为解者。若是所乘之'查'（槎），如何加一'生'字耶。"任半塘《教坊记笺订》："《生查子》乃五言八句、仄韵之声诗。今传辞虽以韩偓之作为早，但盛唐间韦应物已有其调……昔人释'查'为'楂'或'槎'而已。曾慥《类说》载'唐明皇呼人为"查"，言士大夫如"仙查"，随流变化，升天入地，能处清浊也'。调名之'查'，亦可能用此义。"宋王谠《唐语林》："近代流

俗，呼丈夫妇人纵放不拘礼度者为查。又有百数十种语，自相通解，谓之查语，大抵多近猥僻。"另，词牌中的"生"字或可读"星"。《诗经·小雅》有："不如友生。"《毛传》曰："协桑经切，音星。""生查"或是"星槎"之意。东晋王嘉《拾遗记》载："尧登位三十年，有巨查浮于西海，查上有光，夜明昼灭……常浮绕四海，十二年一周天，周而复始，名曰贯月查，亦谓挂星槎。"如李商隐诗"海客乘槎上紫氛，星娥罢织一相闻"及刘禹锡诗"星槎上汉杳难从"等。《云谣集》所录两首《生查子》皆咏建功立勋之旨。若刘侍读词之多押一韵，孙光宪词之添字，牛希济、张泌词之摊破句法，皆变格也。但五言八句，每句第二字，例用仄声。如魏承班词"烟雨晚晴天，零落花无语。难话此时心，梁燕双来去。琴韵对薰风，有恨和情抚。肠断断弦频，泪滴黄金缕"。宋词照此填者甚多。间有前后段第二字用平声者，如欧阳修词"含羞整翠鬟，得意频相顾。雁柱十三弦，一一春莺语。娇云容易飞，梦断知何处。深院锁黄昏，阵阵芭蕉雨"。晏几道、吕渭老、向子諲、吴文英集中，亦有此体。因此调始自韩偓，故以韩词作谱。

【蝴蝶儿】

源流：此调见《花间集》。
名解：取词中起句，以为调名。

蝴蝶儿 两段四十字，前段四句，四平韵；后段四句，三平韵。　张泌

蝴蝶儿。晚春时。阿娇初著淡黄衣。倚窗学画伊。
○●△　●●△　●●○○●●○△　●○●●△

还似花间见，双双对对飞。无端和泪拭胭脂。惹教双翅垂。
○●○○●　○○●●△　○○●●●○○　●○○●△

此调只有此词，无别首可校。

校补：《词律》断此调与温庭筠《玉蝴蝶》四十一字者相近，"决是一调"，杜文澜《校勘记》已辨其句法之异，徐棨《词律笺榷》则谓此调自《玉蝴蝶》变化而出。

【添声杨柳枝】

源流：黄钟商有《杨柳枝》曲，仍是七言四句诗，与刘、白及五代诸子所制并同，但每句下各添三字一句，乃唐时和声，如《竹枝》《渔父》，今皆有和声也。旧词多侧字起头，第三句亦复侧字起，声度差稳耳。见宋王灼《碧鸡漫志》。
宫调：《宋史·乐志》："《太平时》，小石调。"按，贺铸词，名《太平时》。
名解：《添声杨柳枝》，即从《杨柳枝》添字也。
别名：欧阳修词，名《贺圣朝影》；贺铸词，名《太平时》；《花间集》作《杨柳枝》，无"添声"二字。

添声杨柳枝 两段四十字，前段四句，四平韵；后段四句，两仄韵、两平韵。　　顾　敻

秋夜香闺思寂寥。漏迢迢。鸳帏罗幌麝烟销。烛光摇。
○●○○●●△　●○△　○○○●●○○　●○△
正忆玉郎游荡去。无寻处。更闻帘外雨潇潇。滴芭蕉。
●●●○○●●　○○▲　●○○●●○○　●○△

此调有唐宋两体，唐词换头句押仄韵，宋词换头句即押

平韵。

又一体 两段四十字，前段四句，四平韵；后段四句，三平韵。　贺铸

蜀锦尘香生袜罗。小婆娑。个侬无赖动人多。是横波。
楼角云开风卷幕，月侵河。纤纤持酒艳声歌。奈情何。

此词后段第二句，仍押平韵。每句添声，俱用仄平平。宋词皆照此填，与唐词小异。《梅苑》及《乐府雅词》收此体词，皆作《杨柳枝》。贺铸词八首，名《太平时》，多用前人绝句，添入和声，即《添声杨柳枝》也。

校补：此词前段第三、四句，《钦定词谱》作"个人无赖动人多。见横波"。《词律》以《太平时》另列一体者，误。

【醉公子】

源流：唐教坊曲名。
别名：薛昭蕴、顾敻等词，俱四换韵，一名《四换头》。

醉公子 两段四十字，前后段各四句，两仄韵、两平韵。　顾敻

河汉秋云澹。红藕香侵槛。枕倚小山屏。金铺向晚扃。
睡起横波慢。独望情何限。衰柳数声蝉。魂销似去年。

此调以此词为正体。

校补：李山甫《曲江》诗："千队国娥轻似雪，一群公子醉如泥。"调名本此。杨慎《词品》："唐词多缘题所赋"，"《醉公子》，即咏公子醉也"。任半塘《教坊记笺订》："（醉公子）此三字原唐人习用语。唯开元中刘希夷《公子行》内称曰'繁华子'，后顾况《公子行》内称'轻薄儿'，已说明其人是何种人。李山甫《曲江》诗曾有句曰：'千队国娥轻似雪，一群公子醉如泥。'刘（希夷）诗：'天津桥下阳春水，天津桥上繁华子。'……此曲创始时代可知。日本所传唐曲中有《酒胡子》别名《醉公子》。"繁体"韵""头"形近，《四换头》应即"四换韵"。前段起句原作"漠漠秋云澹"，据《钦定词谱》改。此调有两体，四十字者，昉自唐人；一百六字者，昉自宋人。若尹鹗词及顾敻词别首，押韵异同，皆变格。

【昭君怨】

名解：《唐书·乐志》曰："《明君》汉曲也。元帝时，匈奴单于入朝，诏以王嫱配之，即昭君也。及将去，入辞，光彩射人，竦动左右，天子悔焉。汉人怜其远嫁，为此作歌。"按，琴曲有《昭君怨》。见郭茂倩《乐府诗集》。

别名：朱敦儒词咏洛妃事，名《洛妃怨》；侯寘词，名《宴西园》。

昭君怨 两段四十字，前后段各四句，两仄韵、两平韵。 万俟咏

春到南楼雪尽。惊动灯期花信。小雨一番寒。倚阑干。
莫把阑干频倚。一望几重烟水。何处是京华。暮云遮。

此词四换韵,后段第一句,各家俱作六字句,故以换头作六字句者为正体。

校补:坊本后段第一句,或作"莫把阑干倚",疑"频"字乃后人增入。然观苏轼词之"欲去又还不去",及秦观、朱希真、侯寘等词,俱作六字句。

【春光好】

源流:唐教坊曲名。《羯鼓录》云:"明皇尤爱羯鼓、玉笛,为八音之领袖。时春雨始晴,景色明丽,帝曰:'对此岂可不与他判断?'命取羯鼓,临轩纵击,曲名《春光好》。回顾柳杏,皆已微坼。上曰:'此一事不唤我作天工可乎?'"今夹钟宫《春光好》,唐以来多有此曲。或曰:"夹钟宫属二月之律,明皇依月用律,故能判断如神。"予曰:"二月柳杏坼久矣,此必正月用二月律催之也。"《春光好》,近世或易《愁倚阑》。按,《羯鼓录》载《春光好》曲,入太簇宫,本正月律也,岂明皇所作乃太簇宫,而和凝等词入夹钟宫耶?今明皇词已不传,所传止《花间》《尊前集》中词也。见《碧鸡漫志》。

别名:晏几道词,有"拚却一襟怀远泪,倚阑看"句,名《愁倚阑令》,或名《愁倚阑》,或名《倚阑令》。

春光好 两段四十一字,前段五句,三平韵;后段四句,两平韵。　　欧阳炯

天初暖,日初长。好春光。万类此时皆得意,竞芬芳。
⊙○● ●○△ ●○△ ⊙●⊙○○●● ●○△

笋迸苔钱嫩绿，花偎雪坞浓香。谁把金丝裁剪却，挂斜阳。

宋词各体，似出于此。

校补：《钦定词谱》以和凝"纱窗暖"为正体。此词前段第四句七字不押韵，欧阳词六首皆同。

又一体 两段四十二字，前段五句，三平韵；后段四句，三平韵。 晏几道

花阴月，柳梢莺。近清明。长恨去年今夜雨，洒离亭。枕上怀远诗成。红笺纸、小砑吴绫。寄与征人教念远，莫无情。

此词后段第二句七字，作上三下四句法。宋人词俱照此填之，惟与唐词不同。

【玉蝴蝶】

源流：此调见《金奁集》，温庭筠创作。

宫调：《金奁集》注中吕宫。

玉蝴蝶 两段四十一字，前段四句，四平韵；后段四句，三平韵。 温庭筠

秋风凄切伤离。行客未归时。塞外草先衰。江南雁到迟。芙蓉凋嫩脸，杨柳堕新眉。摇落使人悲。断肠谁得知。

校补:《词律》谓此调与《蝴蝶儿》相近。不知《蝴蝶儿》第三句俱七字,此则五字,即孙光宪词亦然,不可类列也。孙词,第三句即是此词第二句,平仄互异。

【女冠子】

源流:唐教坊曲名,为温庭筠创作。
宫调:《金奁集》注歇指调。
名解:多咏女冠事,所谓赋题本意。

女冠子 两段四十一字,前段五句,两仄韵、两平韵;后段四句,两平韵。 温庭筠

含娇含笑。宿翠残红窈窕。鬓如蝉。寒玉簪秋水,轻纱卷碧烟。
雪胸鸾镜里,琪树凤楼前。寄语青娥伴,早求仙。

此词前段起二句,间入仄韵,唐词二十首皆同。

校补:后段起句,《金奁集》《花间集》与此同,《词律》《钦定词谱》则作"雪肌鸾镜里"。小令始于温庭筠,长调始于柳永。《乐章集》"淡烟飘薄"词,注仙吕调;"断烟残雨"词,注大石调;元高拭词,注黄钟宫。柳永词,一名《女冠子慢》。此词前段起二句间入仄韵,唐词二十首皆然。《啸余谱》不注韵者,误。

【纱窗恨】

源流：唐教坊曲名。
名解：毛文锡词，有"月照纱窗，恨依依"句，取以为名。

纱窗恨 两段四十一字，前段四句，两仄韵、两平韵；后段四句，两平韵。　　毛文锡

新春燕子还来至。一双飞。垒巢泥湿时时坠。浣人衣。
后园里、看百花发，香风拂、绣户金扉。月照纱窗，恨依依。

此词前段起句，乃间入仄韵，非本韵也。

校补：《词律》于第二句注换平者，误。

【醉花间】

源流：唐教坊曲名。
宫调：《宋史·乐志》注双调。

醉花间 两段四十一字，前段五句，三仄韵、一叠韵；后段四句，三仄韵。　　毛文锡

深相忆。莫相忆。相忆情难极。银汉是红墙，一带遥相隔。
金盘珠露滴。两岸榆花白。风摇玉佩清，今夕为何夕。

校补：任半塘《教坊记笺订》疑为酒筵间令曲。《啸余谱》

注：《生查子》词，与《醉花间》调相近。不知《生查子》正体，前后段皆五字句起，间有用六字者，变格耳。《醉花间》正体，则前必六字、后必五字也。

【点绛唇】

宫调：周邦彦词注仙吕调，元《太平乐府》注仙吕宫，高拭词注黄钟宫。

名解：鲍照《芜城赋》云："东都妙姬，南国佳人。蕙心纨质，玉貌绛唇。"见周邦彦《片玉集》注。

别名：王禹偁词，名《点樱桃》。王十朋词，名《十八香》。张辑词，有"邀月过南浦"句，名《南浦月》；又有"遥隔沙头雨"句，名《沙头雨》。韩淲词，有"更约寻瑶草"句，名《寻瑶草》。

点绛唇 两段四十一字，前段四句，三仄韵；后段五句，四仄韵。 冯延巳

荫绿围红，飞琼家在桃源住。画桥当路。临水开朱户。
柳径春深，行到关情处。颦不语。意凭风絮。吹向郎边去。

此调以此词为正体。

校补：杨慎《词品》："《点绛唇》取梁江淹诗'白雪凝琼貌，明珠点绛唇'以为名。"宋王十朋以此调分咏异香牡丹、温香芍药、国香兰、天香桂、暗香梅、雪香梨等，凡十八首，故更名《十八香》。见周咏先辑《梅溪诗余》。此调若苏轼词之藏韵、

韩琦词之添字，皆变格。

【平湖乐】

宫调：《太平乐府》注越调。
别名：金词因王恽词有"人在平湖醉"句，名《平湖乐》；王恽
　　　词又名《绛桃春》；元词名《小桃红》；亦名《采莲词》。

平湖乐 两段四十二字，前段四句，两平韵、两仄韵；后段四句，一仄韵、一平韵。　　王恽

安仁双鬓已惊秋。更甚眉头皱。一笑相逢且开口。玉为舟。
⊙○○●●○△　⊙●○○▲　⊙●⊙○●○▲　●○△
新词淡似鹅黄酒。醉扶归路，竹西歌吹，人道是扬州。
⊙○⊙●○○▲　●○⊙●　⊙○⊙●　⊙●●○△

此金人小令，犹存古韵，以本部平上去三声叶者。若元人此调，则依中原古韵。平上去入四声，别部北音，无不叶矣。词与曲之分，正于此辨之。见《钦定词谱》。

【恋情深】

源流：唐教坊曲名。
名解：毛文锡词二首结句俱有"恋情深"三字，想因此名题也。

恋情深 两段四十二字，前段四句，两仄韵、两平韵；后段四句，三平韵。　　毛文锡

滴滴铜壶寒漏咽。醉红楼月。宴余香殿会鸳衾。荡春心。
●●○○○●▲　●○○▲　⊙○⊙●●○△　●○△
真珠帘下晓光侵。莺语隔琼林。宝帐欲开慵起，恋情深。
⊙○⊙●●○△　⊙●●○△　⊙●●○○●　●○△

此词前段第二句"醉红楼月",作上一下一中二字相连句法,填者宜注意之。

校补:毛词二首,俱以"恋情深"三字结,如《诉衷情》例。其前后第二句"醉红楼月""簇神仙伴",俱作上一下一中二字相连句法。

【赞浦子】

源流:唐教坊曲名。此调见《花间集》。
别名:一名《赞普子》。

赞浦子 两段四十二字,前后段各四句,两平韵。 毛文锡

锦帐添香睡,金炉换夕薰。懒结芙蓉带,慵拖翡翠裙。
●●○○●　○○●●△　●●○○●　○○●●△
正是桃夭柳媚,那堪暮雨朝云。宋玉高唐意,裁琼欲赠君。
●●○○●●　●○●●○○△　●●○○●　○○●●△

此调只此一词,无他首可校。

校补:"赞普"为吐蕃语,《新唐书·吐蕃传》:"其俗谓强雄曰赞,丈夫曰普,故号君长曰赞普。"赞普亦可称蕃将,唐段成式《酉阳杂俎》云:"蕃将赏以羊革数百,因转近牙帐。赞普子爱其了事,遂令执纛左右……"原为吐蕃乐曲,任半塘《敦煌曲初探》疑有《赞普》大曲,此调乃其摘遍,故曰"子"。敦煌词有《赞普子》蕃降将归顺之事,未离调名本意。至五代由边地之曲转为艳曲,调名《赞浦子》。

【浣溪沙】

源流：唐教坊曲名。

宫调：《金奁集》《片玉集》均注黄钟宫，张先词注中吕宫。

名解：杜甫诗"移船先主庙，洗药浣沙溪"。见周邦彦《片玉集》注。

别名：张泌词，有"霞浓香泛小庭花"句，名《小庭花》。贺铸词，名《减字浣溪沙》。韩淲词，有"芍药酴醾满院春"句，名《满院春》；又有"东风拂槛露犹寒"句，名《东风寒》；又有"一曲西风醉木犀"句，名《醉木犀》；又有"霜后黄花菊自开"句，名《霜菊黄》；又有"广寒曾折最高枝"句，名《广寒枝》；又有"春风初试薄罗衫"句，名《试香罗》；又有"清和风里绿阴初"句，名《清和风》；又有"一番春事怨啼鹃"句，名《怨啼鹃》。

浣溪沙　两段四十二字，前段三句，三平韵；后段三句，两平韵。　韩偓

宿醉离愁慢髻鬟。六铢衣薄惹轻寒。慵红闷翠掩青鸾。
罗袜况兼金菡萏，雪肌仍是玉琅玕。骨香腰细更沉檀。

此调以此词为正体。

校补：任半塘《唐声诗》谓"浣溪沙"三字费解，《教坊记》以与《浪淘沙》《撒金沙》二名相次，示末字应作"沙"，唯以唐代所有名物论，调名似应作"纱"，本调唐名所以曰《浣溪沙》者，疑凭乐工手记之讹。据任半塘《敦煌曲初探》考订，此曲有

十五首,均为杂言。而《花间集》之同曲名五十八首,仅一首杂言,余皆齐言。敦煌卷子内有此曲之舞谱。若薛昭蕴词之少押一韵,孙光宪、顾夐词之摊破句法,李煜词之换仄韵,皆变体。龙榆生《唐宋词格律》:"过片二句多用对偶。"

【醉垂鞭】

源流:调见《张子野词》,或是张先创作。
宫调:张先词注正宫。

醉垂鞭 两段四十二字,前后段各五句,三平韵、两仄韵。 张先

醉面滟金鱼。吴娃唱。吴潮上。玉殿白麻书。待君归后除。
○●●○○ ○○▲ ○○▲ ●●●○○ ●○○●○
勾留风月好。平湖晓。翠峰孤。此景出关无。西州空画图。
○○○●● ○○▲ ●○○ ●●●○○ ○○○●○

此词凡三用韵,两仄韵即间押于平韵之内。以平韵为主,亦花间体也。张先词三首皆同。

【雪花飞】

宫调:《宋史·乐志》高角调。按,高角调乃大吕之角声,即俗名中管高大石角。

雪花飞 两段四十二字,前后段各四句,两平韵。 黄庭坚

携手青云路稳,天声迤逦传呼。袍笏恩章乍赐,春满皇都。
○●○○●● ○○●●○○ ●●○○●● ○●○○

何处难忘酒,琼花照玉壶。归袅丝鞘竞醉,雪舞郊衢。
○●●○●　○○●　●●○○●　●●○△

此调只见此词,无别首可校。后起两句,比前段各少一字。

校补:"雪舞郊衢",《钦定词谱》作"雪舞街衢"。

【沙塞子】

源流:唐教坊曲名。
别名:一名《沙碛子》。

沙塞子 两段四十二字,前后段各五句,两平韵。　朱敦儒

万里飘零南越,山引泪,酒添愁。不见凤楼龙阙,又惊秋。
●●○○○●　○●●　●○△　●●●○○●　●○△
九日江亭闲望,蛮树远,瘴云浮。肠断红蕉花晚,水西流。
●●○○○●　○●◉　●○△　●●○○○●　●○△

此词前后段字句相同。

校补:"瘴云浮",《钦定词谱》作"瘴烟浮"。此词前后段字句相同,朱词二首皆然。《花草粹编》刻此词,后段第二句落一"远"字,《钦定词谱》从《词纬》增定。

【殿前欢】

宫调:《太平乐府》注双调。
别名:一名《凤将雏》。

殿前欢 两段四十二字，前段四句，三平韵、一仄韵；后段五句，两平韵、两仄韵。　张可久

水晶宫。四围添上玉屏风。姮娥碎剪银河冻。揉尽春红。梅花纸帐中。香浮动。一片梨云梦。晓来诗句，画出渔翁。

此亦元人小令。张可久《小山乐府》中，此调甚多，衬字各异。

校补：《朱子语类》载朱熹云："古乐府只是诗中间却添许多泛声，后来人怕失了那泛声，逐一声添个实字，遂成长短句，今曲子便是。"按，朱子所云为诗之变而为词。若词变而为曲，则又就长短句之泛声，添上实字。如元人之过曲，有与词同一调名而字句不同者，盖以虚声多而音节异也，其流为衬字之杂，即一调中亦多寡不一。如《殿前欢》《水仙子》，衬字不拘，知音者可以类推。

【水仙子】

源流：唐教坊曲名。
宫调：《太平乐府》注双调。

水仙子 两段四十二字，前后段各四句，三平韵、一仄韵。　张可久

天边白雁写寒云。镜里青鸾瘦玉人。秋风昨夜愁成阵。思君不见君。
缓歌独自开尊。灯挑尽。酒半醺。如此黄昏。

此亦元人小令。张可久《小山乐府》中，此调凡十余首。衬字递增，长短不一，盖元人小令之渐流于曲者。见《钦定词谱》。

【中兴乐】

源流：此调见《花间集》。
别名：牛希济词，有"泪湿罗衣"句，名《湿罗衣》。

中兴乐 两段四十二字，前段四句，三平韵；后段五句，三平韵。　牛希济

池塘暖碧浸晴晖。濛濛柳絮轻飞。红蕊凋来，醉梦还稀。
春云空有雁归。珠帘垂。东风寂寂，恨郎抛掷，泪湿罗衣。

又一体 两段八十四字，前后段各九句，六平韵。　李珣

后庭寂寞日初长。翩翩蝶舞红芳。绣帘垂地，金鸭无香。
谁知春思如狂。忆萧郎。等闲一去，程遥信断，五岭三湘。
休开鸾镜学宫妆。可能更理笙簧。倚屏凝睇，泪落成行。
手寻裙带鸳鸯。暗思量。忍辜前约，教人花貌，虚老风光。

此词即将前列牛希济词体合为一段，再加一叠也。

校补：但"绣帘垂地""倚屏凝睇"，平仄与牛词小异。

【归国遥】

源流：唐教坊曲名。
宫调：《金奁集》注双调。
别名：颜奎词，名《归平遥》。

归国遥 <small>两段四十三字，前后段各四句，四仄韵。</small>　　韦庄

春欲暮。满地落花红带雨。惆怅玉笼鹦鹉。单栖无伴侣。
○●▲　●●●○○●▲　○●●○○▲　○○○●▲
南望去程何许。问花花不语。早晚得同归去。恨无双翠羽。
○●●○○▲　●○○●▲　●●●○○▲　●○○●▲

此调以此词为正体。温庭筠词与此相同，惟前段起句少一字耳。

校补：按调名，或为边地曲调。《词律》将《归自谣》编入《归国遥》，"遥"又作"谣"，误。清张德瀛《词徵》卷一："刘氏延禧谓即乐府之《刮骨盐》。谣，盐声之转；刮骨，与归国声近，殆一名讹别为二也。"若颜奎词之摊破句法，乃变体。

【霜天晓角】

宫调：元高拭词注越调。
种类：有平韵、仄韵两体。
别名：张辑词，有"一片月当窗白"句，名《月当窗》；程垓词，有"须共踏夜深月"句，名《踏月》；吴礼之词，有"长桥月"句，名《长桥月》。

霜天晓角 两段四十三字，前段四句，三仄韵；后段五句，四仄韵。　　林逋

冰清霜洁。昨夜梅花发。甚处玉龙三弄，声摇动、枝头月。
梦绝。金兽热。晓寒兰烬灭。更卷珠帘清赏，且莫扫、阶前雪。

此调押仄韵者，以此词为正体。前后段两结六字句，定体也。又有押平韵者，后段起句作五字，比平韵者少一韵，余同。

校补：宋张辑词有"一片月、当窗白"句，故易名《月当窗》。题下自注："寓《霜天晓角》。"又以此调祝寿，内有"儿拟山庄劝酒"句，故名《山庄劝酒》。见张辑《东泽绮语》。韩元吉词序："夜饮武将家，有歌《霜天晓角》者，声调凄婉。"毛先舒《填词名解》云："宋淳熙初，行都角妓陶师儿与荡子王生狎甚，为姥所间。一日，王生拉师儿游西湖，迤逦更阑，舟人俱倦寝，舟泊净慈寺藕花深处，王生、师儿相抱入水中俱死。都人作《长桥月》《短桥月》歌之。二调今不传。"若赵师侠、葛长庚词之多押两韵，程垓、吴文英词之添字，皆变格。

【清商怨】

源流：古乐府有清商曲辞，其音多哀怨，故取以为名。见《钦定词谱》。
宫调：周邦彦词注林钟。
别名：周邦彦词，名《关河令》，又名《伤情怨》。

清商怨　两段四十三字，前后段各四句，三仄韵。　晏殊

关河愁思望处满。渐素秋向晚。雁过南云，行人回泪眼。
○○●●●○▲　●●○○▲　●○○○　○○○●▲
双鸾衾裯悔展。夜又永、枕孤人远。梦未成归，梅花闻塞管。
●○○○●▲　●●●、●○○▲　●●○○　○○○●▲

此词前段起句七字，各家多如此。又前段第二句五字，例须上一下四句法，填者宜注意之。

校补：郭茂倩《乐府诗集》卷四四《清商曲辞》解题云："《清商乐》，一曰《清乐》。《清乐》者，九代之遗声，其始即相和三调是也，并汉、魏以来旧曲，其辞皆古调及魏三祖所作。自晋朝播迁，其音分散，苻坚灭凉得之，传于前、后二秦。及宋武定关中，因而入南，不复存于内地。自时已后，南朝文物号为最盛，民谣国俗，亦世有新声……后魏孝文讨淮、汉，宣武定寿春，收其声伎，得江左所传中原旧曲……及江南吴歌、荆楚西声，总谓之《清商乐》。至于殿庭飨宴，则兼奏之。遭梁、陈亡乱，存者盖寡。及隋平陈，得之，文帝善其节奏，曰：'此华夏正声也。'乃微更损益，去其哀怨，考而补之。"汉诗如《古诗十九首》中的"清商随风发，中曲正徘徊"，托名李陵诗的"悲意何慷慨，清歌正激扬"，托名苏武诗的"欲展清商曲，念子不能归"，均可见"哀怨"之特征。故《清商怨》之调名取之于其音哀怨。

【伤春怨】

源流：王安石梦中作。见《能改斋漫录》。应是荆公创调。见万树《词律》。

伤春怨 两段四十三字，前后段各四句，三仄韵。　　王安石

雨打江南树。一夜花开无数。绿叶渐成阴，下有游人归路。
●●○○▲　●●○○●▲　●●●○○　●●○○○▲
与君相逢处。不道春将暮。把酒祝东风，且莫恁、匆匆去。
●○○●▲　●●○○▲　●●●○○　●●●、○○▲

此调只有此词，无别首可校。

卷二

【菩萨蛮】

源流：唐教坊曲名。《宋史·乐志》：女弟子舞队名。大中初，女蛮国入贡，危髻金冠，璎珞被体，号"菩萨蛮队"，当时倡优遂制《菩萨蛮》曲，文士亦往往声其词。见唐苏鹗《杜阳杂编》。李白《菩萨蛮》《忆秦娥》二词，为百代词曲之祖。见宋黄昇《绝妙词选》。

宫调：《宋史·乐志》《尊前集》均注中吕宫，周邦彦词注正平调。

别名：温庭筠词，有"小山重叠金明灭"句，名《重叠金》。李煜词，名《子夜歌》，一名《菩萨鬟》。韩淲词，有"新声休写花间意"句，名《花间意》；又有"风前觅得梅花句"句，名《梅花句》；又有"山城望断花溪碧"句，名《花溪碧》；又有"晚云烘日南枝北"句，名《晚云烘日》。康与之词，名《菩萨蛮令》。

菩萨蛮　两段四十四字，前后段各四句，两仄韵、两平韵。　李白

平林漠漠烟如织。寒山一带伤心碧。暝色入高楼。有人楼上愁。
◎○◎●○○▲　◎○◎●○○▲　◎●●○○△　◎○○●△

玉阶空伫立。宿鸟归飞急。何处是归程。长亭连短亭。
◎○○●▲　◎●○○▲　◎●●○○　◎○○●△

此调以此词为正体。

校补：杨宪益《零墨新笺》认为《菩萨蛮》乃骠苴蛮或符诏蛮之异译，其调乃古缅甸乐，唐开元、天宝间传入中国，因李白为氐人，幼时即受西南音乐影响。开元、天宝间李白流落荆楚，路过鼎州沧水驿楼，登楼望远，忽思故乡，遂以故乡之旧调作此词。任半塘《教坊记笺订》："近人李拓之《中国的舞蹈》云：'《菩萨蛮》非出回教乐曲。今滇缅边界的摆夷，尚称女子为"小菩萨"，殆即其处。'"按："敦煌曲《菩萨蛮》，'敦煌古往出神将'一首，有'只恨隔蕃部，情恳难申吐'语，分明为代宗朝先后失凉、甘、肃、瓜四州之后，德宗建中二年沙州陷蕃之前所作。若据甲说，宣宗时始创调，代宗时何能有辞？"岑仲勉《隋唐史》："《菩萨蛮》，本自波斯语mussalman(阿剌伯语muslin)即'回教徒'之意。"敦煌词中现存此调作品十余首，前后段第三、四句或加一二衬字，与定格不同。如前段"水面上秤锤浮。直待黄河彻底枯"，后段"休即未能休。且待三更见日头"。相传李白此首为最早之词作，被誉为"百代词曲之祖"。底本后段第三、四句原作"何处是回程，长亭接短亭"，据《钦定词谱》改。若朱敦儒词之不换韵，楼扶词之三声叶韵，皆变格。元好问《中州乐府》，王庭筠词"断肠人恨余香换，尘暗琐窗春。小花檐月晓，屏掩半山青"，李白、晏殊、孟宗献俱有之，盖回文体。每句一回，即同李白词体。或以单调另分一体者，误。

【采桑子】

源流：唐教坊曲名，有《杨下采桑》，调名本此。见《钦定词谱》。
宫调：《乐苑》采桑羽调曲；《尊前集》注羽调，《乐府雅词》注中吕宫，张先词注双调，周邦彦词注大石调。
别名：李煜词，名《丑奴儿令》；冯延巳词，名《罗敷媚歌》；贺铸词，名《丑奴儿》；陈师道词，名《罗敷媚》。

采桑子 两段四十四字，前后段各四句，三平韵。　和凝

蜻蜓领上诃梨子，绣带双垂。椒户闲时。竞学擪蒲赌荔枝。
从头鞋子红编细，裙窣金丝。无事颦眉。春思翻教阿母疑。

此调以此词为正体。

校补：任半塘《教坊记笺订》："唐大曲之《采桑》，可能与古相和曲《陌上桑》之内容有关。《杨下采桑》乃胡乐。日本乐《采桑老》，一名《采桑子》，主题重在叹老，与此无涉。"若李清照词、朱淑真词之添字，皆变体。

【后庭花】

源流：唐教坊曲名。《南史》云，陈后主每引宾客共赋诗，采其尤艳丽者为曲调，其曲有《玉树后庭花》，皆以配声律，遂取一句为曲名。吴蜀鸡冠花有一种小者，世目为后庭花。《国史纂异》：云阳县有树，土人谓之玉树。予谓陈

后主《玉树后庭花》，或者疑是两曲，诗家或称《玉树》，或称《后庭花》，少有连称者。伪蜀时孙光宪等，有《后庭花》曲，皆赋后主故事，不著宫调，两段各四句，似令也。见宋王灼《碧鸡漫志》。

别名：张先词，名《玉树后庭花》。

后庭花 两段四十四字，前后段各四句，四仄韵。　　毛熙震

轻盈舞妓含芳艳。竞妆新脸。步摇珠翠修蛾敛。腻鬟云染。
歌声慢发开檀点。绣衫斜掩。时将纤手匀红脸。笑拈金靥。

此调以此词为正体。

校补：明胡应麟《少室山房笔丛》引杨慎《丹铅新录》："扬州有蕃釐观，中有琼花，即陈后主所谓《玉树后庭花》曲云'琼树朝朝新'也。"此曲唐时为五言四句之声诗，传辞如五绝，二平韵。陈时此曲为清乐，有舞，盛唐入法曲，又列大曲名内，亦有舞。至后蜀时，始有长短句。若孙光宪词之添字，张先词之少押一韵、摊破句法，皆变体。

【诉衷情令】

宫调：柳永词注林钟商。

别名：晏殊词，名《诉衷情》；张元幹以黄庭坚词曾咏渔父家风，改名《渔父家风》；张辑词，有"一钓丝风"句，名《一丝风》。

诉衷情令 两段四十四字，前段四句，三平韵；后段六句，三平韵。　　晏殊

青梅煮酒斗时新。天气欲残春。东城南陌花下，逢着意中人。
回绣袂，展香茵。叙情亲。此时拚作，千尺游丝，惹住朝云。

此调以此词为正体。

校补：黄庭坚《山谷琴趣外篇》卷三所收此词，题为《诉衷情》，题下注曰"渔父"。若欧阳修、张元幹词之添字，皆变体。

【减字木兰花】

宫调：张先词注林钟商，柳永词注仙吕调。
名解：此调乃从《木兰字令》，减字自成一体。
别名：李子正词，名《减兰》；徐介轩词，名《木兰香》；《高丽史·乐志》，名《天下乐令》。

减字木兰花 两段四十四字，前后段各四句，两仄韵、两平韵。　　欧阳修

歌檀敛袂。缭绕雕梁尘暗起。柔润清圆。百琲明珠一线穿。
樱唇玉齿。天上仙音心下事。留住行云。满座迷魂酒半醺。

木兰花令，始于韦庄，系五十五字，全用仄韵。冯延巳制《偷声木兰花》，五十字，前后起两句，仍作仄韵七言；结处仍

偷平声，作四字一句、七字一句，始有两仄两平四换韵体。此词亦四换韵，盖又就偷声词两起句，各减三字，自成一体也。见《钦定词谱》。

校补：宋无名氏有词名《小木兰花》，见《翰墨大全》丁集卷四。《花间集》魏承班有五十四字词一体，毛熙震有五十三字词一体，亦用仄韵，皆非减字。

【卜算子】

宫调：元高拭词注仙吕调。
名解：毛氏云骆义乌诗，用数名，人谓为《卜算子》，故牌名取之。按，山谷词，"似扶著，卖卜算"，盖取义以今卖卜算命之人也。见万树《词律》。
别名：苏轼词，有"缺月挂疏桐"句，名《缺月挂疏桐》；秦湛词，有"极目烟中百尺楼"句，名《百尺楼》；僧皎词，有"目断楚天遥"句，名《楚天遥》；无名氏词，有"蹙破眉峰碧"句，名《眉峰碧》。

卜算子 两段四十四字，前后段各四句，两仄韵。　　苏轼

缺月挂疏桐，漏断人初静。谁见幽人独往来，缥缈孤鸿影。
⊙●●○○　●●○○▲　⊙●○○●●○　⊙●○○▲
惊起却回头，有恨无人省。拣尽寒枝不肯栖，寂寞沙洲冷。
⊙●●○○　●●○○▲　●●○○●●○　●●○○▲

此调以此词为正体。

校补：《事林广记》癸集录宋无名氏酒令词四首，其一名《卜算子令》，字数、句读、押韵与《卜算子》同。"谁见幽人独往来，缥渺孤鸿影"，《东坡词》《钦定词谱》等多作"时见幽人独往来，缥缈孤鸿影"。若石孝友词之多押两韵，徐俯、黄公度、张先、杜安世四词之添字，皆变体。

【好时光】

源流：词见《尊前集》，唐明皇创作。
名解：取结句三字，以为调名。

好时光 两段四十五字，前后段各四句，两平韵。　　唐明皇

宝髻偏宜宫样，莲脸嫩、体红香。眉黛不须张敞画，天教入鬓长。
莫倚倾国貌，嫁取个、有情郎。彼此当年少，莫负好时光。

校补：或疑此词非明皇笔，然《尊前集》收录。

【谒金门】

源流：唐教坊曲名。
宫调：《金奁集》注双调，元高拭词注商调。
别名：因韦庄词起句"空相忆"三字，名《空相忆》。张辑词，有"无风花自落"句，名《花自落》；又有"楼外垂杨如此碧"句，名《垂杨碧》。李清臣词，有"杨花落"句，名《杨

花落》。李石词,名《出塞》。韩淲词,有"东风吹酒面"句,名《东风吹酒面》;又有"不怕醉,记取吟边滋味"句,名《不怕醉》;又有"人已醉,溪北溪南春意,击鼓吹箫花落未"句,名《醉花春》;又有"春尚早,春入湖山渐好"句,名《春早湖山》。

谒金门 两段四十五字,前后段各四句,四仄韵。 韦庄

空相忆。无计得传消息。天上嫦娥人不识。寄书何处觅。
新睡觉来无力。不忍看君书迹。满院落花春寂寂。断肠芳草碧。

此调以此词为正体,各家多从之。

校补:敦煌曲传辞之一有"长伏气,住在蓬莱山里""得谒金门朝帝陛,不辞千万里"语,乃咏调名本意。任半塘《敦煌曲初探》云:"唐帝自信为老子之裔,多好神仙,故道儒并尊;而黄冠之幸进,殆与儒士相等。敦煌三辞,已说明《儒士谒金门》(亦唐教坊曲名)名称之由,正为有别于黄冠之《谒金门》耳。"《教坊记笺订》:"敦煌曲辞有'得谒金门朝帝庭'句,乃羽士之谒金门。"贺铸《谒金门》"杨花落"词序云:"李黄门(清臣)梦得一曲,前遍二十言,后遍二十二言,而无其声。余采其前遍,润一横字,已续二十五字写之云。"(词见《阳春白雪》卷一)可知李清臣词非《谒金门》。若孙光宪、周必大词之摊破句法,程过词之添字,皆变格。

【柳含烟】

源流：唐教坊曲名。

名解：毛文锡词，有"河桥柳，占芳春，映水含烟拂露"句，取为调名。

柳含烟 两段四十五字，前段五句，三平韵；后段四句，两仄韵、两平韵。 毛文锡

河桥柳，占芳春。映水含烟拂露，几回攀折赠行人。暗伤神。
乐府吹为横笛曲。能使离肠断续。不如移植在金门。近天恩。

此调换头二句，例用仄韵，余皆平韵。但此词后结二平韵，与前韵本通。按，别首俱各换头，则不必仍押前韵也。

校补：宋吴曾《能改斋漫录》卷二云："京师僧念《梁州》《八相》《太常引》《三皈依》《柳含烟》等，号'唐赞'。"

【杏园芳】

源流：此调见《花间集》。

杏园芳 两段四十五字，前段四句，四平韵；后段四句，三平韵。 尹鹗

严妆嫩脸花明。教人见了关情。含羞举步越罗轻。称娉婷。
终朝咫尺窥香阁，迢遥似隔层城。何时休遣梦相萦。入云屏。

此调只有此词，无别首可校。

校补："梦相萦"，或作"梦相迎"，《钦定词谱》依《花间集》改定。

【好事近】

宫调：张先词注仙吕宫。
别名：张辑词，有"恰钓船横笛"句，名《钓船笛》；韩淲词，有"吟到翠圆枝上"句，名《翠圆枝》。

好事近 两段四十五字，前后段各四句，两仄韵。　　宋祁

睡起玉屏风，吹去乱红犹落。天气骤生轻暖，衬沉香帷箔。
珠帘约住海棠风，愁拖两眉角。昨夜一庭明月，冷秋千红索。

此调以此词为正体。

校补：若陆游词之多押两韵，乃变格。

【华清引】

源流：词见《东坡乐府》，或是苏轼所创作。
名解：词赋华清旧事，因以名调。见《钦定词谱》。
别名：一作《华胥引》。按，苏词既系赋华清旧事，则调名不应作华胥也。

华清引 两段四十五字,前后段各四句,三平韵。　苏轼

平时十月幸莲汤。玉甃琼梁。五家车马如水,珠玑满路旁。翠华一去掩方床。独留烟树苍苍。至今清夜月,依旧过缭墙。

此调只有此词,无别首可校。

校补:"依旧过缭墙",底本作"依前过缭墙",据《钦定词谱》改。

【天门谣】

名解:贺铸词,有"牛渚天门险"句,因取为调名,或是贺铸所创作。

天门谣 两段四十五字,前后段各四句,四仄韵。　贺铸

牛渚天门险。限南北、七雄豪占。清雾敛。与闲人登览。待月上潮平波滟滟。塞管轻吹新阿滥。风满槛。历历数、西州更点。

校补:李之仪《姑溪词》注:贺方回登采石蛾眉亭作也。

【散余霞】

名解:谢朓诗"余霞散成绮",调名本此。见《钦定词谱》。

散余霞 _{两段四十五字,前后段各四句,三仄韵。} 毛滂

墙头花蕊寒犹噤。放绣帘昼静。帘外时有蜂儿,趁杨花不定。
○○○●●○▲　●●○○▲　○●○○○○　●○○●▲
阑干又还独凭。念翠低眉晕。春梦枉恼人肠,更恹恹酒病。
○○●○●▲　●●○○▲　○●●●○○　●○○●▲

此调只有此词,无别首可校。

校补:前段起句第四字,《全宋词》作空缺,《词律》《钦定词谱》俱作"□"。据《历代诗余》补作"蕊"字。

【好女儿】

别名:黄庭坚词,有"懒系酥胸罗带,羞见绣鸳鸯"句,名《绣带儿》。《花草粹编》一作《绣带子》。

好女儿 _{两段四十五字,前段四句,三平韵;后段五句,三平韵。} 黄庭坚

小院一枝梅。冲破晓寒开。偶到芳园游戏,满袖带香回。
◎●●○△　●●●○△　●●○○○●　●●●○△
玉酒覆银杯。尽醉去、犹待重来。东邻何事,惊吹怨笛,
●●●○△　●●●　○●○△　○○○●　○○●●
雪片成堆。
●●○△

校补:此调有两体。四十五字者,起于黄庭坚。六十二字者起于晏几道,与黄词迥别。"偶到芳园游戏",底本作"晚到芳园游戏",据《钦定词谱》改。

【彩鸾归令】

别名：袁去华词，名《青山远》。

彩鸾归令 两段四十五字，前段四句，四平韵；后段四句，三平韵。　张元幹

珠履争围。小立春风趁拍低。态闲不管乐催伊。整朱衣。
○●○○　●●○○●●△　●○●●●○△　●○△
粉融香润随人劝，玉困花娇越样宜。凤城灯夜旧家时。数他谁。
●○○●○○●　●●○○●●△　○○○●●○△　●○△

校补：袁去华《青山远》一词，与此词平仄皆同。

【锦园春】

源流：调见《全芳备祖·乐府》。

锦园春 两段四十五字，前后段各五句，三仄韵。　张孝祥

醉痕潮玉。乘柔英未吐，雾华如簌。绝艳矜春，分流芳金谷。
●○○▲　○○○●●　●○○▲　●●○○　○○○○▲
风梳雨沐。耿空抱、夜阑清淑。杜老情疏，黄州赋冷，谁怜幽独。
○○●▲　●○●　●○○▲　●●○○　○○●●　○○○▲

【太平年】

源流：见《高丽史·乐志》。

太平年 两段四十五字，前后段各四句，四仄韵。　　无名氏 见《高丽史·乐志》

皇州春满群芳丽。散异香旖旎。鳌宫开宴赏佳致。举笙歌鼎沸。
永日迟迟和风媚。柳色烟凝翠。惟恐日西坠。且乐欢醉。

此调只有此词，无别首可校。

校补：《高丽史·乐志》录无名氏词名《太平年慢》，题注云："中腔唱。"中腔，据宋孟元老《东京梦华录》卷九载宋徽宗生日赐宴，教坊乐部奏乐，"第一盏御酒，歌板色一名，唱中腔一遍"。吴自牧《梦粱录》卷三亦载："唱中腔一遍讫，先笙与箫笛各一管和之，又一遍，众乐齐和，独闻歌者之声。"《钦定词谱》《词律补遗》收录其词，题为《太平年》，省略"慢"字。

【朝天子】

源流：唐教坊曲名。
别名：《阳春集》名《思越人》。

朝天子 两段四十五字，前后段各四句，四仄韵。　　冯延巳

酒醒情怀恶。金缕褪、玉肌如削。寒食过却。海棠零落。
乍倚遍、阑干烟淡薄。翠幕帘栊笼画阁。春睡着。觉来失、秋千期约。

校补：任半塘《教坊记笺订》："《朝天乐》，郢本外，诸本

皆无'乐'字。下文又列《西国朝天》……《词谱》谓'《朝天子》，唐教坊曲名'。查本书并未列《朝天子》……《朝天子》应为小曲，出于《朝天》或《朝天乐》大曲，然后得名。"《钦定词谱》收晁补之《朝天子》四十六字，与冯延巳词相近，唯前段结拍作"早海棠零落"，后段换头作"渐日照、阑干烟淡薄"，第二句作"绣额珠帘笼画阁"。

【万里春】

源流：此调见周邦彦《片玉词》。

万里春 两段四十六字，前后段各四句，三仄韵。　　周邦彦

千红万翠。簇定清明天气。为怜他、种种清香，好难为不醉。我爱深如你。我心在、个人心里。便相看、老却春风，莫无些欢意。

此调只有此词，无他首可校。

校补：《词律》《钦定词谱》所收该词为四十五字，前段第二句少一字，作"簇清明天气"。《清真集》不载，故方千里、杨泽民、陈允平俱无和词。

【清平乐】

源流：唐吕鹏《遏云集》载应制词四首。见《绝妙词选》。

宫调：《宋史·乐志》属大石调。《碧鸡漫志》云：此曲在越调，唐小令盛行，又有黄钟宫、黄钟商（按，即俗名大石调）两音。《金奁集》注越调。

别名：《花庵词选》名《清平乐令》。张辑词，有"忆着故山萝月"句，名《忆萝月》。张翥词，有"明朝来醉东风"句，名《醉东风》。

清平乐 两段四十六字，前段四句，四仄韵；后段四句，三平韵。 李白

禁闱清夜。月探金窗罅。玉帐鸳鸯喷兰麝。时落银灯香炧。
⊚○⊚▲ ⊚●○○▲ ⊚●○○○●▲ ⊚●○○○▲
女伴莫话孤眠。六宫罗绮三千。一笑皆生百媚，宸衷教在谁边。
⊚●●○○△ ⊚○⊚●○△ ⊚●⊚○⊚● ⊚○⊚●○△

此调以此词为正体。此调与《清平调》无涉。此调亦有只填单段者，即此词之前段也。

校补：王灼《碧鸡漫志》卷五云："明皇宣白进《清平调》词，乃是令白于《清平调》中制词，盖古乐取声律高下合为三，曰清调、平调、侧调，此之谓三调，明皇止令就择上两调，偶不乐侧调故也。况白词七字绝句，与今曲不类，而《尊前集》亦载此三绝句，止目曰《清平词》，然唐人不深考，妄指此三绝句耳。此曲在越调，唐至今盛行。今世又有黄钟宫、黄钟商两音者，欧阳炯称：白有应制《清平乐》四首，往往是也。"欧阳炯《花间集叙》云："在明皇朝，则有李太白之应制《清平乐》词四首。"然今所传李白应制者乃《清平调》，而非《清平乐》。彊村丛书本《尊前集》有《清平乐》五首，列李白名下，然黄昇《花庵词选》仅选前二首，并注云："按唐吕鹏《遏云集》载应制

词四首，以后二首无清逸气韵，疑非太白所作。"任半塘《教坊记笺订》考"清平"二字云："《鉴戒录》载五代时陈裕诗'阿家解舞《清平乐》'，乃舞曲，《清平调》则未云有舞。温庭筠《清平乐》辞'新岁清平思同辇'，显为《两都赋》'海内清平，朝廷无事'之意。《敦煌杂录》下《愿文》云：'社稷有应瑞之祥，国境有清平之乐。'可知调名中二字，并不指清调、平调。"又云："《唐书》谓南诏有清平官，司朝廷礼乐，犹唐之宰相。近人杨宪益《零墨新笺》谓此曲乃南诏乐，因官得名；李白之有其辞，犹之有《菩萨蛮》辞也。"

【忆秦娥】

源流：此词昉自李白。自唐迄元，体各不一，要其源皆从李词出也。

名解：因李词有"秦娥梦断秦楼月"句，故名。

种类：有仄韵、平韵两种，至贺铸始改押平韵。

别名：因李词有"秦娥梦断秦楼月"句，更名《秦楼月》；苏轼词，有"清光偏照双荷叶"句，名《双荷叶》；无名氏词，有"水天摇荡蓬莱阁"句，名《蓬莱阁》；张辑词，有"碧云暮合"句，名《碧云深》；孙道绚词，有"花深深"句，名《花深深》。

忆秦娥 两段四十六字，前后段各五句，三仄韵、一叠韵。 李白

箫声咽。秦娥梦断秦楼月。秦楼月。年年柳色，灞陵伤别。
乐游原上清秋节。咸阳古道音尘绝。音尘绝。西风残照，汉家陵阙。

此调以此词为正体。贺铸词改押平韵，句律与李词同。

校补：秦娥，即秦穆公女弄玉，事见《列仙传》。若晁补之词之不作叠句，石孝友词之少押一韵，秦观词之多口号四句，倪瓒词之减去叠句，虽为变格，犹与李白词大同小异。至冯延巳创为减字之体，张先词由此添字，毛滂词由此偷声，在变格中，更与诸家不同。

又一体 两段四十六字，前后段各五句，三仄韵、一叠韵。 秦观

驴背吟诗清到骨，人间别是闲勋业。云台烟阁久销沉，千载人图灞桥雪。

灞桥雪。茫茫万径人踪灭。人踪灭。此时方见，乾坤空阔。
○○● ○○●●○○● ○○● ●○○● ○○○●
骑驴老子真奇绝。肩山吟耸清寒冽。清寒冽。只缘不禁，梅花撩拨。
○○●●○○● ○○○●○○● ○○● ●○○● ○○○▲

此即李白词体，惟词首多口号四句二十八字，即以口号末句三字为起句，亦如《调笑令》之例。乐府舞曲《转踏》类如此。

【更漏子】

源流：此调始于温庭筠。

宫调：《尊前集》李煜词注大石调，冯延巳词注商调。《金奁集》注林钟商。

更漏子 两段四十六字,前段六句,两仄韵、两平韵;后段六句,三仄韵、两平韵。　温庭筠

玉炉香,红蜡泪。偏照画堂秋思。眉翠薄,鬓云残。夜长衾枕寒。

梧桐树。三更雨。不道离情正苦。一叶叶,一声声。空阶滴到明。

此调以温庭筠、韦庄二词为正体。韦庄词句律亦照温体,惟换头句不用韵,微有不同。唐人多宗温词,宋人多宗韦词。但宋词换头句,多不用韵,且第三字用平声。

校补:古代没有钟表,而是用铜壶滴漏来计算时间,以便夜间按时打更。"漏",即漏壶,古代计时器具,用铜制成,有播水壶和受水壶两部分。

【巫山一段云】

源流:唐教坊曲名。
宫调:柳永词注双调。
名解:此词多咏巫山神女事。

巫山一段云 两段四十六字,前段四句,三平韵;后段四句,两仄韵、两平韵。　唐昭宗

蝶舞梨园雪,莺啼柳带烟。小池残日艳阳天。苎萝山又山。
青鸟不来愁绝。忍看鸳鸯双结。春风一等少年心。闲情恨不禁。

此词后段第一句、第二句,间入仄韵,结处又另换平韵。柳永词五首,悉与此同。

【望仙门】

源流:此调见晏殊《珠玉词》,或是晏殊所创作。
名解:取词中结句为名。

望仙门 两段四十六字,前段四句,四平韵;后段五句,三平韵、一叠韵。　　晏殊

玉池波浪碧如鳞。露莲新。清歌一曲翠眉颦。舞华茵。
满酌兰英酒,须知献寿千春。太平无事荷君恩。荷君恩。
齐唱望仙门。

后结"荷君恩"三字,例用叠韵。凡词内有用调名者,俱与调无干,不必用也。见万树《词律》。

校补:《填词名解》释"望仙门":"汉武帝之所建也。华阴有集灵宫,宫在华山下,帝欲以怀集仙者,故名殿为'存仙',端门南向,署曰'望仙门'。词取以名。"晏殊词别首"庆相逢""泛浓香"皆然。

【占春芳】

源流:苏轼咏梨花制此调。
名解:即取词中第三句以为名。

占春芳 两段四十六字,前段五句,两平韵;后段四句,三平韵。　苏轼

红杏了,夭桃尽,独自占春芳。不比人间兰麝,自然透骨生香。
对酒莫相忘。似佳人、兼合明光。只忧长笛吹花落,除是宁王。

此调只有此词,无别首可校。

校补:《全宋词》注云:"按此首出《春渚纪闻》卷六,原不著调名。《花草粹编》卷三始以为《占春芳》,殆出杜撰。"

【忆少年】

别名:万俟咏词,有"上陇首、凝眸天四阔"句,名《陇首山》;朱敦儒词,名《十二时》;元刘秉忠词,有"恨桃花流水"句,更名《桃花曲》。

忆少年 两段四十六字,前段五句,两仄韵;后段四句,三仄韵。　晁补之

无穷官柳,无情画舸,无根行客。南山尚相送,只高城人隔。
罨画园林溪绀碧。算重来、尽成陈迹。刘郎鬓如此,况桃花颜色。

此调以此词为正体。

校补:此调与《少年游》易相混。若曹组词不过于换头句添一字。

【相思引】

别名：房舜卿词，名《玉交枝》；周紫芝词，名《定风波令》；赵彦端词，名《琴调相思引》；《古今词话》无名氏词，名《镜中人》。

相思引 两段四十六字，前段四句，三平韵；后段四句，两平韵。　　袁去华

晓鉴胭脂拂紫绵。未忺梳掠鬓云偏。日高人静，沉水袅残烟。
春老菖蒲花未着，路长鱼雁信难传。无端风絮，飞到绣床边。

校补：此调有两体，四十六字者，押平声韵；四十九字者，押仄声韵。

【落梅风】

源流：此调见宋黄大舆《梅苑》。

落梅风 两段四十六字，前段四句，四平韵；后段四句，三平韵。　　无名氏　见《梅苑》

宫烟如水湿芳晨。寒梅似雪相亲。玉楼侧畔数枝春。惹香尘。
寿阳娇面偏怜惜，妆成一面花新。镜中重把玉纤匀。酒初醺。

此调只有此词，无别首可校。

校补：《梅苑》别有《落梅风》长调二首，俱一百六字者，

因《花草粹编》名《落梅》，亦名《落梅慢》。

【江亭怨】

源流：宋惠洪《冷斋夜话》云：黄鲁直登荆州亭，见亭柱间有
　　　此词。
别名：又名《荆州亭》，又名《清平乐令》。

江亭怨 两段四十六字，前后段各四句，三仄韵。　　无名氏 见《冷斋夜话》

帘卷曲阑独倚。江展暮云无际。泪眼不曾晴，家在吴头楚尾。
○●○○●▲　○●●○○▲　●●●○○　○●○○○▲
数点落花乱委。扑漉沙鸥惊起。诗句欲成时，没入苍烟丛里。
●●●○●▲　●●○○○▲　○●●○○　●●○○○▲

此调只有此词，无别首可校。

校补：据《异闻总录》记载："荆州江亭柱间有词，黄鲁直读之，凄然曰：'似为予发也。'是夕梦女子曰：'吾家豫章吴城山，附客舟至此，堕水死，不得归，登江亭有感而作，不意公能识之。'鲁直惊寤曰：'此吴城小龙女也。'"《冷斋夜话》所载大致相同。其词原无调名，《唐宋诸贤绝妙词选》卷一〇录之，题为《清平乐令》；《词律》卷四录之，题为《荆州亭》；《钦定词谱》卷六列此词，名为《江亭怨》。"没入苍烟丛里"，底本作"没入暮烟丛里"，据《钦定词谱》改。

【喜迁莺】

源流：此调小令体，始于唐人。今谓进士登第为迁莺者久矣，盖自毛诗《伐木》篇云"伐木丁丁，鸟鸣嘤嘤。出自幽谷，迁于乔木"，并无莺字。曲名《喜迁莺》，亦循袭唐人之误也。见宋黄朝英《缃素杂记》。

宫调：《金奁集》注黄钟宫。

别名：因韦庄词有"鹤冲天"句，更名《鹤冲天》；和凝词，有"飞上万年枝"句，名《万年枝》；冯延巳词，有"拂面春风长好"句，词名《春光好》；夏竦词，名《喜迁莺令》；晏几道词，名《燕归来》；李德载词，有"残腊里、早梅芳"句，名《早梅芳》。

喜迁莺 两段四十七字，前段五句，四平韵；后段五句，两仄韵、两平韵。　　韦庄

街鼓动，禁城开。天上探人回。凤衔金榜出云来。平地一声雷。
⊙○● ●○△ ⊙●⊙○△ ⊙○⊙●●○△ ⊙●●○△
莺已迁，龙已化。一夜满城车马。家家楼上簇神仙。争看鹤冲天。
⊙○○ ⊙●▲ ⊙●⊙○⊙▲ ⊙○⊙●●○△ ⊙●●○△

唐人填此调，换头下二句，例押仄韵。唐词多用此体。

校补：《填词名解》云："《喜迁莺》，一名《鹤冲天》，皆取唐韦庄词中语也。按，毛文锡亦有'乔木见莺迁'之句。"唐教坊曲有《喜春莺》，大曲中有《春莺啭》。此调有小令、长调两体。小令起于唐人，长调起于宋人。《梅溪集》注黄钟宫，《白石集》注太簇宫，俗名中管高宫。江汉词一名《烘春桃李》。任半塘《教坊记笺订》："五代之《喜迁莺》，专作进士及第之贺词

用。"若毛文锡词之后结亦押仄韵，张元幹词之全押平韵，皆变格。此词两结，各用平韵，韦词别首亦然。周邦彦二词、李德载二词，俱照此填。

【乌夜啼】

源流：唐教坊曲名。《教坊记》曰："乌夜啼者，元嘉二十八年彭城王义康有罪放逐，行次浔阳，江州刺史衡阳王义季，留连饮宴，历旬不去。帝闻而怒，皆囚之……（后）遂宥之，使未达浔阳，衡阳家人扣二王所囚院曰：'昨夜乌夜啼，官当有赦。'少顷使至，二王得释，故有此曲。"《古今乐录》曰："乌夜啼，旧舞十六人。"《乐府解题》亦有《乌栖曲》，不知与此同否。见宋郭茂倩《乐府诗集》。《乐府诗集》有清商曲《乌夜啼》，乃六朝及唐人古今体诗，与此不同。此盖借旧曲名，另翻新声也。见《钦定词谱》。

宫调：《太和正音谱》注南吕宫，又大石调。

别名：欧阳修词，名《圣无忧》；赵令畤词，名《锦堂春》。惟《相见欢》别名《乌夜啼》，与此无涉。

乌夜啼 两段四十七字，前后段各四句，两平韵。　　李煜

昨夜风兼雨，帘帏飒飒秋声。烛残漏断频欹枕，起坐不能平。世事漫随流水，算来一梦浮生。醉乡路稳宜频到，此外不堪行。

此调始于南唐李煜，宋人所填，起句多用六字，余同。

校补：宋张辑词结句为"惟有渔竿明月、上瓜洲"，因易名《月上瓜洲》。自注云："寓《乌夜啼》，南徐多景楼作。"见《东泽绮语》。

【相思儿令】

宫调：张先词注中吕宫。
别名：《花草粹编》名《相思令》。

相思儿令 两段四十七字，前段四句，两平韵；后段四句，三平韵。　　晏殊

昨日探春消息，湖上绿波平。无奈绕堤芳草，还向旧痕生。有酒且醉瑶觥。更何妨、檀板新声。谁教杨柳千丝，就中牵系人情。

此词与《相思引》无涉。只有此词，无别首可校。

【阮郎归】

宫调：张先词注大石调，又注仙吕调。
别名：丁持正词，有"碧桃春昼长"句，名《碧桃春》；李祁词，名《醉桃源》；曹冠词，名《宴桃源》；韩淲词，有"濯缨一曲河流行"句，名《濯缨曲》。

阮郎归 两段四十七字,前段四句, 李煜
四平韵;后段五句,四平韵。

东风吹水日衔山。春来长自闲。落花狼藉酒阑珊。笙歌醉梦间。佩声消,晚妆残。凭谁整翠鬟。留连光景惜朱颜。黄昏独倚阑。

唐宋人填此调者,俱依此体。

校补:龙榆生《唐宋词格律》:"《神仙记》载刘晨、阮肇入天台山采药,遇二仙女,留住半年,思归甚苦。既归则乡邑零落,经已十世。曲名本此,故作凄音。""佩声消,晚妆残。凭谁整翠鬟",《花间集》《历代诗余》等作"春睡觉,晚妆残。无人整翠鬟"。若黄庭坚词押韵游戏,非正体。

【贺圣朝】

源流:唐教坊曲名。
宫调:张先词注双调。

贺圣朝 两段四十七字,前段五句, 冯延巳
三仄韵;后段六句,两仄韵。

金丝帐暖牙床稳。怀香方寸。轻颦轻笑,汗珠微透,柳沾花润。
云鬟斜坠,春应未已,不胜娇困。半欹犀枕,乱缠珠被,转羞人问。

此调昉自此词,自以此词为正体。《尊前集》有欧阳炯《贺

明朝》词，与此无涉。又别有无名氏之《转调贺圣朝》，系押平声韵，亦与此截然不同。

校补：此调或出于大曲《贺圣乐》。"圣朝"为当代王朝之代称，又可作皇帝之代称。此调当出于颂扬朝廷之意，冯延巳词去调名已甚远。如杜安世、黄庭坚、叶清臣、赵彦端词，皆由此添字或摊破句法，其实同出一源。

【甘草子】

宫调：柳永词注正宫。

甘草子 两段四十七字，前段五句，三仄韵；后段四句，四仄韵。 柳永

秋暮。乱洒衰荷，颗颗真珠雨。雨过月华生，冷彻鸳鸯浦。池上凭阑愁无侣。奈此个、单栖情绪。却傍金笼共鹦鹉。念粉郎言语。

校补：换头句"愁无侣"三字，《词律》误为"愁无似"，《钦定词谱》从《花草粹编》改正。"却傍金笼共鹦鹉"，《唐宋诸贤绝妙词选》《词律》《钦定词谱》等作"却傍金笼教鹦鹉"。

【珠帘卷】

源流：此调仅见欧阳修词，或是欧阳修所创作，惟欧阳修《近体乐府》不载。

名解：首句有"珠帘卷"三字，想即因以为名。

珠帘卷 两段四十七字，前段五句，三平韵；后段五句，两平韵。　欧阳修

珠帘卷，暮云愁。垂杨暗锁青楼。烟雨濛濛如画，轻风吹旋收。

香断锦屏新别，人间玉簟初秋。多少旧欢新恨，书杳杳，梦悠悠。

此调只有此词，无别首可校。

【画堂春】

源流：此调见秦观《淮海长短句》，或是秦观创作。

名解：题咏画堂春色，因以为名。

画堂春 两段四十七字，前段四句，四平韵；后段四句，三平韵。　秦观

落红铺径水平池。弄晴小雨霏霏。杏园憔悴杜鹃啼。无奈春归。

柳外画楼独上，凭阑手捻花枝。放花无语对斜晖。此恨谁知。

此调以此词为正体。

校补：唐代富贵之家，将装饰华丽的房子称为画堂。白居

易《三月三日诗》中有诗句"画堂三月初三日,絮扑窗纱燕拂檐",或为画堂春最早出处。薛能《赠韦氏歌人》诗"一曲新声惨画堂,可能心事忆周郎","画堂"似早已是种曲调。

【喜长新】

源流:唐教坊曲名。

喜长新 两段四十七字,前段四句,四平韵;后段四句,三平韵。　　王胜之

秋风朔吹晓徘徊。雪照楼台。梁王宴召有邹枚。相如独逞英才。

明烛熏炉香暖,深劝金杯。庭前艳粉有寒梅。一枝昨夜先开。

此调只有此词,无别首可校。

【金盏子令】

源流:见《高丽史·乐志》。

金盏子令 两段四十七字,前后段各五句,两平韵。　　无名氏　见《高丽史·乐志》

东风报暖,到头嘉气渐融怡。巍峨凤阙,起鳌山万仞,争

耸云涯。
●○△

　梨园子弟，齐奏新曲，半是埙篪。见满筵、簪绅醉饱，颂鹿鸣诗。
　○○●● 　○●●○ 　●●○△ 　●●○ 　○○●● 　●○△

此调只有此词，无别首可校。

【献天寿】

源流：见《高丽史·乐志》。

献天寿 两段四十七字，前段四句，四平韵；后段五句，三平韵。　无名氏 见《高丽史·乐志》

　日暖风和春更迟。是太平时。我从蓬岛整容姿。来降贺丹墀。
　●●○○○●△ 　●○○△ 　●○○●●○○ 　○●●○△

　幸逢灯夕真佳会，喜近天威。神仙寿算永无期。献君寿，万千斯。
　●○○●○○● 　●●○○ 　○○●●●○△ 　●○● 　●○△

此调只有此词，无别首可校。

校补：《高丽史·乐志》调名中原有"慢"字，或为小字注文。此调为《献仙桃》舞队曲之一。

【忆闷令】

源流：此调见《小山乐府》，或是晏几道所创作。

忆闷令 两段四十七字,前后段各四句,三仄韵。 晏几道

取次临鸾匀画浅。酒醒迟来晚。多情爱惹闲愁,长黛眉低敛。
●●○○○●▲　●●○○▲　　○○●●○○　○●○○▲
月底相逢花下见。有深深良愿。愿期信、似月如花,须更教长远。
●●○○○●▲　●○○○▲　　●○●、●●○○　○●○○▲

此调只有此词,无别首可校。

校补:"酒醒迟来晚","醒"字作平声读,与后"有深深良愿"句法同。"月底相逢花下见",《钦定词谱》作"月底相逢见"。

【西地锦】

宫调:元高拭词注黄钟宫。

西地锦 两段四十八字,前后段各五句,三仄韵。 石孝友

回望玉楼金阙。正水遮山隔。风儿又起,雨儿又急,好愁
●●●○○▲　●●○○▲　○○●●　●○●●　●○
人天色。
○○▲
两岸荻花枫叶。争舞红吹白。中秋过也,重阳近也,作天
●●●○○▲　○●○○▲　○○●●　○○●●　●○
涯行客。
○○▲

校补:此词前后段两结句各五字,周紫芝"雨细欲收"词,正与此同,平仄亦如一。"雨儿又急",底本作"雨儿又煞",据《钦定词谱》改。

【三字令】

源流：调见《花间集》。

宫调：欧阳炯此词，亦载入《张子野词集》，注林钟商。

三字令 两段四十八字，前后段三字各八句，四平韵。　欧阳炯

春欲尽，日迟迟。牡丹时。罗幌卷，翠帘垂。彩笺书，红粉泪，两心知。
人不在，燕空归。负佳期。香烬落，枕函欹。月分明，花淡薄，惹相思。

此调始于此词。

校补：前后段俱三字句，故名。

【山花子】

源流：唐教坊曲名。

别名：一名《南唐浣溪沙》，《尊前集》作《浣溪沙》，《梅苑》名《添字浣溪沙》，《乐府雅词》名《摊破浣溪沙》，《高丽史·乐志》名《感恩多令》。

山花子 两段四十八字，前段四句，三平韵；后段四句，两平韵。　李璟

菡萏香销翠叶残。西风愁起绿波间。还与韶光共憔悴，不堪看。

细雨梦回鸡塞远,小楼吹彻玉笙寒。多少泪珠何限恨,倚阑干。
●●○○○●● ●○○●●○△ ○●●○○●● ●○△

此调即《浣溪沙》之别体,前后两结多三字,破七字为十字,移其韵于结句,故名"摊破"。《花间集》和凝词,名《山花子》。

校补:历来词家皆视《山花子》为杂言《浣溪沙》,而以《摊破浣溪沙》《添字浣溪沙》之别名显示其与《浣溪沙》之相互关系。敦煌曲发现仄韵《山花子》后,人们以为其与杂言《浣溪沙》名实俱异,任半塘《敦煌曲初探》谓《山花子》调名初专指仄韵格,"后来始平仄不分,成为《摊破浣溪沙》之普遍别名"。

【秋蕊香】

源流:此调始于晏殊,或是晏殊所创作。
宫调:周邦彦词注双调。

秋蕊香 两段四十八字,前后段各四句,四仄韵。   晏殊

梅蕊雪残香瘦。罗幕轻寒微透。多情只似春杨柳。占断可怜时候。
○●●○○▲ ○●○○○▲ ○○●●○○● ●●●○○▲

萧娘劝我杯中酒。翻红袖。金乌玉兔长飞走。争得朱颜依旧。
○○●●○○▲ ○○▲ ○○●●○○● ○●○○○▲

此调只有此体。但在周邦彦以前,俱照晏殊词平仄填之;周邦彦以后,则照周邦彦词平仄填之。此词前段起句之第五字,

及前后段第三句、第四句之第五字,俱用平声。周邦彦词亦即晏殊词体,所不同者,惟前段第一句之第五字,及前后段第三句、第四句之第五字,俱用仄声。南宋各家填此调者,俱宗周邦彦体也。

校补:此调有两体,四十八字者始于晏殊,九十七字者始于赵以夫,两词迥别。柳永有六十字《秋蕊香引》。

【胡捣练】

种类:此词与《捣练子》异,或谓与《桃源忆故人》相似,其实不同。

别名:晏几道词,名《望仙楼》。

胡捣练 两段四十八字,前后段各四句,三仄韵。　　晏殊

小桃花与早梅花,尽是芳妍品格。未上东风先坼。分付春消息。
●○○●●○○　●●○○●▲　　⊙●○○○▲　⊙●○○▲
佳人钗上玉尊前,朵朵秾香堪惜。谁把彩毫描得。免恁轻抛掷。
⊙○⊙●●○○　●●○○○▲　　⊙●⊙○○▲　⊙●○○▲

此调以此词为正体。

校补:《望仙楼》调本此词减字,观《梅苑》刻《望仙楼》仍名《胡捣练》,可知矣。汲古阁本此词前段第一、二、三句,《花草粹编》《钦定词谱》作"夜来江上见寒梅,自逞芳妍标格。为甚东风先坼"。若晏几道词之减字、杜安世词之添字,皆变格。此词有《梅苑》词可校,前后段起句俱不押韵。坊本张先词集,

有《胡捣练》词，查系《桃源忆故人》，故不编入。

【撼庭秋】

源流：唐教坊曲名。唐末有狂道士，不知何许人，又讳其名氏。游成都，货药于市，所得钱，随多少沽酒饮之，惟唱《感庭秋》一词。其意感蜀之将亡，如秋庭之衰落，然人未之晓，但呼为"感庭秋先生"。见宋胡仔《苕溪渔隐丛话》。

别名：一作《感庭秋》。

撼庭秋 两段四十八字，前段五句，三仄韵；后段六句，两仄韵。　　晏殊

别来音信千里。恨此情难寄。碧纱秋月，梧桐夜雨，几回无寐。

高楼目断，天遥云黯，只堪憔悴。念兰堂红烛，心长焰短，向人垂泪。

此调只有此词，无别首可校。此调与《撼庭竹》无涉。

校补："天遥云黯"，《钦定词谱》作"天涯云黯"。

【桃源忆故人】

别名：一名《虞美人影》；张先词注，或名《胡捣练》；陆游词，名《桃园忆故人》；赵鼎词，名《醉桃园》；韩淲词，有"杏花风里东风峭"句，名《杏花风》。

桃源忆故人 两段四十八字,前后段各四句,四仄韵。　欧阳修

梅梢弄粉香犹嫩。欲寄江南春信。别后寸肠萦损。说与伊争稳。
小炉独守寒灰烬。忍泪低头画尽。眉上万重新恨。竟日无人问。

此调以此词为正体,宋人词多依此填之。

校补：若王庭珪词,后段第二句添一字,乃变格。

【庆金枝】

源流：见《高丽史·乐志》。
宫调：张先词注中吕宫。
别名：一名《庆金枝令》。

庆金枝 两段四十八字,前后段各四句,三平韵。　无名氏 见《高丽史·乐志》

莫惜金缕衣。劝君惜、少年时。花开堪折直须折,莫待折空枝。
一朝杜宇才鸣后,便从此、歇芳菲。有花有酒且开眉。莫待满头丝。

【烛影摇红】

源流：王都尉诜,有《忆故人》词,徽宗喜其词意,犹以不丰容宛转为恨,乃令大晟乐府别撰腔。周邦彦增益其词,

而以首句为名，谓之《烛影摇红》。见宋吴曾《能改斋漫录》。此本因忆故人而作，后人即以名其词。其实晋卿作此时，原未有名也。见万树《词律》。按，王诜，字晋卿。

宫调：长调，吴文英注大石调。

名解：用王诜词起句"烛影摇红"四字，以为调名。

种类：有小令、长调两种。毛滂词、王诜词均系小令，周邦彦词系长调，乃合王、毛二体为一阕。即前段用毛体，后段用王体也。

别名：小令原名《忆故人》，宋徽宗改名《烛影摇红》，或名《归去曲》，赵雍词更名《玉珥坠金环》，元好问词更名《秋色横空》。

烛影摇红 （小令）两段四十八字，前段四句，两仄韵；后段五句，三仄韵。　　毛滂

老景萧条，送君归去添凄断。赠君明月满前溪，直到西湖畔。

门掩绿苔应遍。为黄花、频开醉眼。橘奴无恙，蝶子相迎，寒窗日短。

又一体 两段五十字，前段五句，两仄韵；后段五句，三仄韵。　　王诜

烛影摇红，向夜阑，乍酒醒、心情懒。尊前谁为唱阳关，离恨天涯远。

无奈云沉雨散。凭阑干、东风泪眼。海棠开后，燕子来时，黄昏庭院。

校补：周邦彦词后段即此词也。但此词前段第二、三句，共九字，疑"向"字、"乍"字，或歌者所添衬字。

又一体（长调）两段九十六字，前后段各九句，五仄韵。　　周邦彦

丹脸轻匀，黛眉巧画宫妆浅。风流天付与精神，全在娇波转。早是萦心可惯。那更堪、频频顾盼。几回得见，见了还休，争如不见。

烛影摇红，夜阑饮散春宵短。当时谁解唱阳关，离恨天涯远。无奈云收雨散。凭阑干、东风泪眼。海棠开后，燕子来时，黄昏庭院。

此调前段即用毛滂词体，后段即用王诜词体。但后段将王词第二、三两句九字，删去二字，作七字耳，即将前调加一叠。南宋以后，俱用此体。此调虽为长调，因实合毛、王二体而成，故类列于此。此词《片玉词》《清真集》均不载，宋黄昇《唐宋诸贤绝妙词选》载王诜作，惟宋曾慥《乐府雅词拾遗》载周邦彦作。

校补：《秋色横空》另是一调，《钦定词谱》卷二九、《词律拾遗》卷四俱列之，与《烛影摇红》无涉。"风流天付与精神"，底本作"风流天赋与精神"，据《钦定词谱》改。

【洞天春】

源流：此调见欧阳修《六一词》，盖赋院落之春景如洞天也，或

是欧阳修所创作。

洞天春 两段四十八字，前段四句，四仄韵；后段五句，三仄韵。　　欧阳修

莺啼绿树声早。槛外残红未扫。露点真珠遍芳草。正帘帏清晓。
秋千宅院悄悄。又是清明过了。燕蝶轻狂，柳丝撩乱，春心多少。

此调宋人填者绝少，无别首可校。

【庆春时】

源流：此调见晏几道《小山乐府》，乃庆赏春时宴乐之词，或是晏几道所创作。

庆春时 两段四十八字，前段六句，两平韵；后段五句，两平韵。　　晏几道

倚天楼殿，升平风月，彩仗春移。鸾丝凤竹，长生调里，迎得翠舆归。
雕鞍游罢，何处还有心期。浓熏翠被，深停画烛，人约月西时。

【眼儿媚】

别名：左誉词，有"斜月小阑干"句，名《小阑干》；韩淲词，

有"东风拂槛露犹寒"句,名《东风寒》;陆游词,名《秋波媚》。

眼儿媚 两段四十八字,前段五句,三平韵;后段五句,两平韵。　　贺铸

萧萧江上荻花秋,做弄许多愁。半竿落日,两行新雁,一叶扁舟。
惜分长怕君先去,且待醉时休。今宵眼底,明朝心上,后日眉头。

此调以此词为正体。

校补:《钦定词谱》以左誉、贺铸词为正体,若赵长卿词之换头句多押一韵,乃变格。此与左誉词同,唯前段起句不作拗体,如卢祖皋词之"玉钩清晓上帘衣"、史达祖词之"儿家七十二鸳鸯",皆是。底本后段起句原作"惜分长怕郎先去,直待醉时休",据《钦定词谱》改。

【人月圆】

源流:此调始于王诜,当是王诜所创作。
宫调:《中原音韵》注黄钟宫。
名解:取王诜词中"人月圆时"句,以为调名。
别名:吴激词,有"青衫泪湿"句,又名《青衫湿》。

人月圆 两段四十八字，前段五句，两平韵；后段六句，两平韵。　　王诜

小桃枝上春来早，初试薄罗衣。年年此夜，华灯盛照，人月圆时。

禁街箫鼓，寒轻夜永，纤手同携。夜阑人静，千门笑语，声在帘帏。

此调以此词为正体。

校补：吴曾《能改斋漫录》卷一六谓李持正又作《人月圆令》，尤脍炙人口。其"小桃枝上春风早"云云，"近时以为小王都尉作，非也"。《唐宋诸贤绝妙词选》此词题王诜作，诜于宋神宗熙宁二年（1069）拜驸马都尉。杨慎《词品》卷一云："此曲晋卿（王诜字晋卿）自制，名《人月圆》，即咏元宵，犹是唐人之意。"若杨无咎词之摊破句法，或押仄韵者，皆变格。

【喜团圆】

源流：调见晏几道《小山乐府》，或是晏几道所创作。

别名：《花草粹编》无名氏词，有"与个团圆"句，更名《与团圆》。

喜团圆 两段四十八字，前段五句，两平韵；后段六句，两平韵。　　晏几道

危楼静锁，窗中远岫，门外垂杨。珠帘不禁春风度，解偷送余香。

眠思梦想，不如双燕，得到兰房。别来只是，凭高泪眼，感旧离肠。

此调后段与《人月圆》同。

【海棠春】

源流：此调始自秦观，或是秦观所创作。
名解：因词中有"试问海棠花，昨夜开多少"句，以为调名。
别名：马庄父词，名《海棠花》；史达祖词，名《海棠花令》。

海棠春 两段四十八字，前后段各四句，三仄韵。　　秦观

流莺窗外啼声巧。睡未足、把人惊觉。翠被晓寒轻，宝篆沉烟袅。

宿醒未解宫娥报。道别院、笙歌宴早。试问海棠花，昨夜开多少。

此调以此词为正体。

校补：若吴潜词之摊破句法、马庄父词之减字，皆变体。或疑此词换头，亦可照吴词点定四字两句、六字一句，然有史达祖词可证，则固七字两句。

【武陵春】

宫调：张先词注双调。
别名：《梅苑》无名氏词，名《武林春》。

武陵春 两段四十八字，前后段各四句，三平韵。　　张先

秋染青溪天外水，风棹采菱还。波上逢郎密意传。语近隔丛莲。
相看忘却归来路，遮日小荷圆。菱蔓虽多不上船。心眼在郎边。

此调以此词为正体。

校补：换头句北宋词多以平起，南宋词俱以仄起。若李清照、万俟咏词之添字，皆变格。

【双溪鸂鶒】

源流：此调见朱敦儒《樵歌》，或是朱敦儒所创作。
宫调：元高拭词注正宫。
名解：因词有"一对双飞鸂鶒"句，以为调名。

双溪鸂鶒 两段四十八字，前后段各四句，四仄韵。　　朱敦儒

拂破秋江烟碧。一对双飞鸂鶒。应是远来无力。相偎梢下沙碛。
小艇谁吹横笛。惊起不知消息。悔不当时描得。如今何处寻觅。

此调只有此词，无别首宋词可校。

校补：上段结句原作"梢下相偎沙碛"，据《钦定词谱》改。

【鬲溪梅令】

源流：姜夔自度曲。
宫调：姜夔词注仙吕调。
别名：一作《高溪梅令》。

鬲溪梅令 两段四十八字，前后段各四句，四平韵。　　姜夔

好花不与殢香人。浪粼粼。又恐春风归去、绿成阴。玉钿何处寻。
木兰双桨梦中云。水横陈。漫向孤山山下、觅盈盈。翠禽啼一春。

此调只有此词，无别首可校。前后段相同。

校补："水横陈"，底本作"小横陈"，据《钦定词谱》改。

【伊州三台】

源流：此调见金元曲子。
宫调：正宫。

伊州三台 两段四十八字，前后段各四句，四平韵　　赵师侠

桂花移自云岩。更被灵砂染丹。清露湿酡颜。醉乘风、下临世间。
素娥襟韵萧闲。不与群芳并看。蒺蒺绛绡单。觉身轻、梦回广寒。

此调虽沿唐词《三台》之名，实则另倚新声，平仄一定，填者宜悉从之。

校补：《三台》乐曲在唐宋时演奏普遍，或伴有舞蹈，今传唐宋曲名、词调名、声诗名涉及《三台》者还有《上皇三台》《皇帝三台》《庶人三台》《突厥三台》《怨陵三台》《折花三台》《三台盐》《三台夜半乐》《西河狮子三台舞》等。唐有《宫中三台》《江南三台》等曲，此云伊州者，亦本唐曲，取边地为名。《三台》皆用六字成句，观赵师侠词，前后起两句，亦作六言，犹沿唐人旧体。若两结摊破六字二句，为五字一句、七字一句，则新声矣。

【双头莲令】

源流：调见赵师侠《坦庵词》，或是赵师侠所创作。
名解：赵词咏新丰双莲，故制此词。

双头莲令 两段四十八字，前后段各四句，四平韵。　　赵师侠

太平和气兆嘉祥。草木总成双。红苞翠盖出横塘。两两斗芬芳。
干摇碧玉并青房。仙髻拥新妆。连枝不解引鸾凰。留取映鸳鸯。

此调只有此词，无别首可校。前后两段，俱一七一五，极齐整，想题名因此也。

【梅弄影】

源流：调见丘崈《丘文定公词》，或是丘崈所创作。

名解：丘词咏梅，即以后结"巡池看弄影"句，以为调名。

梅弄影 两段四十八字，前后段各五句，四仄韵。　　丘崈

雨晴风定。一任春寒逗。要勒群芳未醒。不废梅花，晚来妆面靓。
曲阑斜凭。水槛临清镜。翠竹萧骚相映。付与幽人，巡池看弄影。

此调只有此词，无别首可校。

【茅山逢故人】

源流：此调见张雨《贞居词》，为张雨创作。

名解：张雨句曲道中送友，自制此词也。按，句曲山，即茅山。

茅山逢故人 两段四十八字,前段五句,三仄韵;后段五句,两仄韵。　　张雨

山下寒林平楚。山外云帆烟渚。不饮如何,吾生如梦,鬓毛如许。
能消几度相逢,遮莫而今归去。壮士黄金,仙人黄鹤,美人黄土。

此调只有此词,无别首可校。

【朝中措】

宫调:《宋史·乐志》属黄钟宫。
别名:李祁词,有"初见照江梅"句,名《照江梅》;韩淲词,名《芙蓉曲》,又有"香动梅梢圆月"句,名《梅月圆》。

朝中措 两段四十八字,前段四句,三平韵;后段五句,两平韵。　　欧阳修

平山阑槛倚晴空。山色有无中。手种堂前垂柳,别来几度春风。
文章太守,挥毫万字,一饮千钟。行乐直须年少,尊前看取衰翁。

此调以此词为正体,宋人词多依此填之。

校补:据蒋一葵《尧山堂外纪》卷四八,欧阳修守扬州时,于城西北大明寺侧建平山堂,颇得游观之胜。刘原夫出守扬州,

欧公作此词以饯。"措"即"措大"之意，多指贫寒失意的读书人。唐李匡乂《资暇录》："士称士流为'措大'，言其峭酸而冠四民之首。"宋刘斧《青琐高议》别集七《异梦记》："高祖（朱温）起顾敬翔曰：'若如君言，不敢相忘，交你措大作宰相。'"欧阳修少孤贫，知滁州时号"醉翁"，此词中又自称"衰翁"，故"朝中措"当系自指。宋李祁所作《朝中措》词序云："探梅早春亭，逾凤栖岭，至三山阁，折花而归。用欧公《朝中措》腔作《照江梅》词，寄任蕴明。"故名。若辛弃疾、赵长卿词之摊破句法，蔡伸词之添字，皆变体。

【一落索】

宫调：张先词注双调。
别名：欧阳修词，名《洛阳春》；张先词，名《玉连环》；辛弃疾词，名《一络索》。

一落索 两段四十九字，前后段各四句，三仄韵。　秦观

杨花终日空飞舞。奈久长难驻。海潮虽是暂时来，却有个、堪凭处。
紫府碧云为路。好相将归去。肯如薄幸五更风，不解与、花为主。

此调以此词为正体，毛滂有四十六字体，与秦观词略同，惟前后段第一句、第二句各少一字。而宋人所填，依毛体者较多。

校补:"一络索"本系宋人俗语,犹言"一大串"。"杨花终日空飞舞",《钦定词谱》作"杨花终日飞舞"。今所传辛弃疾词此调凡两首,均题《一落索》,见《稼轩长短句》卷一二。

【阳台梦】

源流:此调见《尊前集》。
名解:因词有"又入阳台梦"句,取以为名。

阳台梦 两段四十九字,前段四句,三仄韵;后段四句,两仄韵。 后唐庄宗

薄罗衫子金泥缝。困纤腰怯铢衣重。笑迎移步小兰丛,舞金翘玉凤。
○○○●○○▲ ●○○●○○▲ ●○○●●○○ ●○○●▲

娇多情脉脉,羞把同心捻弄。楚天云雨却相和,又入阳台梦。
○○○●● ○●○○●▲ ●○○●●○○ ●●○○▲

此调宋元人无填之者,平仄当悉从之。

校补:孙光宪《北梦琐言》:"唐庄宗自傅粉墨为优人之戏。《一叶落》《阳台梦》,皆其自制词也。"此调有两体,四十九字者,后唐庄宗制;五十七字者,调见《花草粹编》,宋解昉制,即赋阳台梦题。两体截然不同。

【河渎神】

源流:唐教坊曲名。

宫调：《金奁集》注仙吕宫。

名解：唐词多缘题所赋，《河渎神》之咏祠庙，大概不失本题之意。见宋黄昇《唐宋诸贤绝妙词选》。

河渎神 两段四十九字，前段四句，四平韵；后段四句，四仄韵。　　温庭筠

河上望丛祠。庙前春雨来时。楚山无限鸟飞迟。兰棹空伤别离。
⊙●○△　◎○⊙●○△　⊙○●●●○△　◎●⊙○
○△

何处杜鹃啼不歇。艳红开尽如血。蝉鬓美人愁绝。百花芳草佳节。
◎●◎○○●▲　●○⊙●○▲　⊙●●○○▲　●○⊙
●○▲

此词前段押平声韵，后段押仄声韵者，唐宋人间一为之。张泌一首，全押平韵者，则无别词可校也。

校补：南宋黄昇《花庵词选》："《河渎神》则咏祠庙。"《尔雅·释水》："江、河、淮、济为四渎。四渎者，发源注海者也。"即河流入海的河川叫作"渎"。自周朝以来，祭祀河神就成了一种定制。民间专门祭祀所居住区域的河神，官方则祭祀名川大江的河神。梁启勋《词学·调名》认为，《河渎神》是"送神迎神曲"。

【归去来】

源流：此调见柳永《乐章集》。

宫调：柳永词四十九字者注正平调，五十二字者注中吕调。按，正平调为中吕羽，中吕调为夹钟羽，实同一羽调也。

名解：因词中结句有"且归来"及"好归去"之句，取以为名。

归去来 两段四十九字，前后段各四句，四仄韵。　　柳永

初过元宵三五。慵困春情绪。灯月阑珊嬉游处。游人尽、厌欢聚。
凭仗如花女。持杯谢、酒朋诗侣。余酲更不禁香醑。歌筵罢、且归去。

校补：虽前段第三、四句，后段第二、三、四句，两调相同，但自注宫调，恐乖律吕。

又一体 两段五十二字，前后段各四句，四仄韵。　　柳永

一夜狂风雨。花英坠、碎红无数。垂杨漫结黄金缕。尽春残、萦不住。
蝶稀蜂散知何处。殢尊酒、转添愁绪。多情不惯相思苦。休惆怅、好归去。

此调只有柳词二首，无其他宋元人词可校。

校补：此即前词体，唯前段起句减一字，作五字句，第二句添二字，作上三下四七字句，后段起句添二字，作七字句异。

【惜春郎】

源流：此调见《花草粹编》。《乐章集》不载，故宫调无考，或是柳永所创作。

惜春郎 两段四十九字，前段五句，三仄韵；后段四句，三仄韵。 柳永

玉肌琼艳新妆饰。好壮观歌席。潘妃宝钏，阿娇金屋，应也消得。

属和新词多俊格。敢共我勍敌。恨少年、枉费疏狂，不早与伊相识。

此调只有此词，无别首可校。

【极相思】

源流：仁庙时，皇族中太尉夫人一日入内，再拜告帝曰："臣妾有夫，不幸为婢妾所惑。"帝怒，流婢于千里，夫人亦得罪，居瑶华宫，太尉罚俸而不得朝。经岁，方春暮，夫人为词曲，名《极相思》。见宋彭乘《墨客挥犀》。

别名：或名《极相思令》。

极相思 两段四十九字，前段五句，三平韵；后段五句，两平韵。 无名氏 见《墨客挥犀》

柳烟雾色方晴。花露逼金茎。秋千院落，海棠渐老，才过清明。

嫩玉腕托香脂脸，相傅粉、更与谁情。秋波绽处，相思泪迸，天阻深诚。

此调只此一体。

校补：《全宋词》此词作《极相思令》。宋刘斧《青琐高议》别集卷二载谭意哥词二首，名《极相思令》。

【双韵子】

源流：此调见张先《张子野词》，或是张先所创作。
名解：金元曲子，有双声叠韵，调名疑出于此。见《钦定词谱》。

双韵子　两段四十九字，前段四句，三仄韵；后段五句，四仄韵。　张先

鸣鞘电过晓闹静。敛龙旂风定。凤楼远出霏烟，闻笑语、中天迥。
清光近。欢声竞。鸳鹭集、仙花斗影。更闻度曲瑶山，升瑞日、春宫永。

此调只有此词，无别首可校。

校补：任半塘《教坊记笺订》谓此调本乐器之名"双韵"。"鸣鞘电过晓闹静。敛龙旂风定"，《钦定词谱》及《词式》皆作"鸣鞘电过，晓闹静敛，龙旂风定"，兹据徐本立《词律拾遗》卷一改正。

【凤孤飞】

源流：此调见晏几道《小山乐府》，或是晏几道创作。

凤孤飞 两段四十九字，前段四句，三仄韵；后段四句，四仄韵。 晏几道

一曲画楼钟动，宛转歌声缓。绮席飞尘座满。更小待、金蕉暖。
细雨轻寒今夜短。依前是、粉墙别馆。端的欢期应未晚。奈归云难管。

此调平仄，无别首可校。

【柳梢青】

种类：有平韵、仄韵两体。

别名：平韵，韩淲词，有"云淡秋空"句，名《云淡秋空》；又有"雨洗元宵"句，名《雨洗元宵》；又有"玉水明沙"句，名《玉水明沙》；张雨词，名《早春怨》。仄韵，《古今词话》无名氏词，名《陇头月》。

柳梢青 两段四十九字，前段六句，三平韵；后段五句，三平韵。 秦观

岸草平沙。吴王故苑，柳袅烟斜。雨后寒轻，风前香细，春在梨花。
行人一棹天涯。酒醒处、残阳乱鸦。门外秋千，墙头红粉，

深院谁家。
◎●○△

押平韵者以此词为正体。

校补：押平韵者，以此词及刘镇词为正体，若张雨词后段第二句添字，乃变格。

又一体 两段四十九字，前段六句，三仄韵；后段五句，两仄韵。　贺铸

子规啼血。可怜又是，春归时节。满院东风，海棠铺绣，梨花飞雪。
◎○◎▲　◎○◎●　◎○◎▲　◎●○○　◎○◎●　○○○▲

丁香露泣残枝，算未比、愁肠寸结。自是休文，多情多感，不干风月。
◎○◎●○○　●◎●　○○●▲　●●○○　◎○◎●　◎○○▲

押仄韵者以此词为正体。

校补：底本题后原作"两段四十九字，前后段字数句律与秦观词同"，据文意酌改。押仄韵者，以此词及蔡伸、赵彦端词为正体，若吴瓘词之添字，《古今词话》无名氏词之摊破句法，皆变体。"算未比"，底本作"悄未比"，据《钦定词谱》改。

【醉乡春】

源流：此调秦观创作。少游在黄州，饮于海棠桥，桥南北多海棠，有书生家于海棠丛间。少游醉宿于此，题词壁间。见宋惠洪《冷斋夜话》。

名解：因秦词后结有"醉乡广大人间小"句，故名《醉乡春》。
别名：一名《添春色》。

醉乡春 两段四十九字，前后段各五句，三仄韵。　秦观

　　唤起一声人悄。衾冷梦寒窗晓。瘴雨过，海棠开，春色又添多少。
　　社瓮酿成微笑。半缺椰瓢共䬸。觉颠倒，急投床，醉乡广大人间小。

后结比前结多一字，余同。"䬸"音"咬"，以"沼"切，正与"悄"字押。

校补：又因前结有"春色又添多少"句，一名《添春色》。

【太常引】

宫调：《太和正音谱》注仙吕调。
别名：一名《太清引》；韩淲词，有"小春时候腊前梅"句，名《腊前梅》。

太常引 两段四十九字，前段四句，四平韵；后段五句，三平韵。　辛弃疾

　　仙机似欲织纤罗。仿佛度金梭。无奈玉纤何。却弹作、清商恨多。
　　珠帘影里，如花半面，绝胜隔帘歌。世路苦风波。且痛饮、

公无渡河。
○○●△

此调只有两体，一前段第二句五字，一前段第二句六字，余相同。

校补：吴曾《能改斋漫录》卷二云："京师僧念《梁州》《八相》《太常引》《三皈依》《柳含烟》等，号'唐赞'。"可见此调在宋亦用于佛曲。龙榆生《唐宋词格律》："两结句倒数第二字定要去声。"

【相思引】

别名：《古今词话》无名氏词，名《镜中人》。

相思引 两段四十九字，前段五句，四仄韵；后段四句，四仄韵。 无名氏 见《梅苑》

笑盈盈，香喷喷。姑射仙人风韵。天与肌肤常素嫩。玉面
○○　○○●　○●○○○●　○●⊙○○●●　◎●
犹嫌粉。
○○▲
斜倚小楼凝远信。多少往来人恨。只恐乘春云雨困。迤逦
⊙●●○○●●　○●●○○●　◎●⊙○○●●　○●
娇容褪。
○○▲

此调与押平韵四十六字之《相思引》，句拍不同，因另列之。

校补：此调有两体，四十六字者，押平声韵，房舜卿词名《玉交枝》，周紫芝词名《定风波令》，赵彦端词名《琴调相思

引》；四十九字者，押仄声韵，《古今词话》无名氏词名《镜中人》。《梅苑》无名氏词二首，押仄声韵，亦名《相思引》，与袁去华体迥别。

【月宫春】

源流：此调见《花间集》毛文锡词。
宫调：《宋史·乐志》属小石角。
名解：《青琐早行》诗云："主人灯下别，羸马月中行。"又刘宾客《晚泊》诗云："无人能咏史，独自月中行。"见周邦彦《片玉集》注。
别名：周邦彦词更名《月中行》。按，《片玉集》注乃释《月中行》，调名之义也。

月宫春 两段五十字，前段四句，四平韵；后段四句，三平韵。　　周邦彦

蜀丝趁日染乾红。微暖面脂融。博山细篆霭房栊。静看打窗虫。
愁多胆怯疑虚幕，声不断、暮景疏钟。团围四壁小屏风。啼尽梦魂中。

毛文锡词与周邦彦词稍异，而周词平顺，且宋人作者，多从此体。

校补：此词后段第三句七字、押韵，吴文英"疏桐翠井"词、陈允平"鬓云斜插"词，正与此同。"啼尽梦魂中"，《钦定词谱》

作"泪尽梦啼中"。

【应天长】

源流：此调始自韦庄词。
宫调：《金奁集》注双调。
别名：毛开词，名《应天长令》。

应天长 两段五十字，前后段各五句，四仄韵。　　韦庄

　　绿槐阴里黄莺语。深院无人春昼午。画帘垂，金凤舞。寂寞绣屏香一炷。
　　碧天云，无定处。空有梦魂来去。夜夜绿窗风雨。断肠君信否。

　　此调始于此词，自以此词为正体。

　　校补：此调有令词、慢词。令词始于韦庄，又有顾敻、毛文锡两体；慢词始于柳永，《乐章集》注林钟商调；又有周邦彦一体，名《应天长慢》。

【满宫花】

源流：此调见《花间集》。
名解：尹鹗词，有"满地禁花慵扫"句，取以为名。
别名：许棐词，名《满宫春》。

满宫花 两段五十字，前后段各五句，三仄韵。　　尹鹗

月沉沉，人悄悄。一炷后庭香袅。风流帝子不归来，满地禁花慵扫。

离恨多，相见少。何处醉迷三岛。漏清宫树子规啼，愁锁碧窗春晓。

此词换头作三字两句，与前段相同。

校补：唐《教坊记》有《满堂花》而无《满宫花》，《词律》《钦定词谱》《历代诗余》有《满宫花》而无《满堂花》，华钟彦《花间集注》以为"宫""堂"系传抄之误，两者实是一调。前段"风流帝子不归来"，《钦定词谱》作"草深辇路不归来"。

【少年游】

源流：此调见晏殊《珠玉词》，或是晏殊所创作。
宫调：柳永词注林钟商，周邦彦词注黄钟，又注商调。
名解：鲍照《行乐》诗："春风太多情，村村花柳好。少年宜游春，莫使颜色槁。"见周邦彦《片玉集》注。
别名：韩淲词，有"明窗玉腊梅枝好"句，名《玉腊梅枝》；萨都剌词，名《小阑干》。

少年游 两段五十字，前段五句，三平韵；后段五句，两平韵。　　晏殊

芙蓉花发去年枝。双燕欲归飞。兰堂风软，金炉香暖，新

曲动帘帷。
家人并上千春寿,深意满琼卮。绿鬓朱颜,道家装束,长似少年时。

此调以此词为正体,宋元人悉依此填之。惟是调最为参差,万树《词律》列十一体,《钦定词谱》列十五体,其源皆从晏殊词出也。

校补:此调最为参差,或添一字,摊破前后段起句,作四字两句者;或减一字,摊破前后段第三、四句,作七字一句者;或于前后段第二句,添一字者;或于两结句,添字、减字者。自晏殊词至周密词,共四首,其前后段起句皆七字,第三、四句皆四字,所不同者,前后段第二句及结句,添字、减字耳。底本后段起句原作"家人拜上千春寿",据《钦定词谱》改。

【偷声木兰花】

源流:此词本于《木兰花令》。前后段第三句,减去三字,另偷平声,故云"偷声"。若《减字木兰花》,其前后起句四字,则又从此调减去三字耳。见《钦定词谱》。
宫调:张先词注仙吕调。

偷声木兰花 两段五十字,前后段各四句,两仄韵、两平韵。　冯延巳

落梅著雨消残粉。云重烟轻寒食近。罗幕遮香。柳外秋千出画墙。

春山颠倒钗横凤。飞絮入帘春睡重。梦里佳期。只许庭花
○●○●●▲　○●●○○●▲　●●○△　●●○○
与月知。
○●△

此调只此一体。

【滴滴金】

宫调：蒋氏（蒋孝）《九宫谱目》入黄钟宫。

滴滴金 两段五十字，前后段各四句，三仄韵。　李遵勖

帝城五夜宴游歇。残灯外、看残月。都来犹在醉乡中，听
●○●●●○▲　○○●　●○▲　○○○●●○○　●
更漏初彻。
●●○▲
行乐已成闲话说。如春梦、觉时节。大家同约探春行，问
○●●○○●▲　○○●　●○▲　●○○●●○○　●
甚花先发。
●○○▲

此调以此词为正体。

校补：南宋史铸《菊谱辨疑》云："滴滴金，夏菊也，花头巧小……俗说边地生苗者，由花梢引露滴入土，却生新根而出，故名'滴滴金'。"清毛先舒《填词名解》："《滴滴金》，取菊以名也。"此调以此词及晏殊词为正体，若杨无咎词之押韵参差，宋媛孙道绚词之添字，皆变体。

【忆汉月】

源流：唐教坊曲名。
宫调：柳永词注正平调。
别名：柳永词，名《望汉月》。

忆汉月 两段五十字，前段四句，三仄韵；后段四句，两仄韵。　　欧阳修

红艳几枝轻袅。新被东风开了。倚烟啼露为谁娇，故惹蝶怜蜂恼。
多情游赏处，留恋向、绿丛千绕。酒阑欢罢不成归，肠断月斜春老。

此调以此词为正体。

校补：始为戍边人思乡之曲，唐李绅有"花开花落无时节"一首，已离调名本意。体格为七言四句，首两句对偶。白居易《对酒吟》云："合声歌汉月，齐手拍吴歈。"入宋为长短句，名《望汉月》。此调只有两体，前后段结句，或六字，或七字，柳永词虽注宫调，然句读参差，非正体。"新被东风开了"，《钦定词谱》作"早被东风开了"；"肠断月斜春老"，《钦定词谱》作"肠断月斜人老"。

【西江月】

源流：唐教坊曲名。

宫调：柳永词注中吕宫。

别名：欧阳炯词，有"两岸蘋香暗起"句，名《白蘋香》；程珌词，名《步虚词》；王行词，名《江月令》。

西江月 两段五十字，前后段各四句，两平韵、一叶韵。　　柳永

凤额绣帘高卷，兽镮朱户频摇。两竿红日上花梢。春睡恹恹难觉。

好梦狂随飞絮，闲愁浓胜香醪。不成雨暮与云朝。又是韶光过了。

此调以此词为正体。此调虽始于南唐欧阳炯，但欧词前后段两起句，俱叶仄韵。宋人依欧体填者绝少，故改采柳永也。

校补：李白《苏台览古》有"只今惟有西江月，曾照吴王宫里人"句，取以为名。沈义父《乐府指迷》云："《西江月》起头押平声韵，第二第四就平声切去，押侧声韵。如平声押'东'字，侧声须押'董'字、'冻'字韵方可。"其说正与柳词体合。若吴文英词之两段各韵，欧阳炯词之添字，赵以仁词之不叶韵，皆变体。

【惜春令】

宫调：《天基圣节乐次》，有方响独打，正宫《惜春》。见宋周密《武林旧事》。

惜春令 两段五十字，前后段各四句，三平韵。　　杜安世

今日重阳秋意深。篱边散、嫩菊开金。万里霜天林叶坠，萧索动离心。
臂上茱萸新。似旧年、堪赏光阴。一盏香醪聊寄兴，牛岭会难寻。

此调只有杜安世词二首，无宋元人别首可校。

校补："似旧年"，《钦定词谱》作"似前岁"；"一盏香醪聊寄兴"，底本作"百盏香醪聊寄兴"，据《钦定词谱》改。

【留春令】

源流：此调见晏几道《小山乐府》，或是晏几道所创作。

留春令 两段五十字，前段五句，两仄韵；后段四句，三仄韵。　　晏几道

画屏天畔，梦回依约，十洲云水。手捻红笺寄人书，写无限、伤春事。
别浦高楼曾漫倚。对江南千里。楼下分流水声中，有当日、凭高泪。

此调以此词为正体，此词前段第四句，及后段第三句，例作拗句，填者宜注意之。

校补：若李之仪、沈端节、黄庭坚词之摊破句法，皆变体。此词前段第四句、后段第三句，例作拗句，如晏几道词别首之"懊恼黄花暂时香""水湿红裙酒初消"，高观国词之"柳影人家起炊烟""花里清歌酒边情"，数首皆然。

【盐角儿】

源流：《嘉祐杂志》云："梅圣俞说，始教坊家人市盐，于纸角中得一曲谱，翻之，遂以为名。"见宋王灼《碧鸡漫志》。
宫调：《碧鸡漫志》云双调。

盐角儿 两段五十字，前段六句，三仄韵、一叠韵；后段五句，三仄韵。　晁补之

开时似雪。谢时似雪。花中奇绝。香非在蕊，香非在萼，
〇〇●▲　〇〇●▲　〇〇〇▲　〇〇●●　〇〇●●
骨中香彻。
●〇〇▲

占溪风，留溪月。堪羞损山桃如血。直饶更、疏疏淡淡，
●〇〇　〇〇▲　〇〇●●〇〇▲　●〇●、〇〇●●
终有一般情别。
〇●●〇〇▲

此调只有晁词一首，无别首可校。

校补：《词律》谓前段似《柳梢青》，后段全异。此调始见欧阳修词，凡二首，唯前段起二句不押韵与晁补之词稍异。

【归田乐】

归田乐 两段五十字，前后段各四句，三仄韵。　蔡伸

风生蘋末莲香细。新浴晚凉天气。独自倚朱阑，波面双双彩鸳戏。
鸾钗委堕云堆髻。谁会此时情意。冰簟玉琴横，还是月明人千里。

此词极为整齐，惜无别首可校。

【惜分飞】

宫调：张先词注中吕调。
别名：贺铸词，名《惜双双》；刘弇词，名《惜双双令》；曹冠词，名《惜芳菲》。

惜分飞 两段五十字，前后段各四句，四仄韵。　毛滂

泪湿阑干花著露。愁到眉峰碧聚。此恨平分取。更无言语空相觑。
短雨残云无意绪。寂寞朝朝暮暮。今夜山深处。断魂分付潮回去。

此调以此词为正体，宋元人词俱照此填之。

【孤馆深沉】

源流：此调见宋黄大舆《梅苑》。

孤馆深沉 两段五十字，前段五句，三平韵；后段五句，两平韵。　　权无染

琼英雪艳岭梅芳。天付与清香。向腊后春前，解压万花，先占东阳。
拟待折、一枝相赠，奈水远天长。对妆面，忍听羌笛，又还空断人肠。

此调只有此词，无别首可校。

【促拍丑奴儿】

源流：此调见朱敦儒《樵歌》。
名解：促拍者，即促节繁声之意。《中原音韵》所谓"急曲子"也。见《钦定词谱》。
别名：一作《促拍采桑子》。

促拍丑奴儿 两段五十字，前段五句，三平韵；后段五句，两平韵。　　朱敦儒

清露湿幽香。想瑶台、无语凄凉。飘然欲去，依然似梦，云渡银潢。
又是天风吹澹月，佩丁东、携手西厢。泠泠玉磬，沉沉素瑟，舞遍霓裳。

此调只有此词,无别首可校。

校补:《钦定词谱》调名作《促拍采桑子》。字句与《采桑子》《添字采桑子》迥别。《黄山谷集》中,《丑奴儿》词六十二字者,减去前后段第三句,即是此词,但换头句,黄庭坚词只五字。"依然似梦",底本作"依然如梦",据《钦定词谱》改。

【怨三三】

怨三三 两段五十字,前段四句,四平韵;后段五句,四平韵。 贺铸

玉津春水如蓝。宫柳毵毵。桥上东风侧帽檐。记佳节、约是重三。
飞楼十二珠帘。恨不贮、当年彩蟾。对梦雨廉纤。愁随芳草,绿遍江南。

校补:调见李之仪《姑溪词》,取词中前段结句意为名。又,《填词名解》云:"古怨词有'狂唤醉里三三'之句,遂取以名。"《钦定词谱》以李之仪"清溪一派泻揉蓝"为例,不收贺词。今所注平仄悉遵贺词,与《钦定词谱》不同。

【使牛子】

源流:此调见曹冠《燕喜词》。

使牛子 两段五十字，前后段各四句，三仄韵。　曹冠

晚天雨霁横雌霓。帘卷一轩月色。纹簟坐苔茵，乘兴高歌饮琼液。
　　翠瓜冷浸冰壶碧。茶罢风生两腋。四座沸欢声，喜我投壶全中的。

此调只有此词，无别首可校。

【折丹桂】

源流：此调见王之道《相山居士词》。

名解：王之道词三首，皆送人应举之作，即取词中"仙籍桂香浮"意为名，与《步蟾宫》别名《折丹桂》者不同。

折丹桂 两段五十字，前后段各四句，三仄韵。　王之道

风漪欲皱春江碧。予寄江城北。子今东去赴春官，挽不住、抟风翼。
　　修程好过天池息。何处堪留客。预知仙籍桂香浮，语祝史、休占墨。

此调以此词为正体。

校补：若王之道词别首，后段第二句"算不是西风客"，多一衬字，乃变体。"予寄江城北"，《钦定词谱》作"我寄江城

北";"修程好过天池息",《钦定词谱》作"修程好近天池息"。

【竹香子】

源流：此调见刘过《龙洲词》。

竹香子 两段五十字，前后段各四句，三仄韵。　　刘过

一琐窗儿明快。料想那人不在。熏笼脱下旧衣裳，件件香难赛。

匆匆去得忒嚛。这镜儿、也不曾盖。千朝百日不曾来，没这些儿个采。

【城头月】

名解：取词中起句，以为调名。

城头月 两段五十字，前后段各五句，三仄韵。　　马天骥

城头月色明如昼。总是青霞有。酒醉茶醒，饥餐困睡，不把双眉皱。

坎离龙虎勤交媾。炼得丹将就。借问罗浮，苏耽鹤侣，还似先生否。

校补：调见宋李昴英《文溪词》，和马天骥韵，赠道士梁青霞作。此词盖马天骥所倡。

【四犯令】

源流：此调见侯寘《懒窟词》。
别名：李处全词更名《四和香》，关注词又名《桂华明》。

四犯令 两段五十字，前后段各四句，四仄韵。　　侯寘

月破轻云天淡注。夜悄花无语。莫听阳关牵离绪。拚酩酊、
●●○○○●▲　●●○○▲　●●○○○○▲　◎●●
花深处。
○○▲

明日江郊芳草路。春逐行人去。不似酴醾开独步。能着意、
⊙●○○○●▲　○●○○▲　●●○⊙○●▲　○●●
留春住。
○○▲

此调前后段相同。题名"四犯"，必犯四调者，或每句犯一调。然未注明，不知犯何调也。见万树《词律》。犯，是歌时假借别调作腔，故有侧犯、尾犯、花犯、玲珑四犯等名。见《历代诗余》。

校补：宋张邦基《墨庄漫录》卷四云：宣和间，钱塘关注子东在毗陵，梦中遇美髯翁授以《太平乐》新曲。子东记其五拍。后四年，子东归钱塘，复梦美髯翁，出腰间笛复作一弄，盖是重头小令也。其词名《桂华明》，两段五十字，前后各五句四仄韵。此调有李处全词、关词可校，但关注词前后段第二句"为广寒宫女""为按歌宫羽"，俱作上一下四句法，与此又小异。"不似酴醾"，《钦定词谱》作"不是酴醾"。

【醉高歌】

源流：姚燧自度曲，姚燧《牧庵词》不载。

宫调：《太平乐府》注中吕宫。

醉高歌 两段五十字，前后段各四句，一平韵、三仄韵。　　姚燧

十年燕月歌声。几点吴霜鬓影。西风吹起鲈鱼兴。已在桑
○○●●○△　●●○○●●▲　○○○●○○▲　●●○
榆暮景。
○●▲
　　荣枯枕上三更。傀儡场中四并。人生幻化如泡影。几个临
　　○○●●○△　●●○○●▲　○○●●○●▲　●●○
危自省。
○●▲

此元人《叶儿乐府》，平仄互叶。

【黄鹤洞仙】

源流：此调见元彭致中《鸣鹤余音》。

黄鹤洞仙 两段五十字，前段五句，三仄韵；后段五句，一仄韵、两重韵。　　马钰

终日驾盐车，鞭棒时时打。自数精神久屈沉，如病马。怎
○●●○○　○●○○▲　●●○○●●○　○●▲　●
得优游也。
●○○▲
　　伯乐祖师来，见后频嗟讶。巧计多方赎了身，得志马。须
　　●●●○○　●●○○▲　●●○○●●○　●●▲　○
报恩师也。
●○○▲

此元人小令，重押两"马"字、两"也"字，想体例应尔，

惟无别词可校。

【破字令】

源流：此调见《高丽史·乐志》。

破字令 两段五十字，前段四句，三仄韵；后段五句，三仄韵。　　无名氏 见《高丽史·乐志》

缥缈三山岛。十万岁、方分昏晓。春风开遍碧桃花，为东君一笑。
祥飙暂引香尘到。祝嵩龄、后天难老。瑞烟散碧，归云弄暖，一声长啸。

此宋赐高丽《五羊仙》队舞曲也，名曰"唐乐"。

【花前饮】

源流：见宋杨湜《古今词话》。
名解：取词中前段结句，以为调名。

花前饮 两段五十字，前后段各四句，三仄韵。　　无名氏 见《古今词话》

雨余天色渐寒渗。海棠绽、胭脂如锦。告你休看书，且共我、花前饮。
皓月穿帘未成寝。篆香透、鸳鸯双枕。似恁天色时，你道是、好做甚。

【导引】

源流：宋鼓吹四曲，悉用教坊新声，车驾出入奏《导引》，此调是也。见《钦定词谱》。

宫调：《宋史·乐志》：正宫、道调宫、黄钟宫、大石调、黄钟羽调、正平调、仙吕调，凡七曲。《金史·乐志》，〔五十字者〕属无射宫。

种类：或五十字，或加一叠一百字。

导引 两段五十字，前段五句，三平韵；后段四句，三平韵。　无名氏　见《宋史·乐志》

皇家盛事，三殿庆重重。圣主极推崇。瑶编宝列相辉映，归美意何穷。
钧韶九奏度春风。彩仗焕仪容。欢声和气弥寰宇，皇寿与天同。

《宋史·乐志》：郊祀、藉田、明堂，各有《导引》。或五十字者，此体居多，或一百字者。见《钦定词谱》。

又一体 两段一百字，前段九句，五平韵；后段九句，六平韵。　无名氏　见《宋史·乐志》

民康俗阜，万国乐升平。庆海晏河清。唐尧虞舜垂衣化，讵比我皇明。九天宝命垂丕贶，云物效祥英。星罗羽卫登乔岳，亲告禅云亭。
我皇垂拱，惠化洽文明。盛礼庆重行。登封降禅燔柴毕，天仗入神京。云雷布泽遍寰瀛。遐迩振欢声。巍巍圣寿南山固，千载贺承平。
⊙●●○△

此词两段,俱用五十字词体。

校补:此词前段《金史·乐志》词体,后段《宋史·乐志》词体。

卷三

【思越人】

源流：此调见《花间集》。

名解：孙光宪、张泌诸作，俱咏西子事，故名《思越人》。与《鹧鸪天》词名《思越人》者不同。

思越人 两段五十一字，前段五句，两平韵；后段四句，四仄韵。　　孙光宪

古台平，芳草远，馆娃宫外春深。翠黛空留千载恨，教人何处相寻。

绮罗无复当时事。露花点滴香泪。惆怅遥天横渌水。鸳鸯对对飞起。

此词只有唐词可校，宋人无填者。

校补：《填词名解》云："《思越人》，亡吴之曲也。"敦煌曲已有《思越人》二首，与西子无涉，或五代人沿旧曲之名而入以西子事。宋张唐英《蜀梼杌》云：乾德五年（923），三月上巳，宴怡神亭，王衍自执板唱《霓裳羽衣》及《后庭花》《思越人》之曲。可见五代已盛行此调，其句式与敦煌曲略同。孙光宪词

"馆娃宫外春深",又"魂消目断西子",张泌词"越波堤下长桥",俱咏西子事。此词后段第二句,考孙词别首,及鹿虔扆、张泌词,俱六字一句。张词"黛眉愁聚春碧",及孙、鹿词,或分作三字两句者,非。

【探春令】

名解:此调宋人作者,俱咏初春风景,或咏梅花,故名《探春》。
别名:韩淲词,有"景龙灯火升平世"句,名《景龙灯》。

探春令 两段五十一字,前段五句,三仄韵;后段四句,三仄韵。 宋徽宗

帘旌微动,峭寒天气,龙池冰泮。杏花笑吐香犹浅。又还是、春将半。
清歌妙舞从头按。等芳时开宴。记去年、对着东风,曾许不负莺花愿。

校补:周密《武林旧事》云:"都城自过收灯,贵游巨室,皆争先出郊,谓之探春。"此调有两体,或前段四字三句起,或前段七字一句、五字一句起。此体乃四字三句起者,于中又有前结六字句,后结五字、七字句,或两结皆五字句,或两结皆六字句。"杏花笑吐香犹浅",《钦定词谱》作"杏花笑吐香红浅"。

【越江吟】

源流:太宗酷爱琴曲十小词,命近臣十人,各探一调,撰一词,

苏翰林易简探得《越江吟》，遂赋此调。见宋释文莹《续湘山野录》。

别名：贺铸词因苏易简词起句有"瑶池宴"三字，更名《宴瑶池》。《乐府雅词》名《瑶池宴令》。

越江吟 两段五十一字，前后段各六句，六仄韵。　苏易简

非烟非雾瑶池宴。片片。碧桃冷落谁见。黄金殿。虾须半卷。天香散。
春云和、孤竹清婉。入霄汉。红颜醉态烂漫。金舆转。霓旌影乱。箫声远。

校补：《湘山野录》载苏易简词云："神仙神仙瑶池宴。片片。碧桃零落春风晚。翠云开处，隐隐金舆挽。玉麟背冷清风远。"与此不同，《钦定词谱》从《花草粹编》订定。

【燕归梁】

源流：此调见晏殊《珠玉词》，或是晏殊所创作。
宫调：柳永词五十字者注平调，五十二字者注中吕调。
名解：因词中有"双燕归飞绕画堂，似留恋虹梁"句，取以为调名。

燕归梁 两段五十一字，前段四句，四平韵；后段五句，三平韵。　晏殊

双燕归飞绕画堂。似留恋虹梁。清风明月好时光。更何况、

绮筵张。
○○△

云衫侍女，频倾寿酒，加意动笙簧。人人心在玉炉香。逢佳会、祝筵长。

此调始于此词，以此为正体。前段第二句，作上一下四句法。

校补：换头四字两句者，有张先、石延年、谢逸、周邦彦诸作，其余或摊破句法，或减字，或添字，变格颇多，其源皆出于此也。此词前段第二句，张先词，作"河汉净无云"；周邦彦词，作"短烛散飞虫"，与此小异。"频倾寿酒"，《钦定词谱》作"频倾桂醑"；"祝筵长"，《钦定词谱》作"祝延长"。

【雨中花】

源流：此调见晏殊《珠玉词》。按，《雨中花》调，与《夜行船》调最易相混，宋人集中每多误混。今以两结句五字者为《雨中花》，两结句六字、七字者为《夜行船》。

别名：王观词，名《送将归》；一作《雨中花令》。

雨中花 两段五十一字，前后段各四句，三仄韵。 晏殊

剪翠妆红欲就。折得清香满袖。一对鸳鸯眠未足，叶下长相守。

莫傍细条寻嫩藕。怕绿刺、罥衣伤手。可惜许、月明风露好，恰在人归后。

此调始于此词，宋人填者，添减摊破，其源皆出于此也。此体前后段第三句，例各七字，而此词后段第三句多一"许"字，乃衬字也。

校补：宋人照此填者，或于前段起句添一字，或于前段第二句添一字，或于后段第二句减一字，或于前后段第三句添一字、摊破句法，一句作两句，其源皆出于此。唯周紫芝词，则又裁截慢词，与此不同。

【凤来朝】

源流：此调见周邦彦《片玉集》。
宫调：周邦彦词注越调。

凤来朝　两段五十一字，前后段各四句，四仄韵。　周邦彦

逗晓看娇面。小窗深、弄明未遍。爱残朱宿粉、云鬟乱。
●◎○○▲　●○○、●○●▲　●○○●●、○○▲
最好是、帐中见。
●●●、●○▲
　说梦双蛾微敛。锦衾温、酒香未断。待起又、如何拚。任
●●○○○▲　●○○、●○●▲　●●●、○○▲　◎
日炙、画阑暖。
●●、●○▲

此词后段第三句，作六字折腰，为此词定格。

校补：《尚书·益稷》："箫韶九成，凤凰来仪。"调名或本此。此词后段第三句，《片玉集》作"待起难舍拚"，《清真集》作"待起又、如何拚"。

【秋夜雨】

源流：此调见蒋捷《竹山词》。

名解：题咏秋雨，即以此为调名。

秋夜雨 两段五十一字，前后段各四句，三仄韵。　　蒋捷

　　黄云水驿秋筇咽。吹人双鬓如雪。愁多无奈处，漫碎把、
○○●●○○▲　○○○●○▲　○⊙○●●　●●●
寒花轻撷。
○○○▲
　　红云转入香心里，夜渐深、人语初歇。此际愁更别。雁落
●○●●○○●　●●○　○●○▲　⊙●○⊙▲　●●
影、西窗残月。
●　○○○▲

蒋词四首，平仄如一。

校补：唯前段第二句，或作"春情不解分雪"，"不"字仄声；第三句，作"宝筝弦断尽"，"宝"字仄声；后段第三句，作"今夜休要别"，"今"字平声。

【伊州令】

源流：唐教坊曲名。《乐苑》曰：《伊州》，商调曲，西凉节度盖嘉运所。见宋郭茂倩《乐府诗集》。《伊州》见于世者凡七商曲：大石调、高大石调、双调、小石调、歇指调、林钟商、越调。第不知天宝所制七商中何调耳，王建《宫词》云："侧商调里唱伊州。"见宋王灼《碧鸡漫志》。

伊州令 两段五十一字，前后段各四句，三仄韵。 无名氏 见《花草粹编》

西风昨夜穿帘幕。闺院添萧索。才是梧桐零落时，又迤逦、秋光过却。

人情音信难托。鱼雁成耽阁。教奴独自守空房，泪珠与、灯花共落。

【木笪】

源流：唐《教坊记》有《木笪》大曲。宋修内司所刊《乐府浑成集》，亦有《木笪》曲名。周密《齐东野语》以为此音世人罕知。今《太平乐府》有白朴《乔木笪》词一套，疑其遗制，因《太和正音谱》采其首作，亦录以备一体。或名《乔木查》者，误。见《钦定词谱》。

木笪 两段五十一字，前后段各五句，四仄韵。 白朴

海棠初雨歇。杨柳轻烟惹。碧草茸茸铺四野。俄然回首处，乱红堆雪。

恰春光也。梅子黄时节。映石榴华红似血。胡葵开满院，碎剪宫缬。

此乃元人套数乐府，《钦定词谱》以此犹近宋词体制，故采之以备一体。

校补：孙光宪《北梦琐言》载，西蜀黔南节度使王保义有

女,"善弹琵琶。其曲名一同人世",有所谓"《莫靼》《项盆乐》"之属。任半塘《教坊记笺订》认为《莫靼》应系《木笪》。周密《齐东野语》卷一〇谓杨缵云:"太皇最知音,极喜歌。木笪人者,以歌《杏花天》,木笪遂补教坊都管。"任半塘《唐戏弄》考"笪"为"妲",即旦脚;"木"或为角色名"木大"之省文。

【思远人】

源流:此调见晏几道《小山乐府》,或是晏几道所创作。
名解:因词中有"千里念行客"句,即取其意以为调名。

思远人 两段五十一字,前段五句,两仄韵;后段五句,三仄韵。　　晏几道

红叶黄花秋意晚,千里念行客。飞云过尽,归鸿无信,何处寄书得。

泪弹不尽临窗滴。就砚旋研墨。渐写到别来,此情深处,红笺为无色。

此调只有此词,无别首可校。

校补:《词律》云:前后段第二句、第五句"念""寄""旋""为"四字,皆用去声。全词双调五十二字。"飞云过尽",《钦定词谱》作"看飞云过尽";"就砚旋研墨",《钦定词谱》作"就枕旋研墨"。

【梦仙郎】

源流：此调见张先《张子野词》，或是张先所创作。
宫调：张先词注双调。

梦仙郎 两段五十二字，前后段各五句，三仄韵、两平韵。　张先

江东苏小。天斜窈窕。都不胜、彩鸾娇妙。春艳上新妆。肌肉过人香。
佳树阴阴池院。华灯绣幔。花月好、岂能长见。离聚此生缘。无计问天天。

宋词只此一体，无别首可校。

校补：此词两仄两平四换头。"无计问天天"，《钦定词谱》作"何计问高天"。

【青门引】

源流：此调见宋黄昇《绝妙词选》，《张子野词》不载，故不著宫调。

青门引 两段五十二字，前段五句，三仄韵；后段四句，三仄韵。　张先

乍暖还轻冷。风雨晚来方定。庭轩寂寞近清明，残花中酒，又是去年病。

楼头画角风吹醒。入夜重门静。那堪更被明月，隔墙送过秋千影。

校补：《填词名解》云："《三辅黄图》云：'长安城东出南头第一门，门色青，曰青门。'《萧相国世家》云'召平种瓜长安城东'，而阮籍诗'昔闻东陵侯，种瓜青门外'，语亦可证，词取以名。"《词律拾遗·凡例》云："《青门引》之即《梁州令》也。"《梁州令》后段第三句押韵，而《青门引》不押韵。

【菊花新】

源流：《菊花新》谱，教坊都管王公谨作。见宋周密《齐东野语》。

宫调：张先词、柳永词俱注中吕调。

菊花新 两段五十二字，前后段各四句，三仄韵。　　张先

堕髻慵妆来日暮。家在柳桥堤下住。衣缓绛绡垂，琼树袅、一枝红雾。
院深池静花相妒。粉墙低、乐声时度。长恐舞筵空，轻化作、彩云飞去。

此调以此词为正体。

校补：周密《齐东野语》卷十六《菊花新曲破》载："思陵朝（宋高宗赵构），掖庭有菊夫人者，善歌舞，妙音律，为仙韶院

之冠，宫中号为菊部头。然颇以不获际幸为恨，即称疾告归。时宦者陈源，以厚礼聘归，蓄于西湖之适安园。一日，德寿按《梁州曲》舞，屡不称旨，提举官关礼知上意不乐，因从容奏曰：'此事非菊部头不可。'上遂令宣唤，于是再入掖禁。陈遂憾恨成疾。有某士者，颇知其事，演而为曲，名之曰《菊花新》以献之。陈大喜，酬以田宅金帛甚厚。其谱则教坊都管王公谨所作也。"张先已有《菊花新》，此说不确。若杜安世词之多押一韵，或少押一韵，皆变格。

【醉红妆】

源流：此调见张先《张子野词》，或是张先所创作。
宫调：张先词注中吕调。
名解：因词中有"一般妆样百般娇"，及"郎未醉，有金貂"句，取以为调名。

醉红妆 两段五十二字，前段六句，四平韵；后段六句，三平韵。 张先

琼枝玉树不相饶。薄云衣，细柳腰。一般妆样百般娇。眉眼细，好如描。
东风摇草百花飘。恨无计，上青条。更起双歌郎且饮，郎未醉，有金貂。

此调与《双雁儿》调，字数、句拍悉同。惟后段第四句，《双雁儿》叶韵，此词不叶，然宋词中亦无别首可校。

校补:"眉眼细,好如描",《钦定词谱》作"眉儿秀,总如描";"东风摇草百花飘",《钦定词谱》作"东风摇草杂花飘"。

【醉花阴】

宫调:《中原音韵》注黄钟宫,《太平乐府》注中吕宫。

醉花阴 两段五十二字,前后段各五句,三仄韵。　　毛滂

檀板一声莺起速。山影穿疏木。人在翠阴中,欲觅残春,春在屏风曲。
劝君对客杯须覆。灯照瀛洲绿。西去玉堂深,魄冷魂清,独引金莲烛。

此调只有此体,诸家所填,多与之合。

校补:元李东有《古杭杂记》载:"(南宋)太学服膺斋上舍郑文,秀洲人;其妻寄以《忆秦娥》云:'花深深,一勾罗袜行花阴;行花阴,闲将钿带结同心。'此词为同舍见者传播,酒楼妓馆皆歌之。"或为词名来源。诸家所填,多与之合,但平仄不同,句法间有小异。如前段起句,杨无咎词"淋漓尽日黄梅雨",舒亶词"粉轻一捻和香聚",辛弃疾词"黄花漫说年年好",张元幹词"红蕊紫菊开还早",沈会宗词"微含清雾真珠滴",平仄俱与此词异。又,前后段第二句,舒亶词"正千山云尽""更玉钗斜衬",与别首之"教露华休妒""指广寒归去",沈会宗词之"怯晓寒脉脉""有动人标格",俱作上一下四句法,

亦与此词异。

【望江东】

源流：此调见黄庭坚《山谷琴趣》，或是黄庭坚所创作。
名解：因词中有"望不见、江东路"句，取以为调名。

望江东 两段五十二字，前后段各四句，四仄韵。　黄庭坚

江水西头隔烟树。望不见、江东路。思量只有梦来去。更不怕、江阑住。
灯前写了书无数。算没个、人传与。直教寻得雁分付。又还是、秋将暮。

此调只有此词，无别首可校。

【入塞】

名解：《古乐府·横吹曲》有《入塞辞》，调名本此。

入塞 两段五十二字，前段六句，四平韵、一叠韵；后段五句，四平韵、一叠韵。　程垓

好思量。正秋风、半夜长。奈银釭一点，耿耿背西窗。衾又凉。枕又凉。
露华凄凄月半床。照得人、真个断肠。窗前谁浸木犀黄。花也香。梦也香。

程垓《书舟词》中只有一首，亦无别首宋词可校。前后段两结句，俱押叠韵，当是体例如此，填者宜注意之。

【玉团儿】

源流：此调见周邦彦《片玉词》。

玉团儿 两段五十二字，前后段各五句，三仄韵。　　周邦彦

铅华淡泞新妆束。好风韵、天然异俗。彼此知名，虽然初见，情分先熟。
炉烟淡淡云屏曲。睡半醒、生香透肉。赖得相逢，若还虚过，生世不足。

此调前段两结句，第二字例用仄声。

校补：调见周邦彦《片玉词》，因《清真集》不载，故方千里、杨泽民、陈允平俱无和词，宋唯卢炳、袁去华两词可校。此词前后段两结句，第二字例用仄声，有卢炳词"全似深熟""心事忒足"，袁去华词"绿盖红颊""相应相答"，俱仄声可证。

【倾杯令】

源流：唐教坊曲有《倾杯乐》，调名本此。此是小令，与慢词之名《倾杯乐》者无涉。

倾杯令 两段五十二字，前段五句，三仄韵；后段四句，三仄韵。　　吕渭老

枫叶飘红，莲房浥露，枕席嫩凉先到。帘外蟾华如扫。枝上啼鸦催晓。
秋风又送潘郎老。小窗明、疏红残照。登高送远惆怅，白发新愁未了。

此调只有吕渭老词二首，宋元人无填此体者。

【锯解令】

源流：此调见杨无咎《逃禅词》，或是杨无咎所创作。

锯解令 两段五十二字，前段四句，两仄韵；后段四句，三仄韵。　　杨无咎

送人归后酒醒时，睡不稳、衾翻翠缕。应将别泪洒西风，尽化作、断肠夜雨。
卸帆浦溆。一种悽惶两处。寻思却是我无情，便不解、寄将梦去。

此调只有此词，无别首可校。

【双雁儿】

宫调：《中原音韵》入商调。

别名：一名《双燕子》。按，此调与《醉红妆》字句相同，或疑

同出一体。但《醉红妆》后段第四句不叶，此则前后俱叶也。

双雁儿 两段五十二字，前后段各六句，四平韵。　　杨无咎

穷阴急景暗推迁。减绿鬓，损朱颜。利名牵役几时闲。又还惊，一岁圆。
劝君今夕不须眠。且满满，泛觥船。大家沉醉对芳筵。愿新年，胜旧年。

此调只有此词，无别首可校。

【寻芳草】

源流：此调见辛弃疾《稼轩长短句》，或是辛弃疾所创作。
别名：辛弃疾自注一名《王孙信》。

寻芳草 两段五十二字，前段四句，四仄韵；后段四句，三仄韵。　　辛弃疾

有得许多泪。又闲却、许多鸳被。枕头儿、放处都不是。旧家时、怎生睡。
更也没书来，那堪被、雁儿调戏。道无书、却有书中意。排几个、人人字。

此调只有此词，无别首可校。此词语句有难索解处，盖题为《嘲陈莘老忆内》，乃俳体，故多用方言耳。

【梁州令】

源流：唐教坊曲名。《唐史》及传载称天宝乐曲皆以边地为名，若凉州、伊州、甘州之类，曲遍声繁，名入破。《开元传信记》云："西凉州献此曲。"《唐史》又云："其声本宫调，今凉州见于世者，凡七宫调，曰黄钟宫、道调宫、无射宫、中吕宫、〔南吕宫、〕仙吕宫、高宫，不知西凉所献何宫也。"《脞说》云："西凉州本在正宫。"予谓黄钟即俗呼正宫。见宋王灼《碧鸡漫志》。《乐苑》曰："《凉州》，宫调曲，开元中西凉府都督郭知运进。"《乐府杂录》曰："《梁州曲》本在正宫调中，有大遍小遍合诸乐，即黄钟宫调也。"见宋郭茂倩《乐府诗集》。凉州宋称梁州，盖凉州之讹，唐人已多误用。见夏敬观《词调溯源》。

宫调：柳永词注中吕宫。

别名：一名《凉州令》；晁补之词，名《梁州令叠韵》，即合两首为一首也。

梁州令 两段五十二字，前段五句，三仄韵；后段四句，四仄韵。　晁补之

二月春犹浅。去年樱桃开遍。今年春色怪迟迟，红梅常早，未露胭脂脸。
●●○○▲　○○○○○▲　○○○●●○○　○○○●　●●○○▲

东君故遣春来缓。似会人深愿。蟠桃新缕双盏。相期似此春长远。
○○●●○○▲　●●○○▲　○○○●○●　○○●●○○▲

又一体 名《梁州令叠韵》。四段一百四字,第一段五句,三仄韵;第二段四句,四仄韵;第三段同第一段;第四段四句,三仄韵。　　晁补之

　　田野闲来惯。睡起初惊晓燕。樵青走挂小帘钩,南园昨夜,细雨红芳遍。
　　平芜一带烟花浅。过尽南归雁。江云渭树俱远。凭阑送目空肠断。
　　好景难常占。过眼韶华如箭。莫教鹈鴂送韶华,多情杨柳,为把长条绊。
　　清尊满酌谁为伴。花下提壶劝。何妨醉卧花底,愁容不上春风面。

此调即照前词再加一叠,故曰叠韵。

【恨来迟】

别名:《梅苑》词,名《恨欢迟》。

恨来迟 两段五十二字,前段六句,两平韵;后段五句,三平韵。　　王灼

　　柳暗汀洲,最春深处,小宴初开。似泛宅浮家,水平风软,咫尺蓬莱。
　　更劝君、吸尽紫霞杯。醉看鸾凤徘徊。正洞里桃花,盈盈一笑,依旧怜才。

此调以此词为正体,但宋元人填此调者甚少。

校补：若《梅苑》无名氏词之衬字，亦变格。

【珍珠令】

源流：张炎自度曲。

珍珠令 两段五十二字，前段五句，四仄韵；后段五句，三仄韵、一叠韵。　张炎

桃花扇底歌声杳。愁多少。便觉道、花阴闲了。因甚不归来，甚归来不早。
满院飞花休要扫。待留与、薄情知道。知道。怕一似飞花，和春都老。

此调只有此词，无别首宋词可校。

校补：后段"知道"二字，《宋词大辞典·词谱》不叠。

【寿延长破字令】

源流：此调见《高丽史·乐志》。

寿延长破字令 两段五十二字，前后段各四句，四仄韵。　无名氏 见《高丽史·乐志》

青春玉殿和风细。奏箫韶络绎。韵绕行云飘飘曳。泛金尊、流霞滟溢。
瑞日晖晖临丹宸。布仁慈德意。遐迩愿听歌声缀。万万年、

仰瞻宴启。
● ○ ● ▲

此高丽《寿延长》舞队曲也，因其杂用唐乐，故采之。见《钦定词谱》。

校补："破字"或系"破子"之误，即摘取《寿延长》大曲的尾声结曲制成。另，《高丽史·乐志》又载无名氏词《寿延长中腔令》，亦系从《寿延长》大曲中摘遍单行。词为庆贺寿诞、颂扬功德之语，与调名本意相合。

【献天寿令】

源流：此调见《高丽史·乐志》。

献天寿令 两段五十二字，前后段各四句，三平韵。　　无名氏 见《高丽史·乐志》

阆苑人间虽隔，遥闻圣德弥高。西离仙境下云霄。来献千
● ● ○ ○ ● 　 ○ ● ● ● ○ △ 　 ○ ○ ● ● ○ △ 　 ○ ● ○
岁灵桃。
● ○ △
上祝皇龄齐天久，犹舞蹈、贺贺圣朝。梯航交辏四方遥。
● ● ○ ○ ○ ○ ● 　 ○ ● ● 　 ● ● ● ○ 　 ○ ○ ○ ● ● ○ △
端拱永保宗祧。
○ ● ● ● ○ △

此高丽《献仙桃》舞队曲也。因所用唐乐，故采之。见《钦定词谱》。

校补：此调名下原注"嘬子"二字。"嘬子"为大曲中表示不同音乐层次和情调的专用名称之一。某一词调的"嘬子"，

往往在字句声韵上与原调不甚相同。此调实即《献天寿（令）》的"嘌子"，字句稍多于《献天寿》，但其间有着明显的衍变痕迹。见《宋词大辞典·词谱》。

【折花令】

源流：此调见《高丽史·乐志》。

折花令 两段五十二字，前后段各五句，三仄韵。　无名氏 见《高丽史·乐志》

翠幕华筵，相将正是多欢宴。举舞袖、回旋遍。罗绮簇宫商，共歌清羡。
莫惜沉醉，琼浆泛泛金尊满。当永日、长游衍。愿燕乐嘉宾，嘉宾式燕。

此高丽《抛球乐》队舞曲也。因所用唐乐，故采之。见《钦定词谱》。

校补：此调原注"三台词"。张炎《词源》："俗传序子四片，其拍颇碎，故缠令多用之。绳以慢曲八均之拍不可。又非慢二急三拍与三台相类也。"可知此处三台词非调名，而是一种词体，其歌唱节奏每段五拍，慢二急三。《折花令》即属此类。

【迎春乐】

源流：此调见于晏殊《珠玉词》，或是晏殊所创作。

宫调：张先词注小石词，周邦彦词注双调，柳永词注林钟商。

迎春乐 两段五十三字，前段四句，四仄韵；后段四句，三仄韵。　　晏殊

长安紫陌春归早。骋垂杨、染芳草。被啼莺、语燕催清晓。正好梦、频惊觉。

当此际、青楼临大道。幽会处、两情多少。莫惜明珠百琲，占取长年少。

此调始于晏词。《钦定词谱》以晏词换头句八字，宋人无照此填者，乃取柳永词换头句七字者作谱。兹取柳永《乐章集》覆校之，则柳词换头原亦八字句，盖因词谱脱一"际"字耳。校正之后，则晏、柳二词句拍悉同矣。

【红窗听】

宫调：柳永词注仙吕调。
别名：一名《红窗睡》。

红窗听 两段五十三字，前段四句，三仄韵；后段五句，三仄韵。　　晏殊

淡薄梳妆轻结束。天付与、脸红眉绿。连环书素传情久，许双飞同宿。

一饷无端分比目。谁知道、风前月底，相看未足。此心终拟，觅鸾弦重续。

此调只此一体，前后段两结句，俱作上一下四句法。

校补：万树《词律》云："《珠玉词》名《红窗听》，然睡字有理，必误作听也。"以柳永词有"二年三岁同鸳寝"句，故云"睡字有理"，作《红窗睡》。又云："按宋本柳词亦作《红窗听》，与《珠玉词》同。"晏词别首，前段第二句"彼此有万重心诉"，亦七字句；柳永词，前段第二句"举措有许多端正"，正与此同；汲古阁本多一"峰"字者误。至晏词别首两结句，"隔桃源无处""托鸳鸯飞去"，柳词两结句，"表温柔心性""却冤人薄幸"，俱作上一下四句法。

【上林春令】

宫调：《宋史·乐志》属中吕宫。

上林春令 两段五十三字，前后段各四句，三仄韵。　　毛滂

蝴蝶初翻帘绣。万玉女、齐回舞袖。落花飞絮濛濛，长忆著、灞桥别后。
浓香斗帐自永漏。任满地、月深云厚。夜寒不近流苏，只怜他、后庭梅瘦。

校补：宋太宗赵光义所制乐曲用作词调，又名《上林春》。《词律》录杨无咎词四十字一体，脱去前段第三、四句两句，今按杨本集作"秾李夭桃堆绣。正暖日、如薰芳袖。流莺恰恰娇啼，似为劝、百觞进酒。少年不用称遐寿。愿来岁、如今时候。

相将得意皇都，同携手、上林春昼"，即毛词五十三字体。

【红罗袄】

源流：唐教坊曲名。

宫调：周邦彦词注大石调。

红罗袄 <small>两段五十三字，前段六句，两平韵；后段四句，四平韵。</small>　　周邦彦

　　画烛寻欢去，羸马载愁归。念取酒东垆，尊罍虽近，采花南圃，蜂蝶须知。
　　自分袂、天阔鸿稀。空怀梦约心期。楚客忆江篱。算宋玉、未必为秋悲。

此词前段第一句、第二句，及第三、四、五、六等句，例同对偶。

校补：毛先舒《填词名解》："大石调曲也，吴任臣云：'于古乐为太簇商调。'"任半塘《教坊记笺订》："任心叔曰：'太簇商调即大食调。'"汲古阁本，后段第二句"空怀乖梦约心期"，多一"乖"字，《钦定词谱》从《花草粹编》改正。

【折桂令】

宫调：《中原音韵》注双调。

别名：一名《秋风第一枝》，又名《天香引》，又名《蟾宫曲》。

折桂令 两段五十三字，前段六句，三平韵；后段五句，一仄韵、三平韵。　倪瓒

片帆轻、水远山长。鸿雁将来，菊蕊初黄。碧海鲸鲵，兰苔翡翠，风露鸳鸯。

问音信、何人谛当。想情怀、旧日风光。杨柳池塘。随处凋零，无限思量。

元人小令，不拘衬字者，莫过此词，采以备体。

【荔子丹】

源流：此调见《高丽史·乐志》。

荔子丹 两段五十三字，前后段各四句，三平韵。　无名氏　见《高丽史·乐志》

斗巧宫妆扫翠眉。相唤折花枝。晓来深入艳芳里，红香散、露浥在罗衣。

盈盈巧笑咏新词。舞态画娇姿。袅娜文回迎宴处，簇神仙、会赴瑶池。

宋赐高丽大晟乐，故《乐志》中犹存宋人词，此亦其一也，无别首可校。见《钦定词谱》。

【浪淘沙令】

源流：唐人《浪淘沙》，本七言断句，至南唐李煜，始制两段令

词。虽每段尚存七言诗两句,其实因旧曲名,另创新声也。见《钦定词谱》。

宫调:柳永词注歇指调,蒋氏《九宫谱目》注越调。〔《唐书·礼乐志》:歇指调,乃林钟律之商声;越调,乃无射律之商声也。〕

别名:贺铸词,名《曲入冥》;李清照词,名《卖花声》;史达祖词,名《过龙门》;马钰词,名《炼丹砂》。

浪淘沙令 两段五十四字,前后段各五句,四平韵。 李煜

帘外雨潺潺。春意阑珊。罗衾不耐五更寒。梦里不知身是客,一晌贪欢。

独自莫凭阑。无限江山。别时容易见时难。流水落花春去也,天上人间。

此调以此词为正体。前后段起句,俱用五字,宋元人词悉本此格。

校补:《浪淘沙》曲创始于唐玄宗开元年间,敦煌曲有此名,但有目无辞。今以中唐刘禹锡、白居易所作为最早,皆七绝体,叶三或二平韵,皆咏调名本意。至南唐后主李煜,始作双调之长短句词,或名《浪淘沙令》,人多谓系借旧曲之名而另倚新腔。刘尧民《词与音乐》认为,李煜之变双调杂言是因声少辞多而减一字,成每段二十七字,并非另制新声。任半塘《唐声诗》认为,借旧曲之名另制新声为臆说,声少辞多之减字,更是臆之又臆,认为凡主张小词俱从绝句变来者,在齐言、

杂言二体之间凭空想象许多关系，皆不足据。同调名者，令曲之谱在前，慢曲之谱随后，而体段相差甚远，一曰"急曲子"，一曰"慢曲子"，显属同一套之大曲，慢曲子辞之为杂言，系大曲之声使然。杜安世词，于前段起句减一字；柳永词，于前后段起句各减一字。均为令词，句读悉同。即宋祁、杜安世仄韵词，稍变音节，然前后第二句四字、第三句七字，其源亦出于李煜词。至柳永、周邦彦别作慢词，与此截然不同，盖调长拍缓，即古曼声之意。《词律》于令词强为分体，于慢词或为类列者，误。若杜安世词之或减字，或添字，柳永词之减字，皆变格。

【金错刀】

名解：汉张衡诗"美人赠我金错刀"，调名本此。见《钦定词谱》。
种类：有平韵、仄韵两体。
别名：一名《醉瑶瑟》；叶李押仄韵，词名《君来路》。

金错刀 两段五十四字，前后段各五句，三平韵。　　冯延巳

　　双玉斗，百琼壶。佳人欢饮笑喧呼。麒麟欲画时难偶，鸥
　　◎○● ●○△ ○○○●●○△ ○○◎●○○●　○
　　鹭何猜兴不孤。
　　●●○○●●△
　　　歌宛转，醉模糊。高烧银烛卧流苏。只销几觉懵腾睡，身
　　　○●● ●○△ ○○○●●○△ ◎○◎●●○● ○
　　外功名任有无。
　　●○○●●○△

校补：金错刀，指两汉之交的新莽时期新造大额金属货币，以黄金错镂其文。班固《汉书·食货志》载："王莽居摄，变汉

制……又造契刀、错刀……错刀,以黄金错其文,曰'一刀直五千'。"这种铸有"一刀直五千"字样的刀币因在"一刀"二字处嵌金,故又名"金错刀",也称"错刀"。又,后世将冷兵器刀上镶金嵌银作为装饰,也叫"金错刀"。如西晋司马彪《续汉书·舆服志》曰:"佩刀……诸侯王黄金错。"陆游《金错刀行》诗:"黄金错刀白玉装,夜穿窗扉出光芒。"

【端正好】

宫调:《中原音韵》注正宫。
别名:杨无咎词,名《于中好》。

端正好 两段五十四字,前后段各四句,四仄韵。 杜安世

槛菊愁烟沾秋露。天微冷、双燕辞去。月明空照别离苦。
●●○○○●▲　○○●、○●○▲　●○○●●○▲
透素光、穿朱户。
●●○、○○▲
夜来西风凋寒树。凭阑望、迢遥长路。花笺写就此情绪。
●○○○○○▲　○○●、○○○▲　○○●●●○▲
待寄传、知何处。
●●○、○○▲

校补:《词律》目录于《鹧鸪天》调名下注云:"又名《思佳客》《于中好》。"所据未详。

【杏花天】

宫调:蒋氏《九宫谱目》入越调。
别名:辛弃疾词,名《杏花风》。此调与《端正好》微近,今以

六字折腰者为《端正好》，六字一气者为《杏花天》。

杏花天 两段五十四字，前后段各四句，四仄韵。　朱敦儒

浅春庭院东风晓。细雨打、鸳鸯寒悄。花尖望见秋千了。无路踏青斗草。

人别后、碧云信杳。对好景、愁多欢少。等他燕子传音耗。红杏开还未到。

此调以此词为正体，宋元人词俱照此填之。

校补：姜夔有《杏花天影》两段五十八字，与此调相近。夏承焘《姜白石词编年笺校》："依旧调作新腔，命名曰'影'，殆始于欧阳修《六一词》之《贺圣朝影》《虞美人影》。殆谓不尽相合，略存其影耶？"若侯寘、卢炳词之添字，皆变格。

【天下乐】

源流：唐教坊曲名。

天下乐 两段五十四字，前后段各四句，四仄韵。　杨无咎

雪后雨儿雨后雪。镇日价、长不歇。今番为寒忒太切。和天地、也来厮别。

睡不着、身心自暗撅。这况味、凭谁说。枕衾冷得浑似铁。只心头、些个热。

此调只有此词，无别首可校。

校补：《乐府纪闻》有词调《天下乐》，为《瑞鹧鸪》之别名；《高丽史·乐志》有《天下乐令》，为《减字木兰花》之别名。二者均与此调无涉。

【恋绣衾】

别名：韩淲词，有"泪珠弹，犹带粉香"句，名《泪珠弹》。

恋绣衾 两段五十四字，前段四句，三平韵；后段四句，两平韵。　　朱敦儒

木落江南感未平。雨潇潇、衰鬓到今。甚处是、长安路，水连空、山锁暮云。
老人对酒今如此，一番新、残梦暗惊。又是洒、黄花泪，问明年、此会怎生。

此调以此词为正体。首句拗体，乃此调定格。见万树《词律》。

校补：若周密词之句法小异，辛弃疾、韩淲、赵汝茪三词之添字，皆变格。

【撷芳词】

源流：政和间，京师妓之姥，曾嫁伶官，常入内教舞，传禁中

《撷芳词》以教其妓。人皆爱其声,又其词类唐人所作。张尚书帅成都,蜀中传此词竟唱之,却于前段下添"忆忆忆"三字,后段下添"得得得"三字,又名《摘红英》。殊失其义,不知禁中有撷芳园,故名《撷芳词》也。见宋杨湜《古今词话》。

别名:程垓词,名《折红英》;曾觌词,名《清商怨》;吕渭老词,名《惜分钗》;陆游因词中有"可怜孤似钗头凤"句,改名《钗头凤》;《能改斋漫录》无名氏词,名《玉珑璁》。

撷芳词 两段五十四字,前后段各七句,六仄韵。 **无名氏** 见《古今词话》

风摇动。雨濛茸。翠条柔弱花头重。春衫窄。香肌湿。记得年时,共伊曾摘。

都如梦。何曾共。可怜孤似钗头凤。关山隔。晚云碧。燕儿来也,又无消息。

此词每段六仄韵,上三句一韵,下四句又换一韵。后段即同前段押法,但上三韵用上去声,下三韵必用入声。见《钦定词谱》。

校补:宋吕渭老《圣求词》有此调之五十八字体二首,名《惜分钗》。毛先舒《填词名解》云:"《惜分钗》:太真住蓬莱仙山,见蜀道士杨通幽,问:'皇帝安否?'取旧赐金钗钿合,拆其半,授之曰:'为我谢太上皇,谨献是物,寻旧好也。'词名取此。"《词律》不列此调,而列《摘红英》《钗头凤》,并云:"此调较《钗头凤》只少结处三叠字。查《撷芳词》中一句云:'可怜孤似钗头凤。'窃恐此两体，本是一调，原名《撷芳词》，人因取句中三字名曰《钗头凤》，而增三叠字于末。或《撷芳词》原有叠字而流传失去，亦未可知耳。况书舟之《折红英》即是《钗头凤》，盖折英之义，即撷芳也。"杜文澜《词律校勘记》非之，曰："按宋杨湜《古今词话》云云，据此则此调应名《撷芳词》，而以一名《摘红英》附注于下。万氏疑《撷芳词》原有叠字，流传失去，误矣。"《词律》卷八单列《钗头凤》为一调，云："又名《玉珑璁》《折红英》。"《钦定词谱》卷十归入《撷芳词》调内。如此词上三韵，前段用上声之一董、二肿，后段即用去声之一送、二宋，下三韵则用入声之十一陌、十三职。合观程垓、陆游、曾觌、史达祖、无名氏诸词，莫不皆然。唯张鎡词，上用入声韵，下用上、去声韵，与此小异。

【鬓边华】

源流：此调见宋黄大舆《梅苑》。

名解：因词中有"映青鬓、开人醉眼"句，取以为名。

鬓边华 两段五十四字，前段四句，三仄韵；后段四句，两仄韵。　　无名氏 见《梅苑》

　　小梅香细艳浅。过楚岸、尊前偶见。爱闲谈、天与精神，映青鬓、开人醉眼。
　　如今抛掷经春，恨不见、芳枝寄远。向心上、谁解相思，赖长对、妆楼粉面。

　　前后段字数悉同，惟后段起句不押韵，换头过变，例须如此。见《钦定词谱》。

【玉楼人】

源流：此调见宋黄大舆《梅苑》。

玉楼人 两段五十四字，前后段各四句，三仄韵。　　无名氏 见《梅苑》

去年寻处曾持酒。还是向、南枝见后。宜霜宜雪精神，没
○○○○○▲　○○▲　○○　○○○○　●
些儿、风味减旧。
●○　○●●▲
先春似与群芳斗。暗度香、不待频嗅。有人笑折归来，玉
○○●●○○▲　●●○　●●○▲　○○●●○○　●
纤长、尽露衫袖。
○○　●●○▲

校补：此词前段第二句，《花草粹编》本多一"又"字，《钦定词谱》依《梅苑》校正。

【江月晃重山】

名解：《钦定词谱》云："此调每段上三句，《西江月》体；下二句，《小重山》体。"

江月晃重山 两段五十四字，前后段各五句，三平韵。　　陆游

芳草洲前道路，夕阳楼上阑干。碧云何处望归鞍。从军客，
○●○○●●　●○○●○△　●○○●●○△　○○●
耽乐不思还。
○●○○△
洞里神仙种玉，江边骚客滋兰。鸳鸯沙暖鹬鸰寒。菱花晚，
●●○○●●　○○○●○△　○○○●●○△　○○●

不奈鬓毛斑。
●●●○△

金元好问词,与此平仄如一。

【南乡一剪梅】

名解:《钦定词谱》云:"此调每段上三句,《南乡子》体;下二句,《一剪梅》体。"

南乡一剪梅 两段五十四字,前后段各五句,三平韵、一叠韵。 虞集

南阜小亭台。薄有山花取次开。寄语多情熊少府,晴也须
○●○△　●●○○●●△　●●○○○●●　○●
来。雨也须来。
△　●●○△
随意且衔杯。莫惜春衣坐绿苔。若待明朝风雨过,人在天
●●●○△　●●○○●●△　●●○○○●●　○●○
涯。春在天涯。
△　○●○△

旧谱以此与《江月晃重山》词,皆为犯调,不知宋词名"犯"者,取宫调相犯之义。如仙吕调犯商调,为羽犯商类,从未有以两调相犯为犯者。南北曲如此者更多,其误至今犹相沿也。见《钦定词谱》。

【鹦鹉曲】

宫调:《太平乐府》注正宫。
名解:白词有"侬家鹦鹉洲边住"句,故取以为名。
别名:一名《黑漆弩》,又名《学士吟》。

鹦鹉曲 两段五十四字，前段四句，三仄韵；后段四句，两仄韵。　　白无咎

侬家鹦鹉洲边住。是个不识字渔父。浪花中、一叶扁舟，睡煞江南烟雨。

觉来时、满眼青山，抖擞绿蓑归去。算从前、错怨天公，甚也有、安排我处。

此乃元人小令。

校补：《太平乐府》冯子振和此词三十六首，前段第二句"恰做了白发伧父"，后段起句"故人曾唤我归来"，第二句"逝水看年华去"，俱与此词句法小异。

【忆王孙】

源流：见《复雅歌词》。
别名：或名《怨王孙》。

忆王孙 两段五十四字，前后段各四句，三仄韵。　　无名氏 见《复雅歌词》

湖上风来波浩渺。秋已暮、红稀香少。水光山色与人亲，说不尽、无穷好。

莲子已成荷叶老。清露洗、蘋花汀草。眠沙鸥鹭不回头，似应恨、人归早。

此词与单段三十一字《忆王孙》词截然不同。

校补：此词单调三十一字者，创自秦观，宋元人照此填。《太平乐府》注黄钟宫，《太和正音谱》注仙吕宫。《梅苑》词名《独脚令》；谢克家词名《忆君王》；吕渭老词名《豆叶黄》；陆游词，有"画得蛾眉胜旧时"句，名《画蛾眉》；张辑词，有"几曲阑干万里心"句，名《阑干万里心》。坊刻又有仄韵单调《忆王孙》，查系《渔家傲》一段。

【品令】

宫调：周邦彦词注商调。

品令 两段五十五字，前段五句，四仄韵；后段五句，五仄韵。　　周邦彦

夜阑人静。月痕寄、梅梢疏影。帘外曲角阑干近。旧携手处，花雾寒成阵。
应是不禁愁与恨。纵相逢难问。黛眉曾把春衫印。后期无定。肠断香销尽。

宋人填《品令》者，类作俳语，其句读不一。万树《词律》列七体，《钦定词谱》列十二体。周邦彦此词最为平顺，因采取以为词式。

校补：《词律》卷五列颜博文等所作，并云此调多作俳词，故为彼时歌伶语气，多用入声。《钦定词谱》卷九以曹组所作"乍寂寞"一词为正体。

【一七令】

源流："白乐天分司东洛，朝贤悉会兴化池亭送别。酒酣，各请一字至七字诗，以题为韵，后遂沿为词调。"见计有功《唐诗纪事》。

一七令 单段五十五字， 白居易
十三句，七平韵。

诗。绮美，瑰奇。明月夜，落花时。能助欢笑，亦伤别离。调清金石怨，吟苦鬼神悲。天下只应我爱，世间惟有君知。自从都尉别苏句，便到司空送白辞。

校补：唐人杂言诗有"一字至七字诗"，自首句一字至末句七字，每句或每两句递增一字，形如宝塔，称为"宝塔诗"。此实即一字至七字诗。

【河传】

源流：《脞说》云："水调《河传》，炀帝将幸江都时所制，声韵悲切。"《河传》唐词，今存者二：其一属南吕宫，前段仄韵，后段平韵；其一属无射宫，即今《怨王孙》曲。以此知炀帝所制《河传》，不传已矣。然欧阳永叔所集词内《河传》附越调，亦《怨王孙》曲。今世《河传》乃仙吕调，皆令也。见宋王灼《碧鸡漫志》。《河传》之名，始于隋代，其词则创始于温庭筠。

宫调：《金奁集》注南吕宫，欧阳修词注越调，张先、柳永词均注仙吕调。

种类：有前段三仄三平，后段两平体，及前后段仄韵体。唐词《河传》，体制颇繁，句律互有参差。万树《词律》列十七体，《钦定词谱》列二十七体。兹采创作此调之温庭筠及宋词所宗之韦庄、张泌二首，共三体，以为词式。

别名：张先词，有"海宇，称庆""与天同"句，更名《庆同天》；李清照词，有"人静皎月初斜，浸梨花"句，更名《月照梨花》；徐昌图词有"秋光满目"句，更名《秋光满目》；辛弃疾词，名《唐河传》。

河传 两段五十五字，前段七句，两仄韵、五平韵；后段七句，三仄韵、四平韵。　　温庭筠

湖上。闲望。雨潇潇。烟浦花桥路遥。谢娘翠蛾愁不销。
⊙▲　○▲　●○○　○●○○●○△　⊙○⊙○○●△
终朝。梦魂迷晚潮。
○○　●○○●△
　　荡子天涯归棹远。春已晚。莺语空肠断。若耶溪。溪水西。
　　⊙●⊙○○●▲　○●▲　⊙●○○▲　●○△　○●△
柳堤。不闻郎马嘶。
⊙△　●○○●△

此调创自此词。换头七字一句，三字一句，五字一句，各体皆然，其源悉本于此。《河传》词体，凡两结用平韵者，其两起皆用仄韵。

又一体 两段五十三字，前段七句，三仄韵、三平韵；后段六句，三仄韵、两平韵。　　韦庄

锦浦。春女。绣衣金缕。雾薄云轻。花深柳暗，时节正是
●▲　○▲　●○○▲　●●○△　○○●●　○●●●
清明。雨初晴。
○△　●○△
　　玉鞭魂断烟霞路。莺莺语。一望巫山雨。香尘隐映，遥见
　　●○○●○○▲　○○▲　●●○○▲　○○●●　○●

翠槛红楼。黛眉愁。
◎●○△　●○△

此亦温词体，惟前段第五句、第六句，及后段第四句、第五句，俱四字、六字，两结句皆三字，遂开宋词一派。如张先、陆游、张元幹、李清照、黄昇等词，皆出于此。

又一体 两段五十一字，前段七句，四仄韵；后段五句，五仄韵。　张泌

渺莽，云水。惆怅暮帆，去程迢递。夕阳芳草，千里万里。
◎●　○▲　◎●●○　○○○▲　◎○○●　○●●▲
雁声无限起。
○○○●▲
梦魂悄断烟波里。心如醉。相见何处是。锦屏香冷无睡。
◎○◎●○○▲　○○▲　◎●○●▲　◎○○●○▲
被头多少泪。
◎○○●▲

此词前后段全押仄声韵，宋徐昌图、柳永、秦观、黄庭坚、吕渭老等词，皆出于此。而换头三句，犹温词体也。前后段两结句俱作五字，亦与温词相同。

【木兰花】

源流：唐教坊曲名。
宫调：《金奁集》注林钟商，《太和正音谱》注高平调。按，《花间集》载《木兰花》《玉楼春》两调，其七字八句者为《玉楼春》体。《木兰花》则韦词、毛词、魏词共三体，从无与《玉楼春》同者。自《尊前集》误刻以后，宋词相沿，率多混填。今照《花间集》本分列。见《钦定词谱》。
别名：一作《木兰花令》。

木兰花 两段五十五字，前段五句，三仄韵；后段四句，三仄韵。 韦庄

独上小楼春欲暮。愁望玉关芳草路。消息断，不逢人，却敛细眉归绣户。

坐看落花空叹息。罗袂湿斑红泪滴。千山万水不曾行，魂梦欲教何处觅。

此调是《木兰花》正体。宋人所填《木兰花》词，率皆《玉楼春》体，填者宜慎之。

校补：据唐李跃《岚斋录》记载："唐张搏自湖州刺史移苏州，于堂前大植木兰花，当盛开时，燕郡中诗客，即席赋之。陆龟蒙后至，张连酌浮白，龟蒙径醉，强执笔题两句云：'洞庭波浪渺无津，日日征帆送远人。'颓然醉倒。搏命他客续之，皆莫能详其意。既而龟蒙稍醒，援笔卒其章曰：'几度木兰船上望，不知元是此花身。'遂为一时绝唱。"欧阳炯词有"今年却忆去年春，同在木兰花下醉"之句。任半塘《教坊记笺订》："五代时，此调之声诗体与《玉楼春》名相混，实则仍是两调。""《词谱》之照《花间集》分列，而将齐言体一律归之为《玉楼春》；《全唐诗》则将《花间》《尊前》集中标明为《玉楼春》者，及《惜春容》《春晓曲》诸齐言体，尽数认作《木兰花》词，自宋以来，两体并行，而调名相混，遂混乱如是。"此词与毛、魏二词，乃《木兰花》正体，但此词前后段换韵，与毛熙震、魏承班词前后一韵者小异。

【金莲绕凤楼】

名解：此是宋徽宗观灯词，故名。

金莲绕凤楼 两段五十五字，前后段各四句，四仄韵。　宋徽宗

绛烛朱笼相随映。驰绣毂、尘清香衬。万金光射龙轩莹。绕端门、瑞雷轻振。
元宵为开胜景。严黼座，观灯锡庆。帝家华燕乘春兴。褰珠帘、望尧瞻舜。

此调只有此词，无别首可校。前后段字句极整齐可诵，惟后段起句，较前段起句减一字。凡所谓换头者，非添字即减字也。

【睿恩新】

源流：此调见晏殊《珠玉词》，或是晏殊所创作。

睿恩新 两段五十五字，前后段各四句，三仄韵。　晏殊

芙蓉一朵霜秋色。迎晓露、依依先坼。似佳人、独立倾城，傍朱槛、暗传消息。
静对西风脉脉。金蕊绽、粉红如滴。向兰堂、莫厌重新，免清夜、微寒渐逼。

校补：此调近《金莲绕凤楼》，但前后段第三句，亦用上三下四句法，不押韵，与《金莲绕凤楼》词全属七言诗句押韵者不同。

【夜行船】

宫调：高拭词俱注双调。

别名：黄公绍词，名《明月棹孤舟》。

夜行船 两段五十五字，前后段各四句，三仄韵。　欧阳修

忆昔西都欢纵。自别后、有谁能共。伊川山水洛川花，细寻思、旧游如梦。

今日相逢情愈重。愁闻唱、画楼钟动。白发天涯逢此景，倒金尊、殢谁相送。

此调以此词为正体。前段起句六字，前后段第三句皆七字，两结句皆七字，是定格。

校补：《太平乐府》《中原音韵》及元高拭词，俱注双调。《词律》以《夜行船》混入《雨中花》，《钦定词谱》照《花草粹编》分列。此调五十五字者，以欧词为正体；五十六字者，以史达祖词为正体；五十八字者，以赵长卿词为正体。其余或摊破句法，或句读参差，或添韵，或添字，皆变格。

【金凤钩】

源流：此调见晁补之《琴趣外篇》。

金凤钩 两段五十五字，前段六句，三仄韵；后段五句，四仄韵。　　晁补之

春辞我，向何处。怪草草、夜来风雨。一簪华发，少欢饶恨，无计殢春且住。
春回常恨寻无路。试向我、小园徐步。一阑红药，倚风含露。春自未曾归去。

校补：或以此词近《夜行船》史达祖词体，然前段起句，作三字两句，实与史词不同。

【鹧鸪天】

宫调：《历代歌辞》曰："《山鹧鸪》，羽调曲也。"见郭茂倩《乐府诗集》。柳永词注正平调，《太和正音谱》注大石调。

别名：赵令畤词，名《思越人》，又名《思远人》；李元膺词，名《思佳客》；贺铸词，有"剪刻朝霞钉露盘"句，名《剪朝霞》；韩淲词，有"只唱骊歌一叠休"句，名《骊歌一叠》；卢祖皋词，有"人醉梅花卧未醒"句，名《醉梅花》。

鹧鸪天 两段五十五字，前段四句，三平韵；后段五句，三平韵。　　晏几道

彩袖殷勤捧玉钟。当年拚却醉颜红。舞低杨柳楼心月，歌

尽桃花扇影风。
○●○●●○△
　　从别后，忆相逢。几回魂梦与君同。今宵剩把银釭照，犹恐相逢是梦中。
　●●●　●○△　●○○●●○△　○○●●○○●　○●○○●●△

宋人填此调者，句叶悉同。

校补：明杨慎《词品》卷一谓取唐郑嵎诗"春游鸡鹿塞，家在鹧鸪天"为调名。宋贺铸词有"化出白莲千叶花"，故又名《千叶莲》。见《东山词》。龙榆生《唐宋词格律》："前片第三、四句与过片三言两句多作对偶。"

【鼓笛令】

源流：此调为黄庭坚作，惟《山谷琴趣》不载。

鼓笛令　两段五十五字，前后段各四句，四仄韵。　　黄庭坚

　　宝犀未解心先透。恼杀人、远山微皱。意淡言疏情最厚。
　●○●●○○▲　●●○　●○○▲　●●○○○●▲
枉教作、著行官柳。
●●●　●○○▲
　　小雨勒花时候。抱琵琶、为谁消瘦。翡翠金笼思珍偶。忽拌与、山鸡僝僽。
　●●●○○▲　●○○　●○○▲　●●○○○○▲　●●●　○○○▲

此调只有此词，无别首可校。

校补：宋词有《鼓笛慢》，乃《水龙吟》别体，与此无涉。

【徵招调中腔】

源流：徵音，有其声无其调。见唐段安节《乐府杂录》。宋大晟乐府始补《徵招》调。

名解：凡曲有歌头，有中腔，此《徵招》调之中腔也。见《钦定词谱》。

徵招调中腔 两段五十五字，前段五句，三仄韵；后段四句，三仄韵。　　王安中

　　红云蒨雾笼金阙。圣运叶、星虹佳节。紫禁晓风馥天香，奏九韶，帝心悦。
　　瑶阶万岁蟠桃结。睿算永、壶天风月。日观几时六龙来，金镂玉牒告功业。

校补：宋姜夔制《徵招》调，今周密、张炎集中有之，然与此词不同。

【虞美人】

源流：唐教坊曲名。

宫调：《虞美人》旧曲三，其一属中吕调，其一属中吕宫，近世又转入黄钟宫。见宋王灼《碧鸡漫志》。《尊前集》李煜词注中吕调，周邦彦词注正宫，元高拭词注南吕调。

别名：《乐府雅词》名《虞美人令》；周紫芝词，有"只恐怕寒，难近玉壶冰"句，名《玉壶冰》；张炎词赋柳儿，因名《忆柳曲》；王行词，取李煜"恰似一江春水向东流"句，名

《一江春水》。

虞美人 _{两段五十六字,前后段各四句,两仄韵、两平韵。} 李煜

春花秋月何时了。往事知多少。小楼昨夜又东风。故国不堪回首、月明中。

雕栏玉砌依然在。只是朱颜改。问君能有几多愁。恰似一江春水、向东流。

此调以此词为正体,宋元词多依此体填之。此词前后段四换韵,其两结系九字句。或于二字微豆,或于四字微豆,或于六字微豆,均可,要以语意蝉联不断者为合格。填者宜注意之。

校补:《钦定词谱》以李煜"风回小院庭芜绿"为正体。宋郭茂倩《乐府诗集·琴曲歌辞》:"按《琴集》有《力拔山操》,项羽所作也。近世又有《虞美人》曲,亦出于此。"毛先舒《词学名解》:"虞美人,项羽有美人名虞,被汉围,饮帐中歌曰:'虞兮虞兮奈若何?'虞亦答歌。调名取此。"张炎《虞美人》"修眉刷翠春痕聚"词序云:"余昔赋柳儿词,今有杜牧重来之叹。刘梦得诗云:'春尽絮飞留不住,随风好去落谁家。'作《忆柳曲》。"见《山中白云词》。敦煌曲传辞有《鱼美人》二首("东风吹绽海棠开""金钗钗上缀芳菲"),其句法与《花间集》此调诸作相同。五代词人中,顾夐有此调词六首,其中《花间集》所载五代人此调之作,句法与敦煌曲相同,而皆复叠成双调。若顾夐词二体,则唯唐人有之,皆变格。

【瑞鹧鸪】

源流：唐初歌词，多五言诗或七言诗，今存者止《瑞鹧鸪》七言八句诗，犹依字易歌也。见宋胡仔《苕溪渔隐丛话》。《瑞鹧鸪》原本七言律诗，因唐人歌之，遂成词调。见《钦定词谱》。

宫调：《宋史·乐志》中吕调，高拭词注仙吕调。

别名：冯延巳词，名《舞春风》；陈彭年词，名《桃花落》；尤袤词，名《鹧鸪词》；元丘长春词，名《拾菜娘》；《乐府纪闻》，名《天下乐》。《梁溪漫录》词，有"行听新声太平乐"句，名《太平乐》；有"犹传五拍到人间"句，名《五拍》。此皆七言八句也。

瑞鹧鸪　两段五十六字，前段四句，三平韵；后段四句，两平韵。　　冯延巳

严妆才罢怨春风。粉墙画壁宋家东。蕙兰有恨枝犹绿，桃李无言花自红。

燕燕巢时罗幕卷，莺莺啼处凤楼空。少年薄幸知何处，每夜归来春梦中。

此调本律诗七言八句体，宋词皆如此填。其小异者，唯各句平仄耳。

校补：任半塘《唐声诗》下编谓《舞春风》为唐声诗曲调名，《瑞鹧鸪》为宋词调，宋人无"一名《舞春风》"之说，其别名与《舞春风》更无涉。两者格调虽同，声情则未必相同。又谓《舞

春风》乃唐声诗曲调，冯延巳"严妆才罢怨春风"一首七言八句，总是一首诗，其声亦必为一片，诸书将本调及《瑞鹧鸪》分为两段，于文理音律均无据。金马钰以此调十首咏报师恩，每首各以"山侗一愿报师恩"至"山侗十愿报师恩"领起，故名《十报恩》。见《洞玄金玉集》。"严妆才罢怨春风"，《钦定词谱》作"才罢严妆怨晓风"。该调至柳永有添字体，自注般涉调，有慢词体，自注南吕宫，皆与七言八句者不同。

【玉楼春】

名解：《花间集》顾敻词起句，有"月照玉楼春漏促"句，又有"柳映玉楼春日晚"句；《尊前集》欧阳炯词起句，有"春早玉楼烟雨夜"句，又有"日照玉楼花似锦，楼上醉和春色寝"句，取以为调名。

宫调：《尊前集》注大石调又双调，《乐章集》注大石调又林钟商，周邦彦词注仙吕调又大石调。

别名：李煜词，名《惜春容》；朱希真词，名《西湖曲》；康与之词，名《玉春楼令》；《高丽史·乐志》词，名《归朝欢令》。

玉楼春 两段五十六字，前后段各四句，三仄韵。　李煜

晚妆初了明肌雪。春殿嫔娥鱼贯列。凤箫声断水云间，重按霓裳歌遍彻。
○○○●○○▲　○●○○○●▲　●○○●●○○　○●●○○●▲

临风谁更飘香屑。醉拍阑干情未切。归时休放烛花红，待踏马蹄清夜月。
○○○●○○▲　●●○○○●▲　○○○●●○○　●●●○○●▲

此调以此词为正体，宋元人词俱照此体填之。

校补：《全宋词》载无名氏"未央宫阙丹霞住"一首，据日本排印本《高丽史》作《满朝欢令》。张梦机《词律探源》云："牛峤词已名《玉楼春》，峤年辈高于夐，故此调名非始于顾夐甚明"，"顾夐特取调名以入词耳"。《钦定词谱》以顾夐"拂水双飞来去燕"词为正体。此即顾体，唯前后段两起句，平仄全异。《尊前集》，欧阳炯"儿家夫婿"词、庾传素"木兰红艳"词，即此词体。因欧词结句，有"同在木兰花下醉"句，庾词起句有"木兰红艳多情态，不似凡花人不爱"句，遂别名《木兰花》，其实乃《玉楼春》，非《木兰花》，宋人传伪，几不能辨，《钦定词谱》照《花间集》校正。又，《尊前集》许岷词二首，一首与此同，一首前段四句"江南日暖芭蕉展，美人折得亲裁剪。书成小简寄情人，临行更把轻轻捻"，平仄全异。后段与此同。又，钱惟演"城上风光"词，前段照顾夐词填，后段照李煜词填；欧阳修"常忆洛阳"词、毛滂"压玉为浆"词，均效钱体，向俱误刻《木兰花》调，今悉校正。又，晏殊"帘旌浪卷"词，本李煜此词填，唯换头句"美酒一杯谁与共"，平仄异。又，吴文英"茸茸狸帽"词，亦本李煜此词填，只前段第二句"金蝉罗剪胡衫窄"，平仄异。盖此词辨体，止在平仄异同，若汇参各体，则平仄纷纭，难以分别。

【凤衔杯】

种类：有仄韵、平韵两体。

凤衔杯 两段五十六字，前段四句，四平韵；后段五句，四平韵。 晏殊

柳条花颣恼青春。更那堪、飞绿纷纷。一曲细丝清脆、倚朱唇。斟绿酒、掩红巾。

追往事，惜芳辰。暂时间、留住行云。端的自家心下眼中人。到处觉尖新。

前段第三句、后段第四句，俱九字蝉联不断。晏殊有押仄声韵一首，句拍与平韵同。"颣"字，《广韵》注"粗丝也"。

【鹊桥仙】

源流：此调始自欧阳修。
宫调：高拭词注仙吕调。
名解：此调多赋七夕事，又以词中有"鹊迎桥路接天津"句，故取以为名。
别名：周邦彦词，名《鹊桥仙令》；《梅苑》词，名《忆人人》；韩淲词，名《金风玉露相逢曲》；张辑词，名《广寒秋》。

鹊桥仙 两段五十六字，前后段各五句，两仄韵。 欧阳修

月波清霁，烟容明淡，灵汉旧期还至。鹊迎桥路接天津，映夹岸、星榆点缀。

云屏未卷，仙鸡催晓，肠断去年情味。多应天意不教长，恁恐把、欢娱容易。

此调以此词为正体。

【玉阑干】

源流：此调见杜安世《寿域词》。

玉阑干 两段五十六字，前后段各四句，三仄韵。　　杜安世

　　珠帘怕卷春残景。小雨牡丹零欲尽。庭轩悄悄燕高空，风飘絮、绿苔侵径。
　　欲将幽恨传愁信。想后期、无个凭定。几回独睡不思量，还悠悠、梦里寻趁。

此调只有此词，无别首可校。

校补：《词律》误从汲古阁本，前段第二句少一字，《钦定词谱》照《花草粹编》校正。

【思归乐】

源流：此调见柳永《乐章集》。
宫调：柳永词注林钟商。《乐苑》曰："《思归乐》，商调曲也，后一曲犯角。"见宋郭茂倩《乐府诗集》。

思归乐 _{两段五十六字,前后段各四句,四仄韵。}

天幕清和堪宴聚。想得尽、高阳俦侣。皓齿善歌长袖舞。渐引入、醉乡深处。

晚岁光阴能几许。这巧宦、不须多取。共君把酒听杜宇。解再三、劝人归去。

此调亦似《于中好》。只有此词,无别首可校。

校补:"共君把酒听杜宇",《钦定词谱》作"把酒共君听杜宇"。

【翻香令】

源流:此调见苏轼《东坡乐府》。苏轼注云:"此词苏次言传于伯固家,云老人自制腔名。"

名解:因词中有"惜香更把宝钗翻"句,取以为调名。

翻香令 _{两段五十六字,前后段各五句,三平韵。}　苏轼

金炉犹暖麝煤残。惜香更把宝钗翻。重闻处,余熏在,这一番、气味胜从前。

背人偷盖小蓬山。更将沉水暗同然。且图得,氤氲久,为情深、嫌怕断头烟。

此调只有此词,无别首可校。前后段相同。

校补:《钦定词谱》载此词,前段"重闻处",作"重匀处","这一番",作"这一般";后段"小蓬山",作"小重山","更将沉水暗同然",作"更拈沉水与同然",《钦定词谱》系从《乐府雅词》本。

【茶瓶儿】

源流:此调见黄昇《绝妙词选》。此调始自北宋李元膺,至南宋赵彦端、石孝友,又摊破两结句法,减去两起句字,自成新声。

茶瓶儿 两段五十六字,前段五句,四仄韵;后段五句,五仄韵。　李元膺

去年相逢深院宇。海棠下、曾歌金缕。歌罢花如雨。翠罗
●○○○○▲　○○●　○○○▲　○●○○▲　●○
衫上,点点红无数。
○●　●●○○▲
　今岁重寻携手处。空物是人非春暮。回首青云路。乱英飞
　●●○○○●▲　○●●○○○▲　○●○○▲　●○○
絮。相逐东风去。
▲　○●○○▲

此调只有此词,无别首可校。

校补:赵彦端、石孝友二词,其源虽出于此,然句读不同,音律亦变。

【柳摇金】

源流:此调见黄大舆《梅苑》。

柳摇金 两段五十六字,前段四句,四仄韵;后段四句,三仄韵。　　沈会宗

相将初下蕊珠殿。似醉粉、生香未遍。爱惜娇心春不管。被东风、赚开一半。
中黄官里赐仙衣,斗浅深、妆成笑面。放出妖娆难系绚。笑东风、自家肠断。

此调句读,微近《思归乐》,其实不同。

【卓牌子】

源流:此调令词始于杨无咎。

别名:一名《卓牌子令》。

卓牌子 两段五十六字,前后段各五句,三仄韵。　　杨无咎

西楼天将晚。流素月、寒光正满。楼上笑揖姮娥,似看罗袜尘生,鬓云风乱。
珠帘终夕卷。判不寐、阑干凭暖。好在影落清尊,冷侵香幄,欢余未教人散。

此词前后段两结,两句俱十字,虽前结上六下四,后结上四下六,然句读纵异,而平仄则同也。

校补:《词律》谓"子或作儿,或加慢字"。今传宋金元词此调凡三首,杨无咎词一首名《卓牌子慢》,万俟咏一首及无

名氏一首名《卓牌儿》，未见以《卓牌子》名调者。《钦定词谱》于调下注云："此调有两体，五十六字者始自杨无咎；九十七字者始自万俟咏，一名《卓牌子慢》。"

【清江曲】

源流：此为宋苏庠泛舟清江作也，其体近于古诗。《钦定词谱》因《花草粹编》采入，列为词体，兹仍之。

清江曲 两段五十六字，前段四句，三平韵；后段四句，三仄韵。 苏庠

属玉双飞水满塘。菰蒲深处浴鸳鸯。白蘋满棹归来晚，秋著芦花一岸霜。
●●○○●●△　○○○●●○△　●●●●○○●　○●○○●●○
扁舟系岸依林樾。萧萧两鬓吹华发。万事不理醉复醒，长占烟波弄明月。
○○●●○○▲　○○●●○○▲　●●●●●●○　○●○○●○▲

此调前段近《瑞鹧鸪》，后段近《玉楼春》。全似七言诗句，平仄可不拘。见《钦定词谱》。

【楼上曲】

源流：此调见张元幹《芦川词》。
名解：因词中有"楼外""楼中"二句，故取以为调名。

楼上曲 两段五十六字，前后段各四句，两仄韵、两平韵。　　张元幹

楼外夕阳明远水。楼中人倚东风里。何事有情怨别离。低
鬟背立君应知。
东望云山君去路。肠断迢迢尽愁处。明朝不忍见云山。从
今休傍曲阑干。

此调七言八句，前后段上二句近《玉楼春》，下二句换平
韵，当是《玉楼春》偷声变体；但宋元无填此者，只有张词二首。
见《钦定词谱》。

【厅前柳】

宫调：金词注越调。
别名：朱雍名《亭前柳》。

厅前柳 两段五十六字，前段八句，四平韵；后段六句，三平韵。　　赵师侠

晚秋天。过暮雨，云容敛，月澄鲜。正风露凄清处，砌蛩
喧。更黄叶，舞翩翩。
念故里、千山云水隔，被名缰利锁萦牵。莫作悲秋意，对
尊前。且同乐，太平年。

校补：赵师侠《厅前柳》二首，此词之外，尚有"景清佳"
一词，字数、句法相同，唯前段第七句"向碧叶"，碧字仄声，
其余平仄悉如一。

【二色宫桃】

源流：此调见宋黄大舆《梅苑》，句读与《玉阑干》相近，惟平仄不同。

二色宫桃 两段五十六字，前后段各四句，三仄韵。　　无名氏 见《梅苑》

镂玉香葩酥点萼。正万木、园林萧索。惟有一枝雪里开，江南信、更凭谁托。
前年记赏登高阁。叹年来、旧欢如昨。听取乐天一句云，花开处、且须行乐。

此调与《玉阑干》异者，惟在前段起句平仄全然不同，及第二句作上三下四句法耳，填者宜慎辨之。

【市桥柳】

源流：此调见周密《齐东野语》。
名解：因词中有"折尽市桥官柳"句，取以为调名。

市桥柳 两段五十六字，前后段各四句，三仄韵。　　蜀妓

欲寄意、浑无所有。折尽市桥官柳。看君著上征衫，又相将、放船楚江口。
后会不知何日又。是男儿、休要镇长相守。苟富贵、无相忘，若相忘、有如此酒。

此调只有此词，无别首可校。

校补：该词与王质《送邵倅》同，唯字句稍异，或应署名王质。王词别首有题为《即事》者，起句用韵不同。

【步蟾宫】

源流：此调昉自黄庭坚。
宫调：蒋氏《九宫谱目》入南吕引子。
别名：韩淲词，名《钓台词》；刘儗词，名《折丹桂》。

步蟾宫 两段五十六字，前后段各四句，三仄韵。　蒋捷

玉窗掣锁香云涨。唤绿袖、低敲方响。流苏拂处字微讹，
◎○●●○○▲　　◎●●　◎○◎▲　　◎○◎●●○◎
但斜倚、红梅一晌。
◎◎●　◎○◎▲
濛濛月在帘衣上。做池馆、春阴模样。春阴模样不如晴，
◎○◎●○○▲　　◎○◎　◎○◎▲　　◎○◎●●○○
这催雪、曲儿休唱。
◎◎●　◎○◎▲

此调以此词为正体，宋元人词俱照此填之。此调虽亦七言八句五十六字体，然与《玉楼春》迥别。前后段第二、第四两句，俱作上三下四句法。填者宜注意之。

校补：《钦定词谱》以黄庭坚"虫儿真个恶灵利"为正体。前后段第三句，俱七字，较杨无咎词各减一字，蒋捷词三首皆同。"春阴模样不如晴"，《钦定词谱》作"春阴模样不如春"。

【一斛珠】

宫调:《宋史·乐志》属中吕调,《尊前集》注商调,张先词注林钟商。〔张先词注林钟羽(高平调),又入林钟商(夷则商)。宋太宗制大曲《一斛夜明珠》属中吕调。〕

别名:《宋史·乐志》,名《一斛夜明珠》;晏几道词,名《醉落魄》;张先词,名《怨春风》;黄庭坚词,名《醉落拓》;李彭老词,名《章台月》。

一斛珠 两段五十七字,前后段各五句,四仄韵。 李煜

晚妆初过。沉檀轻注些儿个。向人微露丁香颗。一曲清歌,暂引樱桃破。
罗袖裛残殷色可。杯深旋被香醪涴。绣床斜凭娇无那。烂嚼红茸,笑向檀郎唾。

此词后段起句第二字、第六字,俱应仄声。张先词另一首,句拍与李词同,惟换头作"使君劝醉青蛾唱",平仄不同。宋人多照张先词体填之。

校补:据旧题曹邺《梅妃传》,唐玄宗原宠爱梅妃江采萍,后杨贵妃专宠,疾其往来。玄宗曾命封珍珠一斛,遣使密赐梅妃。梅妃不受,且报以诗曰:"柳叶双眉久不描,残妆和泪污红绡。长门自是无梳洗,何必珍珠慰寂寥。"玄宗见诗,怅然不乐,令乐府以新声度之,号《一斛珠》。此词后段起句,宋苏轼词"自惜风流云雨散",张先词"今夜掩妆花下语",晏几道词"若

问相思何处歇",三作与此同,余俱照张先"山围画障"词体填。《尊前集》李煜词注商调,乃夷则之商声;金元曲子照"山围画障"词体填者,注仙吕调,乃夷则之羽声。则知两换头句平仄,确系音律所关。

【夜游宫】

宫调:周邦彦词注般涉调。
名解:或曰唐明皇与虢国夫人,正月十五夜游宫中观灯。见周邦彦《片玉集》注。
别名:贺铸词,有"江北江南新念别"句,更名《新念别》,又名《念彩云》。

夜游宫 两段五十七字,前后段各六句,四仄韵。 毛滂

长记劳君送远。柳烟重、桃花波暖。花外溪城望不见。古槐边,故人稀,秋鬓晚。
我有凌霄伴。在何处、山寒云乱。何不随君弄清浅。见伊时,话阳春,山数点。

宋人填此调者,句拍悉同。

【芳草渡】

源流:此调令词始自欧阳修。

芳草渡 两段五十七字，前段七句，四平韵；后段八句，四平韵。　　张先

双门晓锁响朱扉。千骑拥，万人随。风乌弄影画船移。歌时泪，和别怨，作秋悲。

寒潮小，渡淮迟。吴越路，渐天涯。宋玉台上为相思。江云下，日西尽，雁南飞。

校补：毛先舒《填词名解》认为调名取自北宋胡宿《城南》诗的"荡桨远从芳草渡"句。芳草渡，古地名，在今江苏镇江一带。南宋杨炎正《蝶恋花》词："君到南徐芳草渡。想得寻春，依旧当年路。"此调有两体，令词始自欧阳修，有张先词可校；慢词始自周邦彦，有陈允平词可校。"宋玉台上为相思"，《钦定词谱》作"楚王台上为相思"。

【遍地花】

源流：此调见毛滂《东堂词》。
宫调：《花草粹编》注小石调。
别名：《钦定词谱》作《遍地锦》，从《东堂词》改正。

遍地花 两段五十七字，前段四句，三仄韵；后段四句，两仄韵。　　毛滂

白玉阑边自凝伫。满枝头、新彩云雕雾。甚芳菲、绣得成团，砌合出、韶华好处。

暖风前、一笑盈盈，吐檀心、向谁分付。莫与他、西子精神，不枉了、东君雨露。

校补:"新彩云雕雾",《钦定词谱》从《花草粹编》作"彩云雕雾"。

【荷叶铺水面】

荷叶铺水面 两段五十七字,前段五句,三平韵;后段六句,四平韵。　康与之

春光艳冶,游人踏绿苔。千红万紫竞香开。暖风拂鼻籁,蓦地暗香透满怀。
酴醾似锦裁。娇红间绿白,只怕迅速春回。误落在尘埃。折向鬓云间,金凤钗。

此调只有此词,无别首可校。

【家山好】

源流:刘孝叔吏部公述,深味道腴,东吴端清之士也。方强仕之际,已恬于进退,撰一词以见志云。见释文莹《湘山野录》。

名解:因词中有"水晶宫里家山好"句,取以为调名。按,吴兴号水晶宫。

家山好 两段五十七字,前段七句,四平韵;后段五句,三平韵。　无名氏 见《湘山野录》

挂冠归去旧烟萝。闲身健,养天和。功名富贵非由我,莫贪他。这歧路,足风波。

水晶宫里家山好，物外胜游多。晴溪短棹，时时醉唱捏梭罗。天公奈我何。

此调只有此词，无别首可校。

校补：后段第四句底本作"时时醉唱舞婆娑"，据《钦定词谱》改。

【步虚子令】

源流：此调见《高丽史·乐志》。

步虚子令 两段五十七字，前段六句，四平韵；后段七句，三平韵。　无名氏 见《高丽史·乐志》

碧云笼晓海波闲。江上数峰寒。佩环声里，异香飘落人间。弭绛节，五云端。
宛然共指嘉禾瑞，开一笑，破朱颜。九重晓阙，望中三祝高天。万万载，对南山。

此为宋赐高丽乐《五羊仙》舞队曲也。

【红窗迥】

源流：此调见周邦彦《片玉词》，或是周邦彦所创作。
名解：《红窗迥》，《红窗影》也。见《异闻录》。

红窗迥 两段五十八字，前段六句四仄韵，后段五句三仄韵。 周邦彦

几日来，真个醉。不知道窗外，乱红已深半指。花影被风摇碎。拥春醒乍起。
有个人人生得济楚，来向耳边，问道今朝醒未。情性儿漫腾腾地。恼得人又醉。

校补：《填词名解》云："其词创自宋周邦彦，词云：'不知道窗外，乱红已深半指。'《冥音录》云：'初名《红窗影》，后易一字得今名，红一作虹。'"然柳永《乐章集》已见此调。《词律》卷八、《钦定词谱》卷一〇皆列周邦彦此词，然字句略异，分段不同。《词律》中为双调，五十八字，上段五句三仄韵，下段七句四仄韵。《钦定词谱》中为双调，五十三字，上段六句四仄韵，下段五句三仄韵。中华书局版《清真集》与《词律》字句同，分段异。此词坊刻向多脱误，《钦定词谱》从《词纬》本作："几日来，真个醉。早窗外乱红，已深半指。花影被风摇碎。拥春醒未起。　有个人人生济楚，向耳边问道，今朝醒未。情性漫腾腾地，恼得人越醉。"本书所据之本无别首可校，平仄依《钦定词谱》酌改。

【临江仙】

源流：唐教坊曲名。
宫调：张先词注高平调，柳永词注仙吕调。
名解：唐词多缘题所赋，《临江仙》之言水仙。见宋黄昇《绝妙词选》。

别名：李煜词，名《谢新恩》；贺铸词，有"人归落雁后"句，名《雁后归》；韩淲词，有"罗帐画屏新梦悄"句，名《画屏春》；李清照词，有"庭院深深深几许"句，名《庭院深深》。

临江仙 两段五十八字，前后段各五句，三平韵。　　张泌

烟消湘渚秋江静，蕉花露泣愁红。五云双鹤去无踪。几回
⊙○⊙●○○●　○○●●●○△　⊙○⊙●●○△　⊙○
魂断，凝望向长空。
○●　⊙●●○△

翠竹暗留珠泪怨，闲调宝瑟波中。花鬟月鬓绿云重。古祠
⊙●⊙○○●●　⊙○⊙●○△　⊙○⊙●●○△　⊙○
深殿，香冷雨和风。
○●　⊙●●○△

此词起句及换头俱作七字，前后结句俱作一四一五。

校补：敦煌曲两首，任半塘《敦煌曲校录》定名《临江山》，王重民《敦煌曲子词集》作《临江仙》。任氏据敦煌词有句云"岸阔临江底见沙"，谓辞意涉及临江；明董逢元辑《唐词纪》谓此调"多赋水媛江妃"故名。此调五代时作者颇众，通作《临江仙》，多咏"仙"，为艳情之曲。《乐章集》又有七十四字一体，九十三字一体，汲古阁本俱刻《临江仙》，《钦定词谱》照《花草粹编》校定，一作《临江仙引》，一作《临江仙慢》，故不类列。《临江仙》调，起于唐时，唯以前后段起句、结句辨体，其前后两起句七字、两结句七字者，以和凝词为主，无别家可校。其前后两起句七字、两结句四字、五字者，以张泌词为主，而以牛希济词之起句用韵、李煜词之前后换韵、顾敻词之结句添字类列。其前后两起句俱六字、两结俱五字两句者，以徐昌图

词为主，而以向子諲词之第四句减字类列。其前后两起句俱七字、两结俱五字两句者，以贺铸词为主，而以晏几道词之第二句添字、冯延巳词之前后换韵、后段第四句减字、王观词之后段第四句减字类列。盖词谱专主辨体，原以原始之词、正体者列前，减字、添字者列后，《钦定词谱》从体制编次，稍诠世代，故不能仍按字数多寡也。他调亦准此。《花间集》顾敻、尹鹗、毛熙震词，与此同，唯孙光宪词，前段起句"暮雨凄凄深院闭"，与鹿虔扆词"金锁重门荒苑静"同。宋欧阳修、蔡伸、赵彦端、张抡诸词本之。"古祠深殿"，《钦定词谱》作"古祠深处"。

又一体 两段五十八字，前后段各五句，三平韵。　　徐昌图

饮散离亭西去，浮生长恨飘蓬。回头烟柳渐重重。淡云孤雁远，寒日暮天红。

今夜画船何处，潮平淮月朦胧。酒醒人静奈愁浓。残灯孤枕梦，轻浪五更风。

此词起句及换头俱作六字，前后结句俱作五字两句。《临江仙》创自唐词，体制较多。《词律》列十四体，《钦定词谱》列十一体。兹采张、徐二词，因唐宋作者，依此两体为较多。

校补：此词前后段第一、二句，俱六字两句，校张泌词减一字；两结俱五字两句，校张词添一字。宋晏几道、陈师道、陆游、史达祖、高观国、赵长卿，元詹正诸词，俱本此填。

【东坡引】

名解：此调当是宋人怀慕苏轼而作，观调名可以推知。

东坡引 两段五十八字，前段五句，四仄韵、一叠韵；后段六句，四仄韵、一叠韵。　　赵师侠

相看情未足。离觞已催促。停歌欲语眉先蹙。何期归太速。
○○○●▲　○○●●▲　○○●●○○▲　○○●●▲
何期归太速。
○○●●▲
　如今去也，无计追逐。怎忍听、阳关曲。扁舟后夜滩头宿。
愁随烟树簇。愁随烟树簇。
○○○●▲　○○○●▲

此词前后两结，俱用叠句，惟曹冠、袁去华二词独无。

校补：汲古阁本于前段脱一叠句，《词律》因之，《钦定词谱》从《花草粹编》校定。

卷四

【小重山】

宫调：《宋史·乐志》《金奁集》均注双调，张先词注中吕宫。
种类：有平韵、仄韵两体。
别名：李邴词，名《小冲山》；姜夔词，名《小重山令》；韩淲词，有"点染烟浓柳色新"句，名《柳色新》。

小重山 两段五十八字，前后段各四句，四平韵。　　薛昭蕴

春到长门春草青。玉阶华露滴、月胧明。东风吹断玉箫声。宫漏促、帘外晓啼莺。
愁起梦难成。红妆流宿泪、不胜情。手挼裙带绕阶行。思君切、罗幌暗尘生。

此调以此词为正体，宋元人俱照此填之。此调例押平声韵，惟黄子行词押入声韵。斯即《乐府指迷》所谓平声字，可用入声字替之意也。

校补：龙榆生《唐宋词格律》："唐人例用以写'宫怨'，故其调悲。"华钟彦《花间集注》云："《教坊记》曲名中，不载此

调(《小重山》),《宋史·乐志》但言因旧曲造新声,亦未详考。窃按《教坊记》有《感皇恩》一调,今《词律》所载,与此调相同。唯前后阕结句各多一字,疑当为此调之别体,同实而异名也。"若赵长卿词之添字、《梅苑》无名氏词之减字、黄子行词之押仄声韵,皆变体。"手挼裙带绕宫行",《钦定词谱》作"手挼裙带绕花行"。

【踏莎行】

宫调:张先词注中吕宫。
别名:曹冠词,名《喜朝天》;赵长卿词,名《柳长春》;《鸣鹤余音》词,名《踏雪行》。

踏莎行 两段五十八字,前后段各五句,三仄韵。　　晏殊

细草愁烟,幽花怯露。凭阑总是消魂处。日高深院静无人,穿帘海燕双飞去。
带缓罗衣,香残蕙炷。天长不禁迢迢路。垂杨只解惹春风,何曾系得行人住。

此调以此词为正体,宋元人填此调者,句律悉同。

校补:毛先舒《填词名解》:"韩翃诗'踏莎行草过春溪',词取以名。"曾觌、陈亮词添字者,名《转调踏莎行》。若曾觌、陈亮词之添字、摊破句法、转换宫调,皆变体。"穿帘海燕双飞去",《钦定词谱》作"时时海燕双飞去"。

【宜男草】

源流：此调见范成大《石湖词》，或是范成大所创作。

宜男草 两段五十八字，前后段各四句，三仄韵。　　范成大

舍北烟霏舍南浪。雪倾篱、雨荒薇涨。问小桥、别后谁过，惟有迷鸟羁雌来往。
重寻山水问无恙。扫柴荆、土花尘网。留小桃、先试光风，从此芝草琅玕日长。

此调前后段两起句，例作拗句。前后段两结句，俱作上二下六句法。

校补："雪倾篱、雨荒薇涨"，《钦定词谱》作"雨倾盆、滩流微涨"。

【花上月令】

源流：吴文英自度曲。

花上月令 两段五十八字，前段七句，四平韵；后段七句，三平韵。　　吴文英

文园消渴爱江清。酒肠怯，怕深觥。玉舟曾洗芙蓉水，泻清冰。秋梦浅，醉云轻。
庭竹不收帘影去，人睡起，月空明。瓦瓶汲井和秋叶，荐

吟醒。夜深重，怨遥更。
○△　●○●　●○△

此调只有此词，无别首可校。

校补："醉云轻"，《钦定词谱》作"醉霞轻"；"瓦瓶汲井和秋叶"，《钦定词谱》作"瓦瓶汲水和秋叶"；"夜深重"，《钦定词谱》作"夜深里"。

【倚西楼】

源流：此调见宋胡仔《苕溪渔隐丛话》。
名解：因词中有"西楼萧瑟有谁知"句，取以为调名。

倚西楼 两段五十八字，前段四句，三仄韵；后段四句，两仄韵。　　韦彦温

禁鼓初传时下打。虚过清风明月夜。眼如鱼目几曾干，心似酒旗终日挂。
●●○○○●▲　●●○○○●▲　●○○●●○○　○●●○○●▲

银汉低垂星斗斜，院宇空寥银烛卸。西楼萧瑟有谁知，教我独自上来独自下。
●●○○○●●　●●○○○●▲　○○○●●○○　●●●●○○●●▲

此调只有此词，无别首可校。此调与《玉楼春》相近，惟后段结句较多两字耳。

校补：胡仔《苕溪渔隐丛话》言，韦彦温落魄京师时，见一女倚楼栏而歌，遂逾墙登楼，得一词，乃名之《倚西楼》。"虚过清风明月夜"，《钦定词谱》作"虚过清明风月夜"。

【扫地舞】

源流：唐教坊曲名。
别名：一名《扫市舞》。

扫地舞 两段五十八字，前后段各七句，六仄韵、一叠韵。 无名氏 见《梅苑》

酥点萼。玉碾萼。点时碾时香雪薄。才折得。春力弱。半卷朱扉垂绣幕。怕吹落。
捻一晌。嗅一晌。捻时嗅时宿酒忘。春笋上。不忍放。待对菱花斜插向。宝钗上。

此调只有此词，无别首可校。前后段两起句叠韵，当是定格也。

校补：《唐诗纪事》作《扫市词》，谓杨虞卿（字师皋）醉后善歌之，白居易哭杨诗曰："何日重闻《扫市歌》？"注："师皋醉后善歌《扫市词》。"上下段第四句，《词律拾遗》不作韵句。

【恨春迟】

源流：此调见张先《张子野词》，或是张先创作。
宫调：张先词注大石调。

恨春迟 两段五十八字,前后段各五句,两平韵。　　张先

好梦才成又断,日晚起、云鬟梳鬓。秀脸拂新红,酒入娇眉眼,薄衣减春寒。
红柱溪桥波平岸,画阁外、落日西山。不分闲花并蒂,秋藕连根,何时重得双眠。

此调只有此词,无别首可校。

校补:此词前段,《钦定词谱》作"好梦才成成又断,因晚起、云朵梳鬓。秀脸拂轻红,滴入娇眉眼,薄衣减春寒"。后段"不分闲花并蒂",《钦定词谱》作"不忿闲花并蒂";"何时重得双眠",《钦定词谱》作"何时重得双莲"。

【接贤宾】

源流:此调令词始自毛文锡。

接贤宾 两段五十九字,前段四句,三平韵;后段七句,三平韵。　　毛文锡

香鞯镂襜五花骢。值春景初融。流珠喷沫蹀躞,汗血流红。少年公子能乘驭,金镳玉辔珑璁。为惜珊瑚鞭不下,骄生百步千踪。信穿花,从拂柳,向九陌追风。

唐词只此一首,无别首可校。

校补：此调有两体，五十九字者始于毛文锡词，一百十七字者始于柳永词。《乐章集》注林钟商调，一名《集贤宾》。前段起句，坊本作"五色骢"，《钦定词谱》从《花间集》订正。

【冉冉云】

源流：此调与范成大《宜男草》六十字体，句拍并同，只后结少一字耳。

别名：韩滤词，有"倚遍阑干弄花雨"句，更名《弄花雨》。

冉冉云 两段五十九字，前后段各四句，四仄韵。　　卢炳

雨洗千红又春晚。留牡丹、倚阑初绽。娇娅姹、偏赋精神君看。算费尽、工夫点染。
带露天香最清远。太真妃、晓妆体段。拚对花、满把流霞频劝。怕逐东风零乱。

此调宋词只此一首。

【蝶恋花】

源流：唐教坊曲名。

宫调：周邦彦词注商调，张先、柳永词俱注小石调，张先词又注林钟商，《太平乐府》注双调。

名解：梁简文帝《古歌》云："翻阶蛱蝶恋花情。"见周邦彦《片玉集》注。

别名：此调本名《鹊踏枝》，宋晏殊改为今名。冯延巳词，有"杨柳风轻，展尽黄金缕"句，名《黄金缕》；赵令畤词，有"不卷珠帘，人在深深院"句，名《卷珠帘》；司马槱词，有"夜凉明月生南浦"句，名《明月生南浦》；韩淲词，有"细雨吹池沼"句，名《细雨吹池沼》；贺铸词，名《凤栖梧》；李石词，名《一箩金》；衷元吉词，名《鱼水同欢》；沈会宗词，名《转调蝶恋花》。

蝶恋花 两段六十字，前后段各五句，四仄韵。 冯延巳

六曲阑干偎碧树。杨柳风轻，展尽黄金缕。谁把钿筝移玉柱。穿帘海燕惊飞去。
满眼游丝兼落絮。红杏开时，一霎清明雨。浓睡觉来慵不语。惊残好梦无寻处。

此调以此词为正体，宋元人俱照此填之。

校补：唐俗以鹊声报喜，乃作调名。"鹊"原作"雀"。敦煌曲有此调二首：其一，"叵耐灵鹊多瞒语"咏调名本意，齐言单调，七言八句，五十六字，八仄韵，有三衬字；其二，"独坐更深人寂寂"，杂言体，系将前后段第二句摊破为四言、五言两句而成，双调，六十字，前后段各五句四仄韵。至五代时此杂言体成为定格，如冯延巳《阳春集》本调十四首，俱为杂言，仍用《鹊踏枝》名。入宋易名为《凤栖梧》《蝶恋花》。赵令畤词注商调。"浓睡觉来慵不语"，《钦定词谱》作"浓睡觉来莺乱语"。

【寿山曲】

源流：此调见赵德麟《侯鲭录》，或是冯延巳所创作。
名解：因词中有"圣寿南山永同"句，取以为调名。

寿山曲 单段六十字，十句，每句均是六字，五平韵。　　冯延巳

铜壶滴漏初尽，高阁鸡鸣半空。催启五门金锁，犹垂三殿帘栊。阶前御柳摇绿，仗下宫花散红。鸳瓦数行晓日，鸾旗百尺春风。侍臣舞蹈重拜，圣寿南山永同。

【秋蕊香】

源流：柳永自度曲。
宫调：柳永词注小石调。
别名：《钦定词谱》作《秋蕊香引》。此调与令词《秋蕊香》不同。

秋蕊香 两段六十字，前段七句，三仄韵；后段八句，四仄韵。　　柳永

留不得。光阴催促，奈芳兰歇，好花谢，惟顷刻。彩云易散琉璃脆，验前事端的。
风月夜，几处前踪旧迹。忍思忆。这回望断，永作终天隔。向仙岛，归冥路，两无消息。

此调只有此词，无别首可校。

校补:"永作终天隔",《钦定词谱》作"永作蓬山隔";"归冥路",《钦定词谱》作"归云路"。

【惜琼花】

源流:此调见张先《张子野词》,或是张先所创作。

惜琼花 两段六十字,前段七句,五仄韵;后段七句,四仄韵。　　张先

汀蘋白。苕水碧。每逢花驻乐,随处欢席。别时携手看春色。萤火而今,飞破秋夕。
旱河流,如带窄。任身轻似叶,何计归得。断云孤鹜青山极。楼上徘徊,无尽相忆。

校补:《花草粹编》后段第三、四句,"任轻似叶,计归得",脱"身"字、"何"字,《钦定词谱》从本集校正。"旱河流",《钦定词谱》作"汴河流"。

【朝玉阶】

源流:此调见杜安世《寿域词》,或是杜安世所创作。

朝玉阶 两段六十字,前后段各五句,四平韵。　　杜安世

帘卷春寒小雨天。牡丹花落尽,悄庭轩。高空双燕舞翩翩。无风轻絮坠、暗苔钱。

拟将幽怨写香笺。中心多少事,语难传。思量真个恶姻缘。那堪长梦见、在伊边。

杜安世此调二首,平仄如一,别无宋词可校。

校补:此调近《散天花》,然换头句平仄自不同。

【散天花】

源流:唐教坊曲名。

散天花 两段六十字,前后段各五句,四平韵。　　舒亶

云断长空叶落秋。寒江烟浪静,月随舟。西风偏解送离愁。声声南去雁、下汀洲。
无奈多情去复留。骊歌齐唱罢,泪争流。悠悠别恨几时休。不堪残酒醒、凭危楼。

此调与《朝玉阶》相同,惟后起句平仄不同。

校补:"云断长空叶落秋",《钦定词谱》作"云淡长空落叶秋";"寒江烟浪静",《钦定词谱》作"寒江烟浪尽"。

【荷华媚】

源流:此调见苏轼《东坡乐府》,苏词题云"湖州贾耘老小妓,

号双荷叶",即赋题本意,或是苏轼所创作。

荷华媚 两段六十字,前段五句,三仄韵;后段六句,两仄韵。　苏轼

霞苞露荷碧。天然地、别是风流标格。重重青盖下,千娇照水,好红红白白。
每怅望、明月清风夜,甚低迷不语,夭邪无力。终须放、船儿去,清香深处,任看伊颜色。

此调两结句,俱作上一下四句法,填者宜注意之。

【少年心】

别名:一名《添字少年心》。

少年心 两段六十字,前后段各五句,三仄韵、一叶韵。　黄庭坚

对景惹起愁闷。染相思、病成方寸。是阿谁先有意,阿谁薄幸。斗顿恁、少喜多嗔。
合下休传音问。你有我、我无你分。似合欢桃核,真堪人恨。心儿里、有两个人人。

此调两结句"嗔"字、"人"字,是以十一"真"叶十三"问"。盖以"真""文"通用,故"震""问"亦可通用也。惟"幸"字为"庚"韵之上声,在二十三"梗"部。又因古韵"真"部间通"庚""青"故也,但用韵毕竟太杂。见《钦定词谱》。

校补：黄庭坚集又有《添字少年心》词，亦平仄韵互叶，但前段起句"心里人人，暂不见，霎时难过"，后段起句"见说那厮，如此自大"，多出七字。

【七娘子】

宫调：蒋氏《九宫谱目》入正宫引子。

七娘子 两段六十字，前后段各五句，四仄韵。　　毛滂

　　山屏雾帐玲珑碧。更绮窗、临水新凉入。雨短烟长，柳桥萧瑟。这番一日凉一日。
　　离多绿鬓多时白。这离情、不似而今惜。云外长安，斜晖脉脉。西风吹梦来无迹。

此调以此词为正体，宋人词多照此填之。前后段第二句，俱作八字，宋人词均如此填。

校补：《七娘子》又名《鸳鸯语》。宋贺铸、谢逸、向子諲、王之道、陈亮诸词，俱如此填。唯贺词后段结句"为谁来为谁还去"，句法小异；谢词前段起句"风剪冰花飞零乱"，平仄微拗。"离多绿鬓多时白"，《钦定词谱》作"离多绿鬓年时白"。

【一剪梅】

宫调：高拭词注南吕宫。

名解：周邦彦词起句有"一剪梅花万样娇"句，取以为调名。

别名：韩淲词，有"一朵梅花百和香"句，名《腊梅香》；李清照词，有"红藕香残玉簟秋"句，名《玉簟秋》。

一剪梅 两段六十字，前后段各六句，三平韵。　　周邦彦

一剪梅花万样娇。斜插疏枝，略点眉梢。轻盈微笑舞低回，何事尊前，拍手相招。
夜渐寒深酒渐消。袖里时闻，玉钏轻敲。城头谁恁促残更，银漏何如，且慢明朝。

此调以此词为正体。前后段第四句，宋元人词多押韵。

校补：宋人称"一枝"为"一剪"，元好问《牡丹》诗"金刀一剪肠堪断，绿鬓刘郎半白生"，其"一剪"即"一枝"，古时远地赠人，辄以梅花一枝表相思。《荆州记》载，陆凯自江南以梅花一枝寄长安范晔，附诗曰："折花逢驿使，寄与陇头人。江南无所有，聊赠一枝春。"此调以周邦彦、吴文英词为正体，若卢炳、张炎、蒋捷词之添韵，曹勋、李清照词之减字，皆变体。龙榆生《唐宋词格律》云："每句并用平收，声情低抑。亦有句句叶韵者。"

【寻梅】

源流：此调见《梅苑》，或是沈会宗所创作。

名解：因词中有"朝来寻见"句，取以为调名，盖题咏梅花而作。

寻梅 两段六十字，前后段各五句，四仄韵。　　沈会宗

今年早觉花信蹉。想芳心、未应误我。一月小径几回过。始朝来寻见，雪痕微破。

眼前大抵情无那。好景色、只消些个。春风烂漫却且可。是而今枝上，一朵两朵。

此调只有沈会宗词二首，沈另一首前后结均作三字六字两句，想或本是九字句，故可作一五一四或作一三一六句法也。

校补：《音韵集成》"五歌部"：蹉，蹉跎失时也，又去声。故《钦定词谱》图作仄声，若作平声歌哿二韵，亦是本部三声叶。"一月小径几回过"，《钦定词谱》作"一月花径几回过"；"春风烂漫却且可"，《钦定词谱》作"春风烂漫都且可"；"一朵两朵"，《钦定词谱》作"三朵两朵"。

【锦帐春】

源流：此调见辛弃疾《稼轩长短句》，或是辛弃疾所创作。

锦帐春 两段六十字，前段七句，四仄韵；后段七句，五仄韵。　　辛弃疾

春色难留，酒杯常浅。更旧恨新愁相间。五更风，千里梦，看飞红几片。这般庭院。

几许风流，几般娇懒。问相见何如不见。燕飞忙，莺语乱。恨重帘不卷。翠屏天远。

此调以此词为正体。

校补:《飞燕外传》:"为婕妤作七成锦帐,以沉水香饰。"又词有"春色难留"及"重帘不卷,翠屏天远"句,故名。此调以辛弃疾、程垓词为正体,若戴复古、丘崈词之减字,皆变体。"更旧恨新愁相间",《钦定词谱》作"把旧恨新愁相间"。

【唐多令】

宫调:《太和正音谱》注越调,亦入高平调。
别名:一名《糖多令》。周密因刘过词有"二十年重过南楼"句,名《南楼令》;张翥词,有"花下钿箜篌"句,名《箜篌曲》。

唐多令 两段六十字,前后段各五句,四平韵。　　刘过

芦叶满汀洲。寒沙带浅流。二十年、重过南楼。柳下系船犹未稳,能几日、又中秋。
黄鹤断矶头。故人曾到不。旧江山、浑是新愁。欲买桂花同载酒,终不似、少年游。

此调以此词为正体,宋元人俱照此填之。

校补:若吴文英、周密词之添字,皆变体。

【摊破采桑子】

源流：此调见赵长卿《惜香乐府》，即《采桑子令》，因前后段俱添和声，自成一体，或是赵长卿所创作。

摊破采桑子 两段六十字，前段七句，四平韵；后段七句，三平韵、一叠韵。　　赵长卿

树头红叶飞都尽，景物凄凉。秀出群芳。又见江梅浅淡妆。也，啰，真个是、可人香。
兰魂蕙魄应羞死，独占风光。梦断高唐。月送疏枝过女墙。也，啰，真个是、可人香。

《楚辞》押韵句，或用助语词，故此词第四句当于"也"字点句。"啰"，歌词也。此词两结，"香"字重押，其为歌时之和声无疑。俱见《钦定词谱》。

校补：汲古阁本宋赵长卿《惜香乐府》作《一剪梅》，注："或刻《摊破丑奴儿》。"万树《词律》卷四云："但观'也啰'以上，端端正正是《丑奴儿》，只添'也啰'二字，并'真个是'六字，所谓摊破也。与《一剪梅》无干。想因此词是咏梅，而首句七字，下二句皆四字，有似《一剪梅》，故讹传耳。"楚辞押韵句，或用助语词，汉赋亦多如此，故此词第四句，当于"也"字点句，坊本或于"妆"字点句，及"也""啰"二字相连点句者非。金词高平调《唐多令》，两结句俱有"也"字、"啰"字，南北曲《水红花》，结句亦有"也"字、"啰"字。

【后庭宴】

源流：宋宣和中，掘地得石刻唐词，调名《后庭晏》。见《庚溪诗话》。

后庭宴 两段六十字，前段五句，三仄韵；后段六句，三仄韵。　　无名氏 见《庚溪诗话》

千里故乡，十年华屋。乱魂飞过屏山簇。眼重眉褪不胜春，菱花知我销香玉。
双双燕子归来，应解笑人幽独。断歌零舞，遗恨清江曲。万树绿低迷，一庭红扑簌。

此词前段与《踏莎行》相近，惟后段句拍不同。《庚溪诗话》定为唐词，然无别首可校。

校补：《历代诗余》："宋宣和间，掘地得石刻，载唐人词，本无调名，后人以《后庭宴》名之。"

【鞓红】

源流：此调见宋黄大舆《梅苑》。
名解：鞓红，乃牡丹名，放翁《桃源忆故人》词"一朵鞓红凝露"。"鞓"，音汀，带革也。宋待制服红鞓犀带，盖以花色如带鞓之红耳。见万树《词律》。

鞓红 两段六十字，前后段各六句，四仄韵。 无名氏 见《梅苑》

粉香犹嫩，袭寒可惯。怎奈向、春心已转。玉容别是，一般闲婉。悄不管、桃红杏浅。
月影帘栊，金堤波面。渐细细、香风满院。一枝折寄，故人虽远。莫辄使、江南信断。

此调起结处，与《鹊桥仙》相近，然中三句之句读，实与《鹊桥仙》迥异。

校补：欧阳修《洛阳牡丹记·花释名》："鞓红者，单叶深红花，出青州，亦曰青州红……其色类腰带鞓，故谓之鞓红。"调名本此。

【望远行】

源流：唐教坊曲名。此调令词始自韦庄。
宫调：《金奁集》注中吕宫。

望远行 两段六十字，前段四句，四平韵；后段七句，五平韵。 韦庄

欲别无言倚画屏。含恨暗伤情。谢家庭树锦鸡鸣。残月落边城。
人欲别，马频嘶。绿槐千里长堤。出门芳草路萋萋。云雨别来易东西。不忍别君后，却入旧香闺。

校补：任半塘《教坊记笺订》云："调名本义与汉横吹曲内之《望行人》同。王建、张籍均有《望行人》辞。孟郊有《望远曲》。"敦煌曲有《望远行》一首，内容涉征戍事，疑为盛唐作品。《花间集》韦庄词，上片与敦煌曲相近，下片二句，全词多六字。而李珣二首却与敦煌曲基本相同。此调《中原音韵》《太和正音谱》注商调；慢词始自柳永，"绣帏睡起"词注中吕调，"长空降瑞"词注仙吕调。此词前后段换韵，前段第二句、第四句各五字，后段结多五字两句，与诸家不同。

【贺明朝】

源流：此调见《花间集》。
别名：《钦定词谱》作《贺熙朝》。

贺明朝 两段六十一字，前段七句，五仄韵；后段六句，四仄韵。　　欧阳炯

忆昔花间相见后。只凭纤手。暗抛红豆。人前不解，巧传心事，别来依旧。辜负春昼。

碧罗衣上蹙金绣。睹对对鸳鸯，空裹泪痕透。想韶颜非久。终是为伊，只恁偷瘦。

此为唐调，宋人无填之者。

校补：《教坊记》有《贺圣朝》，"圣""明"相类，当据此创调。《词律》混入《贺圣朝》，误。《钦定词谱》作《贺熙朝》，因其编定于康熙朝，故编者以"熙"易"明"。

【拨棹子】

源流：唐教坊曲名。

拨棹子 两段六十一字，前段五句，五仄韵；后段四句，四仄韵。　尹鹗

丹脸腻。双靥媚。冠子缕金装翡翠。将一朵、琼花堪比。窸窣绣、鸾凤衣裳香窣地。
银台蜡烛滴红泪。绿酒劝人教半醉。帘幕外、月华如水。特地向、宝帐颠狂不肯睡。

此调以此词为正体。

校补：此调或源于民间棹歌，《三辅黄图》卷四："汉昆明池，武帝元狩三年穿……池中有龙首船，常令宫女泛舟池中，张凤盖，建华旗，作棹歌，杂以歌吹。"注："棹歌，棹发歌也。又曰棹歌讴，舟人歌也。"北宋用本词作唱导之辞。《钦定词谱》以尹鹗"风切切，深秋月"一词为正格。若黄庭坚词之三声叶、《花草粹编》无名氏词之摊破句法，皆变体。

【玉堂春】

源流：此调见晏殊《珠玉词》，或是晏殊所创作。

玉堂春 两段六十一字，前段七句，两仄韵、两平韵；后段五句，两平韵。 晏殊

斗城池馆。二月风和烟暖。绣户珠帘，日影初长。玉辔金鞍，缭绕沙堤路，几处行人映绿杨。
小槛朱阑回倚，千花浓露香。脆管清弦，欲奏新翻曲，依约林间坐夕阳。

晏殊词三首如一，前段第一、第二两句，俱押仄韵，当是定格如此。

【系裙腰】

源流：此调见张先《张子野词》，或是张先所创作。
别名：魏氏词，名《芳草渡》。

系裙腰 两段六十一字，前段六句，四平韵；后段六句，三平韵。 张先

惜霜蟾照夜云天。朦胧影、画勾阑。人情纵似长情月，算一年年。又能得，几番圆。
欲寄西江题叶字，流不到、五亭前。东池始有荷新绿，尚小如钱。问何日藕，几时莲。

此调宋人填者不多见。

校补：此词前后段第三句及换头句，俱用仄声字住，不押韵，其第四句俱作四字句，各用一衬字，不独后段第五句多一

"问"字为衬字。"惜霜蟾照夜云天",《钦定词谱》作"清霜蟾照夜云天"。

【赞成功】

源流:此调见《花间集》。

赞成功 两段六十二字,前后段各七句,四平韵。　　毛文锡

海棠未坼,万点深红。香苞缄结一重重。似含羞态,邀勒春风。蜂来蝶去,任绕芳丛。
昨夜微雨,飘洒庭中。忽闻声滴井边桐。美人惊起,坐听晨钟。快教折取,戴玉珑璁。

此调只有此词,无别首可校。前后段相同。

校补:宋乐史《广卓异记》引《唐年补录》,记唐僖宗光启三年(887),孙德昭、董彦弼、周承晦诛刘季述、王仲先,助昭宗复辟事,其下注云:"后宴保宁殿,撰制曲曰《赞成功》,出戏作樊哙救君难以褒之。"调名相同,体制未详。

【定风波】

源流:唐教坊曲名。
宫调:张先词注双调,周邦彦词注商调。
别名:李珣词,名《定风流》;张先词,名《定风波令》;胡铨词,

名《转调定风波》。

定风波 两段六十二字,前段五句,三平韵、两仄韵;后段六句,四仄韵、两平韵。　　欧阳炯

暖日闲窗映碧纱。小池春水浸晴霞。数树海棠红欲尽。争忍。玉闺深掩过年华。
独凭绣床方寸乱。肠断。泪珠穿破脸边花。邻舍女郎相借问。音信。教人羞道未还家。

此调以此词为正体。前后段均以平韵为主。前段第三句、第四句,后段第一句、第二句、第四句、第五句,又间入仄韵,是定格。因《定风波》词自五代迄宋,俱无不换仄韵之体,惟苏轼词九首中有一首不押仄声韵,然不足援以为例也。

校补:任半塘《教坊记笺订》:"敦煌曲《定风波》曰:'谁人敢去定风波!'……《词谱》因李珣之调讹作《定风流》……未免不揣本义。"《定风波》或应为平定变乱之义。又,梁启勋《词学·调名》云:"周武王渡盟津,波涌。逆流而上,瞑目而麾曰:'余任天下,谁敢害吾意者。'于是风霁波罢。义当出此。"若苏轼词之不押仄韵,孙光宪词之添字,蔡伸、京镗词之摊破句法,曹冠、李泳、陈允平词之减字,皆变体。"小池春水浸晴霞",《钦定词谱》作"小池春水浸明霞"。

【破阵子】

源流:唐教坊曲名。陈旸《乐书》云:"唐《破阵乐》,属龟兹部,

秦王所制。舞用二千人，皆画衣甲，执旗旆。外藩镇春衣犒军设乐，亦舞此曲，兼马军引入场，尤壮观也。"按，唐《破阵乐》，乃七言绝句。此盖因旧曲名，另度新声。

宫调：高拭词注正宫。

别名：一名《十拍子》。

破阵子 两段六十二字，前后段各五句，三平韵。　　晏殊

海上蟠桃易熟，人间好月长圆。惟有擘钗分钿侣，离别常多会面难。此情须问天。

蜡烛到明垂泪，熏炉尽日生烟。一点凄凉愁绝意，漫道秦筝有剩弦。何曾为细传。

此调以此词为正体，宋人词俱照此填之。

校补：敦煌曲辞有杂言体《破阵子》，当是因旧曲之名而另度新声。《云谣集》载《破阵子》共四首，曲辞内容多涉征兵戍边一事，任半塘《敦煌曲初探》据以订为盛唐之作。徐本立《词律拾遗》卷七于《破阵子》调下注云："一名《十拍子》，本唐教坊乐，以此调一唱十拍，因以为名。"毛先舒《填词名解》则谓："《破阵子》一名《十拍子》，然考之唐乐，自是两曲，俱隶教坊也。"崔令钦《教坊记》内列曲名有《破阵子》及《十拍子》。宋赵善扛有词名为《十拍子》，见《中兴以来绝妙词选》卷四。

【金蕉叶】

源流：此调始自柳永。
宫调：柳永词注大石调，高拭词注越调。
名解：因柳词有"金蕉叶泛金波霁"句，即取以为调名。

金蕉叶 两段六十二字，前后段各五句，四仄韵。 柳永

厌厌夜饮平阳第。添银烛、旋呼佳丽。巧笑难禁，艳歌无间声相继。准拟幕天席地。
金蕉叶泛金波霁。未更阑、已尽狂醉。就中有个，风流暗向灯光底。恼遍两行珠翠。

柳词此体，无别首可校。前后段相同。

【渔家傲】

源流：此词始自晏殊，当是晏殊所创作。
宫调：张先词注般涉调。
名解：楚大夫往见庄子，持竿不顾，是渔家傲也。见周邦彦《片玉集》注。

渔家傲 两段六十二字，前后段各五句，五仄韵。 晏殊

画鼓声中昏又晓。时光只解催人老。求得浅欢风日好。齐揭调。神仙一曲渔家傲。

绿水悠悠天杳杳。浮生岂得长年少。莫惜醉来开口笑。须
◎●◎◎○●▲　◎◎●●◎●▲　◎●◎○○●▲　◎
信道。人间万事何时了。
◎▲　○○●●○▲

此调以此词为正体，宋元人俱照此填之。前后段相同。

校补：明蒋氏《九宫谱目》，入中吕引子。此调始自晏殊，因词有"神仙一曲渔家傲"句，取以为名。如杜安世词三声叶韵，蔡伸词添字者，皆变体。外有《十二月鼓子词》，其十一月、十二月起句俱多一字，欧阳修词云："十一月，新阳排寿宴。十二月，严凝天地闭。"欧阳原功词云："十一月，都人居暖阁。十二月，都人供暖篗。"此皆因月令，故多一字，非添字体。若周紫芝词之叠韵，杜安世词之三声叶韵，蔡伸词之添字，皆变体。

【苏幕遮】

源流：唐教坊曲名。《唐书·宋务光传》〔引吕元泰上中宗疏〕："比见都邑坊市，相率为浑脱队，骏马戎服，名《苏幕遮》。"天宝十三载，始改金风调《苏幕遮》为《感皇恩》。见宋钱易《南部新书》。《张说集》有《苏幕遮》七言绝句。宋词盖因旧曲名，另度新声也。见《钦定词谱》。

宫调：周邦彦词注般涉调。

别名：周邦彦词更名《鬓云松令》。

苏幕遮 两段六十二字,前后段各七句,四仄韵。 范仲淹

碧云天,黄叶地。秋色连波,波上寒烟翠。山映斜阳天接水。芳草无情,更在斜阳外。

黯乡魂,追旅思。夜夜除非,好梦留人睡。明月楼高休独倚。酒入愁肠,化作相思泪。

此调只有此体,宋元人俱照此填之。前后段相同。

校补:唐慧琳《一切经音义》卷四一云:"苏幕遮,西戎胡语也,正云'飒磨遮'。此戏本出西龟兹国,至今犹有此曲。"唐张说《苏摩遮》诗:"摩遮本出海西胡,琉璃宝服紫髯胡。"自注:"泼赛胡戏所歌,其和声云'亿岁乐'。"又,"苏幕遮"或为教坊戏曲中人物所戴之油帽。"幕"亦作"莫""摩""末",为外来语之音译。清徐釚《词苑丛谈》云:"苏幕遮,高昌女子所戴油帽,西域妇女帽也。"岑仲勉《隋唐史》:"《苏幕遮》又作《苏摩遮》,是波斯人侑神之曲。"自注云:"苏摩系一种有毒蔓草,梵文作Soma,'遮'本自Yašt,此云'曲',即波斯人供奉'苏摩'神之曲。"据《唐会要》卷三三,唐时《苏幕遮》有三曲,分属沙陀调(正宫)、水调(歇指调)、金风调,天宝十三载改曲名,沙陀调者改名《宇宙清》,金风调者改名《感皇恩》(与《教坊记》所载《感皇恩》无涉),水调者不改。此调唐时有七言声诗体,又有长短句体,见敦煌曲传辞,有"聪明儿"等二首及《大唐五台曲子》大曲一套六首,注"寄在《苏幕遮》",此八首体格与宋时所传《苏幕遮》悉同。

【摊破南乡子】

宫调：《太平乐府》《中原音韵》俱注大石调；高拭词注南吕宫；《太和正音谱》注小石调，亦入仙吕宫。

别名：赵长卿词，名《青杏儿》，又名《似娘儿》；黄右曹词，有"寿堂已庆灵椿老"句，名《庆灵椿》；赵秉文词，名《闲闲令》。

摊破南乡子 两段六十二字，前后段各六句，三平韵。　　程垓

休赋惜春诗。留春住、说与人知。一年已负东风瘦，说愁说恨，数期数刻，只望归时。

莫怪杜鹃啼。真个也、唤得人归。归来休恨花开了，梁间燕子，且教知道，人也双飞。

此调以此词为正体，宋元人俱照此填之。此词前后段一、二、三句，近《南乡子》，与《丑奴儿》无涉。自宋黄庭坚集误刻《丑奴儿》，元好问仿其体，加以"促拍"二字，《词律》相沿，遂编入《丑奴儿》体。今照《乐府雅词》改正。见《钦定词谱》。

校补：清徐棨《词律笺榷》卷四云："名《摊破南乡子》者，上半为《南乡子》，而下半摊破之也。名《促拍丑奴儿》者，下半为《丑奴儿慢》，而上半字少声稀为促拍也。谓由《丑奴儿慢》而仍变'促拍'，非谓由《丑奴儿令》而成为'促拍'也。"《中州乐府》赵秉文词有"但教有酒身无事"句，赵氏自号"闲闲老人"，故名《闲闲令》。

【明月逐人来】

源流：李持正自度曲。
名解：因词中有"皓月随人近远"句，取其意以为调名。

明月逐人来 两段六十二字，前段六句，五仄韵；后段六句，四仄韵。　　李持正

星河明澹。春来深浅。红莲正、满城开遍。禁街行乐，暗尘香拂面。皓月随人近远。
　　天半鳌山，光动凤楼西观。东风静、珠帘不卷。玉辇待归，云外闻弦管。认得宫花影转。

【好女儿】

名解：此调与黄庭坚四十五字名《好女儿》者，虽同一调名，而句律迥异。

好女儿 两段六十二字，前段六句，三平韵；后段六句，二平韵。　　晏几道

绿遍西池。梅子青时。尽无端、尽日东风恶，更霏微细雨，恼人离恨，满路春泥。
　　应是行云归路，有闲泪、洒相思。想旗亭、望断黄昏月，又依前误了，红笺香信，翠袖欢期。

校补：此调有两体。四十五字者，起于黄庭坚，因词有"懒系酥胸罗带，羞见绣鸳鸯"句，名《绣带儿》，《花草粹编》一

作《绣带子》。六十二字者起于晏几道,只有晏词别首及贺铸词可校。

【甘州遍】

源流:唐教坊曲名。唐教坊大曲有《甘州》,凡大曲多遍,此则《甘州》曲中之一遍也。

甘州遍 两段六十三字,前段六句,三平韵;后段八句,五平韵。 毛文锡

春光好,公子爱闲游。足风流。金鞍白马,雕弓宝剑,红缨锦襜出长秋。
花蔽膝,玉衔头。寻芳逐胜欢宴,丝竹不曾休。美人唱、揭调是甘州。醉红楼。尧年舜日,乐圣永无忧。

毛文锡词别首,与此词平仄如一。

【别怨】

源流:此调见赵长卿《惜香乐府》。
名解:因赵词中有"翻成别怨不胜悲"句,即取以为调名。"别怨"二字,恐系词题,而非调名,然他无作者,莫可考证矣。见万树《词律》。

别怨 两段六十三字,前段五句,四平韵;后段六句,三平韵。 赵长卿

骄马频嘶。晓霜浓、寒色侵衣。凤帏私语处,翻成别怨不胜悲。更与叮咛祝后期。

素约谐心事,重来了、比看相思。如何见得,明年春事浓时。稳乘金骔裹,来烂醉、玉东西。

此调只有此词,无别首可校。

校补:"更与叮咛祝后期",《钦定词谱》作"更与叮咛嘱后期"。

【转调踏莎行】

源流:此调见陈亮《龙川词》。即从《踏莎行》添字,自成新声。

转调踏莎行 两段六十四字,前后段各六句,四仄韵。 陈亮

洛浦尘生,巫山梦断。旗亭芳草里、春深浅。梨花落尽,酴醾又绽。天气也似、寻常庭院。

向晚情浓,十分恼乱。水边佳丽地、近前看。娉婷笑语,流觞美满。意思不到、夕阳孤馆。

此调即从《踏莎行》添字,故名《转调踏莎行》,是此调正体。所云"转调"者,乃将原词摊破句法,添入衬字,转换宫调,自成新声。

校补：金词注中吕调；曹冠词，名《喜朝天》；赵长卿词，名《柳长春》；《鸣鹤余音》词，名《踏雪行》；曾觌、陈亮词添字者，名《转调踏莎行》。每段上四句，与曾词同，唯前后段第五句，各减一字异。宋人精于音律，凡遇旧腔，往往随意增损，自成新声。如元人度曲，或借宋人词调，偷声添字，名为"过曲"者，其源实出于此。

【瑞鹧鸪】

源流：此调见柳永《乐章集》。

宫调：柳永词注般涉调。此调前段起二句及结句，与后段起句及结句，仍作七言，与七言八句之《瑞鹧鸪》同，余句则摊破。盖自度新声，故与七言八句之《瑞鹧鸪》迥异。

瑞鹧鸪　两段六十四字，前后段各五句，三平韵。　柳永

全吴嘉会古风流。渭南往岁忆来游。西子方来，越相功成去，千里沧江一叶舟。

至今无限盈盈者，尽来拾翠芳洲。最是簇簇寒村，遥认南朝路、晚烟收。三两人家古渡头。

校补：《宋史·乐志》入中吕调。元高拭词注仙吕调。《苕溪词话》云：唐初歌词，多五言诗，或七言诗，今存者止《瑞鹧鸪》七言八句诗，犹依字易歌也。《瑞鹧鸪》，原本七言律诗，因唐人歌之，遂成词调。冯延巳词，名《舞春风》；陈彭年词，名《桃花落》；尤袤词，名《鹧鸪词》；元丘长春词，名《拾菜娘》；

《乐府纪闻》,名《天下乐》;《梁溪漫录》词,有"行听新声太平乐"句,名《太平乐》,有"犹传五拍到人间"句,名《五拍》。此皆七言八句也。至柳永有添字体,自注般涉调,有慢词体,自注南吕宫,皆与七言八句者不同。此词前段起二句、结句,后段起句、结句,仍作七言,与《瑞鹧鸪》同,余则摊破句读,自度新声。如前段第三句,作四字一句、五字一句,即词家添字法;后段第二句,作六字句,即减字法;第三句,作六字一句、八字一句,即添字法;多押一韵,即偷声法。柳集自注般涉调,为黄钟之羽声,与中吕调为夹钟之羽声、仙吕调为夷则之羽声,皆羽声。"全吴嘉会古风流",《钦定词谱》作"三吴嘉景占风流"。

【麦秀两歧】

源流:唐教坊曲名。《文酒清话》云:"唐封舜臣性轻佻。德宗时使湖南,道经金州,守张乐宴之。执杯索《麦秀两歧》曲,乐工不能对,封谓乐工曰:'汝山民亦合闻大朝音律。'乐工前乞侍郎举一遍。封为唱彻,众已尽记。于是终席唱此曲。封既行,守密写曲谱,〔言封宴席事邮筒中,〕送与潭州牧。封至潭,牧亦张乐宴之。倡优作褴褛数妇人,抱男女筐筥,歌《麦秀两歧》之词,叙其拾麦勤苦之由。封面如死灰。归过金州,不复言矣。"今世所传《麦秀两歧》,今在黄钟宫。唐《尊前集》载和凝一曲,与今曲不类。见宋王灼《碧鸡漫志》。按,《碧鸡》所记,并及唱演扮相之状,既云叙其勤苦之由,当是在唱曲之前,尚有口白,是为后来戏剧之滥觞,因详录附记于此。

宫调:《碧鸡漫志》云属黄钟宫。

麦秀两歧 两段六十四字,前后段各七句,六仄韵。　和凝

凉簟铺斑竹。鸳枕并红玉。脸连红,眉柳绿。胸雪宜新浴。淡黄衫子裁春縠。异香芬馥。
羞道教回烛。未惯双双宿。树连枝,鱼比目。掌上腰如束。娇娆不奈人拳跼。黛眉微蹙。

此调载于《尊前集》,句短韵促。只有此词,无别首可校。前后段相同。

校补:《后汉书》卷六一《张堪传》:"匈奴尝以万骑入渔阳,堪率数千骑奔击,大破之,郡界以静。乃于狐奴开稻田八千余顷,劝民耕种,以致殷富。百姓歌曰:'桑无附枝,麦穗两歧,张君为政,乐不可支。'"或当为调名所本。"歧",同"岐"。

【献衷心】

源流:唐教坊曲名。
宫调:《金奁集》注双调。

献衷心 两段六十四字,前段九句,四平韵;后段八句,四平韵。　欧阳炯

见好花颜色,争笑东风。双脸上,晚妆同。闭小楼深阁,春景重重。三五夜,偏有恨,月明中。

情未已，信曾通。满衣犹自染檀红。恨不如双燕，飞舞帘栊。春欲暮，残絮尽，柳条空。

此词载《金奁集》，宋元人无填此调者，即唐人词中，亦只有顾敻添字一体耳。

校补：敦煌曲有《献忠心》传辞五首，其中二首以"献忠心"三字作结，似为外藩向唐室朝觐献忠之曲。另三首亦颂扬献忠之词。五代词人以此调写闺情，乃易"忠"为"衷"。

又一体 两段六十九字，前后段各九句，四平韵。 顾敻

绣鸳鸯帐暖，画孔雀屏欹。人悄悄，月明时。想昔年欢笑，恨今日分离。银釭背，铜漏永，阻佳期。小炉烟细，虚阁帘垂。几多心事，暗地思惟。被娇娥牵役，魂梦如痴。金闺里，山枕上，始应知。

此与欧阳炯词同，惟前段第二句、第六句添一字，后段第一句、第二句及第三句、第四句各添一字，皆衬字也。观此可知在五代时已开衬字之法门。

【黄钟乐】

源流：唐教坊曲名。

黄钟乐 两段六十四字，前后段各五句，三平韵。　　魏承班

池塘烟暖草萋萋。惆怅闲宵含恨，愁坐思堪迷。遥想玉人情事远，音容浑似隔桃溪。

偏记同欢秋月低。帘外论心花畔，和醉暗相携。何事春来君不见，梦魂长在锦江西。

此调载《花间集》，无别首可校。

校补：以宫调取名。《礼记·月令》："仲冬之月……其音羽，律中黄钟。"郑玄注："黄钟者，律之始也。九寸，仲冬气至则黄钟之律应。"黄钟之声宏大响亮。"音容浑似隔桃溪"，《钦定词谱》作"音容浑是隔桃溪"。

【醉春风】

宫调：《太平乐府》《中原音韵》俱入中吕调；《太和正音谱》注中吕宫，亦入正宫，又入双调；蒋氏十三调注中吕调。
别名：赵鼎词，名《怨春风》。

醉春风 两段六十四字，前后段各九句，四仄韵、两叠韵。　　赵德仁

陌上清明近。行人难借问。风流何处不归来，闷。闷。闷。回雁峰前，戏鱼波上，试寻芳信。

夜永兰膏烬。春睡何曾稳。枕边珠泪几时干，恨。恨。恨。惟有窗前，过来明月，照人方寸。

"闷""恨"二字,均三叠。

校补:若元人王实甫、马东篱辈,于前后段第三句,俱叶平韵。

【握金钗】

别名:《梅苑》无名氏词,名《戛金钗》。

握金钗 两段六十四字,前后段各七句,四仄韵。 吕渭老

风日困花枝,晴蜂自相趁。晚来红浅香尽。整顿腰肢晕残粉。弦上语,梦中人,天外信。
青杏已成双,新尊荐樱笋。为谁一和销损。数着佳期又不稳。春去也,怎当他,清昼永。

此词前后段第二句、第三句、第四句,例作拗语。前后段相同。

校补:若《梅苑》词,则唯第四句作拗体。

【侍香金童】

源流:《开天遗事》云,王元宝"常于寝帐床前,雕矮童二人,捧七宝博山炉,自暝焚香彻晓",调名取此。《乐府雅词》无名氏词即咏其事也。

宫调：金词注黄钟宫，又注黄钟调。

侍香金童 两段六十四字，前后段各六句，四仄韵。　无名氏 见《乐府雅词》

宝台蒙绣，瑞兽高三尺。玉殿无风烟自直。迤逦傍怀盈绮席。苒苒菲菲，断处凝碧。

是龙涎凤髓，恼人情意极。想韩寿、风流应暗识。去似彩云无处觅。惟有多情，袖中留得。

【缑山月】

宫调：蒋氏《九宫谱目》入正宫引子。

缑山月 两段六十四字，前段七句，四平韵；后段七句，三平韵。　梁寅

急雨响岩阿。阴云暗薜萝。山中春去更寒多。纵柴门不闭，花满径，苍苔润，少人过。

兰舟曾记兰汀宿，牵恨是烟波。而今林下和樵歌。看风风雨雨，滋造物，时时变，总心和。

此调宋人无填之者。

校补：《列仙传》卷上："王子乔者，周灵王太子晋也。好吹笙作凤凰鸣，游伊、洛之间，道士浮丘公接以上嵩高山。三十余年后，求之于山上，见桓良，曰：'告我家，七月七日待我于缑氏山巅。'至时，果乘白鹤驻山头，望之不得到。举手谢时人，

数日而去。"缑山在今河南偃师。调名本此。《九宫谱目》所载元词，前后段第三句，校此词各多一字，第五、六、七句，作四字两句，换头作六字句，虽句读小异，其源实出于此词。"滋造物"，《钦定词谱》作"从造物"。

【喝火令】

喝火令 两段六十五字，前段五句，三平韵；后段七句，四平韵。　　黄庭坚

见晚情如旧，交疏分已深。舞时歌处动人心。烟水数年魂梦，无处可追寻。

昨夜灯前见，重题汉上襟。便愁云雨又难禁。晓也星稀，晓也月西沉。晓也雁行低度，不会寄芳音。

此调只有此词，无别首可校。后段句法若准前段，则第四句应作"星月雁行低度"，今叠用"晓也"字，摊作三句，当是体例应尔，填者宜注意之。

校补：喝火，安徽庐江传说，南唐伍乔为追求心仪女子，按照女子的要求喝下带火的烧酒，成就终身良缘。《词律》认为此调前后应相同，然后段多"晓也星稀，晓也月西沉"二句，恐前段有脱误。

【芭蕉雨】

源流：此调见程垓《书舟词》，或是程垓所创作。

芭蕉雨 两段六十五字，前段五句，四仄韵；后段六句，四仄韵。　程垓

　　雨过凉生藕叶。晚庭消尽暑、浑无热。枕簟不胜香滑。怎奈宝帐情生，金尊意惬。
　　玉人何处梦蝶。思一见冰雪。须写个帖儿、丁宁说。试问道、肯来么，今夜小院无人，重楼有月。

此调只有此词，无别首可校。

【淡黄柳】

源流：姜夔自度曲。姜夔词序云："客居合肥南城赤阑桥之西，巷陌凄凉，与江左异。唯柳色夹道，依依可怜，因度此阕，以舒客怀。"

宫调：正平调近。

淡黄柳 两段六十五字，前段五句，五韵仄；后段七句，五仄韵。　姜夔

　　空城晓角。吹入垂杨陌。马上单衣寒恻恻。看尽鹅黄嫩绿。都是江南旧相识。
　　正岑寂。明朝又寒食。强携酒、小桥宅。怕梨花、落尽成秋色。燕燕飞来，问春何在，惟有池塘自碧。

此调始自姜夔，自以此词为正体。

校补："空城晓角"，《钦定词谱》作"空城画角"。"正岑寂"

三字,《词律》移作前段结句,查张炎、王沂孙词,俱属换头。

【辊绣球】

源流:此调见赵长卿《惜香乐府》,或是赵长卿所创作。"辊"音滚,曲调因有《滚绣球》。见万树《词律》。

辊绣球 两段六十五字,前段七句,两仄韵;后段七句,三仄韵。　　赵长卿

流水奏鸣琴,风月净、天无星斗。翠岚堆里,苍岩深处,满林霜腻,暗香冻了,那禁频嗅。
马上再三回首。还记省、去年时候。十分全似,那人风韵,柔腰弄影,冰腮退粉,做成清瘦。

此调只有此词,无别首可校。

校补:汲古阁本,后段第六句少一字,《钦定词谱》据《词纬》增定。

【锦缠道】

宫调:江衍词注黄钟宫。
别名:《全芳备祖·乐府》名《锦缠头》;江衍词,名《锦缠绊》。

锦缠道 两段六十六字，前段六句，四仄韵；后段六句，三仄韵。　宋祁

燕子呢喃，景色乍长春昼。睹园林、万花如绣。海棠经雨胭脂透。柳展宫眉，翠拂行人首。

向郊原踏青，恣歌携手。醉醺醺、尚寻芳酒。问牧童、遥指孤村道，杏花深处，那里人家有。

此调前后段第三句，例作七字上三下四句法；后段第四句，例作八字上三下五句法。

校补：《旧唐书·郭子仪传》记载："（大历）二年二月，子仪入朝，宰相元载、王缙，仆射裴冕，京兆尹黎幹，内侍鱼朝恩共出钱三十万，置宴于子仪第，恩出罗锦二百匹为子仪缠头之费。"杜甫《即事》诗："笑时花近眼，舞罢锦缠头。"唐人风俗以彩锦赏歌舞者，称"锦缠头"。清沈雄《古今词话》引《乐府纪闻》曰："建中靖国时，士人江衍，过慧应庙下，阍者拒曰：'公与夫人方坐白云障下按歌，客子无唐突也。'寻呼衍问之：'汝闻此歌否？'衍曰：'世间那得闻此。'公曰：'此黄钟宫《锦缠绊》也。'"沈际飞《续草堂诗余》，后段第三句作"尚寻芳问酒"，将下句"问"字移入上句，不知此调前后段第三句，例作七字上三下四句法，后段第四句，例作八字上三下五句法，不押韵，有《全芳备祖》无名氏词可校。

【厌金杯】

源流：此调见贺铸《东山乐府》，或是贺铸所创作。

别名：贺铸词，名《献金杯》。

厌金杯 两段六十六字，前后段各七句，四仄韵。　贺铸

风软香迟，花深漏短。可怜宵、画堂春半。碧纱窗影，卷帐蜡灯红，鸳枕畔。密写乌丝一段。
拾翠沙空，采蘋溪晚。尽愁倚、梦云飞观。木兰艇子，几日渡江来，心目断。桃叶青山隔岸。

此调只有此词，无别首可校。

校补：《花草粹编》，后段"采蘋溪晚"句，误刻"拾翠沙空"句上，《钦定词谱》从《词纬》本订正。"拾翠沙空"，底本作"拾翠纱空"，据《钦定词谱》改。

【庆春泽】

源流：此调见张先《张子野词》，或是张先所创作。

庆春泽 两段六十六字，前后段各七句，四仄韵。　张先

飞阁危桥相倚。人独立东风，满衣轻絮。还记忆江南，如今天气。正白蘋花，绕堤涨流水。
寒梅落尽谁寄。方春意无穷，青空千里。愁草树依依，关城初闭。对月黄昏，角声傍烟起。

此调只见张先词两首，宋人无填之者。

校补：此调有两体，六十六字者见张先词，九十八字者见《梅苑》词。

【行香子】

宫调：《中原音韵》《太平乐府》俱注双调。

行香子 两段六十六字，前段八句，四平韵；后段八句，三平韵。　　晁补之

前岁栽桃，今岁成蹊。更黄鹂久住相知。微行清露，细履斜晖。对林中侣，闲中我，醉中谁。

何妨到老，常闲常醉，任功名生事俱非。衰颜难强，拙语多迟。但醉同行，月同坐，影同归。

此调以此词为正体。

校补：蒋氏《九宫谱目》入中吕引子。此调以晁补之、苏轼、秦观、韩玉词为正体，正韩词一体，填者颇少。此五首字句悉同，所辨者，在前后段起二句，或押韵，或不押韵耳。若杜安世词之或添字，或减字，赵长卿词之减字，李清照词之添字，皆变体。此词前段起句，后段第一、二句，俱不用韵，晁词别首"雪里清香"词，正与此同。又，王诜"金井先秋"词，亦与此同，唯前段第三句"几回惊觉梦初长"，不作上三下四句法异。龙榆生《唐宋词格律》："音节流美，亦可略加衬字。""影

同归",底本作"影同嬉",据《钦定词谱》改。

【酷相思】

源流:此调见程垓《书舟词》,或是程垓所创作。

酷相思 两段六十六字,前后段各五句,四仄韵、一叠韵。 程垓

月挂霜林寒欲坠。正门外、催人起。奈离别、如今真个是。欲住也、留无计。欲去也、来无计。
马上离情衣上泪。各自个、共憔悴。问江路、梅花开也未。春到也、须频寄。人到也、须频寄。

此调只有此词,无别首可校。前后段两结句应用叠韵,定格也,填者宜从之。

校补:"各自个、共憔悴",底本及《钦定词谱》作"各自个、供憔悴",据文意酌改。"供",一作"俱"。

【解佩令】

源流:此调见晏几道《小山乐府》,或是晏几道所创作。
名解:《楚辞》"捐予佩兮澧浦"、《韩诗外传》"郑交甫遇汉皋神女解佩",调名取此。见《钦定词谱》。

解佩令 <small>两段六十六字,前段六句,四仄韵;后段六句,三仄韵。</small>　　晏几道

玉阶秋感,年华暗去。掩深宫、团扇无绪。记得当时,自剪下、机中轻素。点丹青、画成秦女。

凉襟犹在,朱弦未改,忍霜纨、飘零何处。自古悲凉,是情事、轻如云雨。倚么弦、恨长难诉。

校补:汲古阁本,前段第二句"掩深宫、团扇无情绪",多一字,又,"团扇无绪"一本作"扇鸾无绪",《钦定词谱》从《花草粹编》校定。

【垂丝钓】

宫调:周邦彦、吴文英词均注商调。

垂丝钓 <small>两段六十六字,前段六句,五仄韵;后段九句,八仄韵。</small>　　周邦彦

镂金翠羽。妆成才见眉妩。倦倚绣帘,看舞风絮。愁几许。寄凤丝雁柱。

春将暮。向层城苑路。钿车似水,时时花径相遇。旧游伴侣。还到曾来处。门掩风和雨。梁燕语。问那人在否。

校补:《钦定词谱》作"前段八句,七仄韵;后段七句,六仄韵"。《中原音韵》注商角调;《太平乐府》注商调。《花草粹编》,以"春将暮"句作结,似语气未完;汲古阁本以"钿车似水"句分段,则又非韵。《钦定词谱》照杨无咎词体校正。赵彦

端、方千里、陈亮诸词，俱与此同，唯陈允平和词，前段第三、四句"凭阑看花柳，蜂粘絮"，作五字、三字句，第六句"宝筝闲玉柱"，结句"武陵溪上路"，后段结句"旧梦还记否"，俱不作上一下四句法。

【谢池春】

别名：李石词，名《风中柳》；《高丽史·乐志》无名氏词，名《风中柳令》；孙道绚词，名《玉莲花》；黄澄词，名《卖花声》。

谢池春 两段六十六字，前后段各六句，四仄韵。　陆游

贺监湖边，初系放翁归棹。小园林、时时醉倒。春眠惊起，听啼莺催晓。叹功名、误人堪笑。
朱桥翠径，不许京尘飞到。挂朝衣、东归欠早。连宵风雨，卷残红如扫。恨尊前、送春人老。

此调以此词为正体。此词前后段第五句，例作上一下四句法，宋人词中皆如此填法。又，宋人以换头为过变，故此词前后段起句，平仄不同，遍考宋词，莫不皆然。见《钦定词谱》。

校补：若刘因词、《高丽史·乐志》无名氏词之减字，皆变体。词中前后段第三句，宋词俱用"仄平平平平仄仄"，唯《高丽史》无名氏词，与此小异。

【胜胜令】

别名：俞克成词，名《声声令》。

胜胜令 两段六十六字，前段七句，四平韵；后段八句，四平韵。 曹勋

梅风吹粉，柳影摇金。渐看春意入芳林。波明草嫩，据征鞍，晚烟沉。向野馆、愁绪怎禁。
过了烧灯，醉别院，阻同寻。琐窗还是冷瑶琴。灯花炧也，拥春寒，掩闲衾。念翠屏、应倚夜深。

校补："胜胜"或为歌伎名，如同"师师""盼盼"之类。"声声"殆为"胜胜"之讹。此与俞克成词俱用闭口韵，想是音律所寓，惜无可考，故谱内可平可仄，悉参俞词。

【玉梅令】

源流：姜夔自度曲。"石湖家自制此声，未有语实之，命予作。"见姜夔自序。
宫调：姜夔注高平调。
名解：姜序云，"石湖宅南，隔河有圃曰范村，梅开雪落"。调名取此。

玉梅令 两段六十六字，前段七句，四仄韵；后段六句，三仄韵。 姜夔

疏疏雪片。散入溪南苑。春寒锁、旧家亭馆。有玉梅几树，

背立怨东风,高花未吐,暗香已远。
公来领客,梅花能劝。花长好、愿公更健。便揉春为酒,剪雪作新诗,拚一日、绕花千转。

此调只有此词,无别首宋词可校。

校补:《钦定词谱》云:"坊本此词,前段第六句,作'高花未吐',多一'高'字;后段第二句,作'梅花能劝',少一'下'字,今从《词纬》本改正,盖以'花未吐,暗香已远',正与后段'拚一日,绕花千转'句法相对,'梅下花能劝',正与前段'散入溪南苑'句法对也。"然姜夔《长亭怨慢》词序尝自谓"予颇喜自制曲,初率意为长短句,然后协以律,故前后阕多不同"。《钦定词谱》径自臆改,误。

【青玉案】

宫调:《中原音韵》注双调,《太和正音谱》注高平调。
名解:汉张衡诗"何以报之青玉案",调名取此。见《钦定词谱》。
别名:韩淲词,有"苏公堤上西湖路"句,名《西湖路》。

青玉案 两段六十七字,前后段各六句,五仄韵。　　贺铸

凌波不过横塘路。但目送、芳尘去。锦瑟年华谁与度。月桥花院,琐窗朱户。只有春知处。
飞云冉冉蘅皋暮。彩笔新题断肠句。若问闲情都几许。一川烟草,满城风絮。梅子黄时雨。

此调以此词为正体。此词后段第三句,例作拗句,南北宋人词皆然。

校补:清舒梦兰《白香词谱》该词题考:"'案'同椀,盛酒具也。唐人诗多引用之。本调调名即取以创始焉。"蒋氏《九宫谱目》,入中吕引子。此调以贺铸、苏轼、毛滂、史达祖词为正体,若张炎词之叠韵,李弥逊、吴潜、胡铨词之添字,李清照词之句法小异,曹组词之句法小异、又添字,毛词别首之摊破句法,赵长卿词之减字,赵词别首之句读参差,皆变体。但诸词中,有前段第二句六字折腰,后段第二句或七字,或六字,或八字者;有前段第二句七字,后段第二句或七字,或八字者;有前段第二句六字不折腰,后段第二句或七字,或八字者;亦有前段第二句五字者;又有前后段第五句或押韵,或不押韵者。此调后段第二句,例作拗句,如欧阳修词"争似家山见桃李",程垓词"别后谁吟倚楼句",高观国词"入画遥山翠分黛",吴文英词"不忍轻飞送残照",南北宋人皆然。"琐窗朱户。只有春知处",《钦定词谱》作"绮窗朱户。惟有春知处";"飞云冉冉蘅皋暮。彩笔新题断肠句。若问闲情都几许",《钦定词谱》作"碧云冉冉蘅皋暮。彩笔空题断肠句。试问闲愁知几许"。

【感皇恩】

源流:唐教坊曲名。
宫调:陈旸《乐书》注双调,周邦彦词注大石调,《中原音韵》注南吕宫。
别名:党怀英词,名《叠萝花》。

感皇恩 _{两段六十七字，前后段各七句，四仄韵。} 毛滂

绿水小河亭，朱阑碧甃。江月娟娟上高柳。画楼缥缈，尽挂窗纱帘绣。月明知我意，来相就。

银字吹笙，金貂取酒。小小微风弄襟袖。宝熏浓炷，人共博山烟瘦。露凉钗燕冷，更深后。

此调以此词为正体，此词前后段第三句，例作拗体。

校补：陈旸《乐书》："祥符中，诸工请增龟兹部如教坊，其曲有双调《感皇恩》。"《钦定词谱》卷一五列《叠萝花》为词调，注云即《感皇恩》，"党怀英词，名《叠萝花》"。《中州乐府》载党怀英《感皇恩》"碧玉拈柔条"一首，赋叠萝花之作。唐圭璋《全金元词》此首作《感皇恩·赋叠萝花》。故《叠萝花》为词题，非调名。此调以此词为正体，若晁冲之、贺铸词之偷声，周紫芝词之添字，赵长卿、汪莘词之减字，皆变体。

【钿带长中腔】

源流：此调见万俟咏《大声集》。

名解：即咏钿带香囊本意，取起句三字，以为调名。"中腔"二字是说明腔调，疑不属调名。

钿带长中腔 _{两段六十七字，前段八句，六平韵；后段六句，四平韵。} 万俟咏

钿带长。簇真香。似风前、拆麝囊。嫩紫轻红，间斗异芳。

风流富贵,自觉兰蕙荒。独占蕊珠春光。
○○●● ●○●●△ ●●●○○△

绣结流苏密致,魂梦悠扬。气融液、散满洞房。朝寒料峭,
●●○○●● ○●○△ ●○● ●●●△ ○○●●

殢娇不易当。着意要待韩郎。
●○●●△ ●●●●○△

此调只有此词,无别首可校。

校补:唐张祜《感王将军柘枝妓殁》诗:"鸳鸯钿带抛何处,孔雀罗衫付阿谁?"《花草粹编》少起句"钿带长"三字,《钦定词谱》从本集校正。"着意要待韩郎",《钦定词谱》作"着意要得韩郎"。

【梦行云】

源流:此调见吴文英《梦窗词集》,或是吴文英所创作。

别名:吴文英自注"一名《六幺花十八》"。按,宋王灼《碧鸡漫志》云:"欧阳永叔云:'贪看六幺花十八。'此曲内一叠名《花十八》。前后十八拍,又四花拍,共二十二拍。乐家者流所谓花拍,盖非其正也。曲节抑扬可喜,舞亦随之,而舞筑球《六幺》,至《花十八》益奇。"

梦行云 两段六十七字,前段七句,五仄韵;后段八句,三仄韵。 吴文英

箪波皱纤縠。朝炊熟。眠未足。青奴细腻,未拚真珠斛。
●○○○▲ ○○▲ ○●▲ ○○●● ●●○○▲

素莲幽怨风前影,搔头斜坠玉。
●○○●○○● ○○○●▲

画阑枕水,垂杨梳雨,青丝乱,如乍沐。娇笙微韵,晚蝉
●○●● ○○○● ○○● ○●▲ ○○○● ●○

理秋曲。翠阴明月胜花夜,那愁春去速。
●○▲ ●○○●●○● ●○○●▲

此调只有此词,无别首可校。

校补:宋玉《高唐赋序》:"旦为朝云,暮为行雨,朝朝暮暮,阳台之下。"调名本此。"晚蝉理秋曲",《钦定词谱》作"晚蝉乱秋曲"。

【三奠子】

源流:此调见元好问《锦机集》。
名解:崔令钦《教坊记》有《奠璧子》小曲,此或因奠酒、奠声、奠璧为"三奠",取以为名也。见《钦定词谱》。

三奠子 两段六十七字,前后段各九句,四平韵。　王恽

怅神光弈弈,天上良宵。花露湿,翠钗翘。风回鸾扇影,愁满紫云轺。恨相望,虽一水,隔三桥。
朱弦寂寂,心思迢迢。人未老,鬓先凋。翻腾惊世故,机巧到鲛绡。凉夜永,箫声咽,篆烟飘。

元人填此词者,句拍悉同。

校补:今传《说郛》本《教坊记》所载曲名有《莫璧子》而无《奠璧子》,或形近而讹。

【凤凰阁】

宫调：高拭词注商调。

别名：张炎词，有"渐数花风第一"句，名《数花风》。

凤凰阁 两段六十八字，前后段各六句，四仄韵。　柳永

匆匆相见，懊恼恩情太薄。霎时雨云人抛却。教我行思坐想，肌肤如削。恨只恨、相违旧约。

相思成病，那更潇潇雨落。断肠人在阑干角。山远水远人远，音信难托。这滋味、黄昏更恶。

此调以此词为正体。

校补：若叶清臣、赵师侠词之减字、句读参差，皆变格。

【看花回】

源流：琴曲有《看花回》，调名本此。见《钦定词谱》。此调令词六十八字者，始自柳永。

宫调：柳永词注大石调，《中原音韵》注越调。

看花回 两段六十八字，前后段各六句，四平韵。　柳永

玉城金阶舞舜干。朝野多欢。九衢三市风光丽，正万家、急管繁弦。凤楼临绮陌，嘉气非烟。

雅俗熙熙物态妍。忍负芳年。笑筵歌席连昏昼，任旗亭、
○○○○●●○△　●●○○　●○○●○○●　●○○
斗酒十千。赏心何处好，惟有尊前。
●●●△　●○○●●　○●○△

此调只有柳永词二首，平仄如一，无别首宋词可校。

校补：《填词名解》以为取自刘禹锡诗《元和十年自朗州
召至京戏赠看花诸君子》"无人不道看花回"句。此调有两体，
六十八字者，始自柳永；一百一字者，始自黄庭坚，有周邦彦、
蔡伸、赵彦端诸词可校。

【殢人娇】

宫调：柳永词注林钟商。

殢人娇 两段六十八字，前后段各六句，四仄韵。　　晏殊

二月春风，正是杨花满路。那堪更、别离情绪。罗巾掩泪，
○●○○　●●○○●▲　●○⊙　●○○▲　○○⊙●
任粉痕沾污。争奈向、千留万留不住。
●●○○▲　○●⊙　○○●○●▲
玉酒频倾，宿眉愁聚。空肠断、宝筝弦柱。人间后会，又
●●○○　●○○▲　○○●　●○○▲　○○●●　●
不知何处。魂梦里、也须时时飞去。
○○○▲　○●⊙　●○○○○▲

此调以此词为正体。此词前后段第五句，例作上一下四句
法，宋元词莫不皆然，填者宜注意之。

校补：此调以此词为正体，若杨无咎词之句读小异，王庭
珪、张智宗、毛滂三词之减字，皆变格。

【两同心】

源流：此调仄韵者，创自柳永；平韵者，创自晏几道。
宫调：仄韵体，柳永词注大石调。

两同心 两段六十八字，前段七句，三仄韵；后段七句，四仄韵。 柳永

伫立东风，断魂南国。花光媚、春醉琼楼，蟾彩回、夜游香陌。忆当时，酒恋花迷，役损词客。
　　别有眼长腰搦。痛怜深惜。鸳鸯阻、夕雨凄飞，锦书断、暮云凝碧。想别来，好景良时，也应相忆。

此调以此词为正体。

校补：此调有三体：仄韵者创自柳永，平韵者创自晏几道，三声叶韵者创自杜安世。若杨无咎词之前段起句用韵，及前后段第五句押韵，皆变格。"蟾彩回"，《钦定词谱》作"蟾彩迥"；"夕雨凄飞"，《钦定词谱》作"夕雨朝飞"。

又一体 两段六十八字，前段七句，三平韵；后段七句，四平韵。 晏几道

楚乡春晚，似入仙源。拾翠处、闲随流水，踏青路、暗惹香尘。心心在，柳外青帘，花下朱门。
　　对景且醉芳尊。莫话销魂。好意思、曾同明月，恶滋味、最是黄昏。相思处，一纸红笺，无限啼痕。

此词押平声韵,虽句叶与柳永仄韵词相同,惟平仄微异。

校补:此调平韵者,只有晏词及黄庭坚词三首,所不同者,前段起句或用韵,或不用韵耳。"闲随流水",《钦定词谱》作"漫随流水"。"莫话销魂",底本作"莫话锁魂",据《钦定词谱》改。"恶滋味",晏几道《小山词》(明刻宋名家词本)作"愁滋味"。

【拾翠羽】

名解:《洛神赋》"或拾翠羽",调名取此。见《钦定词谱》。

拾翠羽 两段六十八字,前后段各七句,四仄韵。 张孝祥

春入园林,花信总随迟速。听鸣禽、稍迁乔木。夭桃弄色,海棠芬馥。风雨霁,芳径草心频绿。
禊事才过,相次禁烟追逐。想千年、楚人遗俗。青旗沽酒,各家炊熟。良夜游,明月胜烧花烛。

此调只有此词,无别首宋词可校。

【连理枝】

源流:此调见《尊前集》李白词,或是李白所创作。
宫调:《尊前集》注黄钟宫,《宋史·乐志》琵琶曲,蕤宾调。
别名:程垓词,名《红娘子》;刘过词,名《小桃红》,又名《灼灼花》。

连理枝 两段七十字，前后段各七句，四仄韵。　李白

雪盖宫楼闭。罗幕昏金翠。斗鸭阑干，香心淡薄，梅梢轻倚。喷宝猊香烬、麝烟浓，馥红绡翠被。

浅画云垂帔。点滴昭阳泪。咫尺宸居，君恩断绝，似远千里。望水晶帘外、竹枝寒，守羊车未至。

此调以此词为正体，前后段两结句，例作上一下四句法。

校补：据万树《词律》，此词为李白创调，只一段，宋人填此词添加后段。然据《钦定词谱》所收李白词已加后段。《诗余图谱》将末两句断为："竹枝寒守，羊车未至。"

【望梅花】

源流：词见《梅苑》。

望梅花 两段七十字，前后段各六句，六仄韵。　蒲宗孟

寒梅堪羡。堪羡轻苞初展。被天人、制巧妆素艳。群芳皆贱。碎剪月华千万片。缀向琼枝欲遍。

小庭幽院。雪月相交无辨。影玲珑、何处临溪见。谢家新宴。别有清香风际转。缥缈著人头面。

此词与唐词和凝三十八字者虽调名相同，而体制迥异。

校补：唐教坊曲名。《梅苑》词调作《望梅花令》。

【月上海棠】

宫调：金词注双调。
别名：陆游词，有"几曾传玉关遥信"句，更名《玉关遥》。

月上海棠 两段七十字，前后段各六句，四仄韵。　　无名氏 见《梅苑》

　　南枝昨夜先回暖。便凌寒、开花暗香远。化工忒煞，把琼瑶、恣情裁剪。皑皑的，点缀梢头又遍。
　　横斜影蘸清溪浅。似玉人、临鸾照粉面。大家休折，且迟留、对花开宴。祝东风，吹作和羹未晚。

此调七十字者，以此词为正体。

校补：此调有两体，七十字者，见《梅苑》无名氏词；九十一字者，见姜夔《白石词》，注夹钟商，曹勋词名《月上海棠慢》。若段克己词之减字、添字，皆变格。

【惜黄花】

源流：此调见史达祖《梅溪词》，或是史达祖所创作。
宫调：金词注仙吕调。

惜黄花 两段七十字，前后段各七句，五仄韵。　史达祖

涵秋寒渚。染霜丹树。尚依稀，是来时、梦中行路。时节正思家，远道仍怀古。更对着、满城风雨。
黄花无数。碧云欲暮。美人兮，美人兮、未知何处。独自卷帘栊，谁为开尊俎。恨不得、御风归去。

前后段相同，"美人兮"适巧借上三句，非叠句也，宋元人填此调者极少。

校补：因词之起句为"涵秋寒渚。染霜丹树"，换头为"黄花无数。碧云欲暮"，关及秋情、秋景，故名。

【且坐令】

源流：此调见韩玉《东浦词》，或是韩玉所创作。

且坐令 两段七十字，前段七句，五仄韵；后段六句，六仄韵。　韩玉

闲院落。误了清明约。杏花雨过胭脂绰。紧了秋千索。斗草人归，朱门悄掩，梨花寂寞。
书万纸、恨凭谁托。才封了、又揉却。冤家何处贪欢乐。引得我、心儿恶。怎生全不思量着。那人人情薄。

此词前后全异，无别首可校。

【归田乐】

源流：此调与五十字《归田乐》，句律迥异。
别名：黄庭坚词，名《归田乐引》。

归田乐 两段七十一字，前段六句，五仄韵；后段七句，五仄韵。　　晏几道

试把花期数。便早有、感春情绪。看即梅花吐。愿花更不谢，春且长住。只恐花飞又春去。
花开还不语。问此意、年年春会否。绛唇青鬓，渐少花前侣。对花又记得，旧曾游处。门外垂杨未飘絮。

【佳人醉】

宫调：柳永词注双调。

佳人醉 两段七十一字，前段七句，五仄韵；后段八句，六仄韵。　　柳永

暮景萧萧雨霁。云淡天高风细。正月华如水。金波银汉，潋滟无际。冷浸书帷梦断，却披衣重起。
临轩砌。素光遥指。因念素娥，杳隔音尘何处，相望同千里。尽凝睇。厌厌无寐。渐晓雕阑独倚。

此调只有此词，无别首可校。

校补：汲古阁本《乐章集》，前段于"临轩砌"句分段，后

段第四句少二字，《钦定词谱》从《花草粹编》校定。

【西施】

宫调：柳永词注仙吕调。

西施 两段七十一字，前段七句，四平韵；后段七句，三平韵。　　柳永

　　柳街灯市好花多。尽让美琼娥。万娇千媚，的的在层波。取次妆梳，自有天然态，爱浅画双蛾。
　　断肠最是金闺客，空怜爱、奈伊何。洞房咫尺，无计枉朝柯。有意怜才，每遇行云处，幸时恁相过。

　　柳永词别首，惟前后段第三句各添一字，及前后段第五、第六两句，作六字三字两句，余同。或前后段第五、第六两句，九字系一气，可以上四下五或上六下三，随便句读也。

　　校补：《花草粹编》柳词别首："自从回步百花桥。便独处清宵。凤衾鸳枕，何事等闲抛。纵有余香，也似郎恩爱，向日夜潜消。　恐伊不信芳容改，将憔悴、写霜绡。更凭锦字，字字说情愫。要识愁肠，但看丁香树，渐结尽春梢。"唯两三字平仄小异，其余并同。

【小镇西犯】

源流：唐教坊曲有《镇西子》，唐乐府亦有《镇西》七言绝句诗。

此盖以旧曲名，另创新声也。见《钦定词谱》。

宫调：柳永词注仙吕调。

小镇西犯 两段七十一字，前段七句，五仄韵；后段八句，六仄韵。　　柳永

水乡初禁火，青春未老。芳菲满、柳汀烟岛。波际红帏缥缈。尽杯盘小。歌袂襏，声声谐楚调。

路缭绕。野桥新市里，花秾妓好。引游人、竞来喧笑。酩酊谁家年少。信玉山倒。家何处，落日眠芳草。

校补：唐教坊曲有《镇西乐》和《镇西子》，前人因谓此调系宋人因唐曲另翻新声。姜夔《凄凉犯》序云："凡曲言犯者，谓以宫犯商、商犯宫之类。"《乐章集》有两调，七十一字者名《小镇西犯》，七十九字者名《小镇西》，或名《镇西》，俱注仙吕调。《乐章集》此名《小镇西犯》，前段第一、二、三句，后段第一、二、三、四句，与《镇西》词同，以下句读俱异。

【檐前铁】

源流：此调见宋杨湜《古今词话》。

名解：因词中有"檐前铁马戛叮当"句，取以为调名。

檐前铁 两段七十一字，前段八句，三仄韵；后段六句，三仄韵。　　无名氏　见《古今词话》

悄无人，宿雨厌厌，空庭乍歇。听檐前、铁马戛叮当，敲破梦魂残结。丁年事，天涯恨，又早在、心头咽。

谁怜我、绮帘前,镇日鞋儿双跌。今番也、石人应下千行血。拟展青天,写作断肠文,难尽说。

此调只有此词,无别首可校。

【三登乐】

源流:此调见范成大《石湖词》,或是范成大所创作。

名解:《汉书·食货志》:"三考黜陟,余三年食;进业曰登,再登曰平,余六年食;三登曰泰平,二十七岁,遗九年食。然后王德流洽,礼乐成焉。"《三登乐》之调名取此。见《钦定词谱》。

三登乐 两段七十一字,前后段各七句,四仄韵。 范成大

一碧鳞鳞,横万里、天垂吴楚。四无人、橹声自语。向浮云、西下处,水村烟树。何处系船,暮涛涨浦。

正江南摇落后,好山无数。尽乘流、兴来便去。对青灯、独自叹,一生羁旅。欹枕梦寒,又还夜雨。

此调以此词为正体。

校补:此调有别词三首及陈三聘和词四首可校,若罗子衍词之句读参差,采以备体,非正格。

【卓牌子近】

源流：此调见袁去华《袁宣卿词》。此调与《卓牌子》句拍不同。宋人填词，有犯、有近、有促拍、有近拍。近者，其腔调微近也。见《钦定词谱》。

卓牌子近 两段七十一字，前段八句，五仄韵；后段六句，四仄韵。　　袁去华

曲沼朱阑，缭墙翠竹晴昼。金万缕、摇摇风柳。还是燕子归时，花信来后。看淡净洗妆态，梅样瘦。春初透。

尽日明窗相守。闲共我焚香，伴伊刺绣。睡眼瞢腾，今朝早是病酒。那堪更、困人时候。

宋人只有此词，无别首可校。

【千秋岁】

源流：《唐书》曰开元十七年八月，玄宗以降诞日，宴百僚于花萼楼下。百僚表请以每年八月五日为千秋节。见宋郭茂倩《乐府诗集》。

宫调：《宋史·乐志》注歇指调，金词注中吕调。

别名：一名《千秋节》。

千秋岁 两段七十一字，前后段各八句，五仄韵。　　秦观

水边沙外。城郭春寒退。花影乱，莺声碎。飘零疏酒盏，离别宽衣带。人不见，碧云暮合空相对。

忆昔西池会。鹓鹭同飞盖。携手处，今谁在。日边清梦断，镜里朱颜改。春去也，飞红万点愁如海。

此调前段第三、第四两句作三字者，以此词为正体，宋元人词皆照此填之。

校补：《张子野词》入仙吕调。吴曾《能改斋漫录》卷二云："南方释子作《渔父》《拨棹子》《渔家傲》《千秋岁》唱道之辞。"未详其与唐教坊曲《千秋乐》《千秋子》之关系。《截江网》卷六载宋游文仲寿词《千秋岁》，按调应属《念奴娇》。《钦定词谱》卷二八《念奴娇》调下注云："游文仲词《千秋岁》。"此调若周紫芝词之多押两韵，石孝友词之多押四韵，叶梦得词之少押一韵，晁补之词之少押两韵，皆变格。"水边沙外"，《钦定词谱》作"柳边沙外"；"飞红万点愁如海"，《钦定词谱》作"落红万点愁如海"。

又一体 两段七十二字，前段七句，五仄韵；后段八句，五仄韵。　　欧阳修

数声鶗鴂。又报芳菲歇。惜春更把残红折。雨轻风色暴，梅子青时节。永丰柳，无人尽日花飞雪。

莫把丝弦拨。怨极弦能说。天不老，情难绝。心似双丝网，中有千千结。夜过也，东窗未白残灯灭。

此调前段第三句作七字者，以此词为正体，宋元人词皆照此填之。

校补：若《梅苑》无名氏词之少押一韵，乃变格。"莫把丝弦拨"，《钦定词谱》作"莫把幺弦拨"。

【惜奴娇】

源流：此调创自晁补之。
宫调：高拭词注双调。

惜奴娇 两段七十二字，前后段各七句，五仄韵。　　史达祖

香剥酥痕，自昨夜、春愁醒。高情寄、冰桥雪岭。试约黄昏，便不误、黄昏信。人静。倩娇娥、留连秀影。
吟鬟簪香，已断了、多情病。年年待、将春管领。镂月描云，不枉了、闲心性。漫听。谁敢把、红颜比并。

晁补之词与此同，惟晁词前段第二句作五字，宋人照填者甚少。兹采史达祖词，前后段相同，极为整齐，以为词式。

校补：《高丽史·乐志》，宋赐大晟乐内有《惜奴娇曲破》。蔡伸"隔阔多时"词，正与此同，唯后段第六、七句"只替那、火桶儿，与奴暖被"，多一衬字；石孝友"我已多情"词，亦与此同，唯前段第二句"更撞着、多情底你"，亦多一衬字；又"合下相逢"词，亦与此同，唯前结"冤家，你教我、如何割舍"，

后结"冤家,休直待、教人咒骂",叶两平韵;赵长卿"洛浦娇魂"词,亦与此同,唯后段第二句"怎似妖娆体调",不作折腰句法,第五句不押韵,均属变格。

【忆帝京】

宫调:柳永词注南吕调。

忆帝京 两段七十二字,前段六句,四仄韵;后段七句,四仄韵。　柳永

薄衾小枕凉天气。乍觉别离滋味。展转数寒更,起了还重睡。毕竟不成眠,一夜长如岁。
也拟待、却回征辔。又争奈、已成行计。万种思量,多方开解,只恁寂寞厌厌地。系我一生心,负你千行泪。

此调以此词为正体。

校补:王维《晓行巴峡》诗:"际晓投巴峡,余春忆帝京。"调名或本此。黄庭坚"鸣鸠乳燕"词、"薄妆小靥"词,皆与此同,若黄庭坚"银烛生花"词之添字,亦变格也。"薄衾小枕凉天气",《钦定词谱》作"薄衾小枕天气";"也拟待",《钦定词谱》作"也拟把"。

【于飞乐】

宫调:金词注高平调,元词注南吕调。

别名：史达祖词，名《鸳鸯怨曲》。

于飞乐 两段七十二字，前段八句，四平韵；后段八句，三平韵。　　晏几道

晓日当帘，睡痕犹占香腮。轻盈笑倚鸾台。晕残红，匀宿翠，满镜花开。娇蝉鬓畔，插一枝、淡蕊疏梅。
每到春深，多愁饶恨，妆成懒下香阶。意中人，从别后，萦系情怀。良辰好景，相思字，唤不归来。

此调有三体，大同小异，兹采晏词一首以为式。

校补：《张子野词》名《于飞乐令》，入高平调（林钟羽）。此调有晏殊、张先、毛滂词三体。史达祖"绮翼翩翩"词，照此填。

【撼庭竹】

种类：有平韵、仄韵两体。

撼庭竹 两段七十二字，前段六句，五平韵；后段六句，四平韵、一叶韵。　　黄庭坚

呜咽南楼吹落梅。闻鸦树惊栖。梦中相见不多时。隔城今夜也应知。坐久水空碧，山月影沉西。
买个宅儿住着伊。刚不肯相随。如今果被天嗔你。永落鸡群被鸡欺。空恁可怜伊，风日损花枝。

此押平声韵。此词后段"如今却被天嗔你"句,即前段"梦中相见不多时"句,例应押平韵,此词用"你"字,亦是三声叶韵。见《钦定词谱》。

又一体 两段七十二字,前段六句,五仄韵;后段六句,四仄韵。 王诜

绰略青梅弄春色。真艳态堪惜。经年费尽东君力。有情先到探春客。无语泣寒香,时暗度瑶席。
月下风前空怅望,思携手同摘。画阑倚遍无消息。佳辰乐事再难得。还是夕阳天,空暮云凝碧。

此押仄声韵。此词字句,与平韵词同。惟后段起句不押仄,及句中平仄略异耳。《钦定词谱》云:"此词既押平声韵,其句中平仄,即与押仄声韵者不同。"

【粉蝶儿】

源流:此调见毛滂《东堂词》,或是毛滂所创作。
宫调:金词注中吕调,《太和正音谱》注中吕宫。
名解:因词中有"粉蝶儿"三字,即取以为调名。

粉蝶儿 两段七十二字,前后段各八句,四仄韵。 毛滂

雪遍梅花,素光都共奇绝。到窗前、认君时节。下重帏,香篆冷,兰膏明灭。梦悠扬,空绕断云残月。
沈郎带宽,同心放开重结。褪罗衣、楚腰一捻。正春风,

新著模,花花叶叶。粉蝶儿,这回共花同活。
○●● ◎○●▲ ●○○ ◎○●○▲

此调以此词为正体。

校补:辛弃疾、蒋捷词,俱照此填,若曹冠词之摊破句法,乃变格。

【绕池游】

源流:此调见宋曾慥《乐府雅词》。
宫调:蒋氏《九宫谱目》注双调。

绕池游 两段七十二字,前段八句,五仄韵;后段八句,六仄韵。　　无名氏 见《乐府雅词》

渐春工巧,玉漏花深寒浅。韶景变,融晴蕙风暖。都门
○○○● ●●○○○▲ ○●● ○○●○▲ ○○
十二,三五银蟾光满。瑞烟葱蒨。禁城阆苑。
●● ○●○○○▲ ●○○▲ ●○●▲
棚山雉扇。绛蜡交辉星汉。神仙籍,梨园奏弦管。都人游
○○●▲ ●●○○○▲ ○○● ○○●○▲ ○○○
玩。万井山呼欢忭。岁岁天仗,愿瞻凤辇。
▲ ●●○○○▲ ●●○● ●○●▲

此调只有此词,无别首可校。

卷五

【师师令】

源流：此调见张先《张子野词》，或是张先所创作。
宫调：张先词注中吕宫。
名解：宋汴京有名妓李师师，此调似是张先为李妓作。

师师令 两段七十三字，前后段各六句，五仄韵。　　张先

香钿宝珥。拂菱花如水。学妆皆道称时宜，粉色有、天然春意。蜀彩衣长胜未起。纵乱霞垂地。
都城池苑夸桃李。问东风何似。不须回扇障清歌，唇一点、小于朱蕊。正值残英和月坠。寄此情千里。

此调只有此词，无别首可校。后起换头，余同。

校补：清吴衡照《莲子居词话》卷一："张子野《师师令》，相传为赠李师师作。按，子野天圣八年进士，见《齐东野语》。至熙宁六年，年八十五，见《东坡集》。熙宁十年，年八十九卒，见《吴兴志》。自子野之卒，距政和、重和、宣和年间，又三十余年，是子野已不及见师师，何由而为是言乎？调名《师

师令》，非因李师师也。"其前后段第二句、结句，俱作上一下四句法，填者不可泛作五言。

【隔浦莲近拍】

源流：唐《白居易集》有《隔浦莲》曲，调名本此。见《钦定词谱》。

宫调：周邦彦词注大石调。

别名：吴文英词，名《隔浦莲近》；史达祖词，名《隔浦莲》。

隔浦莲近拍 两段七十三字，前后段各八句，六仄韵。　周邦彦

新篁摇动翠葆。曲径通深窈。夏果收新脆，金丸落，惊飞鸟。浓翠迷岸草。蛙声闹。骤雨鸣池沼。
水亭小。浮萍破处，帘花檐影颠倒。纶巾羽扇，困卧北窗清晓。屏里吴山梦自到。惊觉。依然身在江表。

此调以此词为正体，宋元人词，俱照此填之。

校补：吴文英、陆游、彭元逊词之少押一韵，皆变格。坊刻或于"水亭小"句分段，《钦定词谱》照赵彦端词订定。此词前段第四、五句，坊刻或作"金丸惊落飞鸟"，《词律》亦并作一句，引方千里和词证之，然史达祖词"虚堂中，自回互"，又一首"西风净，不放冷"，陈允平词"林幽乐，多禽鸟"，赵闻礼词"杨花扑，春云暖"，钱应庚词"微微落，飞檐雨"，俱作三字两句，则周邦彦词之作两句，是亦一体。"浓翠迷岸草"，

《钦定词谱》作"浓霭迷岸草";"帘花檐影颠倒",《钦定词谱》作"檐花帘影颠倒"。

【郭郎儿近】

源流：此调见柳永《乐章集》。傀儡于戏，〔汉高祖在平城被冒顿单于所围，陈平造木偶人以退阏氏之军，后乐家翻为戏。〕其引歌舞有郭郎者，发正秃，善优笑，闾里呼为"郭郎"，凡戏场必在俳儿之首。见唐段安节《乐府杂录》。

宫调：柳永词注仙吕调。

名解：柳词调名，或取诸此。

别名：或作《郭郎儿近拍》。

郭郎儿近 两段七十三字，前段七句，五仄韵；后段八句，四仄韵。　　柳永

帝里。闲居小曲深坊，庭院沉沉朱户闭。新霁。畏景天气。薰风帘幕无人，永昼厌厌如度岁。
●▲　○●●○○▲　○●○●　●●○▲
○○○●○○　●●●○○●▲
愁悴。枕簟微凉，睡久辗转慵起。砚席尘生，新诗小阕，等闲都尽废。这些儿、寂寞情怀，何事新来常恁地。
○▲　●●○○　●●●●○▲　●●○○　○○●●　●○○●▲
●○○、●●○○　○●○○○●▲

万树《词律》云："此词非有落字，必有讹字。"但无别首可校。

校补：《钦定词谱》调名作《郭郎儿近拍》。"愁悴"二字，是后段起句，盖后结"何事"句，正与"永昼"句合也。

【临江仙引】

源流：此调见柳永《乐章集》，与《临江仙》及《临江仙慢》不同。
宫调：柳永词注南吕调。

临江仙引 _{两段七十四字，前段十句，四平韵；后段六句，三平韵。}　　柳永

渡口，向晚，乘瘦马，陟平冈。西郊又送秋光。对暮山横翠，衬残叶飘黄。凭高念远，素景楚天，无处不凄凉。
香闺别来无信息，云愁雨恨难忘。指帝城归路，但烟水茫茫。凝情望断泪眼，尽日独立斜阳。

柳永词二首，大同小异，其起句俱作二字两句，前段第六、第七两句，及后段第三、第四两句，俱作上一下四句法，填者宜审之。

校补："陟平冈"，《钦定词谱》作"陟崇冈"。

【百媚娘】

源流：此调见张先《张子野词》，或是张先所创作。
宫调：张先词注双调。
名解：因词中有"百媚算应天乞与"句，取以为调名。

百媚娘 两段七十四字，前后段各六句，五仄韵。 张先

珠阁五云仙子。未省有谁能似。百媚算应天乞与，净饰艳妆俱美。取次芳华皆可意。何处比桃李。
蜀被锦纹铺水。不放彩鸳双戏。乐事也知存后会，争奈眼前心里。绿皱小池红叠砌。花外东风起。

此调只有此词，无别首可校。前后段相同。

校补："百媚算应天乞与"，《钦定词谱》作"百媚等应天乞与"；"何处比桃李"，《钦定词谱》作"何处无桃李"；"不放彩鸳双戏"，《钦定词谱》作"不放彩鸾双戏"。

【风入松】

源流：古琴曲有《风入松》，唐僧皎然有《风入松》歌，见《乐府诗集》，调名本此。见《钦定词谱》。

宫调：《宋史·乐志》注林钟商，高拭词注仙吕调。

别名：韩淲词，有"小楼春映远山横"句，名《远山横》。

风入松 两段七十四字，前后段各六句，四平韵。 晏几道

柳阴庭院杏梢墙。依旧巫阳。凤箫已远青楼在，水沉烟、复暖前香。临镜舞鸾离照，倚筝飞雁辞行。
坠鞭人意自凄凉。泪眼回肠。断云残雨当年事，到如今、几度难忘。两袖晓风花陌，一帘夜月兰堂。

此调以此词为正体，前后段相同。

校补：蒋氏《十三调》注双调，亦名《风入松慢》。若赵彦端、康与之词之减字，皆变格。

【传言玉女】

宫调：高拭词注黄钟宫。

名解：《汉武内传》：帝闲居承华殿，忽见一女子曰："我墉宫玉女王子登也，至七月七日，王母暂来。"言讫，不知所在。世所谓传言玉女也，调名取此。见《钦定词谱》。

传言玉女 两段七十四字，前后段各八句，四仄韵。　晁冲之

一夜东风，吹散柳梢残雪。御楼烟暖，对鳌山彩结。箫鼓向晚，凤辇初回宫阙。千门灯火，九街风月。

绣阁人人，乍嬉游、困又歇。艳妆初试，把朱帘半揭。娇波溜人，手捻玉梅低说。相逢长是，上元时节。

此调以此词为正体。前后段第四句，例作上一下四句法，填者宜注意之。

校补：后段第二句六字折腰，杨无咎、赵善扛、黄机、石孝友诸词，俱与此同。若曾觌词之句法小异，袁褧词之减字，皆变格。"吹散柳梢残雪"，《钦定词谱》作"不见柳梢残雪"；"九街风月"，《钦定词谱》作"九衢风月"；"娇波溜人"，《钦定

词谱》作"娇羞向人"。

【枕屏儿】

源流：此调见宋黄大舆《梅苑》。

枕屏儿 两段七十四字，前后段各九句，四仄韵。　无名氏 见《梅苑》

江国春来，留得素英肯住。月笼香，风弄粉，诗人尽许。酥蕊嫩，檀心小，不禁风雨。须东君、与他做主。
繁杏夭桃，颜色浅深难驻。奈芳容，全不称，冰姿伴侣。水亭边，山驿畔，一枝风措。十分似、那人淡泞。

此调只有此词，无别首可校。前后段相同。

【隔帘听】

源流：唐教坊曲名。
宫调：柳永词注林钟商。

隔帘听 两段七十四字，前段七句，五仄韵；后段七句，七仄韵。　柳永

咫尺凤衾鸳帐，欲去无因到。虾须窣地重门悄。认绣履频移，洞房窅窅。强语笑。逞如簧、再三轻巧。
梳妆早。琵琶闲抱。爱品相思调。声声似把芳心告。隔帘听、赢得断肠多少。恁烦恼。除非共伊知道。

此调只有此词，无别首可校。

校补：唐王建咏《霓裳》诗："中管五弦初半曲，遥教合上隔帘听。"谓堂下奏曲，堂上垂帘以听。郑万钧《代国长公主碑》亦云："至于箜篌、笛、琴、挡琵琶、七弦、阮咸、筝，隔帘听之，随手便合，有若天与，实同生知。"调名或出于此。柳永词"声声似把芳心告。隔帘听、赢得断肠多少"句，词意亦与调名相合。坊刻于"梳妆早"句分段，《钦定词谱》照《花草粹编》校正。底本后段后四句，《钦定词谱》作"声声似把相思告。但隔帘赢得，断肠多少。恁烦恼。除非是、共伊知道"。

【碧牡丹】

宫调：金词注中吕调。

碧牡丹 两段七十五字，前段九句，五仄韵；后段九句，六仄韵。　程垓

睡起情无着。晓雨尽，春寒弱。酒盏飘零，几日顿疏行乐。试数花枝，问此情何若。为谁开，为谁落。
正愁却。不是花情薄。花元笑人萧索。旧观千红，至今冷梦难托。燕麦春风，更几人惊觉。对花羞，为花恶。

此词前段第七句、后段第七句，例应作上一下四句法。

校补：此调最早见张先词，《钦定词谱》以晏几道"翠袖疏纨扇"词为正体。《道山清话》云："晏元献公为京兆尹，辟张先

为通判。新纳侍儿,公甚属意。先字子野,能为诗词,公雅重之。每张来,即令侍儿出侑觞,往往歌子野之词。其后王夫人浸不容,公即出之。一日子野至,公与之饮。子野作《碧牡丹》词,令营妓歌之。"此词题云"晏同叔出姬",盖为侍儿而作,取名《碧牡丹》以喻之。此词与晏词同,唯前段第二句添一字,作三字两句,两结句各摊破句法,作三字两句异。

【剔银灯】

宫调:柳永词注仙吕调,高拭词注中吕宫。
别名:一名《剔银灯引》。

剔银灯 两段七十五字,前后段各七句,五仄韵。 柳永

何事春工用意。绣画出、万红千翠。艳杏夭桃,垂杨芳草,各斗雨膏烟腻。如斯佳致。早晚是、读书天气。

渐渐园林明媚。便好安排欢计。论槛买花,盈车载酒,百琲千金邀妓。何妨沉醉。有人伴、日高春睡。

此调以此词为正体。

校补:《填词名解》以毛滂词中有"频剔银灯,别听牙板"句,认为调名出此,实则柳永《乐章集》中已有。毛滂词自注"侑歌者以七急拍七拜劝酒",或系其歌法。此词以柳永、毛滂、杜安世词为正体,若范仲淹、衷长吉词之添字,皆变格。此词前段第二句七字,后段第二句六字,杜安世"夜永衾寒"词,

正与此同。

【越溪春】

源流：此调见欧阳修《近体乐府》，或是欧阳修所创作。
名解：因词中有"春色遍天涯，越溪阆苑繁华地"句，取以为调名，盖即赋越溪春色也。

越溪春 两段七十五字，前段七句，三平韵；后段六句，四平韵。　　欧阳修

三月十三寒食日，春色遍天涯。越溪阆苑繁华地，傍禁垣、珠翠烟霞。红粉墙头，秋千影里，临水人家。
归来晚驻香车。银箭透窗纱。有时三点两点雨霁，朱门柳细风斜。沉麝不烧金鸭冷，笼月照梨花。

此调只有此词，无别首可校。

校补：结二句，《词综》作"沉麝不烧金鸭，玲珑月照梨花"，六字两句。查欧集，"玲"字系"冷"字，"珑"字系"笼"字，"冷"字属上作句，方有情韵，旧本皆然，《钦定词谱》从之。

【长生乐】

源流：此调见晏殊《珠玉词》，或是晏殊所创作。

长生乐 两段七十五字,前段八句,五平韵;后段六句,四平韵。　　晏殊

玉露金风月正圆。台榭早凉天。画堂嘉会,组绣列芳筵。洞府星辰龟鹤,福寿来添。欢声喜色,同入金炉泛浓烟。
清歌妙舞,急管繁弦。榴花满酌觥船。人尽祝、富贵又长年。莫教红日西晚,留着醉神仙。

前段结句,例作拗句,填者宜注意之。

校补:前段第六句,旧本作"来添福寿",应作"福寿来添"方合,观别首"飘散歌声","声"字用韵可证。

【诉衷情近】

源流:此调见柳永《乐章集》。与《诉衷情令》词不同。
宫调:柳永词注林钟商。

诉衷情近 两段七十五字,前段七句,三仄韵;后段九句,六仄韵。　　柳永

雨晴气爽,伫立江楼望处。澄明远水生光,重叠暮山耸翠。遥认断桥幽径,隐隐渔村,向晚孤烟起。
残阳里。脉脉朱阑静倚。黯然情绪,未饮先如醉。愁无际。暮云过了,秋风老尽,故人千里。竟日空凝睇。

校补:"遥认断桥幽径",《钦定词谱》作"遥想断桥幽径"。"秋风老尽",底本作"秋光老尽",据《钦定词谱》改。

【下水船】

源流：唐教坊曲名。

名解：唐王定保《摭言》："裴庭裕，乾宁中在内廷，文书敏捷，号'下水船'。"调名取此。见《钦定词谱》。

下水船 两段七十五字，前段七句，六仄韵；后段八句，六仄韵。 贺铸

芳草青门路。还拂京尘东去。回想当年，离绪送君南浦。愁几许。尊酒流连薄暮。帘卷津楼风雨。
凭阑语。草草蘅皋赋。分首惊鸿不驻。灯火虹桥，难寻弄波微步。漫凝伫。莫怨无情流水，明日扁舟何处。

此调以此词为正体。

校补：唐崔令钦《教坊记》已录有《下水船》曲名，任半塘《教坊记笺订》谓《下水船》与《上行杯》《回波乐》等，"同起于曲水流觞之义，用为酒令著词"。《钦定词谱》以黄庭坚"总领神仙侣"为正体。"离绪送君南浦"，《钦定词谱》作"离声送君南浦"；"帘卷津楼风雨"，《钦定词谱》作"帘卷津楼烟雨"。"明日扁舟何处"，底本作"明月扁舟何处"，据《钦定词谱》改。

【解蹀躞】

源流：此调始自周邦彦。

宫调：周邦彦词注商调。

名解：古诗曰："白马黄金鞍，蹀躞柳城前。""蹀躞"，缓行貌。见周邦彦《片玉集》注。

别名：曹勋词，名《玉蹀躞》。

解蹀躞 两段七十五字，前段六句，三仄韵；后段七句，五仄韵。 周邦彦

候馆丹枫吹尽，回旋随风舞。夜寒霜月、飞来伴孤旅。还是独拥秋衾，梦余酒困都醒，满怀离苦。

甚情绪。深念凌波微步。幽房暗相遇。泪珠都作、秋宵枕前雨。此恨音驿难通，待凭征雁归时，寄将愁去。

此调以此词为正体。

校补：蹀躞，军中佩带上的饰物。《辽史·西夏纪》："金涂银带，佩蹀躞、解锥、短刀、弓矢。"此调始见《清真集》，应以此词为正体，若杨无咎词之多押一韵，吴文英词之少押一韵，方千里词及杨无咎词别首之句读参差，曹勋词之句读小异，皆变格。但杨、吴、曹三体，字句整齐，方词及杨词别首，则采以备考，不可为法。"寄将愁去"，底本作"带将愁去"，据《钦定词谱》改。

【扑蝴蝶】

源流：周密《癸辛杂志》云："吴有小妓，善舞《扑蝴蝶》。"疑是舞曲。见《钦定词谱》。

别名：邵叔齐词，名《扑蝴蝶近》。

扑蝴蝶 两段七十五字，前段七句，三仄韵；后段八句，四仄韵。　　曹组

人生一世，思量争甚底。花开十日，已随尘逐水。且看欲尽花枝，莫厌伤多酒盏，何须细推物理。
幸容易。有人争奈，只知名与利。朝朝日日，忙忙劫劫地。待得一晌闲时，又却三春过了，何如对花沉醉。

校补：本调现存最早之作品为晏几道"风梢雨叶"词。此调有两体，后段第三句或五字、或七字。"莫厌伤多酒盏"，《钦定词谱》作"未厌伤多酒盏"。

【千年调】

别名：此调曹组词，原名《相思会》，辛弃疾因曹词中有"刚作千年调"句，改名《千年调》。

千年调 两段七十五字，前后段各九句，四仄韵。　　辛弃疾

卮酒向人时，和气先倾倒。最要然然可可，万事称好。滑稽坐上，更对鸱夷笑。寒与热，总随人，甘国老。
少年使酒，出口人嫌拗。此个和合道理，近日方晓。学人言语，未曾十分巧。看他们，得人怜，秦吉了。

辛词源出于曹词，惟曹词句读参差，故采辛词以为式。

校补："更对鸱夷笑"，《钦定词谱》作"更对鸱彝笑"；"未

曾十分巧",《钦定词谱》作"未会十分巧"。

【蕊珠闲】

源流：此调见赵彦端《介庵琴趣》，或是赵彦端所创作。

蕊珠闲 两段七十五字，前段八句，四仄韵；后段八句，六仄韵。 赵彦端

　　浦云融、梅风断，碧水无情轻度。有娇黄上林梢，向春欲舞。绿烟迷昼，浅寒欺暮。不胜小楼凝伫。
　　倦游处。故人相见易阻。花事从今堪数。片帆无恙，好在一篙春雨。醉袍宫锦，画罗金缕。莫教恨传幽句。

　　此调只有此词，无别首可校。前段第三句"有娇黄上林梢"六字，疑有脱误，然无别首可校也。

【瑞云浓】

源流：此调见杨无咎《逃禅词》，或是杨无咎所创作，与《瑞雪浓》无涉。

宫调：蒋氏《九宫谱目》入黄钟宫。

瑞云浓 两段七十五字，前后段各七句，四仄韵。 杨无咎

　　暌离漫久，年华谁信曾换。依旧当时似花面。幽欢小会，记永夜、杯行无算。醉里屡忘归，任虚檐月转。

能变新声,随语意、悲欢感怨。可更余音寄羌管。倦游江浙,问似伊、阿谁曾见。度已无肠,为伊可断。

此调只有此词,无别首可校。

【番枪子】

源流:此调见韩玉《东浦词》,或是韩玉所创作。
别名:李献能因韩词后结有"春草碧"句,更名《春草碧》。

番枪子 两段七十五字,前段五句,四仄韵;后段六句,四仄韵。 韩玉

莫把团扇双鸾隔。要看玉溪头、春风客。妙处风骨萧闲,翠罗金缕瘦宜窄。转面两眉攒、青山色。
到此月想精神,花似秀质。待与不清狂、如何得。奈何难驻朝云,易成春梦恨又积。送上七香车、春草碧。

此调惟金元人填之。

校补:唐教坊曲有《蕃将子》,与《赞普子》并列,皆与吐蕃有关。《番枪子》或沿《蕃将子》而变之,如五代时将《赞普子》作《赞浦子》。此二曲一赞吐蕃君主,一赞其将。金元人填《番枪子》者颇多,或因其与少数民族事相关。有完颜璹、李献能、钱抱素、钱应庚词可校。

【荔枝香】

源流：《唐史·乐志》(《新唐书·礼乐志》)云："帝幸骊山，〔杨〕贵妃生日，命小部张乐长生殿，奏新曲，未有名，会南方进荔枝，因名〔曰〕《荔枝香》。"《脞说》云："太真妃好食荔枝，每岁忠州置急递上进，五日至都。天宝四年夏，荔枝滋甚，比开笼时，香满一室，供奉李龟年撰此曲进之，宣赐甚厚。"《杨妃外传》云："明皇在骊山，命小部张乐（音声）于长生殿奏新曲，未有名，会南海进荔枝，因名《荔枝香》。"三说虽小异，要是明皇时曲，今歇指、大石两调，皆有近拍，不知何者为本曲。见宋王灼《碧鸡漫志》。此调始自柳永词。

宫调：柳永、周邦彦词俱注歇指调。

别名：一名《荔枝香近》。

荔枝香 两段七十六字，前后段各七句，四仄韵。　　柳永

甚处寻芳赏翠，归去晚。缓步罗袜生尘，来绕琼筵看。金缕霞衣轻褪，似觉春游倦。遥认、众里盈盈好身段。

拟回首，又伫立、帘帷畔。素脸翠眉，时揭盖头微见。笑整金翘，一点芳心在娇眼。王孙空恁肠断。

此调以此词为正体。前段结句，可四字豆五字一句，亦可六字豆三字一句。

校补：《荔枝香》有两体，七十六字者始自柳永，有周邦彦、

方千里、杨泽民、陈允平及吴文英词可校;七十三字者始自周邦彦,有方千里、杨泽民、陈允平和词,及袁去华词可校。此调七十六字者,名《荔枝香》,无"近"字,以此词为正体,周邦彦"照水残红"词,正与此同,但前段结句,脱落一字耳。若方千里词之多押一韵,杨泽民词之多押两韵,陈允平词及吴文英词二首之句读小异,皆变格。

【婆罗门引】

源流:唐《教坊记》有《婆罗门》小曲,《宋史·乐志》有婆罗门舞队。《乐苑》曰:"《婆罗门》,商调曲,开元中西凉府节度杨敬述进。"《唐会要》曰:"天宝十三载,改《婆罗门》为《霓裳羽衣》。"宋词调名,疑本于此。

宫调:吴文英词注羽调。

别名:《梅苑》词,名《婆罗门》;段克己词,名《望月婆罗门引》。

婆罗门引 两段七十六字,前段七句,四平韵;后段七句,五平韵。　杨如晦

帐云暮卷,漏声不到小帘栊。银潢夜扫晴空。皓月当轩高挂,秋入广寒宫。正金波不动,桂影玲珑。
佳人未逢。怅此夕、与谁同。对酒当歌追念,霜满愁红。南楼何处,想人在、长笛一声中。凝泪眼、立尽西风。

此调以此词为正体,宋元各家俱照此填之。此词本咏望月之作,段克己改为《望月婆罗门引》,元好问《婆罗门引》词一

首，其题亦作《望月》也。

校补："婆罗门"为梵语音译，意为清贵、净行。唐玄奘《大唐西域记》："印度种性、族类群分，而婆罗门特为清贵。从其雅称，传以成俗。"唐慧琳《一切经音义》三释"婆罗门"："梵语，即梵天名也。唐云'净行'。此类人……皆博识多才，明闲众论，多为王者师傅。高蹈不仕，或求仙养寿，时有证得五通神仙者。"敦煌曲中有《婆罗门》四首，杂言体，每首起句分别为："望月婆罗门""望月陇西生""望月曲弯弯""望月在边州"。此"望月"二字影响调名，故《教坊记》所载曲名为《望月婆罗门》。宋人用作词调后，仍常入望月之意。《钦定词谱》谓"此曹组《望月》词也，故金词改名《望月婆罗门引》"。"帐云暮卷"，底本作"涨云幕卷"，据宋曾慥《乐府雅词》（四部丛刊景钞本）改。"银潢夜扫晴空"，《钦定词谱》作"银河淡扫澄空"；"桂影玲珑"，《钦定词谱》作"桂影朦胧"；"怅此夕"，《钦定词谱》作"叹此夕"；"对酒当歌追念，霜满愁红"，《钦定词谱》作"望远伤怀对景，霜满秋红"。"长笛一声中"，底本作"长横一声中"，据《钦定词谱》改。

【韵令】

源流：唐《教坊记》有《上韵》《中韵》《下韵》三小曲，《韵令》调名，疑出于此。宋周煇《清波杂志》云："宣和间，衣着曰韵襆，果实曰韵梅，词曲曰韵令。"张世南《游宦纪闻》云：宣和间，市井竞唱《韵令》。见《钦定词谱》。

韵令 _{两段七十六字，前后段各九句，五平韵。} 程大昌

是男是女，都有官称。儿孙仕也登。时新衣着，不待经营。寒时火柜，春里花亭。星辰上履，我只唤卿卿。寿开八秩，两鬓全青。颜红步武轻。定知前面，大有年龄。芝兰玉树，更愿充庭。为询王母，桃颗几时赪。

此调只有此词，无别首可校。前后段相同。

校补：张世南《游宦纪闻》卷三云："（程公衡）知音律，宣和间，市井竞唱《韵令》，程曰：'五声皆往而不返，不祥也。'"金人王喆有词名《三光会合》，题下注云："俗名《韵令》。"其词字句与程大昌词相同，但叶韵较稠密。见《重阳教化集》卷一。"颜红步武轻"，《钦定词谱》作"红颜步武轻"。

【春声碎】

源流：谭宣子自度曲。

名解：因词中前结"春声碎"三字，取以为调名。

春声碎 _{两段七十六字，前段八句，三仄韵；后段七句，五仄韵。} 谭宣子

津馆贮轻寒，脉脉离情如水。东风不管，垂杨无力，总雨颦烟腻。阑干外，怕春燕掠天，疏鼓叠、春声碎。刘郎易憔悴。况是恹恹病起。蛮笺漫展，便写就新词、倩谁寄。当此际。浑似梦峡啼湘，一寸相思千里。

此调只有此词，无别首可校。

校补：前后段起结，字句整齐，中间稍有参差。"蛮笺漫展"，《钦定词谱》作"花笺漫展"；"倩谁寄"，《阳春白雪》本作"倩谁将寄"；"一寸相思千里"，《钦定词谱》作"搅一寸、相思意"。

【凤楼春】

源流：唐教坊曲名。此调见《花间集》。
宫调：《金奁集》注双调。

凤楼春　两段七十七字，前段八句，六平韵；后段九句，五平韵。　欧阳炯

凤髻绿云丛。深掩房栊。锦书通。梦中相见觉来慵。匀面泪，脸珠融。因想玉郎何处去，对淑景谁同。
小楼中。春思无穷。倚阑凝望，暗牵愁绪，柳花飞起东风。斜日照帘，罗幌香冷粉屏空。海棠零落，莺语残红。

此调见《花间集》，惟只有欧阳炯一词，无别首可校。后段第七句，句法微拗，当是音律宜然，填者应注意之。

校补：后段第六句"斜日照帘"，《花草粹编》作"帘栊"，《词综》仍之，然《花间集》无此字，又重押韵，不可从。"斜日照帘罗幌"句，万树以"帘"字为句，注云或当在"幌"字断句，而据《历代诗余》，"帘"字上有"珠"字，或应据补。

【祝英台近】

宫调：高拭词注越调。

别名：辛弃疾词，有"宝钗分，桃叶渡"句，名《宝钗分》；张
辑词，有"趁月底、重修箫谱"句，名《月底修箫谱》；
韩淲词，有"燕莺语、溪岸点点飞绵"句，名《燕莺语》；
又有"却又在他乡寒食"句，名《寒食词》。

祝英台近 两段七十七字，前段八句，三仄韵；后段八句，四仄韵。　程垓

坠红轻，浓绿润，深院又春晚。睡起恹恹，无语小妆懒。
可堪三月风光，五更魂梦，又都被、杜鹃催趱。
怎消遣。人道愁与春归，春归愁未断。闲倚银屏，羞怕泪
痕满。断肠沉水重熏，瑶琴闲理，奈依旧、夜寒人远。

此调以此词为正体，各家多依此填之。

校补：辛弃疾词，又名《祝英台令》。毛先舒《填词名解》：
"《祝英台近》，《宁波府志》载东晋越有梁山伯、祝英台，尝同
学，祝先归。梁后访之，乃知祝为女，欲娶之，然祝已许马氏
之子。梁忽忽成疾。后为鄞令，且死，遗言葬清道山下。明年，
祝适马氏，过其地而风涛大作，舟不能进。祝乃造冢哭之哀恸，
其地忽裂，祝投而死之。事闻，丞相谢安请封为'义妇'。"龙
榆生《唐宋词格律》："此调宛转凄抑，犹可想见旧曲遗音。"吴
文英"剪红情"词、"问流花"词、"采幽香"词，张炎"水西船"
词，汤恢"宿醒苏"词、"月如冰"词，李彭老"杏花初"词，俱

如此填。若史达祖、韩淲、张炎、刘过、辛弃疾、岳珂六词之押韵异同，陈允平词之另押平声韵，皆变格。

【四园竹】

源流：此调见周邦彦《片玉集》，或是周邦彦所创作。
宫调：周邦彦词注小石调。
别名：或名《西园竹》。

四园竹 两段七十七字，前段八句，三平韵、一叶韵；后段八句，四平韵、一叶韵。　　周邦彦

浮云护月，未放满朱扉。鼠摇暗壁，萤度破窗，偷入书帏。秋意浓，闲伫立、庭柯影里。好风襟袖先知。
夜何其。江南路绕重山，心知漫与前期。奈向灯前堕泪，肠断萧娘，旧日书辞。犹在纸。雁信绝、清宵梦又稀。

此调以此词为正体。前后段第七句，各叶一仄声韵，方千里、杨泽民、陈允平所和周邦彦词悉同。

校补：若杨泽民词之句读小异，陈允平词之摊破句法、又少押一韵，皆变格。

【侧犯】

源流：陈旸《乐书》云："唐自天后末年，剑气入浑脱，始为犯声。明皇时，乐人孙处秀，善吹笛，好作犯声，时人以

为新意而效之,因有犯调。"姜夔词注云:"唐人《乐书》,以宫犯羽者为侧犯。"此调创自周邦彦,调名或本于此。见《钦定词谱》。

宫调:周邦彦词注大石调。

侧犯 两段七十七字,前段九句,六仄韵;后段九句,五仄韵。 周邦彦

暮霞霁雨,小莲出水红妆靓。风定。看步袜江妃、照明镜。飞萤度暗草,秉烛游花径。人静。携艳质,追凉就槐影。

金环皓腕,雪藕清泉莹。谁念省。满身香,犹是旧荀令。见说胡姬,酒炉寂静。烟锁漠漠,藻池苔井。

此调创自周邦彦,自以此词为正体。

校补:袁去华"篆销余馥"词,与此同,若姜夔词、方千里词之多押一韵,陈允平词之摊破句法,皆变格。坊本刻此词,后段第七句作"酒垆寂静","静"字押韵重出。方千里、杨泽民和词,无不押"迥"字韵者,《钦定词谱》因此改为"酒垆深迥"。

【离亭宴】

源流:此调始自张先。

名解:因词中有"随处是、离亭别宴"句,即取以为调名。

离亭宴 两段七十七字，前后段各六句，五仄韵。　张先

捧黄封诏卷。随处是、离亭别宴。红翠成轮歌未遍。早已恨、野桥风便。此去济南非久，惟有凤池鸾殿。
三月花飞几片。又减却、芳菲过半。千里恩深云海浅。民爱比、春流不断。更上玉楼西望，雁与征帆共远。

此词前后段第二句，俱作七字，第五句俱作六字。

校补：黄庭坚、张昇词，又作《离亭燕》。宋人填词，多按张昇体。坊本此词后段第五、六句原为"更上玉楼西，归雁与征帆俱远"，与前段句读参差，《钦定词谱》照《蕉雪堂词谱》校定。

【御街行】

宫调：张先、柳永词，俱注双调。
别名：《古今词话》有"听孤雁声嘹唳"句，更名《孤雁儿》。

御街行 两段七十八字，前后段各七句，四仄韵。　范仲淹

纷纷坠叶飘香砌。夜寂静、寒声碎。真珠帘卷玉楼空，天淡银河垂地。年年今夜，月华如练，长是人千里。
愁肠已断无由醉。酒未到、先成泪。残灯明灭枕头欹，谙尽孤眠滋味。都来此事，眉间心上，无计相回避。

此调以此词为正体。

校补:《梅苑》无名氏词又名《御阶行》。孟元老《东京梦华录》记载北宋汴京御街云:"御街,自宣德楼一直南去,约阔二百余步,两边乃御廊……杈子里有砖石甃砌御沟水两道,宣和间尽植莲荷,近岸植桃、李、梨、杏,杂花相间,春夏之间,望之如绣。"吴自牧《梦粱录》和周密《武林旧事》记载南宋临安御街云:"嘉会门直至余杭门一带街,名御街;孟冬遇朝飨礼,赐群臣簪花,都人瞻仰天表御街,远望如锦。朝臣有恭谢一二词咏之。《御街行》:'绣衣花帽挨排砌,锦仗天街里……'"《钦定词谱》以柳永"燔柴烟断星河曙"为正体。此词前后段第二句,校柳词添一字,俱作六字折腰句法。

【阳关引】

源流:此调始自寇准。
名解:本檃括唐王维《阳关曲》而作,故名《阳关引》。
别名:晁补之词,名《古阳关》。

阳关引 两段七十八字,前段八句,五仄韵;后段八句,四仄韵。　　寇准

塞草烟光阔。渭水波声咽。春朝雨霁,轻尘敛,征鞍发。指青青杨柳,又是轻攀折。动黯然、知有后会甚时节。
更尽一杯酒,歌一阕。叹人生里,难欢聚,易离别。且莫辞沉醉,听取阳关彻。念故人、千里自此共明月。

此调只有寇准、晁补之二词。前后段第六句,俱作上一下四句法,两词并同。

校补:胡仔《苕溪渔隐丛话·后集》云:"右丞此绝句,近世人又歌入《小秦王》,更名《阳关》。"胡震亨《唐音癸签》卷一五引苏轼语曰:"尝得古本《阳关》,其声宛转凄断,不类向之所闻。每句皆再唱,而第一句不叠。""轻尘敛",四印斋所刻词本《梅溪词》作"轻尘歇",多一韵。"叹人生里,难欢聚,易离别",《全宋词》作"叹人生,最难欢聚易离别"。

【一丛花】

源流:此调见苏轼《东坡乐府》。
宫调:张先词注南吕宫。
别名:张先词一名《一丛花令》。

一丛花 两段七十八字,前后段各七句,四平韵。 苏轼

今年春浅腊侵年。冰雪破春妍。东风有信无人见,露微意、柳际花边。寒夜纵长,孤衾易暖,钟鼓渐清圆。朝来初日半衔山。楼阁淡疏烟。游人便作寻芳计,小桃杏、应已争先。衰病少惊,疏慵自放,惟爱日高眠。

此调只有此词,宋人词俱照此填之。前后段相同。

校补:起句若依秦观"年时。今夜见师师"词,可断为:"今

年。春浅腊侵年。""朝来初日半衔山",《钦定词谱》作"朝来初日半含山";"衰病少惊",《钦定词谱》作"衰病少情"。

【甘州令】

宫调：柳永词、《碧鸡漫志》俱注仙吕调。此调与《甘州子》《甘州遍》《八声甘州》俱不同。

甘州令 两段七十八字，前段十句，四仄韵；后段九句，四仄韵。 柳永

冻云深，淑气浅，寒欺绿野。轻雪伴、早梅飘谢。艳阳天，正明媚，却成潇洒。玉人歌，画楼酒，对此景、骤增高价。
卖花巷陌，放灯台榭。好时节、怎生轻舍。赖和风，荡霁霭，廓清良夜。玉尘铺，桂华满，素光里、更堪游冶。

此词无别首宋词可校。前后段句读相对，惟后段起句四字，与前段起句三字两句不同，所以谓之"换头"，又谓"过变"。见《钦定词谱》。

校补：唐玄奘《大唐西域记》云："龟兹国工制曲，《伊州》《甘州》《梁州》等曲翻入中国。"欧阳修等《新唐书·礼乐志》云："天宝间乐曲，皆以边地为名，《甘州》其一也。""好时节"，《钦定词谱》作"好时代"；"桂华满"，《钦定词谱》作"桂茎满"。

【山亭柳】

源流：此调平韵始自晏殊，仄韵始自杜安世。

种类：此调有平韵、仄韵两体。

山亭柳 两段七十九字，前段八句，五平韵；后段八句，四平韵。　　晏殊

家住西秦。赌博艺随身。花柳上，斗尖新。偶学念奴声调，有时高遏行云。蜀锦缠头无数，不负辛勤。
数年来往咸京道，残杯冷炙漫消魂。衷肠事，托何人。若有知音见采，不辞唱遍阳春。一曲当筵落泪，重掩罗巾。

此调押平声韵者，只此一体，无别首宋词可校。

校补："不辞唱遍阳春"，《钦定词谱》作"不辞遍唱阳春"。

又一体 两段七十九字，前段八句，四仄韵；后段八句，五仄韵。　　杜安世

晓来风雨，万花飘落。叹韶光，虚过却。芳草萋萋，映楼台、淡烟漠漠。纷纷絮飞院宇，燕子过朱阁。
玉容淡妆添寂寞。檀郎孤愿太情薄。数归期，绝信约。暗恨春宵，向平康、恣迷欢乐。时时闷饮绿醑，甚转转、思量着。

此调押仄声韵者，亦只有此一体，无别首宋词可校。杜词之句拍与晏词大同小异。

【梦还京】

源流：此调见柳永《乐章集》。

宫调：柳永词注大石调。

梦还京 两段七十九字，前段七句，三仄韵；后段九句，六仄韵。　　柳永

夜来匆匆饮散，欹枕背灯睡。酒力全轻，醉魂易醒，风揭帘栊，梦断披衣重起。悄无寐。
追悔当初，绣阁话别太容易。日许时、犹阻归计。甚况味。旅馆虚度残岁。想娇媚。那里独守鸳帏静，永漏迢迢，也应暗同此意。

此调只有此词，无别首可校。万树《词律》云："此调恐有差落。"

校补：《乐章集》及《花草粹编》，俱作两段。《钦定词谱》依《词纬》订为三段：一叠六句二仄韵，二叠四句三仄韵，三叠六句四仄韵。或可于"绣阁话别太容易"处分段。

【忆黄梅】

源流：此调见宋黄大舆《梅苑》。

忆黄梅 两段七十九字,前段七句,五仄韵;后段八句,六仄韵。　　王观

枝上叶儿未展。已有坠红千片。春意怎生防,怎不怨。被我安排,矮牙床斗帐,和娇艳。移在花丛里面。
请君看。惹清香,偎媚暖。爱香爱暖金杯满。问春怎管。大家便、拚做东风,总吹教零乱。犹兀自、输我鸳鸯一半。

此调只有此词,无别首可校。

【红林檎近】

源流:此调始自周邦彦。
宫调:周邦彦词注双调。

红林檎近 两段七十九字,前段八句,五平韵;后段七句,三平韵。　　周邦彦

高柳春才软,冻梅寒更香。暮雪助清峭,玉尘散林塘。那堪飘风递冷,故遣度幕穿窗。似欲料理新妆。呵手弄丝簧。
冷落词赋客,萧索水云乡。援毫授简,风流犹忆东梁。望虚檐徐转,回廊未扫,夜长莫惜空酒觞。

此调以此词为正体。前段起四句,后段起二句,似五言古诗,后段结句系拗体,各家多如此填之。

校补:林檎,即沙果,也叫花红、来禽、支林郎果。成熟的果子呈红色,故称红林檎。清沈雄《古今词话·词辨》引唐

郑常《洽闻记》云："唐永徽（650—655）中，王方言于河滩拾得小树，栽之。及长，乃林檎也。进于高宗，以为朱柰，又名五色林檎。俗云'苹婆'，此云'相思'，教坊有此曲名，隶双调。"

【快活年近拍】

宫调：金词注黄钟宫，《太和正音谱》注双调。

快活年近拍 两段七十九字，前段八句，三仄韵；后段九句，四仄韵。　　万俟咏

千秋万岁君，五帝三皇世。观风重令节，与民乐盛际。蕊阙长春，洞天不老，花艳蟾辉，十里照春珠翠。
闹罗绮。遥望太极光，一簇通明里。钧台奏寿曲，蓬山呈妙戏。天上人来，五云楼近，风送歌声，依约睿思新制。

此调无别首宋词可校，惟金元套数乐府中有之。又金元乐府中所注宫调亦各不同，不能援为参校也。

校补：金词无换头三字句，元词字句与此同，只前段第六句第四字、后段第七句第四字平声，与此小异。但万俟咏词，当时被之管弦，其审音必精，又金元乐府所注宫调各不同。本调若删去后段过拍"闹罗绮"三字，则前后段句式整齐。

【金人捧露盘】

宫调：金词注越调。

别名：一名《铜人捧露盘》；程垓词，名《上平西》；张元幹词，名《上西平》，又名《西平曲》；刘昂词，名《上平南》。

金人捧露盘 两段七十九字，前段八句，五平韵；后段九句，四平韵。　　高观国

念瑶姬。翻瑶佩，下瑶池。冷香梦、吹上南枝。罗浮梦杳，忆曾清晓见仙姿。天寒翠袖，可怜是、倚竹依依。

溪痕浅，云痕冻，月痕淡，粉痕微。江楼怨、一笛休吹。芳音待寄，玉堂烟驿两凄迷。新愁万斛，为春瘦、却怕春知。

此调以此词为正体，宋人词俱照此填之。前后段相同。

校补：李贺《金铜仙人辞汉歌》序云："魏明帝青龙元年八月，诏宫官牵车西取汉孝武捧露盘仙人，欲立置前殿。宫官既拆盘，仙人临载乃潸然泪下。"乐家据以制曲。晁端礼晚年以承事郎为大晟府协律，颇有创调，此调或为晁氏始创。金王喆有词名《上丹霄》，见《重阳教化集》卷二。若辛弃疾词之减字，贺铸词之添字，皆变体。龙榆生《唐宋词格律》："乐家取以制曲，故多苍凉激楚之音。""罗浮梦杳"，《钦定词谱》作"罗浮路杳"；"云痕冻"，《钦定词谱》作"雪痕冻"。

【小镇西】

宫调：柳永词注仙吕调。
别名：蔡伸词，名《镇西》。

小镇西 两段七十九字，前段八句，四仄韵；后段九句，五仄韵。　　柳永

意中有个人，芳颜二八。天然俏、自来妍黠。最奇绝。是笑时、媚靥深深，百态千娇，再三偎着，再三香滑。

久离缺。夜来魂梦里，尤花殢雪。分明似、旧家时节。正欢悦。被邻鸡唤起，一场寂寞，无眠向晓，空有半窗残月。

校补：唐教坊曲有《镇西子》，唐乐府亦有《镇西》七言绝句诗，此盖以旧曲名，另创新声也。《乐章集》有两调，七十一字者名《小镇西犯》，七十九字者名《小镇西》，或名《镇西》，俱注仙吕调。《钦定词谱》系于《小镇西犯》，以柳永"水乡初禁火"为正体。"被邻鸡唤起，一场寂寞"，《钦定词谱》作"被鸡声唤起，一场寂寥"。

【过涧歇近】

宫调：柳永词注中吕调。
别名：一作《过涧歇》。

过涧歇近 两段八十字,前段八句,五仄韵;后段八句,三仄韵。 柳永

淮楚。旷望极、千里火云烧空,尽日西郊无雨。厌行旅。数幅轻帆旋落,舣棹兼葭浦。避畏景,两两舟人夜深语。
此际争可,便恁奔名竞利去。九衢尘里,衣冠冒炎暑。回首江乡,月观风亭,水边石上,幸有散发披襟处。

此调以此词为正体。

校补:若晁补之词换头之句读小异,柳永词别首前段之摊破句法、后段之多押一韵,皆变格。此词后段第二句,《啸余谱》刻"便恁奔名利",脱去二字,《钦定词谱》从《乐章集》订补。

【瑶阶草】

源流:此调见程垓《书舟词》,或是程垓所创作。

瑶阶草 两段八十字,前段八句,四仄韵;后段九句,五仄韵。 程垓

空山子规叫,月破黄昏冷。帘幕风轻,绿暗红又尽。自从别后,粉消香减,一春成病。那堪昼闲日永。
恨难整。起来无语,绿萍破处池光净。闷理残妆,照花独自怜瘦影。睡来又怕,饮来越醒,醒来却闷。看谁似我孤另。

此调无别首宋词可校。

校补：《花草粹编》本前段第三句作"又还帘幕风轻"，多二字，后段第八句作"醒来越闷"，《钦定词谱》从本集订正。

【安公子】

源流：唐教坊曲名。《通典》及《乐府杂录》称，炀帝将幸江都，乐工王令言者，妙达音律，其子弹胡琵琶，作《安公子》曲。令言惊问那得此，对曰："宫中新翻。"令言流涕曰："慎毋从行。宫，君也。宫声往而不返，大驾不复回矣。"据《理道要诀》，唐时《安公子》在太簇角，今已不传。其见于世者，中吕调有《安公子近》，般涉调有《安公子慢》(《安公子令》)，言尾声皆无所归宿，亦异矣。见宋王灼《碧鸡漫志》。

宫调：柳永有《安公子》词二首，"长川波潋滟"一首，八十字，注中吕调；"远岸收残雨"一首，一百六字，注般涉调。（柳永词"远岸收残雨"一首，句拍与"长川波潋滟"一首不同，另列之。）

别名：按，照《碧鸡漫志》所称"中吕调有《安公子近》"，是此调宜称《安公子近》。

安公子　两段八十字，前段八句，四仄韵；后段七句，三仄韵。　柳永

长川波潋滟。楚乡淮岸迢递，一霎烟汀雨过，芳草青如染。驱驱携书剑。当此好天好景，自觉多愁多病，行役心情厌。望处旷野沉沉，暮云黯黯。行侵夜色，又是急桨投村店。认去程将近，舟子相呼，遥指渔灯一点。

此调只有此词，无别首宋词可校。

校补：此调柳永有两体，八十字者前后段句读参差，无宋人别词可校；一百六字者，宋人添字、减字，颇有异同。前段或于第四句再分，为双拽头体。

【应景乐】

应景乐 两段八十字，前段八句，五仄韵；后段八句，四仄韵。　萧回

金陵故国。极目长江、浩渺千里隔。山无际，临壖怒涛碛。俯春城苇寂。芳昼迤逦，一簇烟村将晚，严光旧台侧。
何处倦游客。对此景、惹起离怀，顿觉旧日意，魂黯愁积。幽恨绵绵，何计消溺。回首洛城东，千里暮云碧。

校补：《花草粹编》卷八载宋萧回词，回字希颜，宋人话本小说中人物，聘金陵春娘为妻，未婚遭乱，不知所终。《钦定词谱》据蕉雪堂抄本《花草粹编》作八十字，《词律拾遗》作七十七字，疑有脱误。

【柳初新】

宫调：柳永词注大石调。
别名：一作《柳初新慢》。

柳初新 两段八十一字，前后段各七句，五仄韵。　　柳永

东郊向晚星杓亚。报帝里、春来也。柳抬烟眼，花匀露脸，渐觉绿娇红姹。妆点层台芳榭。运神功、丹青无价。
别有尧阶试罢。新郎君、成行如画。杏园风细，桃花浪暖，竞喜羽迁鳞化。遍九陌、相将游冶。骤香尘、宝鞍骄马。

校补：宋周密《武林旧事》卷一《天基圣节排当乐次》，第十二盏，觱篥起《柳初新慢》。此词前段第六句六字，后段第六句七字，沈会宗"楚天来驾"词，正与此同。

【斗百花】

宫调：柳永词注正宫。

别名：晁补之词，名《夏州》。

斗百花 两段八十一字，前段八句，五仄韵；后段七句，三仄韵。　　柳永

煦色韶光明媚。轻霭低笼芳树。池塘浅蘸烟芜，帘幕闲垂风絮。春困厌厌，抛掷斗草工夫，冷落踏青心绪。终日扃朱户。
远恨绵绵，淑景迟迟难度。年少傅粉，依前醉眠何处。深院无人，黄昏乍拆秋千，空锁满庭花雨。

此调以此词为正体。后段第三句第三字，必要仄声，填者宜注意之。

校补：唐天宝年间风俗，斗花以奇者为胜，取以为名。仲殊词名《斗百花近拍》。柳永"满搦宫腰"词，晁补之"小小盈盈"词，又"脸色朝霞"词，正与此同。若柳词别首之少押两韵，晁词别首之多押一韵，皆变格。

【皂罗特髻】

源流：此调见苏轼《东坡乐府》，题作《采菱拾翠》。
名解：因词中有"髻鬟初合"之句，亦赋题本意也。

皂罗特髻　两段八十一字，前段九句，四仄韵；后段六句，三仄韵。　苏轼

　　采菱拾翠，算似此佳名，阿谁消得。采菱拾翠，称使君知
●○●▲　●●●○○　○○●▲　●○●▲　●●●○○
客。千金买、采菱拾翠，更罗裙、满把真珠结。采菱拾翠，正
▲　○○●　●○●▲　●○○　●●○○▲　●○●▲　●
髻鬟初合。
●○○▲
　　真个采菱拾翠，但深怜轻拍。一双手、采菱拾翠，绣衾下、
○●●○●▲　●○○○▲　●○●　●○●▲　●○●
抱着俱香滑。采菱拾翠，待到京寻觅。
●●●○▲　●○●▲　●●○○▲

此调只有此词，无别首宋词可校。词中七用"采菱拾翠"四字，想此体例应如是，填者宜注意之。

【最高楼】

种类：有平韵、仄韵两体。惟宋金元人所填，以押平声韵者居多。
别名：又名《醉高春》。

最高楼 两段八十一字,前段八句,四平韵;后段八句,两仄韵、三平韵。　辛弃疾

花知否,花一似何郎。又似沈东阳。瘦棱棱地天然白,冷清清地许多香。笑东君,还又向,北枝忙。

著一阵、霎时间底雪。更一个、缺些儿底月。山下路、水边墙。风流怕有人知处,影儿守定竹旁厢。且饶他,桃李趁,少年场。

此调前段起句三字,第三句五字者,以此词为正体。宋金元人词俱照此体填之。

校补:宋无名氏词《醉亭楼》,载《京本通俗小说·志诚张主管》,称"戴花刘使君"作。《全宋词》谓"调名《醉亭楼》,乃《最高楼》之讹"。此调有前段起句三字、第三句五字者,有前段起句三字、第三句六字者,有前段起句四字、第三句六字者,例于后段第一、二句,俱间押仄韵,此为定格。或后段第一、二句三声叶韵,或第一句押平韵、第二句不押韵,或第一句不押韵、第二句仍押平韵,或第一、二句俱不押韵,均属变格。若全押仄韵,则唯无名氏一词,见之《梅苑》,宋金元无填此体者。龙榆生《唐宋词格律》:"体势轻松流美,渐开元人散曲先河。"

又一体 两段八十二字,前段九句,四平韵;后段九句,两仄韵、三平韵。　毛滂

微雨过,深院芰荷中。香冉冉,绣重重。玉人共倚阑干角,月华犹在小池东。入人怀,吹鬓影,可怜风。

分散去、轻如云如雪。剩下了、许多风与月。侵枕簟,冷帘栊。刚能小睡还惊觉,略成轻醉早惺忪。仗行云,将此恨,到眉峰。

此调前段起句三字,第三句、第四句两作三字者,以此词为正体。

校补:若陈亮词之换头三声叶韵,及毛滂词别首之换头不叶韵,皆变格。"轻如云如雪",《钦定词谱》作"轻如云与雪"。

又一体 两段八十三字,前段八句,四平韵;后段八句,两仄韵、三平韵。　程垓

旧时心事,说着两眉羞。长记得、凭肩游。缃裙罗袜桃花岸,薄衫轻扇杏花楼。几番行,几番醉,几番留。
也谁料、春风吹已断。又谁料、朝云飞亦散。天易老、恨难酬。蜂儿不解知人苦,燕儿不解说人愁。旧情怀,销不尽,几时休。

此调前段起句四字,第三句六字者,以此词为正体。

校补:若柳富词之句读参差,《全芳备祖》无名氏词之不押仄韵者,皆变格。

【倒垂柳】

源流:唐教坊曲名。

别名：万树《词律》作《倒垂杨》。

倒垂柳 两段八十一字，前段八句，四仄韵；后段八句，五仄韵。 杨无咎

晓来烟露重，为重阳、增胜致。记一年好处，无似此天气。东篱白衣至，南陌芳筵启。风流曾未远，登临都在眼底。人生如寄。漫把茱萸看子细。击节听高歌，痛饮莫辞醉。乌帽任教，颠倒风里坠。黄花明日，纵好无情味。

此调惟有杨无咎词二首，无别家词可校。

【彩凤飞】

源流：此调见陈亮《龙川词》，或是陈亮所创作。
别名：一作《彩凤舞》。

彩凤飞 两段八十一字，前段七句，三仄韵；后段七句，五仄韵。 陈亮

人立玉，天如水，特地如何撰。海南沉、烧着欲寒犹暖。算从头，有多少、厚德阴功，人家上、一一旧时香案。煞经惯。小住吾州才尔，依然欢声满。莫也教、公子王孙眼见。这些儿、颖脱处，高出书卷。经纶自入手、不了判断。

此调只有此词，无别首可校。

【有有令】

源流:此调见赵长卿《惜香乐府》。

有有令 两段八十一字,前段八句,四仄韵;后段八句,七仄韵。　　赵长卿

前山减翠。疏竹度轻风,日移金影碎。还又年华暮,看看是、新春至。那更堪、有个人人,似花似玉,温柔伶俐。
准拟。恩情忔戏。拈弄上、则人难比。我也埋根竖柱,你也争些气。大家一捺头地。美中更美。厮守定、共伊百岁。

此调只有此词,无别首可校。万树《词律》云:"此等俳句,为北曲之先声。"

校补:该词咏爱情用语俚俗,《钦定词谱》称为"谑词"。"恩情忔戏",《钦定词谱》作"恩情海似";"我也埋根竖柱",《钦定词谱》作"我也诚心一片";"大家一捺头地",《钦定词谱》作"大家到底如此"。

【拂霓裳】

源流:唐教坊曲名。《宋史·乐志》:女弟子舞队第五有《拂霓裳》。
宫调:《碧鸡漫志》注般涉调。

拂霓裳 两段八十二字，前段八句，六平韵；后段八句，五平韵。　　晏殊

乐秋天。晚荷花缀露珠圆。风日好，数行新雁贴寒烟。银簧调脆管，琼柱拨清弦。捧觥船。一声声、齐唱太平年。人生百岁，离别易、会逢难。无事日，剩呼宾友启芳筵。星霜催绿鬓，风露损朱颜。惜清欢。又何妨、沉醉玉尊前。

此调以此词为正体。前后段第五句、第六句，例作五言对句，晏殊词三首皆同。

校补：《宋史·乐志》："女弟子队凡一百五十三人，一曰菩萨蛮队"，其五曰"拂霓裳队，衣红仙砌衣，碧霞帔，戴仙冠，红绣抹额"。此曲在宋当为舞曲。王灼《碧鸡漫志》卷三云："世有般涉调（黄钟羽）《拂霓裳》曲，因石曼卿取作转踏，述开元、天宝旧事。曼卿云：'本是月宫之音，翻作人间之曲。'"则该曲曾经石延年改制，殆因唐曲旧名另翻新声。任半塘《教坊记笺订》云："或因霓裳舞内参用拂舞而得名。拂，麈尾也。"晏殊词别首"庆生辰"词，正与此同。若"喜秋成"词之添一字衬字、押韵异同，亦变格。"乐秋天"，底本作"笑秋天"，据《钦定词谱》改。

【柳腰轻】

源流：此调见柳永《乐章集》。
宫调：柳永词注中吕宫。
名解：因词中有"英英妙舞腰肢软，章台柳，昭阳燕"句，即取

以为调名。

柳腰轻 两段八十二字，前段八句，四仄韵；后段七句，四仄韵。　　柳永

英英妙舞腰肢软。章台柳，昭阳燕。锦衣冠盖，绮堂筵会，是处千金争选。顾香砌、丝管初调，倚轻风、佩环微颤。
乍入霓裳促遍。逞盈盈、渐催檀板。慢垂霞袖，急趋莲步，进退奇容千变。笑何止、倾国倾城，暂回眸、万人肠断。

此调只有此词，无别首宋词可校。此调与《柳初新》相近，惟《柳初新》调前后段第六句押韵，此不押韵，自应另为一体。

【爪茉莉】

宫调：此调《乐章集》不载，故宫调无考。

爪茉莉 两段八十二字，前段八句，四仄韵；后段八句，五仄韵。　　柳永

每到秋来，转添甚况味。金风动、冷清清地。残蝉噪晚，甚聒得、人心欲碎。更休道、宋玉多悲，石人也，须下泪。
衾寒枕冷，夜迢迢、更无寐。深院静、月明风细。巴巴望晓，怎生捱、更迢递。料可儿、只在枕头根底。等人睡，来梦里。

此调只有此词，无别首可校。

校补：调见《花草粹编》。

【蓦山溪】

宫调：周邦彦词注大石调。
名解：李贺诗"何日蓦青山"。见周邦彦《片玉集》注。
别名：《翰墨全书》名《上阳春》。

蓦山溪 两段八十二字，前后段各九句，三仄韵。　　程垓

老来风味，是事都无可。只爱小书舟，剩围着、琅玕几个。
呼风约月，随分乐生涯，不羡富，不忧贫，不怕乌蟾堕。
三杯径醉，转觉乾坤大。醉后百篇诗，尽从他、龙吟鹤和。
升沉万事，还与本来天，青云上，白云间，一任安排我。

此调以此词为正体。宋人词填此调者，其字句并同，惟押韵各异。程词前后段起句，及第七句、第八句，俱不押韵，宋人词如此体填者甚多。

校补：贺铸词有"弄珠英，因风委坠"句，又名《弄珠英》。王喆改名《心月照云溪》。本调各体变化繁多，其主要变化在于韵脚而非句式。

【千秋岁引】

别名：李冠词，名《千秋万岁》；《高丽史·乐志》名《千秋岁》

(《千秋岁令》)。

千秋岁引 两段八十二字，前段八句，四仄韵；后段八句，五仄韵。　　王安石

别馆寒砧，孤城画角。一派秋声入寥廓。东归燕从海上去，南来雁向沙头落。楚台风，庾楼月，宛如昨。

无奈被些名利缚。无奈被他情担阁。可惜风流总闲却。当初漫留华表语，而今误我秦楼约。梦阑时，酒醒后，思量着。

此调以此词为正体。此调之源即出于《千秋岁》调，以添声减字，摊破句法，遂自成一体，故与《千秋岁》本调迥别。

校补：徐本立《词律拾遗》卷三录李冠词"杏花好，子细君须辨"一首，名《千秋引》，又名《淡红绡》，盖取名李词中"把鲛绡淡拂鲜红绽"句。与《千秋岁》较，唯前段第二句减一字，后段第一句、第二句各添二字，第三句添一字，前后段第四、五句各添两字，结句各减一字、摊破作三字两句，其源实出于《千秋岁》。《词律》疏于考据，类列于《千秋岁》后，又云两调迥别，故为两列而论之如此。

【早梅芳】

宫调：周邦彦词注正宫。
别名：一名《早梅芳近》。

早梅芳 两段八十二字，前后段各九句，五仄韵。 周邦彦

缭墙深，丛竹绕。宴席临清沼。微呈纤履，故隐烘帘自嬉笑。粉香妆晕薄，带紧腰围小。看鸿惊凤翥，满座叹轻妙。酒醒时，会散了。回首城南道。河阴高转，露脚斜飞夜将晓。异乡淹岁月，醉眼迷登眺。路迢迢，恨满千里草。

此调以此词为正体。此调前后段第五句，例作拗句；第六句、第七句，例作五言对偶。填者宜注意之。前后段相同。

校补：周词别首"花竹深"词，陈允平和词二首，正与此同，若李之仪词、《梅苑》无名氏词之句读异同，皆变格。

【新荷叶】

宫调：蒋氏《九宫谱目》作正宫引子。

别名：赵抃词，名《折新荷引》；又因词中有"画桡稳，泛兰舟"句，或名《泛兰舟》，惟与仄韵之《泛兰舟》调迥别。

新荷叶 两段八十二字，前后段各八句，四平韵。 黄裳

落日衔山，行云载雨俄鸣。一顷新荷，坐间总是秋声。烟波醉客，见快哉、风恼娉婷。香和清点，为人吹在衣襟。珠佩欢言，放船且向前汀。绿伞红幢，自从天汉相迎。飞鸿独落，芦边对、几朵繁英。侑觞人唱，乍闻应似湘灵。

此调以此词为正体,宋人词皆照此填之。前后段相同。

校补:若赵抃词之句读不同,赵长卿词之句读参差,皆变格。此词换头句不押韵,侯寘"柳幄飞绵"词,郑斗焕"乳鸭池塘"词,正与此同。

【南州春色】

源流:此调见元陶宗仪《辍耕录》。

名解:因词中有"管取南州春色"句,取以为调名。

南州春色 两段八十二字,前段九句,四平韵;后段八句,三平韵。　　汪梅溪

清溪曲,一株梅。无人僦俅,独立古墙隈。莫恨东风吹不到,着意挽春回。一任天寒地冻,南枝香动,花傍一阳开。更待明年首夏,酸心结子,天自栽培。金鼎调羹,仁心犹在,还种取、无限根荄。管取南州春色,都自此中来。

此调只有此词,无别首可校。

校补:《花草粹编》有此词,采之《辍耕录》,为汪梅溪所作,元人也,其名无考。"僦俅",理睬之意,"僦"即"瞅"。

【迷仙引】

宫调:柳永词注双调。

迷仙引 两段八十三字，前段十句，四仄韵；后段七句，五仄韵。　柳永

才过笄年，初绾云鬟，便学歌舞。席上尊前，王孙随分相许。算等闲、酬一笑，便千金慵觑。常只恐容易，蕣华偷换，光阴虚度。

已受君恩顾。好与花为主。万里丹霄，何妨携手同归去。永弃却、烟花伴侣。免教人见妾，朝云暮雨。

此调只有此词，无别首可校。

校补：《填词名解》云："《迷仙引》，浙人项昇为隋炀帝造迷楼，帝顾左右曰：'使真仙游其中，亦当自迷。'填词取以名'引'。""常只恐容易，蕣华偷换"，《钦定词谱》作"常只恐蕣华，容易偷换"。

【促拍满路花】

源流：此调平韵者始自柳永，仄韵者始自秦观。
宫调：柳永词、周邦彦词均注仙吕调，《太平乐府》注南吕调。
种类：有平韵、仄韵两体。
别名：或名《满路花》，无"促拍"二字；秦观词，一名《满园花》；周邦彦词，名《归去难》；袁去华词，名《一枝花》；牛真人词，名《喝马一枝花》。

促拍满路花 两段八十三字，前后段各八句，四平韵。 柳永

香靥融春雪，翠鬓軃秋烟。楚腰纤细正笄年。凤帏夜短，偏爱日高眠。起来贪颠耍，只恁残却黛眉，不整花钿。有时携手闲坐，偎倚绿窗前。温柔情态尽人怜。画堂春过，悄悄落花天。长是娇痴处，尤殢檀郎，未教拆了秋千。

此调押平声韵者，以此词为正体。前后段两结，句读亦多参差，以上四下六为定格，填者宜注意之。

校补：此调押平韵者，有两体，前后段第三句七字者，以柳永、廖行之词为正体；前后段第三句八字者，以吕渭老词、《花草粹编》无名氏词为正体。若赵师侠词之押韵参差，曹勋词之句读参差，皆变格。

又一体 两段八十三字，前后段各八句，六仄韵。 秦观

露颗添花色。月彩投窗隙。春思如中酒、恨无力。洞房咫尺，曾寄青鸾翼。云散无踪迹。罗帐春残，梦回无处寻觅。轻红腻白。步步熏兰泽。约腕金环重、宜妆饰。未知安否，一向无消息。不似寻常忆。忆后教人，片时存济不得。

此调押仄声韵者，以此词为正体。又周邦彦词，前后段起句不押韵，余与秦观词同，则周邦彦词亦一正体也。

校补：若袁去华词之句读参差，辛弃疾、牛真人词之添

字,皆变格。"罗帐春残",底本误作"罗帐董残",据《钦定词谱》改。

【黄鹤引】

源流:先子晚官邓州,一日秋风起,思吴中山水,尝信笔作长短句,名《黄鹤引》,遂致仕。其序云:"因阅阮田曹所制《黄鹤引》,爱其词调清高,寄为一阕。命稚子歌之,以侑尊焉。"见宋方勺《泊宅编》。

黄鹤引 两段八十三字,前后段各八句,六仄韵。 方资 见《泊宅编》

生逢垂拱。不识干戈免田陇。士林书圃终年,庸非天宠。才粗阃茸。老去支离何用。浩然归,算是黄鹤秋风相送。
尘事塞翁心,浮世庄生梦。漾舟遥指烟波,群山森动。神闲意耸。回首利靰名鞚。此情谁共。问几许、淋浪春瓮。

此调只有此词,无别首可校。

校补:此词乃方勺之父所作,方勺父名原佚,后考为方资。"浩然归,算是黄鹤秋风相送",《全宋词》作"浩然归弄。似黄鹤、秋风相送"。

【洞仙歌】

源流:宋人填此调令词者,句读韵脚,互有异同。万树《词律》

列七体，《钦定词谱》令词列三十五体。
宫调：《宋史·乐志》注林钟商，又注歇指调；金词注大石调。
名解：康与之词，名《洞仙歌令》；潘妨词，名《羽仙歌》；袁易词，名《洞仙词》；《宋史·乐志》，名《洞中仙》。

洞仙歌 两段八十三字，前段六句，三仄韵；后段七句，三仄韵。 苏轼

冰肌玉骨，自清凉无汗。水殿风来暗香满。绣帘开、一点明月窥人，人未寝，欹枕钗横鬓乱。
起来携素手，庭户无声，时见疏星渡河汉。试问夜如何、夜已三更，金波淡、玉绳低转。但屈指、西风几时来，又不道、流年暗中偷换。

此调以此词为正体。前后段第三句、第五句及后段第六句第六字，例用仄声。前段第四句九字一气，有作上三下六，或作上四下五句读者；后段第四句九字一气，有作上五下四，或作上三下六句读者。又宋人所填，以前段第四句作上五下四句读者为最多。

校补：唐教坊曲名。唐人作此调见《云谣集杂曲子》。任半塘《敦煌曲初探》据其中"恨征人久镇边夷""令戎客休施流浪"等句，认为与玄宗朝征兵戍边事有关，断此调创于开元、天宝之际。宋张邦基《墨庄漫录》卷九："东坡作长短句《洞仙歌》……自叙云：'予幼时见一老人，年九十余，能言孟蜀主时事，云蜀主尝与花蕊夫人夜起纳凉于摩诃池上，作《洞仙歌令》。老人能歌之。予今但记其首两句，乃为足之。'……《洞

仙歌》腔出近世，五代及国初未之有也。"此调有令词，有慢词。令词自八十三字至九十三字，共三十五首。慢词自一百十八字至一百二十六字，共五首。夏敬观《词调溯源》云："宋志因旧曲造新声，入本调（林钟商，俗呼歇指调），又入夷则商。柳永词入夹钟羽，又一首入夷则羽，又一首入黄钟羽。"柳永《乐章集》"嘉景"词注般涉调，"乘兴闲泛兰舟"词注仙吕调，"佳景留心惯"词注中吕调。张𬘡《诗余图谱》，前段六句三韵，后段七句三韵，前后段第三句俱七字，第四句俱九字，前段结句六字，后段结句九字，此令词正体也，间有摊破、添字句、添韵者，皆从此出，谱中句读悉据之。宋人填《洞仙歌》令词者，句读韵脚，互有异同，唯苏轼、辛弃疾两体，填者最多。

【望云涯引】

望云涯引 两段八十三字，前后段各十句，四仄韵。　李甲

秋空江上，岸花老，蘋洲白。露湿蒹葭，浦屿渐增寒色。闲渔唱晚，鸳雁惊飞处，映远碛。数点轻帆，送天际归客。
凤台人散，漫回首，沉消息。素鲤无凭，楼上暮云凝碧。危楼静倚，时向西风下，认远笛。宋玉悲怀，未信金尊消得。

此调只有此词，无别首可校。前后段相同，惟后结多一字耳。

校补：调见《乐府雅词》。《乐府雅词》《花草粹编》载此词，皆脱落后段第六句，《钦定词谱》从《词纬》本增定。"浦屿渐增

寒色"，《钦定词谱》作"溆浦渐增寒色"。

【泛兰舟】

名解：此调与《新荷叶》(别名《泛兰舟》)平韵词截然不同。

泛兰舟 两段八十三字，前段八句，三仄韵；后段九句，四仄韵。　无名氏　见《梅苑》

　　霜月亭亭时节，野溪开冰沴。故人信付江南，归也仗谁托。寒影低横，轻香暗度，疏篱幽院，何在秦楼朱阁。
　　称帘幕。携酒共看，新诗乘醉更堪作。雅淡一种天然，如雪缀烟薄。肠断相逢，手捻嫩枝，追思浑似，那人浅妆梳掠。

此调只有此词，无别首可校。

校补：本调始见于王质，有平仄韵两体，《钦定词谱》但收仄韵一体。换头句"称帘幕"三字，旧刻俱作前段结句，《钦定词谱》从《词纬》本改定。

【踏歌】

源流：此调见朱敦儒《樵歌》，与唐人小令之《踏歌词》截然不同。

踏歌 三段八十三字，第一段、第二段各四句，四仄韵；第三段六句，四仄韵。　　朱敦儒

宴阕。散津亭、鼓吹扁舟发。离魂黯、隐隐阳关彻。更风愁雨细添凄切。

恨结。叹良朋、雅会轻离诀。一年价、把酒风花月。便山遥水远分吴越。

书倩燕，梦借蝶。重相见、再把归期说。只愁到他日，彼此萍踪别。总难如前会时节。

此调只有朱词及《梅苑》一词。

校补："雅会轻离诀"，《钦定词谱》作"雅聚轻离缺"；"一年价、把酒风花月"，《钦定词谱》作"一年几、把酒对花月"；"只愁到他日"，《钦定词谱》作"只愁到他时"；"总难如前会时节"，《钦定词谱》作"总难如再会时节"。

民国诗学论著丛刊

叶嘉莹 主编
陈斐 执行主编

詞式（下）

林大椿 编
李飞跃 整理

文化艺术出版社
Culture and Art Publishing House

卷六

【秋夜月】

源流：此调见《尊前集》。

宫调：柳永词注双调。

名解：因尹词起结有"三秋佳节"及"深夜、窗透数条斜月"句，即取以为调名。

秋夜月 两段八十四字，前后段各十句，五仄韵。　　尹鹗

　　三秋佳节。罩晴空，凝碎露，茱萸千结。菊蕊和烟轻捻，酒浮金屑。征云雨，调丝竹，此时难辍。欢极、一片艳歌声揭。黄昏惆别。炷沉烟，熏绣被，翠帷同歇。醉并鸳鸯双枕，暖偎春雪。语丁宁，情委曲，论心正切。深夜、窗透数条斜月。

前后段相同。

校补：《乐章集》注夹钟商。此调尹鹗、柳永词，大同小异，但柳词自注宫调，其平仄或各中律吕。"深夜"，《钦定词谱》作"夜深"。

【祭天神】

源流：此调见柳永《乐章集》。

宫调：柳永词"叹笑筵歌席轻抛飐"一首，八十四字，注中吕调；
　　　"忆绣衾相向轻轻语"一首，八十六字，注歇指调。

祭天神 两段八十四字，前段七句，五仄韵；后段八句，三仄韵。　　柳永

叹笑筵歌席轻抛飐。背孤城、几舍烟村停画舸。更深钓叟归来，数点残灯火。被连绵宿酒醺醺，愁无那。寂寞拥、重衾卧。

又闻得、行客扁舟过。蓬窗近，兰棹急，好梦还惊破。念生平、单栖踪迹，多感情怀，到此厌厌，向晓披衣坐。

校补：《钦定词谱》于"寂寞拥、重衾卧"处分段，故谓"双调八十四字，前段六句四仄韵，后段九句四仄韵"。此词《乐章集》注中吕调，为夹钟之羽声，与歇指调为林钟之商声者不同，故两词句读各异。"叹笑筵歌席轻抛飐"，《钦定词谱》作"叹笑歌筵席轻抛飐"。

又一体 两段八十六字，前段七句，四仄韵；后段七句，三仄韵。　　柳永

忆绣衾相向轻轻语。屏山掩、红蜡长明，金兽盛熏兰炷。何期到此，酒态花情顿辜负。柔肠断、还是黄昏，那更满庭风雨。

听空阶和漏，碎声斗滴愁眉聚。算伊还共谁人，争知此冤苦。念千里烟波，迢迢前约，旧欢慵省、一向无心绪。

柳永词二首,各注宫调,句拍截然不同,且宋元人亦无填之者。

校补:此与前词截然不同,其宫调亦别,因调名同,故为类列。后段结句,《钦定词谱》作"旧欢省、一向无心绪"。

【鹤冲天】

源流:此调见柳永《乐章集》。

宫调:柳永词"闲窗漏永"一首,八十四字,注大石调;"黄金榜上"一首,八十六字,注正宫。此调与《喜迁莺》(别名《鹤冲天》)者截然不同。

鹤冲天 两段八十四字,前段九句,五仄韵;后段八句,五仄韵。 柳永

闲窗漏永,月冷霜华堕。悄悄下帘幕,残灯火。再三追往事,离魂乱、愁肠锁。无语沉吟坐。好天好景,未省展眉则个。从前早是多成破。何况经岁月,相抛嚲。假使重相见,还得似、当初么。悔恨无计那。迢迢良夜,自家只恁摧挫。

校补:此词换头句七字,贺铸"冬冬鼓动"词,正与此同。按,《乐章集》原注大石调,为黄钟之商声,与"黄金榜上"词为黄钟之宫调者不同,宫调既别,其平仄亦不可强同,故此词可平可仄。"再三追往事",《钦定词谱》作"再三思往事"。"当初么",底本作"当时么",据《钦定词谱》改。

【少年游慢】

源流：此调见张先《张子野词》。与令词《少年游》截然不同。

名解：因张词有"少年得意时节"句，即取以为调名。

少年游慢 两段八十四字，前后段各九句，五仄韵。　　张先

春城三二月。禁柳飘绵未歇。仙籞生香，轻云凝紫，临层阙。歌掌明珠滑，酒脸红霞发。华省名高，少年得意时节。

画刻三题彻。梯汉同登蟾窟。玉殿初宣，银袍齐脱，生仙骨。花探都门晓，马跃芳衢阔。宴罢东风，鞭梢一行飞雪。

此调只有此词，无别首可校。

校补：《翰墨大全》有无名氏词，前段少一字。调名另作《少年游》，无"慢"字。

【兀令】

源流：此调见贺铸《东山乐府》，或是贺铸所创作。

兀令 两段八十四字，前后段各八句，六仄韵。　　贺铸

盘马楼前风日好。雪消尘扫。楼上宫妆早。认帘箔微开，一面嫣妍笑。携手别院重廊，窈窕花房小。任碧罗窗晓。

间阔时多书问少。镜鸾空老。身寄吴云杳。想辚辘车音，

几度青门道。占得春色年年，随处随人到。恨不如芳草。
●●○○▲　●●○○○　○○○○▲　●○●○▲

此调只有此词，无别首可校。前后段相同。

校补：影宋本《东山词》此调题作《想车音》，调名下有小字注曰"兀令"。依《东山词》通例，《兀令》为该调通行之本名，而《想车音》为贺铸新题之别名。

【踏青游】

源流：此调见苏轼《东坡乐府》。
名解：因词中有"踏青游"句，即取以为调名，亦赋题本意也。

踏青游 两段八十四字，前后段各九句，六仄韵。　苏轼

改火初晴，绿遍禁池芳草。斗锦绣、大城驰道。踏青游，拾翠惜，袜罗弓小。莲步裊。腰肢佩兰轻妙。行过上林春好。
今因天涯，何限旧情相恼。念摇落、玉京寒早。任关心，空目断，蓬山难到。仙梦杳。良宵又还过了。楼台万象清晓。

此调以此词为正体，前后段相同。

校补：此调王诜"金勒狨鞍"词少押四韵，陈济翁"濯锦江头"词少押两韵。《能改斋漫录》无名氏"识个人人"词句读参差，字亦脱误。

词式

【梦玉人引】

种类：此调有平韵、仄韵两体，惟押平韵者，只见吕渭老一词，余无别首宋词可校。可见并非习用之体，故本书只采仄韵一体。

梦玉人引 两段八十四字，前段九句，四仄韵；后段八句，四仄韵。　　沈会宗

旧追游处，思前事、俨如昔。过尽莺花，横雨暴风初息。杏子枝头，又自然、别是般天色。好傍垂杨，系画船桥侧。
小欢幽会，一霎时、光景也堪惜。对酒当歌，故人情分难觅。山远水长，不成空相忆。这归去重来，又却是、几时来得。

此调押仄声韵者，始自此词，自以此词为正体。前段第七句，北宋人词皆作八字，南宋人词皆作九字。又前段结句，例作上一下四句法，填者宜注意之。

校补："旧追游处"，《钦定词谱》作"追旧游处"。

【蕙兰芳引】

源流：此调见周邦彦《片玉集》。
宫调：周邦彦词注仙吕调。
名解：刘禹锡诗"穷巷秋风起，先摧兰蕙芳"。见周邦彦《片玉集》注。
别名：一名《蕙兰芳》，无"引"字。

蕙兰芳引 _{两段八十四字，前后段各八句，四仄韵。}　周邦彦

寒莹晚空，点清镜、断霞孤鹜。对客馆深扃，霜草未衰更绿。倦游厌旅，但梦绕、阿娇金屋。想故人别后，尽日空疑风竹。

塞北氍毹，江南图障，是处温燠。更花管云笺，犹写寄情旧曲。音尘迢递，但劳远目。今夜长、争奈枕单人独。

此调始自此词，自以此词为正体，宋人词多照此填之。

校补：方千里、杨泽民、陈允平俱有和词，杨词一名《蕙兰芳》，句法略异，起句作三字一句、四字两句，后结作五字一句、四字一句。见《和清真词》。起句或可断为"寒莹晚，空点清镜"。

【倾杯近】

源流：此调见袁去华《宣卿词》。此调与《倾杯令》及《倾杯》《倾杯乐》三体，截然不同。

倾杯近 _{两段八十四字，前段七句，四仄韵；后段八句，四仄韵。}　袁去华

邃馆金铺半掩，帘幕参差影。睡起槐阴转午，乌啼人寂静。残妆褪粉，松鬓欹云慵不整。尽无言、手挼裙带绕花径。

酒醒时，梦回处，旧事何堪省。共载寻春，并坐调筝何时更。心情尽日，一似杨花飞无定。未黄昏、又先愁夜永。

词式

此调只有此词,无别首可校。

校补:柳永《倾杯乐》慢词,"泪滴琼脸,一枝梨花春带雨",又张先《古倾杯》词,"倚琼枝,秀挹雕觞满",此词句读近之,故名《倾杯近》。

【清波引】

源流:姜夔自度曲。

清波引 两段八十四字,前后段各八句,六仄韵。　　姜夔

冷云迷浦。倩谁唤、玉妃起舞。岁华如许。野梅弄眉妩。展齿印苍藓,渐为寻花来去。自随秋雁南来,望江国、渺何处。
新诗漫与。好风景、长是暗度。故人知否。抱幽恨难语。何时共渔艇,莫负沧浪烟雨。况有清夜啼猿,怨人良苦。

此调始于此词,自以此词为正体。

校补:姜夔词序云:"予久客古沔,沧浪之烟雨,鹦鹉之草树,头陀、黄鹤之伟观,郎官、大别之幽处,无一日不在心目间。胜友二三,极意吟赏。揭来湘浦,岁晚凄然,步绕园梅,摘笔以赋。"序中之"沧浪"即汉水,张衡《南都赋》有句"流沧浪而为隍"。"郎官"为湖名,在汉阳城东南隅。李白《泛沔州城南郎官湖诗》:"郎官爱此水,因号郎官湖。"《清波引》之名或与江、湖相关。

【簇水】

源流：此调见赵长卿《惜香乐府》，或是赵长卿所创作。

簇水 两段八十五字，前段七句，四仄韵；后段八句，五仄韵。　　赵长卿

长忆当初，是他见我心先有。一钩才下，便引得、鱼儿开口。好事重门深院，寂寞黄昏后。厮觑着、一面儿酒。
试挪就。便把我、得人意处，闵子里、施纤手。云情雨意，似十二巫山旧。更向枕前言约，许我长相守。欢人也、犹自眉头皱。

此调系僻词，且属谑词。"闵子里"，即西厢琵琶所云"酩子里"，乃暗地里之谓也。见万树《词律》。

校补：此词俚俗，或有衬字。与贺铸《簇水近》对勘，前段字数同而句式略异；后段字数句式差异稍大，而韵数、韵位均同。

【鹊桥仙】

源流：此调慢词始自柳永。
宫调：柳永词注歇指调，此调与令词《鹊桥仙》不同。

鹊桥仙 <small>两段八十六字,前段九句,四仄韵;后段八句,七仄韵。</small> 柳永

届征途,携书剑,迢迢匹马东去。惨怀嗟、少年易分难聚。佳人方恁缱绻,便忍分鸳侣。当媚景,算密意幽欢,尽成轻负。

此际寸肠万绪。惨愁颜,断魂无语。和泪眼、片时几番回顾。伤心脉脉谁诉。但黯然凝伫。暮烟寒雨。望秦楼何处。

此调只有此词,无别首可校。此词与令词《鹊桥仙》截然不同。

校补:此调有两体,五十六字者始自欧阳修,因词中有"鹊迎桥路接天津"句,取为调名。周邦彦词名《鹊桥仙令》;《梅苑》词名《忆人人》;韩淲词,取秦观词句,名《金风玉露相逢曲》;张辑词,有"天风吹送广寒秋"句,名《广寒秋》。元高拭词注仙吕调。"迢迢匹马东去。惨怀嗟、少年易分难聚",《钦定词谱》作"迢迢匹马东归去。惨离怀,嗟少年易分难聚"。

【受恩深】

源流:此调见柳永《乐章集》。
宫调:柳永词注大石调。
别名:一作《爱恩深》。

受恩深 <small>两段八十六字,前段八句,六仄韵;后段八句,五仄韵。</small> 柳永

雅致装庭宇。黄花开淡泞。细香明艳尽天与。助秀色堪餐,

向晓自有真珠露。刚被金钱妒。拟买断秋天,容易独步。粉蝶无情蜂已去。要上金尊,惟有诗人曾许。待宴赏重阳,恁时尽把芳心吐。陶令轻回顾。免憔悴东篱,冷烟寒雨。

此调只有此词,无别首可校。

【婆罗门令】

源流:此调见柳永《乐章集》。此调与《婆罗门引》,截然不同。
宫调:柳永词注双调。

婆罗门令 两段八十六字,前段六句,三仄韵,一叠韵;后段十句,六仄韵。 柳永

昨宵里、恁和衣睡。今宵里、又恁和衣睡。小饮归来,初更过、醺醺醉。中夜后,何事还惊起。
霜天冷,风细细。触疏窗、闪闪灯摇曳。空床展转重追想,云雨梦、任欹枕难继。寸心万绪,咫尺千里。好景良天,彼此空有相怜意。未有相怜计。

此调只有此词,无别首可校。

校补:《乐章集》注夹钟商。《钦定词谱》于"霜天冷"句分段,《花草粹编》于"闪闪灯摇曳"句分段,然前后段终不整齐。今从《钦定词谱》。

【华胥引】

源流：此调见周邦彦《片玉集》。

宫调：周邦彦词注黄钟。

名解：《列子》：黄帝昼寝，梦游华胥氏之国。见周邦彦《片玉集》注。

华胥引 两段八十六字，前段九句，四仄韵；后段八句，四仄韵。　　周邦彦

　　川原澄映，烟月冥濛，去舟如叶。岸足沙平，蒲根水冷留雁唼。别有孤角吟秋，对晓风鸣轧。红日三竿，醉头扶起还怯。

　　离思相萦，渐看看、鬓丝堪镊。舞衫歌扇，何人轻怜细阅。检点从前恩爱，但凤笺盈箧。愁剪灯花，夜来和泪双叠。

　　此调只有此体，宋人词俱照此填之。此词前段第五句，例作拗句；前段第七句，及后段第六句，例作上一下四句法。填者宜注意之。

　　校补：《列子》："〔黄帝〕昼寝而梦，游于华胥氏之国……其国无帅长，自然而已；其民无嗜欲，自然而已；不知乐生，不知恶死，故无夭殇；不知亲己，不知疏物，故无爱憎；不知背逆，不知向顺，故无利害……黄帝既寤，怡然自得……又二十有八年，天下大治，几若华胥氏之国。"此调方千里、杨泽民、陈允平、奚㵄、张炎、赵必瑑诸词，俱如此填。前段第五句，例作拗句。前段第七句、后段第六句，例作上一下四句法。"去舟如叶"，《钦定词谱》作"去舟似叶"。

【五福降中天】

别名：一作《五福降中天慢》。

五福降中天 两段八十六字，前后段各八句，四平韵。　　江致和

喜元宵三五，纵马御柳沟东。斜日映珠帘，瞥见芳容。秋水娇横俊眼，腻雪轻铺素胸。爱把菱花，笑匀粉面露春葱。
徘徊步懒，奈一点、灵犀未通。怅望七香车去，慢展春风。云情雨态，愿暂入阳台梦中。路隔烟霞，甚时还许到蓬宫。

此调只有此词，无别首宋词可校。

【离别难】

源流：唐教坊曲名。天后朝，有士人陷冤狱，没家族，其妻配入掖庭，本善觱篥，乃撰此曲，以寄哀情。始名《大郎神》，盖取良人行第也。遂三易其名，亦名《切子》（《悲切子》），终号《愁回鹘》。见唐段安节《乐府杂录》。《钦定词谱》云："本五言八句诗。"白居易集亦有七言绝句诗。薛词见《花间集》，乃借旧曲名，另倚新声。

离别难 两段八十七字，前段九句，四平韵、四仄韵；后段十句，四平韵、六仄韵。　　薛昭蕴

宝马晓鞴雕鞍。罗帷乍别情难。那堪春景媚。送君千万里。半妆珠翠落，露华寒。红蜡烛。青丝曲。偏能勾引泪阑干。

良夜促。香尘绿。魂欲迷。檀眉半敛愁低。未别心先咽。
欲语情难说。出芳草、路东西。摇袖立。春风急。樱花杨柳雨
凄凄。

此调以两平韵为主，前段间押两仄韵，后段间押三仄韵，
凡六易韵。

校补：因薛昭蕴词有"罗帷乍别情难"句，取以为名。宋柳
永词，则又与薛词不同，《乐章集》注中吕调。

【江城梅花引】

种类：此调有三体。（一）换头句藏短韵者，即程垓词。（二）
换头句不藏短韵者，即吴文英词。（三）后段第一句，第
三、四句叶三仄韵者，即王观词。
别名：万俟咏词，名《梅花引》；程垓词，换头句藏短韵者，名
《摊破江城子》；洪皓词，三声叶韵者四首，每首有一
"笑"字，名《四笑江梅引》；周密词，三声叶韵者，名
《梅花引》，全押平韵者，名《明月引》。又周密注云：赵
白云初赋此词，以为自度腔，其实即《梅花引》也。陈
允平词亦名《明月引》，注"和白云赵崇嶓自度曲"。按，
赵崇嶓号白云。

江城梅花引 两段八十七字，前段八句，四平韵，一 程垓
叠韵；后段十二句，六平韵，两叠韵。

娟娟霜月又侵门。对黄昏。怯黄昏。手捻一枝，独自对芳尊。

酒又不禁花又恼，漏声远，一更更、总断魂。
　　断魂。断魂。不堪闻。被半温。香半温。睡也睡也、睡不稳、谁与温存。惟有床前，红烛伴啼痕。一夜无眠连晓角，人瘦也，比梅花、瘦几分。

　　此调换头句藏短韵者，以此词为正体。

　　校补：《词律》卷二谓此调"相传为前半用《江城子》，后半用《梅花引》，故合名《江城梅花引》，盖取（李白诗）'江城五月落梅花'句也"。此调由《江城子》演变而来，实与《梅花引》无碍。盖前段即《江城子》七十字体之半阕，唯结句更添一三字句异，故程垓词又名《摊破江城子》。此词换头句藏两短韵，即叠前段结句韵脚，沈义父《乐府指迷》所谓句中韵，不可截然分作三句。"娟娟霜月又侵门"，《钦定词谱》作"娟娟霜月冷侵门"；"对黄昏。怯黄昏"，《钦定词谱》作"怕黄昏。又黄昏"；"香半温"，《钦定词谱》作"香半熏"；"红烛伴啼痕"，《钦定词谱》作"银烛照啼痕"；"一夜无眠连晓角"，《钦定词谱》作"一夜为花憔悴损"。

又一体　两段八十七字，前段八句，六平韵；后段十句，七平韵　吴文英

　　江楼何处带春归。玉川迷。路东西。一雁不飞，雪压冻云低。十里黄昏成晓色，竹根篱。分流水过翠微。
　　带书傍月自锄畦。苦吟诗。生鬓丝。半黄烟雨，翠禽语、似说相思。惆怅孤山，花尽草离离。半幅寒香家住远，小帘垂。玉人误听马嘶。

此调换头句不藏短韵者，以此词为正体。

校补：诸词前后段结句，俱六字折腰，此词前后段结句，六字不折腰，为变格。"江楼何处带春归"，《钦定词谱》作"江头何处带春归"；"半黄烟雨"，《钦定词谱》作"半黄细雨"。

又一体 两段八十七字，前段七句，五平韵；后段九句，三仄韵，三平韵。　王观

年年江上见寒梅。暗香来。为谁开。疑是月宫、仙子下瑶台。冷艳一枝春在手，故人远，相思切、寄与谁。

怨极恨极嗅玉蕊。念此情，家万里。暮霞散绮。楚天碧、片片轻飞。为我多情、特地点征衣。花易飘零人易老，正心碎，那堪闻、塞管吹。

此调与程垓词同，惟后段第一句、第三句、第四句，押三仄声韵者，以此词为正体。即用本部三声叶，当是体例如此，填者宜注意之。

校补：此词换头句，连下七仄声字，内两"极"字、一"玉"字，乃以入作平。"暗香来。为谁开"，《钦定词谱》作"几枝开，暗香来"；"片片轻飞"，《钦定词谱》作"几片斜飞"。

【寰海清】

宫调：《宋史·乐志》，琵琶曲名，注大石调。

寰海清 两段八十七字，前段八句，四平韵；后段八句，五平韵。　　王庭珪

　　画鼓轰天。暗尘随马，人似神仙。天恁不教昼短，明月长圆。天应未知道，天知道，须肯放、三夜如年。
　　流苏拥上香鞯。为个甚、晚妆特地鲜妍。花下清阴，怎合曲水桥边。高人到此也乘兴，任横街一一须穿。莫言无国艳，有朱门、镇婵娟。

　　此调只有此词，无别首可校。

【劝金船】

源流：张先《劝金船》词，序云："流杯堂唱和，翰林主人元素自撰腔。"苏轼《泛金船》词序云："和元素韵，自撰腔命名。"按，杨绘，字元素。

名解：《钦定词谱》云因张先词有"何人窨得金船酒"句，名《劝金船》。

别名：苏轼词名《泛金船》。

劝金船 两段八十八字，前后段各八句，六仄韵。　　苏轼

　　无情流水多情客。劝我如相识。杯行到手休辞却。似轩冕相逼。曲水池上，小字更书年月。还对茂林修竹，似永和节。
　　纤纤素手如霜雪。笑把秋花插。尊前莫怪歌声咽。又还是轻别。此去翱翔，遍赏玉堂金阙。欲问再来何岁，应有华发。

前后段相同，又前段第四句，例作上一下四句法，填者宜注意之。

校补：此词前段与《钦定词谱》相校多有异文，如"劝我如相识"，《钦定词谱》作"劝我如曾识"；"似轩冕相逼"，《钦定词谱》作"这公道难得"；"曲水池上"，《钦定词谱》作"曲水池边"；"还对茂林修竹"，《钦定词谱》作"如对茂林修竹"。

【醉思仙】

源流：此调见吕渭老《圣求词》，或是吕渭老所创作。

醉思仙 两段八十八字，前段十一句，五平韵；后段十句，四平韵。　　吕渭老

断人肠。正西楼独上，愁倚斜阳。称鸳鸯鸂鶒，两两池塘。春又老，人何处，怎惯不思量。到如今，瘦损我，又还无计禁当。

小院呼卢夜，当时醉倒残缸。被天风吹散，凤翼难双。南窗雨，西楼月，尚未散、拂天香。听莺声，悄记得，那时舞板歌梁。

此调以此词为正体。

校补：因词有"怎惯不思量"及"当时醉倒残缸"句，取以为名。此调朱敦儒"倚晴空"词、曹勋"记华堂"词，又从此词添字。"尚未散、拂天香"，此句对应前段"怎惯不思量"，当是五字一句，杜文澜注《词律》云："王氏校本无'散'字。"

【玉人歌】

源流：此调见杨炎正《西樵语业》。

玉人歌 两段八十八字，前段九句，五仄韵；后段八句，五仄韵。　杨炎正

西风起。又老尽篱花，寒轻香细。漫题红叶，句里意谁会。长天不恨江南远，苦恨无书寄。最相思、盘橘千枚，脍鲈十尾。鸿雁阻归计。算愁满离肠，十分岂止。倦倚阑干，顾影在天际。凌烟图画青山约，总是浮生事。判从今、买取朝醒夕醉。

此调只有此词，无别首可校。

校补：《钦定词谱》及《词式》误题"杨炎昶《西樵语业》"。

【惜红衣】

源流：姜夔自度曲。姜夔序云："吴兴号水晶宫，荷花盛丽。〔陈简斋云：'今年何以报君恩，一路荷花相送到青墩。'亦可见矣。丁未之夏，〕予游千岩，往来红香中，自度此曲。"
宫调：姜夔词注无射宫。

惜红衣 两段八十八字，前段十句，六仄韵；后段九句，六仄韵。　姜夔

枕簟邀凉，琴书换日。睡余无力。细洒冰泉，并刀破甘碧。墙头唤酒，谁问讯、城南诗客。岑寂。高柳晚蝉，说西风消息。

虹梁水陌。鱼浪吹香,红衣半狼藉。维舟试望故国。渺
○○●▲　○●○○　●○●●▲　○○●●●▲　●
天北。可惜渚边沙外,不共美人游历。问甚时同赋,三十六陂
○●　○●○○○●　●●●○○▲　●●○○●　○●●○
秋色。
○▲

此调始自此词,自以此词为正体。

校补:取姜夔词中"红衣半狼藉"句为名。若李莱老"笛送西泠"词之添一衬字,吴文英"鹭老秋丝"词、张炎"两剪秋痕"词句读小异,皆变格。"高柳晚蝉",《钦定词谱》作"高树晚蝉";"可惜渚边沙外",《钦定词谱》作"可惜柳边沙外"。

【鱼游春水】

源流:予尝见《本事曲·鱼游春水》词,云:"因开汴河,得一碑石刻此词,以为唐人所作。"见宋陈鹄《耆旧续闻》。东都防河卒,于汴河上掘地得石,刻有词一阕,不题其目。臣僚进上,上喜其藻思绚丽,顾命其名,遂摭词中四字,命曰《鱼游春水》,令教坊倚声歌之。凡九十四字,而风花莺燕、动植之物曲尽之,此唐人语也。见宋杨湜《古今词话》。按,《古今词话》云:"词凡九十四字,疑字数有误。"政和中,一中贵人使越州回,得词于古碑阴,无名无谱,不知何人作也。录以进御,命大晟府填腔,因词中语,名《鱼游春水》。见《复斋漫录》。

鱼游春水 两段八十九字，前后段各八句，五仄韵。　　无名氏

秦楼东风里。燕子还来寻旧垒。余寒犹峭，红日薄侵罗绮。嫩草方抽碧玉茵，媚柳轻窣黄金蕊。莺啭上林，鱼游春水。
几曲阑干遍倚。又是一番新桃李。佳人应怪归迟，梅妆泪洗。凤箫声绝沉孤雁，望断清波无双鲤。云山万重，寸心千里。

此调以此词为正体。

校补：张元幹、马庄父、卢祖皋词，悉与之同，若赵闻礼"青楼临远水"词多押两韵，乃变格。

【卜算子慢】

源流：此调见柳永《乐章集》。
宫调：柳永词注歇指调。
别名：或作《卜算子》，无"慢"字，与令词《卜算子》截然不同。

卜算子慢 两段八十九字，前段八句，四仄韵；后段八句，五仄韵。　　柳永

江枫渐老，汀蕙半凋，满目败红衰翠。楚客登临，正是暮秋天气。引疏砧、断续残阳里。对晚景、伤怀念远，新愁旧恨相继。
脉脉人千里。念两处风情，万重烟水。雨歇天高，望断翠峰十二。尽无言、谁会凭高意。纵写得、离肠万种，奈归鸿难寄。

此调以此词为正体。

校补：词调中有"慢"字者，唐五代词只此一首。宋人词或省"慢"字径称《卜算子》，如柳永《乐章集》。毛先舒《填词名解》云："唐骆宾王诗好用数名，人称为'卜算子'，词取以名。"《张子野词》亦入歇指调（林钟商）。五代钟辐"桃花院落"词，与此同，但前段第六句脱一字。张先"溪山别意"词添字，乃变格。"奈归鸿难寄"，底本作"奈归云难寄"，据《钦定词谱》改。

【雪狮儿】

源流：此调见程垓《书舟词》。

雪狮儿　两段八十九字，前段九句，五仄韵；后段八句，七仄韵。　　程垓

　　断云低晚，轻烟带暝，风惊罗幕。数点梅花，香倚雪窗摇落。红炉对谑。正酒面、琼酥初削。云屏暖、不知门外，月寒风恶。

　　迤逦慵云半掠。笑盈盈、闲弄宝筝弦索。暖极生春，已向横波先觉。花娇柳弱。渐倚醉、要人搂着。低告托。早把被香熏却。

此调只有此词及张雨一词可校。

【石湖仙】

源流：姜夔自度曲。姜夔序云："寿石湖居士。"按，范成大号石湖。

宫调：姜夔词注越调。

名解：此词为祝石湖生日，故名《石湖仙》，即赋题本意也。

石湖仙 两段八十九字，前后段各九句，六仄韵。 姜夔

松江烟浦。是千古三高，游衍佳处。须信石湖仙，似鸱夷、翩然引去。浮云安在，我自爱、绿香红舞。容与。看世间、几度今古。

芦沟旧曾驻马，为黄花、闲吟秀句。见说胡儿，也学纶巾欹羽。玉友金蕉，玉人金缕。缓移筝柱。闻好语。明年定在槐府。

此调宋词中无填之者。

校补："绿香红舞"，《钦定词谱》作"绿香红妩"；"见说胡儿"，《钦定词谱》作"见说燕山"。

【芳草渡】

源流：此调慢词，始自周邦彦。

宫调：周邦彦词注双调。此调与令词《芳草渡》五十七字者不同。

芳草渡 两段八十九字，前段十句，五仄韵；后段九句，五仄韵。 周邦彦

昨夜里，又再宿桃源，醉邀仙侣。听碧窗风快，疏帘半卷疏雨。多少离恨苦。方留连啼诉。凤帐晓，又是匆匆，独自归去。

愁睹。满怀粉泪，瘦马冲泥寻去路。漫回首、烟迷望眼，依稀见朱户。似痴似醉，暗恼损、凭阑情绪。澹暮色，看尽栖鸦乱舞。

宋人填此调者绝少。

校补：此调有两体。令词始自欧阳修，有张先词可校；慢词始自周邦彦，有陈允平词可校。宋人填此调者绝少，即方千里、杨泽民，皆无和词，唯陈允平集有之，但校周词少换头短韵二字句。"疏帘半卷疏雨"，《钦定词谱》作"疏帘半卷愁雨"；"愁睹"，《钦定词谱》作"愁顾"。

【谢池春慢】

宫调：张先词注中吕宫，此调与令词《谢池春》截然不同。

谢池春慢 两段九十字，前后段各十句，五仄韵。 张先

缭墙重院，时闻有、流莺到。绣被掩余寒，画阁明新晓。朱槛连空阔，飞絮无多少。径莎平，池水渺。日长风静，花影闲相照。

尘香拂马，逢谢女、城南道。秀艳过施粉，多媚生轻笑。斗色鲜衣薄，碾玉双蝉小。欢难偶，春过了。琵琶流怨，都入相思调。

此调前后段第三句、第四句、第五句、第六句，并作五言对偶。当是体例如此，填者宜注意之。

校补：《绿窗新话》引宋杨湜《古今词话》云："张子野往玉仙观，中路逢谢媚卿，初未相识，但两相闻名。子野才韵既高，谢亦秀色出世，一见慕悦，目色相授。张领其意，缓辔久之而去。因作《谢池春慢》以叙一时之遇。""琵琶流怨"，《钦定词谱》作"琵琶流韵"。

【采桑子慢】

宫调：吴文英词注黄钟商。

别名：一名《丑奴儿慢》，因《采桑子》别名《丑奴儿》，故亦名《丑奴儿慢》；潘元质词有"愁春未醒"句，亦名《愁春未醒》；辛弃疾词名《丑奴儿近》；《花草粹编》无名氏词名《叠青钱》。

采桑子慢 两段九十字，前段九句，一仄韵，三平韵；后段十句，四平韵。　　潘元质

愁春未醒，还是清和天气。对浓绿阴中庭院，燕语莺啼。数点新荷，翠钿轻泛水平池。一帘风絮，才晴又雨，梅子黄时。忍记那回，玉人娇困，初试单衣。共携手、红窗描绣，画

扇题诗。怎有如今，半床明月两天涯。章台何处，多应为我，
蹙损双眉。

此词前段第二句用本部三声叶，以下则全押平韵。

校补：《钦定词谱》以吴礼之"金风颤叶"词为正体。吴文英"东风未起"词、"空濛乍敛"词及无名氏"夏日正长"词，俱与此同。"怎有如今"，《钦定词谱》作"怎有而今"。

【探芳信】

源流：此调见史达祖《梅溪词》。
宫调：吴文英词注夹钟羽。
别名：张炎词名《西湖春》。

探芳信　两段九十字，前段九句，五仄韵；后段八句，五仄韵。　史达祖

　　谢池晓。被酒殢春眠，诗萦芳草。正一阶梅粉，都未有人扫。细禽啼处东风软，嫩约关心早。未烧灯、怕有残寒，故园稀到。
　　说道试妆了。也为我相思，占他怀抱。静数窗棂，最忺听、鹊声好。半年白玉台边话，屡见银钩小。指芳期、夜月花阴梦老。

此调以此词为正体。

校补:张炎次周密"西泠春感"韵词,题注云:"西湖春感寄草窗。"此调以此词及吴文英"暖风定"词为正体,另有吴文英"夜寒重""转芳径"词换头句少押一韵及前段第六、七句句读小异,为别格。

【遥天奉翠华引】

源流:此调见侯寘《孏窟词》。

遥天奉翠华引 两段九十字,前后段各八句,五平韵。 侯寘

雪消楼外山。正秦淮、翠溢回澜。香梢豆蔻,红轻犹怕春寒。晓光浮画戟,卷绣帘、风暖玉钩闲。紫府仙人,花围羽帔星冠。

蓬莱阆苑,意倦游、常戏人间。佩麟旧都,江左襦袴声欢。只恐催归觐,宴清都、休诉酒杯宽。明岁应看。盛钧容、舞袖歌鬟。

此调只有此词,无别首可校。

校补:《词律》论此词,谓后段结句宜作六字。盖与前段校,当作六字,况第六句,既作上三下五句法,不应第八句又作上三下四句法。"常戏人间",《钦定词谱》作"常戏世间"。

【夏云峰】

宫调：柳永词注歇指调。

夏云峰 两段九十一字，前后段各八句，五平韵。 柳永

　　宴堂深。轩楹雨、轻压暑气低沉。花洞彩舟泛鹢，坐绕清浔。楚台风快，湘簟冷、永日披襟。坐久觉、疏弦脆管，时换新音。
　　越娥蕙态兰心。逞妖艳、昵欢邀宠难禁。筵上笑歌间发，舄履交侵。醉乡归处，须尽兴、满酌高吟。向此免、名缰利锁，虚费光阴。

　　此调以此词为正体，万树《词律》云：前后段第三句、第四句，是十字一气，所谓可上可下。又结句"向此免"以下，亦是语气贯下，音韵谐适，不必拘也。

　　校补：此调曹勋"绍洪基"词、张元幹"涌冰轮"词句读稍异，若《梅苑》无名氏"琼结苞"词与赵长卿"露华清"词句读参差，皆变格。"醉乡归处"，《钦定词谱》作"醉乡深处"。

【采莲令】

　　源流：《宋史·乐志》，曲宴游幸，教坊所奏十八调曲，九曰双调《采莲》。

宫调：《宋史·乐志》，柳永词均注双调。

采莲令 两段九十一字，前后段各八句，四仄韵。　柳永

月华收，云澹霜天曙。西征客、此时情苦。翠娥执手送临岐，轧轧开朱户。千娇面、盈盈伫立，无言有泪，断肠争忍回顾。

一叶兰舟，便恁急桨凌波去。贪行色、岂知离绪。万般方寸，但饮恨、脉脉同谁语。更回首、重城不见，寒江天外，隐隐两三烟树。

此调只有此词，无别首可校。

校补：《碧鸡漫志》曰夹钟商，俗呼双调。"隐隐两三烟树"，《钦定词谱》作"隐隐两行烟树"。

【醉翁操】

源流：此本琴曲，自苏轼、辛弃疾编入词中，遂沿为词调。在宋词中，亦只有苏、辛两首。苏轼《醉翁操》序云："琅琊幽谷，山川（水）奇丽，泉鸣空涧，若中音会。醉翁喜之，把酒临听，辄欣然忘归。既去十余年，〔而〕好奇之士沈遵闻之，往游，以琴写其声，曰《醉翁操》，节奏疏宕而音指华畅，知琴者以为绝伦。然有其声而无其词。翁虽为作歌，而与琴声不合。又依《楚辞》作《醉翁引》，好事者亦倚其声（辞）以制曲。〔虽〕粗合拍（韵）度而琴

声为词所绳约，非天成也。后三十〔余〕年，翁既捐馆舍，遵亦殁久矣。有庐山玉涧道人崔闲，〔特〕妙于琴，恨此曲之无词，乃谱其声，而请〔于〕东坡居士以补之。"

宫调：琴曲属正宫。

醉翁操 两段九十一字，前段十句，十平韵；后段十句，八平韵。 苏轼

琅然。清圆。谁弹。响空山。无言。惟翁醉中知其天。月明风露娟娟。人未眠。荷蒉过山前。曰有心也哉此贤。醉翁啸咏，声和流泉。醉翁去后，空有朝吟夜怨。山有时而童巅。水有时而回川。思翁无岁年。翁今为飞仙。此意在人间。试听徽外三两弦。

此词以"元、寒、删、先"四韵同用，辛弃疾以"东、冬、江"三韵同用，犹遵古韵，填者审之。

校补：此本琴曲，苏轼词原不载，自辛稼轩编入词中，复遂沿为词调。在宋人中，亦只有辛词一首可校。"惟翁醉中知其天"，《钦定词谱》作"惟翁醉中和其天"。

【红芍药】

宫调：蒋氏《九宫谱目》入南吕调。

红芍药 两段九十一字，前后段各八句，五仄韵。　　王观

人生百岁，七十稀少。更除十年孩童小。又十年昏老。都来五十载，一半被、睡魔分了。那二十五载之中，宁无些个烦恼。

仔细思量，好追欢及早。遇酒逢花堪笑傲。任玉山倾倒。对景且沉醉，人生似、露垂芳草。幸新来、有酒如渑，要结千秋歌笑。

此调只有此词，无别首可校。

【八六子】

源流：此调见《尊前集》杜牧词。

别名：秦观词有"黄鹂又啼数声"句，又名《感黄鹂》。

八六子 两段九十一字，前段六句，三平韵；后段十一句，六平韵。　　晁补之

喜秋晴。淡云萦缕，天高群雁南征。正露冷初减兰红，风紧潜雕柳翠，愁人漏长梦惊。

重阳景物凄清。渐老何时无事，当歌好在多情。暗自想朱颜，并游同醉，宦名缰锁，世路蓬萍。难相见、赖有黄花满把，从教绿酒深倾。醉休醒。醒来旧愁旋生。

宋人词中以此词为正体。此调虽始自杜牧，而杜词后段第二句起，凡三十一字始押一韵，似太辽阔，疑有讹处。且晁词

较谐音律，又为宋人常用之体，故采晁词为式。

校补：柳永《乐章集》入正平调（中吕羽）。唐宋人填此词调，均为双调，叶平韵，但字数自八十八字至九十一字不等，上下段句数、韵数及句读亦颇有差异。《钦定词谱》以杜牧"洞房深"为正体。龙榆生《唐宋词格律》："要注意转折处，有驰荡生姿之感，乃称合作。""愁人漏长梦惊"，《钦定词谱》作"愁人梦长漏惊"。

【月上海棠】

别名：曹勋词名《月上海棠慢》。此调与七十字《月上海棠》虽同名，而句拍迥异。

月上海棠 两段九十一字，前段十句，四仄韵；后段十一句，五仄韵。　　陈允平

　　游丝弄晚，卷帘看处，燕重来时候。正秋千亭榭，锦寨春透。梦回褪浴华清，凝温泉、绛绡微绉。芳阴底，人立东风，露华如昼。
　　宜酒。啼香泪薄，醉玉痕深，与春同瘦。想当年金谷，步帷初绣。彩云影里徘徊，娇无语、夜寒归后。莺窗晓，花间重携素手。

校补：此调有两体，七十字者，见《梅苑》无名氏词，金词注双调，陆游词有"几曾传、玉关遥信"句，更名《玉关遥》。然宋本《渭南文集》此词作"几曾传、玉关边信"，或系形近而

讹。九十一字者,见姜夔《白石词》,注夹钟商。《钦定词谱》以《梅苑》无名氏"南枝昨夜先回暖"词为正体。此亦姜词体,唯前段第二句四字,第三句五字,后段第二、三、四句皆四字异。"卷帘看处",《钦定词谱》作"卷帘开看"。

【玉京秋】

源流:周密自度曲。周密序云:"长安独客,又见西风,素月丹枫,凄然其为秋也。"因调夹钟羽一解。

宫调:周密词注夹钟羽。

玉京秋 两段九十一字,前段十句,六仄韵;后段九句,六仄韵　　周密

烟水阔。高林弄残照,晚蜩凄切。碧砧度韵,银床飘叶。衣湿桐阴露冷,采凉花、时赋秋雪。叹轻别。一襟幽事,砌蛩能说。

客思吟商还怯。怨歌长、琼壶暗缺。翠扇思疏,红衣香褪,翻成销歇。玉骨西风,恨最恨、闲却新凉时节。楚箫咽。谁倚西楼淡月。

此调只有此词,无别首可校。

校补:《词律》前段第四句,脱"画角吹寒"四字,后段第三句"翠扇阴疏",脱"阴"字,《钦定词谱》从《词纬》补正,《词式》作"翠扇思疏"。《词式》未补"画角吹寒",故仍题九十一字。

【法曲献仙音】

源流：陈旸《乐书》云："法曲兴于唐，其声始出清商部。比正律差四律，有铙钹钟磬之音，《献仙音》其一也。"又云："圣朝法曲乐器，有琵琶、五弦筝、箜篌、笙、笛、觱篥、方响、拍板，其曲所存，不过道调《望瀛》、小石《献仙音》而已，其余皆不复见矣。"

宫调：柳永词注小石调，周邦彦、吴文英、姜夔词均注大石调。

名解：《唐志》：玄宗知音律又酷爱法曲。又梦仙子十辈，御卿云而下，列于庭，各执乐器献仙音也。见周邦彦《片玉集》注。

别名：姜夔词，名《越女镜心》，按，唐张籍酬朱庆余诗，有"越女新妆出镜心"句，姜词调名本此。见《钦定词谱》。

法曲献仙音 两段九十二字，前段八句，四仄韵；后段九句，五仄韵。　周邦彦

蝉咽凉柯，燕飞尘幕，漏阁签声时度。倦脱纶巾，困便湘竹，桐阴半侵朱户。向抱影凝情处。时闻打窗雨。

耿无语。叹文园、近来多病，情绪懒、尊酒易成间阻。缥缈玉京人，想依然、京兆眉妩。翠幕深中，对徽容、空在纨素。待花前月下，见了不教归去。

大石调《献仙音》词，以此词为正体。

校补：李彭老"云木槎枒"词句读小异，乃变格。"桐阴半侵朱户"，《钦定词谱》作"桐阴半侵庭户"。

又一体 两段九十一字,前段七句,三仄韵;后段十句,五仄韵。　柳永

追想秦楼心事,当年便约,于飞比翼。每恨临岐处,正携手、翻成云雨离拆。念倚玉偎香,前事顿轻掷。惯怜惜。饶心性,镇厌厌多病,柳腰花态娇无力。早是乍清减,别后忍教愁寂。记取盟言,少孜煎、剩好将息。遇佳境、临风对月,事须时恁相忆。

小石调《献仙音》词,以此词为正体,此调句律与周邦彦词迥别。杜文澜云:此词句法音节均与本调不合,疑是另调。

校补:换头"惯怜惜"一句,《钦定词谱》作前段结拍。柳永另有"青翼传情"词之减字,或名《法曲第二》,为小石调之变体。《宋史·乐志》云:"法曲部,其曲二,一曰道调宫《望瀛》,二曰小石调《献仙音》。"《法曲第二》或即《献仙音》之别名。"每恨临岐处",《钦定词谱》作"悔恨临岐处";"镇厌厌多病",《钦定词谱》作"正厌厌多病"。

【金盏倒垂莲】

名解:倒垂莲乃金盏之像,即如左相之金卷荷耳。竹山《唐多令》有句云:"金盏倒垂莲,歌摇香雾鬟。"见万树《词律》。闽中有鸟,名"倒垂莲",形似鹡鹆,其羽毛殊类毛雀,恬粹可爱,因睡必倒挂,故名。然书籍罕见,岂东坡所谓"倒挂绿毛幺凤者"欤?见陈尚古《簪云楼杂说》。

种类：有平韵、仄韵两体。

金盏倒垂莲 两段九十二字，前后段各九句，四平韵。　晁补之

休说将军，解弯弓掠地，昆岭河源。彩笔题诗，绿水映红莲。算总是、风流余事，会须行乐年年。况有一部，随轩脆管繁弦。

多情旧游尚忆，寄秋风万里，鸿雁天边。未学元龙，豪气笑求田。也莫为、庭槐兴叹，便伤摇落凄然。后会一笑，犹堪醉倒花前。

此调押平声韵者，以此词为正体。

校补：晁端礼词有"痛饮狂歌，金盏倒垂莲"句，或取为调名。金盏，精美的酒杯。有花名"倒垂莲"，即卷丹，又称虎皮百合，滇南称为倒垂莲。清吴其濬《植物名实图考》云："卷丹，叶大如柳叶，四向攒枝而上，其颠开红黄花，斑点星星，四垂向下，花心有檀色长蕊，枝叶间生黑子，根如百合……滇南谓之倒垂莲。"调名或指状如倒垂莲般的精美酒杯。平韵者，见晁无咎《琴趣外篇》及《梅苑》词；仄韵者，见《松隐词》。"况有一部"，《钦定词谱》作"只有一部"。

又一体 两段九十二字，前段九句，四仄韵；后段八句，六仄韵。　曹勋

谷雨初晴，对晓霞乍敛，暖风凝露。翠云低映，捧花王留住。满阑嫩红贵紫，道尽得、韶光分付。禁籞浩荡，天香巧随

天步。
　　群仙倚春似语。遮丽日、更着轻罗深护。半开微吐。隐非烟非雾。正宜夜阑秉烛，况更有、姚黄娇妒。徘徊纵赏，任放濛濛柳絮。

　　此调押仄声韵者只此一词。

　　校补："对晓霞乍敛"，《钦定词谱》作"对镜霞乍敛"。"徘徊纵赏"，底本脱"徘徊"二字，据《钦定词谱》补。

【塞翁吟】

宫调：周邦彦词注大石调。
名解：取《淮南子》塞上叟事为调名。见《钦定词谱》。

塞翁吟 两段九十二字，前段十句，六平韵；后段九句，四平韵。　　周邦彦

　　暗叶啼风雨，窗外晓色珑璁。散水麝，小池东。乱一岸芙蓉。蕲州簟展双纹浪，轻帐翠缕如空。梦远别，泪痕重。淡铅脸斜红。
　　忡忡。嗟憔悴、新宽带结，羞艳冶、都销镜中。有蜀纸、堪凭寄恨，等今夜、洒血书词，剪烛亲封。菖蒲渐老，早晚成花，教见薰风。

　　此调只有此体，各家俱照此填之。此词前段第五句、第十句，例作上一下四句法。

【意难忘】

宫调：周邦彦词注中吕调。

意难忘 两段九十二字，前后段各九句，六平韵。　　苏轼

　　花拥鸳房。记弹肩髻小，约鬓眉长。轻身翻燕舞，低语啭莺簧。相见处、便难忘。肯亲度瑶觞。向夜阑、歌翻郢曲，带换韩香。
　　别来音信难将。似云收楚峡，雨散巫阳。相逢情有在，不语意难量。些个事、断人肠。怎禁得凄惶。待与伊、移根换叶，试又何妨。

　　此调只有此体，宋元人词俱照此填之。此词前后段第四句、第五句，例作五言对偶。第七句例作上一下四句法，填者宜注意之。

　　校补：元高拭词注南吕调。

【东风齐著力】

源流：此调见《草堂诗余》，胡浩然《除夕》词也。
名解：《礼记·月令》："孟春之月，东风解冻。"又唐人曹松《除夜》诗："残腊即又尽，东风应渐闻。"故云《东风齐著力》。见《钦定词谱》。

东风齐著力 两段九十二字，前段十句，四平韵；后段九句，五平韵。　　胡浩然

残腊收寒，三阳初转，已换年华。东君律管，迤逦到山家。处处笙簧鼎沸，会佳宴、列坐仙娃。花丛里，金炉满爇，龙麝烟斜。

此景转堪夸。深意祝、寿山福海增加。玉觞满泛，且莫厌流霞。幸有迎春绿醑，银瓶浸、几朵梅花。休辞醉，园林秀色，百草萌芽。

此调只有此词，无别首宋词可校。

校补："会佳宴"，《钦定词谱》作"排佳宴"。

【远朝归】

远朝归 两段九十二字，前段十句，五仄韵；后段九句，五仄韵。　　赵耆孙

金谷先春，见乍开江梅，晶明玉腻。珠帘院落，人静雨疏烟细。横斜带月，又别是、一般风味。金尊里。任遗英乱点，残粉低坠。

惆怅杜陇当年，念水远天长，故人难寄。山城倦眼，无绪更看桃李。当时醉魄，算依旧、徘徊花底。斜阳外。漫回首画楼十二。

校补：调见《梅苑》词。《花草粹编》本此词第三句脱去"晶明"二字，《钦定词谱》从《梅苑》校正。

【露华】

名解：唐李白《清平调》词"东风拂槛露华浓"，调名本此。见《钦定词谱》。

种类：有平韵、仄韵两体。

别名：周密平韵词名《露华慢》，曹邍仄韵词名《惜余妍》。

露华 两段九十二字，前段十句，五仄韵；后段九句，五仄韵。 王沂孙

绀葩乍坼。笑烂漫娇红，不是春色。换了素妆，重把青螺轻拂。旧歌共渡烟江，却占玉奴标格。风霜峭，瑶台种时，付与仙骨。

闲门昼掩凄恻。似淡月梨花，重化清魄。尚带唾痕香凝，怎忍攀摘。嫩绿渐满溪阴，薮薮粉云飞出。芳艳冷，刘郎未应认得。

此调押仄声韵者，只有此体。王沂孙另有一首，九十四字，押平声韵，亦只此一体，其句读与仄韵词同，惟前后段第七句，各添一字耳。

校补："嫩绿渐满溪阴"，《钦定词谱》作"嫩绿渐暖溪阴"。

【薄媚摘遍】

源流：所谓大遍者，凡数十解，每解有数叠，裁截用之，则谓之"摘遍"。按，《薄媚》大曲凡十遍，此盖摘其入破之

一遍也。见宋沈括《梦溪笔谈》。

薄媚摘遍 两段九十二字，前段十一句，三仄韵，一叶韵；后段十句，四仄韵，一叶韵。 赵以夫

桂香消，梧影瘦，黄菊迷深院。倚西风，看落日，长江东去如练。先生底事，有赋飘然，刚道为田园。独醒何为，持杯自劝未能免。
休把茱萸吟玩。但管年年健。千古事，几凭阑，吾生九十强半。欢娱终日，富贵何时，一笑醉乡宽。倒载归来，回廊月又满。

此词仄韵中间入平韵，亦是本部三声叶，与大曲《薄媚》入破第一词大同小异，此调惟赵以夫有之，无别首宋词可校。

校补：《薄媚》系唐教坊大曲名。"薄媚"乃唐时俗语，作薄德解，犹言薄劣、顽劣。今传有宋董颖《薄媚》一套，凡十首，咏西子事，见《乐府雅词》卷上，注道宫（中吕宫）。《钦定词谱》卷四十附载之。

【恋香衾】

宫调：金词注仙吕调。

恋香衾 两段九十二字，前后段各八句，四平韵。 吕渭老

记得花阴同携手，指定日、许我同欢。唤做真成，耳热心

安。打叠从来不成器，待做个、平地神仙。又却不成些事，蓦地惊残。
　　据我如今没投奔，见着你、泪早偷弹。对月临风，一味埋冤。笑则人前不妨笑，行笑里、斗觉心烦。怎生分得烦恼，两处匀摊。

此调只有此词，无别首宋词可校。前后段相同。

校补：金、元曲子仙吕调者，前后段第二句皆六字，较此词各减一字。

【满江红】

宫调：柳永、周邦彦词俱注仙吕调。
种类：有平韵、仄韵两体。仄韵词宋元人填者最多，平韵词创自姜夔。姜词自序云："《满江红》旧词用仄韵，多不叶律。如末句云'无心扑'三字，歌者将'心'字融入去声，方谐音律。予欲以平韵为之，久不能成。因泛巢湖，〔闻远岸箫鼓声。问之舟师，云：'居人为此湖神姥寿也。'予因〕祝曰：'得一席风，径至居巢，当以平韵《满江红》为迎神送神曲。'言讫，风与笔俱驶，顷刻而成。末句云'闻佩环'，则叶（协）律矣。〔书以绿笺，沈于白浪。辛亥正月晦也。〕"见姜夔《白石道人歌曲》。

满江红 两段九十三字，前段八句，四仄韵；后段十句，五仄韵。　柳永

暮雨初收，长川静、征帆夜落。临岛屿、蓼烟疏淡，苇风萧索。几许渔人飞短艇，尽将灯火归村落。遣行客、当此念回程，伤漂泊。

桐江好，烟漠漠。波似染，山如削。绕严陵滩畔，鹭飞鱼跃。游宦区区成底事，平生况有云泉约。归去来、一曲仲宣吟，从军乐。

此调押仄声韵者，以此词为正体。换头四句原属六字，折腰两句，当以柳词之平仄为定格。又前后段中，俱用七字两句，多作对偶。又后段第五句、第六句，宋词多作上三下六句法。

校补：明杨慎《词品》卷一："唐人小说《冥音录》载曲名有《上江虹》，即《满江红》。"高拭词注南吕调。《钦定词谱》以柳永词此体为定格，以张元幹"春水连天"词之多押两韵，戴复古"赤壁矶头"词之多押一韵，吕渭老"晚浴新凉"词之减字，苏轼"东武南城"、赵鼎"惨结秋阴"、辛弃疾"点火樱桃"、柳永"万恨千愁"、杜衍"无利无名"词之添字，以及叶梦得"雪后郊原"词之句读异同，王之道"竹马来迎"词之句读全异，皆变格。龙榆生《唐宋词格律》："一般例用入声韵。声情激越，宜抒豪壮情感与恢张襟抱。亦可酌增衬字。姜夔改作平韵，附著于后，则情调俱变。""几许渔人飞短艇"，《钦定词谱》作"几许渔人横短艇"。

又一体 两段九十三字，前段八句，四平韵；后段十句，五平韵。　　姜夔

仙姥来时，正一望、千顷翠澜。旌旗共、乱云俱下，依约前山。命驾群龙金作轭，相从诸娣玉为冠。向夜深、风定悄无人，闻佩环。
神奇处，君试看。奠淮右，阻江南。遣六丁雷电，别守东关。却笑英雄无好手，一篙春水走曹瞒。又怎知、人在小红楼，帘影间。

此调押平声韵者，以此词为正体。其句读与仄声韵同，惟前后段两结句，并用平仄平，诸家俱如此填。此即姜夔所谓叶律处，填者宜注意之。

校补："旌旗共"，《钦定词谱》作"旌旗与"；"却笑英雄无好手"，《钦定词谱》作"应笑英雄无好手"；"人在小红楼"，《钦定词谱》作"人在小江楼"。

【惜秋华】

源流：吴文英自度曲。
宫调：吴文英词注夹钟商。

惜秋华 两段九十四字，前段八句，五仄韵；后段九句，六仄韵。　　吴文英

思渺西风，怅行踪、浪逐南飞高雁。怯上翠微，花楼更堪凭晚。蓬莱对起幽云，澹野色山容愁卷。清浅。瞰沧波、静衔

秋痕一线。
〇〇▲

　　十载寄吴苑。惯东篱深处,把露黄偷剪。移暮景、照越镜,意销香断。秋娥赋得闲情,并翠尊、小眉初展。深劝。待明朝、醉巾重岸。

吴文英此调五首,句读、韵脚互有参差,然亦大同小异,兹采一首以为式。

校补:"花楼更堪凭晚",《钦定词谱》作"危楼更堪凭晚";"并翠尊",《钦定词谱》作"倚翠尊"。

【梅子黄时雨】

源流:张炎自度曲。

梅子黄时雨 两段九十三字,前段十句,五仄韵;后段十句,七仄韵。　　张炎

　　流水孤村,爱尘事顿消,来访深隐。向醉里谁扶,满身花影。鸥鹭相看如瘦,近来不是伤春病。嗟流景。竹外野桥,犹系烟艇。
　　谁引。斜川归兴。便啼鹃纵少,无奈时听。待棹击空明,鱼波千顷。弹到琵琶留不住,最愁人是黄昏近。江风紧。一行柳阴吹暝。

此调只有此词,无别首可校。

校补:"鸥鹭相看如瘦",《钦定词谱》作"鸥鹭相看如此瘦";"一行柳阴吹暝",《钦定词谱》作"一行柳丝吹暝"。

【如鱼水】

宫调:柳永词二首,字数、句读均不同,惟俱注仙吕调。

如鱼水 两段九十三字,前段九句,六平韵;后段九句,七平韵。 柳永

轻霭浮空,乱峰倒影,潋滟十里银塘。绕岸垂杨。红楼朱阁相望。芰荷香。双双戏、鸂鶒鸳鸯。乍雨过、兰芷汀洲,望中依约似潇湘。
风淡淡,水茫茫。动一片晴光。画舫相将。盈盈红粉清商。紫薇郎。修禊饮、且乐仙乡。更归去、遍历銮坡凤沼,此景也难忘。

万树云:"柳词僻调,难得如此严整。"

校补:"动一片晴光",《钦定词谱》作"摇动一片晴光";"更归去",《钦定词谱》作"便归去"。

又一体 两段九十七字,前段九句,五平韵;后段九句,六平韵。 柳永

帝里疏散,数载酒萦花系,九陌狂游。良景对珍筵,恼佳人自有风流。劝琼瓯。绛唇启、歌发清幽。被举措、艺足才高,在处别得艳姬留。

浮名利，拟拚休。是非莫挂心头。富贵岂由人，时会高志
须酬。莫闲愁。共绿蚁、红粉相尤。向绣幄、醉倚芳姿睡，算
除此外何求。

柳永词二首，句拍不同，但均注仙吕调，故类列于此，惟
无他首可校。

校补：《词律》《钦定词谱》皆仅列前一体，《词式》补入后
一体。

【凄凉犯】

源流：姜夔自制曲。姜自序云："合肥巷陌皆种柳，秋风夕起，
骚骚然。余客居阖户，时闻马嘶，出城四顾，则荒烟野
草，不胜凄黯，乃著此解。琴有《凄凉调》，假以为名。
凡曲言犯者，谓以宫犯商、商犯宫之类。如道调宫'上'
字住，双调亦'上'字住，所住字同，故道调曲中犯双调，
或于双调曲中犯道调，其他准此。唐人《乐书》云：'犯
有正、旁、遍、侧。宫犯宫为正，宫犯商为旁，宫犯角
为遍，宫犯羽为侧。'此说非也。十二宫所住字各不同，
不容相犯。十二宫特可犯商、角、羽耳。予归行都，以
此曲示国工田正德，使以哑觱篥吹之，其韵极美。"见姜
夔《白石道人歌曲》。

宫调：姜夔词注仙吕调、犯商调。

别名：一名《瑞鹤仙影》。

凄凉犯 _{两段九十三字,前段九句,六仄韵;后段九句,四仄韵。}　姜夔

绿杨巷陌。秋风起、边城一片离索。马嘶渐远,人归甚处,戍楼吹角。情怀正恶。更衰草寒烟淡薄。似当时、将军部曲,迤逦度沙漠。

追念西湖上,小舫携歌,晚花行乐。旧游在否,想如今、翠凋红落。漫写羊裙,等新雁来时系着。怕匆匆、不肯寄与,误后约。

此调创自姜夔,自以此词为正体。

校补:罗庶园云:"白石谓十二宫仅可犯商、角、羽,故《凄凉》一曲乃注云'仙吕调犯商调',其中仅'淡薄'之'薄'、'系着'之'着',两均用'凡'字落均,余均'六''上'相间,实应认为仙吕调犯商调,然非琴曲中之《凄凉调》也。惟吴文英词则注仙吕犯双调,则颇与琴调相符耳。""余别有四犯新说,备论正旁偏侧各犯转弦换调诸法,姜、张皆未谈及。唐人《乐书》所记,正未可厚非也。"见夏承焘《姜白石词编年笺校·承教录》。吴文英"空江浪阔"词,正与此同。若张炎"萧疏野柳嘶寒马"词之前段第二句,句读小异,或添一字,作上三下四句法。

【浣溪沙慢】

源流:此调见周邦彦《片玉集》。
别名:亦名《浣溪纱慢》。

浣溪沙慢 两段九十三字,前段九句,五仄韵;后段十句,五仄韵。 周邦彦

水竹旧院落,樱笋新蔬果。嫩英翠幄,红杏交榴火。心事暗卜,叶底成双朵。深夜归青琐。灯尽酒醒时,晓窗明、钗横鬓亸。

怎生那。被间阻时多,奈愁肠数叠,幽恨万端,好梦还惊破。可怪近来,传语也无个。莫是嗔人呵。真个若嗔人,却因何、逢人问我。

校补:"樱笋新蔬果",《钦定词谱》依《苕溪词话》作"莺引新雏过";"叶底成双朵",《钦定词谱》作"叶底寻双朵";"真个若嗔人",《钦定词谱》作"果若是嗔人"。

【四犯剪梅花】

源流:此调见刘过《龙洲词》,是刘过所创作。此调前后段首句不押韵者,名《四犯剪梅花》,押韵者名《辘轳金井》。

名解:凡集四调,故曰"四犯",本属三调,故又曰"三犯"。见《钦定词谱》。采各曲句合成,前后各四段,故曰"四犯"。柳词《醉蓬莱》属林钟商调,或《解连环》《雪狮儿》亦是同调也。"剪梅花"三字,想亦以"剪取"之义而名之。但前段起句,与《解连环》本调全不相似,殊不可解。见万树《词律》。秦氏玉笙云:"此调两用《醉蓬莱》,合《解连环》《雪狮儿》,故曰《四犯》。所谓《剪梅花》者,梅花五瓣,四则剪去其一。犯者谓犯宫调,不必字句悉同也。"见杜文澜《词律校勘记》。

别名：卢祖皋词名《月城春》，又名《锦园春》；一名《三犯锦园春》，或作《锦园春三犯》。

四犯剪梅花 两段九十三字，前段九句，五仄韵；后段十句，五仄韵。　　刘过

水殿风凉，赐环归、正是梦熊华旦。(解连环)叠雪罗轻，称云章题扇。(醉蓬莱)西清侍宴。望黄伞、日华龙辇。(雪狮儿)金券三王，玉壶四世，帝恩偏眷。(醉蓬莱)

临安记、龙飞凤舞，信神明有后，竹梧阴满。(解连环)笑折花看，橐荷香红润。(醉蓬莱)功名岁晚。带河与、砺山长远。(雪狮儿)麟脯杯行，狨鞯坐稳，内家宣劝。(醉蓬莱)

此调前段第一句、第二句，即《解连环》之第一句、第二句〔、第三句〕；又第三句、第四句，即《醉蓬莱》之第四句、第五句；又第五句、第六句，即《雪狮儿》之第六句、第七句；又第七句、第八句、第九句，即《醉蓬莱》之第九句、第十句、第十一句也。后段第一句、第二句、第三句，即《解连环》之第一句、第二句、第三句；又第四句、第五句，即《醉蓬莱》之第五句、第六句；又第六句、第七句，即《雪狮儿》之第六句、第七句；又第八句、第九句、第十句，即《醉蓬莱》之第十句、第十一句、第十二句也。细辨句读，刘词之前后段起句不押韵，第二句作上三下六句法；后段起句又多一字，似与《解连环》不合。此调虽属刘过所创作，然不如卢祖皋词为合格也。

又一体 两段九十二字,前后段各十句,六仄韵。　　卢祖皋

五云腾晓。望凝香画戟,恍然蓬岛。(解连环)玉露冰壶,照神仙风表。(醉蓬莱)诗书坐啸。唤淮楚、满城春好。(雪狮儿)雨谷催耕,风帘戏鼓,家家欢笑。(醉蓬莱)

南湖细吟未了。看金莲夜直,丹凤飞诏。(解连环)鬓影青青,办功名多少。(醉蓬莱)持杯满釂。听千里、载歌难老。(雪狮儿)试问尊前,蟠桃次第,红芳犹小。(醉蓬莱)

此调以此词为正体。此词前段第一句押韵,第二句五字、第三句四字,后段第一句作六字句押韵,方与《解连环》调句读符合,且卢祖皋有词三首,句拍悉同。

校补:"载歌难老",《钦定词谱》作"咸歌难老"。

【探芳新】

源流:吴文英自度腔。此调渊源,似出《探芳讯》。但摊破句法,移换宫调,自成新声,即与《探芳讯》不同。见《钦定词谱》。

宫调:吴文英词注高平调;《钦定词谱》作《高平探芳新》,高平是宫调,不应引为调名。兹依《梦窗词集》改正。

探芳新 两段九十三字,前段十二句,一平韵,四仄韵;后段十二句,五仄韵。　　吴文英

九街头。正软尘润酥,雪消残溜。禊赏祇园,花艳云阴笼

昼。层梯峭，空麝散，拥凌波，萦翠袖。叹年端，连环转，烂漫游人如绣。

肠断回廊伫久。便写意溅波，传愁蹙岫。渐没飘鸿，空惹闲情春瘦。椒杯香，干醉醒，怕西窗，人散后。暮寒深，迟回处，自攀庭柳。

此调只有此词，无别首可校。

校补："正软尘润酥"，《钦定词谱》作"正软尘酥润"；"渐没飘鸿"，《钦定词谱》作"渐没飘红"。

【临江仙慢】

宫调：柳永词注仙吕调。
别名：一作《临江仙》。

临江仙慢 两段九十三字，前段十一句，五平韵；后段十一句，六平韵。 柳永

梦觉小庭院，冷风淅淅，疏雨萧萧。绮窗外、秋声败叶狂飘。心摇。奈寒漏永，孤帏悄，泪烛空烧。无端处，是绣衾鸳枕，闲过清宵。

萧条。牵情系恨，争向年少偏饶。觉新来、憔悴旧日风标。魂消。念欢娱事，烟波阻，后约方遥。还经岁，问怎生禁得，如许无聊。

此调只有此词，无别首可校。此词押三短韵，前后段第六

句作上一下三句法，第十句作上一下四句法。当是体例如此，填者宜注意之。

【雪明鸦鹊夜】

源流：此调见明陈耀文《花草粹编》，或是宋徽宗所创作。

雪明鸦鹊夜 两段九十四字，前段九句，四仄韵；后段八句，四仄韵。　　宋徽宗

　　望五云多处春深，开阆苑、别就蓬岛。正梅雪韵清，桂月光皎。凤帐龙帘萦嫩风，御座深、翠金间绕。半天中，香泛千花，灯挂百宝。

　　圣时观风重腊，有箫鼓沸空，锦绣匝道。竞呼卢气贯调欢笑。袖里金钱掷下，来侍宴、歌太平睿藻。愿年年此际，迎春不老。

此调只有此词，无别首可校。

校补：南宋陈元靓《岁时广记》作宋万俟咏词，名《雪明鸦鹊夜慢》。《花草粹编》卷九误作宋徽宗词，名《雪明鸦鹊夜》。《钦定词谱》《词式》沿《花草粹编》之误。"望五云多处春深，开阆苑、别就蓬岛"，《钦定词谱》作"望五云多处，探春开阆苑，别就瑶岛"。

【玉漏迟】

宫调：吴文英词注夷则商，蒋氏《九宫谱目》注黄钟宫。

玉漏迟 两段九十四字，前段十句，五仄韵；后段九句，五仄韵。　宋祁

杏香飘禁苑，须知自古，皇都春早。燕子来时，绣陌渐薰芳草。蕙圃夭桃过雨，弄碎影、红筛清沼。深院悄。绿杨影里，莺声低巧。

早是赋得多情，更遇酒临花，镇幸欢笑。数曲阑干，故国漫劳登眺。天际微云尽处，乱峰锁、一竿斜照。归路杳。东风泪零多少。

此词前段起句不押韵，北宋词俱照此填之。

校补：白居易诗有"天凉玉漏迟"句，或为调名所本。此词《花草粹编》卷九作韩嘉彦词，《草堂诗余》前集卷上作无名氏词，《类编草堂诗余》卷三作宋祁词，又误入吴文英《梦窗词集》。前段"须知自古""绿杨影里，莺声低巧"，《钦定词谱》分别作"须知自昔""绿杨巷陌，莺声争巧"。后段"天际微云尽处"，《钦定词谱》作"汉外微云尽处"。

又一体 两段九十四字，前段十句，六仄韵；后段九句，五仄韵。　赵闻礼

絮花寒食路。晴丝罥日，绿阴吹雾。客帽欺风，愁满画船烟浦。彩柱秋千散后，怅尘锁、燕帘莺户。从间阻。梦云无准，

鬓霜如许。

夜永绣阁藏娇,记掩扇传歌,剪灯留语。月约星期,细把花须频数。弹指一襟幽恨,漫空倩、啼鹃声诉。深院宇。黄昏杏花微雨。

此词前段起句押韵,南宋词俱照此填之。

校补:《钦定词谱》署为"吴文英"作,《词式》署为"赵闻礼",亦有署为楼采者。"彩柱秋千散后",《钦定词谱》作"彩挂秋千散后";"怅尘锁",《钦定词谱》作"怅尘销";"夜永绣阁藏娇",《钦定词谱》作"夜久绣阁藏娇";"弹指一襟幽恨",《钦定词谱》作"弹指一襟怨恨"。此与宋祁词同,唯前段起句押韵异。

【尾犯】

宫调:柳永"夜雨滴空阶"词注正宫,又"晴烟幂幂"词注林钟商。

别名:晁补之词名《碧芙蓉》。

尾犯 两段九十四字,前段十句,四仄韵;后段八句,四仄韵。　柳永

夜雨滴空阶,孤馆梦回,情绪萧索。一片闲愁,想丹青难貌。秋渐老、蛩声正苦,夜将阑、灯花旋落。最无端处,总把良宵,只恁孤眠却。

佳人应怪我,别后寡信轻诺。记得当初,剪香云为约。甚

时向、幽闺深处,按新词、流霞共酌。再同欢笑,肯把金玉珍珠博。

此调九十四字者,以此词为正体。此词前段第五句、后段第四句,例作上一下四句法,填者宜注意之。

校补:"灯花旋落",《钦定词谱》作"灯花渐落";"总把良宵",《钦定词谱》作"忍把良宵";"记得当初",《钦定词谱》作"记得当时"。秦观、吴文英、赵以夫诸词,俱如此填。若蒋捷"夜倚读书床"词之后段第二句添一字、结句句法不同,乃变体。

又一体 两段九十八字,前段十句,五仄韵;后段十句,六仄韵。 柳永

晴烟幂幂。渐东郊芳草,染成轻碧。野塘风暖,游鱼动触,冰澌微坼。几行断雁,旋次第、归霜碛。咏新诗、手捻江梅,故人赠我春色。

似此光阴催逼。念浮生,不满百。虽照人轩冕,润屋金珠,于身何益。一种劳心力。图利禄、殆非长策。除是恁、点检笙歌,访寻罗绮消得。

此调九十八字者,以此词为正体。

校补:若晁补之"庐山小隐"词之添一字、无名氏"轻风淅淅"词之添二字,皆变体。

【雪梅香】

宫调：柳永词注正宫。

雪梅香 两段九十四字，前段九句，四平韵；后段十一句，五平韵。　　柳永

　　景萧索，危楼独立面晴空。动悲秋情绪，当时宋玉应同。渔市孤烟袅寒碧，水村残叶舞愁红。楚天阔，浪浸斜阳，千里溶溶。
　　临风。想佳丽，别后愁颜，镇敛眉峰。可惜当年，顿乖雨迹云踪。雅态妍姿正欢洽，落花流水忽西东。无憀恨，相思意尽，分付征鸿。

　　此词前段第六句及后段第七句，例作拗体，填者宜注意之。

　　校补："无憀恨，相思意尽"，《钦定词谱》作"无憀意，尽把相思"。

【六幺令】

源流：《六幺》一名《绿腰》，一名《乐世》，一名《录要》。段安节《琵琶录》云："《绿要》本《录要》也，乐工进曲，上令录其要者。"白乐天《杨柳枝》词云："六幺水调家家唱。"又《乐世》云："诚知乐世声声乐。"注云："乐世一名六幺。"王建宫词云："琵琶先抹六幺头。"故知唐人以"腰"作"幺"者，惟乐天与王建耳。或云，此曲拍无过

六字者，故云"六幺"。至乐天又独谓之"乐世"，他书不见也。今《六幺》行于世者四：曰黄钟羽，即俗呼般涉调；曰夹钟羽，即俗呼中吕调；曰林钟羽，即俗呼高平调；曰夷则羽，即俗名仙吕调，皆羽调也。见宋王灼《碧鸡漫志》。

宫调：周邦彦、柳永词俱注仙吕调，即《碧鸡漫志》所云羽调之一也。

别名：或名《绿要》，或名《录要》，或名《乐世》。

六幺令 两段九十四字，前后段各九句，五仄韵。 柳永

澹烟残照，摇曳溪光碧。溪边浅桃深杏，迤逦染春色。昨夜扁舟泊处，枕底当滩碛。波声渔笛。惊回好梦，梦里欲归归不得。

展转翻成无寐，因此伤行役。思念多媚多娇，咫尺千山隔。都为深情密爱，不忍轻离拆。好天良夕。鸳帏寂寞，算得也应暗相忆。

此调以此词为正体。

校补：沈亚之《歌者叶记》云："合韵奏《绿腰》。"段安节《乐府杂录·琵琶》云："贞元中，有康昆仑，琵琶第一手……遂请昆仑登彩楼，弹一曲新翻羽调《录要》……西市楼上出一女郎抱乐器，先云：'我亦弹此曲，兼移在枫香调中。'及下拨，声如雷，其妙入神。昆仑即惊骇，乃拜请为师。女郎遂更衣出见，乃僧也。"据清凌廷堪《燕乐考原》，幺就是小，六幺属羽

弦，羽弦最小，声调繁急，故名。该调或系摘舞曲《乐世》之一遍而成，"乐世"意为乐逢盛世。贺铸"暮云消散"词多押三韵，陈允平"授衣时节"词之句读或异，皆变体。前段"枕底当滩碛""梦里欲归归不得"，《钦定词谱》分别作"枕箪当滩碛""梦里欲归怎归得"；后段"鸳帏寂寞，算得也应暗相忆"，《钦定词谱》作"鸳帏寂静，算得也应暗思忆"。

【保寿乐】

源流：《天基圣节乐次》，再坐第六盏，觱篥独吹商角调，《筵前保寿乐》。见宋周密《武林旧事》。

保寿乐 两段九十四字，前段十句，四仄韵；后段九句，五仄韵。　　曹勋

和气暖回元日，四海充庭琛贡至。仗卫俨东朝，郁郁葱葱，响传环佩。凤历无穷，庆慈闱上寿，皇情与天俱喜。念永锡难老，在昔难比。
六宫嫔嫱罗绮。奉圣德、坤宁俱备。箫韶动钧奏，花似锦，广筵启。同祝宴赏处，从教月明风细。亿载享温清，长生久视。

此调只有此词，无别首可校。

校补："坤宁俱备"，《钦定词谱》作"坤宁俱至"。

【古香慢】

源流：吴文英自度曲，为沧浪看桂而作。

宫调：吴文英词注夷则商，犯无射宫。

古香慢 两段九十四字，前段九句，四仄韵；后段九句，五仄韵。 吴文英

怨娥坠柳，离佩摇薂，霜讯南浦。漫忆桥扉，倚竹袖寒日暮。还问月中游，梦飞过、金风翠羽。把残云剩水万顷，暗熏冷麝凄苦。

渐浩渺、凌山高处。秋澹无光，残照谁主。露粟侵肌，夜约羽林轻误。剪碎惜秋心，更肠断、珠尘藓路。怕重阳，又催近、满城风雨。

此词《梦窗词集》不载，见《铁网珊瑚》。既为吴文英自度曲，其平仄当悉同之。

校补："漫忆桥扉"，《钦定词谱》作"漫惜佳人"；"珠尘藓路"，《钦定词谱》作"珠尘藓露"。

【芙蓉月】

源流：赵以夫自度曲。

名解：赵词为咏芙蓉而作，又因词中有"残月淡"之句，故名《芙蓉月》。

芙蓉月 两段九十四字，前段九句，四仄韵；后段十一句，六仄韵　　赵以夫

黄叶舞空碧，临水处、照眼红葩齐吐。柔情媚态，伫立西风如诉。遥想仙家城阙，十万绿衣童女。云缥缈，玉娉婷，隐隐彩鸾飞舞。

尊前更风度。记天香国色，曾占春暮。依然好在，还伴清霜凉露。一曲阑干敲遍，悄无语。空相顾。残月澹，酒阑时，满城钟鼓。

此调只有此词，无别首可校。

【一枝春】

源流：杨缵自度曲，为除夕而作。

一枝春 两段九十四字，前段八句，四仄韵；后段八句，五仄韵　　杨缵

竹爆惊春，竞喧阗、夜起千门箫鼓。流苏帐暖，翠鼎缓腾香雾。停杯未举，奈刚要、送年新句。应自有、歌字清圆，未夸上林莺语。

从他岁穷日暮。纵闲愁、怎减刘郎风度。屠苏办了，迤逦柳欹梅妒。宫壶未晓，早娇马绣车盈路。还又把、月夜花朝，自今细数。

此调以此词为正体。此词前后段第二句俱作上三下六句法。

校补：南朝陆凯《赠范晔诗》："江南无所有，聊赠一枝春。"或为调名所本。杨缵存词三首，俱赖《绝妙好辞》以传，其中唯有《被花恼》一调注云"自度腔"，则《一枝春》或非杨缵自创。张炎"竹外横枝"词多押一韵，乃变体。

【二色莲】

源流：曹勋自度曲，为咏二色莲而作。〔见《松隐乐府》〕

二色莲 两段九十四字，前段九句，四仄韵；后段十句，五仄韵。 曹勋

凤沼湛碧，莲影明洁，清泛波面。素肌鉴玉，烟脸晕红深浅。占得薰风弄色，照醉眼、梅妆相间。堤上柳垂轻帐，飞尘尽教遮断。
重重翠荷净，列向横塘暖。争映芳岸。画船未桨，清晓最宜遥看。似约鸳鸯并侣，又更与、春锄为伴。频宴赏，香成阵，瑶池任晚。

此调只有此词，无别首可校。

校补："堤上柳垂轻帐"，《钦定词谱》作"堤上柳垂青帐"；"争映芳岸"，《钦定词谱》作"争映芳草岸"。

【玉连环】

源流：冯艾子自度曲，为忆李谪仙而作。此词与《一落索》别名

《玉连环》不同。

玉连环 两段九十四字，前段十一句，四仄韵；后段九句，四仄韵。　　冯艾子

谪仙往矣，问当年、饮中俦侣，于今谁在。叹沉香醉梦，胡尘日月，流浪锦袍宫带。高吟三峡动，舞剑九州隘。玉皇归觐，半空遗下，诗囊酒佩。

云月仰挹清芬，揽虬须、尚友千载。晋宋颓波，羲黄春梦，尊前一慨。待相将共蹑，龙肩鲸背。海山何处，五云暧暧。

此调只有此词，无别首可校。

校补：前段"胡尘日月"，《钦定词谱》作"边尘日月"；后段，《钦定词谱》作"云月仰挹清芬，揽虬须、尚友风流千载。算晋宋颓波，羲皇淳俗，都付尊酒一慨。待相将共蹑，向龙肩鲸背。苍茫极目，海山何处，五云暧暧"。

【金浮图】

源流：此调见《尊前集》。

金浮图 两段九十四字，前后段各十句，七仄韵。　　尹鹗

繁华地。王孙富贵。玳瑁筵开，下朝无事。压红绂、凤舞黄金翅。玉立纤腰，一片揭天歌吹。满目绮罗珠翠。和风淡荡，偷送沉檀气。

堪判醉。韶光正媚。折尽牡丹，艳迷人意。金张许史应难比。贪恋欢娱，不觉金乌坠。还惜会难别易。金船更劝，勒住花骢辔。

此调只有此词，无别首可校。

校补：《填词名解》卷三云："《金浮图》，汉桓帝于宫中铸黄金浮图，词取以名。"此词《词律》《钦定词谱》所载字数不同，一则九十四字，一则九十六字。"金张许史应难比""不觉金乌坠"，《钦定词谱》据《词纬》本分别作"纵金张许史应难比""不觉金乌西坠"。

【塞孤】

源流：此调见柳永《乐章集》，或是柳永所创作。
宫调：此调本名《塞孤》，万树《词律》误编附《塞姑》。

塞孤 两段九十五字，前段十句，六仄韵；后段九句，六仄韵。　柳永

一声鸡，又报残更歇。秣马巾车催发。草草主人灯下别。山路险，新霜滑。瑶珂响、起栖乌，金灯冷、敲残月。渐西风紧，襟袖凄冽。
遥指白玉京，望断黄金阙。远道何时行彻。算得佳人凝恨切。应念念，归时节。相见了、执柔荑，幽会处、偎香雪。免鸳衾、两恁虚设。

此词前后段第五句、第六句,例作三字两句;又第七句、第八句,例作六字,折腰两句。填者宜注意之。

校补:柳永词注般涉调。

【水调歌头】

源流:《理道要诀》所载唐乐曲南吕商,时号水调。予所见唐人说《水调》,各有不同。予因疑《水调》非曲名,乃俗呼音调之异名。《隋唐嘉话》录"炀帝凿汴河,自制《水调歌》",即是水调中制歌也。世以今曲《水调歌》为炀帝自制。今曲乃中吕调,而唐所谓南吕商即今俗呼中管林钟商也。见宋王灼《碧鸡漫志》。《水调》乃唐人大曲〔凡大曲有歌头,此必裁截其歌头〕之另倚新声也。见《钦定词谱》。

宫调:《碧鸡漫志》云:属中吕调。

别名:毛滂词名《元会曲》,张榘词名《凯歌》。

水调歌头 两段九十五字,前段九句,四平韵;后段十句,四平韵。 毛滂

九金增宋重,八玉变秦余。千年清浸,先净河洛出图书。一段升平光景,不但五星循轨,万点共连珠。垂衣本神圣,补衮妙工夫。

朝元去,锵环佩,冷云衢。芝房雅奏,仪凤矫首听笙竽。天近黄麾仗晓,春早红鸾扇暖,迟日上金铺。万岁南山色,不老对唐虞。

此调以此词为正体。此词前后段,不间入仄韵,宋词俱如此填之。其前段第三句、第四句,及后段第四、第五句,俱作四字一句、七字一句,且七字句并作拗体。

校补:宋张唐英《蜀梼杌》载五代后蜀王衍曾"自制水调《银汉曲》",水调即指宫调。唐曲名含有"水调"者,有《水调歌》《水调辞》《水调子》等。毛滂《水调歌头》词题名下注"元会曲",盖曾用于元旦朝会。《玉照新志》中存曾布《冯燕传》,其歌头名《排遍第一》,计一百字,字句与本调略异。此调以此词及周紫芝"岁晚念行役"词、苏轼"明月几时有"词为正体,若贺铸"南国本潇洒"词之偷声,王之道"斜阳明薄暮"词、刘因"一诺与金重"词之添字,傅公谋"草草三间屋"词之减字,皆变体。

【扫地游】

源流:此调见周邦彦《片玉集》,或是周邦彦所创作。
宫调:周邦彦、吴文英词俱注双调。
名解:舒亶诗"呼童且扫花边地,便作群仙醉倒傍"。见周邦彦《片玉集》注。
别名:又名《扫花游》。

扫地游 两段九十五字,前段十一句,六仄韵;后段十句,七仄韵。　　周邦彦

晓阴翳日,正雾霭烟横,远迷平楚。暗黄万缕。听鸣禽按曲,小腰欲舞。细绕回堤,驻马河桥避雨。信流去。想一叶怨题,今在何处。

春事能几许。任占地持杯,扫花寻路。泪珠溅俎。叹将愁度日,病伤幽素。恨入金徽,见说文君更苦。黯凝伫。掩重关、遍城钟鼓。

此调以此词为正体,宋元人填此调者,字句韵拍悉同。

校补:《清真词》因有"占地持杯,扫花寻路"句,取以为名。本调名《钦定词谱》定《扫地游》,《词律》为《扫花游》,《全宋词》中唯周邦彦"晓阴翳日"一首名《扫地花》,余皆名《扫花游》。杨无咎"乳莺啭午"词之多押一韵,王沂孙"小庭荫碧"词之减字,皆变体。宋、元人填此调者,其字、句、韵悉同,唯王沂孙词前后段第五、六句"但匆匆,暗里换将花去""想参差,渐满野塘山路",吴文英词前段第五、六句"想玉人,误惜章台春色",张炎词后段第五、六句"步仙风,怕有采芝人到",俱作上三下六句法,与此词小异。"想一叶怨题",《钦定词谱》作"问一叶怨题";"今在何处",《钦定词谱》作"今到何处"。

【满庭芳】

宫调:周邦彦词注中吕调。

名解:柳子厚《赠江华长老》诗云:"满庭芳草积。"见周邦彦《片玉集》注。

别名:周邦彦词名《锁阳台》;葛立方词有"要看黄昏庭院,横斜映霜月朦胧"句,名《满庭霜》;晁补之词有"堪与潇湘暮雨,图上画扁舟"句,名《潇湘夜雨》;韩淲词,有

"甘棠遗爱，留与话桐乡"句，名《话桐乡》；吴文英词，因苏轼词有"江南好，千钟美酒，一曲满庭芳"句，名《江南好》；张埜词名《满庭花》。仄韵体，《乐府雅词》名《转调满庭芳》。

满庭芳 两段九十五字，前后段各十句，四平韵。　　晏几道

南苑吹花，西楼题叶，故园欢事重重。凭阑秋思，闲记旧相逢。几处歌云梦雨，可怜便、流水西东。别来久，浅情未有，锦字系征鸿。

年光还少味，开残槛菊，落尽溪桐。漫留得，尊前淡月西风。此恨谁堪共说，清愁付、绿酒杯中。佳期在，归时待把，香袖看啼红。

此调以此词为正体。此词换头不藏短韵，宋元人率多照此填之。若换头藏短韵，即如周邦彦词后段第一句作"年年（韵）如社燕"句是也。填者随意选之，其余均同。

校补：毛先舒《填词名解》："《满庭芳》，采唐吴融诗'满庭芳草易黄昏'。又柳宗元诗'满庭芳草积'。"张綖《诗余图谱》称本词调亦名《满庭霜》。万树《词律》认为九十三字的为《满庭芳》，九十五字的为《满庭霜》。《太平乐府》注中吕宫，高拭词注中吕调。此调以此词及周邦彦"风老莺雏"词为正体，若黄公度"一径叉分"词之减字，程垓"南月惊乌"、赵长卿"斜点银钉"、元好问"天上殷韩"三词之添字，与无名氏"风急霜浓"词之转调，皆变体。

【白雪】

源流：杨无咎自度曲。

名解：题本赋雪，即以为名，亦赋题本意也。

白雪　两段九十五字，前段九句，
　　　五平韵；后段九句，四平韵。　　　杨无咎

檐收雨脚，云乍敛、依然又满长空。纹蜡焰低，熏炉烬冷，寒衾拥尽重重。隔帘栊。听撩乱、扑漉青虫。晓来见、玉楼珠殿，恍若在蟾宫。
长爱越水泛舟，蓝关立马，画图中。怅望几多诗思，无句可形容。谁与问、已经三白，或是报年丰。未应真个，情多老却天公。

此调只有此词，无别首可校。

校补：汲古阁本，后段第四句缺一字，又结句或作"扫除阴翳，惟祈红日生东"，《钦定词谱》照《花草粹编》校定。

【徵招】

源流：政和间，诏以大晟雅乐施于燕飨，御殿按试，补徵、角二调，播之教坊。见《宋史·乐志》。

徵招 两段九十五字,前段九句,五仄韵;后段八句,五仄韵。　　赵以夫

玉壶冻裂琅玕折,骎骎逼人衣袂。暖絮涨空飞,失前山横翠。欲低还又起。似妆点、满园春意。记忆当时,剡中情味,一溪云水。

天际绝人行,高吟处、依稀灞桥邻里。更剪剪梅花,落云阶月砌。化工真解事。强勾引、老来诗思。楚天暮、驿使不来,怅曲阑频倚。

此调以此词为正体。此词前后段第四句,及后段结句,例作上一下四句法。

校补:《徵招》本古乐章。《孟子·梁惠王下》:"(齐景公)召太师曰:'为我作君臣相说之乐。'盖《徵招》《角招》是也。"调名出此。姜夔词序述此曲音调云:"此一曲乃予昔所制。因旧曲正宫《齐天乐慢》前两拍是徵调,故足成之。虽兼用母声,较大晟曲为无病矣。此曲依《晋史》名曰黄钟下徵调。"周密"江篱摇落"词、张炎"秋风吹碎"词,俱如此填。若张炎"可怜张绪门前柳"词之少押两韵,彭元逊"人间无欠秋风处"词之句读小异,皆变格。

【双瑞莲】

源流:此调见赵以夫《虚斋乐府》,或是赵以夫所创作。
名解:题咏并头莲,即以为名,亦赋题本意也。

双瑞莲 两段九十五字，前段十句，六仄韵；后段九句，五仄韵。　　赵以夫

千机云锦里。看并蒂新房，骈头芳蕊。清标艳态，两两翠裳霞袂。似是商量心事，倚绿盖、无言相对。天蘸水。彩舟过处，鸳鸯惊起。

缥缈漾影摇香，想刘阮风流，双仙姝丽。闲情未断，犹恋人间欢会。莫待西风吹老，荐玉醴、碧筒拚醉。清露底。月照一襟归思。

此调只有此词，无别首可校。此调与《玉漏迟》调相近，惟前段第二句多一字，及前后段第四句平仄颠倒，其余字句通首皆同。万树谓："赵公原以《玉漏迟》调咏双头瑞莲，或自变其名，或后人因题而误也。"然既无别首可校，仍另列之。〔杜文澜《词律校勘记》引〕秦玉笙云："此二词宫调各有不同，〔不得以句同而混之也。按，〕《双瑞莲》属小石调，《玉漏迟》属黄钟宫〔，诚不同〕。"

【小圣乐】

源流：元好问自度曲，《遗山乐府》不载。
宫调：《太平乐府》注双调，蒋氏《九宫谱目》入小石调。
别名：别名《骤雨打新荷》。

小圣乐 两段九十五字，前段十句，三平韵，一叶韵；后段十句，四平韵。　　元好问

绿叶阴浓，遍池亭水阁，偏趁凉多。海榴初绽，朵朵蹙红

词式

　　罗。乳燕雏莺弄语，对高柳、鸣蝉相和。骤雨过，似琼珠乱撒，打遍新荷。

　　人生百年有几，念良辰美景，休放虚过。富贫前定，何用苦奔波。命友邀宾宴赏，饮芳醑、浅斟低歌。且酩酊，从教二轮，来往如梭。

　　此乃元曲，旧谱编入词调，兹仍之。

　　校补：因词中有"骤雨过，似琼珠乱撒，打遍新荷"，又名《骤雨打新荷》。前段"和"字韵，亦是三声叶，盖以五"歌"与二十二"个"韵叶。

【梦扬州】

源流：秦观自度曲。

名解：取词中后结"频梦扬州"句以为调名。

梦扬州 两段九十五字，前后段各十句，五平韵。　　秦观

　　晚云收。正柳塘烟雨初休。燕子未归，恻恻轻寒如秋。小阑外，东风软，透绣帏、花密香稠。江南远，人何处，鹧鸪啼破春愁。

　　长记曾陪燕游。酬妙舞清歌，丽锦缠头。殢酒为花，十载因谁淹留。醉鞭拂面归来晚，望翠楼、帘卷金钩。佳会阻，离情正乱，频梦扬州。

此调只有此词,无别首可校。

校补:"正柳塘烟雨初休""小阑外,东风软""人何处",《钦定词谱》分别作"正柳塘花坞,烟雨初休""小阑干外东风软""人今何处"。汲古阁本,起结皆有脱误,《钦定词谱》依《词纬》订正。

【玉女迎春慢】

玉女迎春慢 两段九十五字,前段九句,六仄韵;后段九句,五仄韵。　　彭元逊

才入新年,逢人日、拂拂淡烟无雨。叶底妖禽自语。小啄幽香还吐。东风辛苦。便怕有、踏青人误。清明寒食,消得渡江,黄翠千缕。
看临小帖宜春,填轻晕湿,碧花生雾。为说钗头袅袅,系着轻盈不住。问郎留否。似昨夜、教成鹦鹉。走马章台,忆得画眉归去。

此调只有此词,无别首可校。

校补:调见凤林书院元词。"黄翠千缕",杜文澜注《词律》云:"'黄翠',叶谱作'翠黄',可从。"

【玉梅香慢】

名解:此调与《梅香慢》《早梅香》《雪梅香》均不同。

玉梅香慢 两段九十五字，前段十一句，五仄韵；后段八句，五仄韵。　　无名氏 见《梅苑》

寒色犹高，春力尚怯。微律先催梅坼。晓日轻烘，清风频触，疑散疏林残雪。嫩英妒粉，嗟素艳、有蜂蝶。全似人人，向我依然，顿成离缺。

徘徊寸肠万结。又因花、暗成凝咽。捻蕊怜香，不禁恨深难绝。若是芳心解语，应共把、此情细细说。泪满阑干，无言强折。

此调只有此词，无别首可校。

【六花飞】

源流：曹勋自度曲。

六花飞 两段九十五字，前段十句，三仄韵；后段九句，四仄韵。　　曹勋

寅杓乍正，瑞云开晓，罩紫霄宫殿。圣孝虔恭，率宸廷冠剑。上徽称、天明地察，奉玉检，璇曜金辉，仰吾君、亲被衮龙，当槛俯旒冕。

中兴明天子，舜心温清，示未尝闲燕。礼无前比，出渊衷深念。赞木父金母至乐，万亿载、日月荣光，俱欢忭。罗绮管弦开寿宴。

此调只有此词，无别首可校。前后段第三句及第五句，例作上一下四句法，填者宜注意之。

校补:"璇曜金辉",《钦定词谱》作"璇曜金辉非常典";"中兴明天子",《钦定词谱》作"中兴圣天子";"罗绮管弦开寿宴",《钦定词谱》作"喜春风罗绮,管弦开寿宴"。

【赏松菊】

源流:曹勋自度曲。

赏松菊 两段九十五字,前段九句,四仄韵;后段九句,五仄韵。 曹勋

凉飙应律惊潮韵,晓对彩蟾如水。庆宵占梦月,已祥开天地。圣主中兴大业,二南化、恭勤辅翊。抚宫闱,看仪型海宇,尽成和气。

禁掖西瑶宴席。泛天风、响钧韶空外。贵是至尊母,极人间崇贵。缓引长生丽曲,翠林正、香传瑞桂。向灵华,奉光尧,同万万岁。

此调只有此词,无别首可校。换头"席"字,系用中原韵。

校补:"庆宵占梦月",《钦定词谱》作"庆占梦月"。

【黄莺儿】

宫调:柳永词注正宫。
名解:题咏黄莺,即以为名,亦赋题本意也。

黄莺儿 两段九十六字，前段十句，四仄韵；后段十句，五仄韵。　柳永

园林晴昼春谁主。暖律潜催，幽谷暄和，黄鹂翩翩，乍迁芳树。观露湿缕金衣，叶映如簧语。晓来枝上绵蛮，似把芳心，深意低诉。

无据。乍出暖烟来，又趁游蜂去。恣狂踪迹，两两相呼，终朝雾吟风舞。当上苑柳浓时，别馆花深处。此际海燕偏饶，都把韶光与。

此调以此词为正体。前段第六句作上一下五句法，即与第七句作五言对偶；后段第二、第三两句亦作五言对偶，第六、第七两句，与前段同，填者宜注意之。

校补：王诜、陈允平词，正与此同，若晁补之"南园佳致偏宜暑"词之句读小异，无名氏"香梢匀蕊先回暖"词之减字，皆变体。"园林晴昼春谁主"，《钦定词谱》作"园林晴昼谁为主"。

【天香】

名解：《法苑珠林》云："天童子天香甚香。"调名本此。见《钦定词谱》。

天香 两段九十六字，前段十句，四仄韵；后段八句，六仄韵。　吴文英

碧藕藏丝，红莲并蒂，荷塘水暖香斗。窈窕文窗，深沉书

幔,锦瑟岁华依旧。洞箫韵里,同跨鹤、青田碧岫。菱镜妆台挂玉,芙蓉艳褥铺绣。
　　西邻障蓬澡手。并华朝、梦兰分秀。未冷绮帘犹卷,浅冬时候。秋到霜黄半亩。便准拟、携花就君酒。花酒年华,天长地久。

　　此调以此词为正体,南宋人词多照此填之。

　　校补:周密《蘋洲渔笛谱》内有数首咏物词,均赋调名本旨,如以《疏影》赋梅影,以《夜合花》赋茉莉,以《珍珠帘》赋琉璃帘,以《天香》赋龙涎香。吴文英《梦窗词稿》亦有以《天香》赋熏衣香。《钦定词谱》以贺铸"烟络横林"词为正体,南宋人则填吴词体为多。若刘儗"漠漠江皋"词之减字,吴文英"蝉叶黏霜"词、景覃"市远人稀"词之句读不同,皆变体。吴文英词别首"殊络玲珑"词,正与此同。"同跨鹤",《钦定词谱》作"共跨鹤";"西邻障蓬澡手",《钦定词谱》作"西邻障蓬漂手"。

【熙州慢】

源流:《唐书·礼乐志》:"天宝乐曲,皆以边地名,若伊州、甘州、凉州之类。"按,宋改镇洮军为熙州,本秦汉时陇西郡,亦边地也。调名《熙州》,义或取此。见《钦定词谱》。

熙州慢 两段九十六字,前段十句,三仄韵,一平韵;后段八句,六仄韵。　　张先

　　武林乡、占第一湖山,咏画争巧。鹜石飞来,倚翠楼烟霭,

清猿啼晓。况值禁垣师帅，惠政流入歌谣。朝暮万景，寒潮弄月，乱峰回照。
　　天使寻春不早。并行乐、免有花愁花笑。持酒更听，红儿肉声长调。潇湘故人未归，但目送、游云孤鸟。际天杪。离情尽寄芳草。

　　此调只有此词，无别首可校。

　　校补：前段第七句"谣"字韵，亦用三声叶。

【汉宫春】

宫调：吴文英平韵词注夹钟商。
种类：有平韵、仄韵两体。
别名：《高丽史·乐志》名《汉宫春慢》。

汉宫春 两段九十六字，前后段各九句，四平韵。　　晁冲之

　　黯黯离怀，向东门系马，南浦移舟。薰风乱飞燕子，时下轻鸥。无情渭水，问谁教、日日东流。常是送、行人去后，烟波一向离愁。
　　回首旧游如梦，记踏青殢饮，拾翠狂游。无端彩云易散，覆水难收。风流未老，拚千金、重入扬州。应又似、当年载酒，依前名占青楼。

　　此调押平声韵，前后段起句俱不用韵者，以此词为正体。

校补：此调有平韵、仄韵两体，皆以前后段起句用韵不用韵辨体。此调以晁冲之词及《梅苑》"点点江梅"词为正体，如《梅苑》"梅萼知春"词之换头句法不同，《花草粹编》无名氏"玉减香消"词之添字，彭元逊"十日春风"词之减字，皆变体。两起句用韵者，以张先"红粉苔墙"词为正体，如沈会宗"别酒初醒"词之句读参差，亦变体。前段起句用韵，后段起句不用韵者，唯京镗"暖律初回"词一体，《梅苑》词、史达祖词，俱与此同。

又一体 两段九十六字，前后段各九句，五平韵。 张先

红粉苔墙。透新春消息，梅粉先芳。奇葩异卉，汉家宫额涂黄。何人斗巧，运紫檀、剪出蜂房。应为是、中央正色，东君别与清香。
仙姿自称霓裳。更孤标俊格，霏雪凌霜。黄昏院落，为谁密解罗囊。银瓶注水，浸数枝、小阁幽窗。春睡起、纤条在手，厌厌宿酒残妆。

此调押平声韵者，前后起段句俱用韵者，以此词为正体。

校补：此即晁冲之词体，唯前后段起句各用韵，其第四、五句俱上作四字、下作六字异。《高丽史·乐志》中《汉宫春慢》词，正与此同，唯换头三句"光阴迅速如飞，邀酒朋共欢，且恁开眉"，"邀"字、"欢"字俱平声，"酒"字、"且"字俱仄声异。

又一体 两段九十六字,前段九句,四仄韵;后段九句,五仄韵。 康与之

云海沉沉,峭寒收建章,雪残鸦鹊。华灯照夜,万井禁城行乐。春随鬓影,映参差、柳丝梅萼。丹禁杳、鳌峰对耸,三山上通寥廓。

春衫绣罗香薄。步金莲影下,三千绰约。冰轮桂满,皓色冷侵楼阁。霓裳帝乐,奏升平、天风吹落。留凤辇、通宵宴赏,莫放漏声闲却。

校补:此词全押仄韵,其句读与张先平韵体同,有《乐府雅词》一首可校,虽用韵多少不同,均为此调正体。

【剑器近】

源流:《宋史·乐志》:"教坊奏剑器曲,其一属中吕宫,其二属黄钟宫。又有剑器舞队。"此云"近"者,其声调相近也。见《钦定词谱》。

剑器近 两段九十六字,前段八句,八仄韵;后段十二句,七仄韵。 袁去华

夜来雨。赖倩得、东风吹住。海棠正妖娆处。且留取。悄庭户。试细听、莺啼燕语。分明共人愁绪。怕春去。

佳树。翠阴初转午。重帘未卷,乍睡起,寂寞看风絮。偷弹清泪寄烟波,见江头故人,为言憔悴如许。彩笺无数。去却寒暄,到了浑无定据。断肠落日千山暮。

此调只有此词，无别首可校。

校补：此调押仄声韵者，以此词为正体，康与之词句读与张先平韵词同。《剑器》为唐健舞曲，歌舞三遍，然后递入《浑脱》。马端临《文献通考》"舞部"："《剑器》，古武舞之曲名。其舞用女妓雄装，空手而舞。"陈旸《乐书》卷一六四："乐府诸曲，自古不用犯声……唐自天后末年，《剑器》入《浑脱》，始为犯声之始。《剑器》宫调，《浑脱》角调，以臣犯君也。"中唐姚合有《剑器词》三首，即具大曲形式。敦煌曲亦有此调传辞三首，分标"第一""第二""第三"，每首皆五言八句。《剑器近》为宋大曲《剑器》之一遍。前段八句或为双拽头，即前两叠各四句四仄韵，第三叠十二句七仄韵。龙榆生《唐宋词格律》评云："音节极低回掩抑。"

【秋兰香】

源流：此调见《全芳备祖》。

秋兰香 两段九十六字，前后段各九句，五平韵。　　陈亮

未老金茎，些子正气，东篱淡泞齐芳。分头添样白，同局几般黄。向闲处、须一一排行。浅深饶间新妆。那陶令、漉他谁酒，趁醒消详。
　　况是此花开后，便蝶乱无花，管甚蜂忙。你从今、采却蜜成房。秋英试商量。多少为谁，甜得清凉。待说破、长生真诀，要饱风霜。

此调只有此词，无别首可校。

校补：此咏菊词，《龙川集》不载。

【凤鸾双舞】

源流：此调见汪元量《水云词》。

凤鸾双舞 两段九十六字，前段十二句，四仄韵；后段八句，六仄韵。　　汪元量

  慈元殿，薰风宝鼎，喷香云飘坠。环立翠羽，双歌丽调，舞腰新束，舞缨新缀。金莲步、轻摇彩凤儿，翩翩作戏。便似月里仙娥谪来，人间天上，一番游戏。
  圣人乐意。任乐部、箫韶声沸。众妃欢也，渐调笑微醉。竞奉霞觞，深深愿、圣母寿如松桂。迢递。更万年千岁。

此调只有此词，无别首可校。

校补：此调向来分作两段，亦有分作三段者，即于"舞缨新缀"处再分。"轻摇彩凤儿"，《钦定词谱》作"轻摇凤儿"；"翩翩作戏"，《钦定词谱》作"翩翩作势"；"竞奉霞觞"，《钦定词谱》作"竞捧霞觞"；"更万年千岁"，《钦定词谱》作"赏更万年千岁"。

【行香子慢】

源流：此调见《高丽史·乐志》，与令词《行香子》及慢词《行香子》均不同。

行香子慢 两段九十六字，前段十句，五平韵；后段十一句，六平韵。　　无名氏 见《高丽史·乐志》

　　瑞景光融。焕中天霁烟，佳气葱葱。皇居崇壮丽，金碧辉空。彤霄外、瑶殿深处，帘卷花影重重。迎步辇，几簇真仙，贺庆寿新宫。
　　方逢。圣主飞龙。正休盛大宁，朝野欢同。何妨宴赏，奉宸意慈容。韶音按、霞觞将进，蕙炉飘馥香浓。长愿承颜，千秋万岁，明月清风。

此调只有此词，无别首可校。

【甘露滴乔松】

甘露滴乔松 两段九十六字，前段十句，四仄韵，一叶韵；后段九句，四仄韵，一叶韵。　　无名氏 见《翰墨全书》

　　沙堤路近，喜五年相遇，朱颜依旧。尽道名世半千，公望三九。是今日、富民侯。早生聚、考堂户口。谁欤兼致，文章燕许，歌辞苏柳。
　　更饶万卷图书，把藤笈芸编，遍题青镂。一经传得，旧事韦平先后。试衮衮、数英游。问好事、如今能否。曲车正满，自酌太和春酒。
●●●○○▲

此调前后段第六句，叶两平声韵，是本部三声叶也。

【庆千秋】

源流：《天基圣节乐次》云："第十盏，笛独吹高平调《庆千秋》。"见周密《武林旧事》。

庆千秋　两段九十六字，前后段各九句，四平韵。　无名氏　见《翰墨全书》

点检尧蓂，自元宵过了，两荚初飞。葱葱郁郁，佳气喜溢
●●○○　●○○●●　●●○△　○○●●　●●●●
庭闱。谁知降、月里姮娥，欣对良时。但见婺星腾瑞彩，年年
○△　○○●　●●○○　○●○△　●●●○○●●　○○
辉映南箕。
○●○△
好是庭阶兰玉，伴一枝丹桂，戏舞莱衣。椒觞迭将捧献，
●●○○○●　●●○○●　●●○△　○○●○●●
歌曲吟诗。如王母、欸对群仙，同宴瑶池。萱草茂、长春不老，
○●○○　○○●　●●○○　○●○△　○●●　○○●●
百千祝寿无期。
●○●●○△

此调只有此词，无别首可校。

【塞垣春】

宫调：周邦彦词注大石调。

名解：《后汉·鲜卑传》云："汉起塞垣，所以别内外、异殊俗也。""塞垣"谓边塞之长地也。见周邦彦《片玉集》注。

别名：周密改押平韵，因采莲叶探题赋词，易名《采绿吟》。

塞垣春 两段九十六字，前段九句，六仄韵；后段八句，四仄韵。　　周邦彦

暮色分平野。傍苇岸、征帆卸。烟村极浦，树藏孤馆，秋景如画。渐别离气味难禁也。更物象、供潇洒。念多才、浑衰减，一怀幽恨难写。

追念绮窗人，天然自、风韵娴雅。竟夕起相思，漫嗟怨遥夜。又还将、两袖珠泪，沉吟向、寂寥寒灯下。玉骨为多感，瘦来无一把。

此调以此词为正体。

校补：若方千里"四远天垂野"、杨泽民"绣阁临芳野"和词之减字，吴文英"漏瑟侵琼管"词之添字，皆变体。

又一体 两段九十九字，前段九句，四平韵；后段十句，四平韵。　　周密

采绿鸳鸯浦，画舠水北云西。槐薰入扇，柳阴浮桨，花露侵诗。点尘飞不到，冰壶里、绀霞浅压玻璃。想明珰、凌波远，依依心事寄谁。

移棹舣空明，蘋风度琼丝。霜管清脆，咫尺挹幽香，怅隔岸红衣。对沧洲、心与鸥闲，吟情渺、莲叶共分题。停杯久，凉月渐生，烟合翠微。

此词无别首可校。周密序云："甲子夏，霞翁会吟社诸友，逃暑于西湖之环碧，琴尊笔研，短葛练巾，放舟于荷深柳密间，舞影歌尘，远谢耳目。酒酣，采莲叶，探题赋词。余得《塞垣

春》，翁为翻谱数字，短箫按之，音极谐婉，因易今名云。"

校补：此调由《塞垣春》翻演，杨缵按箫度曲，周密依声填词，调名即取自其词首句"采绿鸳鸯浦"。《钦定词谱》以此调列为《采绿吟》，双调一百字，前四段十句三平韵一叶韵，后段九句一叶韵三平韵。前段"依依心事寄谁"，《钦定词谱》作"依依心事谁寄"，叶一仄韵；后段"移棹舣空明，蘋风度琼丝。霜管清脆"，《钦定词谱》作"移棹舣空明，蘋风度、琼丝霜管清脆"，亦叶一仄韵，与本书不同。又，"莲叶共分题"，《钦定词谱》作"蓬莱共分题"；"烟合翠微"，《钦定词谱》作"烟含翠微"。

【望云间】

源流：赵可自度腔。

名解：赵可登代州南楼而作。

望云间 两段九十六字，前后段各十句，四平韵。　赵可

云朔南陲，全赵宝符，河山襟带名藩。有朱楼缥缈，千雉回旋。云度飞狐绝险，天围紫塞高寒。吊兴亡遗迹，咫尺西陵，烟树苍然。

时移事改，极目春心，不堪独倚危阑。惟是年年飞雁，霜雪知还。楼上四时长好，人生一世谁闲。故人有酒，一尊高兴，不减东山。

此调只有此词，无别首可校。

【步月】

种类：有平韵、仄韵两体。

步月 两段九十六字，前段九句，四平韵；后段十句，五平韵。　　史达祖

剪柳章台，问梅东阁，醉中携手初归。逗香帘下，璀璨缕金衣。正依约、冰丝射眼，更荏苒、蟾玉西飞。轻尘外、双鸳细蹵，谁赋洛滨妃。

霏霏。红雾绕，步摇共鬓影，吹入花围。管弦将散，人静烛笼稀。泥私语、香樱乍破，怕夜寒、罗袜先知。归来也，相偎未肯入重帏。

此词为押平韵之正体。

校补：平韵者，见史达祖《梅溪词》；仄韵者，见施岳《梅川词》。此词押平韵，前结七字一句、五字一句，后结三字一句、七字一句，换头句藏短韵，较仄韵词多二字，前段少押一韵。

又一体 两段九十四字，前后段各九句，五仄韵。　　施岳

玉宇薰风，宝阶明月。翠丛万点晴雪。炼霜不就，散广寒霏屑。采珠蓓、绿萼露滋，嗔银艳、小莲冰洁。花魂在、纤指嫩痕，素英重结。

枝头香未绝。还是过中秋，丹桂时节。醉乡冷境，怕翻成消歇。玩芳味、春焙旋熏，贮秋韵、水沉频爇。堪怜处，输与

夜凉睡蝶。
●○●▲

此词为押仄韵之正体。

校补：此词押仄韵，前结七字一句、四字一句，后结三字一句、六字一句，较平韵词少两字。前段次句押韵，换头句不押短韵，而押于句末，较平韵词多一韵。

【早梅香】

源流：此调见宋黄大舆《梅苑》。此调与《早梅芳》不同。
名解：因词中有"探得早梅"及"乱飞香雪"句，故以为名。

早梅香 两段九十六字，前段十一句，四仄韵；后段十句，四仄韵。　　无名氏 见《梅苑》

北帝收威，又探得早梅，漏春消息。粉蕊琼苞，拟将胭脂，轻染颜色。素质盈盈，终不许、雪霜欺得。奈化工，偏宜赋与，寿阳妆饰。
独自逞冰姿，比夭桃繁杏殊别。为报山翁，逢此有花，尊前且须攀折。醉赏吟恋，莫孤负、好天风月。恐笛声悲，纷纷便似，乱飞香雪。

此调只有此词，无别首可校。

校补：仇远、吕渭老词作《早梅芳近》。《梅苑》本于此词前段"奈化工"后脱一字符，依此则前后段尾式整齐一致。

卷七

【卓牌子慢】

源流：此调慢词始自万俟咏。

卓牌子慢 两段九十七字，前段十一句，四仄韵；后段八句，七仄韵。　　万俟咏

东风绿杨天，如画出、清明院宇。玉艳淡薄，梨花带月，胭脂零落，海棠经雨。单衣怯黄昏，人正在、珠帘笑语。相并戏蹴秋千，共携手、同倚阑干，暗香时度。

翠窗绣户。路缭绕、潜通幽处。断魂凝伫。嗟不似飞絮。闲闷闲愁难消遣，此日年年意绪。无据。奈酒醒春去。

宋元人填此调者绝少。

校补：此调有两体，五十六字者始自杨无咎，一名《卓牌子令》；九十七字者始自万俟咏，一名《卓牌子慢》。《唐宋诸贤绝妙词选》所收万俟咏词，调名为《卓牌儿》。本调或为双拽头之三段体：第一段六句二仄韵，第二段五句二仄韵，第三段八句七仄韵。

【秋蕊香】

源流：此调见赵以夫《虚斋乐府》，或是赵以夫所创作。与令词四十八字之《秋蕊香》截然不同。

名解：题咏木犀，即赋题本意也。

秋蕊香　两段九十七字，前段十句，五平韵；后段九句，五平韵。　　赵以夫

　　一夜金风，吹成万粟，枝头点点明黄。扶疏月殿影，雅淡道家妆。阿谁倩、天女散浓香。十分熏透霓裳。徘徊处，玉绳低转，人静天凉。
　　底事小山幽咏，浑未识清妍，空自神伤。忆佳人、执手诉离湘。招蟾魄、和泪吸秋光。碧云日暮何妨。惆怅久，瑶琴微弄，一曲清商。

　　此调只有此词，无别首可校。

　　校补：此调有两体，四十八字者始于晏殊，九十七字者始于赵以夫，两词迥别。若柳永六十字《秋蕊香引》，《乐章集》注小石调。《钦定词谱》另编。

【阳台路】

宫调：柳永词注林钟商。

阳台路 两段九十七字，前段九句，六仄韵；后段八句，四仄韵。　柳永

楚天晚。坠冷枫败叶，疏红零乱。冒征尘、匹马驱驱，愁见水遥山远。追念少年时，正恁凤帏、倚香偎暖。嬉游惯。又岂知、前欢云雨分散。
此际空劳回首，望帝里、难收泪眼。暮烟衰草，算暗锁、路歧无限。今宵又、依前寄宿，甚处苇村山馆。寒灯畔夜厌厌，凭何消遣。

此调只有此词，无别首可校。

校补："追念少年时"，《钦定词谱》作"追念年时"，兹据彊村丛书本《乐章集》改。"寒灯畔夜厌厌"，彊村丛书本《乐章集》作"汉灯畔。夜厌厌"。

【倦寻芳】

宫调：王雱词注中吕调，吴文英词注林钟羽。
别名：潘元质词名《倦寻芳慢》。

倦寻芳 两段九十七字，前后段各十句，四仄韵。　潘元质

兽镮半掩，鸳甃无尘，庭院潇洒。树色沉沉，春尽燕娇莺姹。梦草池塘青渐满，海棠轩槛红相亚。听箫声，记秦楼夜约，彩鸾齐跨。
渐迤逦、更催银箭，何处贪欢，犹系骢马。旋剪灯花，两

点翠眉谁画。香灭羞回空帐里，月高犹在重帘下。恨疏狂，待
●●○○▲　　○●○○●●▲　●○○　●
归来，碎揉花打。
○○　●●○▲

此调前段第六句作七字，后段第六句不押韵，宋人词俱照此体填之。

校补：《钦定词谱》以王雱"露晞向晓"词为正体。

【八声甘州】

源流：《甘州》，世不见。今仙吕调有曲破，有八声，有慢，有令。〔而中吕调有《象甘州八声》，他调不见也。〕见宋王灼《碧鸡漫志》。此调前后段八韵，故名"八声"，乃慢词也。见《钦定词谱》。《西域志》载："龟兹国工制伊州、凉州、甘州等曲，皆翻入中国。"八声者，歌时之节奏也。见杜文澜《词律校勘记》。此调与《甘州遍》之曲破及《甘州子》之令词截然不同。

宫调：柳永词注仙吕调。

别名：周密词名《甘州》，张炎词名《潇潇雨》，白朴词名《宴瑶池》。

八声甘州 两段九十七字，前后段各九句，四平韵。　　柳永

对潇潇暮雨洒江天，一番洗清秋。渐霜风凄紧，关河冷落，
●○○●●○○　●○●○△　●○○○●　○○●●
残照当楼。是处红衰翠减，苒苒物华休。惟有长江水，无语
○●○△　●●○○●●　●●●○△　○●○○●　○●
东流。
○△

不忍登高临远，望故乡渺邈，归思难收。叹年来踪迹，何事苦淹留。想佳人、妆楼颙望，误几回、天际识归舟。争知我、倚阑干处，正恁凝愁。

此调以此词为正体。此词后段第六句，宋人俱作上三下四句法，填者宜注意之。

校补：白朴词序云："《燕瑶池》本名《八声甘州》。乐府《八声甘州》名颇鄙俚，予爱其法雅健，因采东坡《戚氏》一篇，稍加檃括，使就新翻，仍改其名。"词有"驻跸瑶池上，命赐华筵"句，故名。见《天籁集》。此词后段第六句，唯程垓词"纵使梁园赋犹在"，句法异。"渐霜风凄紧"，底本作"渐霜风凄惨"，据《钦定词谱》改。"望故乡渺邈"，《钦定词谱》作"望故乡渺渺"。

【迷神引】

宫调：柳永有词二首，句读字数悉同。一注中吕调，一注仙吕调。

迷神引　两段九十七字，前段十一句，六仄韵；后段十三句，六仄韵。　柳永

红板桥头秋光暮。淡月映烟方煦。寒溪蘸碧，绕垂杨路。重分飞，携纤手，泪如雨。波急隋堤远，片帆举。倏忽年华改，向期阻。

暗觉春残，渐渐飘花絮。好夕良天，长孤负。洞房闲掩，

小屏空、无心觑。指归云，仙乡杳，在何处。遥夜香衾暖，算
●○○　○○● 　●○○　○○●　○●○○●　●
谁与。知他深深约，记得否。
○▲ 　○○○○●　●○▲

此调以此词为正体。

校补：朱雍"白玉楼高云光绕"词多押两韵，乃变体。"好
夕良天"，《钦定词谱》作"好晚良天"。

【醉蓬莱】

宫调：柳永词注林钟商，吴文英词注夷则商。
别名：赵磻老词有"璧月流光，雪消寒峭"句，名《雪月交光》。
　　　韩淲词有"玉作山前，冰为山际，几多风月"句，名《冰
　　　玉风月》。

醉蓬莱　两段九十七字，前段十一句，　柳永
　　　　四仄韵；后段十二句，四仄韵。

渐亭皋叶下，陇首云飞，素秋新霁。华阙中天，锁葱葱佳
●○○●● 　●●○○　●○○▲　○●○○　●○○○
气。嫩菊黄深，拒霜红浅，近宝阶香砌。玉宇无尘，金茎有露，
▲　●●○○　●○○●　●●○○▲　●●○○　○○●●
碧天如水。
●○○▲
　　正值升平，万几多暇，夜色澄鲜，漏声迢递。南极星中，
　　●●○○　●○○●　●●○○　●○○▲　○●○○
有老人呈瑞。此际宸游，凤辇何处，度管弦清脆。太液波翻，
●●○○▲　●●○○　●●○●　●●○○▲　●●○○
披香帘卷，月明风细。
○○○● 　●○○▲

此调以此词为正体。此词各五字句，皆一字领下四字，不
可作上二下三，如五言诗句之法，各家均照此填，填者宜注

意之。

校补：宋陈师道《后山诗话》云："柳三变游东都南、北二巷，作新乐府，骫骳从俗，天下咏之，遂传禁中。仁宗颇好其词，每对必使侍从歌之再三。三变闻之，作宫词，号《醉蓬莱》，因内官达后宫，且求其助。仁宗闻而觉之，自是不复歌其词矣。"若苏轼"笑劳生一梦"词之句读小异，乃变格。

【凤凰台上忆吹箫】

名解：《列仙传·拾遗》云萧史善吹箫，作鸾凤之响。秦穆公有女弄玉，善吹箫，公以妻之，遂教弄玉作凤鸣。居十数年，凤凰来止，公为作凤台，夫妇止其上。数年，弄玉乘凤、萧史乘龙去。调名取此。见《钦定词谱》。

别名：《高丽史·乐志》，一名《忆吹箫》。

凤凰台上忆吹箫 两段九十七字，前段十句，四平韵；后段九句，四平韵。　　晁补之

千里相思，况无百里，何妨暮往朝还。又正是、梅初淡泞，莺未绵蛮。陌上相逢缓辔，风细细、云日斑斑。新晴好，得意未妨，行尽春山。

应携后房小妓，来为我，盈盈对舞花间。便拚了、松醪翠满，蜜炬红残。谁信轻鞍射虎，清世里、曾有人闲。都休说，帘外夜久春寒。

此调以此词为正体。前后段第四句七字，皆上三下四句法。

前结三字一句、四字两句，后结三字一句、六字一句，各家多如此填。又一体与此词句读悉同，惟换头句于第二字藏一短韵耳。

校补：此调始见于晁补之《晁氏琴趣外篇》。若曹勋、张台卿、吴元可、李清照、张孝祥词或添声，或减字，皆变体。"便拚了"，《钦定词谱》作"便拚却"。

【采明珠】

宫调：《宋史·乐志》注中吕调。
名解：曹植《洛神赋》"或采明珠"。调名取此。见《钦定词谱》。

采明珠 两段九十七字，前段九句，四仄韵；后段十一句，七仄韵。　　杜安世

雨乍收、小院尘消，云淡天高露冷。坐看月华生，射玉楼清莹。蟋蟀鸣金井。下帘帏、悄悄空阶，败叶坠风，惹动闲愁，千端万绪难整。
秋夜永。凉天迥。可不念光景。嗟薄命。倏忽少年，忍教孤另。灯闪红窗影。步回廊、懒入香闺，暗落泪珠满面，谁人知我，为伊成病。

此调只有此词，无别首可校。万树云："此调或有讹落。"

校补："忍教孤另"，底本作"忍教孤冷"，据《钦定词谱》改。

【庆清朝】

别名：一作《庆清朝慢》。

庆清朝　两段九十七字，前后段各十句，四平韵。　史达祖

　　坠絮萦萍，狂鞭孕竹，偷移红紫池亭。余花未落，似供残蝶经营。赋得送春诗了，夏帷撑断绿阴成。桑麻外，乳鸦稚燕，别样芳情。
　　苟令旧香易冷，叹俊游疏懒，枉自销凝。尘侵谢屐，幽径斑驳苔生。便觉寸心尚老，故人前度漫丁宁。空相误，祓兰曲水，挑菜东城。

　　此调以此词为正体。

　　校补：此词前后段第四、五句，俱上四下六，换头句六字不折腰，李居厚、王沂孙、张炎三词，俱与此同。

【黄鹂绕碧树】

源流：此调见周邦彦《片玉集》注。
宫调：周邦彦词注双调。

黄鹂绕碧树　两段九十七字，前段十句，四仄韵；后段八句，五仄韵。　周邦彦

　　双阙笼嘉气，寒威日晚，岁华将暮。小院闲庭，对寒梅照

雪，淡烟凝素。忍当迅景，动无限、伤春情绪。犹赖是、上苑风光渐好，芳容将煦。

草荚兰芽渐吐。且寻芳、更休思虑。这浮世、甚驱驰利禄，奔竞尘土。纵有魏珠照乘，未买得、流年住。争如盛饮流霞，醉偎琼树。

此调只有此词，无别首可校。

校补：汲古阁景宋钞本《闲斋琴趣外篇》卷三有晁端礼两段九十九字词。

【帝台春】

源流：唐教坊曲名。

宫调：《宋史·乐志》"无射宫"。

帝台春 两段九十七字，前段十句，五仄韵；后段十一句，七仄韵。　　李甲

芳草碧色。萋萋遍南陌。暖絮乱红，也似知人，春愁无力。忆得盈盈拾翠侣，共携赏、凤城寒食。到今来，海角逢春，天涯倦客。

愁旋释。还似织。泪暗拭。又偷滴。漫倚遍危阑，尽黄昏，也只是、暮云凝碧。拚则而今已拚了，忘则怎生便忘得。又还问鳞鸿，试重寻消息。

此调只有此词，无别首可校。

校补:《山海经·中山经》:"苦山之首,曰休与之山。其上有石焉,名曰帝台之棋,五色而文,其状如鹑卵。帝台之石,所以祷百神者也,服之不蛊。"帝台指神台,一说为神名。调名本意或为咏帝台的春色。任半塘《教坊记笺订》辨《帝台春》应为《章台春》之误,唐教坊当无《帝台春》之曲名:"《帝台春》曲名始见于《宋史·乐志》,琵琶独弹曲破内。""此名以改本书者、是否即始于格本,俟考。《高丽史·乐志》列入'唐乐',唐指中国,其实乃宋乐。"

【瑶台第一层】

源流:武才人出庆寿宫,色冠后庭,裕陵得之。会教坊献新声,为作词,号《瑶台第一层》。见宋陈师道《后山诗话》。

瑶台第一层 两段九十七字,前段十句,四平韵;后段十一句,六平韵。　　张元幹

宝历祥开,飞练上、青冥万里光。石城形胜,秦淮风景,威凤来翔。腊余春色早,兆钓璜、贤佐兴王。对熙旦,正格天同德,全魏分疆。

荧煌。五云深处,化钧独运斗魁旁。绣裳龙尾,千官师表,万事平章。景钟文瑞世,醉尚方、难老天浆。庆垂裳。看云屏闲坐,象笏堆床。

校补:晋王嘉《拾遗记》卷一〇:"(昆仑山)傍有瑶台十二,各广千步,皆五色玉为台基。"调名本此。毛先舒《填词名解》引《离骚》"望瑶台之偃蹇兮"注:"偃蹇,高貌。"第一

层亦言其高。

【暗香】

源流：姜夔自度曲。姜夔序云：辛亥之冬，予载雪诣石湖。止既月，授简索句，且征新声，作此两曲。石湖把玩不已，使工妓隶习之。音节谐婉，乃名之曰《暗香》《疏影》。

宫调：姜夔词注仙吕宫。

别名：张炎以此词咏荷花，更名《红情》。

暗香　两段九十七字，前段九句，五仄韵；后段十句，七仄韵。　　姜夔

　　旧时月色。算几番照我，梅边吹笛。唤起玉人，不管清寒与攀摘。何逊而今渐老，都忘却、春风词笔。但怪得、竹外疏花，香冷入瑶席。
　　江国。正寂寂。叹寄与路遥，夜雪初积。翠尊易泣。红萼无言耿相忆。长记曾携手处，千树压、西湖寒碧。又片片、尽吹也，几时见得。

此调始自姜夔，各家俱照此体填之。

校补：北宋林逋《山园小梅》诗云"疏影横斜水清浅，暗香浮动月黄昏"，由此"疏影""暗香"成为梅的代指。据元代陆友仁《研北杂志》记载，该词的首创者是姜夔，云："小红，顺阳公青衣也，有色艺。顺阳公之请老，姜尧章诣之。一日，授简徵新声，尧章制《暗香》《疏影》两曲，公使二妓肄习之，音

节清婉。"张炎《词源》:"词之赋梅,惟姜白石《暗香》《疏影》二曲,前无古人,后无来者。"《山中白云词》小序云:"《疏影》《暗香》,姜白石为梅著语,因易之曰《红情》《绿意》,以荷花荷叶咏之。""尽吹也",《钦定词谱》作"吹尽也"。

【梦芙蓉】

源流:吴文英自度曲。

名解:吴文英此词题赵昌《芙蓉图》,亦赋题本意也。

梦芙蓉 两段九十七字,前后段各十句,六仄韵。 吴文英

西风摇步绮。记长堤骤过,紫骝十里。断桥南岸,人在晚霞外。锦温花共醉。当时曾共秋被。自别霓裳,应红消翠冷,霜枕正慵起。

惨淡西湖柳底。摇荡秋魂,夜月归环佩。画图重展,惊认旧梳洗。去来双翡翠。难传眼恨眉意。梦断琼娘,怅云深路杳,城影照流水。

此调只有此词,无别首可校。

校补:"应红消翠冷",《钦定词谱》作"想红消翠冷"。"怅云深路杳,城影照流水",底本作"仙云深路杳,城影蘸流水",据《钦定词谱》改。

词式

【西子妆慢】

源流：吴文英自度曲，乃湖上清明薄游而作。
别名：一作《西子妆》。

西子妆慢 两段九十七字，前段十句，五仄韵；后段九句，六仄韵。　　吴文英

流水曲尘，艳阳酷酒，画舸游情如雾。笑拈芳草不知名，乍凌波、断桥西堍。垂杨漫舞。总不解、将春系住。燕归来，问彩绳纤手，如今何许。

欢盟误。一箭流光，又趁寒食去。不堪衰鬓著飞花，傍绿阴、冷烟深树。玄都秀句。记前度、刘郎曾赋。最伤心，一片孤山细雨。

此调始自此词。

校补：《钦定词谱》题调作《西子妆》，今所见宋人词该调仅两首，均题《西子妆慢》。"玄都秀句"，《钦定词谱》讹作"元都秀句"。

【玉京谣】

源流：吴文英自度曲。吴文英序云："陈仲文自号'藏一'，盖取坡诗中'万人如海一身藏'语。为度夷则商犯无射宫腔，制此赠之。"
名解：李白诗"手把芙蓉朝玉京"，吴文英乃借"玉京"以为调

名,以赋京华羁旅也。

玉京谣 两段九十七字,前段十句,五仄韵;后段七句,五仄韵。 吴文英

蝶梦迷清晓,万里无家,岁晚貂裘敝。载取琴书,长安闲看桃李。烂锦绣、人海花场,任客燕、飘零谁计。春风里。香泥九陌,文梁孤垒。

微吟怕有诗声翳。镜慵看、但小楼独倚。金屋千娇,从他鸳暖秋被。蕙帐移、烟雨孤山,待对影、落梅清泚。终不似、江上翠微流水。

此调始自吴文英,无别首可校。万树云:"此词结句亦似《玉京秋》。"

校补:《枕中书》载"玉京在大罗天之上"。后段"微吟怕有诗声翳。镜慵看、但小楼独倚",《钦定词谱》作"微吟怕有诗声,翳镜慵看,但小楼独倚"。

【被花恼】

源流:杨缵自度腔。见宋周密《绝妙好词》。
名解:黄庭坚诗"坐对真成被花恼",调名或取于此。

被花恼 两段九十七字,前后段各九句,四仄韵。 杨缵

疏疏宿雨酿轻寒,帘幕静垂清晓。宝鸭微温瑞烟少。檐声

不动，春禽对语，梦怯频惊觉。敧珀枕，倚银床，半窗花影明东照。惆怅夜来风，生怕娇香混瑶草。披衣便起，小径回廊，处处都行到。正千红万紫竞芳妍，又还似、年时被花恼。蓦忽地，省得而今双鬓老。

此调只有此词，无别首可校。

【绿盖舞风轻】

源流：周密自度曲，乃赋白莲之作。

绿盖舞风轻　两段九十七字，前段十一句，四仄韵；后段十句，五仄韵。　周密

玉立照新妆，翠盖亭亭，凌波步秋绮。真色生香，明珰摇淡月，舞袖斜倚。耿耿芳心，奈千缕、情丝萦系。恨开迟，不嫁东风，孼怨娇蕊。

花底。漫卜幽期，素手采珠房，粉艳初退。雨湿铅腮，碧云淡、暗聚软绡清泪。访藕寻莲，楚江远、相思谁寄。棹歌回，衣露满身花气。

此调只有此词，无别首可校。

校补："粉艳初退"，《钦定词谱》作"粉艳初洗"。

【月边娇】

源流：周密自度曲。

月边娇 两段九十七字，前段十句，四仄韵；后段十句，五仄韵。　　周密

酥雨烘晴，早柳眄娇颦，兰芽愁醒。九街月淡，千山夜暖，十里宝光花影。尘凝步袜，送艳笑、争夸轻俊。笙箫迎晓，翠幕卷、天香宫粉。

少年紫曲疏狂，絮花踪迹，夜蛾心性。戏丛围锦，灯帘转玉，拚却舞勾歌引。前欢漫省。又辇路、东风吹鬓。醺醺倚醉，任夜深春冷。

此调只有此词，无别首可校。

校补："尘凝步袜"，《钦定词谱》作"步袜尘凝"；"少年紫曲疏狂"，《钦定词谱》作"少年韦曲疏狂"。

【四槛花】

源流：曹勋自度曲。

四槛花 两段九十七字，前段十二句，六平韵；后段十一句，五平韵。　　曹勋

鸳瓦霜凝。兽炉烟冷，琐窗渐明。芙蓉红晕减，疏篁晓风清。睡觉犹眠，怯新寒，仍宿酒，尚有余醒。拥闲衾。先记早

梅糁糁,流水泠泠。
　　须记岁月堪惊。最难管、苍华满镜生。心地常自乐,谁能问枯荣。一味情尘,揩摩尽,人间世,更没亏成。惟萧散,眠食外,且乐升平。

　　此调只有此词,无别首可校。

　　校补:后段前三句,《钦定词谱》作"须知岁月堪惊。最难管、霜华满镜生。心地还自乐"。"揩摩尽",《钦定词谱》作"指麾尽"。

【长亭怨慢】

源流:姜夔自度曲。姜夔序云:"予颇喜自制曲,初率意为长短句,然后协以律,故前后阕多不同。桓大司马云:'昔年种柳,依依汉南。今看摇落,凄怆江潭。树犹如此,人何以堪!'此语予深爱之。"

宫调:姜夔词注中吕宫。

长亭怨慢 两段九十七字,前后段各九句,五仄韵。　　姜夔

　　渐吹尽、枝头香絮。是处人家,绿深门户。远浦萦回,暮帆零乱向何处。阅人多矣,谁得似、长亭树。树若有情时,不会得、青青如许。
　　日暮。望高城不见,只见乱山无数。韦郎去也,怎忘得、玉环分付。第一是、早早归来,怕红萼、无人为主。算空有并

刀，难剪离愁千缕。
○ ⊙●○○○▲

此调创自姜夔，自以此词为正体。前结之"青青如许"句，姜夔《白石道人歌曲》作"青青如此"。万树云："此"字不是韵，乃白石借叶者。《钦定词谱》不知何所据作"如许"，兹为便于填者参考计，故仍之，注明原作附此。前段第五句七字，句法微拗，"向"字必用仄声，各家皆同。

校补：题调或作《长亭怨》，无"慢"字。若周密"记千竹万荷深处"词之句法小异，张炎"记横笛、玉关高处""望花外、小桥流水"词之添字、减字，皆变格。"算空有并刀"，《钦定词谱》作"算只有并刀"。

【玉簟凉】

源流：此调见史达祖《梅溪词》，或是史达祖所创作。

玉簟凉 两段九十七字，前后段各十句，五平韵。　　史达祖

秋是愁乡。自锦瑟断弦，有泪如江。平生花里活，奈旧梦难忘。蓝桥云树正绿，料抱月、几夜眠香。河汉阻，但凤音传恨，阑影敲凉。
新妆。莲娇试晓，梅瘦破春，因甚却扇临窗。红巾衔翠翼，早弱水茫茫。柔指各自未剪，问此去、莫负王昌。芳信准，更敢寻、红杏西厢。

此调只有此词，无别首可校。前段第五句、后段第六句，皆作五字。例作上一下四句法，与上句作五言者不同。

校补："柔指各自未剪"，《钦定词谱》作"柔情各自未剪"。

【松梢月】

源流：曹勋自度曲。

松梢月 两段九十八字，前段十句，五平韵；后段十句，四平韵。　　曹勋

院静无声。天边正皓月，初上重城。群木摇落，松路径暖风轻。喜挹蟾华当松顶，照榭阁、细影纵横。杖策徐步，空明里，但襟袖皆清。
恍若如临异境，漾凤沼岸阔，波净鱼惊。气入层汉，疑有素鹤飞鸣。夜色徘徊迟宫漏，渐坐久、露湿金茎。未忍归去，闻何处，更吹笙。

此调只有此词，无别首可校。前后段第六句俱作拗体，填者宜注意之。

校补：曹勋《松隐集》，因词有"喜挹蟾华当松顶"句，取以为名。"恍若如临异境"，《钦定词谱》作"恍如临异境"；"漾凤沼岸阔"，《钦定词谱》作"漾凤沿岸阔"。

【应天长】

宫调：柳永词注林钟商，周邦彦词注商调。

名解：《老子》"天长地久"。乐天诗"天长地久无终毕"。见周邦彦《片玉集》注。

别名：周邦彦词名《应天长慢》。

应天长 两段九十八字，前后段各十一句，五仄韵。　　周邦彦

条风布暖，霏雾弄晴，池塘遍满春色。正是夜堂无月，沉沉暗寒食。梁间燕，前社客。似笑我、闭门愁寂。乱花过，隔院芸香，满地狼藉。

长记那回时，邂逅相逢，郊外驻油壁。又见汉宫传烛，飞烟五侯宅。青青草，迷路陌。强载酒、细寻前迹。市桥远，柳下人家，犹自相识。

此调九十八字体始自此词，宋元人俱依此体。

校补：此调有令词、慢词。令词始于韦庄，又有顾夐、毛文锡两体，宋毛开词名《应天长令》；慢词始于柳永。前后段第七句以下，犹沿柳永词句读，宋元人俱依此填。若吴文英词之多押一韵，康与之词之句韵异同，王沂孙词之多押两韵，陈允平词之句读小异，皆变体。"正是夜堂无月"，《钦定词谱》作"正是夜台无月"；"前社客"，《钦定词谱》作"社前客"。

【留客住】

源流：唐教坊曲名。

宫调：柳永词注林钟商。

留客住 两段九十八字，前段九句，四仄韵；后段十句，五仄韵。　　柳永

偶登眺。恁小阑、艳阳时节，乍晴天气，是处闲花芳草。遥山万叠云散，涨海千里，潮平波浩渺。烟村院落，是谁家、绿树数声啼鸟。

旅情悄。念远信沉沉，离魂杳杳。对景伤怀，度日无言谁表。惆怅旧欢何处，后约难凭，看看春又老。盈盈泪眼，望仙乡、隐隐断霞残照。

校补：此调唯柳永、周邦彦二词，但周邦彦"嗟乌兔"词减字，其句读亦异。"恁小阑"，《钦定词谱》作"恁小楼"；"是处闲花芳草"，《钦定词谱》作"是处闲花野草"。

【昼夜乐】

源流：柳永自度曲。

宫调：柳永词注中吕宫。

昼夜乐 两段九十八字，前段八句，六仄韵；后段八句，五仄韵。　　柳永

洞房记得初相遇。便只合、长相聚。何期小会幽欢，变作

别离情绪。况值阑珊春色暮。对满目、乱花狂絮。直恐好风光,
尽随伊归去。
　　一场寂寞凭谁诉。算前言、总轻负。早知恁地难拚,悔不
当时留住。其奈风流端正外,更别有、系人心处。一日不思量,
也攒眉千度。

　　此调创自柳永,自以此词为正体。前后段两结各五字两句,
上句如五言诗,下句作上一下四句法。

　　校补:"乐"是快乐之意。南朝齐梁间吴均"式号式呼,俾
昼作夜"即昼夜作乐之意,唐李白诗"行乐争昼夜,自言度千
秋"亦是此意。有前段第五句俱押韵者,有前段第五句押韵、
后段第五句不押韵者,此词后段第五句不押韵,黄庭坚词正与
此同。

【雨中花慢】

源流:平韵体始自苏轼。苏轼序云:"初至密州,以累年旱蝗,
　　　斋素累月。方春牡丹盛开,遂不获一赏。至九月忽开千
　　　叶一朵,雨中特为置酒,遂作。"仄韵者始自秦观。
宫调:柳永〔平韵〕词注林钟商。
名解:苏轼为赏雨中牡丹而作,故取以为名。
别名:秦观词名《雨中花》,无"慢"字。

雨中花慢 _{两段九十八字，前段十一句，四平韵；后段十句，四平韵。} 苏轼

今岁花时深院，尽日东风，轻飏茶烟。但有绿苔芳草，柳絮榆钱。闻道城西，长廊古寺，甲第名园。有国艳带酒，天香染袂，为我留连。

清明过了，残红无处，对此泪洒尊前。秋向晚、一枝何事，向我依然。高会聊追短景，清商不假余妍。不如留取，十分春态，付与明年。

此调押平声韵者，始自此词。

校补：此词前段第六、七句，作四字三句，与各家稍异。宋人仄韵词，亦有如此填者，平韵词则只此一体。"轻飏茶烟"，《钦定词谱》作"荡飏茶烟"；"长廊古寺"，《钦定词谱》作"长林古寺"。

又一体 _{两段九十七字，前后段各十句，四平韵。} 吴礼之

眷浓恩重，长离永别，凭谁为返香魂。忆湘裙霞袖，杏脸樱唇。眉扫春山淡淡，眼裁秋水盈盈。便如何忘得，温柔情态，恬静天真。

凭阑念及，夕阳西下，暮烟四起江村。渐入夜、疏星映柳，新月笼云。酝造一生清瘦，能消几个黄昏。断肠时候，帘垂深院，人掩重门。

宋人押平韵《雨中花慢》，依此体者颇多，故采以为式。

校补：此词前段第四句五字，校张孝祥"一叶凌波"词减一字。辛弃疾"马上三年"词、"旧雨常来"词，苏洞"十载尊前"词，俱与此同。

又一体 两段九十八字，前后段各十句，四仄韵。 秦观

指点虚无征路，醉乘斑虬，远访西极。见天风吹落，满空寒白。玉女明星迎笑，何苦自淹尘域。正火轮飞上，雾卷烟开，洞观金碧。
重重观阁，横枕鳌峰，水面倒衔苍石。随处有、奇香异火，杳然难测。好是蟠桃熟后，阿环偷报消息。在青天碧海，一枝难遇，占取春色。

此调押仄韵者，始自此词。此词句读与吴礼之平韵词同，惟秦词前起三句小异耳。

校补："醉乘斑虬"，底本作"醉乘斑蚪"，据《钦定词谱》改；"在青天碧海"，底本脱"青"字，据《钦定词谱》补。

【万年欢】

源流：唐教坊曲名。平韵体始自王安礼，仄韵体始自晁补之，平仄韵互叶体始自赵孟頫。
宫调：《宋史·乐志》入中吕宫。
种类：有平韵、仄韵及平仄韵互叶三体。
别名：《高丽史·乐志》名《万年欢慢》。

万年欢 两段九十八字,前段九句,五平韵;后段九句,四平韵。　王安礼

雅出群芳。占春前信息,腊后风光。野岸邮亭,繁似万点轻霜。清浅溪流倒影,更黯淡、月色笼香。浑疑是、姑射冰姿,寿阳粉面初妆。

多情对景易感,况淮天庾岭,迢递相望。愁听龙吟凄绝,画角悲凉。念昔因谁醉赏,向此际、空恼回肠。终须待、结实恁时,佳味堪尝。

此调押平韵者,以此词为正体。

校补:宋有大曲《万年欢》,为祝寿之用。词调《万年欢》或系大曲摘遍而成。《元史·乐志》载"舞队曲"。

又一体 两段一百字,前段九句,四仄韵;后段九句,五仄韵。　晁补之

十里环溪,记当年并游,依旧风景。彩舫红妆,重泛九秋清镜。莫叹歌台蔓草,喜相逢、欢情犹胜。蘋洲畔、横玉惊鸾,半天云正愁凝。

中秋醉魂未醒。又佳辰授衣,良会堪更。蚕岁功名,豪气尚凌汝颍。能致黄金百镒,也莫负、鸱夷高兴。别有个、潇洒田园,醉乡天地同永。

此调押仄韵者,以此词为正体。

校补:若程大昌词之换头句六字折腰,程词别首之后段第

七句添字，史达祖词及晁补之词之前后段第四、五句句读参差，皆变格。

又一体 两段一百字，前段九句，四平韵，一仄韵；后段九句，两平韵，三仄韵。　　赵孟頫

天上春来。正阳和布泽，斗柄初回。一朵祥云捧日，万象生辉。帝德光昭四表，玉帛尽、梯航来会。彤庭敞、花覆千官，紫霄鹓鹭徘徊。

仁风遍满九垓。望霓旌缓引，宝扇齐开。喜动龙颜，和气蔼然交泰。九奏箫韶舜乐，兽尊举、麒麟香霭。从今数、亿万斯年，圣主福如天大。

此调平仄韵互叶者，以此词为正体。

校补：此词以灰、贿、队、佳、蟹、泰三声叶韵，句读与《高丽史·乐志》无名氏平韵词"禁御初晴"同。赵孟頫又有"阊阖初开"词，亦三声叶，与此同，唯后段第三句仄韵，第五句结句平韵，与此稍异。"紫霄鹓鹭徘徊"，《钦定词谱》作"紫霄鸳鹭徘徊"。

【宴春台慢】

源流：张先自度曲，为"东都春日李阁使席上"之作，盖春宴之词也。

宫调：张先词注仙吕宫。

别名：《词律》《词谱》俱作《燕春台》，兹从《张子野词》。刘

泾词名《夏初临》。或作《燕春台》,无"慢"字。

宴春台慢 两段九十八字,前段十句,五平韵;后段十一句,五平韵。　　张先

丽日千门,紫烟双阙,琼林又报春回。殿阁风微,当时去燕还来。五侯池馆频开。探芳菲、走马天街。重帘人语,辚辚绣轩,远近轻雷。
雕舫霞渳,翠幕云飞,楚腰舞柳,宫面妆梅。金猊夜暖,罗衣暗裛香煤。洞府人归,放笙歌、灯火下楼台。蓬莱。犹有花上月,清影徘徊。

此调后段第七句不押韵,第十句五字。凡调名《宴春台慢》者,以此词为正体。

校补:因黄裳有夏宴词,刘泾改名《夏初临》。黄裳、刘辰翁、王之道等词均名《宴春台》。"五侯池馆频开",《钦定词谱》作"五侯池馆屏开";"辚辚绣轩",《钦定词谱》作"辚辚车幰";"放笙歌、灯火下楼台。蓬莱",《钦定词谱》作"拥笙歌,灯火楼台。下蓬莱"。

又一体 两段九十七字,前段十句,五平韵;后段十一句,六平韵。　　黄裳

夏景舒长,麦天清润,高低万木成阴。晓意寒轻,一声未放蝉吟。但闻莺友同音。宴华堂、绿水中心。芙蓉都没,红妆信息,终待重寻。
清泠相照,邂逅俱欢,翠娥簇拥,芳酝频斟。笙歌引步,

登临更向遥岑。卧影沉沉。好风来、与客披襟。纵更深。洞府迟归,红烛如林。

此调后段第七句押韵,第十句四字。凡调名《夏初临》者,以此词为正体。

按,万树《词律》,将《宴春台》《夏初临》分列两调。又于《夏初临》注云此调与《宴春台》声响、句法俱同,《钦定词谱》汇为一调。

校补:刘泾、洪咨夔、曹冠词,与此句读如一,唯前段第九句、后段第十句,平仄稍异。此调前段第九句以上、后段第十句以上,其可平可仄,与张先词同。"高低万木成阴",底本误作"高低万木成阳",据《钦定词谱》改。

【逍遥乐】

源流:此调为黄庭坚所创作,惟《山谷琴趣》不载。
名解:《钦定词谱》云"即赋题本意"。

逍遥乐 两段九十八字,前段十一句,六仄韵;后段九句,五仄韵。 黄庭坚

春意渐归芳草。故国佳人,千里信沉音杳。雨润烟光,晚景澄明,极目危阑斜照。梦当年少。对尊前、上客邹枚,小鬟燕赵。共舞雪歌尘,醉里谈笑。花色枝枝争好。鬓丝年年渐老。如今遇风景,空瘦损,向谁道。东君幸赐与,天幕翠遮红绕。休休醉乡歧路,华胥蓬岛。

此调只有此词，无别首可校。

【八节长欢】

源流：此调见毛滂《东堂词》，或是毛滂所创作。

八节长欢 两段九十八字，前段九句，五平韵；后段八句，五平韵。　　毛滂

　　名满人间。记黄金殿，旧赐清闲。才高鹦鹉赋，风凛惠文冠。波涛何处试蛟鳄，到白头、犹守溪山。且做龚黄样度，留与人看。
　　桃蹊柳曲阴圆。离唱断、旌旗却卷春还。襦袴寄余温，双石畔、惟闻吏胆长寒。诗翁去，谁细绕、屈曲阑干。从今后、南来幽梦，应随月度云湍。

　　毛滂有词两首，悉同。

【忆东坡】

源流：此调见王之道《相山居士词》，题云："追和黄鲁直。"惟《山谷琴趣》无此调名。
名解：调名《忆东坡》，原作当即赋题本意也。

忆东坡 两段九十八字，前后段各九句，四仄韵。　　王之道

　　雪霁柳舒容，日薄梅摇影。新岁换符来天上，初见颁桃梗。

试问我酬君唱，何如博塞欢娱，百万呼卢胜。投珠报玉，须放骚人遣春兴。

　　诗成谈笑，写出无穷景。不妨时作颠草，驰骋张芝圣。谁念杜陵野老，心同流水西东，与物初无竞。公侯应有种哉，倾否由天命。

【粉蝶儿慢】

源流：此调见周邦彦《片玉集》。

粉蝶儿慢 两段九十八字，前段九句，四仄韵；后段九句，六仄韵。　　周邦彦

　　宿雾藏春，余寒带雨，占得群芳开晚。艳姿初弄秀，倚东风娇嫩。隔叶黄鹂传好音，唤入深丛中探。数枝新，比昨朝、又早红稀香浅。
　　眷恋。重来倚槛。当韶华、未可轻辜双眼。赏心随分乐，有清尊檀板。每岁嬉游能几日，莫使一声歌欠。忍因循、一片花飞，又成春减。

此调只有此词，无别首可校。

校补：汲古阁刻前段第四句脱一字，后结脱一字，《钦定词谱》从《词纬》本增入。

【并蒂芙蓉】

源流：政和癸巳，大晟乐成。蔡京以晁端礼荐。诏乘驿赴阙。端礼至都，会禁中嘉莲生。遂属词以进，名《并蒂芙蓉》。见宋吴曾《能改斋漫录》。

并蒂芙蓉 两段九十八字，前后段各九句，五仄韵。 晁端礼

太液波澄，向鉴中照影，芙蓉同蒂。千柄绿荷深，并丹脸争媚。天心眷临圣日，殿宇分明献嘉瑞。弄香嗅蕊。愿君王、寿与南山齐比。

池边屡回翠辇，拥群仙醉赏，凭阑凝思。萼绿揽飞琼，共波上游戏。西风又看露下，更结双双新莲子。斗妆竞美。问鸳鸯、向谁留意。

此调只有此词，无别首可校。

【黄河清慢】

源流：宣和初，燕乐初成，八音告备，有曲名《黄河清》，音调极韶美，天下无问遐迩大小，皆争唱之。见宋蔡绦《铁围山丛谈》。

黄河清慢 两段九十八字，前段八句，五仄韵；后段八句，四仄韵。 晁端礼

晴景初升风细细。云收天淡如洗。望外凤凰城阙，葱葱佳

气。朝罢香烟满袖,侍臣报、天颜有喜。夜来连得封章,奏大河、彻底清泚。

君王寿与天齐,馨香动、上穹频降祥瑞。大晟奏功,六乐初调宫徵。合殿薰风乍转,万花覆、千官尽醉。内家传诏,重开宴、未央宫里。

此调只有此词,无别首可校。

校补:三国魏李康《运命论》:"夫黄河清而圣人生。"调名本此。彊村丛书本《闲斋琴趣外篇》调名作《黄河清》,无"慢"字。"六乐初调宫徵",《钦定词谱》作"六乐初调角徵"。

【春草碧】

源流:万俟咏自度曲。

宫调:万俟咏词注中管高宫。按,即太簇宫。

名解:题咏春草,亦赋题本意也。

春草碧 两段九十八字,前段十一句,四仄韵;后段十二句,五仄韵。 　　万俟咏

又随芳渚,坐看翠连霁空,愁遍征路。东风里,谁望断西塞,恨迷南浦。天涯地角,意不尽、消沉万古。曾是送别,长亭下,细绿暗烟雨。

何处。乱红铺绣茵,有醉眠荡子,拾翠游女。王孙远,柳外共残照,断云无语。池塘梦生,谢公后、还能继否。独上画楼,春山暝,雁飞去。

此调只有此词，无别首可校。

校补：此词即咏春草，亦以题为调名。《新唐书·礼乐志》有中管之名，而不详其义，至宋仁宗《乐髓新经》，始云大吕宫为高宫，太簇宫为中管高宫，盖以太簇宫与大吕宫同字谱，故谓之中管也，俗谱以中管高为调名者误。姜夔集有太簇宫《喜迁莺》词，自注：俗呼中管高宫。前段"又随芳渚，坐看翠连霁空，愁遍征路"，《钦定词谱》作"又随芳渚生，看翠连霁空，愁满征路"。

【芰荷香】

源流：此调见万俟咏《大声集》。
宫调：金词注双调。

芰荷香　两段九十八字，前段十句，六平韵；后段十句，五平韵。　万俟咏

小潇湘。正天影倒碧，波面容光。水仙朝罢，间列绿盖红幢。风吹细雨，荡十顷、浥浥清香。人在水晶中央。霜绡雾縠，襟袂收凉。
款放轻舟闹红里，有蜻蜓点水，交颈鸳鸯。翠阴密处，曾觅相并青房。晚霞散绮，泛远净、一叶鸣榔。拟去尽促雕舫。歌云未断，月上飞梁。

宋人填此调者，句拍悉同，唯换头句，或作六字耳。

【绣停针】

源流：此调见陆游《渭南词》。

绣停针 两段九十八字，前段十句，五仄韵；后段十句，六仄韵。　陆游

叹半纪，跨万里秦吴，顿觉衰谢。回首鹓行，英俊并游，咫尺玉堂金马。气凌嵩华。负壮略、纵横王霸。梦经洛浦梁园，觉来泪流如泻。
山林定去也。却自恐说着，少年时话。静院焚香，闲倚素屏，今古总成虚假。趁时婚嫁。幸自有、湖边茅舍。燕归应笑，客中又还过社。

此调只有此词，无别首宋词可校。

校补：唐宋时逢春、秋社日，妇女不事针线。《岁时杂记》："社日学生皆给假，幼女辍女工。云是日不废业，令人懵懂。"周邦彦《秋蕊香》："闻知社日停针线。"调名或本此。

【扬州慢】

源流：姜夔自度曲。姜夔序云："淳熙丙申至日，予过淮扬，夜雪初霁，荠麦弥望。入其城则四顾萧条，寒水自碧。暮色渐起，戍角悲吟，予怀怆然。感慨今昔，因自度此曲。千岩老人以为有黍离之悲也。"〔见姜夔《白石道人歌曲》〕

宫调：姜夔词注中吕宫。

扬州慢 两段九十八字，前段十句，四平韵；后段九句，四平韵。　　姜夔

　　淮左名都，竹西佳处，解鞍少驻初程。过春风十里，尽荠麦青青。自胡马、窥江去后，废池乔木，犹厌言兵。渐黄昏、清角吹寒，都在空城。
　　杜郎俊赏，算而今、重到须惊。纵豆蔻词工，青楼梦好，难赋深情。二十四桥仍在，波心荡、冷月无声。念桥边红药，年年知为谁生。

　　此调以此词为正体。前段第四、第五两句，例作上一下四句法。

　　校补：赵以夫、李莱老词，俱如此填，若吴元可、郑觉斋词之句读小异，乃变格。"念桥边红药，年年知为谁生"，或应断作"念桥边、红药年年，知为谁生"。如此则与上阕结拍对应。

【舞杨花】

源流：慈宁殿赏牡丹，时椒房受册，三殿极欢，上洞达音律，自制曲，赐名《舞杨花》。停觞命小臣赋词，俾贵人歌以侑玉卮为寿，左右皆呼万岁。见宋张端义《贵耳集》。康与之此词或是当时应制之作。

舞杨花 两段九十八字，前段八句，五平韵；后段九句，五平韵。　　康与之

牡丹半坼初经雨，雕槛翠幕朝阳。困倚东风，羞谢了群芳。洗烟凝露向清晓，步瑶台、月底霓裳。轻笑淡拂宫黄。浅拟飞燕新妆。

杨柳啼鸦昼永，正秋千庭馆，风絮池塘。三十六宫，簪艳粉浓香。慈宁玉殿庆清赏，占东君、谁比君王。良夜万烛荧煌。影里留住年光。

此调只有此词，无别首可校。前段第四句及后段第五句，俱作上一下四句法。前段第五句及后段第六句之第五字，必用仄声字，方成拗体，填者宜注意之。

【双双燕】

源流：此调见史达祖《梅溪词》，或是史达祖所创作。
名解：题咏双燕，即赋题本意也。

双双燕 两段九十八字，前段九句，五仄韵；后段十句，七仄韵。　　史达祖

过春社了，度帘幕中间，去年尘冷。差池欲住，试入旧巢相并。还相雕梁藻井。又软语、商量不定。飘然快拂花梢，翠尾分开红影。

芳径。芹泥雨润。爱贴地争飞，竞夸轻俊。红楼归晚，看足柳昏花暝。应自栖香正稳。便忘了、天涯芳信。愁损翠黛玉人，日日画阑独凭。

此调创自此词,自以此词为正体。

校补:"应自栖香正稳",《钦定词谱》作"应是栖香正稳";"愁损翠黛玉人",《钦定词谱》作"愁损翠黛双蛾"。

【孤鸾】

〔源流:调见朱敦儒《太平樵唱》。〕

孤鸾 两段九十八字,前后段各九句,五仄韵。　　朱敦儒

天然标格。是小萼堆红,芳姿凝白。淡伫新妆,浅点寿阳宫额。东君想留厚意,倩年年、与传消息。昨日前村雪里,有一枝先坼。

念故人、何处水云隔。纵驿使相逢,难寄春色。试问丹青手,是怎生描得。晓来一番雨过,更那堪、数声羌笛。归来和羹未晚,劝行人休摘。

此调始自此词,自以此词为正体。前后结句,例作上一下四句法。

校补:《艺文类聚》卷九十引南朝宋范泰《鸾鸟诗序》:"昔罽宾王结罝峻卯之山,获一鸾鸟。王甚爱之,欲其鸣而不致也。乃饰以金樊,飨以珍羞,对之愈戚,三年不鸣。其夫人曰:'尝闻鸟见其类而后鸣,何不悬镜以映之?'王从其意,鸾睹形悲鸣,哀响中霄,一奋而绝。"南朝陈徐陵《鸳鸯赋》:"山鸡映

水那自得，孤鸾照镜不成双。"倩年年"，《钦定词谱》作"借年年"。

【云仙引】

源流：冯艾子自度曲。

宫调：冯艾子词注夹钟商。

云仙引 两段九十八字，前段十句，四平韵；后段十一句，五平韵。　　冯艾子

　　紫凤台高，红鸾镜里，酾酾几度秋馨。黄金重，绿云轻。丹砂鬓边滴粟，翠叶玲珑烟剪成。含笑出帘，月香满袖，天雾萦身。
　　年时花下逢迎。有游女、翩翩如五云。乱掷芳英，为簪斜朵，事事关心。长向金风，一枝在手，嗅蕊悲歌双黛颦。绕临溪树，对初弦月，露下更深。

此调只有此词，无别首可校。

【陌上花】

源流：此调见张翥《蜕岩词》，或是张翥所创作。

名解：苏轼《江城子》序云："钱塘人好唱《陌上花》《缓缓曲》。余尝作数绝，以纪其事。"按，指钱镠故事也。

陌上花 两段九十八字,前后段各八句,四仄韵。　　张翥

关山梦里归来,还又岁华催晚。马影鸡声,谙尽倦邮荒馆。绿笺密记多情事,一看一回肠断。待殷勤、寄与旧游莺燕,水流云散。

满罗衫、是酒痕凝处,唾碧啼红相半。只恐梅花,瘦倚夜寒谁暖。不成便没相逢日,重整钗鸾筝雁。但何郎、纵有春风词笔,病怀浑懒。

此调只有此词,无别首可校。

校补:"谙尽倦邮荒馆",《钦定词谱》作"谙尽倦游荒馆";"绿笺密记多情事",《钦定词谱》作"绿笺密寄多情事"。

【福寿千春】

福寿千春 两段九十八字,前段十句,五仄韵;后段十一句,五仄韵。　　卢挚

柳暗三眠,蓂翻七荚。禀昂萧生时叶。信道凤毛池上种,却胜河东鸑鷟。笃志典坟经旨,素得欧阳学。妙文章,赴飞黄,姓名即登雁塔。

要成发轫勋业。便先教济川,整顿舟楫。兆朕于今,须从此超迁,荣膺异渥。他日趣装事,待还乡欢洽。颂椒觞,祝遐算,寿同龟鹤。

此调只有此词,无别首可校。

校补：调见《花草粹编》。前段第三句"禀昴萧生时叶"，盖用萧何禀昴星之精，坊本以"萧"字为"肃"者误。

【夏日燕黉堂】

夏日燕黉堂 两段九十八字，前后段各十句，五平韵。 无名氏 见《乐府雅词》

日初长。正园林换叶，瓜李飘香。帘外雨过，送一霎微凉。萍芜径曲凝珠颗，衬沙汀、细簇蜂房。被晚风轻飐，圆荷翻水，泼觉鸳鸯。

此景最难忘。称芳尊泛蚁，筠簟铺湘。兰舟棹稳，倚何处垂杨。岂能文字成狂饮，更红裙、间也何妨。任醉归明月，虾须帘卷，几线余霜。

【水晶帘】

水晶帘 两段九十八字，前后段各十句，五仄韵。 无名氏 见《翰墨全书》

谁道秋期远。计旬浃、双星相见。雨足西帘，正玉井莲开，几筵初展。麈尾呼风袪暑净，那更著、纶巾羽扇。殢清歌，不计杯行，任深任浅。

湖边小池苑。渐苔痕草色，青青如染。辨橘中荷屋，晚方自占。蜗角虚名身外事，付骰子、纷纷戏选。喜时平，公道开明，话头正转。

此调只有此词，无别首可校。

【玲珑玉】

源流：姚云文自度曲。

玲珑玉 两段九十八字，前段九句，五平韵；后段十句，四平韵。　　姚云文

开岁春迟，早赢得、一白萧萧。风窗淅薮，梦惊锦帐春娇。是处貂裘透暖，任尊前回舞，红倦柔腰。今朝。亏陶家、茶鼎寂寥。
料得东皇戏剧，怕蛾儿街柳，先斗元宵。宇宙低迷，倩谁分、浅凸深凹。休嗟空花无据，便真个、琼雕玉琢，总是虚飘。且沉醉，趁楼头、零片未消。

此调只有此词，无别首可校。

校补：一本于"且沉醉"上多叠"虚飘"二字，《钦定词谱》从凤林书院词订正。

【三部乐】

宫调：周邦彦词注商调。

名解：《南史》，羊侃尝宴宾客三百余人，奏三部乐至夕，侍婢俱执金花烛。见周邦彦《片玉集》注。

三部乐 两段九十九字，前段十句，四仄韵；后段九句，五仄韵。 周邦彦

浮玉霏琼，向邃馆静轩，倍增清绝。夜窗垂练，何用交光明月。近闻道、官阁多梅，趁暗香未远，冻蕊初发。倩谁摘取，寄赠情人桃叶。

回文近传锦字，道为君瘦损，是人都说。只知染红著手，胶梳黏发。转思量、镇长堕睫。都只为、情深意切。欲报消息，无一句、堪喻愁结。

此调以此词为正体，宋人词俱照此体填之。

校补：周邦彦《清真集》注商调（夷则商），吴文英《梦窗词稿》注大石调（黄钟商）。《新唐书·礼乐志》载，唐玄宗曾将宫廷乐班分为立部伎与坐部伎，又从坐部伎中选子弟三百教于梨园，为法曲部。"三部"之名，或出于此。此词前段起句、后段第八句，俱不用韵。"浮玉霏琼""倩谁摘取""只知染红著手"，《钦定词谱》分别作"浮玉飞琼""倩谁折取""只如染红著手"。

【声声慢】

宫调：蒋氏《九宫谱目》作仙吕调。
种类：有平韵、仄韵两体。
别名：晁补之词名《胜胜慢》，吴文英词有"人在小楼"句，名《人在楼上》。

声声慢 两段九十九字，前段九句，四平韵；后段八句，四平韵。 晁补之

朱门深掩，摆荡春风，无情镇欲轻飞。断肠如雪撩乱，去点人衣。朝来半和细雨，向谁家、东馆西池。算未肯、似桃含红蕊，留待郎归。

还记章台往事，别后纵、青青似旧时垂。灞岸行人多少，竞折柔枝。而今恨啼露叶，镇香街、抛掷因谁。又争可、妒郎夸春草，步步相随。

此调押平声韵者，以此词为正体。

校补：宋贺铸词有"殷勤彩凤求凰""文园属意，玉筯交劝，宝琴高张"等句，用汉司马相如琴挑卓文君事。《东山词》之《凤求凰》调下注："胜胜慢（即《声声慢》）。"毛先舒《填词名解》："《声声慢》，宋蒋捷赋秋声，俱用'声'字收韵，故名之……词以'慢'名者，慢曲也。拖音袅娜，不欲辄尽……《记》云：'郑卫之音比于慢。'慢义本此。"蒋捷在李清照之后，该调不应始于蒋氏。此词前后结皆八字一句、四字一句，周密"琼壶敲月"词，与此同。

又一体 两段九十七字，前段十句，四仄韵；后段八句，四仄韵。 高观国

壶天不夜，宝炬生香，光风荡摇金碧。月滟水痕，花外峭寒无力。歌传翠帘尽卷，误惊回、瑶台仙迹。禁漏促，拚千金一刻，未酬佳夕。

卷地香尘不断，最得意、输他五陵狂客。楚柳吴梅，无限

眼边春色。鲛绡暗中寄与，待重寻、行云消息。乍醉醒，怕南楼、吹断晓笛。

此调押仄声韵者，以此词为正体。

校补：刘泾、李演、蔡松年词，俱照此填。陈合、张鎡、李清照、何梦桂词，皆变体。

【紫玉箫】

宫调：《宋史·乐志》"歇指调"。

紫玉箫 两段九十九字，前段十一句，四平韵；后段十句，四平韵。　　晁补之

罗绮围中，笙歌筵里，眼狂初认轻盈。无花解比，似一钩新月，云际初生。算不虚得，都占与、第一佳名。轻归去，那知有人，别后牵情。
襄王自是春梦，休漫说东墙，事更难凭。谁教慕宋，要题诗、曾倚宝柱低声。似瑶台晓，空暗想、众里飞琼。余香冷，犹在小窗，一到魂惊。

此调只有此词，无别首可校。

校补："都占与"，《钦定词谱》作"郎占与"。

【月下笛】

源流：此调始自周邦彦。

名解：因周词有"凉蟾莹彻"及"静倚官桥吹笛"句，取以为名。

月下笛 两段九十九字，前段十句，五仄韵；后段十一句，七仄韵。 张炎

千里行秋，支筇背锦，顿怀清友。殊乡聚首。爱吟犹自诗瘦。山人不解思猿鹤，笑问我、韦娘在否。记长堤画舫，花柔春闹，几番携手。

别后。都依旧。但靖节门前，近来无柳。盟鸥尚有。可怜西塞渔叟。断肠不恨江南老，恨落叶、飘零最久。倦游处，减羁愁，犹未消磨是酒。

此调以此词为正体，宋元人词俱照此填之。

校补：此词换头句藏短韵，前后段第四句俱押韵，第七句俱七字不折腰，第八句俱七字折腰，后结三字两句、六字一句。

【玲珑四犯】

源流：此调创自周邦彦。

宫调：周邦彦词注大石调。

玲珑四犯 _{两段九十九字，前后段各九句，五仄韵。} 周邦彦

秾李夭桃，是旧日潘郎，亲试春艳。自别河阳，长负露房烟脸。憔悴鬓点吴霜，细念想、梦魂飞乱。叹画阑玉砌都换。才始有缘重见。

夜深偷展香罗荐。暗窗前、醉眠葱蒨。浮花浪蕊都相识，谁更曾抬眼。休问旧色旧香，但认取、芳心一点。又片时一阵，风雨恶，吹分散。

此调以此词为正体。姜夔自度曲，亦名《玲珑四犯》，惟句拍与周邦彦词不同，且宋人词无依姜体填者，故不复录。

校补：此词前段第八句押韵，后结处五字一句、三字两句，方千里、杨泽民、陈允平和词皆然，为此调正体。若曹邍、史达祖、高观国、张炎、周密诸词，或添字，或减字，皆变体。"憔悴鬓点吴霜"，底本误作"憔悴鬓霜吴霜"，据《钦定词谱》改。

【丁香结】

源流：此调见周邦彦《片玉集》，或是周邦彦所创作。
宫调：周邦彦词注商调。
名解：古诗云"芳草牵愁远，丁香结恨深"。见周邦彦《片玉集》注（出自魏庆之《诗人玉屑》）。

丁香结 两段九十九字，前段九句，五仄韵；后段十句，五仄韵。　　周邦彦

苍藓沿阶，冷萤黏屋，庭树望秋先陨。渐雨凄风迅。澹暮色、倍觉园林清润。汉姬纨扇在，重吟玩、弃掷未忍。登山临水，此恨自古、销磨不尽。

牵引。记试酒归时，映月同看雁阵。宝幄香缨，熏炉象尺，夜寒灯晕。谁念留滞故国，旧事劳方寸。惟丹青相伴，那更尘昏蠹损。

此调以此词为正体，各家俱照此填之。

校补：吴文英《梦窗词稿》亦注商调（夷则商）。此词前结，作四字一句、八字一句，若方千里词之"青青榆荚满地，纵买春光难尽"，陈允平之"莲塘风露渐入，粉艳红衣落尽"，句法又与此异。"苍藓沿阶"，《钦定词谱》作"苍藓延阶"；"记试酒归时，映月同看雁阵"，《钦定词谱》作"记醉酒归时，对月同看雁阵"。

【琐窗寒】

源流：此调见周邦彦《片玉集》，或是周邦彦所创作。
宫调：周邦彦词注越调。
名解：鲍照诗"玉钩隔琐窗"，见周邦彦《片玉集》注。
别名：一名《锁寒窗》。

琐窗寒 两段九十九字，前段十句，四仄韵；后段十句，六仄韵。　　周邦彦

暗柳啼鸦，单衣伫立，小帘朱户。桐花半亩，静锁一庭愁雨。洒空阶、夜阑未休，故人剪烛西窗语。似楚江暝宿，风灯零乱，少年羁旅。

迟暮。嬉游处。正店舍无烟，禁城百五。旗亭唤酒，付与高阳俦侣。想东园、桃李自春，小唇秀靥今在否。到归时、定有残英，待客携尊俎。

此调以此词为正体，周邦彦《月下笛》（灯小雨收尘）一首。据《莲子居词话》云："凌廷堪言清真《月下笛》，与白石、玉田诸作迥异。今细校之，即《锁窗寒》，疑是《琐窗寒》别名。"

校补：琐窗，窗棂上有镂花雕纹的窗户。此盖寒食词，因词有"静锁一庭愁雨"及"故人剪烛西窗语"句，取以为名。张炎"断碧分山"词及杨无咎"柳暗藏鸦"词之添字，程先"雨洗红尘"词之减字，皆变体。此词前结五字一句、四字两句，方千里、杨泽民、陈允平和词及吴文英、王沂孙、钱抱素词，皆依此填。"桃李自春"，底本误作"桃东自春"，据《钦定词谱》改。

【大有】

源流：此调见周邦彦《片玉集》注。

词式　　　　　　　　　　　　　　　　　　　　504

大有 两段九十九字，前段八句，四仄韵；后段十句，五仄韵。　　周邦彦

仙骨清羸，沈腰憔悴，见旁人、惊怪消瘦。柳无言、双眉尽日齐斗。都缘薄幸赋情浅，许多时、不成欢偶。幸自也总由他，何须负这心口。

令人恨，行坐咒。断了更思量，没心永守。前日相逢，又早见伊仍旧。却更被温存后，都忘了、当时僝僽。便搊撮、九百身心，依前待有。

此调始自周邦彦，自以此词为正体。

校补：《周易·序卦》云："与人同者，物必归焉，故受之以'大有'。""有"的意思是大、多，"大有"即大丰收。唐王维《奉和圣制重阳节宰臣及群官上寿应制》诗："四海方无事，三秋大有年。"调见吴讷《百家词》于周邦彦，调名下注小石调（仲吕商）。《钦定词谱》因周邦彦词欠雅驯而以潘希白"戏马台前"词为正体。与周词相较，潘词后段第七句不押韵。

【燕山亭】

源流：此调见宋徽宗词。
别名：张镃词名《宴山亭》，与《山亭宴》无涉。

燕山亭 两段九十九字，前段十一句，五仄韵；后段十句，五仄韵。　　宋徽宗

裁剪冰绡，轻叠数重，淡著燕脂匀注。新样靓妆，艳溢香

融,羞杀蕊珠宫女。易得凋零,更多少、无情风雨。愁苦。闲院落凄凉,几番春暮。

凭寄离恨重重,这双燕何曾,会人言语。天遥地远,万水千山,知他故宫何处。怎不思量,除梦里、有时曾去。无据。和梦也、新来不做。

此调只此一体。

校补:《钦定词谱》以曾觌"河汉风清"词为正体。"这双燕何曾,会人言语",一作"这双燕,何曾会人言语"。

【聒龙谣】

源流:此调见宋徽宗词。

聒龙谣 两段九十九字,前后段各十句,四仄韵。 宋徽宗

紫阙岧峣,绀宇遂深,望极绛河清浅。霜月流天,锁穹隆光满。水精宫、金锁龙盘,玳瑁帘、玉钩云卷。动深思、秋籁萧萧,比人世,倍清燕。

瑶阶回,玉签鸣,渐秘省引水,辘轳声转。鸡人唱晓,促铜壶银箭。拂晨光、宫柳烟微,荡瑞色、御炉香散。从宸游、前后争趋,向金銮殿。

校补:《钦定词谱》以朱敦儒"肩拍洪崖"词为正体。调见朱敦儒《樵歌词》,因词有"聒龙啸"句,取以为名。

【金菊对芙蓉】

宫调：蒋氏《九宫谱目》"中吕引子"。

金菊对芙蓉 两段九十九字，前段十句，四平韵；后段十句，五平韵。　康与之

梧叶飘黄，万山空翠，断霞流水争辉。正金风西起，海燕东归。凭阑不见南来雁，望故人、消息迟迟。木樨开后，不应误我，好景良时。

只念独守孤帏。把枕前祝付，一旦分飞。上秦楼游赏，酒殢花迷。谁知别后相思苦，悄为伊、瘦损香肌。花前月下，黄昏院落，珠泪偷垂。

此调只此一体，宋人词俱如此填之。

【十月桃】

名解：词赋十月桃，即以为名，亦赋题本意也。〔见《芦川词》〕别名：《梅苑》词咏十月梅，又名《十月梅》。

十月桃 两段九十九字，前段十句，四平韵；后段十句，五平韵。　张元幹

年华催晚，听尊前偏唱，冲暖欺寒。乐府谁知，分付点化金丹。中原旧游何在，频入梦、老眼空潸。撩人冷蕊，浑似当时，无语低鬟。

有多情多病文园。向雪后寻春，醉里凭栏。独步群芳，此

花风度天然。罗浮淡妆素质,呼翠凤、飞舞斓斑。参横月落,留恨醒来,满地香残。

【蜀溪春】

源流:曹勋自度曲。
名解:因词中有"蜀景风迟,浣花溪边""占上苑,留住春"句,取以为调名。

蜀溪春 两段九十九字,前后段各十一句,四平韵。 曹勋

蜀景风迟,浣花溪边,谁种芬芳。天与蔷薇,露华匀脸,繁蕊竞拂娇黄。枝上标韵别,浑不染、铅粉红妆。念杜陵,曾见时,也为赋篇章。

如今盛开禁掖,千万朵莺羽,先借朝阳。待得君王,看花明艳,都道赭袍同光。须趁排宴席,偏宜带、疏雨笼香。占上苑,留住春,奉玉觞。

此调只有此词,无别首可校。

校补:"须趁排宴席",《钦定词谱》作"须趁为幕席"。

【秋宵吟】

源流:姜夔自度曲。
宫调:姜夔词注越调。

秋宵吟 两段九十九字，前段十句，六仄韵；后段十句，五仄韵。　　姜夔

古帘空，坠月皎。坐久西窗人悄。蛩吟苦、渐漏水丁丁，箭壶催晓。引凉飔，动翠葆。露脚斜飞云表。因嗟念、似去国情怀，暮帆烟草。

带眼消磨，为近日、愁多顿老。卫娘何在，宋玉归来，两地暗萦绕。摇落江枫早。嫩约无凭，幽梦又杳。但盈盈、泪洒单衣，今夕何夕恨未了。

此调只有此词，无别首可校。此词前段十句，后五句与前五句，句读、平仄全同，如《瑞龙吟》调之所谓"双拽头"也，或是此调体例宜然。见《钦定词谱》。

校补：《词律》亦谓此词应分三叠，第一、二叠各六句三仄韵，第三叠十句五仄韵，即"双拽头"体。

【三姝媚】

源流：此调见史达祖《梅溪词》，或是史达祖所创作。
宫调：吴文英词注夷则商。

三姝媚 两段九十九字，前段十一句，五仄韵；后段十句，五仄韵。　　史达祖

烟光摇缥瓦。望晴檐多风，柳花如洒。锦瑟横床，想泪痕尘影，凤弦常下。倦出犀帷，频梦见、王孙骄马。讳道相思，偷理绡裙，自惊腰衩。

惆怅南楼遥夜。记翠箔张灯，枕肩歌罢。又入铜驼，遍旧家门巷，首询声价。可惜东风，将恨与、闲花俱谢。记取崔徽模样，归来暗写。

此调以此词为正体。此词前段第二句"晴檐多风"四字，俱平声。又后段结句之"归来暗写"四字，用去上二字，宋人词多照此填之。

校补：张炎词或作《三姝媚》，见《山中白云词》。杜文澜校刊《词律》卷一六注云："此调以古乐府《三妇艳》得名。"如吴文英"酣春青镜里"词之添字，薛梦桂"蔷薇花谢去"词之句读不同，皆变体。《阳春白雪》卷六录杜良臣词一首，字数、分段、句读等与史达祖词略同，然上下段各叶四平韵，且于上段结句变史词之四字三句为六字两句。

【凤池吟】

源流：此调见吴文英《梦窗词集》，或是吴文英所创作。

凤池吟 两段九十九字，前段十一句，四平韵；后段十句，四平韵。　　吴文英

万丈巍台，碧罘罳外，衮衮野马游尘。旧文书几阁，昏朝醉暮，覆雨翻云。忽变清明，紫垣勑使下星辰。经年事静，公门如水，帝甸阳春。

长年父老相语，几百年见此，独驾冰轮。又凤鸣黄幕，玉霄平溯，鹊锦新恩。画省中书，半红梅子荐盐新。归来晚，待

赓吟、殿阁南薰。
○○、●●○△

此调只此一词，无别首可校。

校补：彊村丛书本《梦窗词集》之《西子妆慢》下，朱彊村注曰："调下'自度腔'三字当统领下八调。"《凤池吟》为词集《西子妆慢》后第八首。

【新雁过妆楼】

宫调：吴文英词注夹钟羽。

别名：一名《雁过妆楼》；张炎词名《瑶台聚八仙》；陈允平词名《八宝妆》；《高丽史·乐志》名《百宝妆》。

新雁过妆楼 两段九十九字，前段九句，六平韵；后段十句，四平韵。 吴文英

阆苑高寒。金枢动、冰宫桂树年年。剪秋一半，难破万户连环。织锦相思楼影下，钿钗暗约小帘间。共无眠。素娥惯得，西坠阑干。

谁知壶中自乐，正醉围夜玉，浅斗婵娟。雁风自劲，云气不上凉天。红牙润沾素手，听一曲清歌双雾鬟。徐郎老，恨断肠声在，离镜孤鸾。

此调以此词为正体。此词前段起句及第七句皆用韵，各家多照此填之。

校补：若吴文英"梦醒芙蓉"词及张炎"风雨不来"词之少押一韵，《高丽史·乐志》无名氏"一抹弦器"词之添字，皆变体。

【月华清】

源流：此调见洪瑹《空同词》，为春夜对月而作，调名或取于此。

月华清 两段九十九字，前后段各十句，五仄韵。　　洪瑹

花影摇春，虫声吟暮，九霄云幕初卷。谁驾冰蟾，拥出桂轮天半。素魄映、青琐窗前，皓彩散、画阑干畔。凝眄。见金波滉漾，分辉鹊殿。

况是风柔夜暖，正燕子新来，海棠微绽。不似秋光，只照离人肠断。恨无奈、利锁名缰，谁为唤、舞裙歌扇。吟玩。怕铜壶催晓，玉绳低转。

此调只此一体，宋元人词俱照此填之。

【国香】

宫调：周密词注夷则商。

别名：周密词名《国香慢》。

国香 _{两段九十九字,前段十句,}_{五平韵;后段十句,四平韵。} 张炎

空谷幽人。曳冰簪雾带,古色生春。结根未同萧艾,独抱孤贞。自分生涯淡薄,随蓬蒿、甘老山林。风烟伴憔悴,冷落吴宫,草暗花深。

霁痕消蕙雪,向崖阴饮露,应是知心。所思何处,愁满楚水湘云。肯信遗芳千古,尚依依、泽畔行吟。香痕已成梦,短操谁弹,月冷瑶琴。

此调以此词为正体。

校补:《填词名解》云:"《左传》以兰有国香,人服媚之如是,词取以名。"宋周密《蘋洲渔笛谱》名《夷则商国香慢》,《词律》卷一五云:"夷则商三字,乃是宫调,非词名也,故删之。"《钦定词谱》列入《国香》调内。若曹勋"十月新阳"词之句读参差,乃变体。"古色生春",《钦定词谱》作"古意生春";"结根未同萧艾",《钦定词谱》作"结根倦随萧艾";"随蓬蒿",《钦定词谱》作"隐蓬蒿";"风烟伴憔悴",《钦定词谱》作"风烟共憔悴";"香痕已成梦",《钦定词谱》作"香魂已成梦"。

【飞龙宴】

飞龙宴 _{两段九十九字,前段十句,}_{四仄韵;后段十句,八仄韵。} 苏小娘

炎炎暑气时,流光闪烁,闲扃深院。水阁凉亭,半开帘幕遥看。灼灼榴花吐艳,细雨洒、小荷香浅。树阴竹里,清凉潇

酒，枕簟摇纨扇。
　　堪叹。浮世忙如箭。对良辰欢乐，莫辞频劝。遇酒逢歌，恣情遂意迷恋。须信人生聚散。奈区区、利牵名绊。少年未倦。良天皓月金尊满。

　　此调只有此词，无别首可校。

　　校补：调见《花草粹编》，注云："吴七郡王姬苏小娘制。"为炎暑劝郡王宴饮之作，"飞龙"借指郡王。

【定风波慢】

宫调：柳永调九十九字一首，注林钟商。一百五字一首，注夹
　　钟商。惟句读不同，且无别词可校。
别名：或无"慢"字，与令词《定风波》截然不同。

定风波慢　两段九十九字，前段十一句，　柳永
　　　　　六仄韵；后段十一句，七仄韵。

　　自春来、惨绿愁红，芳心是事可可。日上花梢，莺穿柳带，犹压香衾卧。暖酥销，腻云亸。终日厌厌倦梳裹。无那。恨薄情一去，音书无个。
　　早知恁么。悔当初、不把雕鞍锁。向鸡窗，只与蛮笺象管，拘束教吟课。镇相随，莫抛躲。针线闲拈伴伊坐。和我。免使年少，光阴虚过。

　　此调创自此词，各家俱从此出。

校补：龙榆生《唐宋词格律》谓此调系柳永由唐教坊曲《定风波》翻演之新声。"早知恁么"，《钦定词谱》作"早知恁般么"；"免使年少"，《钦定词谱》作"免使少年"。

【大椿】

源流：曹勋自度曲。〔见《松隐乐府》〕

名解：取《庄子》"大椿"句，以为调名，盖应制寿词也。

大椿 两段九十九字，前段九句，三仄韵；后段九句，四仄韵。 曹勋

梅拥繁枝，香飘翠帘，钧奏严陈华宴。诚孝感南极，老人星垂眷东朝，功崇庆远，享五福、长乐金殿。兹时寿协七旬，庆古今来稀见。

慈颜绿发看更新，玉色粹温，体力加健。导引冲和气，觉春生酒面。龙章亲献龟台祝，与中宫、同诚欢忭。万亿斯年，当蓬莱、海波清浅。

此调只有此词，无别首可校。

校补：曹词题下自注"太母庆七十"，系祝寿词。《庄子·逍遥游》云："上古有大椿者，以八千岁为春，八千岁为秋。"调名或取自此。"老人星垂眷东朝，功崇庆远"，《钦定词谱》作"正老人星现，垂眷东朝功庆远"；"万亿斯年"，《钦定词谱》作"亿万斯年"。

【玉蝴蝶】

宫调：柳永词注仙吕调，吴文英词与柳永词同韵，注夷则商。按，仙吕调为夷则羽，而夷则商俗名商调。

玉蝴蝶 两段九十九字，前段十句，五平韵；后段十一句，六平韵。　　柳永

望处雨收云断，凭阑悄悄，目送秋光。晚景萧疏，堪动宋玉悲凉。水风轻、蘋花渐老，月露冷、梧叶飘黄。遣情伤。故人何在，烟水茫茫。

难忘。文期酒会，几孤风月，屡变星霜。海阔山遥，未知何处是潇湘。念双燕、难凭远信，指暮天、空识归航。黯相望。断鸿声里，立尽斜阳。

此调与唐令词《玉蝴蝶》句律及宫调均迥异。万氏《词律》《钦定词谱》均附在唐词《玉蝴蝶》后，不妥，因另列之。此词前段第四、五句，上四下六，后段第五、六句，上四下七，宋人作者，多宗此体。沈伯时《乐府指迷》云："词中多有句中韵，人多不晓，不惟读之可听，而歌时最要叶韵应拍，不可以为闲字而不叶。"如此词后段起句"难忘"二字，即所谓句中韵是也。

校补：小令始于温庭筠，长调始于柳永。一名《玉蝴蝶慢》。王安中、史达祖、高观国、陆游皆照此填。

【无闷】

名解：《钦定词谱》注云："《词律》以此词与《催雪》类编。"又于《催雪》调注云："与《无闷》调不同，《词律》类列者误。"万树《词律》云："此或赋《催雪》之词，后传其题，而逸其调名耳。"故《词律》不复收《催雪》一调。按，王沂孙《碧山乐府·无闷》一首，题作《雪意》，句拍与吴文英此词并同，兹从《词律》之说，只收《无闷》，以《催雪》为又一名，姑以阙疑可也。

无闷 两段一百字，前段十句，四仄韵；后段十句，六仄韵。 吴文英

霓节飞琼，鸾驾弄玉，杳隔平云弱水。倩皓鹤传书，卫姨呼起。莫待粉河凝晓，趁夜月、瑶笙飞环佩。正骞驴吟影，茶烟灶冷，酒亭门闭。

歌丽。泛碧蚁。放绣帘半钩，宝台临砌。要须借东君，灞陵春意。晓梦先迷楚蝶，早风戾、重寒侵罗被。还怕掩、深院梨花，又作故人清泪。

此调以此词为正体。

校补：因周邦彦词中结句有"要无闷，除是拥炉对酒，共谈风月"，故名。

【夜合花】

源流：此调见晁补之《琴趣外篇》，或是晁补之所创作。
宫调：吴文英词注黄钟商。
名解：按，夜合花，即合欢树，俗名"马缨花"，以其形色象马缨也。唐韦应物诗"夜合花开香满庭"，调名或取诸此。

夜合花 两段一百字，前段十一句，五平韵；后段十一句，六平韵。 史达祖

　　冷截龙腰，偷拏鸾爪，楚山长锁秋云。梅花未落，年年怨入江城。千嶂碧，一清声。枉人间、儿女箫笙。共苍凉处，琵琶溢浦，长啸苏门。
　　当时低度西邻。天澹阑干欲暮，曾赋高情。子期老矣，不堪殢酒重听。纤手静，七星明。有新声、应更魂惊。梦回人世，寥寥夜月，空照天津。

此调虽始自晁补之，惟晁词句拍，宋人填者不多见，而史达祖此词，较为习见之体，遂采以为式。

　　校补：此词前后段第六句，俱作三字两句，较晁补之词添二字，换头句第二句六字，第三句四字，较晁词添一字。史达祖别首"柳锁莺魂"词、周密"月地无尘"词，俱与此同。

【彩云归】

宫调：《宋史·乐志》注仙吕调，柳永词注中吕调。

词式

彩云归 两段一百字，前段八句，五平韵；后段十句，五平韵。　柳永

蘅皋向晚舣轻航。卸云帆、水驿鱼乡。当暮天霁色如晴昼，江练静、皎月飞光。那堪听、远村羌管，引离人断肠。此际浪萍风梗，度岁茫茫。

堪伤。朝欢暮散，被多情、赋与凄凉。别来最苦，襟带依约，尚有余香。算得伊、鸳衾凤枕，夜永争不思量。牵情处，惟有临岐一句难忘。

此调只有此词，无别首可校。

校补：汲古阁刻《乐章集》前段第七句无"恨"字，《钦定词谱》作"此际恨"，系从《花草粹编》增补。"朝欢暮散"，底本作"朝欢暮宴"，据《钦定词谱》改；"襟带依约"，底本作"襟袖依约"，据《钦定词谱》改。

【引驾行】

宫调：柳永词注中吕调，又注仙吕调。
种类：有仄韵、平韵两体。
别名：晁补之词名《长春》。

引驾行 两段一百字，前段九句，五仄韵；后段十一句，六仄韵。　柳永

虹收残雨，蝉嘶败柳长堤暮。背都门、动销黯，西风片帆轻举。愁睹。泛画鹢翩翩，灵鼍隐隐下前浦。忍回首、佳人渐

远，想高城、隔烟树。
　　几许。秦楼永昼，谢阁连宵奇遇。算赠笑千金，酬歌百琲，尽成轻负。南顾。念吴邦越国，风烟萧索在何处。独自个、千山万水，指天涯去。

　　按，柳永《乐章集》《引驾行》二首，一即《虹收残雨》词，一百字，押仄韵，注中吕调。一即《红尘紫陌》词，一百二十五字，押平韵，注仙吕调，《词律》《词谱》并收之。《乐章集校记》云：夏映庵曰"集中《引驾行》凡二调，一较中吕宫仄韵多二十五字者，疑起句至'新晴'数语描写秋景，别是一同调残词。编者误以冠诸'韶光明媚'之首，盖其下皆写春景，为一完全平叶之《引驾行》，与仄叶者句调无甚参差也"。见《彊村丛书》。按，夏映庵，名敬观，现代人。兹援据前说，《引驾行》之慢词，以柳永一百字者为正体。

　　校补：此调有五十二字者，有一百字者，有一百二十五字者。五十二字词，即一百字词前段。一百二十五字词，亦就一百字词，多五句。晁补之一百字词名《长春》。柳永一百字词，注中吕调；一百二十五字词，注仙吕调。此词前段即晁补之"梅梢琼绽"词体，后段结句，作上一下一中二字相连句法，晁词亦然，填者依之。换头"几许"，《钦定词谱》划作前段。

【御带花】

源流：此调见欧阳修《近体乐府》，或是欧阳修所创作。

御带花 两段一百字,前段九句,四仄韵;后段十句,四仄韵。　欧阳修

青春何处风光好,帝里偏爱元夕。万重缯彩,构一屏峰岭,半空金碧。宝檠银缸、耀绛幕、龙腾虎掷。沙堤远、雕轮绣毂,争走五侯宅。

雍雍熙熙乍昼,会乐府神姬,海洞仙客。曳香摇翠,称执手行歌,锦街天陌。月淡寒轻,渐向晓、漏声寂寂。当年少、狂心未已,不醉怎归得。

此调只有此词,无别首可校。

校补:"雍雍熙熙乍昼",《欧阳文忠公近体乐府》作"雍容熙熙乍昼"。

【凤箫吟】

别名:《钦定词谱》调作《芳草》,注晁补之词名《凤箫吟》。朱彝尊《词综》录韩缜此词,调作《芳草》,注即《凤箫吟》。万树《词律》只收《凤箫吟》一调。按,韩缜此词,系赋芳草,后人误以赋题作调名耳。

凤箫吟 两段一百字,前段十句,四平韵;后段十句,五平韵。　韩缜

锁离愁,连绵无际,来时陌上初薰。绣帏人念远,暗垂珠露,泣送征轮。长行长在眼,更重重、远水孤云。但望极、楼高尽日,目断王孙。

消魂。池塘从别后、曾行处、绿妒轻裙。恁时携素手,乱花飞絮里,缓步香茵。朱颜空自改,向年年、芳意长新。遍绿野、嬉游醉眼,莫负青春。

此调前段起句不押韵者,以此词为正体。

校补:"暗垂珠露,泣送征轮",《钦定词谱》作"暗垂珠露泣,送征轮";"远水孤云",《钦定词谱》作"远水孤村"。"但望极、楼高尽日,目断王孙"或作"但望极楼高,尽日目断王孙"。

又一体 两段一百一字,前段十句,五平韵;后段十一句,五平韵。　　晁补之

晓瞳眬。风和雨细,南国次第春融。岭梅犹妒雪,露桃云杏,已绽碧呈红。一年春正好,助人狂、飞燕游蜂。更吉梦良辰,对花忍负金钟。

香浓。博山沉水,小楼清旦,佳气葱葱。旧游应未改,武陵花似锦,笑语相逢。蕊宫传妙诀,小金丹、同换冰容。况共有、芝田旧约,归去双峰。

此调前段起句押韵者,以此词为正体。

校补:前段第五句四字、第六句五字,结作五字一句、六字一句;后段第二、三句,作四字两句,与韩缜词异。"笑语相逢",《钦定词谱》作"笑语如逢"。

【念奴娇】

源流：元微之《连昌宫词》云："初过寒食一百六，店舍无烟宫树绿。夜半月高弦索鸣，贺老琵琶定场屋。力士传呼觅念奴，念奴潜伴诸郎宿。须臾觅得又连催，特敕街中许燃烛。春娇满眼泪红绡，掠削云鬟旋装束。飞上九天歌一声，二十五郎吹管逐。"自注云："念奴，天宝中名倡，善歌。每岁楼下辅宴，万众喧溢，严安之韦黄裳辈，辟易不能禁，众乐为之罢奏。明皇遣高力士大呼楼上曰：'欲遣念奴唱歌，使二十五郎吹小管逐。看人能听否？'皆悄然奉诏，然明皇不欲夺侠游之盛，未尝置在宫禁。岁幸温汤，时巡东洛。有司潜遣从行而已。"今大石调《念奴娇》，世以为天宝间所制曲，予固疑之，然唐中叶渐有今体慢曲子，而近世有填连昌词入此曲者，复转此曲入道调宫，又转入高宫大石调。见宋王灼《碧鸡漫志》。曲名有《念奴娇》者，初谓爱念之念，是不然。唐明皇时，宫中有念奴善歌，未尝一日离帝之左右，其宠幸可知，所制新词，因此创名也。见宋袁文《瓮牖闲评》。

种类：有平韵、仄韵两体。

别名：苏轼《赤壁怀古》词，有"大江东去……一尊还酹江月"句，因名《大江东去》，又名《酹江月》，又名《赤壁词》，又名《酹月》；曾觌词，名《壶中天慢》；戴复古词，有"大江西上"句，名《大江西上曲》；姚述尧词，有"太平无事，欢娱时节"句，名《太平欢》；韩缜词，有"年年眉寿，坐对南枝"句，名《寿南枝》，又名《古梅曲》；姜夔词，名《湘月》，自注"即《念奴娇》鬲指声"；张辑词，有"柳花淮甸春冷"句，名《淮甸春》；米友仁词，名《白雪词》；赵鼎词，名《双翠羽》；张矞词，名《百字令》，又名《百字谣》；丘长春词，名《无俗念》；游文仲词，名《千秋岁》；《翰墨全书》词，名《庆长春》，又名《杏花天》。

念奴娇 两段一百字，前后段各十句，四仄韵。 苏轼

凭空眺远，见长空万里，云无留迹。桂魄飞来光射处，冷浸一天秋碧。玉宇琼楼，乘鸾来去，人在清凉国。江山如画，望中烟树历历。

我醉拍手狂歌，举杯邀月，对影成三客。起舞徘徊风露下，今夕不知何夕。便欲乘风，翻然归去，何用骑鹏翼。水晶宫里，一声吹断横笛。

此调押仄声韵者，以此词为正体。此词前段第二句五字，后段第二句四字、第八句五字，前后段第四句皆七字，为宋元人词之定格。又前结中上一个"历"字，本乃以入替平，填者慎勿混用上去声字。

校补：五代王仁裕《开元天宝遗事》："念奴有色善歌，宫伎中第一。帝尝曰：'此女眼色媚人。'又云：'念奴每执板当席，声出朝霞之上。'"调名本此。此调宋林横舟词名《大江词》，见《翰墨大全》丁集；阮槃溪词名《大江乘》，见《翰墨大全》庚集；元王旭词名《大江东》，见《兰轩集》。若苏轼别首"大江东去"词、姜夔"五湖旧约"词，句读参差；姜夔"闹红一舸"词、张

炎"行行且止"词，多押一韵；张炎"长流万里"词，多押两韵；及张辑、赵长卿词之添字，皆变体。

又一体 两段一百字，前后段各十句，四平韵。 陈允平

汉江露冷，是谁将瑶瑟，弹向云中。一曲清泠声渐杳，月高人在珠宫。晕额黄轻，涂腮粉艳，罗带织青葱。天香吹散，环佩犹自丁东。

回首杜若汀洲，金钿玉镜，何日得相逢。独立飘飘烟浪远，袜尘羞溅春红。渺渺予怀，迢迢良夜，三十六陂风。九嶷何处，断云飞度千峰。

此调押平声韵者，以此词为正体。

校补：若张元幹、叶梦得词之句读参差，又换头句押韵，曹勋词之前后段第六句押韵，皆变体。"袜尘羞溅春红"，《钦定词谱》作"罗袜羞溅春红"。

【解语花】

宫调：周邦彦词注高平调。

名解：《开元遗事》云帝与妃共赏太液池千叶莲，指妃谓左右曰：何如此解语花。见周邦彦《片玉集》注。

解语花 两段一百字,前段九句,六仄韵;后段九句,七仄韵。 秦观

窗涵月影,瓦冷霜华,深院重门悄。画楼雪杪。谁家笛、弄彻梅花新调。寒灯凝照。见锦帐、双鸾飞绕。当此时、倚几沉吟,好景都成恼。

曾过云山烟岛。对绣襦甲帐,亲逢一笑。人间年少。多情子、惟恨相逢不早。如今见了。却又惹、许多愁抱。算此情、除是青禽,为我殷勤报。

此调以此词为正体,各家俱照此填之。

校补:王行词注林钟羽。若施岳词之减字,周密词之添字,皆变格。周邦彦、杨泽民、吴文英、方千里、张炎、陈允平、王行诸词,俱如此填。唯王行词,前后段两结句"折暗香盈袖""镇年年如旧",俱作上一下四句法,与各家小异。

【绕佛阁】

源流:此调见周邦彦《片玉集》,或是周邦彦所创作。
宫调:周邦彦词注大石调。

绕佛阁 两段一百字,前段十一句,八仄韵;后段九句,六仄韵。 周邦彦

暗尘四敛。楼观迥出,高映孤馆。清漏将短。厌闻夜久、签声动书幔。桂华又满。闲步露草,偏爱幽远。花气清婉。望中迤逦,城阴渡河岸。

倦客最萧索，醉倚斜桥穿柳线。还似汴堤、虹梁横水面。
●●●　●○○●○○▲　○●●○　○○○●▲
看浪飐春灯，舟下如箭。此行重见。叹故友难逢，羁思空乱。
●●●○○　○●○▲　●○○▲　●●●○○　○●○▲
两眉愁、向谁舒展。
●○○　●○○▲

此词只有此体，各家俱照此填之。

校补：吴文英、陈允平词，俱如此填。《宋词大辞典·词谱》认为此词应为双拽头。第一、二叠各五句四仄韵，第三叠九句六仄韵。

【渡江云】

宫调：周邦彦词注小石调。
名解：杜甫诗"风入渡江云"。见周邦彦《片玉集》注。
别名：周密词名《三犯渡江云》。〔见《蘋洲渔笛谱》〕

渡江云　两段一百字，前段十句，四平韵；后段九句，一仄韵，四平韵。　周邦彦

晴岚低楚甸，暖回雁翼，阵势起平沙。骤惊春在眼，借问
○○○●●　●○●●　●●●○△　●○○●●　●●
何时，委曲到山家。涂香晕色，盛粉饰、争作妍华。千万丝、
○○　●●●○△　○○●●　●●●　○●○△　○●○
陌头杨柳，渐渐可藏鸦。
●○○●　●●●○△
堪嗟。清江东注，画舸西流，指长安日下。愁宴阑、风翻
○○　○○○●　●●○○　●○○●▲　○●○　○○
旗尾，潮溅乌纱。今宵正对初弦月，傍水驿、深舣蒹葭。沉恨
⊙●　⊙●○△　○○●●○○●　●●●　○●○△　⊙●
处、时时自剔灯花。
●　○○●●○△

此调以此词为正体。此词后段第四句，例押一仄韵，是三

声叶,乃一定之格,宋元人俱照此填之。

校补:《填词名解》云:"《渡江云》,小石调曲,取唐人诗'唯惊一行雁,冲断渡江云'。"实为杜牧《江楼》诗:"谁惊一行雁,冲断过江云。""过江云"与"渡江云"近,调名或取于此。周密词云"三犯",即犯三个宫调,依张炎《词源·律吕四犯》所载,当在宫犯商或商犯羽之类。此调唯陈允平有全押平韵、全押仄韵二体。此词后段第四句叶仄韵,宋杨泽民、陈允平、吴文英、卢祖皋、张炎,元吴澄、詹正诸词,皆如此填。

【腊梅香】

腊梅香 两段一百字,前段十一句,四仄韵;后段十句,四仄韵。 吴师孟

锦里阳和,看万木凋时,早梅独秀。珍馆琼楼畔,正绛跗初吐,秾华将茂。国艳天葩,真淡泞、雪肌清瘦。似广寒宫,铅华未御,自然妆就。
凝睇倚朱阑,喷清香暗度,易袭襟袖。好与花为主,宜秉烛、频观泛湘酎。莫待南枝,随乐府、新声吹后。对赏心人,良辰好景,须信难偶。

校补:此调有平韵、仄韵二体。仄韵者,有吴师孟、喻明仲两词;平韵者,只《梅苑》无名氏一词。"吴师孟",《钦定词谱》《词式》均作"吴师益",据《全宋词》改。

【八音谐】

源流：曹勋自度曲，序云："赏荷花，以八曲声合成，故名。"

八音谐 两段一百字，前后段各九句，四仄韵。　　曹勋

　　芳景到横塘，官柳阴低覆，新过疏雨。望处藕花密，映烟汀沙渚。波静翠碾琉璃，似伫立、飘飘川上女。弄晓色、正鲜妆照影，幽香潜度。

　　水阁薰风对万姝，共泛泛红绿，闹花深处。移棹采初开，嗅金缨留取。趁时凝赏池边，预后约、淡云低护。未饮且凭阑，更待满、荷珠露。

　　此调只有此词，无别首可校。

　　校补："以八曲声合成"，或为犯调。徐本立《词律拾遗》注谓八曲为《春草碧》《望春回》《茅山逢故人》《迎春乐》《飞雪满群山》《兰陵王》《孤鸾》《眉妩》。然曹勋原作并无八曲之名。"波静翠碾琉璃"，《钦定词谱》作"波静翠展琉璃"。

【绛都春】

宫调：吴文英词注仙吕调。

绛都春 两段一百字,前段十句,六仄韵;后段九句,六仄韵。　　吴文英

情黏舞线。怅驻马灞桥,天寒人远。旋剪露痕,移得春娇栽琼苑。流莺常语烟中怨。恨三月、飞花零乱。艳阳归后,红藏翠掩,小坊幽院。

谁见。新腔按彻,背灯暗、共倚宝屏葱蒨。绣被梦轻,金屋妆深沉香换。梅花重洗春风面。正溪上、参横月转。并禽飞上金沙,瑞香雾暖。

此调以此词为正体。前后段第五句,例作拗体。

校补:蒋氏《九宫谱目》注黄钟宫。此调有平韵、仄韵两体,宋词多填仄韵,其用平韵者,唯陈允平一词。若赵彦端词之后段起句不押短韵,刘镇词之前段起句不押韵,《梅苑》词之换头句押韵,张榘、京镗二词之减字,皆变体。

【琵琶仙】

源流:姜夔自度曲。序云:"予与萧时父载酒南郭,感遇成歌。"

琵琶仙 两段一百字,前段九句,四仄韵;后段八句,四仄韵。　　姜夔

双桨来时,有人似、旧曲桃根桃叶。歌扇轻约飞花,蛾眉正奇绝。春渐远、汀洲自绿,更添了、几声啼鴂。十里扬州,三生杜牧,前事休说。

又还是、宫烛分烟,奈愁里、匆匆换时节。都把一襟芳思,

与空阶榆荚。千万缕、藏鸦细柳，为玉尊、起舞回雪。想见西
○●○●　○●●　○○●●　○●○　●●○▲　●●○
出阳关，故人初别。
●○○　●○○▲

此调只有此词，无别首宋词可校。

校补：夏承焘《姜白石词编年笺校》云："此湖州冶游，怅
触合肥旧事之作，'桃根桃叶'比其人姊妹。合肥人善琵琶……
可知此调名《琵琶仙》之故。"按仄声调上去入三韵皆可选用，
而有必须用入声韵者则不可用去上声。《词林正韵》历述二十余
调，考之宋词，亦未尽合。唯此调及《暗香》《疏影》《凄凉犯》
等般涉、歇指之调，宜于健捷激枭，姜白石所谓以哑觱篥吹之
者，则断应用入声。

【换巢鸾凤】

源流：史达祖自度曲。

名解：因词中有"换巢鸾凤教偕老"句，取以为调名。或云："前
段用平韵，后段叶仄韵，换巢之义，疑出于此。"见《钦
定词谱》。平仄互叶之体，谱中已屡收，而前半末一韵
起改仄，只此一调，疑调名以此阕始。见杜文澜《词律
校勘记》。

换巢鸾凤　两段一百字，前段九句，五平韵、　史达祖
　　　　　一叶韵；后段十一句，六仄韵。

人若梅娇。正愁横断坞，梦绕溪桥。倚风融汉粉，坐月怨
○●○△　●○○●●　●●○△　●○○●●　●●●
秦箫。相思因甚到纤腰。定知我今无魂可消。佳期晚，漫几度、
○△　○○○●●○△　●○●○○○●△　○○●　●●●

泪痕相照。

人悄。天渺渺。花外语香，时透郎怀抱。暗握荑苗，乍尝樱颗，犹恨侵阶芳草。天念王昌忒多情，换巢鸾凤教偕老。温柔乡，醉芙蓉、一帐春晓。

此调只有此词，无别首可校。前段用平韵，前结换仄韵，后段全用仄韵，乃本部三声叶也。

校补：据传凤凰只在梧桐树上栖息。《后汉书·仇览传》云："枳棘非鸾凤所栖。"李商隐《鸾凤》诗："旧镜鸾何处？衰桐凤不栖。"另，古人常以鸾凤比喻新妇，如唐卢储《催妆》诗："今日幸为秦晋会，早教鸾凤下妆楼。"换巢鸾凤或即比喻女子出嫁。或以后段第五句"暗握荑苗"，"苗"字点作平韵，不知此句，与"乍尝樱颗"句对，无押韵之理。

【东风第一枝】

宫调：吴文英词注大石调。

东风第一枝 两段一百字，前段九句，四仄韵；后段八句，五仄韵。　史达祖

草脚愁苏，花心梦醒，鞭香拂散牛土。旧歌空忆珠帘，彩笔倦题绣户。黏鸡贴燕，想立断、东风来处。暗惹起、一搦相思，乱若翠盘红缕。

今夜觅、梦池秀句。明日动、探花芳绪。寄声沽酒人家，预约俊游伴侣。怜他梅柳，怎忍后、天街酥雨。待过了、一月

灯期，日日醉扶归去。
○○　○○●○○▲

此调以此词为正体。

校补：第一枝即指梅花。朱熹诗云"今日清江路，寒梅第一枝"，又云"众芳摇落九秋期，横出天香第一枝"。东风即是春风，因梅花是春天最早开放的花，故称"东风第一枝"。该词调本系咏梅。蒋氏《九宫谱目》注大石调。若吴文英词之多押三韵，《梅苑》无名氏词之少押一韵、句读参差，皆变体。

【高阳台】

宫调：高拭词注商调。
别名：刘镇词名《庆春泽慢》》。

高阳台 两段一百字，前后段各十句，四平韵。　　刘镇

灯火烘春，楼台浸月，良宵一刻千金。锦步承莲，彩云簇仗难寻。蓬壶影动星球转，映两行、宝珥瑶簪。恣嬉游，玉漏声催，未歇芳心。

笙歌十里夸张地，记年时行乐，憔悴而今。客里情怀，伴人闲笑闲吟。小桃未尽刘郎老，把相思、细写瑶琴。怕归来，红紫欺风，三径成阴。

此调以此词为正体。

校补：宋玉《高唐赋》载，神女曰："妾在巫山之阳，高丘之阻，旦为朝云，暮为行雨。朝朝暮暮，阳台之下。"《填词名解》云："汉习郁于岘南作养鱼池，中筑钓台，是燕游名处。山简为荆州，每临此池，辄大醉，曰：'此吾高阳池也。'"王沂孙词，名《庆春宫》。《庆春宫》一名《庆宫春》，然《花外集》中所载《庆宫春》词一首在《高阳台》三首前，无论字、句、韵俱不同。若蒋捷词之换头句押韵，张炎词之前后段第八句押韵，皆变体。

【春夏两相期】

源流：此调见蒋捷《竹山词》，或是蒋捷所创作。

春夏两相期 两段一百字，前段九句，五仄韵；后段十句，五仄韵。 蒋捷

　　听深深、谢家庭馆。东风对语双燕。似说朝来，天上婺星光现。金裁花诰紫泥香，绣裹藤舆红茵软。散蜡宫辉，行鳞厨品，至今人羡。
　　西湖万柳如线。料月仙当此，小停飙辇。付与长年，教见海心波浅。萦云玉佩五侯门，洗雪华桐三春苑。慢拍调莺，急鼓催鸾，翠阴生院。

此调只有此词，无别首可校。

【垂杨】

源流：陈允平自度曲，题作本意。

垂杨 两段一百字，前后段各九句，六仄韵。 陈允平

银屏梦觉。渐浅黄嫩绿，一声莺小。细雨轻尘，建章初闭东风悄。依然千树长安道。翠云锁、玉窗深窈。断桥人、空倚斜阳，带旧愁多少。

还是清明过了。任烟缕露条，碧纤青袅。恨隔天涯，几回惆怅苏堤晓。飞花满地谁为扫。甚薄幸、随波缥缈。纵啼鹃、不唤春归，人自老。

此调创自陈允平，自以此词为正体。

校补：后段第八句"纵"字，《钦定词谱》从周密《绝妙好词》添入。后段结句或可断为"纵啼鹃不唤，春归人自老"。

【长寿仙】

源流：此调见赵孟頫《松雪斋词》，题作《皇庆三年三月三日圣节大宴》，或是赵孟頫应制所创作。

长寿仙 两段一百字，前段十句，四平韵，两叶韵；后段九句，三平韵，三叶韵。 赵孟頫

瑞日当天。对绛阙蓬莱，非雾非烟。翠光覆禁苑，正淑景

芳妍。彩仗和风细转。御香飘满黄金殿。喜万国会朝,千官拜舞,亿兆同欢。

福祉如山如川。应玉渚流虹,璇枢飞电。八音奏舜韶,度玉烛调元。岁岁龙舆凤辇。九重春醉蟠桃宴。天下太平,祝吾皇、寿与天地齐年。

此调只有此词,无别首可校。此词平仄韵互叶,元词多如此,然犹遵古韵,本部三声叶,与元曲用《中原音韵》者不同。

校补:宋曹勋有《长寿仙促拍》,一为《太母生辰》,一为《贵妃生日》。见《松隐乐府》。"翠光覆禁苑",《钦定词谱》作"翠光飞禁苑";"喜万国会朝,千官拜舞",《钦定词谱》作"万国会朝,喜千官拜舞"。

【雪夜渔舟】

源流:此调见《虚靖真人词》。

名解:因词中有"自棹孤舟,顺流观雪"句,即取以为调名。

雪夜渔舟 两段一百字,前后段各十一句,六仄韵。 虚靖真人

晚风歇。漫自棹孤舟,顺流观雪。山耸瑶岑,林森玉树,高下尽无分别。襟怀澄彻。更没个、故人堪说。恍然尘世,如居天上,水晶宫阙。

万尘声影绝。莹虚空无外,水天相接。一叶身轻,三花顶聚,永夜不愁寒冽。漫怜薄劣。但只解、附炎趋热。停桡失笑,

知心都付,野梅江月。

此调只有此词,无别首可校。

校补:张继先,宋徽宗赐号"虚靖先生"。

【惜寒梅】

名解:因词有"喜寒梅、却与雪期霜约"句,即取以为调名。

惜寒梅 两段一百字,前段九句,五仄韵;后段十句,六仄韵。 无名氏 见《复雅歌词》

看尽千花,喜寒梅、却与雪期霜约。雅态香肌,迥有天然澹泊。五侯园囿恣游乐。凭阑处、重开绣幕。秦娥妆罢,自远相从,艳过京洛。

天涯再见素萼。似凝愁向人,玉容寂寞。江上飘零,怎把芳心付托。那堪风雨夜来恶。便减动、一分瘦削。直须沉醉,尤香殢雪,莫待吹落。

此调只有此词,无别首可校。

校补:后段前两句,或可于"再见"后读断,"素萼似"三字逗领"凝愁向人"四字。

【惜花春起早慢】

源流：此调见《高丽史·乐志》，即赋题本意。

惜花春起早慢 两段一百字，前段八句，四仄韵；后段九句，四仄韵。　　无名氏　见《高丽史·乐志》

　　向春来，睹园林、绣出满槛鲜萼。流莺海棠枝上弄舌，紫燕飞绕池阁。三眠细柳，垂万条、罗带柔弱。为思量、昨夜去看花，犹自斑驳。
　　须拚尽日尊前，当媚景良辰，且恁欢谑。更阑夜深秉烛，对花酌、莫孤轻诺。邻鸡唱晓，惊觉来、连忙梳掠。向西园、惜群葩，恐怕狂风吹落。

此调只有此词，无别首可校。

【双头莲】

双头莲 两段一百字，前段十句，六仄韵；后段十句，五仄韵。　　陆游

　　华鬓星星，惊壮志成虚，此身如寄。萧条病骥。向暗里、消尽当年豪气。梦断故国山川，隔重重烟水。身万里。旧社凋零，青门俊游谁记。
　　尽道锦里繁华，叹官闲昼永，柴荆添睡。清愁自醉。念此际、付与何人心事。纵有楚柂吴樯，知何时东逝。空怅望，鲙美菰香，秋风又起。

周邦彦有《双头莲》词一首，一百三字，句拍与陆游词迥异，惟无别首可校，故采陆词为式。

校补：《钦定词谱》以周邦彦词为正体，郑文焯校《清真集》云："按调名《双头莲》，当为双拽头曲。"《词律》因其上片多叶韵语，疑字句有讹。《钦定词谱》辨曰："不知宋人以韵少者为慢曲子，韵多者为急曲子。细玩此词，文法甚顺，决无讹脱，但无他词援证耳。"此调一百三字者，见周邦彦《片玉集》；一百字者，见陆游《陆放翁集》。该词前后段第八句，例作上一下四句法，填者辨之。

卷八

【看花回】

源流：此调慢词一百一字者，始自黄庭坚。
别名：一作《看花迴》。

看花回 两段一百一字，前段九句，四仄韵；后段九句，五仄韵。　　周邦彦

　　蕙风初散轻暖，霁景澄洁。秀蕊乍开乍敛，带雨态烟痕，春思纡结。危弦弄响，来去惊人莺语滑。无赖处、丽日楼台，乱丝歧路总奇绝。
　　何计解、黏花系月。叹冷落、顿辜佳节。犹有当时气味，挂一缕相思，不断如发。云飞帝国，人在云边心暗折。语东风、共流转，漫作匆匆别。

　　此调虽始自黄庭坚，惟黄词不若周词之句拍整齐、音韵谐婉，故采以为式。

　　校补：琴曲有《看花回》，调名本此。此调有两体，六十八字者，始自柳永，《乐章集》注大石调，《中原音韵》注越调，无别首宋词可校；一百一字者，始自黄庭坚，有周邦彦、蔡伸、

赵彦端诸词可校。《钦定词谱》以柳永"玉城金阶舞舜干"一词为正体。此词及蔡伸词句读整齐，音韵谐婉，可以为法，若黄庭坚词之平仄独异，赵彦端词之添字，皆变格。

【木兰花慢】

宫调：柳永词注南吕调。

木兰花慢 两段一百一字，前段十句，五平韵；后段十句，七平韵。　　柳永

坼桐花烂漫，乍疏雨、洗清明。正艳杏烧林，缃桃绣野，芳景如屏。倾城。尽寻胜去，骤雕鞍绀幰出郊坰。风暖繁弦脆管，万家竞奏新声。

盈盈。斗草踏青。人艳冶、递逢迎。向路旁、往往遗簪坠珥，珠翠纵横。欢情。对佳丽地，任金罍罄竭玉山倾。拚却明朝永日，画堂一枕春醒。

此调押有短韵者，以此词为正体。前段第六句、后段第一句及第六句，均押有短韵。

校补：宋柳永《乐章集》注高平调。若蒋捷词之句读小异，曹勋词之句读参差，乃变格。张炎词，前后段第八句"怕依然认得米家船""好林泉都在卧游编"，又藏"然""泉"二韵于句中，此亦偶然，非定格。

又一体 两段一百一字，前段九句，四平韵；后段九句，五平韵。 程垓

倩娇莺姹燕，说不尽、此时情。正小院春阑，芳园昼锁，人去花零。凭高试回望眼，奈遥山远水隔重云。谁遣风狂雨横，便教无计留春。

情知雁杳与鸿冥。自难寄丁宁。纵竹院藓深，桃门笑在，知属何人。衣簏几回忘了，奈残香犹有旧时熏。空使风头卷絮，为他飘荡花城。

此调不押短韵者，以此词为正体。

校补：若李芸子、吕渭老等词之句、韵不同，曾觌、卢祖皋及《梅苑》无名氏词之添字、减字，皆变格。

【满朝欢】

宫调：柳永词注大石调。

满朝欢 两段一百一字，前段十一句，四仄韵；后段十句，四仄韵。 柳永

花隔铜壶，露晞金掌，都门十二清晓。帝里风光烂漫，偏爱春杪。烟轻昼永，引莺啭上林，鱼游灵沼。巷陌乍晴，香尘染惹，垂杨芳草。

因念秦楼彩凤，楚馆朝云，往昔曾迷歌笑。别来岁久，偶忆欢盟重到。人面桃花，未知何处，但掩朱扉悄悄。尽日伫立无言，赢得凄凉怀抱。

此调只有此词，无别首可校。

【桂枝香】

别名：张辑词有"疏帘淡月"句，名《疏帘淡月》。

桂枝香 两段一百一字，前后段各十句，五仄韵。　　王安石

登临送目。正故国晚秋，天气初肃。千里澄江似练，翠峰如簇。归帆去棹残阳里，背西风、酒旗斜矗。彩舟云淡，星河鹭起，画图难足。

念往昔豪华竞逐。叹门外楼头，悲恨相续。千古凭高，对此漫嗟荣辱。六朝旧事随流水，但寒烟芳草凝绿。至今商女，时时犹唱，后庭遗曲。

此调以此词为正体，前后段第四、第五两句十字，系一气贯下，亦可作上四下六句法。

校补：毛先舒《填词名解》："唐裴思谦状元及第，作红笺名纸十数，诣平康里宿。诘旦，赋诗曰：'银钉斜背解鸣珰，小语低声贺玉郎。从此不知兰麝贵，夜来新惹桂枝香。'又咸通中袁皓登第，悦妓蕊珠，诗有'桂枝香惹蕊珠香'句。词名《桂枝香》，略出于此。"《高丽史·乐志》有无名氏词，又名《桂枝香慢》。若张辑词之多押两韵，张炎词之句读小异，周密词之减字，黄裳词之句读不同，皆变格。

【锦堂春慢】

源流：此调始自司马光。

别名：或无"慢"字。

锦堂春慢 两段一百一字，前后段各十句，四平韵。　司马光

红日迟迟，虚廊影转，槐阴迤逦西斜。彩笔工夫难状，晚景烟霞。蝶尚不知春去，漫绕幽砌寻花。奈猛风过后，纵有残红，飞向谁家。

始知青春无价，叹飘零宦路，荏苒年华。今日笙歌丛里，特地咨嗟。席上青衫湿透，算感旧、何止琵琶。怎不教人易老，多少离愁，散在天涯。

此调始自此词，宋人之减字添声各体，俱从此出，自以此词为正体。

校补：调见《青箱杂记》，《梅苑》词名《锦堂春》。前后段第七句或六字，或七字；第八句或五字，或六字。当以前后整齐者为正格。

【喜朝天】

源流：此调见张先《张子野词》，为清暑堂赠蔡君谟之作。盖张先送君谟还朝，故名《喜朝天》，乃张先自度曲。

宫调：张先词注林钟商。

喜朝天 两段一百一字，前段十句，五平韵；后段十句，四平韵。　张先

晓云开。睍仙馆凌虚，步入蓬莱。玉宇琼瑰，对青林近，归鸟徘徊。风月从今清暑，带江山野色助诗才。箫鼓宴、璇题宝字，浮动持杯。

人多送目天际，识渡舟帆小，时见潮回。故国千里，共十万室，日日春台。睢社朝京非远，正和羹、民口渴盐梅。佳景在、吴侬还望，分阃重来。

此调以此词为正体。

校补：唐教坊有《朝天曲》，《宋史·乐志》有越调《朝天乐》曲，此盖借旧曲名翻新声。若晁补之词之添字，乃变格。前段第七、八句，底本作"风月顿消清暑，野色对江山助诗才"，据《钦定词谱》改。

【剪牡丹】

源流：《宋史·乐志》，女弟子舞队第四曰"佳人剪牡丹"。调名取此。

剪牡丹 两段一百一字，前段十句，四仄韵；后段十句，七仄韵。　张先

野绿连空，天青垂水，素色溶漾都净。柔柳摇摇，坠轻絮无影。汀洲日落人归，修巾薄袂，撷香拾翠相竞。如解凌波，泊烟渚春暝。

彩绦朱索新整。宿绣屏、画船风定。金凤响双槽,弹出今古幽思谁省。玉盘大小乱珠迸。酒上妆面,花艳媚相并。重听。尽汉妃一曲,江空月静。

此调以此词为正体。

校补:《花草粹编》李致远"破镜重圆"词后段句读不同。

【马家春慢】

源流:此调见贺铸《东山乐府》,或是贺铸所创作。

马家春慢 两段一百一字,前段九句,四仄韵;后段十句,五仄韵。　　贺铸

珠箔风轻,绣帘浪卷,乍入人间蓬岛。斗玉阑干,渐庭馆帘栊春晓。天许奇葩贵品,异繁杏夭桃轻巧。命化工倾国风流,与一枝纤妙。
尊前五陵年少。纵丹青异格,难仿颜貌。惹露凝烟,困红娇额,微颦低笑。须信浓香易歇,更莫惜、醉攀吟绕。待舞蝶游蜂,细把芳心都告。

此调只有此词,无别首可校。

校补:南宋黄大舆《梅苑》卷四载本词,作者为无名氏,《历代诗余》亦为贺铸作。

【玉烛新】

源流：此调见周邦彦《片玉集》，当是周邦彦所创作。

宫调：周邦彦词注双调，吴文英词注夹钟商。

名解：《尔雅》云"四时调和，谓之玉烛"。见周邦彦《片玉集》注。

玉烛新 两段一百一字，前段九句，五仄韵；后段九句，六仄韵。　　周邦彦

　　溪源新腊后。见数朵江梅，剪裁初就。晕酥砌玉，芳英嫩、故把春心轻漏。前村昨夜，想弄月黄昏时候。孤岸峭、疏影横斜，浓香暗沾襟袖。

　　尊前赋与多才，问岭外风光，故人知否。寿阳漫斗。终不似、照水一枝清瘦。风娇雨秀。好乱插繁花盈首。须信道、羌管无情，看看又奏。

此调以此词为正体。

校补：若杨无咎词之多押两韵，乃变格。

【清风满桂楼】

源流：曹勋自度曲，题咏丹桂，亦赋题本意也。

清风满桂楼 两段一百一字,前段九句,五仄韵;后段九句,六仄韵。　　曹勋

　　凉飙霁雨。万叶吟秋,团团翠深红聚。芳桂月中来,应是染、仙禽顶砂匀注。晴光助绛色,更都润、丹霄风露。连朝看、枝间粟粟,巧裁霞缕。

　　烟姿照琼宇。上苑移时,根连海山佳处。回看碧岩边,薇露过、残黄韵低尘污。诗人漫自许。道曾向、蟾宫折取。斜枝戴,惟称瑶池伴侣。

此调只有此词,无别首可校。

【映山红慢】

源流:元载自度曲,为咏牡丹之作。

映山红慢 两段一百一字,前段九句,五仄韵;后段八句,五仄韵。　　元载

　　谷雨风前,占淑景、名花独秀。露国色仙姿,品流第一,春工成就。罗帏护日金泥皱。映霞腮动檀痕溜。长记得天上,瑶池阆苑曾有。

　　千匝绕、红玉阑干,愁只恐、朝云难久。须款折、绣囊剩戴,细把蜂须频嗅。佳人再拜抬娇面,敛红巾、捧金杯酒。献千千寿。愿长恁、天香满袖。

此调只有此词,无别首可校。

校补：前段第六、七句与后段第五、六句"平平仄仄平平仄""仄平平仄平平仄"，当是音律所寓，填者审之。

【真珠帘】

源流：此调见陆游《渭南词》，或是陆游所创作。

真珠帘 两段一百一字，前段十句，六仄韵；后段十一句，六仄韵。　周密

宝阶斜转春宵永。云屏敞，雾卷东风新霁。光动万星寒，曳冷云垂地。暗省连昌游冶事，照炫转荧煌珠翠。难比。是鲛人织就，冰绡渍泪。

独记。梦入瑶台，正玲珑透月，琼钩十二。金缕逗浓香，接翠蓬云气。缟夜梨花生暖白，浸潋滟一池春水。沉醉。归时人在，明河影里。

此调虽始自陆游，惟各家俱用周密体，故以此词为正体。前段第四、第五两句，及后段第五、第六两句俱作五字，而前段第五句及后段第六句，例作上一下四句法，宋人词俱照此填之。

校补：前段"春宵永"，《钦定词谱》作"春霄霽"；"雾卷东风新霁"，《钦定词谱》作"霞卷东风新霁"。后段"琼钩十二"，《钦定词谱》作"琼扉十二"；"沉醉。归时人在，明河影里"，《钦定词谱》作"乘醉。况归时、人在明河影里"。

【曲江秋】

源流：此调见杨无咎《逃禅词》，或是杨无咎所创作。
宫调：韩玉词注正宫。

曲江秋 两段一百一字，前段十二句，六仄韵；后段十一句，六仄韵　　杨无咎

　　香消烬歇。换沉水重燃，熏炉犹热。银汉坠怀，冰轮转影，冷光侵毛发。随分且宴设。小槽酒，真珠滑。渐觉夜阑，乌纱露濡，画帘风揭。

　　清绝。轻纨弄月。缓歌处、眉山怨叠。持杯须我醉，香红映脸，双腕凝霜雪。饮散晚归来，花梢指点流萤灭。睡未稳，东窗渐明，远树又闻鹍鸹。

　　此调始自此词，自以此词为正体。杨词三首，句拍悉同，惟后结三句十三字，系一气贯下，蝉联不断，或作三句，或作两句，随意填之，俱不妨也。

　　校补：若韩玉词之添字，乃变格。

【翠楼吟】

源流：姜夔自度曲。姜序云："淳熙丙午冬，武昌安远楼成，与刘去非诸友落之，度曲见志。予去武昌十年，故人有泊舟鹦鹉洲者，闻小姬歌此词，问之，颇能道其事。还吴为予言之，兴怀昔游，且伤今之离索也。"

宫调：姜夔词注双词。

翠楼吟 两段一百一字，前段十一句，六仄韵；后段十二句，七仄韵。　　姜夔

月冷龙沙，尘清虎落，今年汉酺初赐。新翻胡部曲，听毡幕元戎歌吹。层楼高峙。看槛曲萦红，檐牙飞翠。人姝丽。粉香吹下，夜寒风细。

此地。宜有神仙，拥素云黄鹤，与君游戏。玉梯凝望久，叹芳草萋萋千里。天涯情味。仗酒祓清愁，花消英气。西山外。晚来还卷，一帘秋霁。

此调只有此词，无别首可校。

校补：词咏武昌安远楼，有"层楼高峙，看槛曲萦红，檐牙飞翠"句，故名。姜夔自度夹钟商曲。

【霓裳中序第一】

源流：霓裳羽衣曲，说者多异。予断之曰：西凉创作，明皇润色，又为易美名，其他饰以神怪者，皆不足信也。《唐史》云："河西节度使杨敬述献，凡十二遍。"白乐天《霓裳羽衣曲》歌云："由来能事各有主，杨氏创声君造谱。"杜佑《理道要诀》云："天宝十三载，七月，改诸乐名，中使辅璆琳宣进止，命于太常寺刊石，内黄钟商《婆罗门曲》改为《霓裳羽衣曲》。"其后宪宗时，每大宴，间作此舞。文宗时，诏太常卿冯定采开元雅乐制《云韶》雅乐及《霓

裳羽衣曲》。是时，四方大都邑及士大夫家已多按习，而文宗乃令冯定制舞曲者，疑曲存而舞节非旧，故就加整顿焉。李后主作《昭惠后诔》云："《霓裳羽衣曲》，经兹丧乱，世罕闻者。获其旧谱，残缺颇甚。暇日与后详定，去彼谣繁，定其坠缺。"盖唐末始不全。按，明皇改《婆罗门》为《霓裳羽衣》，属黄钟商云，时号越调，即今之越调是也。（按，黄钟商俗名大石调，至越调乃无射商之俗名也）白乐天《嵩阳观夜奏霓裳》诗云："开元遗曲自凄凉，况近秋天调是商。"又知其为黄钟无疑。又云："《霓裳》第一至第六叠无拍者，皆散序故也。"见宋王灼《碧鸡漫志》。《霓裳羽衣舞》歌云："散序六奏未动衣，阳台宿云慵不飞。中序擘騞初入拍，秋竹吹裂春冰坼。"自注云："散序六遍无拍，故不舞。中序始有拍，亦名拍序。"见唐白居易诗。宋沈括《笔谈》云："霓裳曲凡十二叠，前六叠无拍，至第七叠，方谓之拍遍，自此始有拍而舞。"按，此知《霓裳曲》十二叠，至七叠中序始舞，故以第七叠为中序第一，盖舞曲之第一遍也。见《钦定词谱》。姜夔《霓裳中序第一》序云："丙午岁，留长沙，登祝融，因得其祠神之曲，曰：《黄帝盐》《苏合香》。又于乐工故书中，得商调《霓裳曲》十八阕，皆虚谱无词。按，沈氏《乐律》：'《霓裳》道调，此乃商调。'乐天诗云'散序六阕'，此特两阕，未如孰是。然音节闲雅，不类今曲。予不暇尽作，作《中序》一阕传于世。予方羁游，感此古音，不自知其词之怨抑也。"按，此调虽非姜夔创作，而词则创自姜氏也。

宫调：姜夔词注商调。

词式　　　　　　　　　　　　　　　　　　552

霓裳中序第一　两段一百一字，前段十句，七仄韵；后段十一句，八仄韵　　姜夔

亭皋正望极。乱落红莲归未得。多病却无气力。况纨扇渐疏，罗衣初索。流光过隙。叹杏梁双燕如客。人何在，一帘淡月，仿佛照颜色。
　　幽寂。乱蛩吟壁。动庾信清愁似织。沉思年少浪迹。笛里关山，柳下坊陌。坠红无信息。漫暗水涓涓溜碧。飘零久，而今何意，醉卧酒垆侧。

此调以此词为正体。

校补：周密、尹焕二词，皆从此添字。

【月当厅】

源流：史达祖自度曲。

月当厅　两段一百一字，前段十句，四平韵；后段九句，四平韵　　史达祖

白璧旧带秦城梦，因谁拜下，杨柳楼心。正是夜分，鱼钥不动香深。时有露萤自照，占风裳、可喜影欺金。坐来久，都将凉意，尽付沉吟。
　　残云事绪无人舍，恨匆匆、药娥归去难寻。缀取雾窗，曾唱几拍清音。犹有老来印愁处，冷光应念雪翻簪。空独对，西风紧，弄一井桐阴。

此调只有此词，无别首可校。惟是词句多拗体，若作者欲填此调，只以依之为是。

校补：调见《梅溪集》。

【寿楼春】

源流：史达祖自度曲。

寿楼春 两段一百一字，前段十句，六平韵；后段十一句，六平韵。　　史达祖

裁春衫寻芳。记金刀素手，同在晴窗。几度因风残絮，照花斜阳。谁念我、今无裳。自少年、消磨疏狂。但听雨挑灯，敧床病酒，多梦睡时妆。
飞花去，良宵长。有丝阑旧曲，金谱新腔。最恨湘云人散，楚兰魂伤。身是客，愁为乡。算玉箫、犹逢韦郎。近寒食人家，相思未忘蘋藻香。

此调只有此词，无别首可校。此调多平声叠用，似拗，然通篇音响如此，乃是定格。见万树《词律》。

校补：调见《梅溪集》。龙榆生《唐宋词格律》："中多拗句，尤多连用平声之句，声情低抑，全作凄音。有用以填寿词者，大误。"前段第六句"今无裳"，或刻作"今无肠"，《钦定词谱》从梅溪本集。

【秋色横空】

源流：此调见白朴《天籁集》，白朴自注，本名《玉耳坠金环》，"秋色横空"，盖前人词首句，遗山用以为名。

秋色横空 两段一百一字，前后段各十句，六平韵。 白朴

摇落初冬。爱南枝迥绝，暖气潜通。含章睡起宫妆褪，新妆淡淡丰容。冰蕤瘦，蜡蒂融。便自有、翛然林下风。肯羡蜂喧蝶闹，艳紫妖红。
何处对花兴浓。向藏春池馆，透月帘栊。一枝郑重天涯信，肠断驿使相逢。关山路，几万重。记昨夜、筠筒和泪封。料马首幽香，先到梦中。

此调只有此词，无别首可校。

校补："摇落初冬"，《钦定词谱》作"摇落秋冬"。

【舜韶新】

源流：政和中，曹棐制徵调《舜韶新》。见宋王应麟《玉海》。

舜韶新 两段一百一字，前段十句，四仄韵；后段十一句，四仄韵。 郭子正

香满西风，催岁晚东篱，黄花争吐。嫩英细蕊，金艳繁妆点，高秋偏富。寒地花媒少，算自结、多情烟雨。每年年妆面，

谢他拒霜相顾。
宝马王孙,休笑孤芳,陶令因谁,便思归去。负春何事,此恨惟才子,登高能赋。千古风流在,占定泛、重阳芳醑。堪吟看醉赏,何须杏园深处。

此调只有此词,无别首可校。

【凤归云】

源流:唐教坊曲名。
宫调:柳永词平韵体,注仙吕调。

凤归云 两段一百二字,前段十句,四平韵;后段十一句,三平韵。 柳永

向深秋,雨余爽气肃西郊。陌上夜阑,襟袖起凉飙。天末残星,流电未灭,闪闪隔林梢。又是晓鸡声断,阳乌光动,渐分山路迢迢。
驱驱行役,苒苒光阴,蝇头利禄,蜗角功名,毕竟成何事、漫相高。抛掷云泉,狎玩尘土,壮节等闲销。幸有五湖烟浪,一船风月,会须归去老渔樵。

此调押平韵者,柳永词以外,尚有赵以夫一首可校,赵词与柳词同。柳永尚有一首一百十八字押仄韵,注林钟商,句拍与平韵词迥异。且前段起句至二十七字方用韵,疑有误处,又无别首可校,故不录。又,敦煌石室之唐人写本《云谣集》,有《凤归云》四首,字数参差,句拍亦异,脱误既多,

难以为式也。

校补：任半塘谓其源于六朝清商曲《凤将雏》，唐人循声入以新辞，易名《凤归云》。唐人滕潜有《凤归云》二首，皆七言四句声诗。

【梅香慢】

源流：此调见贺铸《东山乐府》，或是贺铸所创作。

梅香慢 两段一百二字，前段十一句，四仄韵；后段十一句，五仄韵。　　贺铸

　　高阁寒轻，映万朵芳梅，乱堆香雪。未待江南信，早冠百花先占，一阳佳节。剪彩凝酥，无处学、天然奇绝。便寿阳妆，工夫费尽，艳姿终别。
　　风里弄轻盈，掩珠英明莹，麝蜡飘烈。莫放芳菲歇。剩永宵欢赏，酒酣吟拆。倒玉何妨，且听取、尊前新阕。怕笛声长，行云散尽，漫悲风月。

此调只有此词，无别首可校。

校补："早冠百花先占"，《钦定词谱》作"冠百花先占"。后段第五句"剩永宵欢赏"，东山词作"剩夜来欢赏"，《钦定词谱》从《梅苑》本。

【西平乐】

源流：仄韵者始自柳永，平韵者始自周邦彦。
宫调：柳永、周邦彦词均注小石调。
种类：有平韵、仄韵两体。
名解：《后汉书》注曰"平乐观名，在城之西"。见周邦彦《片玉集》注。
别名：一作《西平乐慢》。

西平乐 两段一百二字，前段十句，五仄韵；后段十一句，五仄韵。 柳永

尽日凭高寓目，脉脉春情绪。佳景清明渐近，时节轻寒乍暖，天气才晴又雨。烟光潋荡，装点平芜远树。黯凝伫。台榭好，莺燕语。
　正是和风丽日，几许繁红嫩绿，雅称嬉游去。奈阻隔、寻芳伴侣。秦楼凤吹，楚馆云约，空怅望，在何处。寂寞韶光暗度。可堪向晚，村落声声杜宇。

此调押仄声韵者，以此词为正体。

校补：若朱雍词之减字，晁补之词之添字，皆变格。《词律》疑"雅称嬉游去"句脱一字，因晁词"准拟金尊时举"，作六字句。若朱词本和柳韵，其后段第五句"好趁飞琼去"，仍作五字句，则知《乐章集》所载，并无伪脱，《词律》臆说不可从。"台榭好，莺燕语"，《钦定词谱》划作下段。

又一体 两段一百三十七字,前段十二句,四平韵;后段十五句,三平韵。　　周邦彦

稚柳苏晴,故溪歇雨,川迥未觉春赊。驼褐寒侵,正怜初日,轻阴抵死须遮。叹事逐孤鸿尽去,身与塘蒲共晚,争知向此征途迢递,伫立尘沙。追念朱颜翠发,曾到处、故地使人嗟。

道连三楚,天低四野,乔木依前,临路欹斜。重慕想、东陵晦迹,彭泽归来,左右琴书自乐,松菊相依,何况风流鬓未华。多谢故人,亲驰郑驿,时倒融尊,劝此淹留,共过芳时,翻令倦客思家。

此调押平声韵者,以此词为正体。

校补:"争知向此征途迢递,伫立尘沙",《钦定词谱》作"争知向此征途,区区伫立尘沙"。若杨泽民、方千里、陈允平三词之或摊破句法,或减字,皆变格。

【山亭宴慢】

源流:张先自度曲,为有美堂赠彦猷主人而作。
宫调:张先词注中吕调。
别名:或作《山亭宴》,无"慢"字。

山亭宴慢 两段一百二字,前后段各八句,五仄韵。　　张先

宴亭永昼喧箫鼓。倚青空、画阑红柱。玉莹紫微人,蔼和气、春融日煦。故宫池馆更楼台,约风月、今宵何处。湖水动

鲜衣,竞拾翠、湖边路。

落花荡漾愁空树。晓山静、数声杜宇。天意送芳菲,正黯淡、疏烟逗雨。新欢宁似旧欢长,此会散、几时还聚。试为挹飞云,问解寄、相思否。

张先有词两首,句拍相同,惟另一首前段第五句少二字,想系阙文也。

校补:《词律》及《钦定词谱》列张先《山亭宴慢》词,均题作《山亭宴》。然彊村丛书本《张子野词》题《山亭宴慢》。《词律》以前后段校注平仄者非。"故宫池馆更楼台",《钦定词谱》作"故宫池馆旧楼台"。

【望春回】

望春回 两段一百二字,前段十句,四仄韵;后段十句,五仄韵。　李甲

霁霞散晓,射水村渐明,渔火方灭。滩露夜潮痕,注冻濑凄咽。征鸿来时应有信,见疏柳、更忆伊同折。异乡憔悴,那堪更值,岁穷时节。东风暗回暖律。算坼遍江梅,消尽岩雪。惟有这愁肠,也依旧千结。私言窃语曾誓约,便眠思梦想无休歇。这些离恨,除非对着,说似明月。

此调只有此词,无别首可校。前后段第四、第五两句,俱作五字。第五句是作上一下四句法,填者宜注意之。

校补：调见《乐府雅词》。

【水龙吟】

宫调：苏轼、周邦彦、吴文英词俱注越调。

名解：李贺词"雌龙怨吟寒水光"。见周邦彦《片玉集》注。

别名：苏轼《水龙吟》词序云："盖越调《鼓笛慢》。"予疑《水龙吟》本名《鼓笛慢》，由苏轼始易今名也，曾觌词名《丰年瑞》；史达祖词名《龙吟曲》；杨樵云词因秦观词起句〔"小楼连苑横空"〕，更名《小楼连苑》；方味道词名《庄椿岁》；《高丽史·乐志》名《水龙吟令》，又名《水龙吟慢》。

水龙吟 两段一百二字，前段十一句，四仄韵；后段十一句，五仄韵。　　苏轼

露寒烟冷蒹葭老，天外征鸿嘹唳。银河秋晚，长门灯悄，一声初至。应念潇湘，岸遥人静，水多菰米。乍望极平田，徘徊欲下，依前被、风惊起。

须信衡阳万里。有谁家、锦书遥寄。万重云外，斜行横阵，才疏又缀。仙掌月明，石头城下，影摇寒水。念征衣未捣，佳人拂杵，有盈盈泪。

起句七字，第二句六字者，以此词为正体。此调句读，各家所填，最为不齐，互有参差，兹依《钦定词谱》采苏轼及秦观两词为式。苏词于前后段第九句以下，前段作五字一句，四字一句。前结六字一句作"依前被、风惊起"，后段作五字一

句,四字一句,后结作"有盈盈泪",均是定格如此。

校补:毛先舒《填词名解》:"《水龙吟》,越调曲也。采李白诗'笛奏龙吟水'。"吕渭老词,名《鼓笛慢》。此调前后段第三句至第八句,例作四字句;前后段第九句五字,第十句四字;前结六字折腰,后结四字。宋人精于审音,添字、减字、摊破句法,悉中律吕,其谱不传,填者但以苏轼、秦观词为式可也。"天外征鸿嘹唳",底本作"天外征鸿寥唳",据《钦定词谱》改。

又一体 两段一百二字,前段十一句,四仄韵;后段十句,五仄韵。 秦观

小楼连苑横空,下窥绣毂雕鞍骤。珠帘半卷,单衣初试,清明时候。破暖轻风,弄晴微雨,欲无还有。卖花声过尽,斜阳院落,红成阵、飞鸳甃。
玉佩丁东别后。怅佳期、参差难又。名缰利锁,天还知道,和天也瘦。花下重门,柳边深巷,不堪回首。念多情、但有当时皓月,照人依旧。

起句六字,第二句七字者,以此词为正体,宋人词多照此填之。秦词于前后段第九句以下,前段作九字一句,前结六字作"红成阵、飞鸳甃"。后段作九字一句,后结四字一句,均是定格如此。

校补:《词律》《钦定词谱》列此调所举体格甚繁,《钦定词谱》列体二十五种,并谓"此调句读最为参差,今分立二谱",即《词式》所举二首。另,《高丽史·乐志》录无名氏"玉皇金阙长

春"一词,虽亦双调一百二字者,然前段八句五仄韵,后段九句四仄韵,句读与苏轼、秦观词迥异,名为《水龙吟慢》。秦词"下窥绣毂雕鞍骤",《钦定词谱》作"下窥绣辇雕鞍骤";"斜阳院落",《钦定词谱》作"垂杨院宇"。

【斗百草】

源流:此调见晁补之《琴趣外篇》,或是晁补之所创作。

斗百草 两段一百二字,前段十句,四仄韵;后段十句,五仄韵。　　晁补之

别日常多,会日常少天难晓。正喜花开,又愁花谢,春也似人易老。惨无言、念旧日朱颜,清欢莫笑。便冉冉如云,霏霏似雨,去无音耗。
追想墙头梅下,门里桃边,名利为伊都忘了。血写香笺,泪封罗帕,记三日、离肠恨搅。如今事,十二楼空凭谁到。此情悄。拟回船、武陵路杳。

此调填者,只有晁词二首而已。

校补:唐大曲名,用作词调。斗草之戏创始甚早,南朝梁宗懔《荆楚岁时记》:"五月五日,四民并踏百草,又有斗百草之戏。"此俗唐宋间颇流行。此调源于隋炀帝所制曲,唐收入法曲。《唐会要》卷三三云"太常梨园别教院教法曲乐章等"十二章,其中有"《斗百草乐》一章"。敦煌曲有此调传辞四首,分标"第一""第二"等,每遍皆以五言五句为主,插六言句为

和声，概曰"喜去喜去觅草"。"会日常少天难晓"，《钦定词谱》作"会时常寡天难晓"；"离肠恨搅"，《钦定词谱》作"离肠浪搅"。

【石州慢】

源流：《乐苑》曰："《石州》商调曲也，又有舞《石州》。"见宋郭茂倩《乐府诗集》。
宫调：《宋史·乐志》注越调。按，越调乃无射商。
别名：贺铸词名《石州引》，又名《柳色黄》。

石州慢 两段一百二字，前段十句，四仄韵；后段十一句，五仄韵。　　贺铸

　　薄雨收寒，斜照弄晴，春意空阔。长亭柳蓓才黄，倚马何人先折。烟横水漫，映带几点归鸿，平沙消尽龙荒雪。犹记出关来，恰而今时节。
　　将发。画楼芳酒，红泪清歌，便成轻别。已是经年，杳杳音尘都绝。欲知方寸，共有几许新愁，芭蕉不展丁香结。憔悴一天涯，两厌厌风月。

此调以此词为正体。前后段两结句，应作上一下四句法，填者宜注意之。

校补：贺铸词，有"长亭柳色才黄"句，名《柳色黄》；谢懋词，名《石州引》。若蔡松年词、张雨、张炎词之摊破句法，王之道词之句读全异，皆变格。前段第四句至第八句，《钦定

词谱》作"长亭柳色才黄,远客一枝先折。烟横水际,映带几点归鸦,东风消尽龙沙雪"。后段"已是经年",底本脱"已是"二字,据《钦定词谱》补。"憔悴一天涯",《钦定词谱》作"枉望断天涯"。

【上林春慢】

宫调:《宋史·乐志》"中吕宫"。
别名:或作《上林春》,无"慢"字。

上林春慢 两段一百二字,前段十一句,四仄韵;后段九句,五仄韵。　　晁冲之

帽落宫花,衣惹御香,凤辇晚来初过。鹤降诏飞,龙衔烛戏,端门万枝灯火。满城车马,对明月、有谁闲坐。任狂游,更许傍禁街,不扃金锁。

玉楼人、暗中掷果。珠帘下、笑著春衫袅娜。素蛾绕钗,轻蝉扑鬓,垂垂柳丝梅朵。夜阑饮散,但赢得、翠翘双軃。醉归来,又重向、晓窗梳裹。

此调以此词为正体。

校补:《梅苑》卷四录宋曾纡词及晁补之《晁氏琴趣外篇》中有词亦名《上林春》者,系《上林春慢》之省称。《词律》卷三将本调附列于《上林春》令词之后,视为同调异体。

【宴清都】

源流：此调见周邦彦《片玉集》，或是周邦彦所创作。

宫调：周邦彦注中吕调。

名解：沈约《游仙诗》"朝上阊阖宫，夜游清都阙"。见周邦彦《片玉集》注。

宴清都 两段一百二字，前段十句，五仄韵；后段十句，四仄韵。　　周邦彦

地僻无钟鼓。残灯灭，夜长人倦难度。寒吹断梗，风翻暗雪，洒窗填户。宾鸿漫说传书，算过尽、千俦万侣。始信得、庾信愁多，江淹恨极须赋。

凄凉病损文园，徽弦乍拂，音韵先苦。淮山夜月，金城暮草，梦魂飞去。秋霜半入清镜，叹带眼、都移旧处。更久长、不见文君，归时认否。

此调以此词为正体。

校补：程垓词名《四代好》。若卢祖皋词之多押两韵，曹勋、吴文英词之多押三韵，袁去华、陈允平词之减字，皆变格。

【庆春宫】

源流：平韵者始于北宋，仄韵者始于南宋。

宫调：周邦彦词注越调。

种类：有平韵、仄韵两体。

词式

别名：王沂孙词名《庆宫春》。

庆春宫 两段一百二字，前段十一句，四平韵；后段十一句，五平韵。　　周邦彦

云接平冈，山围寒野，路回渐转孤城。衰柳啼鸦，惊风驱雁，动人一片秋声。倦途休驾，澹烟里、微茫见星。尘埃憔悴，生怕黄昏，离思牵萦。

华堂旧日逢迎。花艳参差，香雾飘零。弦管当头，偏怜娇凤，夜深簧暖笙清。眼波传意，恨密约、匆匆未成。许多烦恼，只为当时，一晌留情。

此调押平声韵者，只有此体，宋人词俱照此填之。

又一体 两段一百二字，前后段各十一句，四仄韵。　　王沂孙

明玉擎金，纤罗飘带，为君起舞回雪。柔影参差，幽芳零乱，翠围腰瘦一捻。岁华相误，记前度、湘皋怨别。哀弦重听，都是凄凉，未须弹彻。

国香到此谁怜，烟冷沙昏，顿成愁绝。花恼难禁，酒消欲尽，门外冰澌初结。试招仙魄，怕今夜、瑶簪冻折。携盘独出，空想咸阳，故宫落月。

此调押仄声韵者，只有此体，各家俱照此填之。

校补："故宫落月"，《钦定词谱》作"故宫落叶"。

【忆旧游】

源流：此调见周邦彦《片玉集》，或是周邦彦所创作。

宫调：周邦彦词注越调。

名解：李白有《忆旧游赠马少府》"此地别夫子，今来思旧游"。

见周邦彦《片玉集》注。

别名：一名《忆旧游慢》。

忆旧游 两段一百二字，前段十一句，
四平韵；后段十一句，五平韵。 周邦彦

记愁横浅黛，泪洗红铅，门掩秋宵。坠叶惊离思，听寒螀夜泣，乱雨萧萧。凤钗半脱云鬓，窗影烛光摇。渐暗竹敲凉，疏萤照晚，两地魂消。

迢迢。问音信，道径底花阴，时认鸣镳。也拟临朱户，叹因郎憔悴，羞见郎招。旧巢更有新燕，杨柳拂河桥。但满眼京尘，东风竟日吹露桃。

此调以此词为正体。前段起句，例作上一下四句法，及后段结句，例作拗体，填者宜注意之。

校补：唐顾况《洛阳早春》诗："何地避春愁，终年忆旧游。"调名或本此。方千里、杨泽民、陈允平、赵以夫、张炎等词，俱依此填。若吴文英词之减字，周密、刘将孙词之添字，皆变格。

【花犯】

源流：此调见周邦彦《片玉集》注，或是周邦彦所创作。

宫调：周邦彦注小石调。

别名：周密词名《绣鸾凤花犯》。

花犯 两段一百二字，前段十句，六仄韵；后段九句，四仄韵。　　周邦彦

粉墙低，梅花照眼，依然旧风味。露痕轻缀。疑净洗铅华，无限佳丽。去年胜赏曾孤倚。冰盘同燕喜。更可惜、雪中高树，香篝熏素被。

今年对花最匆匆，相逢似有恨，依依愁悴。吟望久，青苔上、旋看飞坠。相将见、脆丸荐酒，人正在、空江烟浪里。但梦想、一枝潇洒，黄昏斜照水。

此调以此词为正体，宋人词俱照此填之。

校补：若吴文英词之少押一韵、或多押一韵，周密词之减字，皆变格。《词律》论此调后段第七句"烟浪里"三字，必然平、去、上，结句"照水"二字，必须去、上，细校宋词皆然，填者审之。

【瑞鹤仙】

宫调：周邦彦词注高平调。

别名：又名《一捻红》。

瑞鹤仙 两段一百二字，前段十一句，七仄韵；后段十一句，六仄韵。　周邦彦

悄郊原带郭。行路永，客去车尘漠漠。斜阳映山落。敛余红，犹恋孤城阑角。凌波步弱。过短亭、何用素约。有流莺劝我，重解绣鞍，缓引春酌。

不记归时早暮，上马谁扶，醒眠朱阁。惊飙动幕。扶残醉，绕红药。叹西园，已是花深无地，东风何事又恶。任流光过却。犹喜洞天自乐。

此调始自北宋，自以此词为正体，惟南宋人词俱依史达祖词体填之，故又采史词于后。

校补：唐苏颋《龙池乐章》诗："恩鱼不入昆明钓，瑞鹤长如太液仙。"《宋史·五行志》记载："政和三年九月，大飨明堂，有鹤回翔堂上，明日，又翔于上清宫。是时，所在言瑞鹤，宰臣等表贺不可胜纪。"宋王明清《玉照新志》："（周邦彦）梦中作《瑞鹤仙》一阕，既觉，犹能全记，了不详其所谓也。"元高拭词注正宫。宋洪迈《夷坚志》云："乾道中，吴兴周权知衢州西安县。一日，令术士沈延年邀紫姑神，赋《鹤鹤仙》牡丹词，有'睹娇红一捻'句，因名《一捻红》。"此词前段第二、三句，第五、六句，皆三字一句、六字一句、前结五字一句、四字两句，后结五字一句、六字一句，前后段十三韵，定格也。若曾觌、杨无咎、毛开、赵文词及周邦彦词别首之添字、减字，押韵、句读不同，皆变格。

又一体 两段一百二字,前段十句,七仄韵;后段十二句,六仄韵。　史达祖

杏烟娇湿鬓。过杜若汀洲,楚衣香润。回头翠楼近。指鸳鸯沙上,暗藏春恨。归鞭隐隐。便不念、芳盟未稳。自箫声、吹落云东,再数故园花信。

谁问。听歌窗罅,倚月钩阑,旧家轻俊。芳心一寸。相思后,总灰烬。奈春风多事,吹花摇柳,也把幽情唤醒。对南溪、桃萼翻红,又成瘦损。

校补:此词前段第二、三句,第五、六句,皆五字一句、四字一句,前结七字一句、六字一句,后结七字一句、四字一句,前后段十三韵,定格也。刘一止、赵长卿、张枢、洪瑹、白朴、张肙词之添字、减字、句读不同,蒋捷、方岳词之"独木桥"体,皆变格。

【齐天乐】

宫调:周邦彦词注正宫。

名解:盖取与天齐寿之义。见周邦彦《片玉集》注。

别名:周邦彦词,有"绿芜凋尽台城路"句,名《台城路》;沈端节词名《五福降中天》;张辑词,有"如此江山"句,名《如此江山》。按,宋周密《武林旧事》云:"第一盏,觱篥起《圣寿齐天乐慢》。"疑此调本名《圣寿齐天乐慢》。后来填者因"圣寿"二字,不便常用,故只取"齐天乐"三字耳。

齐天乐 _{两段一百二字，前段十句，五仄韵；后段十一句，五仄韵。} 周邦彦

绿芜凋尽台城路，殊乡又逢秋晚。暮雨生寒，鸣蛩劝织，深阁时闻裁剪。云窗静掩。叹重拂罗裀，顿疏花簟。尚有练囊，露萤清夜照书卷。

荆江留滞最久，故人相望处，离思何限。渭水西风，长安乱叶，空忆诗情宛转。凭高眺远。正玉液新篘，蟹螯初荐。醉倒山翁，但愁斜照敛。

此调以此词为正体。

校补：姜夔词注黄钟宫，俗名正宫。周邦彦词别首及吴文英、姜夔词体，宋人亦间为之，若方千里、陆游、吕渭老词之添字、又摊破句法，皆变格。

【昼锦堂】

源流：平韵体始自周邦彦，仄韵体始自陈允平。
宫调：吴文英词注中吕商。
种类：有平韵、仄韵两体。

昼锦堂 _{两段一百二字，前段十句，四平韵；后段十一句，五平韵。} 周邦彦

雨洗桃花，风飘柳絮，日日飞满雕檐。懊恼一春幽恨，尽属眉尖。愁闻双飞新燕语，更堪孤枕宿酲恹。云鬟乱，独步画堂，轻风暗触珠帘。

多厌。晴昼永,琼户悄,香销金兽慵添。自与萧郎别后,事事俱嫌。短歌新曲无心理,凤箫龙管不曾拈。空惆怅,常是每年三月,病酒恹恹。

此调押平韵者,以此词为正体。

校补:据《史记·项羽本纪》,项羽屠咸阳、杀子婴,烧秦宫后,思归江东,曰:"富贵不归故乡,如衣绣夜行,谁知之者!"故后称衣锦还乡为"昼锦"。宋韩琦、章得象皆为宰相,致仕归里,各建昼锦堂,欧阳修曾为韩琦作《相州昼锦堂记》。调名或本此。若蒋捷词之换头叶仄韵,宋自逊词、孙惟信词之句读异同,皆变体。

又一体 两段一百二字,前段十句,五仄韵;后段十一句,七仄韵。 陈允平

上苑寒收,西塍雨歇,东风是处花柳。步锦笼纱,依旧五陵台沼。绣帘珠箔金翠袅,琐窗雕槛青红斗。频回首,茶灶酒垆,春时几番携手。
知否。人渐老。嗟眼为花狂,肩为诗瘦。唤醒乡心,无奈数声啼鸟。秉烛清游嫌夜短,采香新意输年少。归来好。且趁故园池阁,绿阴芳草。

此调押仄声韵者,只有此词,无别首可校。

校补:"春时几番携手",《钦定词谱》作"前度几番携手"。

【氐州第一】

源流：周邦彦自度曲。
宫调：周邦彦词注商调。
别名：一名《熙州摘遍》。

氐州第一 两段一百二字，前段十一句，四仄韵；后段九句，五仄韵。 周邦彦

波落寒汀，村渡向晚，遥看数点帆小。乱叶翻鸦，惊风破雁，天角孤云缥缈。官柳萧疏，甚尚挂、微微残照。景物关情，川途换目，顿来催老。
渐解狂朋欢意少。奈犹被、思牵情绕。座上琴心，机中锦字，觉最萦怀抱。也知人、悬望久，蔷薇谢、归来一笑。欲梦高唐，未成眠、霜空又晓。

此调创自此词，各家俱照此填之。

校补：王国维《唐宋大曲考》："熙州一作氐州。周邦彦《片玉词》《清真集》有《氐州第一》词，毛晋所藏《清真集》作《熙州摘遍》，盖《熙州》之第一遍也。"方千里、赵文、邵亨贞词，俱照此填。唯陈允平词句读小异，故《钦定词谱》另列一体。

【花发状元红慢】

源流：刘几自度曲。刘几在神宗时，与范蜀公重定大乐。洛阳花品曰"状元红"，为一时之冠。乐工花日新能为新声，

汴妓郜懿以色著,秘监致仕刘伯焘精音律。熙宁中,几携花日新,就郜懿家赏花欢咏,乃撰此曲,填词以赠之。见宋叶梦得《避暑录话》。

花发状元红慢 两段一百二字,前后段各十一句,五仄韵。 刘几

　　三春向暮,万卉成阴,有嘉艳方坼。娇姿嫩质。冠群品,共赏倾城倾国。上苑晴画暄,千素万红尤奇特。绮筵开,会咏歌才子,压倒元白。
　　别有芳幽苞小,步障华丝,绮轩油壁。与紫鸳鸯,素蛱蝶。自清旦、往往连夕。巧莺喧翠管,娇燕语雕梁留客。武陵人,念梦后意浓,堪遣情溺。

　　此调只有此词,无别首可校。

【恋芳春慢】

源流:万俟咏自度曲。崇宁中,咏充大晟府制撰,依月用律制词,多应制之作,此词自注寒食前进,故以"恋芳春"为名也。见《钦定词谱》。

恋芳春慢 两段一百二字,前段九句,四平韵;后段十句,四平韵。 万俟咏

　　蜂蕊分香,燕泥破润,暂寒天气清新。帝里繁华,昨夜细雨初匀。万品花藏四苑,望一带、柳接重津。寒食近、蹴鞠秋千,又是无限游人。

红妆趁戏，绮罗夹道，青帘卖酒，台榭侵云。处处笙歌，不负治世良辰。共见西城路好，翠华定、将出严宸。谁知道、仁主祈祥为民，非事行春。

此调只有此词，无别首可校。

【瑶华】

别名：一名《瑶华慢》，周密词名《瑶花慢》。

瑶华 两段一百二字，前段九句，五仄韵；后段九句，四仄韵。　　吴文英

秋风采石。羽扇挥兵，认紫骝飞跃。江蓠塞草，应笑春、空锁凌烟高阁。胡歌秦陇，问铙鼓、新词谁作。有秀荚来染吴香，瘦马青刍南陌。
冰澌细响长桥，荡波底蛟腥，不浣霜锷。乌丝醉墨，红袖暖、十里湖山行乐。老仙何处，算洞府、光阴如昨。想地宽、多种桃花，艳锦东风成幄。

此调始自吴文英，自以此词为正体。

校补：屈原《九歌·大司命》："折疏麻兮瑶华，将以遗兮离居。"调名本此。"华"乃古"花"字，不读阳平。汪元量词又名《瑶花》。《钦定词谱》以周密词为正体，云："此调始自吴文英，因吴词有讹字，故采此词作谱。"

【湘春夜月】

源流：黄孝迈自度曲。

湘春夜月 两段一百二字，前段十句，四平韵；后段十一句，四平韵。　　黄孝迈

　　近清明，翠禽枝上销魂。可惜一片清歌，都付与黄昏。欲共柳花低诉，怕柳花轻薄，不解伤春。念楚乡旅宿，柔情别绪，谁与温存。
　　空尊夜泣，青山不语，残月当门。翠玉楼前，惟是有、一波湘水，摇荡湘云。天长梦短，问甚时、重见桃根。这次第，算人间没个、并刀剪断，心上愁痕。

此调只有此词，无别首可校。

【倒犯】

源流：此调见周邦彦《片玉集》，或是周邦彦所创作。
宫调：周邦彦词注仙吕调，吴文英词注双调。

倒犯 两段一百三字，前段九句，六仄韵；后段十一句，六仄韵。　　周邦彦

　　霁景、对霜蟾乍升，素烟如扫。千林夜缟。徘徊处、渐移深窈。何人正弄、孤影蹁跹西窗悄。冒露冷貂裘，玉辔邀云表。共寒光，饮清醥。
　　淮左旧游，记送行人，归来山路窅。驻马望素魄，印遥碧，

金枢小。爱秀色、初娟好。念漂浮、绵绵思远道。料异日宵征，必定还相照。奈何人自衰老。

此调以此词为正体，前段起句七字，应作上二下五句法，不可误作上三下四句法，填者宜注意之。

校补："倒犯"或为音乐上改变了转换宫调的次序，如宫调犯商调改为商调犯宫调。此调一名《吉了犯》。若吴文英、陈允平词之句读或异，皆变格。"奈何人自衰老"，《钦定词谱》作"奈何人自老"。

【喜迁莺】

源流：此调长调体，始于宋人，与唐词小令之《喜迁莺》迥异。
宫调：吴文英词注太簇宫，俗名中管高宫。
别名：江汉词名《烘春桃李》，姜夔词名《喜迁莺慢》。

喜迁莺 两段一百三字，前后段各十一句，五仄韵。　　康与之

秋风初劲。看云路雁来，碧天如镜。湘浦烟深，衡阳沙绕，风外几行斜阵。回首塞门何处，故国关河重省。汉使老，认上林欲下，徘徊清影。

江南烟水暝。声过小楼，烛暗金猊冷。送目鸣琴，裁诗挑锦，此恨此情无尽。梦想洞庭飞下，散入云涛千顷。过尽也，奈杜陵人远，玉关无信。

此词长调体，以此词为正体。《钦定词谱》附在小令《喜迁莺》后，列至十一体，兹另列之。

校补：此调有小令、长调两体。小令起于唐人，《太和正音谱》注黄钟宫。因韦庄词有"鹤冲天"句，更名《鹤冲天》；和凝词有"飞上万年枝"句，名《万年枝》；冯延巳词有"拂面春风长好"句，名《春光好》；宋夏竦词名《喜迁莺令》；晏几道词名《燕归来》；李德载词有"残腊里、早梅芳"句，名《早梅芳》。长调起于宋人，《梅溪集》注黄钟宫。《白石集》注太簇宫，俗名中管高宫。长调以康与之词及蒋捷词为正体，其余摊破句法，皆变体。若姜夔词之添字，自注高宫者，又与各家不同。

【曲游春】

曲游春 两段一百三字，前段十句，五仄韵；后段十一句，七仄韵 施岳

画舸西泠路，占柳阴花影，芳意如织。小楫冲波，度曲尘扇底，粉香帘隙。岸转斜阳隔。又过尽、别船箫笛。傍断桥、翠绕红围，相对半篙晴色。

顷刻。千山暮碧。向沽酒楼前，犹系金勒。乘月归来，正梨花夜缟，海棠烟幂。院宇明寒食。醉乍醒、一庭春寂。任满身、露湿东风，欲眠未得。

此调以此词为正体。周密《曲游春》词题云："禁烟湖上薄游，施中山赋词甚佳，余因次其韵。"《钦定词谱》以此调为周密所创作，非也。

校补:《钦定词谱》以周密"禁苑东风外"词为正体,以此为和周词,唯后段第十句添一衬字异。

【竹马儿】

源流:此调见柳永《乐章集》。
宫调:柳永词注仙吕调。
别名:一作《竹马子》。

竹马儿 两段一百三字,前段十二句,四仄韵;后段十句,五仄韵。 柳永

登孤垒荒凉,危亭旷望,静临烟渚。对雌霓挂雨,雄风拂槛,微收烦暑。渐觉一叶惊秋,残蝉噪晚,素商时序。览景想前欢,指神京,非雾非烟深处。
向此成追感,新愁易积,故人难聚。凭高尽日凝伫。赢得销魂无语。极目霁霭霏微,暝鸦零乱,萧索江城暮。南楼画角,又送残阳去。

此调以此词为正体。

校补:若叶梦得词之句读小异,乃变格。"又送残阳去",《钦定词谱》作"又逐残阳去"。

【长相思慢】

宫调:柳永词注林钟商。

别名：一作《长相思》，无"慢"字。

长相思慢 两段一百三字，前段十一句，六平韵；后段十句，四平韵。 柳永

画鼓喧街，兰灯满市，皎月初照严城。清都绛阙夜景，风传银箭，露殁金茎。巷陌纵横。过平康款辔，缓听歌声。凤烛荧荧。那人家、未掩香屏。

向罗绮丛中，认得依稀旧日，雅态轻盈。娇波艳冶，巧笑依然，有意相迎。墙头马上，漫迟留、难写深诚。又岂知、名宦拘检，年来减尽风情。

此调以此词为正体。

校补：此调以柳永、秦观词为正体，若周邦彦、袁去华词之句读小异，皆变格。

【雨霖铃】

源流：唐教坊曲名。《明皇杂录》及《杨妃外传》云："帝幸蜀，初入斜谷，霖雨弥旬。栈道中闻铃声，帝方悼念贵妃，采其声为《雨霖铃》曲以寄恨。时梨园弟子惟张野狐一人善觱篥，因吹之，遂传于世。"予考史及诸家说，明皇自陈仓入散关出河池，初不由斜谷路。今剑州梓潼县，地名上亭，有古今诗刻记明皇闻铃之地，庶几是也。罗隐诗云："细雨霏微宿上亭，雨中因感雨淋铃。"世传明皇宿上亭，雨中闻牛铎声，怅然而起，问黄幡绰，铃作

何语。曰:"谓陛下特郎当。"特郎当,俗称不整治也。明皇一笑,遂作此曲。元微之《琵琶歌》云:"因兹弹作《雨霖铃》,风雨萧条鬼神泣。"今双调《雨霖铃慢》原极哀怨,真本曲遗声。见宋王灼《碧鸡漫志》。宋词借旧曲名,另倚新声。见《钦定词谱》。此调见柳永《乐章集》。

宫调:柳永词注双调。

别名:一作《雨霖铃慢》。

雨霖铃 两段一百三字,前段十句,五仄韵;后段九句,五仄韵。 柳永

寒蝉凄切。对长亭晚,骤雨初歇。都门帐饮无绪,方留恋处,兰舟催发。执手相看泪眼,竟无语凝咽。念去去、千里烟波,暮霭沉沉楚天阔。
多情自古伤离别。更那堪、冷落清秋节。今宵酒醒何处,杨柳岸、晓风残月。此去经年,应是良辰,好景虚设。便纵有、千种风情,更与何人说。

此调以此词为正体。

校补:王安石"孜孜矻矻"词,正与此同。若王庭珪、黄裳词之句读小异,乃变格。

【还京乐】

源流:唐教坊曲名。史〔《新唐书》〕云:民间以明皇自潞州还京师,夜半举兵诛韦皇后,制《夜半乐》《还京乐》二曲。

见宋王灼《碧鸡漫志》。

宫调：周邦彦词注大石调。

还京乐 两段一百三字，前后段各十句，五仄韵。 周邦彦

禁烟近，触处、浮香秀色相料理。正泥花时候，奈何客里，光阴虚费。望箭波无际。迎风漾日黄云委。任去远，中有万点，相思清泪。

到长淮底。过当时楼下，殷勤为说，春来羁旅况味。堪嗟误约乖期，向天涯、自看桃李。想如今、应恨墨盈笺，愁妆照水。怎得青鸾翼，飞归教见憔悴。

此调以此词为正体。此词句法，多属一气贯下，要蝉联不断。

校补：吴文英词注黄钟商。《文献通考》于龙蕃、石蕃二国乐内列《还京乐》，谓皆唐曲。《文苑英华》卷一六七载，唐窦常《还京乐》歌辞一首"百战初休十万师"，为七言四句声诗，所叙为安史之乱后玄宗由蜀还京事。《苏联藏敦煌手稿总目》有敦煌曲《还京洛》，传辞凡三首，均系单调长短句体。敦煌词中有《还京洛》杂言体，"洛"或为"乐"之讹。宋词盖借旧曲另翻新声，为慢词体。若方千里、杨泽民、吴文英、张炎四词之句读异同，皆变格。

【忆瑶姬】

源流：仄韵体始自曹组，平韵体始自万俟咏。

别名：仄韵体一名《别素质》，平韵体一名《别瑶姬慢》。

忆瑶姬 两段一百三字，前段九句，五仄韵；后段九句，六仄韵。　　曹组

雨细云轻，花娇玉软，于中好个情性。争奈无缘相见，有分孤另。香笺细写频相问。我一句句儿都听。到如今、不得同欢，伏惟与他耐静。

此事凭谁执证。有楼前明月，窗外花影。拚了一生烦恼，为伊成病。只愁更把风流逞。便因循、误人无定。恁时节、若要眼儿厮觑，除非会圣。

此调押仄韵者只有此词，无别首可校。

校补：《文选》宋玉《高唐赋》注引《襄阳耆旧传》："赤帝女曰瑶姬，未行而卒，葬于巫山之阳，故曰巫山之女。楚怀王游于高唐，昼寝，梦见与神遇，自称是巫山之女，王因幸之。遂为置观于巫山之南，号为朝云。"调名或本此。

又一体 两段一百五字，前段十一句，五平韵；后段十一句，四平韵。　　万俟咏

可惜香红。又一番骤雨，几阵狂风。霎时留不住，便夜来和月，飞过帘栊。离愁未了，酒病相仍，便堪此恨中。片片随、流水斜阳去，各自西东。

又还是、九十春光，误双飞戏蝶，并采游蜂。人生能几许，细算来何物，得似情浓。沈腰暗减，潘鬓先秋，寸心不易供。望暮云，千里沉沉障翠峰。

此调押平韵者，以此词为正体。

校补：若蔡伸词之多押一韵，史达祖词之添字，又句读异同，皆变格。此词句读与蔡伸词同，故谱内可平可仄，悉参蔡词。

【安平乐慢】

源流：此调见万俟咏《大声集》。

安平乐慢 两段一百三字，前段十一句，五平韵；后段九句，四平韵。 万俟咏

瑞日初迟，绪风乍暖，千花百草争香。瑶池路稳，阆苑春深，云树水殿相望。柳曲沙平，看尘随青盖，絮惹红妆。卖酒绿阴傍。无人不醉春光。

有十里笙歌，万家罗绮，身世疑在仙乡。行乐知无禁，五侯半隐少年场。舞妙歌妍，空妒得、莺娇燕忙。念芳菲、都来几日，不堪风雨疏狂。

【望南云慢】

望南云慢 两段一百三字，前段十一句，四平韵；后段十二句，五平韵。　　沈公述

木叶轻飞，乍雨歇亭皋，帘卷秋光。阑隈砌角，绽拒霜几处，深浅红芳。应恨开时晚，伴翠菊、风前并香。晓来清露，嫩面低凝，似带啼妆。
堪伤。记得佳人，当时怨别，盈腮粉泪行行。而今最苦，奈千里身心，两处凄凉。感物成消黯，念旧欢、空劳寸肠。月斜残漏，梦断孤帏，一枕思量。

此调只有此词，无别首可校。

【情久长】

源流：此调见吕渭老《圣求词》。

别名：一名《情长久》。

情久长 两段一百三字，前后段各九句，四仄韵。　　吕渭老

琐窗夜永，无聊尽作伤心句。甚近日、带腰移眼，梨脸沾雨。春心偿未足，怎忍听、啼血催归杜宇。暮帆挂、沉沉暝色，滚滚长江，流不尽、来无据。
点检风光，岁月今如许。趁此际、浦花汀草，一棹东去。云窗雾阁，洞天晓、同作烟霞伴侣。算谁见、梅帘醉梦，柳陌晴游，应未许、春知处。

此调只有此体，吕词二首，字句悉同。

【西江月慢】

源流：此调见吕渭老《圣求词》。

西江月慢 两段一百三字，前段十句，四仄韵；后段八句，五仄韵。   吕渭老

春风淡淡，清昼永、落英千尺。桃杏散平郊，晴蜂来往，妙香飘掷。傍画桥、煮酒青帘，绿杨风外，数声长笛。记去年、紫陌朱门，花下旧相识。

向宝帕、裁书凭燕翼。望翠阁、烟林似织。闻道春衣犹未整，过禁烟寒食。但记取、角枕题情，东窗休误，这些端的。更莫待、青子绿阴春事寂。

此调只有此词，无别首可校。

校补：此词吕渭老词外有《高丽史·乐志》无名氏词，亦宋词，唯前段起二句与吕词同，余俱异。

【杏花天】

源流：此调见曹勋《松隐词》，或是曹勋所创作。
名解：曹词题咏杏花，亦赋题本意也。
别名：或作《杏花天慢》。

杏花天 两段一百三字，前后段各九句，五仄韵。　　曹勋

桃蕊初谢，双燕来后，枝上嫩苞时节。绛萼滋浩露，照晓景、裁剪冰绡标格。烟传靓质。似澹拂、妆成香颊。看暖日、催吐繁英，占断上林风月。

坛边曾见数枝，算应是真仙，故留春色。顿觉偏造化，且任他、桃李成蹊谁说。晴霁易雪。待对饮、清赏无歇。更爱惜、留引鹓禽，未须再折。

此调只有此词，无别首可校。

校补：本调《翰墨大全》丁集卷二另有宋无名氏词一首，然句读参差，与曹勋词不同。

【探春慢】

别名：或作《探春》。

探春慢 两段一百三字，前后段各十句，四仄韵。　　姜夔

衰草愁烟，乱鸦送日，风沙回旋平野。拂雪金鞭，欺寒茸帽，还记章台走马。谁念漂零久，漫赢得、幽怀难写。故人清沔相逢，小窗闲共情话。

长恨离多会少，重访问竹西，珠泪盈把。雁碛沙平，渔汀人散，老去不堪游冶。无奈苕溪月，又唤我、扁舟东下。甚日归来，梅花零乱春夜。

此调以此词为正体。前段第二句及前后段结句,例作拗体,填者宜注意之。

校补:若周密词之换头多押一韵,陈允平词之后结句读小异,犹不失正,若吴文英词之句读全异,则变格。

【眉妩】

别名:《白石道人歌曲》注,一名《百宜娇》。

眉妩 两段一百三字,前段十一句,五仄韵;后段十一句,七仄韵。　姜夔

看垂杨连苑,杜若侵沙,愁损未归眼。信马青楼去,重帘下,娉婷人妙飞燕。翠尊共款。听艳歌、郎意先感。便携手,月地云阶里,爱良夜微暖。
无限。风流疏散。有暗藏弓履,偷寄香翰。明日闻津鼓,湘江上,催人还解春缆。乱红万点。怅断魂、烟水遥远。又争似相携,乘一舸、镇长见。

此调以此词为正体。

校补:毛先舒《填词名解》:"汉张敞为妇画眉,人传张京兆眉妩。词取以名。"据陈鹄《耆旧续闻》,有"尧章戏作《百宜娇》词以遗仲远"语。夏承焘《姜白石词编年笺校》认为姜夔所作《眉妩》,其调名下之注语"一名《百宜娇》",是后人依《耆旧续闻》增入。此词与吕渭老《圣求词》之《百宜娇》句律不同。

若王沂孙词之少押一韵,张翥词之多押两韵,皆变格。

【湘江静】

别名:一名《潇湘静》。

湘江静 两段一百三字,前段十句,五仄韵;后段十一句,五仄韵。 史达祖

春草堆青云浸浦。记匆匆、倦篙曾驻。渔榔四起,沙鸥未落,怕愁沾诗句。碧袖一声歌,石城怨、西风随去。沧波荡晚,菰蒲弄秋,还重到、断魂处。
酒易醒,思正苦。想空山、桂香悬树。三年梦冷,孤吟意短,屡烟钟津鼓。屐齿厌登临,移橙后、几番凉雨。潘郎渐老,风流顿减,闲居未赋。

校补:此调除史达祖词外,只有《雅词拾遗》无名氏词,故此词可平可仄,悉参之。

【金盏子】

宫调:吴文英词注夹钟商。

金盏子 两段一百三字,前段十一句,四仄韵;后段十一句,六仄韵。 吴文英

赏月梧园,恨广寒宫树,晓风摇落。莓砌扫蛛尘,空肠断、熏炉烬消残蕚。殿秋尚有余花,锁烟窗云幄。新雁又,无端送

人江上,短亭初泊。

篱角。梦依约。人一笑,惺忪翠袖薄。悠然醉魂唤醒,幽丛畔,凄香雾雨漠漠。晚吹乍颤秋声,早屏空金雀。明朝想、犹有数点蜂黄,伴我斟酌。

此调押仄韵者,以此词为正体。前段第八句及后段第九句,倒作上一下四句法。又前段第五句、第六句,及后段第六句、第七句各九字,系属一气,分豆可以不拘,填者宜注意之。《高丽史·乐志》有押平韵《金盏子》一首,其句读与仄韵体不同。因只有此词,无别首可校,故不复录。

校补:此调有平韵、仄韵两体。仄韵者,见《梅溪词》及《梦窗词》,以吴文英词及史达祖词为正体,若蒋捷、赵以夫词之少押一韵,乃变格。"悠然醉魂唤醒",《钦定词谱》作"悠然醉红唤醒"。

【龙山会】

宫调:吴文英词注夷则商。

龙山会 两段一百三字,前段十句,五仄韵;后段九句,四仄韵。 吴文英

石径幽云冷。步障深深,艳锦青红亚。小桥和梦过,环佩杳、烟水茫茫城下。何处不秋阴,问谁借、东风艳冶。最娇娆,愁侵醉颊,泪绡红洒。

摇落翠莽平沙,竞挽斜阳,驻短亭车马。晚妆羞未堕,沉

恨起、金谷魂飞深夜。惊雁落清歌，酹花倩、觥船快泻。去未舍，待月向井梧梢上挂。

校补：《晋书·孟嘉传》载，孟嘉"为征西桓温参军，温甚重之。九月九日，温燕龙山，僚佐毕集。时佐吏并着戎服，有风至，吹嘉帽堕落，嘉不之觉。温使左右勿言，欲观其举止。嘉良久如厕，温令取还之，命孙盛作文嘲嘉，着嘉坐处。嘉还见，即答之，其文甚美，四座嗟叹"。赵以夫《龙山会·南丰登高》词，有"风流晋宋诸贤，骑台龙山"句，故名。《虚斋乐府》注商调。《钦定词谱》以赵以夫词为正体。"小桥和梦过"，《钦定词谱》作"小乔和梦醒"；"泪绡红洒"，《钦定词谱》作"红绡泪洒"；"去未舍，待月向井梧梢上挂"，《钦定词谱》作"后归来、井梧上有，玉蟾遥挂"。

【春云怨】

源流：冯艾子自度曲，为上巳而作。
宫调：冯艾子词注黄钟商。

春云怨 两段一百三字，前段十一句，五仄韵；后段十句，五仄韵。　　冯艾子

春风恶劣。把数枝香锦，和莺吹折。雨重柳腰娇困，燕子欲扶扶不得。软日烘烟，干风收雾，芍药醲醾弄颜色。帘幕轻阴，图书清润，日永篆香绝。
盈盈笑靥宫黄额。试红鸾小扇，丁香双结。团凤眉心倩郎贴。教洗金罍，共看西堂，醉花新月。曲水成空，丽人何处，往事

暮云万叶。
●○○●▲

此调只有此词，无别首可校。

【升平乐】

源流：教坊都知李德昇作《万岁升平乐》曲。见《宋史·乐志》。乐奏夹钟宫，第三盏，笙起《升平乐慢》。见宋周密《武林旧事》〔之《天基圣节排当乐次》〕。

别名：一名《升平乐慢》。

升平乐 两段一百三字，前后段各十一句，四平韵。　　吴弈

水阁层台，竹亭深院，依稀万木笼阴。飞暑无涯，行云有势，晚来细雨回晴。庭槐转影，近纱厨、两两蝉鸣。幽梦断，枕金猊旋热，兰炷微熏。

堪命俊才俦侣，对华筵坐列，朱履红裙。檀板轻敲，金尊满泛，从教畏日西沉。金丝玉管，间歌喉、时奏清音。唐虞世，尽陶陶沉醉，且乐升平。

此调只有此词，无别首可校。

校补：《宋史·乐志》云："建隆中，教坊都知李德昇作《长春乐》曲；乾德元年，又作《万岁升平乐》曲。"

【双声子】

宫调：柳永词注林钟商。

双声子 两段一百三字，前段十一句，四平韵；后段十句，四平韵。　柳永

晚天萧索，断蓬踪迹，乘兴兰棹东游。三吴风景，姑苏台榭，牢落暮霭初收。夫差旧国，香径没、徒有荒丘。繁华处，悄无睹，惟闻麋鹿呦呦。
想当年，空运筹决战，图王取霸无休。江山如画，云涛烟浪，翻输范蠡扁舟。验前经旧史，嗟漫载、当日风流。斜阳暮草茫茫，尽成万古遗愁。

此调只有此词，无别首可校。

校补："夫差旧国"，《钦定词谱》作"叹夫差旧国"，因作"一百四字"。

【澡兰香】

源流：吴文英自度腔，为淮安重午之作。
宫调：吴文英词注林钟羽。

澡兰香 两段一百三字，前后段各十句，四仄韵。　吴文英

盘丝系腕，巧篆垂簪，玉隐绀纱睡觉。银瓶露井，彩箑云

窗，往事少年依约。为当时、曾写榴裙，伤心红绡褪萼。黍梦光阴渐老，汀洲烟蒻。

莫唱江南古调，怨抑难招，楚江沉魄。薰风燕乳，暗雨梅黄，午镜澡兰帘幕。念秦楼、也拟人归，应剪菖蒲自酌。但怅望、一缕新蟾，随人天角。

此调只有此词，无别首可校。"魄"字借叶。见万树《词律》。

校补：调见吴文英《梦窗甲稿》，因词有"午镜澡兰帘幕"句，取以为名。朱彊村注谓"自度腔"。"黍梦光阴渐老"，《钦定词谱》作"炊黍梦、光阴渐老"，因作"一百四字"。

【归朝欢】

宫调：柳永词注双调。

别名：辛弃疾词名《菖蒲绿》，赵崇磻词名《归朝歌》。

归朝欢 两段一百四字，前后段各九句，六仄韵。　　柳永

别岸扁舟三两只。葭苇萧萧风浙浙。沙汀宿雁破烟飞，溪桥残月和霜白。渐渐分曙色。路遥山远多行役。往来人，只轮双桨，尽是利名客。

一望乡关烟水隔。转觉归心生羽翼。愁云恨雨两牵萦，新春残腊相催迫。岁华都瞬息。浪萍风梗诚何益。归去来，玉楼深处，有个人相忆。

此调以此词为正体。

校补：辛弃疾词"山下千林花太俗"序："灵山齐庵菖蒲港，皆长松茂林，独野樱花一株，山上盛开，照映可爱。不数日，风雨摧败殆尽。意有感，因效介庵体为赋，且以《菖蒲绿》名之。"词前段有"春风正在此花边，菖蒲自蘸清溪绿"之句。苏轼、张先、严仁、辛弃疾、马庄父、詹正诸词，俱如此填。若王之道词之多押一韵，乃变格。"归去来"，《钦定词谱》作"问归期"。

【永遇乐】

宫调：柳永、吴文英词俱注林钟商，晁补之词注越调。
别名：晁补之词名《消息》。

永遇乐 两段一百四字，前后段各十一句，四仄韵。　苏轼

明月如霜，好风如水，清景无限。曲港跳鱼，圆荷泻露，寂寞无人见。纨如三鼓，铿然一叶，黯黯梦云惊断。夜茫茫、重寻无处，觉来小园行遍。
天涯倦客，山中归路，望断故园心眼。燕子楼空，佳人何在，空锁楼中燕。古今如梦，何曾梦觉，但有旧欢新怨。异时对、黄楼夜景，为余浩叹。

此调以此词为正体，宋人词俱照此填之。陈允平有押平声韵一首，自注旧上声今移入平声，其句拍与苏轼词相同，故不

复录。

校补：毛先舒《填词名解》载："《永遇乐》，歇拍调也。唐杜秘书工小词，邻家有小女名酥香，凡才人歌曲悉能吟讽，尤喜杜词，遂成逾墙之好。后为仆所诉，杜竟流河朔。临行，述《永遇乐》词诀别，女持纸三唱而死。第未知此调，创自杜与否。"周密《武林旧事》卷一《天基圣节排当乐次》：乐奏夹钟宫，第五盏，觱篥起《永遇乐慢》。此调有平韵、仄韵两体。仄韵者始自北宋，《乐章集》注林钟商。平韵者始自南宋，陈允平创为之。若晁补之词之前段结句六字折腰，柳永词两首及张元幹词、《古今词话》无名氏词之句读异同，皆变格。

【二郎神】

源流：唐教坊曲名。宋吴曾《能改斋漫录》云："二郎神即大郎神也。"

宫调：柳永词注林钟商。

别名：徐伸词名《转调二郎神》，吴文英词名《十二郎》。

二郎神 两段一百四字，前段八句，五仄韵；后段十句，五仄韵。　　柳永

炎光谢。过暮雨、芳尘轻洒。乍露冷风清庭户爽，天如水、玉钩遥挂。应是星娥嗟久阻，叙旧约、飙轮欲驾。极目处、微云暗度，耿耿银河高泻。

闲雅。须知此景，古今无价。运巧思、穿针楼上女，抬粉面、云鬟相亚。钿合金钗私语处，算谁在、回廊影下。愿天上

人间，占得欢娱，年年今夜。

此调前段起句作三字者，名《二郎神》。

校补：任半塘《教坊记笺订》云："《二郎神》之本事有二说：秦李冰次子在蜀之灌江，隋赵昱在吴（蜀）之灌口，均以灵异被称为'二郎神'。"《词律》以转调为本调。金人马钰词名《二郎神慢》，见《鸣鹤余音》卷一，《词律》及《钦定词谱》不载。

又一体　两段一百五字，前段十句，四仄韵；后段十一句，五仄韵。　徐伸

闷来弹鹊，又搅碎、一帘花影。漫试著春衫，还思纤手，熏彻金猊烬冷。动是愁多如何向，但怪得、新来多病。嗟旧日沈腰，而今潘鬓，怎不临镜。

重省。别来泪渍，罗襟犹凝。料为我厌厌，日高慵起，长托春酲未醒。雁足不来，马蹄难驻，门掩一庭芳景。空伫立、尽日阑干倚遍，昼长人静。

此调起句作四字者，名《转调二郎神》，其句读与《二郎神》本调不同。

校补："怎不临镜"，《钦定词谱》作"不堪临镜"；"别来泪渍，罗襟犹凝"，《钦定词谱》作"别来泪滴，罗衣犹凝"。

【倾杯乐】

源流：唐教坊曲名。唐太宗贞观初，内宴长孙无忌，造《倾杯曲》。又，《乐府杂录》云："宣宗喜吹芦管，自制此曲。"见宋赵德麟《侯鲭录》。

宫调：《钦定词谱》云："见《宋史·乐志》者，二十七宫调。"柳永词注大石调、黄钟羽、仙吕宫、林钟商。

别名：柳永词又名《倾杯》，又名《古倾杯》。

倾杯乐 两段一百四字，前段十句，四仄韵；后段十一句，五仄韵。　柳永

楼锁轻烟，水横斜照，遥山半隐愁碧。片帆岸远，行客路杳，簇一天寒色。楚梅映雪数枝艳，报青春消息。年华梦促，音信断、声远飞鸿南北。
算伊别来无绪，翠消红减，双带长抛掷。但泪眼沉迷，看朱成碧，惹闲愁堆积。雨意云情，酒心花态，辜负高阳客。梦难极。和梦也、多时间隔。

此调柳永《乐章集》作《倾杯乐》，注散水调。按，《碧鸡漫志》云：南吕商时号"水调"，盖因唐改南吕商为散水调，即林钟商也。此调柳永有词七首，自一百四字至一百十六字，各注宫调，亦有同一宫调，而字句参差不同者。《钦定词谱》云：旧谱录八首，以便填者随意选择。

校补："倾杯"为进酒之动作，此曲或源于舞席间所歌劝酒之词。北周时已有六言之《倾杯曲》，《隋书·音乐志》载：牛

弘改周乐之声,"献奠登歌六言,象《倾杯曲》"。至唐初形成大曲,用龟兹乐,如许敬宗《上恩光曲歌词启》所云:"窃寻乐府雅歌,多皆不用六言,近代有《三台》《倾杯乐》等艳曲之例,始用六言。"太宗曾诏命长孙无忌等制词。玄宗曾用以配合马舞,有数十曲之多。冒广生《倾杯考》谓张说《舞马词》六首,皆六言,即用玄宗时之《倾杯乐》曲调。唐南卓《羯鼓录》载《倾杯乐》,属太簇商。其杂言体,首见敦煌曲《云谣集杂曲子》,任二北谓乃摘自大曲中美听之联片而成。宋时已演为慢词,以柳永所作为多,共有八首,而体制各异,宫调不同,《乐章集》分别入大石调(黄钟商)、黄钟调(无射羽)、仙吕宫(夷则宫)、林钟商(夷则商)等。《碧鸡漫志》南吕商时号"水调",俗呼中管林钟商。中管者,南吕宫与林钟宫同字谱,故以南吕为中管。

又一体 两段一百六字,前段十一句,五仄韵;后段七句,六仄韵。　　柳永

禁漏花深,绣工日永,蕙风布暖。变韶景、都门十二,元宵三五,银蟾光满。连云复道凌飞观。耸皇居丽,嘉气瑞烟葱蒨。翠华宵幸,是处层城阆苑。

龙凤烛、交光星汉。对咫尺鳌山、开羽扇。会乐府、两籍神仙,梨园四部弦管。向晓色、都人未散。盈万井、山呼鳌抃。愿岁岁天仗里、常瞻凤辇。

此词《乐章集》作《倾杯乐》,注仙吕宫。

校补:曾觌、杨无咎词,正与此同。

又一体 两段一百七字，前段十三句，四仄韵；后段九句，六仄韵。 张先

飞云过尽，明河浅，天无畔。草色栖萤，霜华侵暑，轻飔弄袂，澄澜拍岸。宴玉麈谭宾，倚琼枝、秀挹雕甍满。午夜中秋，十分圆月，香槽拨凤，朱弦轧雁。

正是欲醒还醉，临空怅远。壶更叠换。对东西、数里回塘，恨零落芙蓉、春不管。笼灯待散。谁知道、座有离人，目断双歌伴。烟江艇子归来晚。

此词张先《张子野词》作《倾杯》，不注宫调。

校补：此词亦名《倾杯》，句、韵与柳永词不同。张先集中凡二首。

又一体 两段一百八字，前段十二句，五仄韵；后段十句，六仄韵。 柳永

冻水消痕，晓风生暖，春满东郊道。迟迟淑景，烟和露润，遍绕长堤芳草。断鸿隐隐归飞，江天杳杳。遥山变色，妆眉淡扫。目极千里，闲倚危樯迥眺。

动几许、伤春怀抱。念何处、韶阳偏早。想帝里看看，名园芳榭，烂漫莺花好。追思往昔年少。继日恁、把酒听歌，量金买笑。别后暗负，光阴多少。

此词《乐章集》作《古倾杯》，注林钟商。

又一体 两段一百八字，前段十句，四仄韵；后段十一句，五仄韵。 柳永

水乡天气，洒蒹葭、露结寒生早。客馆更堪秋杪。空阶下、木叶飘零，飒飒声干，狂风乱扫。当无绪、人静酒初醒，天外征鸿，知送谁家归信，穿云悲叫。

蛩响幽窗，鼠窥寒砚，一点银釭闲照。梦枕频惊，愁衾半拥，万里归心悄悄。往事追思多少。赢得空使方寸搅。断不成眠，此夜厌厌，就中难晓。

此词《乐章集》作《倾杯》，注黄钟羽，只有此词，无别首可校。

又一体 两段一百八字，前段十一句，四仄韵；后段九句，五仄韵。 柳永

金风淡荡，渐秋光老，清宵永、小院新晴天气，轻烟乍敛，皓月当轩练净。对千里寒光，念幽期阻，当残景。早是多情多病。那堪细把，旧约前欢重省。

最苦碧云信断，仙乡路杳，归鸿难倩。每高歌、强遣离怀，奈惨咽、翻成心耿耿。漏残露冷。空赢得、悄悄无言，愁绪终难整。又是立尽梧桐碎影。

此词《乐章集》作《倾杯》，注大石调，只有此词，无别首可校。

校补："梧桐碎影"，《乐章集》《花草粹编》《历代诗余》及万树《词律》皆作"梧桐清影"。

又一体 两段一百十字,前段十一句,四仄韵;后段九句,五仄韵。 柳永

离宴殷勤,兰舟凝滞,看看送行南浦。情知道世上,难使皓月长圆,彩云镇聚。算人生,悲莫悲于轻别,最苦正欢娱,便分鸳侣。泪流琼脸,梨花一枝春带雨。
惨黛蛾、盈盈无绪。共黯然消魂,重携纤手,话别临行,犹自再三问道、君须去。频耳畔低语。知多少、他日深盟,平生丹素。从今尽把凭鳞羽。

此词《乐章集》作《倾杯》,注林钟商,只有此词,无别首可校。

校补:"重携纤手","手"字,《康熙字典》云:"又叶赏吕切,音黍。本亦'语'韵,可入韵。""犹自再三问道、君须去",有的版本无"犹自"二字,因作"一百八字"。

又一体 两段一百十六字,前段十句,六仄韵;后段九句,四仄韵。 柳永

皓月初圆,暮云飘散,分明夜色如晴昼。渐消尽、醺醺残酒。危阁迥、凉生襟袖。追旧事、一饷凭阑久。如何媚容艳态,抵死孤欢偶。朝思暮想,自家空恁添清瘦。
算到头、谁与伸剖。向道我别来,为伊牵系,度岁经年,偷眼觑、也不忍觑花柳。可惜恁、好景良宵,未曾略展双眉、暂开口。问甚时与你,深怜痛惜还依旧。

此词《乐章集》作《倾杯》,注大石调。

【更漏子】

源流：此词长调，与唐人所填《更漏子》小令，句律迥异。

更漏子 两段一百四字，前后段各十句，五平韵。　　杜安世

遥远途程。算万山千水，路入神京。暖日春郊、绿柳红杏，香径舞燕流莺。客馆悄悄闲庭，堪惹旧恨深。有多少驰驱，暮岭涉水，枉废身心。

思想厚利高名。漫惹得忧烦，枉度浮生。幸有青松、白云深洞，清闲且乐升平。长是宦游羁思，别离泪满襟。望江乡踪迹，旧游题书，尚自分明。

此与唐词《更漏子》截然不同，即宋词中亦无他首可校。

【百宜娇】

源流：此调见吕渭老《圣求词》，此词与《眉妩》别名《百宜娇》者，截然不同。

百宜娇 两段一百四字，前段十句，四仄韵；后段十句，五仄韵。　　吕渭老

隙月垂篦，乱蛩催织，秋晚嫩凉庭户。燕拂帘旌，鼠窥窗网，寂寂飞萤来去。金铺镇掩，漫记得、花时南浦。约重阳、萸糁菊英，小楼遥夜歌舞。

银烛暗、佳期细数。帘幕渐西风，午夜秋雨。叶底翻红，

水面皱碧,灯火裁缝砧杵。登高望极,正雾锁、官槐归路。定
○○○　●●●○　●●●　○○○▲　●
须将、宝马钿车,访吹箫侣。
○○　●●●○　●●○▲

此调只有此词,无别首可校。

校补:"午夜秋雨",《钦定词谱》作"午窗秋雨"。

卷九

【宴琼林】

源流：唐教坊曲名。

宫调：《宋史·乐志》"双调"。

宴琼林 两段一百四字，前段十句，四仄韵；后段十句，五仄韵。 黄裳

　　红紫趁春阑，独万簇琼英，犹未开罢。问谁共、绿幄宴群真，皓雪肌肤相亚。华堂路，小桥边，向晴阴一架。为香清、把作寒梅看，喜风来偏惹。
　　莫笑因缘，见影跨春空，荣称亭榭。助巧笑、晓妆如画。有花钿堪借。新醅泛、寒冰几点，拚今日、醉犹飞斝。翠罗帏中，卧蟾光碎，何须待还舍。

黄裳有词二首，句读略同。

校补：结拍，黄裳别首添韵作"为娇多、只恐能言笑。惹风流烦恼"。

【潇湘逢故人慢】

潇湘逢故人慢 两段一百四字,前后段各十句,五平韵。　　王安礼

薰风初动,方榴花弄色,萱草成窝。翠帷敞轻罗。试冰簟初展,几尺湘波。疏檐广厦,称潇湘、一枕南柯。引多少、梦魂归绪,洞庭雨棹烟蓑。

惊回处,闲昼永,更时时、燕雏莺友相过。正绿影婆娑。况庭有幽花,池有新荷。青梅煮酒,幸随分、赢取高歌。功名事、到头终在,岁华忍负清和。

此调宋人填者绝少见。前段第五句,例作上一下四句法。

校补:调见《花庵词选》。

【惜余欢】

源流:黄庭坚自度曲。

惜余欢 两段一百四字,前段十一句,四仄韵;后段十一句,五仄韵。　　黄庭坚

四时美景,正年少赏心,频启东阁。芳酒载盈车,喜朋侣簪合。杯觯交飞,劝酬互献,正酣饮、醉主公陈榻。坐来争奈,玉山未颓,兴寻巫峡。

歌阑旋烧绛蜡。况漏转铜壶,烟断香鸭。犹整醉中花,借

纤手重插。相将扶上,金鞍腰裹,碾春焙、愿少延欢洽。未须归去,重寻艳歌,更留时霎。

此调只有此词,无别首可校。万树《词律》云:此词以"阁""合""峡""蜡"同叶,是西江音也。

校补:因黄庭坚词有"愿少延欢洽"句,取以为名。

【拜星月】

源流:唐教坊曲名。
宫调:周邦彦词注高平调。
别名:或作《拜星月慢》,一作《拜新月》。

拜星月 两段一百四字,前段十句,四仄韵;后段八句,六仄韵。 周邦彦

夜色催更,清尘收露,小曲幽坊月暗。竹槛灯窗,识秋娘庭院。笑相遇,似觉、琼枝玉树相倚,暖日明霞光烂。水眄兰情,总平生稀见。

画图中、旧识春风面。谁知道、自到瑶台畔。眷恋雨润云温,苦惊风吹散。念荒寒、寄宿无人馆。重门闭,败壁秋虫叹。争奈向、一缕相思,隔溪山不断。

此调始自此词,自应以此词为正体。前段第七句八字,上二字例作一豆,领起下二句仿佛对偶,最为合格。又,前段第五句及前结,与后段第四句及后结,例作上一下四句法。

校补:《宋史·乐志》曰般涉调。若周密词之句读小异,陈允平、彭泰翁词之减字,皆变格。

【绮寮怨】

源流:此调见周邦彦《片玉集》,或是周邦彦所创作。
宫调:周邦彦词注中吕调。
名解:《文选·魏都赋》云"皦日笼光于绮寮"。《说文》曰:"绮,文绘也;寮,小窗也。言绮窗之人有所思而怨感耳。"见周邦彦《片玉集》注。

绮寮怨 两段一百四字,前段八句,四平韵;后段九句,七平韵。　周邦彦

上马人扶残醉,晓风吹未醒。映水曲、翠瓦朱檐,垂杨里、乍见津亭。当时曾题败壁,蛛丝罩、淡墨苔晕青。念去来、岁月如流,徘徊久,叹息愁思盈。
去去倦寻路程。江陵旧事,何曾再问杨琼。旧曲凄清。敛愁黛、与谁听。尊前故人如在,想念我、最关情。何须渭城。歌声未尽处、先泪零。

此调以此词为正体。郑文焯曰:此属中吕韵,夹协短韵最多,如过片"程"字及下阕"清""城"二韵,陈允平和词亦不叶,以宋人和宋词,且疏于审律如是。

校补:赵文、王学文词,俱依此填。若陈允平词之前结减二字,鞠华翁词之后结减一字,皆变格。

【花心动】

源流：此调始自周邦彦。

宫调：金词注小石调，元词注双调。

别名：曹勋词名《好心动》，曹冠词名《桂飘香》，《鸣鹤余音》名《上升花》，《高丽史·乐志》名《花心动慢》。

花心动 两段一百四字，前段十句，四仄韵；后段八句，五仄韵。　　史达祖

风约帘波，锦机寒、难遮海棠烟雨。夜酒未苏，春枕犹欹，曾是误成歌舞。半寒薇帐云头散，奈愁味、不随香去。尽沉静，文园更渴，有人知否。

懒记温柔旧处。偏只怕、临风见他桃树。绣户锁尘，锦瑟空弦，无复画眉心绪。待拈银管书春恨，被双燕、替人言语。望不尽、垂杨几千万缕。

史达祖此词，为宋人常用之体，故采以为式，此调虽创自周邦彦，但因周词后段多押两韵，宋人照填者甚少，故不复录。

校补：《鸣鹤余音》卷五录吴真人词名《上升花》。若吴文英词之多押一韵，赵长卿词之多押两韵，或添字，刘焘词之句读小异，谢逸词之句读不同，曹勋词、《花草粹编》无名氏词之减字，《钦定词谱》悉为类列，以备各体。

【向湖边】

源流：江纬自制曲。

名解：因调中有"向湖边柳外"句，即取以为调名。

向湖边 两段一百四字，前段十句，四仄韵；后段十句，六仄韵。　　江纬

退处乡关，幽栖林薮，舍宇第须茅盖。翠巘清泉，启轩窗遥对。遇等闲、邻里过从，亲朋临顾，草草便成欢会。策杖携壶，向湖边柳外。

旋买溪鱼，便斫银丝鲙。谁复欲痛饮，如长鲸吞海。共惜醺酣，恐欢娱难再。剩清风明月非钱买。休追念、金马玉堂心胆碎。且斗尊前，有阿谁身在。

此词前段第五句及前结，与后段第四句及后结，俱作上一下四句法。万树《词律》云："此调酷似《拜星月慢》。"按，此调前段句拍，与《拜星月》相同，惟后段句读少异耳。

【阳春】

别名：一名《阳春曲》。

阳春 两段一百四字，前段九句，五仄韵；后段八句，五仄韵。　　杨无咎

蕙风轻，莺语巧，应喜乍离幽谷。飞过北窗前，迎清晓、丽日明透翠帏谷。篆台芬馥。初睡起、横斜簪玉。因甚自觉腰

肢瘦,新来又宽裙幅。

对青镜无心、忺梳裹,谁问着、余醒带宿。寻思前欢往事,似惊回、好梦难续。花亭遍倚槛曲。厌满眼、争春凡木。尽憔悴、过了清明候,愁红惨绿。

此调宋人填者极少见,只有史达祖一词可校也。

【送入我门来】

源流:胡浩然自度曲,为除夕之作。

宫调:胡浩然词注黄钟商。

名解:因词中有"仗东风尽力,一齐吹送,入此门来"之句,即取以为调名。

送入我门来 两段一百四字,前后段各十句,四平韵。　胡浩然

茶垒安屏,灵馗挂户,神傩裂竹轰雷。动念流光,四序式周回。须知今岁今宵尽,似顿觉明年明日催。向今夕,是处迎春送腊,罗绮筵开。

今古偏同此夜,贤愚共添一岁,贵贱仍偕。互祝遐龄,山海固难摧。石崇富贵钱铿寿,更潘岳仪容子建才。仗东风尽力,一齐吹送,入此门来。

校补:调见《草堂诗余》。晁端礼词名《百宝装》,元长荃子词又名《百宝妆》。《高丽史·乐志》,名《百宝妆》。

【绕池游慢】

源流：此调见韩淲《涧泉诗余》，题为赵倅游濠，作《绕池游慢》，约同赋。《钦定词谱》谓是韩淲自度腔，实误。

绕池游慢 两段一百四字，前后段各十句，四平韵。 韩淲

荷花好处，是红酣落照，翠霭余凉。绕郭从前无此乐，空浮动山影林篁。几度薰风晚，留望眼、立尽濠梁。谁知好事，初移画舫，特地相将。
惊起双飞属玉，萦小楫冲岸，犹带生香。莫问西湖西畔路，但九里松下侯王。且举觞寄兴，看闲人、来伴吟章。寸折柏枝，蓬分莲实，徒系柔肠。

此调只有此词，无别首可校。

校补："但九里松下侯王"，底本于"里"字读，误。"九里松"系杭州地名，在"西湖西畔"。据此，前段第五句亦去句中读，为"空浮动山影林篁"。

【索酒】

源流：曹勋自度曲，题为"四时景物须酒"之意。

索酒 两段一百四字，前段十句，四仄韵；后段九句，五仄韵。　　曹勋

乍喜惠风初到，上林翠红，竞开时候。四吹花香扑鼻，露裁烟染，天地如绣。渐觉南薰，总冰绡纱扇避烦昼。共游凉亭销暑，细酌轻讴须酒。

江枫妆锦雁横秋，正皓月莹空，翠阑侵斗。况素商霜晓。对径菊、金玉芙蓉争秀。万里彤云，散飞霙、炉中焰红兽。便须点水傍边，最宜著酉。

【瑞云浓慢】

种类：此调与《瑞云浓》截然不同。

瑞云浓慢 两段一百四字，前段十句，四仄韵；后段十句，五仄韵。　　陈亮

蔗浆酪粉，玉壶冰醑，朝罢更闻宣赐。去天咫尺，下拜再三，幸今有母可遗。年年此日，共道是、月入怀中最贵。向暑天、正风云会遇，有甚嘉瑞。

鹤冲霄，鱼得水。一超便、直入神仙地。植根江表，开拓两河，做得黑头公未。骑鲸赤手，问何如、长鞭尺棰。算向来、数王谢风流，只今管是。

此调只有此词，无别首可校。

校补：杨无咎《逃禅集》，有七十五字《瑞云浓》，与此不同。坊本此词后段脱"算"字、"数"字，《钦定词谱》从《龙川

集》校正。

【霜花腴】

源流：吴文英自度腔，为重阳前一日泛石湖之作。
宫调：吴文英词注无射商。

霜花腴 两段一百四字，前后段各十句，五平韵。　　吴文英

　　翠微路窄，醉晚风，凭谁为整欹冠。霜饱花腴，烛销人瘦，秋光做也都难。病怀强宽。恨雁声、偏落歌前。记年时、旧宿凄凉，暮烟秋雨野桥寒。
　　妆靥鬓英争艳，度清商一曲，暗坠金蝉。芳节多阴，兰情稀会，晴晖称拂吟笺。更移画船。引佩环、邀下婵娟。算明朝、未了重阳，紫萸应耐看。

　　吴文英在南宋诸词家中，最为知音。此词句法，多用平声字，当是律吕所寓。见《钦定词谱》。

校补：因吴文英词中有"霜饱花腴"句，故名。

【绮罗香】

源流：此调始自史达祖词（《梅溪词》）。

绮罗香 两段一百四字，前后段各九句，四仄韵。 史达祖

做冷欺花，将烟困柳，千里偷催春暮。尽日冥迷，愁里欲飞还住。惊粉重、蝶宿西园，喜泥润、燕归南浦。最妨他、佳约风流，钿车不到杜陵路。

沉沉江上望极，还被春潮晚急，难寻官渡。隐约遥峰，和泪谢娘眉妩。临断岸、新绿生时，是落红、带愁流处。记当日、门掩梨花，剪灯深夜语。

此调以此词为正体。

校补：唐秦韬玉《贫女》诗："蓬门未识绮罗香，拟托良媒益自伤。"或为调名所本。陈允平、王沂孙、张榘、张焘诸词，俱如此填。若张炎词之多押一韵，或减一字，皆变格。

【春从天上来】

源流：此调见《中州乐府》，或是吴激所创作。

春从天上来 两段一百四字，前段十一句，六平韵；后段十一句，五平韵。 吴激

海角飘零。叹汉苑秦宫，坠露飞萤。梦里天上，金屋银屏。歌吹竞举青冥。问当时遗谱，有绝艺、鼓瑟湘灵。促哀弹，似林莺呖呖，山溜泠泠。

梨园太平乐府，醉几度春风，鬓变星星。舞彻中原，尘飞沧海，风雪万里龙庭。写秋筠幽怨，人憔悴、不似丹青。酒微

醒。对一轩凉月,灯火青荧。
△ ●●○○● ○●○△

此调以此词为正体。

校补:若张翥词之多押一韵,张炎词之添字,周伯阳词之减字,皆变格。

【西湖月】

源流:黄子行自度曲。
宫调:黄子行词注商调。

西湖月 _{两段一百四字,前后段各十句,四仄韵。} 黄子行

　　初弦月挂林梢,又一度西园,探梅消息。粉墙朱户,苔枝露蕊,淡匀轻饰。玉儿应有恨,为怅望、东昏相记忆。便解佩、飞入云阶,长伴此花倾国。
　　还嗟瘦损幽人,记立马攀条,倚阑横笛。少年风味,拈花弄蕊,爱香怜色。扬州何逊在,试点染、吟笺留醉墨。漫赢得、疏影寒窗,夜深孤寂。

此调只有黄子行词二首可校。

【爱月夜眠迟慢】

源流:此调见《高丽史·乐志》。

名解：即赋题本意。

爱月夜眠迟慢 两段一百四字，前后段各十句，四平韵。 无名氏 见《高丽史·乐志》

禁鼓初敲，觉六街夜悄，车马人稀。幕天澄淡，云收雾卷，亭亭皎月如珪。冰轮碾出遥空，照临千里无私。最堪怜、有清风，送得丹桂香微。

惟愿素魄长圆，把流霞对饮，满泛觥卮。醉凭阑处，赏玩不忍，辜负好景良时。清歌妙舞连宵，踟蹰懒入罗帏。任佳人、尽嗔我，爱月每夜眠迟。

此调只有此词，无别首可校。

校补：原调作《爱月夜眠迟》。《高丽史》卷七十一"乐志二"引本词，调名作《爱月夜眠迟慢》。"照临千里无私"，《高丽史·乐志》作"无私照临千里"。

【迎新春】

宫调：《宋史·乐志》"双角调"，柳永词注大石调。

迎新春 两段一百五字，前段八句，七仄韵；后段十一句，六仄韵。 柳永

嶰管变青律，帝里阳和新布。晴景回轻煦。庆嘉节、当三五。列华灯、千门万户。遍九陌、罗绮香风微度。十里燃绛树。鳌山耸、喧天箫鼓。

渐天如水,素月当午。香径里,绝缨掷果无数。更阑烛影花阴下,少年人、往往奇遇。太平时,朝野多欢民康阜。随分良聚。堪对此景,争忍独醒归去。

此调只有此词,无别首可校。

校补:所押之韵极险,故后人无复用此调。后段"随分良聚。堪对此景,争忍独醒归去",《钦定词谱》作"堪随分良聚,对此争忍,独醒归去"。《词律》此词不分段,《钦定词谱》照《花草粹编》分。《词律》卷一八云:"按此调必系双叠,或当于'箫鼓'下分段。或曰'渐天如水'二句,似'对此争忍'二句,恐于'当午'下分段。总无他词可证,难以臆断也。"

【月中仙】

源流:此调见赵彦端《介庵琴趣外篇》,或是赵彦端所创作。《词律》《词谱》俱作《月中桂》,兹校《介庵琴趣外篇》改正。

月中仙 两段一百五字,前段十一句,五仄韵;后段十句,五仄韵。　　赵彦端

露醑无情,送长歌未终,已醉离别。何如暮雨,酿一襟凉润,来留佳客。好山侵坐碧。胜昨夜、疏星淡月。君欲翩然去,人间底许,员峤问帆席。

诗情酒病非畴昔。赖亲朋对影,且慰良夕。风流雨散,定几回肠断,能禁头白。为君烦素手,荐碧藕、轻丝细雪。去去江南路,犹应水云秋共色。

此调以此词为正体。

校补:"诗情酒病非畴昔",《钦定词谱》作"诗债病非畴昔";"荐碧藕",《钦定词谱》作"翦碧藕"。

【合欢带】

宫调:柳永词注林钟商。

合欢带 两段一百五字,前段九句,五平韵;后段十句,四平韵。 柳永

身材儿、早是妖娆。算风措、实难描。一个肌肤浑似玉,更都来、占了千娇。妍歌艳舞,莺惭巧舌,柳妒纤腰。自相逢、便觉韩娥价减,飞燕声销。
桃花零落,溪水潺湲,重寻仙径非遥。莫道千金酬一笑,便明珠、万斛须邀。檀郎幸有,凌云词赋,掷果风标。况当年、便好相携,凤楼深处吹箫。

校补:"重寻仙径非遥",《钦定词谱》作"重寻仙境非遥"。

【曲玉管】

源流:唐教坊曲名。
宫调:柳永词注大石调。

曲玉管 两段一百五字，前段十二句，两仄韵，四平韵；后段十句，三平韵。　柳永

陇首云飞，江边日晚，烟波满目凭阑久。立望关河萧索，千里清秋。忍凝眸。杳杳神京，盈盈仙子，别来锦字终难偶。断雁无凭，冉冉飞下汀洲。思悠悠。

暗想当初，有多少、幽欢佳会，岂知聚散难期，翻成雨恨云愁。阻追游。每登山临水，惹起平生心事，一场销黯，永日无言，却下层楼。

此调只有此词，无别首可校。按，清叶申芗《天籁轩词谱》所录是调，以"杳杳神京"作第二段，即双拽头。《钦定词谱》云："此词前段截然两对……所谓双拽头也。间叶两仄韵，亦是本部三声叶。"

校补：此词孤调，前人对其分段意见歧异。《词律》注云："'思悠悠'三字，疑是后叠起句。"《钦定词谱》定此词为两段而非三段，与其双拽头之说自相矛盾。

【早梅芳】

宫调：柳永词注正宫。

别名：或名《早梅芳慢》。

早梅芳 两段一百五字，前段十二句，四仄韵；后段十二句，三仄韵。　柳永

海霞红，山烟翠。故都风景繁华地。谯门画戟，下临万井，

金碧楼台相倚。芰荷浦溆，杨柳汀洲，映虹桥倒影，兰舟飞棹，游人聚散，一片湖光里。

汉元侯，自从破虏征蛮，峻陟枢庭贵。筹帷厌久，盛年昼锦，归来吾乡我里。铃斋少讼，宴馆多欢，未周星，便恐皇家，图任勋贤，又作登庸计。

此调只有此词，无别首可校。

校补：此见《花草粹编》选本，《乐章集》不载。与《早梅芳近》不同。

【尉迟杯】

宫调：柳永、吴文英词俱注双调，周邦彦词注大石调。
种类：有仄韵、平韵两体。

尉迟杯 两段一百五字，前段八句，六仄韵；后段九句，六仄韵。　柳永

宠佳丽。算九衢红粉皆难比。天然嫩脸修蛾，不假施朱描翠。盈盈秋水。恣雅态、欲语先娇媚。每相逢、月夕花朝，自有怜才深意。绸缪凤枕鸳被。深深处、琼枝玉树相倚。困极欢余，芙蓉帐暖，别是恼人情味。风流事、难逢双美。况已断、香云为盟誓。且相将、共乐平生，未肯轻分连理。

此调押仄声韵者，以此词为正体。

校补：《填词名解》云："《尉迟杯》，尉迟敬德饮酒必用大杯也。盖大石调曲。"有平仄韵者，见柳永《乐章集》，注夹钟商；平韵者，见晁补之《琴趣外篇》。此调押仄韵者，以此词、《梅苑》无名氏词、周邦彦词为正体，若贺铸词之多作折腰句法，万俟咏词之添字，皆变格。"共乐平生"，《钦定词谱》作"尽意平生"。

又一体 两段一百六字，前段八句，五平韵；后段九句，五平韵。 晁补之

去年时。正愁绝、过却红杏飞。沉吟杏子青时，追悔负好花枝。今年又春到，傍小阑、日日数花期。花有信、人却无凭，故教春意迟迟。

及至待得融怡。未攀条拈蕊，又叹春归。怎得春如天不老，更教花与月相随。都将命、拚与酬花，似岘山、落日客犹迷。尽归路、拍手拦街，笑人沉醉如泥。

此调押平韵者，只有此词，无别首可校。

校补：此词前段第五句五字，与万俟咏词同；后段第四、五句俱七字，与周邦彦词同。"故教春意迟迟"，《钦定词谱》作"故教芳意迟迟"。

【花发沁园春】

种类：有平韵、仄韵两体〔俱见《花庵词选》〕，此调与《沁园春》词截然不同。

花发沁园春 两段一百五字，前段十句，五仄韵；后段十句，六仄韵。 刘圻父

换谱伊凉，选歌燕赵，一番乐事重起。花新笑靥，柳软纤腰，济楚众芳围里。年年佳会。长是傍、清明天气。正魏紫衣染天香，蜀红妆破春睡。
一簇猩罗凤翠。遍东园西城，点检芳事。铃斋吏散，画馆人稀，几阕管弦清脆。人生适意。流转共、风光游戏。到遇景、取次成欢，怎教良夜休醉。

此调押仄韵者，只有此词及黄昇一词而已。

校补：陈亮词又名《暮花天》。"济楚众芳围里"，《钦定词谱》作"齐楚众芳围里"；"点检芳事"，《钦定词谱》作"点检芳字"。

又一体 两段一百五字，前后段各十句，四平韵。 王诜

帝里春归，早先妆点，皇家池馆园林。雏莺未迁，燕子乍归，时节戏弄晴阴。琼楼朱阁，恰正在、柳曲花心。翠袖艳、依凭阑干，惯闻弦管新音。
此际相携宴赏，纵行乐随处，芳树遥岑。桃腮杏脸，嫩英万叶，千枝绿浅红深。轻风终日，泛暗香、长满衣襟。洞户醉、归访笙歌，晚来云海沉沉。

此调押平韵者，只有此词，无别首可校。

校补：《全芳备祖》有陈亮词一首可校，故据标可平可仄。

"天意微悭,春工多裕,长须末后殷勤。骨瘦挽先,肌韵恰好,花头径尺徐陈。红黄粉紫,更牛家、姚黄为真。留几种、蒂嬭中州,异时齐顿浑身。 承平当日开多少,笙歌何限,是甚人人。气入江南,心知芍药,仿佛前事犹存。名品应须,认旧家、雨露方新。成一处、蓓蕾根株,剩看诸谱纷纷。"

【赏南枝】

源流:曾巩自度曲。

赏南枝 两段一百五字,前段九句,五平韵;后段九句,六平韵。 曾巩

暮冬天气闭,正柔木冻折,瑞雪飘飞。对景见南山,岭梅露、几点清雅容姿。丹染萼、玉缀枝。又岂是、一阳有私。大抵化工独许,使占却先时。
霜威莫苦凌持。此花根性,想群卉争知。贵用在和羹,三春里、不管绿是红非。攀赏处、宜酒卮。醉捻嗅、幽香更奇。倚阑仗何人去,嘱羌管休吹。

此调只有此词,无别首可校。

校补:曾巩自度曲,见《梅苑词》。

【南浦】

源流:唐教坊记有《南浦子曲》,宋词盖借旧曲名,另倚新声。

见《钦定词谱》。

南浦 两段一百五字，前段九句，四仄韵；后段八句，五仄韵。 张炎

波暖绿粼粼，燕飞来，好是苏堤才晓。鱼没浪痕圆，流红去、翻笑东风难扫。荒桥断浦，柳阴撑出扁舟小。回首池塘青欲遍，绝似梦中芳草。

和云流出空山，甚年年、净洗花香不了。新绿乍生时，孤村路、犹忆那回曾到。余情渺渺。茂林觞咏如今悄。前度刘郎归去后，溪上碧桃多少。

此调虽非创自张炎，惟宋元人所填，与此体相同者较多，故采以为式。鲁逸仲有押平韵词一首，因无别首可校，故不复录。

校补：屈原《九歌·河伯》有："子交手兮东行，送美人兮南浦。"此后，"南浦"一词成为送别之地的代名词。江淹《别赋》有"送君南浦，伤如之何"，武元衡《送柳郎中诗》有"南浦别离处，东风兰杜多"，谢朓有"北梁辞欢宴，南浦送佳人"，牛峤《感恩多》词有"自从南浦别，愁见丁香结"。南浦亦确有其地，《方舆胜览》载："武昌路有南浦，在江夏南。"《江夏记》亦载："南浦，在江夏县南三里，商旅往来，皆于浦停泊。"李白《江夏行》诗："适来往南浦，欲问西江船。"在教坊曲中，用以表旅情。《钦定词谱》以程垓词为正体。此与程词同，唯前后段第八、九、十句摊破句法，作七字一句、六字一句异。王沂孙、张翥、陶宗仪俱如此填。

【西河】

源流：大石调《西河慢》，声犯正平，极奇古。盖《西河长命女》，本林钟羽，而近世所分二曲，在仙吕、正平两调，亦羽调也。见宋王灼《碧鸡漫志》。按，《长命女》属仙吕，《西河》属正平，唐大历初，尝有乐工，自撰歌，即古曲《长命西河女》也。加减节奏，颇有新声。见周邦彦《片玉集》注。

宫调：周邦彦词注中吕商。

别名：张炎词名《西湖》。

西河 三段一百五字，前段六句，四仄韵；中段七句，四仄韵；后段六句，四仄韵。　　周邦彦

佳丽地。南朝盛事谁记。山围故国绕清江，髻鬟对起。怒涛寂寞打孤城，风樯遥度天际。

断崖树，犹倒倚。莫愁艇子曾系。空遗旧迹郁苍苍，雾沉半垒。夜深月过女墙来，伤心东望淮水。

酒旗戏鼓甚处市。想依稀、王谢邻里。燕子不知何世。入寻常、巷陌人家，相对如说兴亡，斜阳里。

此调以此词为正体。

校补：任半塘《教坊记笺订》："(《西河师子》)此曲用西凉乐……其调由西凉而入西河，遂称西河调。唐有西河郡，今之山西。李讷伎崔元范，命盛小丛歌《长命女》。坐客封彦卿有诗云：'为公唱作西河调，日暮偏伤去住人！'"《唐声诗》："因是西河

之地方音曲,故联系'西河'二字,其曲始于初唐,至盛唐入教坊,至中唐有新声。"此调以此词为正体,若辛弃疾词之少押一韵,陈允平词之句读小异,周邦彦词别首之少押一韵、又句读参差,刘一止词之添字,王弈词之减字,皆变格。此词第二段起,例作三字两句,辛词、周词、刘词、王词亦然。"伤心东望淮水",底本作"赏心东望淮水",据《钦定词谱》改。

【梦横塘】

源流:此调见刘一止《苕溪乐章》,或是刘一止所创作。

梦横塘 两段一百五字,前段十一句,四仄韵;后段十句,四仄韵。　　刘一止

　　浪痕经雨,鬓影吹寒,晓来无限萧瑟。野色分桥,剪不断、溪山风物。船系朱藤,路迷烟寺,远鸥浮没。听疏钟断鼓,似近还遥,惊心事、伤羁客。
　　新醅旋压鹅黄,拚清愁在眼,酒病萦骨。绣阁娇慵,争解说、短封传忆。念谁伴、涂妆绾结,嚼蕊吹花弄秋色。恨对南云,此时凄断,有何人知得。

此调只有此词,无别首可校。

校补:横塘在金陵秦淮河畔,指代女子居处。吴均《和萧洗马子显古意》:"妾家横塘北,发艳小长干。"调名本此。"鬓影吹寒",《钦定词谱》作"林影吹寒";"溪山风物",《钦定词谱》作"前溪风物";"短封传忆",《钦定词谱》作"短书传忆";

"涂妆绾结",《钦定词谱》作"涂妆绾髻"。

【西吴曲】

源流：此调见刘过《龙洲词》，或是刘过所创作。

西吴曲 两段一百五字，前段八句，五仄韵；后段十一句，四仄韵。　　刘过

说襄阳、旧事重省。记铜驼巷陌、醉还醒。笑莺花别后，刘郎憔悴萍梗。倦客天涯，还买个、西风轻艇。便欲访、骑马山翁，问岘首、那时风景。

楚王城里，知几度经过，摩挲故宫柳瘿。漫吊景。冷烟衰草凄迷，伤心兴废，赖有阳春古郢。乾坤谁望，六百里路中原，空老尽英雄，肠断剑锋冷。

此调只有此词，无别首可校。

校补："漫吊景"，底本作"慢吊景"，据《花草粹编》改。

【秋霁】

别名：一名《春霁》，盖赋春晴者，即名《春霁》；赋秋晴者，即名《秋霁》也。

秋霁 两段一百五字，前段十句，六仄韵；后段十一句，四仄韵。　　史达祖

江水苍苍，望倦柳残荷，共感秋色。废阁先凉，古帘空暮，雁程最嫌风力。故园信息。爱渠入眼南山碧。念上国。谁是、胠鲈江汉未归客。

还又岁晚，瘦骨临风，夜闻秋声，吹动岑寂。露蛰悲、清灯冷屋，翻书愁上鬓毛白。年少俊游浑断得。但可怜处，无奈苒苒魂惊，采香南浦，剪梅烟驿。

此调以此词为正体。前段第二句，例作上一下四句法。

校补：毛先舒《填词名解》云："《秋霁》之调，创自李后主。至宋胡浩然用此调作春晴词，遂名《春霁》，又作秋晴词，亦名《秋霁》，盖是一调。"今传李后主词并无《秋霁》一调。胡浩然词二首，正与此同。若吴文英词之多押一韵，陈允平词之少押一韵，曾纡词之减字，皆变格。

【清风八咏楼】

源流：此调为南宋词林所制。沈隐侯守东阳，建八咏楼，其地又有双溪之胜，故曰："明月双溪水，清风八咏楼。"调名取此。见《钦定词谱》。

宫调：王行词注林钟商。

清风八咏楼 两段一百五字,前后段各十句,五仄韵。　　王行

远兴引游踪,漫遍踏天涯,萋萋芳草。偏爱双溪好。有隐侯旧迹,层楼云表。碧崖丹嶂,看缥缈、凭阑吟啸。偶佳遇、留捣元霜,岁星旋又周了。

归期谁道无据,几回首兴怀,故林猿鸟。拟待春空杳。与鸳俦鸿侣,共还池岛。川途迢递,纵南翔、仍诉幽抱。莫轻负、今日相看,但得翠尊同倒。

此调只有此词,无别首可校。

【暗香疏影】

源流:张昚自度曲,此调以《暗香》调之前段及《疏影》调之后段合而为一,故曰《暗香疏影》。

宫调:张昚词注夹钟宫。

暗香疏影 两段一百五字,前段九句,五仄韵;后段九句,四仄韵。　　张昚

冰肌莹洁。更暗香零乱,淡笼晴雪。清瘦轻盈,悄悄嫩寒犹自怯。一枕罗浮梦醒,闲纵步、风摇琼玦。向记得、此际相逢,临水半痕月。

妖艳不同桃李,凌寒又不与、众芳同歇。古驿人遥,东阁吟残,忍与何郎轻别。粉痕轻点宫妆巧,怕叶底、青圆时节。问谁人、黄鹤楼头,玉笛莫教吹彻。

校补：姜夔《暗香》《疏影》二曲，入仙吕宫，此词入夹钟宫，虽同属宫声，而声之高下清浊，毕竟不同。

【真珠髻】

真珠髻 两段一百五字，前段十句，四仄韵；后段十句，五仄韵。　　无名氏 见《梅苑》

重重山外，苒苒流光，又是残冬时节。小园幽径，池边楼畔，翠木嫩条春别。纤蕊轻苞，粉萼染、猩猩红血。乍几日、好景和风，次第一齐催发。

天然香艳殊绝。比双成皎皎，倍增芳洁。去年因遇，东归驿使，赠远忆曾攀折。岂谓浮云，终不放、满枝明月。但叹息、时饮金钟，更绕丛丛繁雪。

此调只有此词，无别首可校。

校补：《花草粹编》此词后段第三句脱"增"字，第四、五、六句作"去年因遇东归使，指远恨意曾攀折"，《钦定词谱》从《梅苑》本订正。

【望明河】

源流：此调见刘一止《苕溪乐章》。

望明河 两段一百五字，前段九句，四仄韵；后段九句，五仄韵。　　刘一止

华旆耀日，报天上使星，初辞金阙。许国精忠，试此日傅岩、济川舟楫。向来鸡林外，况传咏、篇章雄绝。问人地、真是唐朝第一，未论勋业。

鲸波霁云千叠。望仙驭缥缈，神山明灭。万里勤劳，也等是壮年、绣衣持节。丈夫功名事，未肯向、尊前伤轻别。看飞桿、归侍宸游，宴赏太平风月。

此调只有此词，无别首可校。

校补：调名或出于词中"报天上使星""试此日傅岩、济川舟楫""鲸波霁云千叠"诸语。"篇章雄绝"，《钦定词谱》作"篇章夸雄绝"。

【征部乐】

宫调：柳永词注双调。

征部乐 两段一百六字，前段九句，六仄韵；后段十句，五仄韵。　　柳永

雅欢幽会，良辰可惜虚抛掷。每追念、狂踪旧迹。长只恁、愁闷朝夕。凭谁去，花衢觅。细说与、此中端的。道向我、转觉厌厌，役梦劳魂苦相忆。

须知最有，风前月下，心事始终难得。但愿我、虫虫心下，把人看待，长似初相识。况渐逢春色。便是有、举场消息。待

这回、好好怜伊,更不轻离拆。
●○　●●○○　●●○▲

校补:柳永《乐章集》注夹钟商。汲古阁刻此词,前段第三句脱"每"字,后段第七句脱"渐"字,结句脱"离"字,《钦定词谱》从《花草粹编》校正。"细说与、此中端的",彊村丛书本《乐章集》作"细说此中端的"。

【解连环】

源流:此调始自柳永。
宫调:周邦彦词注商调。
名解:《庄子》曰:"南方无穷而有穷,今日适越而昔来,连环　　　可解也。"见周邦彦《片玉集》注。
别名:柳永词名《望梅》,张辑词名《杏梁燕》。

解连环　两段一百六字,前段十一句,五仄韵;后段十句,五仄韵。　　周邦彦

怨怀无托。嗟情人断绝,信音辽邈。信妙手、能解连环,似风散雨收,雾轻云薄。燕子楼空,暗尘锁、一床弦索。想移根换叶,尽是旧时,手种红药。
　　汀洲渐生杜若。料舟移岸曲,人在天角。漫记得、当日音书,把闲语闲言,待总烧却。水驿春回,望寄我、江南梅萼。拚今生、对花对酒,为伊泪落。

此调以此词为正体,宋元人词,俱照此填之。

校补：《战国策·齐策》："秦始皇尝使使者遗君王后玉连环曰：'齐多知，而解此环不？'君王后以示群臣，群臣不知解。君王后引椎椎破之，谢秦使曰：'谨以解矣。'"此调始自柳永，以词有"信早梅、偏占阳和"及"时有香来，望明艳、遥知非雪"句，名《望梅》；后因周邦彦词有"妙手能解连环"句，更名《解连环》；张辑词，有"把千种旧愁，付与杏梁雨燕"句，又名《杏梁燕》。《词律》将《望梅》附《解连环》后，云"想此调或可两名，或耆卿用前调作梅花词，题曰《望梅》，因误袭为调名"。《钦定词谱》以柳永词为正体。此与柳词同，唯后结作七字一句、四字一句异。

【内家娇】

宫调：柳永词注林钟商。

内家娇 两段一百六字，前段十句，四仄韵；后段十句，八仄韵。　　柳永

煦景朝升，烟光昼敛，疏雨夜来新霁。垂杨艳杏，丝软霞轻，绣出芳郊明媚。处处踏青斗草，人人偎红倚翠。奈少年、自有新愁旧恨，消遣无计。

帝里。风光当此际。正好恁携佳丽。阻归程迢递。奈何好景难留，旧欢频弃。早是伤春情绪。那堪困人天气。但赢得、独立高原，断魂一晌凝睇。

此调只有此词，无别首可校。

校补：《云谣集杂曲子》另有无名氏词，所录"两眼如刀"一首，题作"御制临(林)钟商内家娇"。换头二句，《钦定词谱》于"帝里"注韵，"风光当此际"注句；《词律拾遗》于"帝里风光当此际"注句。《全宋词》于"里""际"二字俱注韵，今从之。

【夜飞鹊】

宫调：周邦彦词注道宫。
别名：一作《夜飞鹊慢》。

夜飞鹊 两段一百六字，前段十句， 周邦彦
　　　　五平韵；后段十句，四平韵

河桥送人处，良夜何其。斜月远堕余辉。铜盘烛泪已流尽，霏霏凉露沾衣。相将散离会，探风前津鼓，树杪参旗。华骢会意，纵扬鞭、亦自行迟。
迢递路回清野，人语渐无闻，空带愁归。何意重红满地，遗钿不见，斜径都迷。兔葵燕麦，向残阳、欲与人齐。但徘徊班草、欷歔酹酒，极望天西。

此调以此词为正体。

校补：卢祖皋、吴文英、陈允平、张炎词，俱如此填。若赵以夫词之句读小异，乃变格。"何意重红满地"，《钦定词谱》作"何意重经前地"；"斜径都迷"，《钦定词谱》作"斜径多迷"。

【泛清波摘遍】

源流:《宋史·乐志》有林钟商《泛清波》大曲。

名解:凡曲每有数叠者,裁截用之,谓之摘遍,此盖摘《泛清波》曲之一遍也。见宋沈括《笔谈》(《梦溪笔谈》)。

泛清波摘遍 两段一百六字,前段十一句,五仄韵;后段十句,六仄韵。　　晏几道

催花雨小,著柳风柔,都似去年时候好。露红烟绿,尽有狂情斗春早。长安道。秋千影里,丝管声中,谁放艳阳轻过了。倦客登临,暗惜光阴恨多少。

楚天渺。归思正如乱云,短梦未成芳草。空把吴霜点鬓华,自悲清晓。帝城杳。双凤旧约渐虚,孤鸿后期难到。且趁朝花夜月,翠尊频倒。

此调只有此词,无别首可校。

校补:《词律》此调亦分两段,但注谓当由四段合成,"催花"至"春早"为一段,"秋千"至"多少"为二段,"长安道"三字为换头。后同。

【安公子】

宫调:柳永词注般涉调。

别名:按,《碧鸡漫志》称"般涉调有《安公子慢》",是此调宜称《安公子慢》。

安公子 两段一百六字，前后段各八句，六仄韵 柳永

远岸收残雨。雨残稍觉江天暮。拾翠汀洲人寂静，立双双鸥鹭。望几点、渔灯隐映蒹葭浦。停画桡、两两舟人语。道去程今夜，遥指前村烟树。

游宦成羁旅。短樯吟倚闲凝伫。万水千山迷远近，想乡关何处。自别后、风亭月榭孤欢聚。刚断肠、惹得离情苦。听杜宇声声，劝人不如归去。

此调一百六字者，以此词为正体。此词前后段第四句、第七句，俱作上一下四句法，各家所作皆然，填者宜注意之。

校补：《安公子》，唐教坊曲名。《碧鸡漫志》云：据《理道要诀》，唐时《安公子》在太簇角。今已不传，其见于世者，中吕调有《安公子近》，般涉调有《安公子慢》。柳永"长川波潋滟"词，自注中吕调；"远岸收残雨"词，自注般涉调。柳永"梦觉清宵"词，晁补之"少日狂游"词，与此同。若袁去华词之句读小异，晁补之、陆游词之减字，杜安世词之摊破句法，皆变格。

【望远行】

源流：此调慢词始自柳永。

宫调：柳永词"绣帏睡起"一首注中吕调，"长空降瑞"一首注仙吕调。

望远行 两段一百六字,前段九句,四仄韵;后段十一句,五仄韵。　柳永

　　长空降瑞,寒风剪、淅淅瑶花初下。乱飘僧舍,密洒歌楼,迤逦渐迷鸳瓦。好是渔人,披得一蓑归去,江上晚来堪画。满长安、高却旗亭酒价。
　　幽雅。乘兴最宜访戴,泛小棹、越溪潇洒。皓鹤夺鲜,白鸥失素,千里广铺寒野。须信幽兰歌断,彤云收尽,别有瑶台琼树。放一轮明月,交光清夜。

宋人填此调者,只有柳永词二首及《梅苑》词一首而已。

校补:唐教坊曲名。令词始自韦庄,《中原音韵》注商调,《太和正音谱》亦注商调;慢词始自柳永。此与柳永"绣帏睡起"词同,唯前段第六、七、八句,句读小异,结句六字,较前词亦少一字。

【醉公子】

源流:见史达祖《梅溪词》。

醉公子 两段一百六字,前段十二句,六仄韵;后段十句,六仄韵。　史达祖

　　神仙无膏泽。琼琚珠佩,卷下尘陌。秀骨依依,误向山中,得与相识。溪岸侧。倚高情、自锁烟翠,时点空碧。念香襟沾恨,酥手剪愁,今后梦魂隔。
　　相思暗惊清吟客。想玉照堂前、树三百。雁翅霜轻,凤羽

寒深，谁护春色。诗鬓白。总多因、水村携酒，烟墅留屐。更时带、明月同来，与花为表德。

此词与唐词《醉公子》，句律迥异，只有此词，无他首可校。万树云："秀骨"至"空碧"，与后"雁翅"至"留屐"相同。见《词律》。

校补：此调有两体，四十字者，昉自唐人；一百六字者，昉自宋人。

【江南春】

源流：吴文英自度曲。
宫调：吴文英调注中吕商。
别名：或作《江南春慢》。

江南春 两段一百六字，前段十句，五仄韵；后段十一句，六仄韵。　　吴文英

风响牙签，云寒古砚，芳铭犹在棠笏。秋床听雨，妙谢庭、春草吟笔。城市喧鸣辙。清溪上、小山秀洁。便向此、搜松访石，葺屋营花，红尘远避风月。
瞿塘路，随汉节。记羽扇纶巾，气凌诸葛。青天万里，料漫忆、莼丝鲈雪。车马从休歇。荣华事、醉歌耳热。天与此翁，芳芷嘉名，纫兰佩兮琼玦。

此调只有此词，无别首可校。

校补："天与此翁"，《钦定词谱》作"真个是、天与此翁"。

【望海潮】

宫调：柳永词注仙吕调。

望海潮 两段一百七字，前段十一句，五平韵；后段十一句，六平韵。 柳永

东南形胜，江吴都会，钱塘自古繁华。烟柳画桥，风帘翠幕，参差十万人家。云树绕堤沙。怒涛卷霜雪，天堑无涯。市列珠玑，户盈罗绮竞豪奢。

重湖叠巘清嘉。有三秋桂子，十里荷花。羌管弄晴，菱歌泛夜，嬉嬉钓叟莲娃。千骑拥高牙。乘醉听箫鼓，吟赏烟霞。异日图将好景，归去凤池夸。

此调以此词为正体。前结之"市列珠玑，户盈罗绮"八字，例作对偶，宋元人照此填者甚多。

校补：钱塘自古以来为观潮胜地，《望海潮》即以观潮而取意。据《山堂肆考》及《临海异物》载："望潮，本为海中蟹属，小如蟛蜞，骨壳白，潮欲来，举螯如望，不失常期，俗名招潮。"秦观、张元幹、史蒿之、石孝友、赵可、折元礼诸词，俱照此填。若秦观词别首之句读小异，邓千江词之换头押短韵，皆变格。"江吴都会"，《钦定词谱》作"江湖都会"。

【望湘人】

源流：此调见贺铸《东山乐府》，或是贺铸所创作。

望湘人 两段一百七字，前段十一句，五仄韵；后段十句，六仄韵。　　贺铸

厌莺声到枕，花气动帘，醉魂愁梦相半。被惜余熏，带惊剩眼。几许伤春春晚。泪竹痕鲜，佩兰香老，湘天浓暖。记小江、风月佳时，屡约非烟游伴。

须信鸾弦易断。奈云和再鼓，曲终人远。认罗袜无踪，旧处弄波清浅。青翰棹舣，白蘋洲畔。尽目临皋飞观。不解寄、一字相思，幸有归来双燕。

此调只有此词，无别首可校。

校补：此词题作《春思》，词中有"泪竹痕鲜，佩兰香老，湘天浓暖"等语，咏调名本意。"青翰棹舣，白蘋洲畔"，《钦定词谱》作"青翰棹，舣白蘋洲畔"。"青翰棹"，舟名。

【青门饮】

别名：黄裳词名《青门引》。

青门饮 两段一百七字，前段十二句，四仄韵；后段十一句，五仄韵。　　秦观

风起云间，雁横天末，严城画角，梅花三奏。塞草西风，

冻云笼月，窗外晓寒轻透。人去香犹在，孤衾拥、长闲余绣。恨与宵长，一夜熏炉，添尽香兽。前事空劳回首。虽梦断春归，相思依旧。湘瑟声沉，庾梅信断，谁念画眉人瘦。一句难忘处，怎忍辜、耳边轻咒。任人攀折，可怜又学，章台杨柳。

此调以此词为正体。

校补：《青门饮》调见秦观《淮海词》。黄裳词亦名《青门引》，然与《青门引》令词不同。若曹组词、《花草粹编》无名氏词之减字，皆变格。

【落梅】

别名：《梅苑》无名氏词名《落梅慢》。

落梅 两段一百七字，前段十二句，四仄韵；后段十句，五仄韵。　　王诜

寿阳妆晚，慵匀素脸，经宵醉痕堪惜。前村雪里，几枝初绽，正冰姿仙格。忍被东风，乱飘满地，残英堆积。可堪江上起离愁，凭谁说寄，肠断未归客。

流恨声传羌笛。感行人、水亭山驿。越溪信阻，仙乡路杳，但风流尘迹。香艳浓时，未多吟赏，已成轻掷。愿身长健且凭阑，明年还放春消息。

校补：此与《梅苑》无名氏词，句读不同。末二句，《全宋

词》作"愿身长健，且凭阑、明年还放春消息"。

【飞雪满群山】

源流：此调见蔡伸《友古词》。

别名：又名《扁舟寻旧约》，张榘词名《飞雪满堆山》。

飞雪满群山 两段一百七字，前段十一句，四平韵；后段十句，四平韵。　蔡伸

　　冰结金壶，寒生罗幕，夜阑霜月侵门。翠筠敲韵，疏梅弄影，数声雁过南云。酒醒欹粲枕，怆犹有、残妆泪痕。绣衾孤拥，余香未减，犹是那时熏。
　　长记得、扁舟寻旧约，听小窗风雨，灯火昏昏。锦茵才展，琼签报曙，宝钗又是轻分。黯然携手处，倚朱箔、愁凝黛颦。梦回云散，山遥水远空断魂。

校补：后段结句，例作拗句，张榘词亦然，填者辨之。

【角招】

源流：姜夔自度曲。
宫调：姜夔词注黄钟角。

角招 两段一百七字，前段十句，八仄韵；后段十二句，九仄韵。　姜夔

　　为春瘦。何堪更、绕湖尽是垂柳。自看烟外岫。记得与君，

湖上携手。君归未久。早乱落、香红千亩。一叶凌波缥缈。过
○●○▲　○○●▲　●●●　○○●▲　●●○○●▲　●
三十六离宫,遣游人回首。
○●●○○　●○○○▲

　　犹有。画船障袖。青楼倚扇,相映人争秀。翠翘光欲溜。
　　○▲　●○●▲　○○●●　○●○○▲　●○○●▲
爱著宫黄,而今时候。伤春似旧。荡一点春心如酒。写入吴丝
●●○○　○○○▲　○○●▲　●●●○○○▲　●●○○
自奏。问谁识、曲中心,花前友。
●▲　●○●　●○○　○○▲

　　此调创自此词,自此词为正体。

　　校补:姜夔《角招》词前小序云:"甲寅春,予与俞商卿燕
游西湖,观梅于孤山之西村,玉雪照映,吹香薄人。已而商
卿归吴兴,予独来,则山横春烟,新柳被水,游人容与飞花中,
怅然有怀,作此寄之。商卿善歌声,稍以儒雅缘饰;予每自
度曲,吟洞箫,商卿辄歌而和之,极有山林缥缈之思。今予
离忧,商卿一行作吏,殆无复此乐矣。"姜夔《徵招》词序云:
"《徵招》《角招》者,政和间大晟府尝制数十曲。"夏承焘《姜
白石词编年笺校》因谓政和间之《徵招》《角招》非词调名而
为宫调名,统数十曲。而"白石此二词与《醉吟商小品》,皆
以宫商五音为调名,唐宋词中所罕见也"。罗蔗园《读夏承焘
君白石词乐说笺正书后》云:"《角招》《徵招》,皆古代聚众
人之乐。"姜夔此词系怀思商卿,名以《角招》,或亦暗寓古
义。《钦定词谱》以赵以夫"晓风薄"词为正体,谓调见赵以
夫《虚斋集》,以《角招》赋梅,因古乐府有大、小《梅花》,
皆角声。

【楚宫春】

源流：周密为洛花度此曲，当是周密所创作。

宫调：周密词注无射宫。

别名：或作《楚宫春慢》。

楚宫春 两段一百八字，前段十句，五仄韵；后段九句，五仄韵。　　周密

　　香迎晓白。看烟佩霞绡，弄妆金谷。倦倚画阑，无语情深娇足。云拥瑶房翠暖，绣帐卷、东风倾国。半捻愁红，念旧游、凝伫兰翘，瑞鸾低舞庭绿。

　　犹想沉香亭北。人醉里、芳笔曾题新曲。自剪露痕，移取春归华屋。丝幛银屏静掩，悄未许、莺窥蝶宿。绛蜡良宵、酒半阑，重绕鸳机，醉靥争妍红玉。

　　校补：《钦定词谱》以僧挥词为正体。此与僧挥词同，唯换头句添二字、又押韵异。"弄妆金谷"，《钦定词谱》作"美女金谷"；"云拥瑶房翠暖，绣帐卷"，《钦定词谱》作"云拥瑶房帐暖，翠幕卷"。

【一寸金】

宫调：柳永、周邦彦词均注小石调。

一寸金 两段一百八字，前段十句，五仄韵；后段十一句，四仄韵。　周邦彦

州夹苍崖，下枕江山是城郭。望海霞接日，红翻水面，晴风吹草，青摇山脚。波暖凫鹥作。沙痕退、夜潮正落。疏林外、一点炊烟，渡口参差正寥廓。

自叹劳生，经年何事，京华信漂泊。念渚蒲汀柳，空归闲梦，风轮雨楫，终孤前约。情景牵心眼，流连处、利名易薄。回头谢、冶叶倡条，便入渔钓乐。

此调始自柳永，惟宋人词俱照周邦彦词体填之，故以此词为正体。

校补：吴文英《梦窗词》注小石调（仲吕商）。《钦定词谱》以柳永"井络天开"词为正体。吴文英、陈允平词，俱如此填。若李弥逊词之多押两韵，曹勋词之句读参差，《鸣鹤余音》无名氏词之减字，皆变格。又，张璋等《全唐五代词》于唐吕岩名下录有两首《一寸金》，双调，一百一字者或一百五字者，或为好事者托名之作。"波暖凫鹥作"，底本及《钦定词谱》均作"波暖凫鹥泳"，据汲古阁本《片玉词》改。

【击梧桐】

宫调：柳永词注中吕调。

击梧桐 两段一百八字，前段十句，四仄韵；后段九句，四仄韵。　　柳永

香靥深深，姿姿媚媚，雅格奇容天与。自识伊来，便好看承，会得妖娆心素。临歧再约同欢，定是都把平生相许。又恐恩情、易破难成，未免千般思虑。

近日书来，寒暄而已，苦没切切言语。便认得、听人教当，拟把前言轻负。见说兰台宋玉，多才多艺善词赋。试与问、朝朝暮暮，行云何处去。

此调前后起三句相同，余韵不可定。万树《词律》云："总之，此词字有讹错，姑采之以备一体耳。"

校补：此调有两体，一百八字者，见《乐章集》，注中吕调；一百十字者，见《乐府雅词》。

【折红梅】

源流：吴感自度曲。吴感以文章知名，仕至殿中丞，居小市桥，有侍姬曰红梅，因以名其阁，尝作《折红梅》词。见宋龚明之《中吴纪闻》。

折红梅 两段一百八字，前段十句，四仄韵；后段十句，六仄韵。　　吴感

喜轻澌初泮，微和渐入，芳郊时节。春消息、夜来陡觉，红梅数枝争发。玉溪仙馆，不是个、寻常标格。化工别与、一种风情，似匀点胭脂，染成香雪。

重吟细阅。比繁杏夭桃，品流真别。只愁共、彩云易散，冷落谢池风月。凭谁向说。三弄处、龙吟休咽。大家留取、时倚阑干，闻有花堪折，劝君须折。

此词又见杜安世《寿域词》，杜有词四首，句拍悉同。

校补：《钦定词谱》以杜安世"睹南翔征雁"为正体。宋人《梅苑》卷三载本词，作者吴感。此词与"睹南翔征雁"词同，唯前后段第六句不押韵异。

【泛青苔】

源流：张先自度曲，乃正月与〔李〕公择吴兴泛舟之作，亦赋题本意也。

别名：一名《感皇恩慢》。

泛青苔 两段一百八字，前后段各十二句，五平韵。 张先

绿净无痕。过晓霁清苔，镜里游人。红柱巧，彩船稳，当筵主，秘馆词臣。吴娃劝饮韩娥唱，竞艳容、左右皆春。学为行雨，傍画桨，从教水溅罗裙。

溪烟混月黄昏。渐楼台上下，火影星分。飞槛倚，斗牛近，响箫鼓，远破重云。归轩未至千家待，掩半妆、翠箔朱门。衣香拂面，扶醉卸簪花，满袖余氲。

此调只有此词，无别首可校。

校补：因词中有"过晓霁清苕"句，故名。又因词中有"从教水溅罗裙"句，后人又名《溅罗裙》。

【薄幸】

源流：此调见贺铸《东山乐府》，或是贺铸所创作。

薄幸 两段一百八字，前段九句，五仄韵；后段十句，五仄韵。　　贺铸

艳真多态。更的的、频回盼睐。便认得、琴心先许，与绾宜男双带。记画堂、斜月朦胧，轻颦微笑娇无奈。便翡翠屏开，芙蓉帐掩，与把香罗偷解。
自过了、收灯后，都不见、踏青挑菜。几回凭双燕，丁宁深意，往来翻恨重帘碍。约何时再。正春浓酒暖，人闲昼永无聊赖。恹恹睡起，犹有花梢日在。

此调以此词为正体。

校补：毛开词正与此同。若沈端节词之多押一韵，又句读小异，韩元吉词之减字，皆变格。"艳真多态"，《钦定词谱》作"淡妆多态"；"与绾宜男双带"，《钦定词谱》作"与绾合欢双带"；"斜月朦胧，轻颦微笑娇无奈"，《钦定词谱》作"风月逢迎，轻颦浅笑娇无奈"；"便翡翠屏开，芙蓉帐掩，与把香罗偷解"，《钦定词谱》作"向睡鸭炉边，翔鸳屏里，羞把香罗偷解"。

【倚阑人】

源流：曹勋自度曲。

别名：一名《倚楼人》。

倚阑人 两段一百八字，前段十一句，四仄韵；后段十一句，五仄韵。 曹勋

清明池馆，芳菲渐晚，晴香满架笼永昼。翠拥柔条，玉铺繁蕊，袅袅舞低襟袖。秀蓓凝浩露，疑挂六铢衣绉。檀点芳心，体熏清馥，粉容宜捻春风手。

肯与芝兰共嗅。向夜阑凝月，素芳依旧。剪取长梢，青蛟喷雪，挽住晓云争秀。楼上人未去，常恐风欺雨瘦。红绡收取，举觞犹喜，窨得醺醺酒。

此调只有此词，无别首可校。

校补：调见曹勋《松隐集》自度曲。"向夜阑凝月，素芳依旧"，《钦定词谱》作"洞户花、别是素芳依旧"。

【惜黄花慢】

源流：仄韵体见杨无咎词，平韵体见吴文英词。此调与《惜黄花令》不同。

宫调：平韵体，吴文英词注夷则羽。

惜黄花慢 两段一百八字，前段十一句，六仄韵；后段九句，五仄韵。 杨无咎

霁空如水。衬落木坠红，遥山堆翠。独立闲阶，数声蝉度风前，几点雁横云际。已凉天气未寒时。问好处、一年谁记。笑声里。摘得半钗，金蕊来至。

横斜为插乌纱，更揉碎、泛入金尊琼蚁。满酌霞觞，愿教人寿百年，可奈此时情味。牛山何必独沾衣，对佳节、惟应欢醉。看睡起。晓蝶也愁花悴。

此调押仄韵者，只有此词及赵以夫词一首而已。

校补：仄韵体见杨无咎《逃禅词》，平韵体见吴文英《梦窗词》。

又一体 两段一百八字，前段十二句，六平韵；后段十一句，六平韵。 吴文英

送客吴皋。正试霜夜冷，枫落长桥。望天不尽，背城渐杳，离亭黯黯，恨水迢迢。翠香零落红衣老，暮愁锁、残柳眉梢。念瘦腰。沈郎旧日，曾系兰桡。

仙人凤咽琼箫。怅断魂送远，九辨难招。醉鬟留盼，小窗剪烛，歌云载恨，飞上银霄。素秋不解随船去，败红趁、一叶寒涛。梦翠翘。怨鸿料过南谯。

此调押平韵者，只有此词。

【一萼红】

源流：姜夔《一萼红》序云"予客长沙观政堂，堂下官梅数十株，如椒如菽，或红破白露，枝影扶疏"。又曾慥《乐府雅词》载有北宋人作仄韵一首，句读与姜词不同，惟无别首可校，故不复录。

一萼红 两段一百八字，前段十一句，五平韵；后段十句，四平韵。　　姜夔

古城阴。有官梅几许，红萼未宜簪。池面冰胶，墙腰雪老，云意还又沉沉。翠藤共、闲穿径竹，渐笑语、惊起卧沙禽。野老林泉，故王台榭，呼唤登临。

南去北来何事，荡湘云楚水，目极伤心。朱户黏鸡，金盘簇燕，空叹时序侵寻。记曾共、西楼雅集，想垂杨、还袅万丝金。待得归鞍到时，只怕春深。

此调以此词为正体。

校补：此调有平韵、仄韵两体。平韵者，见姜夔词；仄韵者，见《乐府雅词》，因词有"未教一萼，红开鲜蕊"句，故名。王沂孙词五首，张炎词三首及周密、詹正词，俱如此填。若李彭老词之减字，刘天迪词之少押一韵、句读小异，皆变格。

【夺锦标】

源流：《夺锦标》曲，不知始自何时，世所传者，惟僧仲殊一篇

而已。见白朴《天籁集》。

别名：曹勋词名《锦标归》，白朴词名《清溪怨》。

夺锦标 两段一百八字，前段十句，四仄韵；后段十句，五仄韵。　　张埜

凉月横舟，银潢浸练，万里秋容如拭。冉冉鸾骖鹤驭，桥倚高寒，鹊飞空碧。问欢情几许，早收拾、新愁重织。怅人间、会少离多，万古千秋今夕。

谁念文园病客。夜色沉沉，独抱一天岑寂。忍记穿针亭榭，金鸭香寒，玉徽尘积。凭新凉半枕，又依稀、行云消息。听窗前、泪雨潇潇，梦里檐声犹滴。

此调以此词为正体。

校补：王定保《唐摭言》卷三："明年，（卢）肇状元及第而归，刺史以下接之，大惭恚。会延肇看竞渡，于席上赋诗曰：'向道是龙刚不信，果然衔得锦标归。'"调名或本此。若白朴词之少押一韵，滕应宾词之减字，皆变格。"又依稀"，《钦定词谱》作"又依约"；"泪雨潇潇"，《钦定词谱》作"泪雨浪浪"。

【菩萨蛮慢】

别名：一名《菩萨蛮引》，此词与令词《菩萨蛮》截然不同。

菩萨蛮慢 两段一百八字，前后段各十一句，五仄韵。　　罗志仁

晓莺催起。问当年秀色，为谁料理。怅别后、屏掩吴山，便楼燕月寒，鬓蝉云委。锦字无凭，付银烛、尽烧千纸。对寒泓净碧，又把去鸿，往恨都洗。

桃花自贪结子。道东风有意，吹送流水。漫记得当年，心嫁卿卿，是日暮天寒，翠袖堪倚。扇月乘鸾，尽梦隔、婵娟千里。倒嗔人、从今不信，画檐鹊喜。

此调句拍与《解连环》调相同，惟后段第四句较多二字，《钦定词谱》云："因《解连环》无添字之例，故不类列。"

【无愁可解】

源流：苏轼自度曲。苏轼序云：国工花日新作越调《解愁》，洛阳刘几伯寿闻而悦之，作俚语之词。天下传咏，以为几于达者。龙丘子犹笑之，此虽免乎愁，犹有所解也。若夫游于自然，而托于不得已，人乐亦乐，人愁亦愁，彼且恶乎解哉。乃反其词，作《无愁可解》。

无愁可解 两段一百八字，前后段各十句，六仄韵。　　苏轼

光景百年，看便一世。生来不识愁味。问愁何处来，更开解个甚底。万事从来风过耳。何用不著心里。你唤做、展却眉头，便是达者，也则恐未。

此理。本不通言，何曾道、欢游胜如名利。道则浑是错，

不道如何即是。这里元无我与你。甚唤做、物情之外。若须待醉了，方开解时，问无酒、怎生醉。

校补：《全宋词》列此词于陈慥名下，按云："此首向载各本《东坡词》中。今据《山谷题跋》卷九，魏衍《后山诗注》卷九《答田生诗》注，陈应行《于湖先生长短句序》移出录此。词序乃苏轼所撰。""问愁何处来"，底本误作"问愁可处来"，据《钦定词谱》改。"何用不著心里"，《钦定词谱》作"又何用、著在心里"。

【杜韦娘】

源流：唐教坊记有《杜韦娘》曲，唐刘禹锡诗"春风一曲杜韦娘"是也。宋人盖借旧名，另翻为慢词。

杜韦娘　两段一百九字，前段九句，四仄韵；后段十句，五仄韵。　杜安世

暮春天气，莺儿燕子忙如织。间嫩叶、枝亚青梅小，乍遍水、新萍圆碧。初牡丹谢了，秋千搭起，垂杨暗锁深深陌。暖风轻，尽日闲把、榆钱乱掷。
恨寂寂。芳容衰减，顿觉玳枕困无力。为少年、狂荡恩情薄，尚未有、归来消息。想当初凤侣鸳俦，唤作平生，更不轻离拆。倚朱扉，泪眼滴损、红绡数尺。

【过秦楼】

源流：此调见宋曾慥《乐府雅词》，李甲作。

过秦楼 两段一百九字，前段十一句，五平韵；后段十一句，四平韵。　　李甲

　　卖酒垆边，寻芳原上，乱花飞絮悠悠。已蝶稀莺散，便拟把长绳，系日无由。漫道莫忘忧。也徒将、酒解闲愁。正江南春尽，行人千里，蘋满汀洲。
　　有翠红径里、盈盈侣，簇芳茵禊饮，时笑时讴。当暖风迟景，任相将永日，烂漫狂游。谁信盛狂中，有离情、忽到心头。向尊前拟问，双燕来时，曾过秦楼。

此调只有此词，无别首宋词可校。

校补：李甲《过秦楼》词，因有"曾过秦楼"句，取以为句。《陌上桑》"日出东南隅，照我秦氏楼"，后以"秦楼"泛指歌舞之地。李白《忆秦娥》"箫声咽，秦娥梦断秦楼月"中的"秦楼"指酒楼。《揽辔录》云："过相州市，有秦楼、翠楼、康乐楼，皆旗亭也。"宋李景元词有"双燕来时，曾过秦楼"之句。《片玉集》以周邦彦《选官子》词刻作《过秦楼》，各谱遂名周词为仄韵《过秦楼》。不知《选官子》调，其体不一，应以周词编入《选官子》调内，不得以仄韵《过秦楼》另分一体。

【江城子慢】

别名：蔡松年词名《江神子慢》。此词与令词《江城子》截然不同。

江城子慢 两段一百九字，前段九句，七仄韵；后段九句，六仄韵。　　吕渭老

新枝媚斜日。花径霁、晚碧泛红滴。近寒食。蜂蝶乱、点检一城春色。倦游客。门外昏鸦啼梦破，春心似、游丝飞远碧。燕子又语斜檐，行云自没消息。

当时乌丝夜语，约桃花时候，同醉瑶瑟。甚端的。看看是、榆荚杨花飞掷。怎忘得。斜倚红楼回泪眼，天如水、沉沉连翠璧。想伊不整啼妆影帘侧。

【罥马索】

罥马索 两段一百九字，前段九句，四仄韵；后段十一句，五仄韵。　　无名氏 见《梅苑》

晓窗明，庭外寒梅向残月。吴溪庾岭，一枝偷把阳和泄。冰姿素艳，自然天赋，品格真香殊常别。奈北人、不识南枝，唤作腊前杏先发。

奇绝。照溪临水，素禽飞下，玉羽琼芳斗清洁。懊恨春来何晚，伤心邻妇争先折。多情立马，待得黄昏，疏影斜斜微酸结。恨马融、一声羌笛起处，纷纷落如雪。

此调只有此词，无别首可校。

校补：《花草粹编》载此词，后段第五、六句作"懊恨春工来何晚，伤临媚眉先折"，《钦定词谱》从《梅苑》本订正。

【八宝妆】

别名：仇远词名《八犯玉交枝》。此调与《新雁过妆楼》别名《八宝妆》者，截然不同。

八宝妆 两段一百十字，前段十句，四仄韵；后段九句，五仄韵。 刘焘

门掩黄昏，画堂人寂，暮雨乍收残暑。帘卷疏星庭户悄，隐隐严城钟鼓。空阶烟暝，半开斜月朦胧，银河澄淡风凄楚。还是凤楼人远，桃源无路。

惆怅夜久星繁，碧云望断，玉箫声在何处。念谁伴、茜裙翠袖，共携手、瑶台归去。对修竹、森森院宇。曲屏香暖凝沉炷。问对酒当歌，情怀记得刘郎否。

校补：《乐府雅词·拾遗》署宋刘焘词，《钦定词谱》误题李甲作，《词式》因之，今改。仇远别体于前段增押一韵，后段增押二韵，名《八犯玉交枝》，见《无弦琴谱》。万树《词律》卷一九云："八犯，想采八曲而集成此词，但不知所犯是何调耳。"又，《张子野词》名《八宝装》，入南吕宫（林钟宫），两段五十二字，前后段各五句三平韵。《词律拾遗》卷二注云："与别名《八宝装（妆）》之《新雁过妆楼》及一百十字之《八宝装（妆）》俱不同。"

【疏影】

源流：姜夔自度曲，姜序详载《暗香》（卷七）条。

宫调：姜夔词注仙吕宫。

别名：张炎词咏荷叶，易名《绿意》；彭元逊词有"遗佩环浮沉澧浦"句，名《解佩环》。

疏影 两段一百十字，前段十句，五仄韵；后段十句，四仄韵。 姜夔

苔枝缀玉。有翠禽小小，枝上同宿。客里相逢，篱角黄昏，无言自倚修竹。昭君不惯胡沙远，但暗忆、江南江北。想佩环、月夜归来，化作此花幽独。
犹记深宫旧事，那人正睡里，飞近蛾绿。莫似春风，不管盈盈，早与安排金屋。还教一片随波去，又却怨、玉龙哀曲。等恁时、重觅幽香，已入小窗横幅。

此调创自姜夔，自应以此词为正体。

校补：若陈允平、张炎、张翥词之押韵不同、句读互异，皆变格。

【大圣乐】

源流：平韵体见康与之《顺庵乐府》，仄韵体见周密《蘋洲渔笛谱》。

宫调：《宋史·乐志》"道调宫"。

种类：有平韵、仄韵两体。

大圣乐 两段一百十字，前段十一句，一仄韵、三平韵；后段十一句，四平韵。　　康与之

千朵奇峰，半轩微雨，晓来初过。渐燕子、引教雏飞，菌苔暗熏芳草，池面凉多。浅斟琼卮浮绿蚁，展湘簟、双纹生细波。轻纨举，动团圞素月，仙桂婆娑。

临风对月恣乐，便好把、千金邀艳娥。幸太平无事，击壤鼓腹，携酒高歌。富贵安居，功名天赋，争奈皆由时命呵。休眉锁，问朱颜去了，还更来么。

此调押平韵者，只有此词。前段第三句押一仄韵，以下皆押平韵。

校补：《荀子·哀公》云："孔子曰，人有五仪，有庸人、有士、有君子、有贤人、有大圣……所谓大圣者，知通乎大道，应变而不穷，辨乎万物之情性者也。"《大圣乐》宋时多用于宴庆。刘辰翁"芳草如云"一词序云："余尝爱古词云：'休眉锁，问朱颜去也，还更来么。'音韵低黯，辞情跌宕，庶几哀而不怨，有益于幽忧憔悴者。然二语外率鄙俚，因依声仿佛反之和之。此曲少有作者，流为善歌，则或数十叠，其声皆不可考。今特以意高下，未必尽合本调，聊以纾思志感云尔。"

又一体 两段一百八字，前段十一句，四仄韵；后段九句，五仄韵。　　周密

虹雨霎风，翠萦蘋渚，锦翻葵径。正小亭曲沼幽深，簟枕

梦回，苔色槐阴清润。暗忆兰汤初洗玉，衬碧雾、笼绡垂蕙领。轻妆了，袅凉花绛缕，香满鸾镜。

人间午迟漏永。看双燕、将雏穿藻井。喜玉壶无暑，凉涵荷气，波摇帘影。画舫西湖浑如旧，又菰冷蒲香惊梦醒。归舟晚，听谁家、紫箫声近。

此调押仄韵者，以此词为正体。此词较平韵体减二字，句拍亦小异。

校补："簟枕梦回，苔色槐阴清润"，《钦定词谱》作"冰簟沁肌，催觉绿窗人静"；"袅凉花绛缕"，《钦定词谱》作"袅花侵绛缕"。

【风流子】

源流：长调起于宋人，与小令《风流子》不同。
宫调：柳永词注林钟商，周邦彦词、吴文英词俱注大石调。
名解：刘良《注文选》曰："风流言风美之声，流于天下。"子者，男子之通称也。梁范静妻："托意风流子，离情肯自私。"见周邦彦《片玉集》注。

风流子 两段一百十字，前段十二句，四平韵；后段十句，四平韵。 周邦彦

枫林凋晚叶，关河迥、楚客惨将归。望一川暝霭，雁声哀怨，半规凉月，人影参差。酒醒后、泪花销凤蜡，风幕卷金泥。砧杵韵高，唤回残梦，绮罗香减，牵起余悲。

亭皋分襟地，难拚处、偏是掩面牵衣。何况怨怀长结，重见无期。想寄恨书中，银钩空满，断肠声里，玉箸还垂。多少暗愁密意，惟有天知。

此词前后段第一句，俱不用韵，后段第二句，作三字豆（读）六字一句，宋元人词多如此填。

校补：《玉台新咏》卷五载梁范静妻诗"托意风流子，佳情讵可私"。《风流子》，唐教坊曲名。单调者，唐词一体；双调者，宋词三体。有前后段两起句不用韵者，有前段起句用韵、后段起句不用韵者，有前后段起句俱用韵者，诸体中句读有所不同。

【高山流水】

源流：吴文英自度腔，题"丁基仲侧室，善丝桐赋咏，晓达音吕，备歌舞之妙"，故用《高山流水》以为调名也。

宫调：吴文英词注黄钟商。

高山流水 两段一百十字，前段十句，六平韵；后段十一句，六平韵。 吴文英

素弦一一起秋风。写柔情、都在春葱。徽外断肠声，霜霄暗落惊鸿。低颦处、剪绿裁红。仙郎伴，新制还赓旧曲，映月帘栊。似名花并蒂，日日醉春浓。

吴中。空传有西子，应不解、换徵移宫。兰蕙满襟怀，唾碧总喷花茸。后堂深、想费春工。客愁重，时听蕉寒雨碎，泪湿琼钟。恁风流也，称金屋、贮娇慵。

此调只有此词,无别首可校。

校补:《列子·汤问》:"伯牙善鼓琴,钟子期善听。伯牙鼓琴,志在高山,钟子期曰:'善哉,峨峨兮若泰山。'志在流水,钟子期曰:'善哉,洋洋兮若江河。'"调名本此。

【慢卷绸】

宫调:柳永词注双调。万树《词律》云:题名"卷绸",无义理,"绸"字恐是"袖"字之误。惟宋人李甲有词一首与此同,则万树之说,亦出私测耳。予疑或作《卷绸慢》,后人误以"慢"字冠首,然无可校正,阙疑可也。

慢卷绸 两段一百十一字,前段十三句,四仄韵;后段十一句,五仄韵。 柳永

闲窗烛暗,孤帏夜永,欹枕难成寐。细屈指寻思,旧事前欢,都来未尽,平生深意。到得如今,万般追悔,空只添憔悴。对好景良辰,皱着眉儿,成甚滋味。
红茵翠被。当时事、一一堪垂泪。怎生得依前,似恁偎香倚暖,抱着日高犹睡。算得伊家,也应随分,烦恼心儿里。又争似从前,澹澹相看,免恁萦系。

此调柳词之外,只有李甲一首而已。

校补:柳永《乐章集》注夹钟商。

【选冠子】

宫调：周邦彦词注大石调。

别名：一名《过秦楼》，或名《仄韵过秦楼》；一名《选官子》。曹勋词名《转调选冠子》；鲁逸仲词名《惜余春慢》，侯寘词名《苏武慢》。

选冠子 两段一百十一字，前段十二句，四仄韵；后段十一句，四仄韵。　　周邦彦

水浴清蟾，叶喧凉吹，巷陌马声初断。闲依露井，笑扑流萤，惹破画罗轻扇。人静夜久凭阑，愁不归眠，立残更箭。叹年华一瞬，人今千里，梦沉书远。

空见说、鬓怯琼梳，容销金镜，渐懒趁时匀染。梅风地溽，虹雨苔滋，一架舞红都变。谁信无聊，为伊才减江淹，情伤荀倩。但明河影下，还看疏星数点。

此调以此词为正体。

校补：清徐釚《词苑丛谈》卷一云："《惜余春》，取太白赋语。"李白有《惜余春赋》。宋孔夷正式名之为《惜余春慢》，后人或沿此名，或作《选冠子》。《词律》将《过秦楼》《惜余春慢》《苏武慢》分列，《钦定词谱》列于《选冠子》调下。方千里、杨泽民、陈允平俱有和词，其余或句读小异，或添字，或减字，皆变格。

【霜叶飞】

源流：此调见周邦彦《片玉集》，或是周邦彦所创作。

宫调：周邦彦词注大石调。

名解：杜甫诗"清霜洞庭叶，故欲别时飞"。见周邦彦《片玉集》注。

霜叶飞 两段一百十一字，前段十句，五仄韵；后段十句，五仄韵。 周邦彦

露迷衰草，疏星挂，凉蟾低下林表。素娥青女斗婵娟，正倍添凄悄。渐飒飒、丹枫撼晓。横天云浪鱼鳞小。似故人相看，又透入、清辉半晌，特地留照。

迢递望极关山，波穿千里，度日如岁难到。凤楼今夜听秋风，奈五更愁抱。想玉匣哀弦闭了。无心重理相思调。见皓月、牵离恨，屏掩孤颦，泪流多少。

此调以此词为正体。前段起句，方千里、杨泽民、陈允平和周词，俱不叶韵，惟吴文英词押韵，南宋人俱如此填。

校补：因周邦彦词有"素娥青女斗婵娟"句，更名《斗婵娟》。若方千里、张炎词之减字，张炎词别首之句读小异，沈唐词二首及黄裳词之摊破句法，皆变格。"似故人相看""见皓月、牵离恨"，《钦定词谱》分别作"见皓月相看""念故人、牵离恨"。

【五彩结同心】

种类：有平韵、仄韵两体。

五彩结同心 两段一百一十一字，前后段各九句，四平韵。　　赵彦端

人间尘断，雨外风回，凉波自泛仙槎。非郭还非野，闲莺燕、时傍笑语清佳。铜壶花漏长如线，金铺碎、香暖檐牙。谁知道、东园五亩，种成国艳天葩。

主人汉家龙种，正翩翩迥立，雪绽乌纱。歌舞承平旧，围红袖、诗兴自写春华。未知三斗朝天去，定何似、鸿宝丹砂。且一醉、朱颜相庆，共看玉井浮花。

此调押平韵者，只有此词，无别首可校。

校补：平韵者，见赵彦端《介庵词》；仄韵者，见《乐府雅词》。

又一体 两段一百一十一字，前后段各九句，五仄韵。　　袁绹

珠帘垂户。金索悬窗，家接浣纱溪路。相见桐阴下，一钩月、恰在凤凰栖处。素琼碾就宫腰小，花枝袅、盈盈娇步。新妆浅、满腮红雪，绰约片云欲度。

尘寰岂能留住。唯只愁化作，彩云飞去。蝉翼衫儿薄，冰肌莹、轻罩一团香雾。彩笺巧缀相思苦，脉脉动、怜才心绪。好作个、秦楼活计，要待吹箫伴侣。

此调押仄韵者，只有此词，无别首可校。

校补：《钦定词谱》题作"《乐府雅词》无名氏"。

【透碧霄】

宫调：柳永词注南吕调。

透碧霄 两段一百十二字，前段十二句，六平韵；后段十二句，五平韵。　柳永

月华边。万年芳树起祥烟。帝居壮丽，皇家熙盛，宝运当千。端门清昼，舰棱照日，双阙中天。太平时、朝野多欢。遍锦街香陌，钧天歌吹，阆苑神仙。
昔观光得意，狂游风景，再睹更精妍。傍柳阴、寻花径，空恁残辔垂鞭。乐游雅戏，平康艳质，应也依然。仗何人、多谢婵娟。道宦途踪迹，歌酒情怀，不似当年。

此调始自此词，自应以此词为正体。

校补：柳永《乐章集》注南吕调。若查荎词之句读小异，曹勋词之句读不同，皆变体。

【女冠子】

源流：长调始于柳永。

宫调：柳永《乐章集》"溪烟飘薄"词注仙吕调，"断烟残雨"词

注大石调。元高拭词注黄钟宫。按，大石调即黄钟商，是高拭与柳永词"断烟"一首，均属黄钟也。

别名：柳永词名《女冠子慢》。

女冠子 两段一百十字，前段十一句，六仄韵；后段十二句，六仄韵。　　李邴

帝城三五。灯光花市盈路。天街游处。此时方信，凤阙都民，奢华豪富。纱笼才过处，喝道转身，一壁小来且住。见许多才子艳质，携手并肩低语。

东来西往谁家女。买玉梅争戴，缓步香风度。北观南顾。见画烛影里，神仙无数。引人魂似醉，不如趁早，步月归去。这一双情眼，怎生禁得，许多胡觑。

《女冠子》长调，字数参差不一，此调最为完整平顺，且蒋捷"蕙花香也"词一首，字字均依李词平仄照填。

校补：女冠，即女道士。唐代出家的女道徒戴黄冠，因古时女子本无冠，凡有冠者皆女道士，故称"女冠"。唐时女冠多为失嫁的女子，以道观为转身待嫁之所；亦有娼妓之属。令体见《花间集》录晚唐温庭筠及五代牛峤、李珣等词，多缘题而赋，咏女道士，体制短小。慢体首见柳永《乐章集》，又名《女冠子慢》，盖因唐曲旧名翻演新声。

卷十

【玉山枕】

宫调：柳永词注仙吕调。

玉山枕 两段一百十三字，前后段各十一句，五仄韵。　　柳永

骤雨新霁。荡原野、清如洗。断霞散彩，残阳倒影，天外云峰，数朵相倚。露荷烟芰满池塘，见次第、几番红翠。当是时、河朔飞觞，避炎蒸，想风流堪继。
晚来高树清风起。动帘幕、生秋气。画楼昼寂，兰堂夜静，舞艳歌姝，渐任罗绮。讼闲时泰足风情，便争奈、雅歌都废。省教成、几阕新歌，尽新声，好尊前重理。

此调只有此词，无别首宋词可校。前后段结句，俱作上一下四句法。

校补：柳永《乐章集》注仙吕调。

【期夜月】

源流：刘潜自度曲。乐部中，惟杖鼓鲜有能工之者，京师官妓杨素娥最工，刘潜酷爱之。作《期夜月》词，素娥以此名动京师。见明陈耀文《花草粹编》。

期夜月 两段一百十三字，前段十三句，八仄韵；后段十二句，六仄韵。 刘潜

金钩花绶系双月。腰肢软低折。揎皓腕，萦绣结。轻盈宛转，妙若凤鸾飞越。无别。香檀急扣转清切。翻纤手飘瞥。催画鼓，追脆管，锵洋雅奏，尚与众音为节。
当时妙选舞袖，慧性雅质，名为殊绝。满座倾心注目，不甚窥回雪。纤怯。逡巡一曲霓裳彻。汗透鲛绡湿。教人与，傅香粉，媚容秀发，宛降蕊珠宫阙。

此调只有此词，无别首宋词可校。

校补："轻盈宛转"，底本作"轻盈宛降"，据《钦定词谱》改。《花草粹编》载此词，后段脱第六句及结句，又第八句"汗透鲛绡湿"作"汗透鲛绡肌润"，第九、十句"教人与，傅香粉"作"教人傅香粉"一句，《钦定词谱》照《词纬》本校正。"不甚窥回雪"，《钦定词谱》作"不甚堪回雪"。"宛降蕊珠宫阙"，底本作"宛转蕊珠宫阙"，据《钦定词谱》改。

【长寿乐】

宫调:《宋史·乐志》注仙吕调,柳永词注平调,又注般涉调。

长寿乐 两段一百十三字,前段十一句,五仄韵;后段十句,五仄韵。 柳永

繁红嫩翠。艳阳景、妆点神州明媚。是处楼台,朱门院落,弦管新声腾沸。恣游人、无限驰骤,骄马车如水。竞寻芳选胜,归来向晚,起通衢近远,香尘细细。

太平世。少年时、忍把韶光轻弃。况有红妆,楚腰越艳,一笑千金何啻。向尊前、舞袖飘雪,歌响行云止。愿长绳、且把飞乌系住,好从容痛饮,谁能惜醉。

柳永《乐章集》载《长寿乐》二首,俱一百十三字,"尤红殢翠"一首注平调,"繁红嫩翠"一首注般涉调。两首字数虽同,句拍微异。《钦定词谱》误收"尤红殢翠"一首,只八十三字,注谓宋元人无填此者。兹覆校《乐章集》,则《词谱》所收之八十三字,尚缺三十字,遗漏未录,并非柳永果有八十三字体之《长寿乐》也。

校补:调见《花草粹编》,《乐章集》不载,前后段句读,与"尤红殢翠"词不同。"骄马车如水",《钦定词谱》作"骄马如流水";"楚腰越艳",《钦定词谱》作"吴娃楚艳"。

【轮台子】

宫调：柳永词注中吕调。

轮台子 两段一百十四字，前段十句，五仄韵；后段九句，五仄韵。　　柳永

一枕清宵好梦，可惜被、邻鸡唤觉。匆匆策马登途，满目淡烟衰草。前驱风触鸣珂，过霜林、渐觉惊栖鸟。冒征尘远况，自古凄凉长安道。行行又历孤村，楚天阔、望中未晓。

念劳生、惜芳年壮岁，离多欢少。叹断梗难停，暮云渐杳。但黯黯销魂，寸肠凭谁表。恁驱驱、何时是了。又争似、却返瑶京，重买千金笑。

校补：柳永《乐章集》注中吕调。轮台，唐时置县，治所在今新疆米泉。任半塘《唐声诗》下编谓唐有大曲《轮台》，"此曲应即起于莫贺地方之民间歌舞。天宝间封常清西征时，轮台为重镇，《轮台》歌舞或即于此时传至内地，精制为舞曲，流入晚唐、五代不废。宋调既曰《轮台子》，足见原本于大曲《轮台》，必有舞"。并从《大日本史·礼乐志》录唐无名氏《轮台》传辞一首（"燕子山里食散"），是六言四句声诗。"行行又历孤村，楚天阔、望中未晓"，《钦定词谱》属下片。"恁驱驱"，《钦定词谱》作"恁驱驰"。

又一体 两段一百四十一字，前后段各十三句，八仄韵。　　柳永

雾敛澄江，烟消蓝光碧。彤霞衬遥天，掩映断续，半空残

璧。孤村望处人寂寞。闻钓叟、甚处一声羌笛。九疑山畔才雨过，斑竹作、血痕添色。感行客。翻思故国，恨因循阻隔。路久沉消息。

正老松枯柏情如织。闻野猿啼、愁听得。见钓舟初出，芙蓉渡头，鸳鸯滩侧。干名利禄终无益。念岁岁间阻，迢迢紫陌。翠娥娇艳，从别后，经今花开柳坼。伤魂魄、利名牵役。又争忍、把光景抛掷。

两词均无别首可校。

校补："烟消蓝光碧"，《钦定词谱》作"烟锁蓝光碧"；"翻思故国"，《钦定词谱》作"翻思故乡"。后段后五句，《钦定词谱》断句为："翠娥娇艳，从别经今，花开柳坼伤魂魄。利名牵役。又争忍、把光景抛掷。"《彊村丛书》又作"从别后经今"断。此词《乐章集》不载，见《花草粹编》，与"一枕清宵"词句读不同。

【沁园春】

宫调：金词注般涉调，蒋氏《十三调》注中吕调。
别名：张辑词名《东仙》，李刘词名《寿星明》，秦观词名《洞庭春色》。

沁园春 两段一百十四字，前段十三句，四平韵；后段十二句，五平韵。 苏轼

孤馆灯青，野店鸡号，旅枕梦残。渐月华收练，晨霜耿耿，

云山撷锦，朝露团团。世路无穷，劳生有限，似此区区长鲜欢。微吟罢，凭征鞍无语，往事千端。

当时共客长安。似二陆、初来俱少年。有笔头千字，胸中万卷，致君尧舜，此事何难。用舍由时，行藏在我，袖手何妨闲处看。身长健，但优游卒岁，且斗尊前。

此调以此词为正体。贺铸词一首，句拍与苏轼词同，惟换头句押短韵。南北宋人词，照此体填者亦颇多。

校补：秦观减字词名《洞庭春色》。宋吴曾《能改斋漫录》："今世乐府，传《沁园春》词。案，《后汉书》：'窦宪女弟立为皇后，宪恃宫掖声势，遂以县直请夺沁水公主园。'然则沁水园者，公主之园也。故唐人类用之。"此调若葛长庚"黄鹤楼前"词、林正大"子陵先生"词之添字，张先"心脊良臣"词之衬字，李刘"玉露迎寒"词之减字，皆变格。

又一体 两段一百十五字，前后段各十二句，四平韵。　秦观

宿霭迷空，腻云笼日，昼景渐长。正兰皋泥润，谁家燕喜，蜜脾香少，触处蜂忙。尽日无人帘幕挂，更风递游丝时过墙。微雨后，有桃愁杏怨，红泪淋浪。

风流寸心易感，但依依伫立，回尽柔肠。念小奁瑶鉴，重匀绛蜡，玉笼金斗，时熨沉香。柳下相将游冶处，便回首青楼成异乡。相忆事，纵蛮笺万叠，难写微茫。

此亦《沁园春》调之一体，因各家填此体者，俱名《洞庭春

色》，实即《沁园春》调之减字也。

校补：《截江网》卷五录无名氏词名《千春词》，体格与贺铸《沁园春》"宫烛分烟"词相同。秦观、程垓、陆游、京镗词及《梅苑》无名氏词俱名《洞庭春色》。

【丹凤吟】

源流：此调见周邦彦《片玉集》，或是周邦彦所创作。
宫调：周邦彦词注越调。
名解：丹穴出凤，故名丹凤。见周邦彦《片玉集》注。

丹凤吟 两段一百十四字，前段十二句，四仄韵；后段十一句，五仄韵。　周邦彦

　　迤逦春光无赖，翠藻翻池，黄蜂游阁。朝来风暴，飞絮乱投帘幕。生憎暮景，倚墙临岸，杏靥天斜，榆钱轻薄。昼永惟思傍枕，睡起无聊，残照犹在庭角。
　　况是别离气味，坐来便觉心绪恶。痛引浇愁酒，奈愁浓如酒，无计销铄。那堪昏暝，蔌蔌半檐花落。弄粉调朱柔素手，问何时重握。此时此意，长怕人道着。

此调以此词为正体。

校补：此词方千里、杨泽民、陈允平俱有和词，若吴文英"丽景长安人海"一词之句读小异，为变格。张翥"蓬莱花鸟"一词，句读不同，自成一体。"痛引浇愁酒"，《钦定词谱》作"痛

饮浇愁酒"。

【紫荚香慢】

源流：姚云文自度腔。

紫荚香慢 两段一百十四字，前段十句，四平韵；后段十二句，七平韵。　　姚云文

近重阳、偏多风雨，绝怜此日暄明。问秋香浓未，待携客，出西城。正自羁怀多感，怕荒台高处，更不胜情。向尊前、又忆漉酒插花人，只坐上、已无老兵。

凄清。浅醉还醒。愁不肯、与诗平。记长楸走马，雕弓笮柳，前事休评。紫荚一枝传赐，梦谁到、汉家陵。尽乌纱、便随风去，要天知道，华发如此星星。歌罢涕零。

此调只有此词，无别首可校。

校补：调见凤林书院元词，姚云文自度腔。因词有"紫荚一枝传赐"句，取以为名。

【瑶台月】

别名：《鸣鹤余音》名《瑶池月》。

瑶台月 两段一百十四字，前段十三句，六仄韵；后段十二句，七仄韵。　无名氏 见《梅苑》

　　严风凛冽，万木冻，园林萧静如洗。寒梅占早，争先暗吐香蕊。逞素容、探暖欺寒，偏妆点、亭台佳致。通一气，超群卉。值腊后，雪清丽。开筵共赏，南枝宴会。
　　好折赠、东君驿使。把陇头信息远寄。遇诗朋酒侣，尊前吟缀。且优游、对景欢娱，更莫厌、陶陶沉醉。羌管怨，琼花坠。结子用，调鼎饵。将军止渴，思得此味。

　　此调以此词为正体。

　　校补：李白《清平调》云："会向瑶台月下逢。"调名本此。此调有葛长庚"烟霄凝碧"一词及《鸣鹤余音》无名氏"扁舟寓兴"一词，各添短韵，皆变格。

【梅花引】

宫调：《中原音韵》注越调。
别名：贺铸词名《小梅花》，高宪词名《贫也乐》。

梅花引 双叠一百十四字，前后段各十三句，五仄韵、六平韵。　贺铸

　　缚虎手。悬河口。车如鸡栖马如狗。白纶巾。扑黄尘。不知我辈，可是蓬蒿人。衰兰送客咸阳道。天若有情天亦老。作雷颠。不论钱。谁问旗亭，美酒斗十千。
　　酌大斗。更为寿。青鬓长青古无有。笑嫣然。舞翩然。当

垆秦女，十五语如弦。遗音能记秋风曲。事去千年犹恨促。揽流
○○○　　○●○○△　　○○○●●○▲　●●○○○●▲　●○
光。系扶桑。争奈愁来，一日却为长。
△　●○△　○○○○　●●●○△

前后段如一，万树《词律》收王特起词《山之麓》一首，五十七字。《钦定词谱》收贺铸词《城下路》一首五十七字，谓《梅花引》有两体：一、五十七字体；一、一百十四字体，即照五十七字体，再加一叠。实则《词律》及《词谱》所收之五十七字体，只录前证明《词律》及《词谱》之误。因《梅花引》词实无五十七字体，故本书不采。

校补：《填词名解》云："《梅花引》，本笛曲名，唐诗《羌笛梅花引》。"汉横吹曲有《梅花落》，南朝宋时为笛曲，《乐府杂录》云："笛者，羌乐也。古有《落梅花》曲。"《乐府诗集》谓"《梅花落》本笛中曲也。按唐大角曲亦有《大单于》《小单于》《大梅花》《小梅花》等曲"。李白《与史郎中钦听黄鹤楼上吹笛》诗："黄鹤楼中吹玉笛，江城五月落梅花。"至宋，词调有《落梅》，又有此《梅花引》（《小梅花》）。五十七字者，高宪词，有"须信在家贫也乐"句，名《贫也乐》；一百十四字者，即五十七字体再加一叠，贺铸词句《小梅花》。

【宣清】

宫调：柳永词注林钟商。

宣清 两段一百十五字，前段十一句，四仄韵；后段十二句，五仄韵。　　柳永

残月朦胧，小宴阑珊，归来轻寒凛凛。背银釭、孤馆乍眠，拥重衾、醉魄犹噤。永漏频传，前欢已去，离愁一枕。暗寻思，旧追游，神京风物如锦。
念掷果朋侪，绝缨宴会，当时曾痛饮。命舞燕翻翻，歌珠贯串，向玳筵前，尽是神仙流品。至更阑、疏狂转甚。更相将、凤帏鸳寝。玉钗乱横，任散尽高阳，这欢娱、甚时重恁。

此调只有此词，无别首可校。

校补：汲古阁刻此词，后段脱"歌珠贯串"至"更相将"二十四字，《钦定词谱》从《花草粹编》增定。"醉魄犹噤"，《钦定词谱》作"醉魂犹噤"；"玉钗乱横"，《钦定词谱》作"玉钗横处"。

【八归】

源流：仄韵体，姜夔自度曲；平韵体，高观国自度曲。
宫调：仄韵体，姜夔词注夹钟商。

八归 两段一百十五字，前段十句，四仄韵；后段十一句，四仄韵。　　姜夔

芳莲坠粉，疏桐吹绿，庭院暗雨乍歇。无端抱影销魂处，还见筱墙萤暗，藓阶蛩切。送客重寻西去路，问水面琵琶谁拨。最可惜、一片江山，总付与啼鴂。

长恨相从未款，而今何事，又对西风离别。渚寒烟淡，棹移人远，缥缈行舟如叶。想文君望久，倚竹愁生步罗袜。归来后、翠尊双饮，下了珠帘，玲珑闲看月。

此调押仄韵者，以此词为正体。

校补：陶宗仪抄本《白石道人歌曲·目录》注属慢词，陈元龙《白石词选》于该调名下注"黄钟"。

又一体 两段一百十三字，前段十句，五平韵；后段十一句，五平韵。 高观国

楚峰翠冷，吴波烟远，吹袂万里西风。关河迥隔新愁外，遥怜倦客音尘，未见征鸿。雨帽风巾归梦杳，想吟思、吹入飞蓬。料恨满、幽苑离宫。正愁黯文通。

秋浓。新霜初试，重阳催近，醉红偷染江枫。瘦筇相伴，旧游回首，吹帽知与谁同。想茰囊酒盏，暂时冷落菊花丛。两凝伫、壮怀无奈，立尽微云斜照中。

此调押平韵者，只有此词，无别首可校。

校补：姜夔、高观国二词，叶韵平仄虽异，但体格极为相似，除后段起句及结句外，二词句读略同，句法亦同。

【摸鱼儿】

源流：唐教坊曲名。

别名：一名《摸鱼子》，一名《安庆摸》。晁补之词名《买陂塘》，又名《陂塘柳》，又名《迈陂塘》；辛弃疾词名《山鬼谣》；李冶词名《双蕖怨》。

摸鱼儿 两段一百十六字，前段十句，六仄韵；后段十一句，七仄韵。　　晁补之

买陂塘、旋栽杨柳，依稀淮岸江浦。东皋雨足新痕涨，沙嘴鹭来鸥聚。堪爱处。最好是、一川夜月光流渚。无人独舞。任翠幄张天，柔茵藉地，酒尽未能去。

青绫被，莫忆金闺故步。儒冠曾把身误。弓刀千骑成何事，荒了邵平瓜圃。君试觑。满青镜、星星鬓影今如许。功名浪语。便似得班超，封侯万里，归计恐迟暮。

此调以此词为正体。

校补：任半塘《教坊记笺订》："《摸鱼子》，应为民间捕鱼时所歌。北宋之《摸鱼儿》应本此。"晁补之词，有"买陂塘、旋栽杨柳"句，故名《买陂塘》，又名《陂塘柳》，或名《迈陂塘》；李冶赋并蒂荷词，有"请君试听双蕖怨"句，故名《双蕖怨》。辛弃疾赋怪石词序："雨岩有石，状怪甚。取《离骚》《九歌》名曰'山鬼'。因赋《摸鱼儿》，改名《山鬼谣》。"见《稼轩长短句》。此调当以晁补之、辛弃疾、张炎三词为正体，余多变格。至若欧阳修、《梅苑》无名氏词，又自成一体。

【贺新郎】

源流：此调始自苏轼："余倅杭日，府僚湖中高会，群妓毕集，惟秀兰不来，营将督之再三乃来。仆问其故，答曰：'沐浴倦卧，忽有扣门声，急起询之，乃营将催督也。整妆趋命，不觉相迟。'时府僚有属意于兰者，见其不来，恚恨不已，云：'必有私事。'秀兰含泪力辩，而仆亦从旁冷语，阴为之解，府僚终不释然也。适榴花盛开，秀兰以一枝藉手献坐中，府僚愈怒，责其不恭。秀兰进退无据，但低首垂泪而已，仆乃作一曲，名《贺新凉》。令秀兰歌以侑觞，声容妙绝，府僚大悦，剧欢而罢。"见毛晋刻《东坡词·贺新郎》题。按，此说出宋杨湜《古今词话》。

别名：此调原名当是《贺新凉》，不知何故，改名《贺新郎》，其义未晓。叶梦得词名《金缕歌》，又名《金缕曲》，又名《金缕词》；苏轼词又名《乳燕飞》，又名《贺新凉》，又名《风敲竹》；张辑词名《貂裘换酒》。

贺新郎 两段一百十六字，前后段各十句，六仄韵。　　叶梦得

睡起流莺语。掩苍苔、房栊向晚，乱红无数。吹尽残花无人见，惟有垂杨自舞。渐暖霭、初回轻暑。宝扇重寻明月影，暗尘侵、上有乘鸾女。惊旧恨，遽如许。

江南梦断横江渚。浪黏天、蒲萄涨绿，半空烟雨。无限楼前沧波意，谁采蘋花寄与。但怅望、兰舟容与。万里云帆何时到，送孤鸿、目断千山阻。谁为我，唱金缕。

此调创自苏轼，惟苏词格调未谐，故采此词为式。前后段第四句，惟叶、苏二词俱作拗体，余各不同，填者任意选择可也。石林词"谁采蘋花寄与"（即本调后段第五句），又"但怅望、兰舟容与"（即本调后段第六句），或以为重押韵，遂改为"寄取"。殊无义理，盖容与之"与"，自音豫，乃去声也。扬子云《河东赋》云："灵舆安步，风流容与。"《汉书·礼乐志》："练时日，澹容与。"皆去声。见宋周密《浩然斋雅谈》。

校补：叶梦得词，有"唱金缕"句，名《金缕歌》，又名《金缕曲》，又名《金缕词》。苏轼词，有"乳燕飞华屋"句，名《乳燕飞》；有"晚凉新浴"句，名《贺新凉》；有"风敲竹"句，名《风敲竹》。张辑词，有"把貂裘换酒长安市"句，名《貂裘换酒》。"金缕"本指唐杜秋娘所唱《金缕衣》，前二句曰："劝君莫惜金缕衣，劝君惜取少年时。"叶词本此诗意。后张元幹《贺新郎·送胡邦衡待制赴新州》之结句："举大白，听金缕。"即以"金缕"名《贺新郎》。龙榆生《唐宋词格律》："大抵用入声部韵者较激壮，用上、去声部韵者较凄郁，贵能各适物宜耳。"

【子夜歌】

源流：此调见凤林书院元词。此调与《菩萨蛮》（别名《子夜歌》者）不同。

子夜歌　两段一百十七字，前段十句，四仄韵；后段十二句，五仄韵。　彭元逊

视春衫、箧中半在，浥浥酒痕花露。恨桃李、如风过尽，

梦里故人如雾。临颖美人，秦川公子，晚共何人语。对人家、花柳池台，回首故园，咫尺未成归去。

昨宵听、危弦急管，酒醒不知何处。漂泊情多，衰迟感易，无限堪怜许。似尊前眼底，红颜消几寒暑。年少风流，未谙春事，迫与东风赋。待他年、君老巴山，共君听雨。

此调只有此词，无别首可校。

校补：南朝清商曲辞有《子夜歌》，《旧唐书·音乐志》云："《子夜》，晋曲也。晋有女子夜造此声，声过哀苦。"彭元逊词正咏闺怨，或即据乐府旧题自度新声。

【接贤宾】

源流：此调慢词始自柳永，此调即照令词《接贤宾》体合为一段，再加一叠，惟句读字数小异耳。

宫调：柳永词注林钟商。

别名：一名《集贤宾》。万树云"接""集"二字，北音相同，实一字也。

接贤宾 两段一百十七字，前段十句，五平韵；后段十句，六平韵。　　柳永

小楼深巷狂游遍，罗绮成丛。就中堪人属意，最是虫虫。有画难描雅态，无花可比芳容。几回饮散良宵永，鸳衾暖、凤枕香浓。算得人间天上，惟有两心同。

近来云雨每西东。诮恼损情悰。纵然偷期暗会，长是匆匆。

争似和鸣偕老，免教敛翠啼红。眼前时暂疏欢宴，盟言在、莫更忡忡。待作真个宅院，方信有初终。

宋词只此一首，无别首可校。

校补：此调有两体，五十九字者始于毛文锡词，一百十七字者始于柳永词。《乐章集》注林钟商调，一名《集贤宾》。此即毛词体，再加一叠，但前段起句不用韵，第二句少一字，前后段第五句减一字，第八句各添一字，两结句读小异。《词律》误从汲古阁本，其前段第八句脱一字，《钦定词谱》从《花草粹编》校正。元曲马致远商调《集贤宾》与此词同，唯前段第二句，亦作五字，前后段第九句，俱作五字，亦因柳词减字。

【吊严陵】

源流：此调见宋曾慥《乐府雅词》，或是李甲所创作。
名解：词为凭吊钓台遗迹，即赋题本意。

吊严陵 两段一百十九字，前段十四句，七仄韵；后段十句，六仄韵。　　李甲

蕙兰香泛，孤屿潮平，惊鸥散雪。迤逦点破，澄江秋色。暝霭向敛，疏雨乍收，染出蓝峰千尺。渔舍孤烟锁寒碛。画鹢翠帆旋解，轻舣晴霞岸侧。正念往悲酸，怀乡惨切。何处引羌笛。

追惜。当时富春佳地，严光钓址空遗迹。华星沉后，扁舟泛去，潇洒闲名图籍。离觞吊古寓目。意断魂销泪滴。渐洞天

晚，回首暮云千古碧。
●　○○●○○●▲

此调只有此词，无别首可校。

校补：因词有"严光钓址空遗迹"及"离觞吊古寓目"句，取以为名。实则李词即于子陵滩凭吊严光，因事命名，缘题而赋，并非取词中语句为名。结句有"回首暮云千古碧"句，又名《暮云碧》。

【金明池】

源流：此调始自秦观。琼林苑、金明池、宜春苑、玉津园，谓之"四园"。琼林苑，乾德中置。太平兴国中，复凿金明池于北苑，导金水河水注之，以教神卫虎异水军，习舟楫，因为水嬉。今惟琼林、金明最盛，岁以二月开，命士庶纵观，谓之"开池"。至上巳驾车临幸毕，即闭，岁赐二府从官宴，及进士闻喜宴皆在其间。金明水战不复习，而诸军犹为鬼神戏，谓之"旱教"。见宋叶梦得《石林燕语》。

名解：词赋东京金明池，即取以为调名。

别名：李弥逊词名《昆明池》，僧挥词名《夏云峰》，刘弇词名《金明春》。

金明池 两段一百二十字，前段十句，四仄韵；后段十一句，五仄韵。　秦观

琼苑金池，青门紫陌，似雪杨花满路。云日淡、天低昼永，
○●○○　○○●●　●●○○●▲　○●●　○○●●
过三点两点细雨。好花枝、半出墙头，似怅望、芳草王孙何处。
●○●●●●▲　●○○　●●○○　●●●　○●○○○▲

更水绕人家,桥当门巷,燕燕莺莺飞舞。怎得东君长为主。把绿鬓朱颜,一时留住。佳人唱、金衣莫惜,才子倒、玉山休诉。况春来、倍觉伤心,念故国情多,新年愁苦。纵宝马嘶风,红尘拂面,也则寻芳归去。

此调始自秦观,自以此词为正体。

校补:《全宋词》以为本词乃属误入《淮海词》,该词见《草堂诗余》,为无名氏作。"也则寻芳归去",《钦定词谱》作"也只寻芳归去"。

【送征衣】

宫调:柳永《乐章集》注中吕宫。

送征衣 两段一百二十一字,前段十二句,七平韵;后段十一句,六平韵。　　柳永

过韶阳。璿枢电绕,华渚虹流,运应千载会昌。罄寰宇、荐殊祥。吾皇。诞弥月,瑶图缵庆,玉叶腾芳。并景贶、三灵眷祐,挺英哲、掩前王。遇年年、嘉节清和,颁率土称觞。
无间要荒华夏,尽万里、走梯航。彤庭舜张大乐,禹会群方。鹓行。望上国、山呼鳌抃,遥爇炉香。竟就日瞻云献寿,指南山、等无疆。愿巍巍、宝历鸿基,齐天地遥长。

此调只有此词,无别首可校。前段第六句、后段第五句,俱押二字短韵,前后段两结句,俱作上一下四句法。

校补：调名或出于孟姜女送寒衣故事，中唐乐府诗如王建《送衣曲》、张籍《寄衣曲》，皆取此义。此调载于《教坊记》，又与《卧沙堆》《怨黄河》《怨胡天》《送行人》等曲名相次，皆与苦于边戍、劳役相关。任半塘《敦煌曲初探》认为当创于开元、天宝年间。敦煌曲《云谣集》有此调传词一首，两段五十九字，前后段各五句四平韵。柳词与敦煌曲迥异，或因旧名而另度新声。

【秋思】

源流：吴文英自度腔。《梦窗词集》朱孝臧校记《秋思》条注云，毛本（按，指毛晋刻《梦窗词》）作《秋思耗》（按，《词律》《词谱》均作《秋思耗》）。按，《秋思》为琴曲，见白居易《池上篇序》，当即词调所本，或别本题首有毛字，传写误衍作耗，俟考。按，吴词题"荷塘为括苍名姝求赋其听雨小阁"，荷塘姓毛，故朱校所谓或别本题首有毛字也。兹据朱校改作《秋思》。

宫调：吴文英词注夹钟商。

别名：一名《画屏秋色》。

秋思 两段一百二十三字，前段十一句，六仄韵；后段十二句，九仄韵。　　吴文英

堆枕香鬟侧。骤夜声、偏称画屏秋色。风碎串珠，润侵歌板，愁压眉窄。动罗箧清商、寸心低诉叙怨抑。映梦窗、零乱碧。待涨绿春深，落花香泛，料有断红流处，暗题相忆。
欢酌。檐花细滴。送故人、粉黛重饰。漏侵琼瑟。丁冬敲

断，弄晴月白。悄一曲霓裳未终，催去骖凤翼。叹谢客、犹未识。漫瘦却东阳，灯前无梦到得。路隔重云雁北。

此调只有此词，无别首宋词可校。

校补：因词有"偏称画屏秋色"句，更名《画屏秋色》。"欢酌"，《钦定词谱》作"欢夕"。

【洞仙歌】

宫调：慢词，柳永"嘉景"一首一百十八字，注般涉调。"乘兴，闲泛兰舟"一首一百二十三字，注仙吕调。"佳景留心惯"一首一百二十六字，注中吕调。《乐章集》各注宫调，虽字句参差，而音节仿佛。盖般涉调为黄钟之羽声，仙吕调为夷则之羽声，中吕调为夹调之羽声，同为羽声，故其声亦不甚相远也。但所注宫调既不同，字句平仄，自不容混。见《钦定词谱》。此调实为慢词，故与令词之《洞仙歌》，虽同一调名，其句拍迥异，截然不同。

洞仙歌 两段一百二十三字，前段十一句，四仄韵；后段十六句，七仄韵、一叠韵。 晁补之

当时我醉，美人颜色，如花堪悦。今日美人去，恨天涯离别。青楼朱箔，婵娟蟾桂，三五初圆，伤二八、还又缺。空伫立，一望不见心绝。

心绝。顿成凄凉，千里音尘，一梦欢娱，推枕惊巫山远，洒泪对湘江阔。美人不见，愁人看花，心乱含愁，奏绿绮、弦

清切。何处有知音,此恨难说。怨歌未阕。恐暮雨收、行云歇。
○▲ ●● ○○▲ ●●▲ ○○○●▲
窗梅发。乍似睹、芳容冰洁。
○○▲ ●●● ○○○▲

此与柳永"乘兴,闲泛兰舟"词,大同小异,而晁词较为整齐,因采以为词式。柳永词三首,各注宫调,句拍亦异。万树《词律》云:"字句多有讹误,难以订定。且三词又是三样,不知何故,未敢强论。"故本书不录柳词而采晁词,取其较为平顺,可以为法也。

校补:唐教坊曲名。此调有令词,有慢词。令词自八十三字至九十三字,共三十五首。康与之词,名《洞仙歌令》;潘牥词,名《羽仙歌》;袁易词,名《洞仙词》;《宋史·乐志》,名《洞中仙》,注林钟商调,又歇指调;金词注大石调。慢词自一百十八字至一百二十六字,共五首。张綖《诗余图谱》,前段六句三韵,后段七句三韵,前后段第三句俱七字,第四句俱九字,前段结句六字,后段结句九字,此令词正体也,间有摊破、添字句、添韵者,皆从此出,谱中句读悉据之。

【笛家弄】

宫调:柳永词注仙吕宫。
别名:一名《笛家》,一名《笛家弄慢》。

笛家弄 两段一百二十五字,前段十五句,四仄韵;后段十五句,五仄韵。 柳永

花发西园,草熏南陌,韶光明媚,乍晴轻暖清明后。水嬉
○●○○ ●○○● ○○○● ●○○●○○● ●○

舟动,禊饮筵开,银塘似染,金堤如绣。是处王孙,几多游妓,往往携纤手。遣离人,对嘉景,触目伤怀,尽成感旧。

别久。帝城当日,兰堂夜烛,百万呼卢,画阁春风,十千沽酒。未省、宴处能忘弦管,醉里不寻花柳。岂知秦楼,玉箫声断,前事难重偶。空遗恨,望仙乡,一晌消凝,泪沾襟袖。

此调只有朱雍和词可校。

校补:唐房玄龄《晋书·桓伊传》云:"(伊)善音乐,尽一时之妙……徽之(王徽之)便令人谓伊曰:'闻君善吹笛,试为我一奏。'伊是时已贵显,素闻徽之名,便下车,踞胡床,为作三调。弄毕,便上车去。"琴曲《梅花三弄》就是根据他的笛谱改编的,人称"桓伊三弄"。演奏乐曲叫"弄",乐曲的一段或一支也叫"弄"。调名本意或即咏东晋桓伊善于演奏笛曲。《钦定词谱》调名作"笛家"。"触目伤怀,尽成感旧",《钦定词谱》作"触目尽成感旧";"一晌消凝,泪沾襟袖",《钦定词谱》作"一晌泪沾襟袖"。

【春风袅娜】

源流:冯艾子自度腔。
宫调:冯艾子词注黄钟羽。

春风袅娜 两段一百二十五字,前段十二句,五平韵;后段十五句,五平韵。　　冯艾子

被梁间双燕,话尽春愁。朝粉谢,午花柔。倚红阑、故与

蝶围蜂绕,柳绵无数,飞上搔头。凤管声圆,蚕房香暖,笑挽罗衫须少留。隔院兰馨趁风远,邻墙桃影伴烟收。

些子风情未减,眉头眼尾,万千事、欲说还休。蔷薇露,牡丹毬。殷勤记省,前度绸缪。梦里飞红,觉来无觅,望中新绿,别后空稠。相思难偶,叹无情明月,今年已是,三度如钩。

此调只有此词,无别首可校。

校补:调见《云月词》。黄钟羽,即般涉调。该词牌名本义应指柳枝。李白《侍从宜春苑,奉诏赋龙池柳色初青,听新莺百啭歌》诗云:"池南柳色半青青,萦烟袅娜拂绮城。"白居易《杨柳枝》诗:"两枝杨柳小楼中,袅娜多年伴醉翁。"一指物,一指人,但都是描写"袅娜"柳的姿态。苏辙《元日》诗:"春风娜娜还吹霰,岁事骎骎已发机。"则以"娜娜"喻春风。"袅娜"之为喻词,与"娜娜"相近,亦或指春风。

【春雪间早梅】

源流:此调见宋黄大舆《梅苑》。
名解:此词乃檃括韩愈《春雪间早梅》长律,即取以为调名。

春雪间早梅 两段一百二十五字,前段十句,六平韵;后段十一句,五平韵。 无名氏 见《梅苑》

梅将雪共春。彩艳灼灼不相因。逐吹霏霏能争密,排枝碎碎巧妆新。谁令香生满座,独使净敛无尘。芳意饶呈瑞,寒光助照人。玲珑次第开已遍,点缀坐来频。

那是俱怀疑似，须知造化，两各逼天真。荧煌清影初乱眼，浩荡逸气忽迷神。未许琼花比并，将从玉树相亲。先期迎献岁，更同歌酒占兹辰。六花蜡蒂相辉映，轻盈敢自珍。

校补：《全唐诗》卷三四三韩愈《春雪间早梅》诗云："梅将雪共春，彩艳不相因。逐吹能争密，排枝巧妒新。谁令香满座，独使净无尘。芳意饶呈瑞，寒光助照人。玲珑开已遍，点缀坐来频。那是俱疑似，须知两逼真。荧煌初乱眼，浩荡忽迷神。未许琼华比，从将玉树亲。先期迎献岁，更伴占兹晨。愿得长辉映，轻微敢自珍。"

【翠羽吟】

源流：此调见蒋捷《竹山词》。蒋捷序云："响林王君本，示予越调《小梅花引》，俾以飞仙步虚之意为其辞。予谓泛泛言仙，似乎寡味，越调之曲，与梅花宜，罗浮梅花，真仙事也。演以成章，名《翠羽吟》。"

宫调：蒋捷词注越调。

翠羽吟 两段一百二十六字，前段九句六平韵；后段十五句，八平韵。　　蒋捷

绀露浓。映素空。楼观峭玲珑。粉冻霙英，冷光摇荡古青松。半规黄昏淡月，梅气山影溟濛。有丽人、步依修竹，翩然态若游龙。

绡袂微皱水溶溶。仙茎清潆，净洗斜红。劝我浮香桂酒，环佩暗解，声飞芳霭中。弄春弱柳垂丝，慢按翠舞娇童。醉不

知何处,惊剪剪、凄紧霜风。梦醒寻痕访踪。但留残月挂遥穹。梅花未老,翠羽双吟,一片晓峰。

此调只有此词,无别首宋词可校。

校补:结句"翠羽双吟,一片晓峰",故名《翠羽吟》。"但留残月挂遥穹",底本作"但留残星挂穹",据《钦定词谱》改。

【白苎】

源流:古乐府有《白苎曲》,宋人盖借旧曲名,别倚新声。见《钦定词谱》。正宫《白苎曲》,赋雪者,世传紫姑神作。见宋王灼《碧鸡漫志》。

白苎 两段一百二十五字,前段十二句,七仄韵;后段十五句,六仄韵。 柳永

绣帘垂,画堂悄,寒风渐沥。遥天万里,黯淡同云幂幂。渐纷纷、六花零乱散空碧。姑射。宴瑶池,把碎玉零珠抛掷。林峦望中,高下琼瑶一色。严子陵、钓台归路迷踪迹。

追惜。燕然画角,宝峤珊瑚,是时丞相,虚作银城换得。当此际偏宜,访袁安宅。醺醺醉了,任金钗舞困,玉壶频侧。又是东君,暗遣花神,先报南国。昨夜江梅,漏泄春消息。

此调《乐章集》不载,即《碧鸡漫志》所谓世传紫姑神作也,惟《词律》《词谱》均从《花草粹编》,以为柳永作。

校补：《词律》录蒋捷词名《白纻歌》，"纻""苎"二字音义可通。源流王灼语，《钦定词谱》作"王灼《颐堂集》云"。唐戴叔伦有《白苎词》云："新裁白苎胜红绡，玉佩珠缨金步摇。"

【六州】

源流：《文献通考》：本朝鼓吹，止有四曲，《十二时》《导引》《降仙台》，并《六州》为四。每大礼宿斋，或行幸，遇夜每更三奏，名为"警场"。政和七年，诏《六州》改名《崇明祀》，然天下仍谓之《六州》，其称谓已熟也。见《钦定词谱》。

别名：一名《崇明祀》。

六州 两段一百二十九字，前段十四句，七平韵；后段十五句，八平韵。　　无名氏 见《宋史·乐志》

良夜永，玉漏正迟迟。丹禁肃，周庐列，羽卫绕皇帏。严鼓动、画角声齐。金管飘雅韵，远逐轻飔。荐嘉玉、躬祀神祇。祈福为黔黎。升中盛礼，增高益厚，登封检玉，时迈合周诗。

元文锡，庆云五色相随。甘露降，醴泉涌，三秀发灵芝。皇猷播、史册光辉。受鸿禧。万年永固丕基。吾君德，荡荡巍巍。迈尧舜文思。从今寰宇，休牛放马，耕田凿井，鼓腹乐昌期。

此调只有此词，无别首可校。

校补：杨慎《词品》云："六州得名，盖唐人西边之州，伊州、梁州、甘州、石州、渭州、氐州也。"唐教坊曲有《凉（梁）州》《伊州》《甘州》及《胡渭州》，周邦彦词有《氐州第一》。《六州》在宋为皇室专用，每于郊庙封禅祭祀时与《导引》《十二时》递连歌唱，以彰扬功德勋绩，并严肃仪仗警卫。此调《宋史·乐志》录有多首，洪迈《容斋随笔》亦有一首，并非孤调。《全宋词》收录本调计26首，作者多为无名氏，句读亦多不同。

【十二时慢】

源流：宋鼓吹四曲之一。见《文献通考》。

种类：有平韵、仄韵两体。

别名：一作《十二时》，此调与《忆少年》别名《十二时》者，截然不同。

十二时慢 三段一百三十字，前段十一句，五仄韵；中段八句，三仄韵；后段八句，四仄韵。　柳永

晚晴初，淡烟笼月，风透蟾光如洗。觉翠帐、凉生秋思。渐入微寒天气。败叶敲窗，西风满院，睡不成还起。更漏咽、滴破忧心，万感并生，都在离人愁耳。

天怎知，当时一句，做得十分萦系。夜永有时，分明枕上，觑着孜孜地。烛暗时酒醒，元来又是梦里。

睡觉来，披衣独坐，万种无憀情意。怎得伊来，重谐连理。再整余香被。祝告天发愿，从今永无抛弃。

此调押仄韵者，应以此词为正体，中段、后段相同。

校补:《宋史·乐志》载,宋徽宗政和七年(1117)十二月,诏令《十二时》改名称吉礼。《花草粹编》无"慢"字。"重谐连理",《花草粹编》作"重谐云雨","雨"字不押韵。

又一体 两段一百二十五字,前段十四句,十一平韵;后段十四句,九平韵。　　**无名氏** 见《宋史·乐志》

圣明代,海县澄清。惠化洽寰瀛。时康岁足,治定武成。遐迩贺升平。嘉坛上、昭事神灵。荐明诚。报本禅云亭。俎豆列牺牲。宸心躅洁,明德荐惟馨。纪鸿名。千载播天声。
燔柴毕,云驭回仙仗,庆鸾辂还京。八神扈跸,四隩来庭。嘉气覆重城。殊常礼、旷古难行。遇文明。仁恩苏品汇,沛泽被簪缨。祥符锡祚,武库永销兵。育群生。景运保千龄。

此调押平韵者,只有此词,无别首可校。惟仅两段,全押平韵,前后段句法相同。

校补:《十二时慢》又为《忆少年》别名,双调四六或四七字两体。同名曲牌属南曲商调,字数与词牌不同,用作引子。南曲曲牌《尾声》一般为十二板,亦有《十二时》之称。

【兰陵王】

源流:唐教坊曲名。《北齐史》及《隋唐嘉话》,称齐文襄之长子长恭封兰陵王,与周师战。尝着假面对敌,击周师金墉城下,勇冠三军,武士共歌谣之,曰《兰陵王入阵曲》。今越调《兰陵王》,凡三段二十四拍,或曰遗声也。此曲声犯正宫，管色用大凡字、大一字、勾字，故一名《大犯》。见宋王灼《碧鸡漫志》。

宫调：周邦彦词注越调。

名解：北齐兰陵王长恭，白皙而美风姿，乃着假面对敌，数立功，齐人作舞效之，曰代面舞。见周邦彦《片玉集》注。

兰陵王 三段一百三十字，前段十一句，七仄韵；中段八句，五仄韵；后段十句，六仄韵。　　周邦彦

柳阴直。烟里丝丝弄碧。隋堤上，曾见几番，拂水飘绵送行色。登临望故国。谁识。京华倦客。长亭路，年去岁来，应折柔条过千尺。

闲寻旧踪迹。又酒趁哀弦，灯照离席。梨花榆火催寒食。愁一箭风快，半篙波暖，回头迢递便数驿。望人在天北。

凄恻。恨堆积。渐别浦萦回，津堠岑寂。斜阳冉冉春无极。念月榭携手，露桥闻笛。沉思前事，似梦里，泪暗滴。

此调以此词为正体，宋元人词俱照此填之。

校补：《钦定词谱》以秦观"雨初歇"一词为正体。另同调辛弃疾"一丘壑"词、刘辰翁"送春去"词添韵，陈允平"古堤直"词句读小异，皆变格。"隋堤上""长亭路"二处，《词律》注"读"，《钦定词谱》注"句"。

【大酺】

源流：《乐苑》曰：大酺乐，商调曲，唐张文收造。见宋郭茂倩

《乐府诗集》。唐教坊曲有《大酺乐》,《羯鼓录》亦有太簇商《大酺乐》,宋词盖借旧曲名,自制新声也。见《钦定词谱》。

宫调:周邦彦词注越调。

名解:西汉文帝令天下大酺。见周邦彦《片玉集》注。

大酺 两段一百三十三字,前段十五句,五仄韵;后段十一句,八仄韵。　周邦彦

对宿烟收,春禽静,飞雨时鸣高屋。墙头青玉旆,洗铅霜都尽,嫩梢相触。润逼琴丝,寒侵枕障,虫网吹粘帘竹。邮亭无人处,听檐声不断,困眠初熟。奈愁极频惊,梦轻难记,自怜幽独。

行人归意速。最先念、流潦妨车毂。怎奈向、兰成憔悴,卫玠清羸,等闲时、易伤心目。未怪平阳客。双泪落、笛中哀曲。况萧索、青芜国。红糁铺地,门外荆桃如菽。夜游共谁秉烛。

此调始自此词,自应以此词为正体。

校补:周邦彦《清真集》及吴文英《梦窗词稿》注越调。有方千里、杨泽民、陈允平和词可校。此调有刘辰翁词一首,与此词平仄多不同。《词律》云:刘用字,每多出入,不足为法。"奈愁极频惊",底本作"奈愁极顿惊",据《钦定词谱》改。

【瑞龙吟】

源流：此调始自周邦彦。

宫调：周邦彦词注大石调，吴文英词注大石调犯正平调。此词自"章台路"至"归来旧处"，是第一段；自"黯凝伫"至"盈盈笑语"，是第二段。此谓之双拽头，属正平调。自"前度刘郎"以下犯大石调，系第三段；"归骑晚"以下四句，再归正平。见宋黄昇《绝妙词选》注。

名解：卢藏用夜闻龙吟，听其声清越，乃真瑞龙吟也。见周邦彦《片玉集》注。

瑞龙吟 三段一百三十三字，前两段各六句，三仄韵；后一段十七句，九仄韵。　　周邦彦

　　章台路。还见褪粉梅梢，试花桃树。愔愔坊陌人家，定巢燕子，归来旧处。
　　黯凝伫。因念个人痴小，乍窥门户。侵晨浅约宫黄，障风映袖，盈盈笑语。
　　前度刘郎重到，访邻寻里，同时歌舞。唯有旧家秋娘，声价如故。吟笺赋笔，犹记燕台句。知谁伴、名园露饮，东城闲步。事与孤鸿去。探春尽是，伤离意绪。官柳低金缕。归骑晚，纤纤池塘飞雨。断肠院落，一帘风絮。

　　此调以此词为正体。此词后段第十一句"探春尽是"句之"探"字，有平仄两音，历查宋元诸家所作，俱用仄声，不可错作平声也。

校补：方千里、杨泽民、陈允平俱有和词。吴文英别首及张翥词，俱照此填。

【浪淘沙慢】

宫调：柳永词注歇指调，周邦彦词注商调。
名解：刘禹锡有《浪淘沙辞》："濯锦江边两岸花，春风吹浪正淘沙。女郎剪下鸳鸯锦，将向中流定晚霞。"见周邦彦《片玉集》注。

浪淘沙慢 两段一百三十三字，前段九句，六仄韵；后段十五句，十仄韵。　周邦彦

　　昼阴重，霜凋岸草，雾隐城堞。南陌脂车待发。东门帐饮乍阕。正拂面垂杨堪揽结。掩红泪、玉手亲折。念汉浦离鸿去何许，经时信音绝。
　　情切。望中地远天阔。向露冷风清，无人处、耿耿寒漏咽。嗟万事难忘，唯是轻别。翠尊未竭。凭断云留取，西楼残月。罗带光销纹衾叠。连环解、旧香顿歇。怨歌永、琼壶敲尽缺。恨春去、不与人期，弄夜色，空余满地梨花雪。

　　此调以此词为正体。此调柳永词"梦觉"一首，注歇指调一百三十三字，三段，惟无别首可校。又，周邦彦词另一首，亦一百三十三字，两段。惟周词两首，句拍不同，因"昼阴重"一首，既有名家和词，又为通用体，故遂引以为式也。

　　校补：《浪淘沙》原为唐教坊曲，又名《浪淘沙令》《卖花

声》等。唐人多用七言绝句入曲,南唐李煜始演为长短句。双调,五十四字(宋人有稍作增减者),平韵。后由柳永、周邦彦演为长调《浪淘沙慢》。《乐章集》有《浪淘沙令》。入"歇指调",前后段首句各少一字。长调慢曲共一百三十四字,分三段,第一、二段各四仄韵,第三段两仄韵,定用入声韵。唐宋人词凡同一曲调,原用平声韵者,如改仄韵,例用入声,原用入声韵者,亦改作平韵。《清真集》入"商调",韵转密,句读亦多有不同,共一百三十三字,有分三段者:第一段六仄韵,第二、三段各五仄韵,并叶入声韵。此词后段句读,与周邦彦《浪淘沙慢》"万叶战"一词不同,方千里、杨泽民、吴文英、陈允平俱有和词,故以此词作谱。"琼壶敲尽缺",底本作"琼台敲尽缺",据《钦定词谱》改。

【破阵乐】

源流:唐教坊曲名。《历代歌辞》曰《破阵乐》小歌曲。《乐苑》曰商调曲也。按,《破阵乐》本舞曲,唐太宗所造,玄宗又作《小破阵乐》,亦舞曲也。见宋郭茂倩《乐府诗集》。

宫调:张先、柳永词均注林钟商。

破阵乐 两段一百三十四字,前段十四句,四仄韵;后段十六句,五仄韵。 张先

四堂互映,双门并丽,龙阁开府。郡美东南第一,望故苑楼台霏雾。垂柳池塘,流泉巷陌,吴歌处处。近黄昏、渐更宜良夜,簇簇繁星灯烛,长衢如昼,暝色韶光,几许粉面,飞甍朱户。

和煦。雁齿桥红，裙腰草绿，云际寺，林下路。酒熟梨花宾
○▲　　　●　　　　●　　　　●　　●　　●
客醉，但觉满山箫鼓。尽朋游，同民乐，芳菲有主。自此归从泥诏，
●●　　　　　　　　▲　　●　　●　　　●　　　　　　●
去指沙堤，南屏水石，西湖风月，好作千骑行春，画图写取。
●●　　　●●　　　●●　　　　●●　　　　●▲

校补：《破阵乐》本系初唐军中乐舞，原名《秦王破阵乐》，
后发展为歌舞大曲，远达吐蕃、印度、日本。任半塘《教坊记
笺订》云："乃唐代之第一乐曲，犹近世国家之有国歌。"曾更
名为《七德舞》，作为武舞用于雅乐。其辞有五言四句、六言
八句及七言四句三种诗体。在立部伎和坐部伎中，曾衍为多种
表演形式。唐高宗时《神功破阵乐》，唐玄宗时坐部伎《小破阵
乐》，均源出于此。《破阵乐》在音乐上既以汉族清乐为基础，
又吸收龟兹乐，在"立部伎"演奏时擂大鼓，"声闻百里，动荡
山谷"，史称"发扬蹈厉，声韵慷慨"。日本有《皇帝破阵乐》
及《秦王破阵乐》，因其舞入《太平乐》，又有《武德太平乐》
《安乐太平乐》之别称，见《大日本史·乐志》。柳永《破阵乐》
"露华倒影"一词，前段第十一句押韵。"簇簇繁星灯烛"，《钦
定词谱》作"簇繁星灯烛"；"和煦"，《钦定词谱》作"欢聚"。

【歌头】

源流：此调见《尊前集》。
宫调：《尊前集》注大石调。

歌头　两段一百三十六字，前段十四句，　唐庄宗
　　　八仄韵；后段十九句，五仄韵。

赏芳春、暖风飘箔。莺啼绿树，轻烟笼晚阁。杏桃红，开繁萼。
●○　　●●▲　　○○●●　　○○●●▲　　●○○　　○○▲

灵和殿、禁柳千行，斜金丝络。夏云多、奇峰如削。纨扇动微凉，轻绡薄。梅雨霁，火云烁。临水槛，永日逃烦暑，泛觥酌。露华浓，冷高梧，凋万叶。一霎晚风，蝉声新雨歇。暗惜此光阴，如流水，东篱菊残时，叹萧索。繁阴积，岁时暮，景难留，不觉朱颜失却。好容光，旦旦须呼宾友，西园长宵，宴云谣，歌皓齿，且行乐。

此调只有此词，无别首可校。万树云，此词后半叶韵甚少，必有讹处。

校补：唐庄宗，即五代后唐皇帝李存勖。相传隋炀帝凿汴河时自制《水调歌》，唐人演为大曲，"歌头"即指全曲之首章。王建《闲说》诗："歌头舞遍回回别，鬓样眉心日日新。"又，截大曲多遍之开头部分，倚声填词，亦谓"歌头"。夏敬观《词调溯源》云："歌头为大曲之曲遍称谓，不应以为词牌名，疑是大曲中之一遍，而失其调名。"

【玉女摇仙佩】

宫调：柳永词注正宫。

玉女摇仙佩 两段一百三十九字，前段十四句，六仄韵；后段十三句，七仄韵。　　柳永

飞琼伴侣，偶别珠宫，未返神仙行缀。取次梳妆，寻常言语，有得几多姝丽。拟把名花比。恐旁人笑我，谈何容易。细思算、奇葩艳卉，惟是深红浅白而已。争如这多情，占得人间，

千娇百媚。

须信画堂绣阁,皓月清风,忍把光阴轻弃。自古及今,佳人才子,少得当年双美。且恁相偎倚。未消得、怜我多才多艺。但奶奶、兰心蕙性,枕前言下,表余深意。为盟誓。今生断不辜鸳被。

【多丽】

源流:翰林学士聂冠卿,尝于李良定席上赋《多丽》词。蔡君谟时知泉州,寄良定书云,新传《多丽》词,述宴游之娱,使病夫举目增叹。又附一诗云:"清游胜事传都下,多丽新词到海边。"见《复斋漫录》。

种类:有平韵、仄韵两体。

别名:一名《鸭头绿》,周格非词名《陇头泉》。

多丽 两段一百四十字,前段十四句,六仄韵;后段十二句,五仄韵。　　聂冠卿

想人生,美景良辰堪惜。向其间、赏心乐事,古来难是并得。况东城、凤台沁苑,泛晴波、残照金碧。露洗华桐,烟霏丝柳,绿阴摇曳,荡春一色。画堂迥、玉簪琼佩,高会尽词客。清欢久、重燃绛蜡,别就瑶席。

有翩若惊鸿体态,暮为行雨标格。逞朱唇、缓歌妖丽,似听流莺乱花隔。慢舞萦回,娇鬟低亸,腰肢纤细困无力。忍分散、彩云归后,何处更寻觅。休辞醉,明月好花,莫漫轻掷。

校补:《钦定词谱》以此词为变格,以晁补之"新秋近,晋

公别馆开筵"词为正体。

又一体 两段一百三十九字，前段十四句，六平韵；后段十二句，五平韵。　　晁端礼

晚云收，淡天一片琉璃。烂银盘、来从海底，皓色千里澄辉。莹无尘、素娥淡伫，静可数、丹桂参差。玉露初零，金风未凛，一年无似此佳时。向坐久、疏星时度，乌鹊正南飞。瑶台冷，阑干凭暖，欲下迟迟。

念佳人、音尘隔后，对此应解相思。最关情、漏声正永，暗断肠、花影潜移。料得来宵，清光未减，阴晴天气又争知。共凝恋、如今别后，还是隔年期。人绥健，清尊素月，长愿相随。

此调押平韵者，以此词为正体。前段第五、六句，后段第三、四句，俱作上三下四句法。宋元人词，多照此体填之。

【六丑】

源流：此调见周邦彦《片玉集》，或是周邦彦所创作。宣和中李师师以能歌舞称，歌《六丑》，上顾教坊使袁绹问，绹曰："此起居舍人新知潞州周邦彦作也。"问"六丑"之义，莫能对，急召邦彦问之。对曰："此犯六调，皆声之美者，然绝难歌。昔高阳氏有子六人，才而丑，故以比之。"见宋周密《浩然斋雅谈》。

宫调：周邦彦词注中吕调。

名解：《晋志》云，汉仪，后亲蚕叶，著十二笄步摇，衣青乘神，

盖云母安车，驾六丑马。注曰：丑类。见周邦彦《片玉集》注。

六丑 两段一百四十字，前段十四句，八仄韵；后段十三句，九仄韵。　　周邦彦

正单衣试酒，恨客里、光阴虚掷。愿春暂留，春归如过翼。一去无迹。为问花何在，夜来风雨，葬楚宫倾国。钗钿坠处遗芳泽。乱点桃蹊，轻翻柳陌。多情为谁追惜。但蜂媒蝶使，时叩窗槅。

东园岑寂。渐朦胧暗碧。静绕珍丛底，成叹息。长条故惹行客。似牵衣待话，别情无极。残英小、强簪巾帻。终不似、一朵钗头颤袅，向人欹侧。漂流处、莫趁潮汐。恐断鸿、尚有相思字，何由见得。

此调以此词为正体。《钦定词谱》云，此词平仄异同处，遍校诸家，不过数字，可见古人声律之严。

校补：上段第二句"恨客里"，《钦定词谱》作"怅客里"。方千里、杨泽民、陈允平俱有和词，陈词前段第七句"飞蜂似雨"，"飞"字平声；杨词第八句"又留连京国"，"留"字平声。

【玉抱肚】

源流：此调见杨无咎《逃禅词》，或是杨无咎所创作。元曲有商调《玉抱肚》，与此调截然不同。

玉抱肚 两段一百四十一字，前段九句，六仄韵；后段十四句，九仄韵。　　杨无咎

　　同行同坐。同携同卧。正朝朝暮暮同欢，怎知终有抛弹。记江皋惜别，那堪被、流水无情送轻舸。有愁万种，恨未说破。知重见、甚时可。

　　见也浑闲，堪嗟处、山遥水远，音书也无个。这眉头、强展依前锁。这泪珠、强拭依前堕。我生平、不识相思，为伊烦恼忒大。你还知么。你知后、我也甘心受摧挫。又只恐你，背盟誓、如风过。共别人、忘着我。把扬澜左蠡、都卷尽，也杀不得、这心头火。

此调只有此词，无别首可校。

校补：汲古阁本，此词后段第五句"强拭"作"强收"，第十一句"如风过"作"似风过"，第十三句"左"字下脱一字，第十四句"也"字作"与"字，《钦定词谱》从潜采堂抄本订正。

【六州歌头】

源流：《六州歌头》，本鼓吹曲也。近世好事者倚其声为吊古词〔如"秦亡草昧，刘项起吞并"者是也〕，音调悲壮，又以古兴亡事实文之。闻其歌，使人慷慨，良不与艳词同科，诚可喜也。见宋程大昌《演繁露》。

六州歌头 两段一百四十三字，前段十九句，八平韵、八仄韵；后段二十句，八平韵、十仄韵。　　贺铸

少年侠气，交结五都雄。肝胆洞。毛发耸。立谈中。死生同。一诺千金重。推翘勇。矜豪纵。轻盖拥。联飞鞚。斗城东。轰饮酒垆，春色浮寒瓮。吸海垂虹。间呼鹰嗾犬，白羽摘雕弓。狡穴俄空。乐匆匆。
似黄粱梦。辞丹凤。明月共。漾孤蓬。官冗从。怀倥偬。落尘笼。簿书丛。鹖弁如云众。供粗用。忽奇功。笳鼓动。渔阳弄。思悲翁。不请长缨，系取天骄种。剑吼西风。恨登山临水，手寄七弦桐。目送归鸿。

此调平仄互叶者，以此词为正体。《钦定词谱》云：平用东、冬，叶用董、肿、宋、送，不杂他韵。贺铸北宋人，其用韵校诸家不同，盖当日倚声，必有所本也。

又一体 两段一百四十三字，前段十九句，八平韵；后段十九句，七平韵。　　刘褒

凭深负阻，蜂午肆奔腾。龙江上，妖氛涨，鲸海外，白波惊。羽檄交飞急，玉帐静，金韬闷，恢远驭，振长缨。密分兵。细草黄沙渺渺，西关路，风袅高旌。听飞霜令肃，坚壁夜无声。鼓角何神。地中鸣。
看追风骑，攒云槊，殷雷毂，彻天钲。飞箭集，旄头坠，长围掩，郭东倾。振旅观旋凯，笳鼓竞，绣旗明。刀换犊，戈藏革，士休营。黄色赤云交映，论功何止蔡州平。想环城苍玉，深刻入青冥。永诏来今。

此调全押平韵，句读亦与押平仄互叶者小异。

【夜半乐】

源流：唐教坊曲名。《夜半乐》，唐史云，民间以明皇自潞州还京师，夜半举兵诛韦皇后，制《夜半乐》《还京乐》二曲。《乐府杂录》云，明皇自潞州入平内难，半夜斩长乐门关，领兵入宫，后撰《夜半乐》曲。今黄钟宫《三台夜半乐》，中吕调有慢、有近拍、有序，不知何者为正。见宋王灼《碧鸡漫志》。宋词盖借旧曲名，另倚新声。

宫调：柳永词注中吕调。

夜半乐 三段一百四十四字，前段十句，五仄韵；中段九句，四仄韵；后段七句，五仄韵。　　柳永

冻云黯淡天气，扁舟一叶，乘兴离江渚。渡万壑千岩，越溪深处。怒涛渐息，樵风乍起。更闻商旅相呼，片帆高举。泛画鹢、翩翩过南浦。

望中酒旆闪闪，一簇烟村，数行霜树。残日下、渔人鸣榔归去。败荷零落，衰杨掩映，岸边两两三三，浣纱游女。避行客、含羞笑相语。

到此因念，绣阁轻抛，浪萍难驻。叹后约、丁宁竟何据。惨离怀、空恨岁晚归期阻。凝泪眼、杳杳神京路。断鸿声远长天暮。

此调只有柳词二首，句拍亦大同小异，惟无别作可校。

校补：任半塘《教坊记笺订》谓此曲与《还京乐》《喜回銮》《帝归京》《喜还京》等教坊曲，应同一本事。陶宗仪《辍耕录》金元院本名目有《夜半乐打明皇》一本，既演其事，复用其曲。日本传说得唐之《夜半乐》，无舞。《续日本史·乐志》属平调。龙榆生《唐宋词格律》："全曲格局开展，中段雍容不迫，后段则声拍促数矣。"

【宝鼎现】

源流：此调见康与之《顺庵乐府》。
别名：李弥逊词名《三段子》，陈合词名《宝鼎儿》。

宝鼎现 三段一百五十七字，前段九句，四仄韵；中段、后段各八句，五仄韵。　　康与之

夕阳西下，暮霭红隘，香风罗绮。乘丽景、华灯争放，浓焰烧空连锦砌。睹皓月、浸严城如昼，花影寒笼绛蕊。渐掩映、芙蕖万顷，迤逦齐开秋水。
太守无限行歌意。拥麾幢、光动珠翠。倾万井、歌台舞榭，瞻望朱轮骈鼓吹。控宝马、耀貔貅千骑，银烛交光数里。似乱簇、寒星万点，拥入蓬壶影里。
来伴宴阁多才，环艳粉、瑶簪珠履。恐看看、丹诏催奉，宸游燕侍。便趁早、占通宵醉。莫放笙歌起。任画角、吹彻寒梅，月满西楼十二。

此调以此词为正体。后段第三、第四句，七字一句，四字一句，查各家俱作上五下六句法，疑此有误。今姑仍旧，亦阙

疑之义也。见《钦定词谱》。

校补:《东观汉记》载:"(汉明帝永平)六年,庐江太守献宝鼎,出王雒山。"班固《东都赋》:"宝鼎见(现)兮色纷缊。"调名本此。陈允平词,调名《宝鼎见》,"见"与"现"为古今字。陈合词名《宝鼎儿》,"儿"字或是"见"字之形近而讹。或谓《宝鼎现》全词分三段,故又名《三段子》。"恐看看、丹诏催奉",《钦定词谱》原作"恐看看、丹诏归春",《词式》据汲古阁本及《词律》改。

【个侬】

源流:此调见廖莹中词,或是廖莹中所创作,即用本词起句以为调名。

个侬 两段一百五十九字,前段十六句,六仄韵;后段十六句,八仄韵。 廖莹中

恨个侬无赖,卖娇眼、春心偷掷。沙软芳堤,苔平苍径,却印下、几弓纤迹。花不知名,香才闻气,似月下箜篌,蒋山倾国。半解罗襟,蕙薰微度,镇宿粉、栖香双蝶。语态眠情,感多时、轻留细阅。休问望宋墙高,窥韩路隔。
寻寻觅觅。又暮雨、遥峰凝碧。花径横烟,竹扉映月,尽一刻、千金堪值。卸袜熏笼,藏灯衣桁,任裹臂金斜,搔头玉滑。更怪檀郎,恶怜深惜。几颤袅、周旋倾侧。碾玉香钩,甚无端、凤珠微脱。多少怕晓听钟,琼钗暗擘。

此调只有此词，无别首可校。

校补：隋炀帝杨广《嘲罗罗》诗："个侬无赖是横波，黛染隆颅簇小娥。"据张相《诗词曲语辞汇释》卷三，"个侬"为宋元俗语，犹云"那人"。或谓《个侬》即《六丑》，如万树《词律》驳《诗余图谱》于《六丑》之外又收《个侬》一调，而将此调附于《六丑》之后。丁绍仪《听秋声馆词话》卷一一云："周美成制《六丑》调，杨升庵嫌其名不雅，改称《个侬》。若不知宋人廖莹中自有《个侬》本调，前后极整齐。万树《词律》因升庵所作，虽用周韵，而句读参差，知辨其错谬，亦不知调本《个侬》，词系廖作。"

【解红慢】

源流：此调见《鸣鹤余音》。

解红慢 两段一百六十字，前段十七句，八仄韵、一平韵；后段十八句，五仄韵、四平韵。　　无名氏 见《鸣鹤余音》

　　杖藜徐步。过小桥，逍遥游南浦。韶华暗改，俄然又翠密红疏。东郊雨霁，何处绵蛮黄鹂语。见云山掩映，烟溪外，斜阳暮。晚凉趁，竹风清，荷香度。这闲里、光阴向谁诉。尘寰百岁能几许。似浮沤出没，迷者难悟。
　　归去来，恐田园荒芜。东篱畔，坦荡笑傲琴书。青松影里，茅檐下，保养残躯。一任世间，物态翻腾催今古。争如我、懒散生涯，贫与素。兴时歌，困时眠，狂时舞。把万事、纷纷总不顾。从他人笑真愚鲁。伴清风皓月，幽隐蓬壶。

此调只有此词,无别首可校。此调是元词,用"鱼、虞、语、麌、御、遇"本部三声叶,与《中原音韵》北曲不同。

校补:"幽隐蓬壶",底本作"幽隐蓬台",据《钦定词谱》改。

【穆护砂】

源流:《历代歌辞》曰"《穆护砂》曲,犯角"。唐张祜有五言绝句,题《穆护砂》。俱见宋郭茂倩《乐府诗集》。宋词盖因旧曲名,另倚新声也。见《钦定词谱》。《穆护砂》隋朝曲,与《水调》同时,皆开汴河时词人所制劳歌。见明杨慎《升庵词品》。

穆护砂 两段一百六十九字,前段十五句,七仄韵、一叶韵;后段十四句,六仄韵、两叶韵。　　宋袤

底事兰心苦。便凄然、泣下如雨。倚金台独立,揾香无主,断肠封家相妒。乱扑簌、骊珠愁有许。向午夜、铜盘倾注。便不似、红冰缀颊,也湿透、仙人烟树。罗绮筵前,海棠花下,淫淫常怕凤脂枯。比洛阳年少,江州司马,多少定谁似。

照破别离心绪。学人生、有情酸楚。想洞房佳会,而今寥落,谁能暗收玉箸。算只有、金钗曾巧补。轻湿了、粉痕如故。愁思减、舞腰纤细,清血尽、媚脸肤腴。又恐娇羞,绛纱笼却,绿窗伴我检诗书。更休教、邻壁偷窥,幽兰啼晓露。

此调只有此词,无别首可校。此词用三声叶。

校补：又名《穆护煞》《木斛沙》《穆护歌》。任半塘《唐声诗》谓"穆护"乃古波斯祆教语之音译，意为"传教师"，并引《旧唐书·武宗纪》："其大秦穆护等祠，释教既已釐革，邪法不可独存……外国之教，勒大秦、穆护、祆三千余人还俗，不杂中华之风。"此调原为唐代祆教大曲《穆护》之煞尾一遍，故名《穆护砂》，"砂"为"煞"之音讹。《全唐诗》载张祜《穆护砂》"玉管朝朝弄"一首，五言四句二平韵，前二句对偶，为声诗体。另据宋张邦基《墨庄漫录》："苏阴和尚作《穆护歌》，又地里（理）风水家亦有《穆护歌》，皆以六言为句，而用侧韵。黄鲁直云：黔南、巴僰间赛神者皆歌《穆护》，其略云：'听唱商人穆护，四海五湖曾去。'因问穆护之名。父老云：盖木瓠耳。曲木状如瓠，击之以节歌耳。予见淮西村人多作炙手歌，以大长竹数尺，刳去中节，独留其底，筑地逢逢若鼓声，男女把臂成围，抚髀而歌，亦以竹筒筑地为节。"则释"穆护"之义又不同，六言仄韵体之《穆护歌》今亦不存。此调至宋渐演为慢曲。此词之"语""麌"韵中，间入"枯""腴""书"三平韵，故谓三声叶。

【三台】

源流：唐教坊曲名。唐曲有《三台》《急三台》《宫中三台》《上皇三台》《怨陵三台》《突厥三台》，《三台》为大曲。见《唐音统签》。汉蔡邕三日之间，周历三台，乐府以邕晓音律，为制此曲。见冯鉴《续事始》。邺中有曹公铜雀、金虎、冰井三台，北齐高洋毁之，更筑金凤、圣应、崇光三台。宫人拍手呼上台送酒，因名其曲为《三台》。见唐刘禹锡《嘉话录》。《三台》，三十拍促曲名，昔邺中有三台，石季龙常为游宴之所，而造此曲以促饮。见李氏（李匡乂）《资暇录》。

宫调：《乐苑》云，唐《三台》，羽调曲。

三台 三段一百七十一字，前段九句，五仄韵；中段、后段各八句，五仄韵。 万俟咏

见梨花初带夜月，海棠半含朝雨。内苑春、不禁过青门，御沟涨、潜通南浦。东风静，细柳垂金缕。望凤阙、非烟非雾。好时代、朝野多欢，遍九陌、太平箫鼓。

乍莺儿百啭断续，燕子飞来飞去。近绿水、台榭映秋千，斗草聚、双双游女。饧香更、酒冷踏青路。曾暗识、夭桃朱户。向晚骤、宝马雕鞍，醉襟惹、乱花飞絮。

正轻寒轻暖漏永，半阴半晴云暮。禁火天、已是试新妆，岁华到、三分佳处。清明看、汉宫传蜡炬。散翠烟、飞入槐府。敛兵卫、阊阖门开，住传宣、又还休务。

此词为万俟咏清明应制之作。此调只有此词，无别首可校。

校补：此词旧刻亦有作双调者，《词律》改为三叠，《钦定词谱》从之。

【抛球乐】

源流：见柳永《乐章集》，柳永借旧曲名，别倚新声，与唐词小令体制迥异。《词律》《词谱》均附于唐词《抛球乐》后，兹另列之。

宫调：柳永词注夹钟商。

抛球乐 两段一百八十八字，前段十六句，六仄韵；后段二十句，八仄韵。　　柳永

晓来天气浓淡，微雨轻洒。近清明、风絮巷陌，烟草池塘，尽堪图画。艳杏暖、妆脸匀开，弱柳困、宫腰低亚。是处丽质盈盈，巧笑嬉嬉，手簇秋千架。戏彩球罗绶，金鸡芥羽，少年驰骋，芳郊绿野。占断五陵游，奏脆管、繁弦声和雅。

向名园深处，争桤画轮，竞鞯宝马。取次罗列杯盘，就芳树、绿阴红影下。舞婆娑，歌宛转，仿佛莺娇燕姹。寸珠片玉，争似此浓欢无价。任他美酒，十千一斗，饮竭仍解金貂赏。恣幕天席地，陶陶尽醉太平，且乐唐虞景化。须信艳阳天，看未足、已觉莺花谢。对绿蚁翠蛾，怎生轻舍。

此调只有此词，无别首可校。作长调须要如此照管，则知安字平仄处，裁句长短处，不然随读随填，必至前后尽错矣。况不如此体认，而惟旧谱是依，岂不大误耶。见万树《词律》。《宋史·乐志》有夹钟商《抛球乐》，其词不传。元人有黄钟宫《抛球乐》，字数亦参差。见《钦定词谱》。

校补：唐教坊曲名。《唐音癸签》云：《抛球乐》，酒筵中抛球为令，其所唱之词也。《宋史·乐志》载：女弟子舞队，三曰"抛球乐"。此调三十字者，始于刘禹锡词，皇甫松本此填，多一和声。三十三字者，始于冯延巳词，因词有"且莫思归去"句，或名《莫思归》。皆五七言小律诗体。至宋柳永，则借旧曲名，别倚新声，始有两段一百八十七字体。《乐章集》注林钟

商调。与唐词小令体制，迥然各别。"向名园深处，争柅画轮，竞羁宝马"一句，《钦定词谱》作前段结拍，故云"前段十九句七仄韵，后段十七句七仄韵"。

【哨遍】

源流：此调创自苏轼，苏轼《哨遍序》云："陶渊明赋《归去来》，有其词而无其声……乃取《归去来辞》，稍加檃括，使就声律……使家僮歌之。"

别名：或作《稍遍》。

哨遍 两段二百三字，前段十七句，五仄韵、四平韵；后段二十句，五平韵、七仄韵。 苏轼

为米折腰，因酒弃家，口体交相累。归去来，谁不遣君归。觉从前皆非今是。露未晞。征夫指予归路，门前笑语喧童稚。嗟旧菊都荒，新松暗老，吾年今已如此。但小窗容膝闭柴扉。策杖看孤云暮鸿飞。云出无心，鸟倦知还，本非有意。

噫。归去来兮。我今忘我兼忘世。亲戚无浪语，琴书中有真味。步翠麓崎岖，泛溪窈窕，涓涓暗谷流春水。观草木欣荣，幽人自感，吾生行且休矣。念寓形宇内复几时。不自觉皇皇欲何之。委吾心、去留谁计。神仙知在何处，富贵非吾志，但知临水登山啸咏，自引壶觞自醉。此生天命更何疑。且乘流、遇坎还止。

此词用三声叶韵，各家俱如此填之。《词律》谓此词长而多讹，《词谱》谓其体颇近散文，平仄往往不拘。

校补：汲古阁本《东坡词》于《稍遍》后附小注："其词盖世所谓'般瞻'之《稍遍》也。'般瞻'，龟兹语也，华言为五声，盖羽声也，于五音之次为第五。今世作'般涉'，误矣。《稍遍》三叠，每叠加促字，当为'稍'，读去声。世作'哨'，或作'涉'，皆非是。"然各本仍多作《哨遍》。

【戚氏】

宫调：柳永词注中吕调。
别名：丘处机词名《梦游仙》。

戚氏 三段二百十二字，前段十五句，九平韵；中段十二句，六平韵；后段十六句，六平韵、两仄韵。　　柳永

晚秋天。一霎微雨洒庭轩。槛菊萧疏，井梧零乱惹残烟。凄然。望江关。飞云黯淡夕阳间。当时宋玉悲感，向此临水与登山。远道迢递，行人凄楚，倦听陇水潺湲。正蝉吟败叶，蛩响衰草，相应喧喧。

孤馆度日如年。风露渐变，悄悄至更阑。长天净、绛河清浅，皓月婵娟。思绵绵。夜永对景，那堪屈指，暗想从前。未名未禄，绮陌红楼，往往经岁迁延。

帝里风光好，当年少日，暮宴朝欢。况有狂朋怪侣，遇当歌对酒竞留连。别来迅景如梭，旧游似梦，烟水程何限。念利名、憔悴长萦绊。追往事、空惨愁颜。漏箭移、稍觉轻寒。渐呜咽、画角数声残。对闲窗畔，停灯向晓，抱影无眠。

此调宋人作者甚稀。后段两仄韵，亦用三声叶。

校补：龙榆生《唐宋词格律》："前段九平韵、一仄韵，中段六平韵、三仄韵，后段六平韵、三仄韵，同部参错互叶。""第一段'正'字，第三段'遇''念''渐''对'等字皆领格，宜用去声。又，'当年少日'与'对闲窗畔'二句，皆上一下三句式。在长调慢词中，此等处最宜注意，须于曼声长吟之际，细加玩味，方能有所领悟，掌握节奏声容。"

【胜州令】

源流：此调见陈耀文《花草粹编》。

胜州令 四段二百十五字，第一段十一句，七仄韵；第二段十一句，六仄韵；第三段十句，五仄韵；第四段九句，四仄韵。　　郑意娘

杏花正喷火。朦朦微雨，晓来初过。梦回听、乳莺调舌，紫燕竞穿帘幕。垂杨阴里，粉墙影出秋千索。对媚景，赢得双眉锁。翠鬟信任䰄。谁更忺梳掠。

追思向日，共个人、同携手，略无暂时抛躲。到今似、海角天涯，无由得见则个。番思往事上心，向他谁行诉。却会旧欢，泪滴真珠颗。意中人未睹。觉凤帏冷落。

都是俺差错。被他闲言伏语啜做。到此近、四五千里，为水远山遥阔。当初曾言，尽老更不重婚，却甚镇日，共人同欢乐。傅粉在那里，肯念人寂寞。

终待把、云笺细写，把衷肠、尽总说破。问伊怎下得，怜新弃旧，顿乖盟约。可怜命掩黄泉，细寻思，都为他一个。你忒煞亏我。

此调只有此词，无别首可校。此词用韵太杂，究非名作，惟如此长调，颇不易得，姑录以备一体耳。

校补：该词上去入三声并押，有人以为似北曲。《词律》注云，"入声，仍作上去用，矩矱固自森然"，"但于入声韵改用上去，便已协律"。

【莺啼序】

源流：此调见吴文英《梦窗词集》，或是吴文英所创作。《莺啼序》，为词中最长之调。

别名：一名《丰乐楼》，因吴文英《天吴驾风》一首，乃题丰乐楼之作，故后人遂以为调名耳。按，吴自牧《梦梁录》云，杭城丰豫门外，有酒楼名"丰乐"，缙绅士人多集于此。

莺啼序 四段二百四十字，第一段八句，四仄韵；第二段十句，四仄韵；第三段十四句，四仄韵；第四段十四句，五仄韵。　　**吴文英**

残寒正欺病酒，掩沉香绣户。燕来晚、飞入西城，似说春事迟暮。画船载、清明过却，晴烟冉冉吴宫树。念羁情游荡，随风化为轻絮。

十载西湖，傍柳系马，趁娇尘软露。溯红渐、招入仙溪，锦儿偷寄幽素。倚银屏、春宽梦窄，断红湿、歌纨金缕。暝堤空，轻把斜阳，总还鸥鹭。

幽兰渐老，杜若还生，水乡尚寄旅。别后访、六桥无信，事往花萎，瘗玉埋香，几番风雨。长波妒盼，遥山羞黛，渔灯分影春江宿，记当时、短楫桃根渡。青楼仿佛，临分败壁题诗，泪墨惨淡尘土。▲ 危亭望极，草色天涯，叹鬓侵半苎。暗点检、离痕欢唾。尚染鲛绡，䰇凤迷归，破鸾慵舞。殷勤待写，书中长恨，蓝霞辽海沉过雁，漫相思、弹入哀筝柱。伤心千里江南，怨曲重招，断魂在否。▲

此调以此词为正体，吴文英有词三首皆同，其余各家，辄因调长韵杂，每有参差。万树谓："词调最长者惟此序，而最难订者亦惟此序。"盖因调长难填，辄易涉误，兹爰录万树《词律》所校定者如次，俾填者有所参考也。第一段：第一句六字；第二句五字系上一下四；第五句系上三下四；第七、第八句十一字，可作上五下六，亦可作一三两四句读，总之，此十一字，意义相贯，但平仄声响不误便是。第二段：第一、第二句各四字，及第三句五字，乃一定之格，盖起二句为换头，而五字句，仍与前段合也；第四、第五两句与前段合，又第四句系上三下四；第六、第七句均系上三下四；第八、第九、第十句为第二段结句，与第一段合。第三段：第一、第二、第三句系两四一五；第六、第七、第八、第九句系四字相对，下以七字句（指第十句）承之；第十一句系上三下五，第十二句四字，第十三句六字，第三段结句六字，各词均同。第四段：第一、第二、第三句系两四一五，与前段合；第四句与第七句亦与前段合；第八句至第十句共十五字，亦与前段俱合；至第十一句以下共二十二字之句读，则各词均同也。

校补："序"亦称"序子"。张炎《词源》云："俗传序子四片，其拍颇碎，故缠令多用之。绳以慢曲八均之拍不可，又非慢二急三，拍与《三台》相类也。"此调最早见于《阳春白雪》所载高似孙词，其词序云，"屈原《九歌·东皇太一》，春之神也。其词凄惋，含意无穷。略采其意，以度春曲"，似为创调之作。稍后，徐宝之、吴文英词亦有同调之作，但句读与高词有异。徐、吴以下诸家所作，亦不用高词体，而与徐、吴词为近。故此调当以徐、吴词为正体。吴文英《莺啼序》"天吴驾云阊海"一首，词题为《丰乐楼》，见《梦窗词稿》。《钦定词谱》卷三九因误为调名。

附录一
词韵目录（韵目用《广韵》）

第一部

平声　一东　二冬　三钟
上声　一董　二肿
去声　一送　二宋　三用

第二部

平声　四江　十阳　十一唐
上声　三讲　二十六养　三十七荡
去声　四绛　四十一漾　四十二宕

第三部

平声　五支　六脂　七之　八微　十二齐　十五灰
上声　四纸　五旨　六止　七尾　十一荠　十四贿
去声　五寘　六至　七志　八未　十二霁　十三祭
　　　十四泰半　十八队　二十废

第四部

平声　九鱼　十虞　十一模
上声　八语　九麌　十姥
去声　九御　十遇　十一暮

第五部

平声　十三佳半　十四皆　十六哈
上声　十二蟹　十三骇　十五海
去声　十四太半　十五卦半　十六怪　十七夬　十九代

第六部

平声　十七真　十八谆　十九臻　二十文　二十一欣
　　　二十三魂　二十四痕
上声　十六轸　十七准　十八吻　十九隐　二十一混
　　　二十二很
去声　二十一震　二十二稕　二十三问　二十四焮
　　　二十六图　二十七恨

第七部

平声　二十二元　二十五寒　二十六桓　二十七删
　　　二十八山　一先　二仙
上声　二十阮　二十三旱　二十四缓　二十五潸
　　　二十六产　二十七铣　二十八狝
去声　二十五愿　二十八翰　二十九换　三十谏
　　　三十一裥　三十二霰　三十三线

第八部

平声　三萧　四宵　五肴　六豪
上声　二十九篠　三十小　三十一巧　三十二皓
去声　三十四啸　三十五笑　三十六效　三十七号

第九部

平声　七歌　八戈
上声　三十三哿　三十四果
去声　三十八个　三十九过

第十部

平声　十三佳半　九麻
上声　三十五马
去声　十五卦半　四十祃

第十一部

平声　十二庚　十三耕　十四清　十五青
　　　十六蒸　十七登
上声　三十八梗　三十九耿　四十静　四十一迥
　　　四十二拯　四十三等
去声　四十三映　四十四诤　四十五劲　四十六径
　　　四十七证　四十八嶝

第十二部

平声　十八尤　十九侯　二十幽
上声　四十四有　四十五厚　四十六黝
去声　四十九宥　五十候　五十一幼

第十三部

平声　二十一侵
上声　四十七寝

去声　五十二沁

第十四部

平声　二十二覃　二十三谈　二十四盐　二十五沾
　　　二十六严　二十七咸　二十八衔　二十九凡
上声　四十八感　四十九敢　五十琰　五十一忝
　　　五十二俨　五十三豏　五十四槛　五十五范
去声　五十三勘　五十四阚　五十五艳　五十六桥
　　　五十七验　五十八陷　五十九鉴　六十梵

第十五部

入声　一屋　二沃　三烛

第十六部

入声　四觉　十八药　十九铎

第十七部

入声　五质　七栉　九迄　二十二昔　二十三锡
　　　二十四职　二十五德　二十六缉

第十八部

入声　六术　八物

第十九部

入声　二十陌　二十一麦

第二十部

入声　十一没　十二曷　十三末

第二十一部

入声　十月　十四黠　十五辖　十六屑
　　　十七薛　二十九叶　三十帖

第二十二部

入声　二十七合　二十八盍　三十一洽　三十二狎
　　　三十三业　三十四乏

附录二
词调通检表[1]

一画

调名	页码
一七令	207
一寸金	645
一叶落	47
一丛花	336
一丛花令 即一丛花	336
一丝风 即诉衷情令	97
一江春水 即虞美人	215
一枝花 即促拍满路花	359
一枝春	427
一络索 即一落索	142
一捻红 即瑞鹤仙	568
一斛夜明珠 即一斛珠	229
一斛珠	229
一剪梅	250
一萼红	652
一落索	142
一箩金 即蝶恋花	244

二画

调名	页码
二色宫桃	227
二色莲	428
二郎神	596
丁香结	501
十二时 即十二时慢	696
十二时 即忆少年	114
十二时慢	696
十二郎 即二郎神	596
十八香 即点绛唇	82
十月桃	506
十月梅 即十月桃	506
十六字令 即归字谣	2
十拍子 即破阵子	261
十样花	39
十爱词 即南歌子	17
七娘子	250
卜算子	99

---

[1] 该表原系繁体笔画排列，今按简体重新编排，并注明各调（包括别调）在本书中出现的页码。校补部分的新增词调亦纳入此表，加"（补）"字，以作区别。

词目	页码	词目	页码
卜算子 即卜算子慢	387	于飞乐	306
卜算子慢	387	于飞乐令 即于飞乐（补）	306
人月圆	134	于中好 即端正好	198
人在楼上 即声声慢	497	下水船	321
入塞	183	大犯 即兰陵王	697
八六子	397	大圣乐	659
八节长欢	484	大有	503
八归	679	大江东 即念奴娇（补）	522
八犯玉交枝 即八宝妆	658	大江东去 即念奴娇	522
八声甘州	458	大江西上曲 即念奴娇	522
八拍蛮	37	大江词 即念奴娇（补）	522
八宝妆	658	大江乘 即念奴娇（补）	522
八宝妆 即新雁过妆楼	510	大椿	514
八音谐	528	大酺	698
		兀令	370
三画		与团圆 即喜团圆	135
三犯渡江云 即渡江云	526	万年欢	479
三犯锦园春 即四犯剪梅花	415	万年欢慢 即万年欢	479
三台	13 715	万年枝 即喜迁莺	117
三台令 即古调笑	49	万里春	108
三字令	126	万斯年 即天仙子	55
三段子 即宝鼎现	711	上升花 即花心动	609
三姝媚	508	上平西 即金人捧露盘	342
三部乐	496	上平南 即金人捧露盘	342
三奠子	291	上西平 即金人捧露盘	342
三登乐	302	上西楼 即相见欢	63

上行杯	68	千秋万岁 即千秋岁引	355
上阳春 即蓦山溪	355	千秋节 即千秋岁	303
上林春 即上林春慢	564	千秋岁	303
上林春令	193	千秋岁 即念奴娇	522
上林春慢	564	千秋岁引	355
小圣乐	437	千秋岁令 即千秋岁引	355
小冲山 即小重山	238	个侬	712
小重山	238	广寒枝 即浣溪沙	85
小重山令 即小重山	238	广寒秋 即鹊桥仙	220
小庭花 即浣溪沙	85	子夜歌	683
小秦王 即阳关曲	31	子夜歌 即菩萨蛮	94
小桃红 即平湖乐	83	女冠子 80	667
小桃红 即连理枝	295	女冠子慢 即女冠子	667
小梅花 即梅花引	677	飞龙宴	512
小阑干 即少年游	154	飞雪满堆山 即飞雪满群山	643
小阑干 即眼儿媚	133	飞雪满群山	643
小楼连苑 即水龙吟	560	马家春慢	545
小镇西	343		
小镇西犯	300	**四画**	
山花子	126	丰乐楼 即莺啼序	721
山鬼谣 即摸鱼儿	680	丰年瑞 即水龙吟	560
山亭柳	338	王孙信 即寻芳草	186
山亭宴 即山亭宴慢	558	开元乐 即三台	13
山亭宴慢	558	天下乐	199
山渐青 即长相思	61	天下乐 即瑞鹧鸪	217
千年调	323	天下乐令 即减字木兰花	98

词牌	页码	词牌	页码
天门谣	104	太平年	106
天仙子	55	太平欢 即念奴娇	522
天净沙	39	太平时 即添声杨柳枝	75
天香	442	太常引	150
天香引 即折桂令	194	太清引 即太常引	150
元会曲 即水调歌头	431	比梅 即忆仙姿	52
无闷	516	少年心	249
无俗念 即念奴娇	522	少年游	154
无梦令 即忆仙姿	52	少年游慢	370
无愁可解	654	中兴乐	89
云仙引	493	内家娇	634
云淡秋空 即柳梢青	148	水龙吟	560
木兰花令 即木兰花	209	水龙吟令 即水龙吟	560
木兰花慢	540	水龙吟慢 即水龙吟	560
木兰香 即减字木兰花	98	水仙子	88
木笡	177	水调歌头	431
五拍 即瑞鹧鸪	217	水晶帘	495
五彩结同心	666	水晶帘 即南歌子	17
五福降中天	379	升平乐	592
五福降中天 即齐天乐	570	升平乐慢 即升平乐	592
五福降中天慢 即五福降中天	379	长生乐	319
厅前柳	226	长寿仙	534
不见 即忆仙姿	52	长寿乐	671
不怕醉 即谒金门	100	长命女	69
仄韵过秦楼 即选冠子	664	长春 即引驾行	518
太平乐 即瑞鹧鸪	217	长相思	61

长相思 即长相思慢	579	风光好	64
长相思令 即长相思	61	风流子	56 661
长相思慢	579	风敲竹 即贺新郎	682
长亭怨 即长亭怨慢（补）	472	风蝶令 即南歌子	17
长亭怨慢	472	丹凤吟	675
长桥月 即霜天晓角	90	乌夜啼	118
爪茉莉	354	乌夜啼 即相见欢	63
月下笛	500	凤归云	555
月上瓜州 即相见欢	63	凤池吟	509
月上海棠	297 398	凤来朝	175
月上海棠慢 即月上海棠	398	凤孤飞	148
月中仙	618	凤将雏 即殿前欢	87
月中行 即月宫春	152	凤栖梧 即蝶恋花	244
月边娇	471	凤衔杯	219
月当厅	552	凤凰台上忆吹箫	461
月当窗 即霜天晓角	90	凤凰阁	292
月华清	511	凤鸾双舞	448
月底修箫谱 即祝英台近	331	凤楼春	330
月城春 即四犯剪梅花	415	凤箫吟	520
月宫春	152	六幺令	423
月照梨花 即河传	207	六幺花十八 即梦行云	290
风入松	314	六丑	706
风入松慢 即风入松（补）	314	六州	695
风中柳 即谢池春	285	六州歌头	708
风中柳令 即谢池春	285	六花飞	440
风光子 即归自谣	57	斗百花	347

斗百草		562	丑奴儿近 即采桑子慢	391
斗婵娟 即霜叶飞（补）		665	丑奴儿慢 即采桑子慢	391
忆人人 即鹊桥仙		220	劝金船	383
忆王孙	47	205	双双燕	491
忆少年		114	双头莲	537
忆东坡		484	双头莲令	139
忆旧游		567	双声子	593
忆旧游慢 即忆旧游		567	双荷叶 即忆秦娥	110
忆仙姿		52	双雁儿	185
忆汉月		157	双瑞莲	436
忆江南		22	双韵子	147
忆吹箫 即凤凰台上忆吹箫		461	双藻怨 即摸鱼儿	680
忆余杭 即酒泉子		71	双翠羽 即念奴娇	522
忆闷令		124	双燕子 即双雁儿	185
忆君王 即忆王孙		47	双鸂鶒	137
忆故人 即烛影摇红		130		
忆柳曲 即虞美人		215	**五画**	
忆帝京		306	玉人歌	385
忆秦娥		110	玉山枕	669
忆真妃 即相见欢		63	玉女迎春慢	439
忆黄梅		339	玉女摇仙佩	704
忆萝月 即清平乐		108	玉水明沙 即柳梢青	148
忆瑶姬		583	玉耳坠金环 即秋色横空	554
引驾行		518	玉团儿	184
丑奴儿 即采桑子		96	玉交枝 即相思引	115
丑奴儿令 即采桑子		96	玉关遥 即月上海棠	297

玉连环	428	扑蝴蝶	322
玉连环 即一落索	142	扑蝴蝶近 即扑蝴蝶	322
玉抱肚	707	甘州 即八声甘州	458
玉京秋	399	甘州子 即甘州曲	40
玉京谣	468	甘州令	337
玉珑璁 即撷芳词	200	甘州曲	40
玉树后庭花 即后庭花	96	甘州遍	268
玉珥坠金环 即烛影摇红	130	甘草子	121
玉壶冰 即虞美人	215	甘露滴乔松	449
玉莲花 即谢池春	285	古记 即忆仙姿	52
玉烛新	546	古阳关 即阳关引	335
玉梅令	286	古香慢	426
玉梅香慢	439	古倾杯 即倾杯乐	598
玉堂春	258	古调笑	49
玉腊梅枝 即少年游	154	古梅曲 即念奴娇	522
玉阑干	221	石州引 即石州慢	563
玉楼人	203	石州慢	563
玉楼春	218	石湖仙	389
玉楼春令 即玉楼春	218	龙山会	590
玉漏迟	420	龙吟曲 即水龙吟	560
玉蝴蝶 79	515	平湖乐	83
玉蝴蝶慢 即玉蝴蝶(补)	515	东风齐著力	404
玉躞蹀 即解躞蹀	321	东风吹酒面 即谒金门	100
玉簪秋 即一剪梅	250	东风第一枝	531
玉簪凉	473	东风寒 即浣溪沙	85
击梧桐	646	东风寒 即眼儿媚	133

词目	页码
东仙 即沁园春	673
东坡引	237
占春芳	113
归去曲 即烛影摇红	130
归去来	144
归去难 即促拍满路花	359
归平遥 即归国遥	90
归田乐	161 299
归田乐引 即归田乐	299
归自谣	57
归字谣	2
归国遥	90
归朝欢	594
归朝欢令 即玉楼春	218
归朝歌 即归朝欢	594
归塞北 即忆江南	22
且坐令	298
叶儿乐府 即庆宣和	9
冉冉云	244
四代好 即宴清都（补）	565
四犯令	166
四犯剪梅花	415
四字令 即醉太平	67
四园竹	332
四和香 即四犯令	166
四换头 即醉公子	76
四笑江梅引 即江城梅花引	380
四槛花	471
生查子	73
白苎	694
白雪	435
白雪词 即念奴娇	522
白蘋香 即西江月	157
氐州第一	573
乐世 即六幺令	423
市桥柳	227
兰陵王	697
汉宫春	444
汉宫春慢 即汉宫春	444
永遇乐	595
出塞 即谒金门	100
圣无忧 即乌夜啼	118
台城路 即齐天乐	570

六画

词目	页码
吉了犯 即倒犯（补）	576
扫市舞 即扫地舞	242
扫地游	432
扫地舞	242
扫花游 即扫地游	432
扬州慢	489
过龙门 即浪淘沙令	195

过秦楼	656	有有令	352
过秦楼 即选冠子	664	百尺楼 即卜算子	99
过涧歇 即过涧歇近	343	百字令 即念奴娇	522
过涧歇近	343	百字谣 即念奴娇	522
西子妆 即西子妆慢	468	百宝妆 即新雁过妆楼	510
西子妆慢	468	百宜娇	603
西平乐	557	百宜娇 即眉妩	588
西平乐慢 即西平乐	557	百媚娘	313
西平曲 即金人捧露盘	342	夺锦标	652
西地锦	125	迈陂塘 即摸鱼儿	680
西江月	157	师师令	310
西江月慢	586	早春怨 即柳梢青	148
西吴曲	628	早梅芳	356　620
西园竹 即四园竹	332	早梅芳 即喜迁莺	117
西河	626	早梅芳近 即早梅芳	356
西河慢 即西河	626	早梅芳慢 即早梅芳	620
西施	300	早梅香	454
西湖 即西河	626	曲入冥 即浪淘沙令	195
西湖月	616	曲玉管	619
西湖曲 即玉楼春	218	曲江秋	549
西湖春 即探芳信	392	曲游春	578
西湖路 即青玉案	287	吊严陵	685
西楼子 即相见欢	63	回波乐	11
西楼月 即春晓曲	28	竹马儿	579
西溪子	58	竹马子 即竹马儿	579
厌金杯	280	竹枝	1

词牌	页码	词牌	页码
竹香子	165	庆春时	133
传言玉女	315	庆春泽	281
伤春怨	93	庆春泽慢 即高阳台	532
伤情怨 即清商怨	91	庆春宫	565
华胥引	378	庆春宫 即高阳台（补）	532
华胥引 即华清引	103	庆宣和	9
华清引	103	庆宫春 即庆春宫	565
伊州三台	138	庆宫春 即高阳台（补）	532
伊州令	176	庆清朝	463
向湖边	610	庆清朝慢 即庆清朝	463
似娘儿 即摊破南乡子	266	齐天乐	570
后庭花	96	并蒂芙蓉	486
后庭花破子	51	关河令 即清商怨	91
后庭宴	255	江月令 即西江月	157
行香子	282	江月晃重山	203
行香子慢	449	江城子	59
合欢带	619	江城子令 即江城子	59
多丽	705	江城子慢	657
冰玉风月 即醉蓬莱	460	江城梅花引	380
庄椿岁 即水龙吟	560	江南好 即忆江南	22
庆千秋	450	江南好 即满庭芳	433
庆长春 即念奴娇	522	江南春	639
庆同天 即河传	207	江南春 即秋风清	43
庆灵椿 即摊破南乡子	266	江南春慢 即江南春	639
庆金枝	130	江亭怨	116
庆金枝令 即庆金枝	130	江神子 即江城子	59

江神子慢 即江城子慢		657	好事近		103
字字双		38	羽仙歌 即洞仙歌		361
安公子	345	636	买陂塘 即摸鱼儿		680
安公子慢 即安公子		636	红芍药		396
安平乐慢		584	红林檎近		340
安庆摸 即摸鱼儿		680	红罗袄		194
安阳好 即忆江南		22	红娘子 即连理枝		295
寻芳草		186	红情 即暗香		466
寻梅		251	红窗听		192
寻瑶草 即点绛唇		82	红窗迥		233
导引		169	红窗睡 即红窗听		192
阮郎归		119	红窗影 即红窗迥		233
阳台梦		143	纥那曲		5
阳台路		456			
阳关引		335	**七画**		
阳关曲		31	寿山曲		246
阳春		610	寿延长破字令		189
阳春曲 即阳春		610	寿阳曲		30
阳春曲 即喜春来		41	寿南枝 即念奴娇		522
如此江山 即齐天乐		570	寿星明 即沁园春		673
如鱼水		412	寿楼春		553
如梦令 即忆仙姿		52	弄花雨 即冉冉云		244
如意令 即忆仙姿		52	麦秀两歧		271
好女儿	105	267	远山横 即风入松		314
好心动 即花心动		609	远朝归		405
好时光		100	赤枣子		26

赤壁词 即念奴娇		522	苍梧谣 即归字谣	2
折丹桂		164	芳草 即凤箫吟	520
折丹桂 即步蟾宫		228	芳草渡	230 389
折红英 即撷芳词		200	芳草渡 即系裙腰	259
折红梅		647	芭蕉雨	277
折花令		191	苏武慢 即选冠子	664
折桂令		194	苏幕遮	264
折新荷引 即新荷叶		357	杜韦娘	655
抛球乐	44	716	村意远 即江城子	59
声声令 即胜胜令		286	杏花天	198 586
声声慢		497	杏花天 即念奴娇	522
芙蓉月		426	杏花天慢 即杏花天	586
芙蓉曲 即朝中措		141	杏花风 即杏花天	198
芰荷香		488	杏花风 即桃源忆故人	129
花上月令		240	杏园芳	102
花心动		609	杏梁燕 即解连环	633
花心动慢 即花心动		609	巫山一段云	112
花犯		568	极相思	146
花发状元红慢		573	极相思令 即极相思	146
花发沁园春		622	杨花落 即谒金门	100
花自落 即谒金门		100	杨柳枝	36
花间意 即菩萨蛮		94	杨柳枝 即添声杨柳枝	75
花非花		19	更漏子	111 603
花前饮		168	豆叶黄 即忆王孙	47
花深深 即忆秦娥		110	两同心	294
花溪碧 即菩萨蛮		94	还京乐	581

连理枝	295	沙塞子	87
步月	453	泛兰舟	364
步虚子令	233	泛兰舟 即新荷叶	357
步虚声 即忆江南	22	泛青苔	648
步虚词 即西江月	157	泛金船 即劝金船	383
步蟾宫	228	泛清波摘遍	636
吴山青 即长相思	61	沁园春	673
别怨	268	快活年近拍	341
别素质 即忆瑶姬	583	诉衷情	54
别瑶姬慢 即忆瑶姬	583	诉衷情 即诉衷情令	97
何满子 即河满子	65	诉衷情令	97
皂罗特髻	348	诉衷情近	320
角招	643	君来路 即金错刀	197
迎春乐	191	尾犯	421
迎新春	617	陇头月 即柳梢青	148
饮马歌	58	陇头泉 即多丽	705
系裙腰	259	陇首山 即忆少年	114
应天长	153 475	陂塘柳 即摸鱼儿	680
应天长令 即应天长	153	纱窗恨	81
应天长慢 即应天长	475		
应景乐	346	**八画**	
闲中好	4	武林春 即武陵春	137
闲闲令 即摊破南乡子	266	武陵春	137
灼灼花 即连理枝	295	青山远 即彩鸾归令	106
沙头雨 即点绛唇	82	青山相送迎 即长相思	61
沙碛子 即沙塞子	87	青门引	179

青门引 即青门饮	641	转调贺圣朝 即贺圣朝	120
青门饮	641	转调满庭芳 即满庭芳	433
青玉案	287	转调踏莎行	269
青杏儿 即摊破南乡子	266	转调蝶恋花 即蝶恋花	244
青衫湿 即人月圆	134	轮台子	672
拂霓裳	352	卓牌子	224
拨棹子	258	卓牌子令 即卓牌子	224
茅山逢故人	140	卓牌子近	303
松梢月	474	卓牌子慢	455
枕屏儿	316	昆明池 即金明池	686
画屏春 即临江仙	234	国香	511
画屏秋色 即秋思	688	国香慢 即国香	511
画堂春	122	明月引 即江城梅花引	380
画蛾眉 即忆王孙	47	明月生南浦 即蝶恋花	244
雨中花	174	明月逐人来	267
雨中花令 即雨中花	174	明月斜 即梧桐影	6
雨中花慢	477	明月棹孤舟 即夜行船	212
雨洗元宵 即柳梢青	148	罗敷媚 即采桑子	96
雨霖铃	580	罗敷媚歌 即采桑子	96
雨霖铃慢 即雨霖铃	580	凯歌 即水调歌头	431
卖花声 即浪淘沙令	195	钓台词 即步蟾宫	228
卖花声 即谢池春	285	钓船笛 即好事近	103
转应曲 即古调笑	49	钗头凤 即撷芳词	200
转调二郎神 即二郎神	596	垂丝钓	284
转调定风波 即定风波	260	垂杨	534
转调选冠子 即选冠子	664	垂杨碧 即谒金门	100

佳人醉	299	采莲词 即平湖乐	83
侍香金童	275	采桑子	96
使牛子	163	采桑子慢	391
侧犯	332	采绿吟 即塞垣春	450
凭阑人	17	受恩深	376
征部乐	632	乳燕飞 即贺新郎	682
金人捧露盘	342	念奴娇	522
金风玉露相逢曲 即鹊桥仙	220	念彩云 即夜游宫	230
金凤钩	213	贫也乐 即梅花引	677
金字经	48	鱼水同欢 即蝶恋花	244
金明池	686	鱼游春水	386
金明春 即金明池	686	夜飞鹊	635
金盏子	589	夜飞鹊慢 即夜飞鹊	635
金盏子令	123	夜半乐	710
金盏倒垂莲	401	夜行船	212
金莲绕凤楼	211	夜合花	517
金浮图	429	夜游宫	230
金菊对芙蓉	506	卷珠帘 即蝶恋花	244
金缕曲 即贺新郎	682	法曲献仙音	400
金缕词 即贺新郎	682	法驾导引	45
金缕歌 即贺新郎	682	河传	207
金错刀	197	河渎神	143
金蕉叶	263	河满子	65
采明珠	462	泪珠弹 即恋绣衾	200
采莲子	34	学士吟 即鹧鸪曲	204
采莲令	394	宝钗分 即祝英台近	331

词条	页码	词条	页码
宝鼎儿 即宝鼎现	711	春早湖山 即谒金门	100
宝鼎现	711	春声碎	329
定风波	260	春草碧	487
定风波令 即定风波	260	春草碧 即番枪子	325
定风波令 即相思引	115	春夏两相期	533
定风波慢	513	春晓曲	28
定风流 即定风波	260	春宵曲 即南歌子	17
定西番	58	春雪间早梅	692
宜男草	240	春霁 即秋霁	628
空相忆 即谒金门	100	珍珠令	189
试香罗 即浣溪沙	85	玲珑玉	496
话桐乡 即满庭芳	433	玲珑四犯	500
录要 即六幺令	423	城头月	165
陌上花	493	拾菜娘 即瑞鹧鸪	217
孤馆深沉	162	拾翠羽	295
孤鸾	492	荆州亭 即江亭怨	116
孤雁儿 即御街行	334	茶瓶儿	223
细雨吹池沼 即蝶恋花	244	胡捣练	128
		胡捣练 即桃源忆故人	129

九画

词条	页码	词条	页码
		荔子丹	195
春云怨	591	荔枝香	326
春从天上来	615	荔枝香近 即荔枝香	326
春风袅娜	691	南乡一剪梅	204
春去也 即忆江南	22	南乡子	30
春光好	78	南州春色	358
春光好 即喜迁莺	117	南柯子 即南歌子	17

南唐浣溪沙 即山花子	126	临江仙引	313
南浦	624	临江仙慢	418
南浦月 即点绛唇	82	映山红慢	547
南楼令 即唐多令	253	昭君怨	77
南歌子	17	思归乐	221
柘枝引	14	思远人	178
相见欢	63	思远人 即鹧鸪天	213
相思儿令	119	思佳客 即归自谣	57
相思引	115　151	思佳客 即鹧鸪天	213
相思令 即长相思	61	思帝乡	62
相思令 即相思儿令	119	思越人	171
相思会 即千年调	323	思越人 即朝天子	107
柳长春 即踏莎行	239	思越人 即鹧鸪天	213
柳色黄 即石州慢	563	品令	206
柳色新 即小重山	238	拜星月	607
柳含烟	102	拜星月慢 即拜星月	607
柳初新	346	拜新月	5
柳初新慢 即柳初新	346	拜新月 即拜星月	607
柳枝	52	看花回	292　539
柳梢青	148	看花迴 即看花回	539
柳摇金	223	选官子 即选冠子	664
柳腰轻	353	选冠子	664
点绛唇	82	秋风引 即秋风清	43
点樱桃 即点绛唇	82	秋风第一枝 即折桂令	194
临江仙	234	秋风清	43
临江仙 即临江仙慢	418	秋兰香	447

秋光满目 即河传	207	怨回纥	72
秋色横空	554	怨春风 即一斛珠	229
秋色横空 即烛影摇红	130	怨春风 即醉春风	274
秋夜月	367	怨啼鹃 即浣溪沙	85
秋夜月 即相见欢	63	亭前柳 即厅前柳	226
秋夜雨	176	庭院深深 即临江仙	234
秋波媚 即眼儿媚	133	帝台春	464
秋思	688	送入我门来	611
秋思耗 即秋思	688	送征衣	687
秋宵吟	507	送将归 即雨中花	174
秋霁	628	迷仙引	358
秋蕊香	127 246 456	迷神引	459
秋蕊香引 即秋蕊香	246	炼丹砂 即浪淘沙令	195
重叠金 即菩萨蛮	94	洞天春	132
保寿乐	425	洞中仙 即洞仙歌	361
促拍丑奴儿	162	洞仙词 即洞仙歌	361
促拍采桑子 即促拍丑奴儿	162	洞仙歌	361 689
促拍满路花	359	洞仙歌令 即洞仙歌	361
剑器近	446	洞庭春色 即沁园春	673
胜州令	720	洛阳春 即一落索	142
胜胜令	286	洛妃怨 即昭君怨	77
胜胜慢 即声声慢	497	恨欢迟 即恨来迟	188
独脚令 即忆王孙	47	恨来迟	188
怨三三	163	恨春迟	242
怨王孙 即忆王孙	205	宣清	678
怨王孙 即河传	207	宫中调笑 即古调笑	49

扁舟寻旧约 即飞雪满群山	643	壶山好 即忆江南	22
祝英台近	331	壶中天慢 即念奴娇	522
误桃源	64	莫思归 即抛球乐	44
昼夜乐	476	荷叶杯	10
昼锦堂	571	荷叶铺水面	232
眉妩	588	荷华媚	248
眉峰碧 即卜算子	99	莺啼序	721
贺圣朝	120	真珠帘	548
贺圣朝影 即添声杨柳枝	75	真珠髻	631
贺明朝	257	桂华明 即四犯令	166
贺新郎	682	桂枝香	542
贺新凉 即贺新郎	682	桂殿月	29
贺熙朝 即贺明朝	257	桂殿秋 即桂殿月（补）	29
绕池游	309	桂飘香 即花心动	609
绕池游慢	612	桃花水 即诉衷情	54
绕佛阁	525	桃花曲 即忆少年	114
绛都春	528	桃花落 即瑞鹧鸪	217
绛桃春 即平湖乐	83	桃园忆故人 即桃源忆故人	129
		桃源忆故人	129
十画		索酒	612
秦楼月 即忆秦娥	110	鬲溪梅令	138
珠帘卷	121	夏云峰	394
盐角儿	160	夏云峰 即金明池	686
换巢鸾凤	530	夏日燕黄堂	495
捣练子	27	夏州 即斗百花	347
捣练子令 即捣练子	27	夏初临 即宴春台慢	481

破字令	168	留客住	476
破阵子	261	鸳鸯怨曲 即于飞乐	306
破阵乐	702	凌波曲 即醉太平	67
逍遥乐	483	凄凉犯	413
鸭头绿 即多丽	705	恋芳春慢	574
剔银灯	318	恋香衾	407
剔银灯引 即剔银灯	318	恋绣衾	200
哨遍	718	恋情深	83
钿带长中腔	289	高山流水	662
缺月挂疏桐 即卜算子	99	高阳台	532
透碧霄	667	高溪梅令 即高溪梅令	138
倚西楼	241	郭郎儿近	312
倚阑人	650	郭郎儿近拍 即郭郎儿近	312
倚阑令 即春光好	78	离别难	379
倚楼人 即倚阑人	650	离亭宴	333
倾杯 即倾杯乐	598	唐多令	253
倾杯令	184	唐河传 即河传	207
倾杯乐	598	凉州令 即梁州令	187
倾杯近	373	阅金经 即金字经	48
倒犯	576	粉蝶儿	308
倒垂柳	350	粉蝶儿慢	485
倦寻芳	457	烘春桃李 即喜迁莺	577
倦寻芳慢 即倦寻芳	457	烛影摇红	130
爱月夜眠迟慢	616	酒泉子	71
爱恩深 即受恩深	376	消息 即永遇乐	595
留春令	159	海棠花 即海棠春	136

海棠花令 即海棠春	136		**十一画**	
海棠春	136	琐窗寒		502
浣溪沙	85	接贤宾	243	684
浣溪沙 即山花子	126	探芳信		392
浣溪沙慢	414	探芳新		417
浣溪纱慢 即浣溪沙慢	414	探春 即探春令		172
浪淘沙	35	探春 即探春慢		587
浪淘沙令	195	探春令		172
浪淘沙慢	701	探春慢		587
家山好	232	黄金缕 即蝶恋花		244
宴山亭 即燕山亭	504	黄河清慢		486
宴西园 即昭君怨	77	黄钟乐		273
宴春台慢	481	黄莺儿		441
宴桃源 即忆仙姿	52	黄鹂绕碧树		463
宴桃源 即阮郎归	119	黄鹤引		361
宴清都	565	黄鹤洞仙		167
宴琼林	605	菖蒲绿 即归朝欢		594
宴瑶池 即八声甘州	458	菊花新		180
宴瑶池 即越江吟	172	菩萨蛮		94
被花恼	469	菩萨蛮引 即菩萨蛮慢		653
骊歌一叠 即鹧鸪天	213	菩萨蛮令 即菩萨蛮		94
绣带儿 即好女儿	105	菩萨蛮慢		653
绣带子 即好女儿	105	菩萨鬘 即菩萨蛮		94
绣停针	489	乾荷叶		41
绣鸾凤花犯 即花犯	568	梦玉人引		372
		梦仙郎		179

词牌	页码	词牌	页码
梦仙游 即忆江南	22	眼儿媚	133
梦扬州	438	晚云烘日 即菩萨蛮	94
梦行云	290	啰唝曲	7
梦江口 即忆江南	22	崇明祀 即六州	695
梦江南 即忆江南	22	铜人捧露盘 即金人捧露盘	342
梦芙蓉	467	笛家 即笛家弄	690
梦还京	339	笛家弄	690
梦游仙 即戚氏	719	笛家弄慢 即笛家弄	690
梦横塘	627	偷声木兰花	155
梧桐影	6	彩云归	517
梅子黄时雨	411	彩凤飞	351
梅月圆 即朝中措	141	彩凤舞 即彩凤飞	351
梅弄影	140	彩鸾归令	106
梅花引	677	祭天神	368
梅花引 即江城梅花引	380	减兰 即减字木兰花	98
梅花句 即菩萨蛮	94	减字木兰花	98
梅和柳 即生查子	73	减字浣溪沙 即浣溪沙	85
梅香慢	556	章台月 即一斛珠	229
戚氏	719	章台柳	25
戛金钗 即握金钗	275	望夫歌 即啰唝曲	7
雪月交光 即醉蓬莱	460	望云间	452
雪花飞	86	望云涯引	363
雪明鸤鹄夜	419	望月婆罗门引 即婆罗门引	327
雪夜渔舟	535	望仙门	113
雪狮儿	388	望仙楼 即胡捣练	128
雪梅香	423	望汉月 即忆汉月	157

望江东	183	清商怨 即撷芳词	200
望江怨	60	清溪怨 即夺锦标	652
望江梅 即忆江南	22	添字少年心 即少年心	249
望江楼 即忆江南	22	添字浣溪沙 即山花子	126
望远行	256 637	添声杨柳枝	75
望明河	631	添春色 即醉乡春	149
望春回	559	淮甸春 即念奴娇	522
望南云慢	585	渔父 即渔歌子	21
望秦川 即南歌子	17	渔父引	3
望海潮	640	渔父乐 即渔歌子	21
望梅 即解连环	633	渔父家风 即诉衷情令	97
望梅花	67 296	渔父歌 即渔歌子	21
望梅花令 即望梅花	67	渔家傲	263
望湘人	641	渔歌子	21
望蓬莱 即忆江南	22	淡黄柳	278
剪牡丹	544	深院月 即捣练子	27
剪朝霞 即鹧鸪天	213	婆罗门 即婆罗门引	327
清风八咏楼	629	婆罗门引	327
清风满桂楼	546	婆罗门令	377
清平乐	108	梁州令	187
清平乐令 即江亭怨	116	梁州令叠韵 即梁州令	187
清平乐令 即清平乐	108	情久长	585
清江曲	225	情长久 即情久长	585
清和风 即浣溪沙	85	惜分飞	161
清波引	374	惜分钗 即撷芳词	200
清商怨	91	惜双双 即惜分飞	161

			十二画	
惜双双令 即惜分飞	161		琵琶仙	529
惜奴娇	305		琴调相思引 即相思引	115
惜红衣	385		越女镜心 即法曲献仙音	400
惜花春起早慢	537		越江吟	172
惜芳菲 即惜分飞	161		越溪春	319
惜余欢	606		喜长新	123
惜余妍 即露华	406		喜团圆	135
惜余春慢 即选冠子	664		喜迁莺	117 577
惜春令	158		喜迁莺令 即喜迁莺	117
惜春郎	146		喜迁莺慢 即喜迁莺	577
惜春容 即玉楼春	218		喜春来	41
惜秋华	410		喜朝天	543
惜黄花	297		喜朝天 即踏莎行	239
惜黄花慢	650		握金钗	275
惜琼花	247		聒龙谣	505
惜寒梅	536		期夜月	670
谒金门	100		散天花	248
尉迟杯	621		散余霞	104
欸乃曲	33		落梅	642
绮罗香	614		落梅风	115
绮寮怨	608		落梅风 即寿阳曲	30
绿腰 即六幺令	423		落梅慢 即落梅	642
绿盖舞风轻	470		朝天子	107
绿意 即疏影	659		朝中措	141
			朝玉阶	247

雁过妆楼	即新雁过妆楼	510	腊梅香	即一剪梅	250
雁后归	即临江仙	234	阑干万里心	即忆王孙	47
辊绣球		279	湘月	即念奴娇	522
紫玉箫		499	湘江静		589
紫萸香慢		676	湘春夜月		576
赏松菊		441	湿罗衣	即中兴乐	89
赏南枝		624	渡江云		526
晴色入青山	即生查子	73	寒食词	即祝英台近	331
晴偏好		16	遍地花		231
最高楼		348	遍地锦	即遍地花	231
景龙灯	即探春令	172	谢池春		285
喝马一枝花	即促拍满路花	359	谢池春慢		390
喝火令		277	谢秋娘	即忆江南	22
罥马索		657	谢新恩	即临江仙	234
黑漆弩	即鹦鹉曲	204	遐方怨		50
锁阳台	即满庭芳	433	疏帘淡月	即桂枝香	542
锁寒窗	即琐窗寒	502	疏影		659
稍遍	即哨遍	718	隔帘听		316
集贤宾	即接贤宾	684	隔浦莲	即隔浦莲近拍	311
御带花		519	隔浦莲近	即隔浦莲近拍	311
御街行		334	隔浦莲近拍		311
番枪子		325	缑山月		276
舜韶新		554			
貂裘换酒	即贺新郎	682	**十三画**		
腊前梅	即太常引	150	瑞云浓		324
腊梅香		527	瑞云浓慢		613

瑞龙吟		700	楼上曲		225
瑞鹤仙		568	感皇恩		288
瑞鹤仙影	即凄凉犯	413	感皇恩慢	即泛青苔	648
瑞鹧鸪		217 270	感庭秋	即撼庭秋	129
摸鱼儿		680	感恩多		70
摸鱼子	即摸鱼儿	680	感恩多令	即山花子	126
鼓笛令		214	感黄鹂	即八六子	397
鼓笛慢	即水龙吟	560	獬人娇		293
摊破江城子	即江城梅花引	380	虞美人		215
摊破采桑子		254	虞美人令	即虞美人	215
摊破南乡子		266	虞美人影	即桃源忆故人	129
摊破浣溪沙	即山花子	126	暗香		466
鹊桥仙		220 375	暗香疏影		630
鹊桥仙令	即鹊桥仙	220	照江梅	即朝中措	141
鹊踏枝	即蝶恋花	244	蜀溪春		507
蓦山溪		355	锦园春		106
蓬莱阁	即忆秦娥	110	锦园春	即四犯剪梅花	415
献天寿		124	锦园春三犯	即四犯剪梅花	415
献天寿令		190	锦帐春		252
献仙音	即法曲献仙音	400	锦标归	即夺锦标	652
献金杯	即厌金杯	280	锦堂春	即乌夜啼	118
献衷心		272	锦堂春	即锦堂春慢（补）	543
楚天遥	即卜算子	99	锦堂春慢		543
楚云深	即生查子	73	锦缠头	即锦缠道	279
楚宫春		645	锦缠绊	即锦缠道	279
楚宫春慢	即楚宫春	645	锦缠道		279

锯解令	185	满宫春 即满宫花	153
愁春未醒 即采桑子慢	391	满院春 即浣溪沙	85
愁倚阑 即春光好	78	满朝欢	541
愁倚阑令 即春光好	78	满路花 即促拍满路花	359
催雪 即无闷	516	塞上秋 即天净沙	39
遥天奉翠华引	393	塞孤	430
解红	26	塞姑	15
解红慢	713	塞垣春	450
解连环	633	塞翁吟	403
解佩令	283	福寿千春	494
解佩环 即疏影	659	殿前欢	87
解语花	524	叠青钱 即采桑子慢	391
解蹀躞	321	叠萝花 即感皇恩	288
新安路 即秋风清	43		
新念别 即夜游宫	230	**十四画**	
新荷叶	357	碧云深 即忆秦娥	110
新雁过妆楼	510	碧芙蓉 即尾犯	421
韵令	328	碧牡丹	317
意难忘	404	碧桃春 即阮郎归	119
数花风 即凤凰阁	292	碧窗梦 即南歌子	17
满江红	408	瑶台月	676
满园花 即促拍满路花	359	瑶台第一层	465
满庭花 即满庭芳	433	瑶台聚八仙 即新雁过妆楼	510
满庭芳	433	瑶华	575
满庭霜 即满庭芳	433	瑶华慢 即瑶华	575
满宫花	153	瑶池月 即瑶台月	676

瑶池宴令 即越江吟	172	翠华引 即三台		13
瑶阶草	344	翠羽吟		693
瑶花慢 即瑶华	575	翠圆枝 即好事近		103
摘得新	20	翠楼吟		549
暮云碧 即吊严陵（补）	685			
暮花天 即花发沁园春（补）	622	**十五画**		
熙州摘遍 即氐州第一	573	撷芳词		200
熙州慢	443	蕙兰芳 即蕙兰芳引		372
歌头	703	蕙兰芳引		372
酷相思	283	蕃女怨		46
酹月 即念奴娇	522	蕊珠闲		324
酹江月 即念奴娇	522	醉乡春		149
睿恩新	211	醉木犀 即浣溪沙		85
舞马词	12	醉太平		67
舞杨花	490	醉公子	76	638
舞春风 即瑞鹧鸪	217	醉东风 即清平乐		108
箜篌曲 即唐多令	253	醉妆词		8
端正好	198	醉红妆		181
潇湘曲 即潇湘神	24	醉花阴		182
潇湘夜雨 即满庭芳	433	醉花间		81
潇湘神	24	醉花春 即谒金门		100
潇湘逢故人慢	606	醉吟商小品		42
潇湘静 即湘江静	589	醉垂鞭		86
潇潇雨 即八声甘州	458	醉春风		274
滴滴金	156	醉思凡 即醉太平		67
慢卷绸	663	醉思仙		384

醉桃园 即桃源忆故人	129		**十六画**	
醉桃源 即阮郎归	119	撼庭竹		307
醉翁操	395	撼庭秋		129
醉高春 即最高楼	348	鞓红		255
醉高歌	167	燕山亭		504
醉梅花 即鹧鸪天	213	燕归来 即喜迁莺		117
醉落拓 即一斛珠	229	燕归梁		173
醉落魄 即一斛珠	229	燕春台 即宴春台慢		481
醉蓬莱	460	燕莺语 即祝英台近		331
醉瑶瑟 即金错刀	197	薄幸		649
辘轳金井 即四犯剪梅花	415	薄命女 即长命女		69
踏月 即霜天晓角	90	薄媚摘遍		406
踏青游	371	霓裳中序第一		550
踏莎行	239	鹦鹉曲		204
踏雪行 即踏莎行	239	镜中人 即相思引	115	151
踏歌	364	赞成功		260
踏歌词	43	赞浦子		84
蝶恋花	244	赞普子 即赞浦子		84
蝴蝶儿	74	穆护砂		714
镇西 即小镇西	343	鹧鸪天		213
镇西 即小镇西犯	300	鹧鸪词 即瑞鹧鸪		217
徵招	435	糖多令 即唐多令		253
徵招调中腔	215	澡兰香		593
鹤冲天	369	寰海清		382
鹤冲天 即喜迁莺	117			

十七画

檐前铁	301
霜天晓角	90
霜叶飞	665
霜花腴	614
霜菊黄 即浣溪沙	85
簇水	375
濯缨曲 即阮郎归	119
骤雨打新荷 即小圣乐	437

十八画

翻香令	222

十九画

蟾宫曲 即折桂令	194

二十画

鬓云松令 即苏幕遮	264
鬓边华	202

二十一画

露华	406
露华慢 即露华	406

附录三
四十八宫调表

凡以宫声乘律曰宫，以商、角、羽三声乘律曰调。

黄钟
宫俗名正宫
商俗名大石调
角俗名大石角调
羽俗名般涉调

太簇
宫俗名中管高宫
商俗名中管高大石调
角俗名高大石角
羽俗名高般涉调

大吕
宫俗名高宫
商俗名高大石调
角俗名中管高大石角
羽俗名中管高般涉调

夹钟
宫俗名中吕宫

商俗名双调
角俗名双角调
羽俗名中吕调

姑洗

宫俗名中管中吕宫
商俗名中管双调
角俗名中管双角调
羽俗名中管中吕调

中吕

宫俗名道宫
商俗名小石调
角俗名小石角调
羽俗名正平调

蕤宾

宫俗名中管道宫
商俗名中管小石调
角俗名中管小石角调
羽俗名中管正平调

林钟

宫俗名南吕宫
商俗名歇指调
角俗名歇指角调
羽俗名高平调

夷则

宫俗名仙吕宫
商俗名商调
角俗名商角调
羽俗名仙吕调

南吕

宫俗名中管仙吕宫
商俗名中管商调
角俗名中管商角调
羽俗名中管仙吕调

无射

宫俗名黄钟宫
商俗名越调
角俗名越角调
羽俗名羽调

应钟

宫俗名中管黄钟宫
商俗名中管越调
角俗名中管越角调
羽俗名中管羽调

附录四
林大椿校刊书目

《唐五代词》四册、《校记》一卷,唐李景伯等八十一人。
《珠玉词》一卷、《校记》一卷,宋晏殊。
《欧阳文忠公近体乐府》三卷、《校记》校记一卷,宋欧阳修。
《东坡乐府》二卷、《补遗》一卷、《校记》一卷,宋苏轼。
《小山词》一卷、《校记》一卷,宋晏几道。
《晁氏琴趣外篇》六卷、《补遗》一卷、《校记》一卷,宋晁补之。
《清真集》二卷、《补遗》一卷、《校记》一卷,宋周邦彦。
《和清真词》一卷,宋杨泽民。
《和清真词》一卷,宋方千里。
《西麓继周集》一卷,宋陈允平。
《稼轩长短句》十二卷、《补遗》一卷、《校记》一卷,宋辛弃疾。

以上各书均由商务印书馆仿宋精印出版。

本次整理参考文献

丘琼荪：《白石道人歌曲通考》，音乐出版社1959年版。
舒梦兰辑，谢朝徵笺，顾学颉校订：《白香词谱笺》，中华书局1982年版。
田玉琪编著：《北宋词谱》，中华书局2018年版。
王灼著，岳珍校正：《碧鸡漫志校正》，人民文学出版社2015年版。
马加编撰：《常用词调格律辞典》，汉语大词典出版社2006年版。
杨家骆主编：《词调辞典》，（台北）世界书局1968年版。
盛配：《词调词律大典》，中国华侨出版社1998年版。
傅梦秋：《词调辑遗》，贵州人民出版社1988年版。
吴藕汀、吴小汀：《词调名辞典》，上海书店出版社2005年版。
潘天宁：《词调名称集释》，中州古籍出版社2016年版。
田玉琪：《词调史研究》，人民出版社2012年版。
夏敬观：《词调溯源》，商务印书馆1931年版。
梅应运：《词调与大曲》，（香港）新亚研究所1961年版。
杨易霖编：《词范》，开明书店1936年版。
唐圭璋编：《词话丛编》，中华书局1986年版。
戈载：《词林正韵》，上海古籍出版社2009年版。
万树编著：《词律》，上海古籍出版社1984年版。
潘慎主编：《词律辞典》，山西人民出版社1991年版。
张梦机：《词律探原》，（台北）文史哲出版社1981年版。
林克胜：《词律综述》，商务印书馆2011年版。
严建文：《词牌释例》，浙江文艺出版社1984年版。
姚奠中主编：《词谱范词注析》，山西人民出版社1985年版。
杨文生编著：《词谱简编》，四川人民出版社2006年版。

王月喜:《词谱举要》,陕西人民出版社2010年版。
田玉琪、陈水云、江合友主编:《词体声律研究与词谱编纂》,河北人民出版社2017年版。
刘尧民:《词与音乐》,云南人民出版社1982年版。
蔡桢疏证:《词源疏证》,中国书店1985年版。
陈廷焯编选:《词则》,上海古籍出版社1984年版。
任半塘编著:《敦煌歌辞总编》,上海古籍出版社1987年版。
孙霄兵:《汉语词律学》,华东师范大学出版社2011年版。
崔令钦撰,任半塘笺订:《教坊记笺订》,中华书局1962年版。
沈括:《梦溪笔谈》,上海书店出版社2003年版。
江合友:《明清词谱史》,上海古籍出版社2008年版。
姚康铃:《两宋词律集萃》,巴蜀书社2014年版。
王奕清等编著:《钦定词谱》,中国书店2010年版。
陈廷敬、王奕清等纂,蔡国强考正:《钦定词谱考正》,华东师范大学出版社2017年版。
刘少坤:《清代词律批评理论史》,人民出版社2015年版。
鲍恒:《清代词体学论稿》,人民文学出版社2007年版。
王骥德著,陈多、叶长海注释:《曲律注释》,上海古籍出版社2012年版。
刘黎光:《诗词律简谱》,作家出版社2010年版。
陈锋:《诗词曲格律》,黑龙江人民出版社1981年版。
涂宗涛:《诗词曲格律纲要》,天津人民出版社1982年版。
张相:《诗词曲语辞汇释》,中华书局1953年版。
王锳:《诗词曲语辞例释》,中华书局1980年版。
王兆鹏、刘尊明主编:《宋词大辞典》,凤凰出版社2003年版。
杨荫浏、阴法鲁:《宋姜白石创作歌曲研究》,人民音乐出版社1957年版。
谢元淮辑:《碎金词谱》,天津古籍出版社1996年版。
任半塘:《唐声诗》,上海古籍出版社1982年版。
温广义:《唐宋词常用语释例》,内蒙古人民出版社1978年版。

孙晓辉：《唐宋词调研究》，武汉大学出版社2006年版。
龙榆生编撰：《唐宋词格律》，上海古籍出版社1978年版。
谢桃坊编著：《唐宋词谱校正》，上海古籍出版社2012年版。
李飞跃：《唐宋词体名词考诠》，文化艺术出版社2015年版。
苗菁：《唐宋词体通论》，中州古籍出版社1998年版。
毛先舒：《填词名解》，中国书店1984年版。
叶申芗：《天籁轩词韵》，扫叶山房1925年石印本。
昝圣骞：《晚清民初词体声律学研究》，社会科学文献出版社2018年版。
王力：《王力词律学》，山西古籍出版社2003年版。
罗辉编著：《新白香词谱》，华中师范大学出版社2016年版。
刘崇德校译：《新定九宫大成南北词宫谱校译》，天津古籍出版社2007年版。
董学增编著：《增定词谱》，河海大学出版社2011年版。
徐汉山、朱步新编著：《中华词谱》，新疆青少年出版社2001年版。
马兴荣、吴熊和、曹济平主编：《中国词学大辞典》，浙江教育出版社1996年版。
吴小汀：《〈中国词学大辞典·词调〉考释》，秀州书局2003年版。
冯光钰：《中国曲牌考》，安徽文艺出版社2009年版。
谢映先编著：《中华词律》，湖南大学出版社2005年版。
潘慎、秋枫总编撰：《中华词律辞典》，吉林人民出版社2005年版。
童斐：《中乐寻源》，商务印书馆1926年版。